W9-BXN-325

M
El hijo del siglo

Antonio Scurati

M
El hijo del siglo

Traducción del italiano de Carlos Gumpert

ALFAGUARA

Papel certificado por el Forest Stewardship Council®

Título original: *M. Il figlio del secolo*
Primera edición en castellano: enero de 2020

© 2018, Antonio Scurati.
Publicado gracias al acuerdo con The Italian Literary Agency
© 2020, Penguin Random House Grupo Editorial, S. A. U.
Travessera de Gràcia, 47-49. 08021 Barcelona
© 2020, Carlos Gumpert, por la traducción

© Diseño: Penguin Random House Grupo Editorial, inspirado en un diseño original de Enric Satué

Printed in Spain - Impreso en España

ISBN: 978-84-204-3794-1
Depósito legal: B-17789-2019

Compuesto en MT Color & Diseño, S. L.
Impreso en Unigraf, Móstoles (Madrid)

AL37941

Penguin
Random House
Grupo Editorial

Los hechos y personajes de esta novela documental *no* son fruto de la imaginación del autor. Por el contrario, todos y cada uno de los acontecimientos, personajes, diálogos o discursos narrados aquí están documentados históricamente y/o lo debidamente atestiguados por más de una fuente. Dicho esto, no deja de ser cierto que la historia es una invención a la que la realidad acarrea sus propios materiales. No arbitraria.

Yo soy una fuerza del pasado.

PIER PAOLO PASOLINI

1919

Fundación de los Fascios de Combate
Milán, piazza San Sepolcro, 23 de marzo de 1919

Nos asomamos a piazza del Santo Sepolcro. Cien personas escasas, todos hombres de esos que casi no cuentan. Somos pocos y estamos muertos.

Esperan que yo hable, pero no tengo nada que decir.

El escenario está vacío, inundado por millones de cadáveres, una marea de cuerpos —hechos papilla, licuados— llegada de las trincheras del Carso, del Ortigara, del Isonzo. Nuestros héroes ya han caído o no tardarán en hacerlo. Los amamos del primero al último, sin distinciones. Estamos sentados sobre la pila sagrada de los muertos.

El realismo que sigue a cada aluvión me ha abierto los ojos: Europa es a estas alturas un escenario sin personajes. Todos han desaparecido: los hombres con barba, los melodramáticos padres monumentales, los magnánimos liberales quejicas, los oradores grandilocuentes, cultos y floridos, los moderados y su sentido común, a los que siempre debemos nuestras desgracias, los políticos insolventes que viven aterrorizados por el colapso inminente, mendigando cada día una prórroga al acontecimiento inevitable. Para todos ellos están sonando las campanas. Los hombres viejos se verán arrollados por esta masa enorme, cuatro millones de combatientes que presionan en las fronteras territoriales, cuatro millones de regreso. Hay que marcar el paso, un paso ligero. El pronóstico no cambia, seguirá haciendo mal tiempo. En el orden del día sigue estando la guerra. El mundo avanza hacia la formación de dos grandes partidos: los que estuvieron en ella y los que no.

Lo veo, veo todo esto con claridad en este público de delirantes y desamparados y, sin embargo, no tengo nada que decir. Somos un pueblo de veteranos, una humanidad de supervivientes, de desechos. En las noches de exterminio, agazapados en los cráteres, nos estremecía una sensación parecida al éxtasis de los epilépticos. Hablamos brevemente, lacónicos, asertivos, a ráfagas. Ametrallamos las ideas que no tenemos para recaer de inmediato en el mutismo. Somos como fantasmas de insepultos que se han dejado la palabra entre la gente de la retaguardia.

Y pese a todo, esta, y solo esta, es mi gente. Lo sé bien. Yo soy el inadaptado por excelencia, el protector de los desmovilizados, el extraviado en busca de un camino. Pero la empresa está ahí y hay que sacarla adelante. En esta sala medio vacía dilato las fosas nasales, olfateo el siglo, luego estiro el brazo, busco el pulso de la multitud y estoy seguro de que mi público está ahí.

La primera reunión de los Fascios de Combate, pregonada durante semanas por *Il Popolo d'Italia* como una cita fatídica, iba a celebrarse en el teatro dal Verme, con capacidad para tres mil localidades. Pero aquel enorme escenario acabó siendo desechado. Entre la grandeza del desierto y una pequeña vergüenza, optamos por esta última. Nos conformamos con esta sala de reuniones del Círculo de la Alianza Industrial y Comercial. Aquí es donde debería hablar ahora. Entre cuatro paredes tapizadas de un triste color verde lago, con vistas a la nada de una gris placita parroquial, entre doraduras que intentan en vano despertar de su sopor a los sillones Biedermeier, en medio de unas cuantas melenas rizadas, calvas, muñones, veteranos demacrados que respiran el asma menor de los comercios consuetudinarios, antiguas prudencias y meticulosas avaricias presupuestarias. Al fondo de la sala, de vez en cuando, se asoma con curiosidad algún socio del círculo. Un mayorista de jabones, un importador de cobre, gente así. Lanza una mirada perpleja, sigue fumándose su cigarro y bebiéndose un Campari.

Pero ¿por qué debería hablar?

La presidencia de la asamblea la ha asumido Ferruccio Vecchi, un furibundo intervencionista, capitán de los *Arditi,* los Osados[*], de permiso por enfermedad, moreno, alto, pálido, delgado, con los ojos hundidos: los estigmas de la degeneración morbosa. Un tuberculoso excitable e impulsivo que predica con violencia, sin sustancia ni medida, y que en los momentos culminantes de las manifestaciones públicas se exalta como un obseso, presa de un delirio demagógico y entonces..., entonces se vuelve realmente peligroso. La secretaría del movimiento es casi seguro que le será asignada a Attilio Longoni, un exferroviario ignorante, fervoroso y tan tonto como solo saben serlo los hombres honestos. A él o a Umberto Pasella, nacido en una cárcel a causa de su padre, carcelero, más tarde agente comercial, sindicalista revolucionario, garibaldino en Grecia, prestidigitador en circos ambulantes. A los otros dirigentes los escogeremos al azar entre los que monten más alboroto en las primeras filas.

¿Por qué debería hablar a estos hombres? Por ellos han superado los hechos cualquier teoría. Es gente que toma la vida al asalto como un comando. Lo único que tengo ante mí es la trinchera, la espuma de los días, la zona de los combatientes, la arena de los locos, el surco de los campos arados con disparos de cañón, a facinerosos, inadaptados, criminales, genialoides, ociosos, playboys pequeñoburgueses, esquizofrénicos, abandonados, perdidos, irregulares, noctámbulos, exconvictos, gente con antecedentes penales, anarquistas, sindicalistas incendiarios, gacetilleros desesperados, una bohemia política de veteranos, oficiales y suboficiales, hombres expertos en el manejo de armas de fuego o blancas, a quienes la normalidad del regreso ha redescubierto violentos, fanáticos, incapaces de percibir con claridad sus propias ideas, supervivientes que, creyéndose héroes consagrados a la muerte, confunden una sífilis mal curada con una señal del destino.

Lo sé, los veo aquí delante de mí, me los conozco de memoria: son los hombres de la guerra. De la guerra o de su mito. Los

---

* Se conocían con el nombre de *Arditi,* Osados, a las tropas de choque del ejército italiano en la Primera Guerra Mundial. Este cuerpo de élite tuvo un papel muy destacado en diversas acciones bélicas y sus veteranos desmovilizados, un activo papel político en la posguerra. *(N. del T.)*

deseo, como el varón desea a la hembra, y, al mismo tiempo, los desprecio. Los desprecio, sí, pero eso no importa: ha terminado una época y otra está a punto de empezar. Los escombros se acumulan, los desechos se reclaman entre ellos. Soy el hombre del «después». Y me enorgullezco de ello. Con este material de segunda —con esta humanidad de residuos— es con lo que se construye la historia.

En cualquier caso, esto es lo que tengo delante. Y nada a mis espaldas. A mis espaldas tengo el 24 de octubre de mil novecientos diecisiete. Caporetto. La agonía de nuestra época, el mayor desastre militar de todos los tiempos. Un ejército de un millón de soldados destruido en un fin de semana. A mis espaldas tengo el 24 de noviembre de mil novecientos catorce. El día de mi expulsión del Partido Socialista, la sala de la Sociedad Humanitaria en la que maldijeron mi nombre, los obreros para quienes hasta el día anterior yo había sido un ídolo se atropellaban los unos a los otros por tener el honor de liarse a mamporros conmigo. Ahora recibo cada día sus deseos de muerte. Me la desean a mí, a D'Annunzio, a Marinetti, a De Ambris, incluso a Corridoni, quien cayó hace cuatro años en la tercera batalla del Isonzo. Desean la muerte a quien ya está muerto. Hasta ese extremo nos odian por haberlos traicionado.

Las multitudes «rojas» presienten la inminencia del triunfo. En seis meses se han derrumbado tres imperios, tres estirpes que gobernaban Europa desde hacía seis siglos. La epidemia de gripe «española» ya ha infectado a decenas de millones de víctimas. Los acontecimientos acarrean sobresaltos apocalípticos. La Tercera Internacional Comunista se reunió en Moscú la semana pasada. El partido de la guerra civil mundial. El partido de los que me quieren muerto. De Moscú a Distrito Federal, en todo el orbe terrestre. Comienza la era de la política de masas y nosotros, aquí dentro, somos menos de cien.

Pero tampoco esto importa demasiado. Nadie cree ya en la victoria. Ya ha llegado y sabía a fango. Este entusiasmo nuestro —¡juventud, juventud!— es una forma suicida de desesperación. Estamos con los muertos, son ellos los que responden a nuestro llamamiento en esta sala medio vacía, a millones.

Abajo en la calle los gritos de los mozos invocan la revolución. A nosotros nos da risa. Ya hemos hecho la revolución. Empujando a patadas a este país hacia la guerra, el 24 de mayo de mil novecientos quince. Ahora todos nos dicen que la guerra ha terminado. Pero nosotros nos reímos de nuevo. Nosotros somos la guerra. El futuro nos pertenece. Es inútil, no hay nada que hacer, soy como los animales: percibo el tiempo que se aproxima.

Benito Mussolini es de fuerte constitución física, aunque padezca sífilis.

Esta robustez que le caracteriza le permite trabajar sin parar.

Descansa hasta bien entrada la mañana, sale de su casa al mediodía pero no regresa antes de las tres de la madrugada, y esas quince horas, menos una breve pausa para comer, están dedicadas a la actividad periodística y política.

Es un hombre sensual y ello queda demostrado por las numerosas relaciones que ha mantenido con distintas mujeres.

Es emotivo e impulsivo. Estos rasgos lo convierten en alguien fascinante y persuasivo en sus discursos. Por más que hable bien, sin embargo, no se lo puede definir propiamente como un orador.

En el fondo es un sentimental y eso le granjea muchas simpatías, muchas amistades.

Es desinteresado, generoso, y esto le ha procurado una reputación de altruismo y filantropía.

Es muy inteligente, astuto, mesurado, reflexivo, buen conocedor de los hombres, de sus cualidades y de sus defectos.

Propenso a fáciles simpatías y antipatías, es capaz de hacer sacrificios por los amigos y se muestra tenaz en las enemistades y en los odios.

Es valiente y audaz; posee cualidades organizativas, es capaz de mostrar una rápida determinación; pero no es igual de tenaz en sus convicciones y propósitos.

Es muy ambicioso. Le impulsa la convicción de estar representando una fuerza considerable en los destinos de Italia y está decidido a hacerla valer. Es un hombre que no se resigna a puestos de segunda categoría. Desea sobresalir y dominar.

En el socialismo oficial ascendió rápidamente desde orígenes oscuros a posiciones eminentes. Antes de la guerra, fue el director ideal del *Avanti!*, el periódico guía de todos los socialistas. En ese sector fue muy apreciado y muy querido. Todavía hoy algunos de sus antiguos compañeros y admiradores confiesan que nadie ha sido capaz de entender e interpretar mejor que él el alma del proletariado, el cual vio con dolor su traición (apostasía) cuando en cuestión de pocas semanas pasó de apóstol sincero y apasionado de la neutralidad absoluta a apóstol sincero y apasionado de la intervención en la guerra.

No creo que ello haya estado determinado por un cálculo de intereses o de lucro.

Es imposible establecer qué parte, pues, de sus convicciones socialistas, de las que nunca renegó públicamente, se ha perdido en las transacciones financieras indispensables para continuar la lucha a través de *Il Popolo d'Italia*, el nuevo periódico por él fundado, en el contacto con hombres y corrientes de diferente fe, en la fricción con los antiguos compañeros, bajo la constante presión del odio indomable, de la amarga malevolencia, de las acusaciones, de los insultos, de las incesantes calumnias por parte de sus antiguos seguidores. Pero si estas secretas alteraciones se han producido, engullidas en la sombra de las cosas más próximas, Mussolini nunca dejará que trasluzcan y siempre aspirará a parecer socialista, acaso cultivando la ilusión de seguir siéndolo.

Esta es, según mis indagaciones, la figura moral del hombre, en contraste con la opinión de sus antiguos compañeros de fe y adeptos.

Dicho esto, si una persona de reconocida autoridad e inteligencia sabe encontrar entre sus características psicológicas el punto de menor resistencia, si sabe, por encima de todo, resultarle simpático y caerle en gracia a su espíritu, si sabe demostrarle cuál es el verdadero interés de Italia (porque yo creo en su patriotismo), si le proporciona con mucho tacto los fondos indispensables para la acción política acordada sin dar la impresión de ser una vulgar operación de amaestramiento, Mussolini poco a poco se dejará conquistar.

Pero con su temperamento nunca se podrá tener la certeza de que no deserte en un recodo de la carretera. Es, como ya se ha dicho, una persona emotiva e impulsiva.

Es indudable que, en campo adversario, Mussolini, hombre de pensamiento y de acción, escritor eficaz e incisivo, orador persuasivo y vivaz, podría convertirse en un caudillo, un matón temible.

Informe del inspector general de seguridad pública
Giovanni Gasti, primavera de 1919

Fascios de acción entre intervencionistas

Ayer se celebró en el salón del Círculo de la Alianza Industrial y Comercial una conferencia para la constitución de los Fascios regionales entre grupos de intervencionistas. En la conferencia tomaron la palabra el industrial Enzo Ferrari, el capitán de los Osados Viejos y varios más. El profesor Mussolini ilustró las piedras angulares en las que debe basarse la acción de los Fascios, a saber: la valorización de la guerra y de los que lucharon en la guerra; demostrar que el imperialismo del que se inculpa a los italianos es el imperialismo deseado por todos los pueblos sin excluir a Bélgica y a Portugal y, por lo tanto, oposición a los imperialismos extranjeros en detrimento de nuestro país y oposición a un imperialismo italiano contra otras naciones; por último, aceptar la batalla electoral sobre el «hecho» de la guerra y oponerse a todos aquellos partidos y candidatos que se declararon contrarios a la guerra.

Las propuestas de Mussolini, después de que intervinieran numerosos oradores, quedaron aprobadas. En la conferencia estuvieron representadas diferentes ciudades de Italia.

Corriere della Sera, 24 de marzo de 1919,
sección «Las conferencias dominicales»

Un robo de tres toneladas de jabón

Unos ladrones entraron en el local del almacén de Giuseppe Blen en via Pomponazzi 4, y consiguieron llevarse nada menos que sesenta y cuatro cajas de jabón de un peso de medio quintal cada una.

Está claro que los ladrones debieron de actuar en gran número para poder cargar con una mercancía tan pesada y engorrosa y que para más de treinta quintales de material debieron de contar con carros y caballos u otros vehículos a su disposición.

El caso es que semejante operación, larga y ruidosa y a la vista de todos, se llevó a cabo sin que sobre esos audaces hayan podido recabarse indicaciones útiles. El valor de los bienes robados se eleva a unas quince mil liras.

Corriere della Sera, 24 de marzo de 1919, sección «Las conferencias dominicales»

Apenas unas cuantas calles separan via Paolo da Cannobio, donde tiene su sede la redacción de *Il Popolo d'Italia,* la llamada «guarida número 2», de la sección milanesa de los Osados en via Cerva número 23, la «guarida número 1». Cuando, en la primavera de mil novecientos diecinueve, Benito Mussolini abandona su despacho para ir a cenar a una taberna, estas son calles apestosas, miserables y peligrosas.

El Bottonuto es una esquirla del Milán medieval enquistada bajo la piel de la ciudad del siglo XX. Una retícula de callejones y tienduchas, iglesias paleocristianas y prostíbulos, posadas y figones, atestada de vendedores ambulantes, putas y vagabundos. El origen del nombre es incierto. Quizá provenga del postigo que en otros tiempos se abría en el lado sur, bajo el cual pasaban los ejércitos. Algunos dicen que la palabra, evocadora de glándulas tumefactas, es una deformación del patronímico de un mercenario alemán que llegó hasta aquí siguiendo a Barbarroja. En cualquier caso, el Bottonuto es un charco pútrido justo detrás de piazza del Duomo, el centro geométrico y monumental de Milán.

Para cruzarlo hay que taparse la nariz. Las murallas exudan cochambre, el vicolo delle Quaglie ha quedado reducido a meadero, sus habitantes están tan podridos como los mohos de los patios de luces, se vende de todo, los robos y palizas se llevan a cabo a la luz del día, los soldados se agolpan a la entrada de los burdeles. Todos, directa o indirectamente, comen de la prostitución.

Mussolini cena tarde. Emerge después de las diez de la noche de la madriguera del director —un cubículo que da a un patio angosto y estrecho, una especie de intestino vertical conectado con la sala de redacción por un rellano con barandilla— y, tras encenderse un cigarrillo, camina a grandes pasos, de buena gana, por ese canal pestilente. Las pandillas de huérfanos descalzos lo señalan con entusiasmo —«el matt», el loco, se gritan unos a otros—, los mendigos alargan las manos, sentados entre inmundicias al borde de las calles, los proxenetas apoyados contra las jambas de las puertas lo saludan con un asentimiento de cabeza respetuoso pero confidencial. Él corresponde a los gestos de todos. Con algunos se detiene para intercambiar unas palabras, se pone de acuerdo, establece citas, minúsculos arreglos. Da audiencia a su corte de los milagros. Pasa revista a esos hombres encerrados en jaulas como un general en busca de un ejército.

¿Acaso no se han hecho siempre las revoluciones de esta manera: armando al completo los bajos fondos sociales con pistolas y granadas de mano? ¿Cuál es, a fin de cuentas, la diferencia entre el veterano inadaptado, el desmovilizado crónico que por dos liras hace guardia en el periódico, y el *racheté*, el delincuente habitual que vive explotando la prostitución? Todos ellos son mano de obra experta. Se lo repite una y otra vez a Cesare Rossi —su colaborador más cercano, quizá su único consejero auténtico—, que se escandaliza por su promiscuidad con esa gente. «Todavía somos demasiado débiles para prescindir de ellos», le repite él a menudo para aplacar su indignación. Demasiado débiles, es indudable: el *Corriere della Sera,* el periódico de la soberbia burguesía liberal, ha dedicado a la fundación de los Fascios de Combate una breve crónica de apenas diez líneas, el mismo espacio reservado a la noticia del robo de sesenta y cuatro cajas de jabón.

Sea como fuere, Benito Mussolini, en esta noche de principios de abril, sigue contemplando unos instantes más a su corte de los milagros, luego estira el cuello hacia arriba y hacia delante, aprieta la mandíbula, busca aire respirable con el rostro girado hacia el cielo y bajo el cráneo ya casi calvo, se levanta el cuello de la chaqueta, aplasta el cigarrillo bajo el tacón, alarga el paso. La ciudad tenebrosa, los callejones de la depravación se arrastran detrás de él como un enorme organismo minado, un gigantesco depredador herido que se aproxima cojeando a su final.

Via Cerva es, en cambio, una vieja calle aristocrática, tranquila y silenciosa. Las casas patricias de dos plantas, ventiladas por amplios patios arquitectónicos, le confieren su aire romántico. Cada paso resuena en la noche sobre el asfalto reluciente, removiendo con breves ondas concéntricas la atmósfera de claustro. Los Osados han ocupado un local comercial con trastienda propiedad del señor Putato, padre de uno de ellos, justo frente al palacio de los vizcondes de Modrone. No les ha resultado fácil conseguir una casa a esos veteranos exaltados que perturban a la burguesía deambulando en invierno con el cuello del uniforme de ordenanza desabrochado mostrando el pecho desnudo y con el puñal en el cinturón. Soldados formidables a la hora de asaltar las posiciones enemigas, valiosos en tiempos de guerra pero despreciables en tiempos de paz. Ahora, los Osados, cuando no están tumbados en un burdel o acampados en un café, se acuartelan en esas dos habitaciones desnudas, emborrachándose en pleno día, desvariando acerca de futuras batallas y durmiendo en el suelo. Así es como emplean esa interminable posguerra: mitifican el pasado reciente, agitan un futuro inminente y digieren el presente fumando un cigarrillo tras otro.

Los Osados son los que han ganado la guerra o, por lo menos, eso es lo que cuentan. Se mitifican hasta tal extremo que Gianni Brambillaschi, un veinteañero de entre los más exaltados, llegó a escribir en *L'Ardito,* el medio oficial de la nueva asociación: «Quien no ha hecho la guerra en los batallones de asalto, aunque muriera en la guerra, no ha hecho la guerra». Es indudable que, sin su concurso, no se habría roto la línea del Piave con la contraofensiva que en noviembre de mil novecientos dieciocho permitió la victoria sobre los ejércitos austrohúngaros.

La epopeya sombría del osadismo dio comienzo con las llamadas Compañías de la Muerte, secciones especiales de ingenieros con la misión de preparar el terreno para los ataques de la infantería de las trincheras. De noche cortaban las alambradas y hacían estallar minas intactas. De día avanzaban arrastrándose, protegidos por corazas de absoluta inutilidad, desmembrados por disparos de morteros. Más tarde, todas las armas —regulares, infantería ligera, tropas de montaña— empezaron a formar sus propios escuadrones de asalto escogiendo a los soldados más valientes y experimentados de las compañías normales para adiestrarlos en la utilización de granadas de mano, lanzallamas y ametralladoras. Pero fue la dotación del puñal, el arma latina por excelencia, lo que marcó la diferencia. Ahí fue donde comenzó la leyenda.

En una guerra que había aniquilado la concepción tradicional del soldado como agresor, en la que lo que te reventaba contra las trincheras eran los gases y las toneladas de acero disparadas desde una posición remota, en una masacre tecnológica debida a la superioridad del fuego defensivo sobre la movilidad del soldado lanzado al asalto, los Osados habían recuperado la intimidad de los combates cuerpo a cuerpo, el impacto resultante del contacto físico, la convulsión del ejecutado que se transmite a través de la vibración de la hoja a la muñeca del ejecutor. La guerra en las trincheras, en vez de producir agresores, había labrado en millones de combatientes una personalidad defensiva, moldeada en la identificación con las víctimas de una ineluctable catástrofe cósmica. En esa guerra de ovejas conducidas al matadero, ellos habían restituido la confianza en uno mismo que solo puede otorgar la maestría en el descuartizamiento de un hombre con un arma blanca de hoja corta. Bajo el cielo de las tempestades de acero, justo en medio de la muerte masiva y anónima, de la masacre como producto industrial a vasta escala, ellos habían traído de vuelta la individualidad, llevándola hasta límites extremos, el culto heroico de los guerreros antiguos y ese terror particular que solo sabe darte el apuñalador que viene en persona a la guarida en la que te escondes para matarte con sus propias manos.

Además, los Osados habían cultivado todas las ventajas de la esquizofrenia. Las unidades especiales no estaban sujetas a la disciplina del soldado de tropa, no desfilaban, no realizaban los extenuantes turnos en las trincheras, no se rompían la espalda cavando cuevas o cincelando túneles en la roca, sino que vivían deportivamente en la retaguardia, donde en los días de batalla los camiones de los furrieles los recogían para arrojarlos a los pies de las posiciones que habían de ser conquistadas. Esos hombres podían, en un mismo día, degollar a un oficial austriaco para desayunar y disfrutar de un bacalao cremoso en un restaurante en los alrededores de Vicenza para cenar. Normalidad y homicidio, de la noche a la mañana.

Benito Mussolini, después de su expulsión del Partido Socialista, habiendo perdido los ejércitos del proletariado, los reclutó de inmediato, por instinto. Ya el 10 de noviembre de mil novecientos dieciocho, en el día de las celebraciones de la victoria, después del discurso del diputado Agnelli en el Monumento a las Cinco Jornadas, el director de *Il Popolo d'Italia* se había instalado entre los Osados en el camión que enarbolaba la bandera negra con la calavera. En el Caffè Borsa, con las copas de vino espumoso levantadas, había brindado por ellos precisamente, entre millones de combatientes:

—¡Compañeros de armas! Yo os defendí cuando el cobarde os difamaba. Siento algo de mí mismo en vosotros y tal vez vosotros os reconozcáis en mí.

Y ellos, esos combatientes valerosos, que justamente en esos días de gloria el Alto Mando humillaba con largas marchas carentes de fines militares por la llanura véneta entre el Piave y el Adigio para mantener ocupados a guerreros que de repente se habían vuelto incómodos e innecesarios, se habían identificado en él. Él, odiado y odiador de profesión, sabía que el rencor de esos hombres iba acumulándose, que pronto serían veteranos descontentos con todo. Sabía que por la noche, bajo las tiendas, maldecían a los políticos, a los altos mandos, a los socialistas, a la burguesía. En el aire aleteaba la «española» y en las llanuras bajas, cerca del mar, la malaria. Ya marginados, mientras languidecían a causa de las fiebres y la muerte impúdica se alejaba en el recuerdo, los Osados se pasaban la botella de coñac y leían en voz alta las palabras de ese hombre que desde su despacho de Milán enaltecía en ellos «la vida sin melindres, la muerte sin pudores». Durante tres años habían sido una aristocracia de guerreros, una falange plasmada como heroica en las portadas de las publicaciones infantiles: solapas al viento, granadas de mano y cuchillo entre los dientes. En el curso de unas cuantas semanas, de vuelta a la vida civil, se convertirían en un montón de inadaptados. Diez mil minas vagantes.

La taberna Grande Italia es un lugar modesto, grasiento y lleno de humo. El ambiente es humilde, los precios módicos, la clientela asidua, pero por turnos. A esas horas de la noche, en su mayor parte abundan periodistas y comicastros, autores, comediantes, nada de bailarinas. En la penumbra destacan tan solo los manteles de cuadros rojos y blancos debajo de los frascos de vino Gutturnio de las colinas de Piacenza. Los clientes son todos hombres y casi todos están ya borrachos.

Mussolini se acerca a una mesa esquinada donde lo aguardan tres hombres. Es una mesa aislada, lejos de los ventanales, desde la que es fácil vigilar la entrada. A la derecha puede verse la salita reservada de la que proviene el bullicio de una mesa de tipógrafos socialistas. Cuando Benito Mussolini se quita la chaqueta y el sombrero, antes de sentarse, en esa zona se hace el silencio por unos instantes. Después aumenta el ajetreo. Lo han reconocido. De repente él es el centro de la conversación.

También sus comensales son personas muy conocidas. A su derecha está Ferruccio Vecchi, un estudiante de ingeniería, nacido en Romaña como Mussolini, miembro del movimiento futurista, intervencionista y capitán pluricondecorado de los Osados. En enero fundó el Fondo de Ayuda Mutua del Osado y la Federación Nacional de Osados de Italia. Perilla negra de mosquetero, demacrado, ojos hundidos, tuberculoso, seductor despiadado. Sobre él se cuentan cosas inverosímiles y extraordinarias: herido más de veinte veces, se dice que expugnó él solo una trinchera austriaca a base de granadas de mano y que folló una noche con la mujer de su coronel mientras esta yacía junto a su esposo dormido.

El lado sangriento de la mesa, sin embargo, es el de enfrente. Allí está sentado un hombre bajo, rechoncho, con un cuello de toro que hace que la cabeza parezca estar incrustada directamente en el tronco. En su rostro rollizo, una sonrisa idiota de labios húmedos evoca las crueldades absolutas de la infancia. De vez en cuando, el niño toro levanta la cabeza, contiene el aliento y se queda mirando el vacío como ante el objetivo de un fotógrafo. Además de la pose, su vestimenta también es teatral: bajo la chaqueta militar gris verdoso lleva un suéter negro de cuello alto con un bordado en el centro, una calavera blanca con la daga entre los dientes. Del cinturón que le sujeta los calzones cuelga otro puñal, este de verdad, con el mango de nácar.

Su nombre es Albino Volpi, treinta años, carpintero, con numerosos antecedentes por delitos comunes, alistado en los Osados, condenado por los tribunales ordinarios por ultraje a funcionarios públicos, robos, allanamientos, lesiones con agravantes y, por los militares, por deserción. De él no se narran empresas extraordinarias, se susurran en voz baja. Circulan dos leyendas en torno a él, una heroica y otra criminal. Poseído por la violencia, parece ser que en la guerra salía de noche por propia iniciativa arrastrándose desde la última trinchera, avanzaba a cuatro patas hasta la de los enemigos, en silencio absoluto, armado tan solo con un puñal, y, por el puro gusto de oír el silbido agudo de la sangre arterial en contacto con el aire, degollaba al centinela dormido. Se rumoreaba que tenía su propia forma de empuñar el cuchillo... Lo cierto era que había sido uno de los «caimanes del Piave», asaltantes especializados en cruzar el río por la noche para asesinar a los vigilantes de la orilla opuesta, en poder de los austriacos. Desnudos, con el cuerpo embardunado de arcilla gris para confundirse con la vegetación de las orillas, cruzaban a nado la corriente de las gélidas crecidas de octubre para perpetrar una pequeña matanza desalmada en el campamento del enemigo. No servían prácticamente de nada, ni a nivel táctico ni estratégico, y sin embargo los caimanes habían sido indispensables para ganar la guerra. Criaturas de leyenda —tal vez incluso inexistentes, acaso creadas por la propaganda—, custodiaban un secreto transmitido desde el origen de los tiempos: que la noche era oscura y estaba repleta de terrores.

«El combate cuerpo a cuerpo ya no existe», se dijo, con añoranza, de la Primera Guerra Mundial. «Ningún criminal ha sido nunca un héroe de guerra», repetían siempre los oficiales probos, los honestos. El hombre que se sienta frente a Mussolini y hunde la cabeza en una cazuela de col sazonada con torreznos, patas y cabezas de cerdo como zambulliría un animal el hocico sangriento en las entrañas de su presa parece desmentir ambas afirmaciones.

En la mesa de Mussolini no se habla mucho. Se consume el rancho en silencio, se observa con mirada sombría el fondo del vaso. Todo se sabe ya. Pero un tipo corpulento y ruidoso se acerca a esa mesa, con la corbata negra al viento, sombrero de ala ancha inclinado, y empieza a parlotear sobre vagos y gravísimos incidentes, explosiones, peleas sangrientas. No está claro si se trata de una crónica o de una amenaza. Mussolini le hace gestos de que se calle. El individuo, que hasta ese momento desvariaba amenazador, permanece como en suspenso, con la boca abierta, exhibiendo un cráter donde estaban los dos incisivos superiores, quebrados por una pedrada durante un mitin público. Su nombre es Domenico Ghetti, de Romaña él también, anarquista, exiliado de joven en Suiza con Mussolini, matacuras, turbio, violento, conspirador, desamparado.

Después, sin embargo, Mussolini lo invita a sentarse y le pide un plato de lasaña con salsa de tomate. Si el director de *Il Popolo d'Italia* puede volver a casa andando solo por la noche, es también gracias a las simpatías que, a pesar de todo, se ha granjeado en los ambientes del violentísimo anarquismo milanés. Ghetti se pone a comer y la mesa de los Osados recobra su silencio.

El estruendo, en cambio, aumenta en la sala privada contigua. El vino mengua y los cánticos crecen. Los trabajadores del *Avanti!*, el periódico socialista que tiene su sede en via San Damiano, justo detrás de via Cerva, entonan en voz alta «¡la Bandera Roja triunfará!». Después brindan por el 17 de febrero, el día en que Milán e Italia, una vez dormida apresuradamente la mona de la victoria de la nación contra sus históricos enemigos austriacos, habían descubierto con consternación que en su futuro había un nuevo enemigo: la revolución bolchevique.

Ese memorable día, cuarenta mil trabajadores en huelga habían desfilado hasta el estadio de la ciudad siguiendo el sonido de treinta bandas, agitando miles de banderas rojas y exhibiendo en alto pancartas que maldecían la guerra victoriosa que acababa de terminar; una zarabanda sádica en la que los mutilados fueron exhibidos como horrorizada evidencia viva en contra de la guerra impulsada por los patronos. Los socialistas escupieron a la cara a los oficiales de uniforme que hasta el día anterior los habían guiado en los asaltos, pidieron el reparto de las tierras, exigieron la amnistía para los desertores.

Al otro Milán, el nacionalista, patriótico, pequeñoburgués, que en mil novecientos quince había dado diez mil voluntarios a la guerra, a la Italia de Benito Mussolini, le había parecido que en aquel desfile «los monstruos de la decadencia daban nuevas señales de vida», que el mundo recién pacificado «cedía el paso a una enfermedad».

Mussolini y los que eran como él quedaron particularmente impresionados por el hecho de que los socialistas hicieran desfilar en la cabeza de la manifestación a mujeres y niños. El odio político bramado por las bocas sensuales de las hembras y de los imberbes era espantoso, sumía en la consternación y en la pesadumbre a la clase de hombre adulto que había impulsado la guerra. La razón era muy simple. A ese macho comerciante, autoritario, patriarcal, misógino, el grito antimilitarista y antipatriótico de mujeres y niños le hacía presagiar algo aterrador e inaudito: un futuro sin él. Mientras la comitiva desfilaba por las calles, la burguesía, los comerciantes, los hoteleros habían cerrado las ventanas a toda prisa, echado los cierres y atrancado las puertas. Frente a ese futuro, se amurallaban en la prisión del presente.

Al día siguiente Mussolini firmó un editorial violento, «Contra el regreso de la bestia». El paladín de la intervención en la guerra había prometido solemnemente defender a los muertos, en su opinión insultados por los manifestantes, defenderlos hasta el final «incluso a costa de cavar trincheras en las calles y en las plazas de nuestra ciudad».

En la mesa de los socialistas ahora han pasado a los licores, al aguardiente. El jolgorio se extiende. Aguzado por el alcohol, su odio se va clarificando. El sobrenombre de Mussolini, el «traidor», se percibe con claridad, gritado por una voz enronquecida.

En aquella mesa de la esquina, Albino Volpi, concentrado en desmenuzar los torreznos, cambia instintivamente la forma de empuñar el cuchillo. Mussolini, pálido, ofendido por los insultos de los antiguos compañero pero prudente, lo detiene con un imperceptible signo de negación de la cabeza. Guiña ligeramente los ojos, entreabre un poco los labios inspirando aire entre los dientes, como invadido por la lenta gangrena de un sufrimiento antiguo, una pena de amor juvenil, un hermano muerto de viruela.

El «traidor», al final, se espabila. Gira la cabeza para buscar a quien lo acusa. Se encuentra con los ojos de un joven —apenas tendrá veinte años— diminuto, pelirrojo, con efélides sobre la piel clara. El chico le sostiene la mirada, con el orgullo de quien siente estar contribuyendo a la redención de una humanidad oprimida.

Mussolini coge el sombrero. Rechaza enérgicamente la escolta de los Osados. Mientras se encamina hacia la salida, le parece ver por el rabillo del ojo que Albino Volpi ha vuelto a cambiar la empuñadura del cuchillo.

Mussolini gira la cabeza y sale a la calle. «Osados contra pacifistas, socialistas contra fascistas, burgueses contra obreros, los hombres de ayer contra los hombres de mañana.» La noche de Milán lo acoge como el ruedo de dos fuerzas mezcladas que viven la misma vida, se arriman en sus arterias, con la sensación clara y constante de que una de las dos ha de acabar con la otra.

En casa, en el Foro Bonaparte, lo esperan Rachele, su mujer, y dos hijos. Pero aún es temprano. Decide volver a pasar por el Bottonuto, hacer una parada en el vicolo delle Quaglie, descargar las toxinas del día con una prostituta, una de esas mujeres públicas, deseadas y despreciadas, que él y otros veteranos como él se complacen en definir como «orinales de carne».

Mientras Benito Mussolini recorre a pie via Cerva, tiene la impresión de escuchar un grito desgarrador proveniente del restaurante. Pero no está seguro. Tal vez sea solo la ciudad que grita entre sueños.

A ti, Mussolini, nuestra felicitación por tu trabajo; pero continúa, por Dios, golpeando con fuerza que aún queda mucha «vetustez» que nos disputa el paso. Estamos a tu lado en espíritu, pero pronto iremos a apoyarte.

Telegrama de los oficiales del 27.º batallón de asalto publicado en *Il Popolo d'Italia* el 7 de enero de 1919

Todos los bajos fondos de la sociedad se han armado con revólveres y puñales, mosquetes y granadas de mano [...] A la gente de los bajos fondos se han unido los jóvenes de las escuelas, impregnados del romanticismo de la guerra, con la cabeza llena de humos patrióticos, que ven en nosotros los socialistas a unos «alemanes».

Giacinto Menotti Serrati, líder del ala maximalista del Partido Socialista Italiano

Amerigo Dùmini
Florencia, finales de marzo de 1919

Todo va mal. No tenemos un céntimo. A veces, incluso padecemos hambre. ¿Para esto hemos luchado en una guerra?

El hombre que sale del hospital militar de via dei Mille cojea ligeramente. Sus andares encorvados le hacen parecer indispuesto a causa del brazo izquierdo vendado que le cuelga del cuello macizo. Lleva la guerrera abierta de los Osados, con las hendiduras en los flancos diseñadas para extraer con más rapidez las bombas y con las insignias negras en la solapa. En el brazo izquierdo, oculto por el vendaje, un distintivo en el que campea el diseño de una espada romana con el mango en forma de cabeza de esfinge. El puñal de verdad que le cuelga del cinturón es, en cambio, claramente visible. Su constitución achaparrada y robusta, desvencijada por las enfermedades, llena toda la acera del lado del ferrocarril. Los transeúntes con los que se cruza en via dei Mille lo evitan. Algunos, incluso, cruzan la calle, cambiando de acera.

En el hospital militar todos los veteranos de los batallones de asalto repiten la misma letanía furibunda: es una vergüenza, los han licenciado de buenas a primeras, como se despide a una criada. Primero fueron los generales quienes quisieron humillarlos obligándolos a marchar durante meses, con la guerra ya acabada, bajo la lluvia y por el barro para imponerles parte de esa disciplina a la que nadie se había atrevido a someterlos cuando servían para asaltar las trincheras enemigas, y después los políticos los humillan licenciándolos con nocturnidad, en silencio. «Para no provocar», se decía. ¿Y a quién no se debía provocar? A los emboscados, a los derrotistas, a los socialistas que habían desmoralizado a las tropas causando el desastre de Caporetto, a gente como Treves que había gritado en el Parlamento «ni un invierno más en las trincheras», a los mojigatos del papa que habían definido la masacre de sus compañeros como una «matanza inútil». Y para complacer a esa chusma ahora los habían disuelto así, en la sombra, sin una sola canción, sin una sola flor, sin la calle repleta de banderas. Los héroes han vuelto a la vida civil furtivamente, como ladrones en la casa del Señor.

El hombre se arrastra por via degli Artisti, en el barrio de Pinti, hacia el centro de Florencia. Le han dicho que en la Hermandad de la Misericordia tal vez puedan ayudarlo. Allí se encuentra un servicio ciudadano de transporte de inválidos. Tal vez haya algo también para él. Sí, porque mientras ellos se jugaban el pellejo por su país, los desertores que se habían quedado en casa les robaban el trabajo y ahora el emboscado está ahíto y el combatiente hambriento. En Francia, los veteranos victoriosos han desfilado bajo el Arco de Triunfo de Napoleón, en todos los países su recibimiento ha sido apoteósico y a ellos, en cambio, a ellos que han destruido a uno de los más grandes imperios de la historia, extenuados en una epopeya gigantesca, los han mandado a casa en la oscuridad y de puntillas. Nada de marcha sobre Viena, nada de desfiles, nada de colonias, nada de Fiume, ninguna compensación, nada de nada. Todo va mal. Se vive al día. ¿Para eso han combatido en una guerra?

La fachada de la catedral en mármol policromado resplandece bajo el sol de primavera. La inmensa cúpula de Brunelleschi, la más grande construida jamás con albañilería, parece celebrar la gloria de un pueblo que, después de Caporetto, encontró fuerzas para triunfar sobre sí mismo. Pero ahora Italia se desliza nuevamente hacia el abismo, hacia las huelgas, hacia el sabotaje de los «rojos» que la quieren como feudo de Moscú, como si no fueran italianos ellos también, como si hubiera que avergonzarse de la gloria. Expiar. Expiar el espíritu de la guerra. Eso es lo que ha gritado en el Parlamento el diputado Treves. Y ahora pretenden hacer pagar la victoria a quienes ya la han pagado con el sudor y con la sangre, a los intervencionistas, a los veteranos, a los mutilados, a los hermanos que supieron resistir en las noches de las mesetas. El gobierno de Nitti respalda la estafa. Humilla a los chicos del Piave amnistiando a los desertores, pretende liquidar la guerra victoriosa como una empresa declarada en bancarrota. Les ha pedido incluso a los veteranos que dejen sus uniformes en casa, otra vez para «no provocar». El *Avanti!* corea la propuesta proclamando que los italianos son los «perdedores de entre los ganadores». Y tiene razón. Todo va dando bandazos en esta retirada sin fin. Todo va mal.

«¡Abajo el capitalismo!» El grito proviene de un grupo de albañiles que está adoquinando la plaza frente a la entrada lateral de Santa Maria del Fiore. La han tomado con él, insultan al descarado soldado de uniforme que pasa renqueante, con un brazo colgando del cuello, hacia la sede de la Misericordia. Lo acusan de haber apoyado la guerra imperialista de los patronos. Le gritan «asesino», «infame».

La entrada de la asociación caritativa está a unos cuantos pasos, los adoquinadores serán media docena, el soldado está solo, maltrecho, pero también está pálido de ira. Se enroló como voluntario en la Compañía de la Muerte de Baseggio no para esquivar el trabajo duro, sino porque le gustaba la aventura, como durante su infancia en América, el continente cuyo nombre lleva; participó en la batalla del monte Sant'Osvaldo, en Valsugana, donde en un ataque frontal a las posiciones enemigas todo su batallón quedó destrozado; él, en los días de Vittorio Veneto, en el monte Pertica, una cima inexpugnable del Grappa de mil quinientos metros de altura, disputada a los austriacos palmo a palmo, fue herido por una ráfaga de ametralladora disparada desde un avión enemigo, pero se negó a ser hospitalizado y regresó a primera línea donde, tres días después, resultó herido por segunda vez por una esquirla de casquillo de un proyectil lanzado por una batería; él, que por la conquista de un baluarte en Valsugana fue elogiado públicamente por Baseggio frente al general Grazioli; él, a quien concedieron una medalla de plata y una cruz de guerra; él, que lleva la guerra en los huesos anquilosados de su mano izquierda; él, que empleó su permiso extraordinario en un atormentado viaje a Albania, junto a su compadre Banchelli, en una búsqueda inútil de la tumba donde yace su hermano Albert, teniente del batallón número 35 del regimiento de infantería ligera, caído en combate el año anterior. A él, a este hombre que lleva el nombre de un continente aventurero, esos cobardes lo tachan de infame.

No puede soportarlo. Hubiera sido mejor quedarse allá arriba, para fertilizar la tierra, entre las dolinas del Grappa.

El soldado se planta en medio de la plaza. Grita: «¡Emboscados!». Se lleva la mano al puñal.

En un instante se le echan encima. Un muchacho descamisado, bajo y achaparrado, se lanza contra su cara, propinándole dos golpes en los dientes. El soldado victorioso ya está en el suelo, cubierto de esputos, acribillado a patadas. Permanece en silencio, no grita, no implora, pero su cuerpo de macho adulto poderoso, que ha retrocedido veinticinco años en pocos segundos hasta la posición fetal, proclama ante la basílica de Santa Maria del Fiore su inequívoca y patética súplica. Nadie la recoge. El primero de los adoquinadores que lo ha agredido le arranca los distintivos de Osado de la chaqueta y se los mete en la boca.

Los camilleros de la Misericordia se lo encuentran así, acurrucado aún como un feto adulto. Lo cargan en la camilla en esa posición. No está herido de gravedad —solo moraduras, escoriaciones, algún diente roto—, pero parece que en el mundo de aquel hombre ya no se encuentra una sola buena razón para recuperar la postura erguida. No recobra la palabra hasta más tarde, para puntualizar una cuestión de acentos con el policía que para redactar el informe recaba sus datos personales.

—Dùmini —precisa—, Amerigo Dùmini. Con el acento en la primera sílaba. A lo toscano.

Filippo Tommaso Marinetti, Benito Mussolini
Milán, 15 de abril de 1919

Hoy todo está en silencio. Milán contiene el aliento.
Desde medianoche, los tranviarios y los equipos nocturnos de gasistas no han reanudado su trabajo. Ninguna de las líneas al norte del centro de la población funciona. Los servicios públicos han quedado suspendidos. La totalidad de los cientos de fábricas que acogen a la inmensa población de la ciudad más industrializada de Italia está cerrada. Sin excepción. Ni un solo obrero se ha presentado en el trabajo.

Toda la masa proletaria está en la periferia, pero esta vez la huelga también ha afectado al centro. Todas las tiendas, los locales de corso Vittorio Emanuele, de piazza del Duomo, de la Galería están cerrados. Al igual que en cada distrito de la ciudad, todo cerrado. Los bancos están vigilados por la fuerza pública o por el ejército, pero están cerrados. Las oficinas municipales están cerradas. Las oficinas comerciales están cerradas.

Hace dos días, en la mañana del 13 de abril, un mitin socialista en via Garigliano, después de un tiroteo con la policía, terminó con varios heridos y un muerto. Se esperaba que hablase Filippo Turati pero, no se sabe por qué, el viejo líder del socialismo reformista y humanista no se presentó. En su lugar tomó la palabra Ezio Schiaroli. El revolucionario anarquista atacó violentamente a Mussolini e incitó a los obreros a tomar el poder por medios violentos. La policía a caballo cargó brutalmente en via Borsieri. Por primera vez, la multitud reaccionó. Apedreamientos, actos vandálicos, garrotazos. El enfrentamiento fue encarnizado. Policías y carabineros no salían de su asombro. Y tuvieron que retroceder, empujados por la masa de los asistentes al mitin, que no cedían. Luego se recurrió a la sección de artillería: los agentes abrieron fuego contra el pueblo, como siempre se había hecho desde hacía casi un siglo. El pueblo reaccionó proclamando la huelga general para el 15 de septiembre. Ahora todo hace suponer que se derramará más sangre. La espiral de la violencia gira, como de costumbre, de matanza proletaria en matanza proletaria.

Desde hace cuarenta y ocho horas, Milán vive una ininterrumpida vigilia de armas. Cuesta hasta respirar. La tensión nerviosa se ha vuelto insoportable. Se ha extendido, señala Mussolini en su periódico, un «pánico imbécil», semejante al que se desata ante el anuncio de una ofensiva enemiga. Pero hace meses ya que la angustiosa espera se ha convertido en el estado de ánimo dominante, casi constante. El *Avanti!*, dirigido por Giacinto Menotti Serrati —exdescargador de carbón leninista que reemplazó en 1914 a Mussolini en la dirección del diario socialista—, mantiene diariamente en estado de alerta a los proletarios ante la inminente marea revolucionaria. Marea que, mientras tanto, ya está inundando Europa.

En noviembre, en Múnich, Kurt Eisner declara Baviera república socialista. En febrero, Anton Graf von Arco auf Valley, un aristócrata muniqués rechazado por las logias secretas de la extrema derecha por ser hijo de un judío, dispara contra él. El 6 de abril, los socialistas en pugna con los comunistas por el poder vacante proclaman la República Soviética de Baviera, gobernada por Ernst Toller, un dramaturgo del todo incompetente. Su encargado de Asuntos Exteriores, que ha sido internado varias veces en hospitales psiquiátricos, declara la guerra a Suiza porque se niega a prestar sesenta locomotoras a la Baviera soviética. El gobierno de Toller se derrumba al cabo de seis días, reemplazado por los comunistas, encabezados por Eugen Leviné, aclamado por los trabajadores como el «Lenin alemán». Pocos días antes, el 21 de marzo, en Budapest, Sàndor Garbai y Béla Kun también habían proclamado la República Soviética de Hungría, que se alió con la Rusia de Lenin y, para recuperar los territorios perdidos como consecuencia de la derrota en la guerra, invadió Eslovaquia y atacó Rumanía.

Hace meses, en definitiva, que cada día es una vigilia. Las decenas de miles de proletarios que abarrotan en la mañana de este 15 de abril de mil novecientos diecinueve el mitin del estadio de Milán, mientras escuchan las palabras inflamadas de sus tribunos y olfatean el vago olor a sangre que impregna el aire, sienten que se acerca la revolución, su terror. En todos prevalece, absolutamente en todos, la expectativa de algún cataclismo.

A primera hora de la tarde, sin ningún plan predeterminado, como atraída por el magnetismo del desastre, una vanguardia formada por algunos miles de manifestantes se desprende de la enorme comitiva e invade via Orefici, dirigiéndose hacia el Duomo. La protesta se desborda desde el estadio hasta la calle, hacia la revolución. La posguerra parece tener prisa. No se puede vivir todos los días con un apocalipsis en el horizonte.

El hombre que en piazza del Duomo, al otro lado del cordón de soldados contra los cuales se ahoga la manifestación socialista, arenga violentamente a la pequeña multitud de burgueses, oficiales, estudiantes universitarios, Osados y fascistas, aferrado al león de mármol tallado en la base del monumento ecuestre a Víctor Manuel II, primer rey de Italia, es un poeta. Se llama Filippo Tommaso Marinetti y en mil novecientos nueve fundó la primera vanguardia histórica del siglo XX italiano. Su manifiesto por un movimiento poético futurista ha adquirido resonancia europea, desde París hasta Moscú: propone destruir los museos, las bibliotecas, las academias de todo tipo; asesinar el claro de luna y cantar a las grandes multitudes sacudidas por el trabajo, el placer o las revueltas; glorificar la guerra —«única higiene del mundo»—, el militarismo, el patriotismo, el gesto destructivo de los libertadores, las ideas hermosas por las que se muere y el desprecio por la mujer.

Después de haberla celebrado con palabras y en libertad, en mil novecientos quince el poeta conoce en persona la tan enaltecida guerra. Tras abandonar los lujos burgueses de su palacio de corso Venezia, amueblado en estilo neoegipcio, se enroló como voluntario en las tropas de montaña, combatió, fue herido, regresó al frente, saboreó la derrota en Caporetto y luego el triunfo en Vittorio Veneto al volante de un vehículo blindado Lancia modelo 1Z.

Ahora, una vez descendido del león a los pies del monumento del rey a caballo, Filippo Tommaso Marinetti, con tono autoritario, conmina a los presentes, que lo miran perplejos envueltos en sus levitas grises y debajo de sus bombines, a que se sumen a la columna de los contramanifestantes. La lucha no admite terceras posiciones, nada de neutralidad. «¡Nada de espectadores! —grita el fundador del futurismo a los burgueses neutrales que caminan por la Galería—. ¡Nada de espectadores!».

Mientras tanto, bajo el monumento, todos sienten próximo el ataque de los socialistas. «¡Ahí están! ¡Ahí están!», grita alguien. Falsa alarma. El industrial químico Ettore Candiani, que ha sustituido a Marinetti, retoma su perorata. Nadie lo escucha. «¡Ahí están! ¡Ahí están!» Los Osados sacan los revólveres.

Por un momento, las dos facciones se encaran a ambos lados del cordón de los carabineros que bloquea la salida de via dei Mercanti. Al frente de la columna socialista están una vez más las mujeres con el retrato de Lenin en alto y con la bandera roja. Cantan desaforadas, jubilosas, sus canciones de liberación. Invocan una vida mejor para sus hijos. Siguen creyendo que han venido a participar en desfiles, en minuetos de revolución. A la cabeza de los otros manifestantes, mucho menos numerosos, hay hombres que en los últimos cuatro años han convivido diariamente con la matanza. La desproporción es grotesca. Una relación diferente con la muerte socava un abismo entre los dos grupos.

El cordón de los carabineros se abre. Desde el lado de piazza del Duomo, los oficiales uniformados y los Osados avanzan sin orden establecido, como si nada, empuñando el revólver. La batalla propiamente dicha dura alrededor de un minuto.

Desde el lado socialista, donde son millares, vuelan las piedras, algunos garrotes. Del lado de los oficiales, Osados y futuristas, que son cientos, disparos de revólver. Se tira al aire, luego contra la columna socialista. La columna insiste unos segundos más, asombrada, luego muda. En ese brevísimo intersticio ya nadie canta. Mujeres y hombres contemplan perplejos a esos monstruos uniformados erguidos delante de ellos. Los Osados irrumpen como actores inesperados en un escenario que no contemplaba su presencia.

Un instante más y la columna socialista se dispersa. Su desbandada es atropellada, la impulsa un pánico demente. Dos mil hombres y mujeres, que hasta hace un minuto ensalzaban la revolución, ruedan por los suelos. Desde allí miran con terror a los enemigos que, de pie, avanzan con lentitud, sin ningún orden en particular, recargando tranquilamente sus revólveres. Muchos se aplastan contra el adoquinado, encogiéndose entre escalón y escalón de la Loggia dei Mercanti. Los oficiales en pie, sin embargo, guardan el arma de ordenanza de su rango militar y empuñan lo que consideran más apropiado para el castigo servil. Ahora echan a correr. La emprenden a bastonazos contra los amontonamientos de obreros aterrorizados. La sangre corre por los escalones. Mientras apalean a los manifestantes, oficiales y Osados se mofan de ellos: «Grita viva Lenin ahora. ¡Grita viva Lenin!». Un muchacho, trastornado, tiende algunas liras desde el suelo, como si pudiera comprarse el perdón.

Marinetti, enzarzándose con un obrero robusto, termina contra el cristal de la garita de una portería. Dos Osados lo sacan de debajo. El poeta debe interceder para que no lo maten.

Ahora todos, revólver en mano, bajan por via Dante pegados a las paredes, disparando al aire. La gente huye. La calle se vacía. El hermano de Filippo Corridoni, mártir del intervencionismo caído en el primer año de la guerra, regresa del Foro Bonaparte con el brazo derecho ensangrentado. Allí, a doscientos metros, los manifestantes socialistas siguen todavía agolpados en los mármoles del monumento a Garibaldi. Un orador, en lo alto del basamento, continúa pronunciando un discurso. Aún grita, como si estuviera hipnotizado por un mantra, su ritual «¡Viva Lenin!».

Un Osado extrae el puñal y, él solo, se lanza como una bala a toda velocidad por la calle desierta. Se encarama al monumento, apuñala al comunista. De repente el monumento recupera su blancura. El mitin ha terminado.

Mientras regresan triunfantes a piazza del Duomo, los asaltantes se agolpan de nuevo alrededor del monumento del que habían partido, el del rey a caballo. Marinetti está cansado, agotado, con magulladuras en el pecho. Insisten para que el poeta hable. De ninguna de sus palabras quedará recuerdo.

Después de haber dispersado al enemigo, incéndiale la casa. Y la casa de los socialistas es su periódico. La sede milanesa del *Avanti!,* bandera del socialismo italiano, se encuentra en via San Damiano, por entonces atravesada aún por un canal. Cuando, por la noche, llegan los asaltantes, la encuentran defendida por un cordón de soldados de uniforme. Su oposición es blanda: muchos de los manifestantes han sido comandantes suyos en la guerra. La defensa pronto se convierte en asedio.

Entonces, de repente, un tiro, casi seguramente disparado por los socialistas desde el edificio, con un rifle probablemente armado por el terror, derriba a uno de los guardias. Se llama Michele Speroni, tiene veintidós años y ha sido alcanzado por la espalda. La sangre le mana a borbotones de la nuca. Uno de los oficiales sale de la multitud de Osados y fascistas, se agacha y levanta el casco del soldado abatido por los socialistas. El oficial habla, grita, pero tampoco en este caso le escucha nadie. Se abre una pequeña brecha en el punto por donde avanza la camilla que transporta a la víctima. Los asaltantes pasan por ahí.

Aún se producen algunos disparos desde el interior, después los Osados escalan por las ventanas apoyándose en las rejas bajas de la planta inferior, que les sirven como travesaños. Una vez dentro, no encuentran a nadie que defienda la casa. Todos los socialistas han huido por la puerta de atrás. Da comienzo el saqueo. Metódico, competente, sin oposición.

Lo destrozan todo. Rocían todas las salas con líquidos inflamables, derraman leche sobre los volúmenes encuadernados, vuelcan los escritorios, destruyen las máquinas de escribir y los archivos. La acumulación de material histórico la hacen añicos a base de golpes de maza. Todo tirado por el suelo, los techos se descascarillan por el calor incandescente, miles de fotografías litografiadas de Lenin, listas para ser enviadas por toda Italia, vuelan desde la ventana. La emprenden a mazazos con todo. Con calma, con precisión, como expertos en destrucción. En este asalto no hay cuerpo a cuerpo, no hay disputa. No hay ideas, ni siquiera las brutales y vengativas. Pura devastación.

El único obstáculo que se les opone son las rotativas. La maquinaria pesada de los tipógrafos no se deja mellar por los palos, ni tampoco por los puñales de los Osados, que las rodean hechizados como grandes simios en torno a un meteorito caído del cielo sobre la tierra.

Al cabo de unos minutos de incertidumbre, se adelanta un joven gigantesco, aparta a los soldados y esgrime bien a la vista una barra de hierro. La herramienta implica un adiestramiento. El joven se llama Edmondo Mazzucato, lleva el uniforme de los Osados con las llamas negras en las solapas de la chaqueta y varias medallas debajo del distintivo. Huérfano, sin medios, encerrado desde la infancia en un internado salesiano, Mazzucato perdió su primer empleo a los quince años por sumarse a la huelga general de mil novecientos cuatro. Impaciente, rebelde, violento, después de mudarse a Milán y abrazar las ideas anarquistas, fue encarcelado varias veces, tanto por las autoridades civiles como por las militares. En mil novecientos nueve golpeó brutalmente a un cabo que, por puro rencor, le había negado el paseo vespertino. Este paria antisocial ha trabajado desde niño como mozo de almacén, dependiente, escribano, viajante, hasta encontrar su camino aprendiendo el oficio de cajista-tipógrafo, siempre al servicio de periódicos anarquistas, libertarios, revolucionarios. Al estallar la guerra, encontró por fin su vocación: se enroló como voluntario, fue ascendido y condecorado varias veces en el campo de batalla por méritos de guerra.

Resulta evidente que Mazzucato, quien, como muchos otros fascistas, también se ha pasado del bando socialista al adversario, tiene una última enseñanza ejemplar para sus compañeros de armas: levanta la barra hasta arriba, para que todos la vean bien, luego la introduce entre los engranajes de la maquinaria de impresión con pericia científica y pone las rotativas en movimiento. La fuerza obtusa de la máquina se destruye a sí misma. El joven extipógrafo de la prensa revolucionaria destruye su propio pasado.

Media hora más tarde, todo el edificio es pasto de las llamas. En via San Damiano, la policía asiste al espectáculo del fuego hombro con hombro con los individuos que lo han prendido. A los bomberos se les impide que intervengan para dar tiempo a que la hoguera se consuma.

Ya es de noche cuando en *Il Popolo d'Italia* Marinetti le narra los sucesos de aquel día memorable al director, que no ha participado. Había habido, de hecho, un conciliábulo con los manifestantes en la tarde del 14, pero durante toda la jornada campal, Mussolini no se ha movido de su minúsculo despacho. Ni siquiera ha salido para almorzar. A mediodía encargó la comida en una taberna cercana. El director la ingirió sentado en una mesita en el rellano de las escaleras, insistiendo entre bocado y bocado en verificar el funcionamiento de su revólver de cañón corto con un tambor de reserva. Pero no llegó a poner un pie fuera del periódico.

Ahora escucha sentado detrás del escritorio de su miserable despacho. A sus espaldas, en la pared tapizada con papel pintado con motivos de hojas amarillentas, ondea la bandera de los Osados. Sobre el escritorio, entre los papeles desordenados, los periódicos atrasados y el teléfono de manivela, hay tres granadas de mano modelo Sipe y un revólver. A la izquierda, una estantería de cinco baldas alberga un servicio de té; al lado languidecen una papelera para los documentos desechados y un taburete, ambos inestables sobre las irregularidades de un vetusto pavimento de gravilla con hexágonos de color blanco y magenta.

Mientras Marinetti prosigue con su relato, Mussolini asiente con la cabeza. Sin embargo, su mirada está fija en la pequeña tabla de madera que Ferruccio Vecchi sostiene entre sus manos desde que entró en la habitación. Es el letrero que han arrancado en la entrada del *Avanti!* y está claro que dentro de pocos minutos, cuando el poeta haya terminado su canción de gesta, el trofeo de guerra le será entregado con un rito de homenaje. Benito Mussolini tendrá que tomar con sus propias manos el cuero cabelludo del enemigo muerto y exhibirlo desde la galería a los Osados que alborotan en el patio. El minúsculo cuartucho del director se llena, en efecto, de cánticos goliardescos que provienen de la calle: «¡Hete, hete..., el *Avanti!* al garete! ¡Hete, hete..., el *Avanti!* al garete! ¡Hete, hete...!». Mussolini los escucha y se acaricia el cráneo lampiño en el que el recrecimiento ensombrece un ralo casquete gris azulado. Cinco años atrás, el director del *Avanti!* era él. Adorado por sus lectores, lo había elevado a tiradas nunca antes alcanzadas. Ahora está a punto de pisotear su cadáver.

Marinetti ha acabado. Vecchi le tiende el letrero. Mussolini se echa hacia atrás por un instante, en un gesto de repulsa. Las vísceras quedan al descubierto, los intestinos se esparcen, metro a metro, por el suelo de gravilla. Hay dos hombres y dos directores sentados en esa única silla bajo la grotesca bandera clavada en las flores amarillentas del papel pintado. Hay padres e hijos.

—Esta es una jornada de nuestra revolución —proclama al cabo de unos minutos el director de *Il Popolo d'Italia* a los Osados que abarrotan el mugriento patio.

»El primer episodio de la guerra civil ha tenido lugar.

La sentencia ha sido pronunciada. A partir de ese momento una pequeña patrulla de veteranos armados acampará en los sótanos para vigilar el periódico. En el techo se instalará una vieja ametralladora Fiat para explorar la calle, caballos de Frisia y alambre de púas a la entrada del callejón para defender un periódico de circulación nacional como si fuera el Estado Mayor en una zona de guerra.

Esta noche, sin embargo, Mussolini insiste en volver a casa solo. Después de la maquetación, a las tres de la madrugada, detiene un coche público arrastrado por un jamelgo. Va a Foro Bonaparte, esquina con via Legnano.

Mientras el animal exhausto renquea por los adoquines, la soledad del pasajero es perfecta. Una distancia insalvable lo separa de la raza humana.

Respecto a la jornada del 15 de abril, habíamos tomado la firme decisión, junto con Mussolini, de no promover ninguna contramanifestación porque preveíamos posibles conflictos y nos horrorizaba la idea de derramar sangre italiana. Nuestra contramanifestación se formó espontáneamente por una invencible voluntad popular. Nos vimos obligados a reaccionar contra las premeditadas provocaciones de los emboscados [...]. Con nuestra intervención pretendemos afirmar el derecho absoluto de cuatro millones de combatientes victoriosos, los únicos a quienes corresponde dirigir y dirigirán a toda costa la nueva Italia. No provocaremos, pero si somos provocados agregaremos algunos meses a nuestros cuatro años de guerra [...]

Proclama pegada en los muros de Milán el 18 de abril de 1919, firmada por Ferruccio Vecchi y Filippo Tommaso Marinetti

Deploramos sinceramente que haya corrido la sangre en las calles de Milán, nos ha pesado más esa sangre que una batalla perdida; pero quien no tiene derecho a quejarse, quien no tiene derecho a la protesta es precisamente el *Avanti!*, enaltecedor del «terror rojo», enaltecedor de la guerra civil. ¿Acaso creían en via San Damiano que podía sembrarse sin medida el odio contra los intervencionistas y patriotas, creían que podían redactarse listas de proscripción, creían que podía ser enaltecida la dictadura del proletariado como *redde rationem* para aquellos que han amado a su patria, sin que la reacción fuera inmediata e imperiosa?

Pietro Nenni,
fundador del Fascio de Combate de Bolonia,
Il giornale del mattino, 17 de abril de 1919

A la larga lista de nuestros muertos se han añadido nuevos nombres. A nuestro periódico —*Avanti!*— se le ha impedido la palabra durante un único día, porque mañana, gracias a nuestros esfuerzos y a los vuestros, resurgirá más ardiente y rebelde en defensa de nuestros derechos. Orgullosos de la solidaridad de todo el proletariado de Italia, y en virtud de esa disciplina que se hace necesaria en determinados momentos históricos, os aconsejamos que regreséis al trabajo mañana viernes.

Manifiesto de la sección milanesa del
Partido Socialista Italiano, 17 de abril de 1919

Por lo tanto, es nuestro deber no caer en provocaciones premeditadas [...] sino fortalecer las iniciativas del proletariado con tenacidad y con ardor [...] para la preparación de esa huelga general que, siguiendo el ya inexorable movimiento proletario internacional, debe ceñirse al supremo objetivo de la dictadura del proletariado para la expropiación económica y política de la clase dominante.

Moción de la dirección del Partido Socialista
en su reunión de Milán el 20 de abril de 1919

Estamos aquí para deciros con una serenidad que no se hallará desde luego en el alma de vuestros enemigos: fracasaréis. Fracasaréis con la violencia callejera y fracasaréis de la misma manera con la violencia togada y legal.

Avanti!, edición romana, 22 de abril de 1919

En la jornada del 15 de abril, los socialistas maximalistas milaneses revelaron a plena luz del sol su alma filistea y pusilánime. Ni un solo gesto de revancha se ha esbozado o intentado...

Benito Mussolini,
Il Popolo d'Italia, 16 de abril de 1920

Gabriele D'Annunzio
Roma, 6 de mayo de 1919

La enorme multitud reunida en piazza del Campidoglio permanece inmóvil, inmóvil como la estatua ecuestre del emperador Marco Aurelio, alrededor de la que se agolpa. Aguardan todos con la cabeza echada hacia atrás y la mirada dirigida hacia lo alto a que Gabriele D'Annunzio haga su aparición en la balconada del ayuntamiento de Roma. Son decenas de miles de hombres, jóvenes en su mayoría, robustos, físicamente intactos, y, pese a ello, ese hombre se las arregla para hacer que se sientan como mutilados. Gracias a la metáfora de la «victoria mutilada», acuñada por el poeta, ahora veinte mil varones jóvenes y enteros sienten que les falta una extremidad o un órgano. Y por esa razón lo adoran.

Son en su mayoría veteranos de la Primera Guerra Mundial, la mayor guerra de la historia, que disputaron y ganaron contra el enemigo ancestral del pueblo italiano, ni un año hace, en las orillas del río Piave y, sin embargo, D'Annunzio logra que se sientan derrotados. Y por esa razón ellos lo veneran. Adoran y veneran al mago capaz de ese milagro de alquimia psicopática que está transmutando la mayor victoria jamás alcanzada por Italia en los campos de batalla en una derrota humillante.

Cuando, en la mañana del 6 de mayo de mil novecientos diecinueve, la gran multitud aguarda inmóvil al pie del monumento ecuestre a Marco Aurelio a que el alquimista de la derrota hable desde la barandilla del Campidoglio, en toda Italia el sentimiento de humillación, de derrota y de injusticia es ya, en efecto, definitivamente unánime. Para ello han bastado dos semanas.

El 24 de abril, el presidente del Gobierno, Orlando, y su ministro de Asuntos Exteriores, Sonnino, abandonaron la conferencia de paz de París. El Pacto de Londres, que estableció en mil novecientos quince las condiciones para su entrada en guerra del lado de Rusia, Francia y Gran Bretaña, prometía otorgar a Italia, en caso de victoria, Dalmacia, durante siglos posesión de la República de Venecia. Según los nacionalistas, además, la nueva doctrina de la autodeterminación de los pueblos, propagada por Wilson, implicaba conceder también a Italia Fiume, una pequeña ciudad con una amplia mayoría italiana, excluida de los acuerdos de Londres. El eslogan es: Pacto de Londres más Fiume. Pero el presidente de los Estados Unidos de América, amo y señor del juego diplomático, no parece tener intención de reconocer al aliado italiano ni una cosa ni otra.

El 23 de abril, Wilson, evitando y humillando a sus representantes, llegó incluso a dirigirse directamente al pueblo italiano con una larga carta publicada en un periódico francés en la que explicaba afectuosamente al aliado menor las razones de su doble negativa: ni Dalmacia ni Fiume. Las razones que adujo podían incluso resultar aceptables, pero lo que prevaleció por encima de todo fue el desprecio. Ese desprecio que rezumaba tono paternalista con el que, en su carta a los italianos, el nuevo y afable amo del mundo instruía a aquellos a quienes Mussolini llama los «alumnos de su victoria». Hasta se rumorea que el presidente francés Clemenceau, de acuerdo con Wilson, calificó en privado a su colega italiano Orlando como «un tigre vegetariano».

Después del abandono de las negociaciones en Versalles, la decepción asumió de inmediato en Italia la apariencia del drama. Los compañeros de ayer nos niegan lo que nos prometieron al precio de seiscientos mil muertos. La conferencia de paz, señala Ivanoe Bonomi, «se nos muestra con todo el aspecto de una encerrona».

La salida de los delegados italianos de París fue un clamoroso gesto de amor propio. Parece ser que a un diplomático que le amenazaba con las graves consecuencias económicas de la ruptura italiana Sonnino le respondió: «Somos un pueblo sobrio y conocemos bien el arte de morir de hambre». Ese pueblo tributó a sus portavoces un recibimiento de orgullosa autoconmiseración. En la última semana de abril, las plazas de toda Italia se inflamaron con las reivindicaciones de Fiume y de la Dalmacia italiana. Como nunca antes en su historia, el pueblo italiano se fundió con sus gobernantes en un común sentimiento de privación. Todo el envite se concentró en el hechizo universal de la derrota, en la voluptuosidad del desastre. Una apuesta decididamente peligrosa.

En el Parlamento, Filippo Turati, jefe indiscutible del ala reformista del Partido Socialista, advirtió sobre los riesgos de esa temeraria apuesta atacando con violencia a Orlando y Sonnino: «O ustedes conocen con certeza matemática que un arreglo es posible [...] ¿A qué viene entonces este enorme revuelo de la opinión pública del país? [...] O no están seguros del resultado y en ese caso el montaje, provocado por ustedes, los aprisiona, les corta todo camino de vuelta que no sea el de una profunda humillación». Fácil profecía.

En efecto, en la conferencia de paz, Wilson y los otros maestros de la victoria continuaron negociando tranquilamente y decidiendo las nuevas fronteras del mundo sin los italianos. A cambio de quince días de orgasmo patriótico, mientras los liberales, los nacionalistas y los fascistas italianos se obnubilan hipnotizados por algunos acantilados del Adriático, en París los aliados se reparten las colonias alemanas en África y el Imperio turco en Oriente Próximo. Solo dos semanas después de su desdeñosa espantada, Orlando y Sonnino se ven obligados, por lo tanto, a volver a París con el rabo entre las piernas. El daño moral es enorme. Un pueblo que se había hecho la ilusión de poder resistir solo contra todos se hunde en el abandono. A millones de pacíficos campesinos, desconocedores del mundo, que durante cuatro años han librado una guerra mundial en las trincheras sin saber siquiera en qué tierra habían sido excavadas, se les dice que se han desangrado por nada, que sus heridas han sido en vano. La decepción estalla en ellos como un dolor casi desesperado.

El tren en el que han viajado Sonnino y Orlando durante toda la noche, angustiados, arrepentidos, ansiosos por no perderse la reunión con las delegaciones alemanas, entra en París justo cuando Gabriele D'Annunzio aparece por fin en el balcón del Campidoglio. Inmediatamente queda claro que el mago tiene toda la intención de mantener los bordes de la herida bien abiertos. Sus ayudantes despliegan en la barandilla del Campidoglio una gran bandera tricolor.

La mano delicada y enjoyada de D'Annunzio está acariciando el estandarte tricolor en el que fue envuelto el cuerpo de Giovanni Randaccio, capitán de infantería, íntimo amigo suyo, caído en la décima batalla del Isonzo durante un asalto suicida contra una colina en la desembocadura del río Timavo, instigado por el poeta. La herida debe seguir sangrando. Sobre el símbolo de la «victoria mutilada», la sangre coagulada del soldado de infantería tiñe de un rojo sombrío el rojo bermellón de la bandera que reluce bajo el sol de Roma. La multitud a los pies de la balconada, todavía inmóvil, contempla la enseña y se palpa en secreto el cuerpo en busca del miembro perdido.

Gabriele D'Annunzio, con su uniforme de gala blanco de oficial de caballería, se aferra con ambas manos a la barandilla desde la que cuelga la bandera-sudario. Ese hombre es un mito viviente.

Gabriele D'Annunzio, nacido en 1863, ha invertido los primeros cincuenta años de su vida en intentar convertirse en el primer poeta de Italia. Y lo ha conseguido. Sus versos y su prosa —en particular la novela *El placer*— han influido en los gustos de una generación y obtenido resonancia internacional. Sostiene arrogante «haber devuelto la literatura italiana a Europa» y no le falta razón. Los principales intelectuales del continente lo leen, lo admiran y lo elogian públicamente. Entretanto, también vive su vida como una obra de arte: dandi incomparable, hedonista militante, seductor triunfal, histriónico, sensual, fecundo, pone su inmensa erudición al servicio de la búsqueda obsesiva de las alegrías de los sentidos y de los más desenfrenados apetitos carnales. Más tarde, en plena *Belle Époque,* casi de repente, el culto estético se transmuta en él en el de la violencia, el desasosiego de una época adquiere tintes sanguinolentos. Su insaciable deseo de conquistas femeninas se convierte en deseo de expansiones territoriales. El cantor de la infinita languidez se transforma en el cantor de la masacre: loa primero las empresas coloniales en sus *Canzoni d'Oltremare,* luego empuja a Italia a la guerra con el discurso de Quarto;[*] el esteta decadente se transmuta en vate, en poeta sagrado, en profeta de la gloria nacional.

No contento aún, tras el estallido de la Primera Guerra Mundial, en el jalón de sus cincuenta años, a la edad en la que los hombres de su tiempo entran en la vejez, D'Annunzio, el caprichoso coleccionista de lacas y esmaltes, decide convertirse en el primer soldado de Italia. Y lo consigue. Tras lograr el permiso para alistarse como oficial de enlace en los lanceros de Novara, y una vez obtenida la licencia de vuelo, participa en incursiones aéreas sobre Trieste, Trento y Poreč, en el ataque contra el Monte San Michele en el frente del Carso. Herido durante un aterrizaje de emergencia, pierde el ojo derecho. Empleará su convalecencia para componer *Nocturno,* una de sus obras más misteriosas e inspiradas; más tarde, tras regresar al frente contraviniendo toda opinión médica, en la décima batalla del Isonzo concibe el arriesgado asalto a la Cota 28 más allá del curso del río Timavo. Ahí es donde muere Giovanni Randaccio. Como queriendo vengar a su amigo, el poeta prepara una serie de sensacionales empresas bélicas: ataca el puerto de Cattaro, sobrevuela Viena con su escuadrilla y lanza desde el cielo octavillas de propaganda que invitan a la rendición a la capital del enemigo, viola el bloqueo naval austriaco en la bahía de Buccari a bordo de pequeñas embarcaciones de asalto con una burlona incursión que eleva la moral de las tropas italianas después de la derrota de Caporetto. Su nombre está inscrito con todo derecho en la lista de los ases y los héroes.

En esos momentos, sin embargo, en el apogeo de su gloria, el poeta-guerrero se siente de nuevo presa de su melancolía.

---

[*] De la localidad genovesa de Quarto zarpó en 1860 la expedición de Garibaldi con sus mil camisas rojas que habría de conquistar Sicilia y sumar el sur al naciente reino italiano. El 5 de mayo de 1915 se inauguró en ese lugar un monumento conmemorativo y D'Annunzio pronunció para la ocasión un sonado discurso exhortando a la por entonces dividida sociedad italiana a tomar partido por la guerra. *(N. del T.)*

Movido por una incorregible desesperación romántica —como advierte Mussolini— después de la triunfal contraofensiva del ejército italiano en Vittorio Veneto, D'Annunzio percibe la sensación de su propia inutilidad repentina. El 14 de octubre de mil novecientos dieciocho, en el último mes de guerra, escribe a Costanzo Ciano, su compañero en la mofa de la bahía de Buccari: «Para mí y para ti, y para nuestros iguales, la paz es hoy un desastre. Espero tener por lo menos la oportunidad de morir como me merezco... Sí, Costanzo, lancémonos a alguna otra gran empresa antes de que nos pacifiquen a la fuerza». Diez días después, cuando la guerra ya está ganada pero el armisticio aún no ha sido firmado, desde las columnas del *Corriere della Sera* el Vate lanza ya la alarma contra el peligro de que Italia quede defraudada. «Victoria nuestra —escribe—, ojalá no quedes mutilada». La expresión comienza a circular de inmediato en boca de los soldados no desmovilizados aún y, como si fuera una de esas inquietantes profecías autocumplidas, en el curso de pocos meses se convierte en realidad.

Este hombre que lo ha tenido todo de la vida y lo ha sido todo, que convertido en soldado, marinero, aviador ha sido el único hombre de letras italiano desde hace siglos en fundir al poeta y al guerrero, la literatura y la vida, los salones y la calle, los individuos y las masas, se abandona a una prematura desilusión cósmica. Y ahí lo tenemos, por lo tanto, aferrado a la barandilla del Campidoglio, preparándose para la última fusión, la que se produce entre el pueblo y su cabecilla.

—Romanos, ayer se conmemoraba el cuarto aniversario del homenaje a los mil de Garibaldi. Era ayer, cinco de mayo: una fecha dos veces solemne, la fecha de dos partidas fatales.

Estas son las primeras palabras que pronuncia D'Annunzio desde ese balcón. Aluden a Garibaldi y a Napoleón. La multitud que lo escucha embelesada sigue inmóvil. El discurso continúa, como siempre, en una lengua áulica, a través de sucesivas oleadas de lemas latinos, referencias eruditas y arcanas, alusiones indescifrables, proclamas solemnes, metáforas refinadas, éxtasis sublimes, preciosismos, arcaísmos, esteticismos. La gente común no lo entiende pero secunda su ritmo oratorio manteniendo el tempo a través de un movimiento ondulante de la cabeza, como si canturrearan abstraídos el estribillo de una canción popular.

Al cabo de unos minutos, sin embargo, el orador parece percatarse por fin de la bandera. El poeta la roza, la acaricia después, la presiona con las yemas de los dedos como si, a través de su consistencia táctil, quisiera asegurarse de su propia existencia.

—Aquí la tengo. Esta es. En la Cota 12, en la cantera de piedra, plegada, sirvió de almohada al héroe moribundo. Esta, romanos, esta, italianos, esta, camaradas, es la bandera de la presente hora.

D'Annunzio recorre la bandera con la mirada como si pretendiera divisar el rostro del amigo perdido. La imagen sublime del infante que ha reclinado su cabeza aquí —afirma— ha quedado impresa en ella como la Sábana Santa de un Cristo menor. No hemos de extrañarnos del milagro: todos los muertos en la religión de la patria se asemejan entre sí.

El orador pide silencio. Ahora escuchadme. El alma de la nación está una vez más suspendida en lo ignoto. Aguardemos en silencio pero de pie. La bandera de Randaccio aparecerá orlada de luto hasta que Fiume y Dalmacia vuelvan a Italia. Que todos los buenos italianos, en silencio, desplieguen el luto sobre sus banderas hasta ese día.

Entonces, de repente, incluso el orador queda en silencio. Ya no hay ninguna voz humana en piazza del Campidoglio de Roma. D'Annunzio gira el cuello a la izquierda y hacia arriba. Aguza el oído hacia un eco lejano.

—¿Los oís? —grita a la multitud. No hay respuesta.

»¿Los oís? —repite.

»Allá lejos, en los caminos de Istria, en los caminos de Dalmacia, que son todos romanos, ¿no oís la cadencia de un ejército en marcha?

Sí, ahora la multitud oye los pasos en marcha de antiguas legiones victoriosas desvanecidas en el tiempo, de los padres míticos que fueron a conquistar el mundo. La multitud que se agolpa en piazza del Campidoglio oye esos pasos e instintivamente, sin saberlo, adaptándose a su ritmo arcaico, bajo el monumento ecuestre al emperador Marco Aurelio, oscilando con el cuerpo hacia la derecha y hacia la izquierda como los portea-dores bajo el peso de un féretro, comienza a marchar en el sitio en el que está. Los muertos van más rápido que los vivos. A las multitudes, bien lo sabe D'Annunzio, hay que hacerlas ondear.

Esta, romanos, esta, italianos, esta, camaradas, es la bandera de la presente hora. La imagen sublime del infante, que apoyó en ella la cabeza, ha quedado efigiada. Y es la imagen de todos los muertos; porque todos los que murieron por la patria y en la patria se asemejan [...]. Ahora escuchadme. Guardad el mayor de los silencios... Una vez más está suspendida en lo ignoto el alma de la nación, que en la dureza de la soledad había encontrado toda su disciplina y toda su fuerza. Aguardemos en silencio pero en pie [...]. Yo, para que la espera sea votiva y el recogimiento sea vigilante y el juramento sea fiel, clavado en el arca de Aquilea, quiero enlutar mi bandera hasta que Fiume sea nuestra, hasta que Dalmacia sea nuestra.

Que todo buen ciudadano, en silencio, enlute su bandera, hasta que Fiume sea nuestra, hasta que Dalmacia sea nuestra.

Gabriele D'Annunzio, Roma, 6 de mayo de 1919

Lo que está ocurriendo es tan enorme que [...] me liaría a golpes contra la pared. Fusilarlos, fusilarlos a todos: no encuentro otra palabra que refleje la idea.

Carta de Filippo Turati a Anna Kulishova
a propósito de las manifestaciones de D'Annunzio en Roma,
mayo de 1919

El sombrero. No es más que un trivial bombín comprado en la tienda de Borsalino de la Galería por cuarenta liras y, sin embargo, ese casquete de fieltro negro atrae su mirada como un imán magnetiza las limaduras de hierro.

Los tañidos del campanario de San Gottardo llenan toda la pequeña y miserable habitación ya saturada por los olores acres del sexo. La mujer yace de espaldas, con los muslos aún separados, desfallecida pero soberana en su descarada desnudez. La campana marca las horas y los cuartos. Él vuelve a mirar el sombrero.

Tiene ya cuarenta años pero sigue siendo hermosa. Ojos de color verde grisáceo, cabello rubio cobrizo, pechos generosos y colgantes de madre que ha amamantado. Vestida es sin lugar a dudas lo más elegante y refinado que el portero de ese tugurio ha visto nunca entrar en el hotel por horas en el que se gana la vida. Pero ahora ella está desnuda, son las seis cuarenta y cinco —nueve tañidos del campanario de San Gottardo— y repasa en voz alta el discurso que su amante debe pronunciar el 22 de mayo en el teatro Verdi de Fiume.

Italia tiene una misión en el Mediterráneo y en Oriente. Basta con echar un vistazo a cualquier mapa para comprender la verdad axiomática de esa afirmación. A igual distancia entre el ecuador y el polo, Italia ocupa el centro del Mediterráneo, que es la cuenca marina más importante de la Tierra. La configuración, el desarrollo costero, la corrección de las líneas la sitúan en una condición privilegiada por la que Italia está destinada a ser la dominadora del Mediterráneo; y es indudable que, reconquistado

58

después de dos mil años el gran baluarte de la muralla alpina, volverá a asomarse al mar que en todo tiempo le proporcionó prosperidad y grandeza. África es su segunda orilla. Puede decirse que esta necesidad mediterránea representa el derecho de cuarenta millones de italianos a disponer de campo libre para su expansión natural. Pero es necesario ser fuertes. La hora de Italia aún no ha sonado, pero inevitablemente llegará. En el orden interno, Italia primero ha de conquistarse a sí misma. He aquí la tarea del fascismo. Un destino imperial superior. Una tradición milenaria llama a Italia a las riberas del continente negro.

Ella aprueba con la cabeza, le gusta la palabra «dominadora». Después elimina algunas expresiones con un trazo resuelto de pluma y concluye que él debe encontrarse con Gabriele D'Annunzio. El aire en la habitación se vuelve irrespirable. Una vez más el sombrero.

Margherita Sarfatti y Benito Mussolini se conocieron en persona en febrero de mil novecientos trece cuando él, con solo treinta años, fue nombrado director del *Avanti!* Ella, responsable de la crítica de arte del periódico socialista, se había presentado ofreciendo su renuncia al nuevo director como se tenía por costumbre con cada cambio de línea política. De ese primer encuentro, ella había de recordar sus ojos exaltados, amarillos, su energía animalesca, su delgadez. Le había dado la impresión de un hombre que pugna por mantener cerrada una puerta que quiere abrirse a toda costa. En todo caso, ya había oído hablar de él con anterioridad. El primero en nombrarlo había sido su esposo, Cesare Sarfatti, un distinguido abogado, exponente de la corriente reformista del socialismo milanés. El 13 de julio de mil novecientos doce, Cesare había escrito a su esposa, que se había quedado en casa, una nota entusiasta desde Reggio Emilia, donde acababa de concluir el congreso del Partido Socialista: «Benito Mussolini. Apúntate este nombre. Él es el próximo hombre». Y Margherita se lo había apuntado.

En Reggio Emilia, el joven, oscuro delegado de la sección de Forlì, se había asomado a la tribuna tan sombrío como un verdugo, con chaqueta y corbata negras, cara pálida, ropa desgastada, cuerpo huesudo, ojos de loco, barba de tres días, y había hablado en un idioma que nunca se había oído antes. Frases quebradas, perentorias, martilleantes, casi siempre precedidas por un yo hipertrofiado, acompasadas por silencios amenazadores, significados inequívocos y militantes, aserciones histéricas y memorables. Benito Mussolini, oscuro delegado de la sección provincial de Forlì, barría en pocos minutos siglos de elocuencia armoniosa y culta, gesticulaba como un chino, maltrataba su sombrero de ala ancha de seguidor de Mazzini, maldiciendo a Dios desde la tribuna del pueblo. El público se había partido por la mitad: los ciegos y los arrogantes se habían reído de él como de una caricatura, todos los demás habían quedado fascinados y consternados.

El blanco de sus iras eran los viejos, señoriles, bondadosos notables del ala reformista. He aquí lo que había ocurrido: un albañil romano había disparado con un revólver al rey, y ellos, con Leonida Bissolati a la cabeza, el gran veterano del socialismo moderado, se habían ensuciado con la culpa de visitar al soberano, subiendo al palacio con sombrero blando y guantes de color pajizo. Y aquel Mussolini, entonces, se arremangó la camisa y los puso a todos contra la pared, para sacudirlos en plena cara. «No puedo aprobar vuestro gesto de cortesanos. Dime, Bissolati, ¿cuántas veces has ido a rendir homenaje a un albañil caído del andamio? ¿Cuántas a un carretero atropellado por su propio carro? ¿Y bien? ¿Qué otra cosa es un atentado contra el rey, más que un accidente laboral?» Aplausos. «Para un socialista, un atentado es una cuestión periodística o histórica, según los casos. Las dotes personales del rey están fuera de discusión. Para nosotros el rey es un hombre, sometido como todos los demás a las extravagancias cómicas y trágicas del destino. ¿Por qué conmoverse y llorar por el rey, solo por el rey? Entre el accidente que afecta a un rey y el que derriba a un obrero, el primero puede dejarnos indiferentes. El rey es un ciudadano inútil por definición.» Aplausos. Hurras. Triunfo.

Al final del día, Bissolati, Bonomi, Cabrini y Podrecca —los jefes del ala moderada— serán expulsados del partido; Benito Mussolini, el revolucionario salvaje llegado de provincias, se erige en su nuevo ídolo; unos cuantos meses más y Margherita, la fascinante hija de la gran burguesía judía veneciana, criada en el Palacio

Bembo que da al Gran Canal, esposa del abogado Sarfatti, cultísima intelectual, paladina del socialismo, rentista de cuarenta mil liras al año, refinada crítica de arte, protectora de Boccioni, mecenas de las vanguardias artísticas futuristas, se habrá convertido en su amante.

Ahora, sin embargo, no estamos ya en mil novecientos doce. Han pasado siete años y una guerra mundial. Los socialistas han llegado incluso a expulsar del partido a ese Benito Mussolini que antes de la guerra era su estrella en ascenso, han señalado con una marca de infamia al traidor que se pasó de repente del frente pacifista al intervencionista, han derribado, sumiéndolo en la vergüenza, a su joven ídolo revolucionario al igual que él había derribado a los viejos patriarcas reformistas. Después de cuatro años de una guerra constantemente hostigada por los socialistas ortodoxos, el primero de mayo, la clase obrera, que odia a los veteranos e intervencionistas, ha celebrado con grandiosas manifestaciones la Fiesta del Trabajo. Las masas, embriagadas por su propio poder, afluyen gigantescas bajo las banderas rojas. El incendio del *Avanti!*, obra de los primeros fascistas, no parece haber hecho mella en ellos. En menos de un mes han recaudado más de un millón para su reconstrucción. Para Mussolini, en cambio, ese incendio ha quemado todos los puentes tendidos hacia sus viejos compañeros. Todos los intentos de crear una comisión para la unidad de las facciones intervencionistas de izquierdas han fracasado. Y además los Fascios de Combate también han resultado un chasco. Escasos centenares de adeptos, dispersos por toda Italia.

En ciertas noches de niebla fría, tiene que caminar arriba y abajo por via Monte di Pietà esperando a que lleguen Marinelli o Pasella para abrir la puerta de la sección. En Rusia, Trotski ha levantado en pocos meses un gigantesco Ejército Rojo de obreros socialistas y él hace semanas que ni siquiera es capaz de formar turnos de escuadras para defender el periódico. Y además las ventas siguen bajando. Morgagni, el administrador, da saltos mortales, pero a veces ni siquiera consigue pagar el papel. Y además está el presidente de los Estados Unidos de América que se obstina en humillar a Italia en la conferencia de paz de París. Y además está esa loca vengativa de Ida Dalser que lo enfanga públicamente. Ha puesto al hijo nacido de su relación clandestina su nombre —Benito Albino—, y ahora ha aceptado setecientas liras de Frassati, el director de *La Stampa* de Turín, para acusarlo de haber fundado *Il Popolo d'Italia* en mil novecientos quince gracias al oro de los franceses. Y además está Bianca Ceccato, la «chiquitina», que se empeña en jugar a los novios. Ha renunciado a su puesto de secretaria en el periódico y llora porque la tachan de mantenida. Antes, él la llevaba a alguna habitación amueblada en via Eustachi, pero ahora ella lo obliga a realizar viajes románticos. Han estado en el lago de Como, en abril estuvieron en Venecia. Se sacaron una foto de recuerdo en piazza San Marco, con palomas en la cabeza. Los porteros de los hoteles creen que es su hija. Tiene diecinueve años. Una carita de muñeca debajo del gorrito de encaje. Reza sus oraciones antes de meterse en la cama.

—Es imprescindible que conozcas a D'Annunzio.

Margherita Sarfatti le dice que el Vate es un amigo muy querido, que ella podría presentárselo. La capacidad de control de esa mujer llena la habitación: los dinamismos del siglo, la bohemia parisiense, la ciudad que se levanta, los escardadores de Novara que después de diecisiete días de huelga obtienen las ocho horas de trabajo, Umberto Boccioni, el mejor pintor de su generación, voluntario en el Batallón Nacional de Ciclistas, que muere en el frente con solo treinta y tres años por un trivial accidente. Ese obsceno cuerpo de mujer-ama los resume a todos, el siglo vibra en sus pechos, en su vientre, en sus muslos desnudos, descarados. Él, Benito Mussolini, originario de Predappio, hijo de Alessandro, se lanza contra esos muslos de señora al igual que una mosca enloquecida se lanza contra el cristal del vaso al revés. Entraría con un caballo, si pudiera. Y eso es todo. Poco más sabe.

El olor en la habitación se ha vuelto terrible. San Gottardo da las siete. Siete tañidos perfectos.

Se levanta, se aprieta el nudo de la corbata, luego deja que su persona fluya en la corriente magnética que lo atrae hacia el bombín. No, ninguna mujer puede presumir de acabar satisfecha del trato íntimo con él. Tan pronto como las ha poseído —algo de por sí rapidísimo—, siente la necesidad imperiosa de volver a ponerse el sombrero en la cabeza.

Benito Mussolini, maestro, hijo de Alessandro, nacido en Predappio el 29-7-1883, residente en Milán en Foro Bonaparte 38, socialista revolucionario, fichado, maestro de primaria habilitado para la enseñanza en escuelas de secundaria, fue en primer lugar secretario de la Cámara del Trabajo de Cesena, Forlì y Rávena, y más tarde, desde 1912, director del periódico *Avanti!*, al que imprimió un sesgo violento, sugestivo e intransigente. En octubre de 1914, tras entrar en conflicto con la dirigencia del Partido Socialista Italiano por su defensa de la neutralidad activa de Italia en la guerra de las naciones contra la tendencia de neutralidad absoluta, se retiró el 20 de dicho mes de la dirección del *Avanti!*

Inició a continuación, el 15 de noviembre, la publicación del periódico *Il Popolo d'Italia*, con el que defendió, en antítesis al *Avanti!* y en medio de una áspera controversia contra este periódico y sus principales inspiradores, la tesis de la intervención de Italia en la guerra contra el militarismo de los Imperios Centrales.

Por esta razón fue acusado por sus compañeros socialistas de indignidad moral y política y se decidió su expulsión...

Tuvo como amante, entre otras, a una cierta Dalser Ida, natural de Trento, de quien tuvo un hijo en noviembre de 1915, reconocido por Mussolini mediante acto público del 11 de enero de 1916... Abandonada por Mussolini, hablaba mal de él con todos, diciendo que lo había ayudado financieramente, sin hacer la menor referencia, sin embargo, a sus antecedentes políticos... Mientras estuvo internada en Caserta, esta mujer, ante un funcionario de esta oficina (febrero de 1918), acusó a Mussolini de haberse vendido a Francia traicionando los intereses de su país y, a este respecto, refirió tener conocimiento de que el 17 de enero de 1914 había tenido lugar un encuentro en Ginebra entre Mussolini y el ex primer ministro francés Caillaux, como consecuencia del cual este último pagó supuestamente a Mussolini la suma de un millón de liras...

Dicha Dalser, sin embargo, es una neurasténica y una histérica exaltada por sus deseos de venganza contra Mussolini y sus declaraciones no son dignas de confianza.

Con todo, de las investigaciones realizadas consta que en efecto, si bien no en la fecha indicada por Dalser sino el 13 de noviembre de 1914 (nótese: dos días antes de la aparición del primer número de *Il Popolo d'Italia*), Benito Mussolini se hallaba en Ginebra, y precisamente en el hotel d'Angleterre.

Informe del inspector general de seguridad pública
Giovanni Gasti, junio de 1919

Respecto al problema político, nosotros queremos: una política exterior no sumisa, reforma de la ley electoral, abolición del Senado.

Respecto al problema social, nosotros queremos: la jornada laboral de ocho horas, salarios mínimos, representantes sindicales en los consejos de administración, gestión obrera de las industrias, seguros de invalidez y pensiones, distribución de tierras no cultivadas entre los campesinos, una reforma eficiente de la burocracia, una escuela laica financiada por el Estado.

Respecto al problema financiero, nosotros queremos: impuestos extraordinarios sobre el capital de carácter progresivo, expropiación parcial de todas las riquezas, incautación del ochenta y cinco por ciento de las ganancias de guerra, incautación de todos los bienes de las congregaciones religiosas.

Respecto al problema militar, nosotros queremos: la nación armada.

El programa de los Fascios de Combate se publica en *Il Popolo d'Italia* el 6 de junio, casi tres meses después de la reunión de piazza San Sepolcro, después de mil discusiones y ajustes. Vociferado a toda página, a seis columnas, en caracteres enormes. Salvo por la revolución, es un programa casi idéntico al de los socialistas revolucionarios, más a la izquierda de los reformistas. Un programa concebido por los expulsados del socialismo para atraer a sus antiguos camaradas.

Cesare Rossi, sin embargo, cree que no servirá de nada. No lo dice abiertamente pero lo da a entender. En su opinión, y él conoce bien al proletariado, a esas alturas es imposible separar a las masas obreras y campesinas de los dirigentes burgueses del Partido Socialista —por muy ineptos e inútiles que sean—, como Mussolini todavía se engaña pensando que podrá hacer. Y Cesarino Rossi es quizá el único asesor político al que Mussolini escucha. Tiene una mandíbula cuadrada como Benito, los ojos redondos y entradas ya profundas. Enarca a menudo las cejas negras y gruesas que casi enlazan la frente con las orejas y exhibe un bigote alto bajo una nariz en forma de flecha.

Nacido en Pescia, en la zona de Pistoya, huérfano de padre, Rossi fue militante socialista, antimilitarista y obrero tipógrafo desde que era un niño, luego renunció al Partido Socialista porque sus dirigentes se perdían en disquisiciones escolásticas y fundó junto con Alceste De Ambris la Unión Sindical Italiana, el sindicato revolucionario de acción directa; él también se pasó al intervencionismo como Mussolini, luchó en la guerra como soldado raso y escribió excelentes crónicas desde el frente; sabe hacer política y sabe hacer un periódico. Es el único al que Mussolini toma en consideración.

El resto de colaboradores que rodean al fundador de los Fascios en *Il Popolo d'Italia* no valen de mucho, o son brillantes pero tarados, o sanos e imbéciles, o peligrosos o completamente inofensivos. Michele Bianchi, pese a tener fe e inteligencia política, es un fanático que no sabe vivir sin meditar propósitos de venganza y sin apretar un cigarrillo entre los dedos; Mario Giampaoli es un delincuente que sigue explotando a las mujeres en Porta Ticinese; Pasella no tiene una sola idea en la cabeza y por esta razón es un excelente orador, útil para enviar a provincias a celebrar mítines; Arnaldo, su hermano, es un apoyo, no tiene precio, buen cristiano, buen padre de familia, buen amigo, adiposo, honesto, bonachón, dócil, con mirada bovina. Rossi, en cambio, tiene la córnea negra del lobo. Y Rossi está convencido de que ya no se puede volver atrás.

Multitudes de socialistas enfurecidos siguen impidiendo los mítines públicos fascistas y, por otro lado, los Osados siguen apuñalando a los jefes obreros cada vez que se les presenta la ocasión. Por ese lado ya no se puede pasar. Entre ellos y el pasado se alza un muro de odio, desprecio y sangre.

Según Rossi, tampoco con los disturbios populares por el aumento del coste de la vida, que se desataron a principios de mes en todo el norte de Italia, se va a ninguna parte. La explosión de rabia popular es genuina, espontánea, pero carece de contenido político. La gente tiene hambre, eso es todo. La inflación está por las nubes, los millones de soldados que han regresado del frente después de cuatro años de guerra no tienen pan. Les había sido prometida la prosperidad, la tierra, y esas son promesas que no se hacen en vano.

En sus reuniones vespertinas, Rossi insiste en disminuir la importancia de los tumultos: las amas de casa que asaltan los puestos de los verduleros y saquean rollitos de anchoas son personas bonachonas, jubilosas, encantadas de poder disfrutar por fin de una frasca de vino por dos liras, personas que se encaminan pacíficamente hacia casa saboreando de antemano la juerga familiar. Estos tumultos que tanto aterran a los burgueses no son desde luego los pródromos de la revolución, todo se reduce a una escabechina de botellas y pollos. Por otra parte, Italia siempre ha sido el país donde todas las revueltas empiezan siempre frente a los puestos de los panaderos.

Y eso también lo sabe perfectamente Mussolini. Él también vocifera desde las columnas del periódico «¡Que paguen los ricos!», se vuelve demagogo, evoca una «santa venganza popular», se solidariza con el pueblo «insurrecto contra quienes lo reducen al hambre». En el fondo, sin embargo, se da cuenta también de que la huelga, los disturbios, se están convirtiendo en una enfermedad epidémica, una fiebre crónica y delirante. Sin necesidad real se abandonan las forjas y los campos, los enfermeros abandonan a los enfermos y los sepultureros se niegan a enterrar a los muertos. El caos es total, creciente, indistinto, pero sin dejar de ser caos. La revolución es algo muy diferente y los líderes socialistas son completamente incapaces de encauzar esa revuelta espontánea hacia la conquista del poder. Lo demostraron con el incendio del *Avanti!* La impresión suscitada por la devastación fue enorme en todo el país. Los dirigentes socialistas, sin embargo, se limitaron a lanzar una suscripción que en pocos días recogió la enorme suma de un millón de liras de su inmenso pueblo, agolpado alrededor de la bandera caída, para invitar a continuación a esas masas de militantes apasionados a volver pacíficamente al trabajo. Esos ineptos predican la paciencia en espera de la fatídica rendición de cuentas revolucionaria, proclamada abiertamente pero pospuesta una y otra vez. Esos socialistas «evangélicos» nunca harán la revolución, insiste Rossi. Y en este aspecto Mussolini está de acuerdo con él.

Cesare Rossi, sin embargo, está convencido de que hay que mirar en otra dirección. En Bolonia los propietarios agrícolas se han agrupado en una federación de grandes terratenientes. Es hacia ese lado, la derecha, hacia donde hay que mirar. Rossi se lo repite continuamente a Mussolini. El programa de San Sepolcro no vale, debemos reescribirlo. Ya basta de nostalgias y despojos de su pasado de izquierdas. Lo que hace falta es preguntarnos, de una vez por todas: ¿quiénes somos?

En este aspecto, sin embargo, Rossi se equivoca. Mussolini, cuando Rossi llega a este recoveco de su razonamiento, por lo general deja de escucharlo. ¿Quiénes somos? Pregunta incorrecta, inútil, dañina incluso. Pregunta superflua porque sobrevalora la importancia de la conciencia.

¿Quiénes son los fascistas? ¿Qué son? Benito Mussolini, su ideador, considera el interrogante ocioso. Sí, claro..., son algo nuevo..., algo inaudito..., un antipartido. ¡Eso es..., los fascistas son un antipartido! Practican la antipolítica. Estupendo. Pero después la búsqueda de identidad debe detenerse ahí. Lo importante es ser algo que permita evitar los obstáculos de la coherencia, el lastre de los principios. Las teorías, y su consiguiente parálisis, Benito Mussolini se las deja de buena gana a los socialistas.

Cesare Rossi tiene razón en el diagnóstico: los Fascios no tienen una idea clara del futuro, no saben adónde quieren ir a parar. Pero Cesarino se equivoca en su pronóstico: este déficit será su salvación, no su condena. Hay que tomar la realidad a grandes rasgos. Al fin y al cabo, cada vida valía otra vida, cada sangre otra sangre. Los fascistas no quieren reescribir el libro de la realidad, solo quieren su lugar en el mundo. Y lo obtendrán. Se trata solo de fomentar los odios entre facciones, de exacerbar los resentimientos. Nada, entonces, quedará excluido. Ya no hay ni izquierdas ni derechas. Solo se trata de alimentar ciertos estados de ánimo que afloran en este crepúsculo de la guerra. Nada más. Eso es todo.

¿El programa de San Sepolcro? Es solo un trozo de papel, una premisa embarazosa. Nos han ensartado bastantes peticiones desconcertantes pero, en el fondo, ellos son los Fascios de Combate y su auténtico programa está encerrado por entero en la palabra «combate». Pueden y deben, por tanto, permitirse el lujo de ser reaccionarios y revolucionarios según las circunstancias. Ellos no prometen nada y mantendrán su promesa.

Rossi se equivoca al querer reescribir el programa teorizando el giro a la derecha. El que tiene razón, por el contrario, es Gabriele D'Annunzio, a quien los programas le importan un bledo: donde hay que poner todo el énfasis, en cambio, es en la acción. Esto seduce a los jóvenes que «avanzan hacia la vida», como en el lema de D'Annunzio: la acción. El problema teórico del programa político se resuelve erradicándolo como una mala hierba: lo único que deben hacer los fascistas es pasar a la acción, a cualquier tipo de acción. Todo, entonces, se simplifica. En esos momentos, cuando el pensamiento se descarga en la acción, la vida interior se miniaturiza, se reduce a los reflejos más simples, se desplaza desde los centros nerviosos hacia los suburbios. Qué alivio...

Al quedarse solo en su despacho, en un día no especificado de junio de mil novecientos diecinueve, Benito Mussolini toma papel y pluma y escribe a Gabriele D'Annunzio:

«Estimado D'Annunzio... ¿Cuándo vendréis a Milán? ¿O preferís que vaya yo a Venecia? Mandadme una palabra. Estoy a vuestras órdenes.»

D'Annunzio y Mussolini se reúnen en persona por primera vez unos días después, el 23 de junio. El poeta, llegado a Roma desde Venecia, se hospeda como de costumbre en el Grand Hotel. Ese mismo día, se ha visto con el rey. Antes de subir al Quirinal, tuvo que desmentir algunos rumores acerca de una conspiración para derrocar al gobierno que supuestamente había tramado con Mussolini, con Federzoni, el jefe de los nacionalistas, con Peppino Garibaldi, sobrino del héroe, y con el duque de Aosta, primo del soberano. Su desmentido será recordado entre sus frases más célebres: «Mi acción es tan clara y tan pura que nada teme ni de enemigos ni de amigos ni hoy ni nunca. Yo obro, no maniobro».

Al mismo tiempo, en una entrevista en la *Idea Nazionale,* el Vate se apresuraba a lanzar una proclama subversiva: «Es necesario que la nueva fe popular prevalezca, por cualquier medio, contra la casta política que intenta prolongar por todos los medios formas de vida discapacitadas y dignas de desprecio. Si se hace necesario llamar a la carga, yo mismo lo haré. Y todo lo demás es podredumbre». Al cabo de unas horas tan solo, la imagen de la clase política como una «casta» privilegiada y separada de la sociedad, con la misma rapidez que la de la «victoria mutilada», comienza a arraigar en el tronco del descontento popular.

En cambio, Mussolini ese día asiste a la primera asamblea del Fascio romano constituido el 15 de mayo por iniciativa de los futuristas Mario Carli y Enrico Rocca y de Giuseppe Bottai, un joven teniente de los Osados, poeta aficionado. Asisten los cuatro gatos habituales.

Después Mussolini participa en el Primer Congreso Nacional de los Combatientes, inaugurado en el Campidoglio, y transmite por teléfono al diario una crónica con los detalles. Parece que los nombres de Francesco Saverio Nitti, nuevo presidente del Gobierno en sustitución de Vittorio Emanuele Orlando después de la enésima crisis, y de Giovanni Giolitti, el viejo estadista que maneja las maniobras parlamentarias entre bambalinas, fueron sonoramente silbados. Algunos sostienen que también se silbó el nombre de Mussolini, protector de los veteranos pero traidor a la causa socialista. Este detalle, sin embargo, en la crónica de *Il Popolo d'Italia* no aparece.

Sea como fuere, la conversación entre Mussolini y D'Annunzio tiene lugar por la tarde en el Grand Hotel. Como acompañante de Mussolini acude el periodista Nino Daniele. En la reunión, que según se dice duró una hora, no hubo testigos.

Solo asistió el fantasma de una mujer, Margherita Sarfatti, quien, pese a admirarlo inmensamente y seguir siendo su amiga, habrá rechazado el cortejo del poeta desde mil novecientos ocho. Fue ella quien intercedió para que se celebrara el encuentro y fue ella quien magnificó ante Mussolini el proyecto de un raid aéreo, concebido por el poeta, con el que él mismo, a bordo de uno de los aviones que ya pilotara durante la guerra, aspiraría a enlazar Roma con Tokio. Apasionada de la aviación, Margherita lleva suplicando a D'Annunzio, de hecho, que la incluya en la expedición desde que ha empezado a circular la noticia. Incluso Mussolini, empujado por su amante, acaba de empezar a tomar clases de vuelo emulando a D'Annunzio. Pero es solo un novato. Ni siquiera en ese campo, la conquista del cielo, puede competir con su rival.

Además de compartir esos fantasmas, carnales y etéreos, parece que los dos hombres coincidieron en la necesidad de dar a Italia un gobierno de combatientes y de oponerse frontalmente a la gran huelga que los socialistas de toda Europa habían declarado para solidarizarse con los ejércitos rojos de Lenin. Ya había sido apodada como la «huelguísima».

«Un hombre interesante este Mussolini», parece ser que dejó caer D'Annunzio, libre por fin para dedicarse a su jubilosa y adorada jauría de galgos después de haber despedido al amante de su vieja amiga Margherita.

El problema está claro. La nación italiana es como una gran familia. Las arcas están vacías. ¿Quién ha de llenarlas? ¿Nosotros, tal vez? ¿Nosotros, que no poseemos casas, automóviles, bancos, minas, tierras, fábricas, billetes? Quien puede «debe» pagar. Quien puede debe desembolsar [...]. Una de dos: o los benditos terratenientes se expropian a sí mismos y entonces no habrá crisis violentas, porque nosotros somos los primeros en aborrecer la violencia entre gentes de la misma raza y que viven bajo el mismo cielo; o se mantendrán ciegos, sordos, tacaños, cínicos, y entonces dirigiremos las masas de combatientes contra estos obstáculos y los arrollaremos. Es la hora de los sacrificios para todos. Quien no ha entregado su sangre, que entregue el dinero.

Benito Mussolini, Milán, 9 de junio de 1919.
Discurso en las escuelas de corso di Porta Romana sobre los tumultos populares contra el aumento del coste de la vida.
Primer mitin público de los Fascios de Combate

Dada la inexistente estabilidad de su programa, todo acuerdo con los Fascios de Combate resulta imposible. Benito Mussolini, además, es un hombre que no puede ofrecer garantía alguna.

Mario Gibelli, destacado exponente de los republicanos,
junio de 1919

Estoy listo. Estamos listos. La mayor de las batallas está a punto de empezar, y os digo que obtendremos nuestra decimo-quinta victoria.

Carta de D'Annunzio a Mussolini, 30 de mayo de 1919

Diez minas explosivas.

Cesare Rossi estaba tan enfurecido contra sus excompañeros que fue a recoger en persona las bombas a la estación central, donde habían permanecido escondidas en uno de los almacenes desde antes de la guerra, cuando debían servir para perpetrar actos de sabotaje durante una huelga ferroviaria. Rossi conocía bien el escondite porque en aquel momento él encabezaba el ala más violenta de su sindicato. Ahora, a escasos años de distancia, llevado por el odio hacia la enésima huelga de los socialistas, anunciada para el día siguiente —esta vez bautizada nada menos que como la «huelguísima»—, hasta un hombre razonable como Rossi ha aceptado correr el riesgo de introducirse de noche con un amigo de confianza en el área de elevación, donde un jefe de tren fascista le ha entregado diez bombas una por una, y él, una por una, se las ha llevado a su cómplice, quien lo esperaba con una maleta en la plaza de la estación. En caso de que lo detuvieran, fingiría ser un viajero sin medios para ir a un hotel e imposibilitado para continuar su viaje precisamente a causa de las revueltas. Un pobre viajero con diez bombas en la maleta. Su absurdo plan tenía como objetivo aprovechar la confusión para minar la sede del *Avanti!* y la Cámara del Trabajo.

Mussolini acaba de detener justo a tiempo la locura de su redactor jefe. Cuando le reprocha a Rossi la ferocidad de un plan que no tiene en cuenta las víctimas inocentes, el otro le responde que todos los tipógrafos del *Avanti!* son militantes socialistas y que a la Cámara del Trabajo acuden solo los enemigos del fascismo. Las bombas siguen todavía en la casa del cómplice en via Durini, a pocos pasos de la sede del periódico.

Cuando incluso alguien como Rossi prepara un atentado, ya no hay nada que hacer. El camino conduce, en cualquier caso, hacia la tragedia. Las expectativas de cataclismos que ha despertado la «huelguísima» del 20 de julio son tan fuertes como para hacer plausibles diez minas depositadas en una vivienda del centro de la ciudad. La sensación de vivir en el umbral de una nueva era ya está aquí. Sin remisión entre las partes. Entre socialistas y fascistas —sostiene Rossi— podrá haber periodos más o menos largos de tregua pero, al final, acabarán degollándose unos a otros.

Mussolini trata de mantener los acontecimientos en la línea de flotación. Se debate entre la nostalgia de sus antiguos camaradas y la necesidad de encontrar otros nuevos. El 17 de julio, en la primera convención de los Fascios del centro y norte de Italia, celebrada en Milán, se ha optado por mostrar la más firme oposición a la «huelguísima». Han participado en ella no más de una docena de ciudades en representación de unos pocos cientos de miembros, y sin embargo los fascistas han decidido por primera vez adoptar la línea dura, contra los agitadores «rojos», la «raza bastarda que deshonra Italia» tomando como modelo la Rusia de Lenin en lugar de su patria victoriosa contra los austriacos.

Esto por el lado del movimiento, pero Mussolini, para mantenerse a flote, no descuida tampoco las instituciones: Michele Bianchi, siguiendo órdenes suyas, ya ha llegado a un acuerdo con el prefecto de Milán, poniendo a su disposición a los Fascios para tareas de mantenimiento del orden público. El prefecto le ha informado de una novedad explosiva: una circular confidencial del gobierno prevé y alienta por primera vez la colaboración de los fascistas en las tareas de represión, incluso violenta, de cualquier tentativa revolucionaria, siempre que acepten ser dirigidos por las autoridades. El Estado liberal, en definitiva, con tal de frenar el avance de los «rojos», consiente en dejarse flanquear por los fascistas y estos, por primera vez, se opondrán frontalmente a una huelga de las masas populares.

Por otra parte, sin embargo, en la víspera de la «huelguísima» se ha relanzado también la hipótesis de un comité de entendimiento preelectoral entre todas las facciones del intervencionismo de izquierdas que parecía haber naufragado definitivamente solo dos meses antes. Los líderes de la facción socialista que, en contra de la línea oficial del partido, había propugnado en mil novecientos quince la entrada de Italia en la guerra se reúnen justo en la víspera de la «huelguísima» en el aula magna del instituto de secundaria Beccaria de Milán. Asisten todos los expulsados del socialismo oficial y los radicales de la izquierda patriótica.

Mussolini es de los primeros en hablar y pronuncia un hábil discurso. Propone una reorganización social y económica que sitúe en su centro el bienestar de los trabajadores, si bien libre de toda influencia del bolchevismo. Por un momento todos parecen convencidos y de acuerdo. Se baraja la posibilidad de, superando viejas divisiones y personalidades, poder incluso presentarse juntos a las elecciones de noviembre. La nave parece por fin en condiciones de adentrarse en aguas abiertas. Tal vez quepa confiar en una navegación tranquila no lejos de la costa, que hasta podría llegar a obtener un escaño en el Parlamento, a pesar de las proclamas contra la «casta».

Pero es difícil mantenerse a flote con escaso cabotaje cuando la revolución llama a la puerta. La «huelguísima», que ha sido declarada oficialmente por las organizaciones obreras de toda Europa en protesta contra las intervenciones extranjeras en Rusia que apoyaban a las fuerzas contrarrevolucionarias, se plantea como una simple manifestación demostrativa, y sin embargo la situación parece destinada a precipitarse hacia la confrontación total. Incluso el diputado D'Aragona, socialista moderado, declara: «No deberían sorprendernos las noticias de una intentona revolucionaria ni del derramamiento de sangre. Los resultados puede que no sean grandes, pero la insurrección es casi inevitable». En el frente opuesto, le hace eco desde Londres el joven ministro inglés de Guerra y Aviación. Según Winston Churchill, los bolcheviques son nada menos que «enemigos del género humano» que capitanean desde Moscú «una conspiración mundial con el objetivo de derrocar la civilización». En pocas palabras, la «plaga asiática» está a las puertas. Las diez minas permanecen escondidas en una estufa de carbón en via Durini.

De regreso a la redacción en plena noche después de la asamblea en el instituto Beccaria, el director de *Il Popolo d'Italia* debe apartar la cerca de alambre de púas que protege la entrada. Ahí mismo, Albino Volpi mata el tiempo descargando y recargando, meticulosamente, una pistola. El olor a sangre campea por todas partes.

Nos hallamos en un momento en que las autoridades no pueden mantenerse aisladas al contar tan solo con los funcionarios y la fuerza pública [...]. En ciudades donde existen Fascios y asociaciones de combatientes [...] si estos se muestran dispuestos a cooperar en el mantenimiento del orden público y en la represión de la violencia y de las intentonas revolucionarias, realizarán una labor patriótica, poniéndose voluntariamente a disposición de las propias autoridades y aceptando con ánimo disciplinado su dirección, que solo puede ser única.

Francesco Saverio Nitti, jefe de Gobierno,
en una circular confidencial a los prefectos,
14 de julio de 1919

Mattina anuncia entrevista realizada con las autoridades, que habían recibido previamente a Bianchi redactor jefe del *Popolo d'Italia* hallándose Mussolini en Roma. Acuerdo entre Bianchi y prefecto ha sido completo, también por intervención de Mattina. Entonces puede considerarse que Fascios de Combate locales ante toda eventualidad se ponen a disposición de las autoridades.

Telegrama enviado al inspector general de seguridad pública
por la prefectura de Milán el 15 de julio

A este proletariado le hace falta un baño de sangre.

Benito Mussolini, reunión en el instituto Beccaria de Milán,
19 de julio de 1919

Nicola Bombacci
Milán, 20 de julio de 1919

«La bandera roja triunfará.»

Este es el titular de *Avanti!*, en su edición turinesa, el 19 de julio de mil novecientos diecinueve. A seis columnas y a toda plana. Le hace eco *La Difesa,* el órgano de los socialistas florentinos, con tres frases exclamativas en una sola línea: «¡Proletarios! La acción es inminente, ¡consigamos que sea decisiva! ¡A la insurrección!».

En Rusia, en octubre de mil novecientos diecisiete, la bandera roja ya ha triunfado. Ahora ondea en dieciséis frentes de guerra por lo menos, desde Vilnius hasta Samara y Vladivostok, del Báltico al Volga y al océano Pacífico. También triunfará allí porque, en menos de un año, León Trotski ha creado de la nada un Ejército Rojo que ha revolucionado incluso la manera de concebir la guerra. Está inspirado por una nueva relación entre el espacio y la disposición de las fuerzas, que se orienta hacia una guerra fluida, de movimientos planetarios, de hermandad universal, capaz de pensar conceptualmente a gran escala, en un teatro de operaciones tan vasto como la Tierra. Su ejemplo ya tiene seguidores. En la primavera de 1919 la bandera roja triunfó también en Budapest, donde el obrero comunista Béla Kun estableció la República Soviética de Hungría. Y también en Milán, la mañana del 20 de julio de mil novecientos diecinueve a las once horas, frente a la Cámara del Trabajo en via Manfredo Fanti, alojada en los locales que ha puesto a su disposición la Sociedad Humanitaria, por encima de la multitud se agita una marea de banderas rojas.

Ya ha hablado Claudio Treves, el culto y refinado líder de la facción reformista, ya ha hablado Giacinto Menotti Serrati, el belicoso jefe de la maximalista. Todos, sin embargo, esperan a que hable Nicola Bombacci. La Unión General de Trabajadores francesa se ha retirado en el último momento de la «huelguísima», los *trade unions* ingleses han hecho lo mismo, los trabajadores italianos se han quedado solos en su apoyo a sus hermanos rusos. El clima es más festivo que de barricadas, los obreros disfrutan del lujo de estar mano sobre mano, fumando en pipa a media mañana, las patrullas de caballería recorren melancólicamente las avenidas de los suburbios sin toparse con ejércitos contra los que contender. Pero todo eso no importa porque Nicolino Bombacci está a punto de tomar la palabra. Los obreros lo aprecian, están esperándolo.

En cuanto aparece en el palco, el silencio cae sobre la multitud, un silencio lleno de consideración, de amor paterno, la quietud que protege el sueño de los hijos pequeños. Nicolino es muy delgado, pequeño, amable: su grácil osamenta desaparece bajo un hábito oscuro de lino tosco. Lleva una melena negra tupida y una gran barba castaña que parece dar peso a su cuerpo etéreo. Barba y melena parecen expandirse cada vez más y más, como si quisieran devorar su rostro afilado, sus pómulos salientes, sus ojos de un azul angelical.

Las banderas rojas ondean frente al hijo de una humilde familia de campesinos, nacido en Civitella di Romagna, en una provincia perdida, exseminarista, sacerdote frustrado, declarado inútil para la leva por razones de salud, que acabó convertido más tarde en maestro de primaria, en sindicalista y, por último, en dirigente de la facción maximalista que ha guiado al Partido Socialista después de la guerra. Bombacci ascendió hasta la cima predicando un socialismo evangélico, siempre del lado de la gente pobre, para la que ha contribuido a crear ligas de jornaleros y obreros, organizaciones femeninas de trabajadoras del algodón, distanciándose siempre de los intelectuales de salón —los define como «fabricantes de ideas para quienes no las tienen»—, predicando siempre una inamovible creencia en la revolución. Lo han apodado «el Lenin de Romaña»; Mussolini en los tiempos de la común militancia socialista lo definió como el «Káiser de Módena», pero el apodo que mejor le cuadra es el de «Cristo de los obreros». Un Cristo recién descendido de la cruz, sostenido en su regazo por los brazos de la madre.

Cuando Nicolino comienza a hablar, con su voz lenta pero apasionada, sobre el verano de Milán caen nieblas hiperbóreas:

—La bandera roja ha triunfado en Rusia.

Estas son las primeras palabras que pronuncia Bombacci. En su simplicidad, ofrecen una evidencia incontrovertible, una simple constatación. A la que el orador hace seguir de inmediato su conclusión natural:

—Queremos que Rusia también esté aquí.

La multitud estalla en aplausos de alivio. Por fin algo que todo el mundo puede entender.

La continuación del mitin es, al mismo tiempo, apocalíptica y consoladora. Como si anunciara una catástrofe que ya ha ocurrido mil veces, y a nuestras espaldas. Un cataclismo suave.

Ante la señal de la guerra —explica Nicolino a los obreros en huelga con su tono paciente de maestro de primaria desde el palco de la Sociedad Humanitaria—, la sexta potencia de Marx, la revolución, ha hecho su entrada en la vieja Europa. Cabe esperar, por lo tanto, que el viejo mundo esté por fin a punto de derrumbarse. Los síntomas de la descomposición están por todas partes. Se anuncia la era del socialismo, doctrina de libertad y de democracia integral. A Rusia ya ha llegado, llegará también a Italia. Los dirigentes del partido son la vanguardia de la revolución y la Confederación General del Trabajo, su ejército. Unidos, se lanzarán al asalto para derribar la Bastilla de la burguesía.

Eso es todo. Simple y cristalino. No es necesario añadir nada más. La multitud de huelguistas está embelesada. Entusiasmada ante la idea de tener que reinventar el mundo en los próximos quince días, pero también inquieta, asustada, como un chico en su primera visita al burdel. ¿Será este realmente el primer día de una nueva vida? ¿Ya ha terminado la antigua?

Sin embargo, después de una breve pausa para refrescarse con un sorbo de agua, Bombacci agrega que la huelga de ese 20 de julio de mil novecientos diecinueve es de carácter demostrativo, no revolucionario. Prepara pero no lleva a cabo la huelga expropiatoria. La revolución, por otro lado, es inminente. Una necesidad histórica. La producirá de manera espontánea la evolución de las condiciones económicas y políticas. Es solo cuestión de tener un poco más de paciencia.

La multitud se relaja, los nervios se desentumecen, como después de dos vasitos de aguardiente. La lucha final no es para hoy, será para mañana. Las columnas vertebrales de esos obreros desgastados por el cansancio obtienen algo de alivio, las contracturas lumbosacras se deshacen. La ira de los trabajadores se aplaca porque Bombacci les da la razón. El dolor queda sedado, los tiempos aún no están maduros.

«¡Volar! Cada vez más alto: en una prodigiosa tensión de nervios, de voluntad, de inteligencia, a la que solo el pequeño cuerpo mortal del hombre puede aspirar. Volar por encima de todos los combates prácticos de esta terrible y continua trinchera que es la vida de hoy.» Lo escribió el 20 de agosto para dar a conocer el raid aéreo sobre Mantua organizado por *Il Popolo d'Italia*.

A fin de cuentas, no obstante, también le gusta quedarse plantado en la arena candente de la playa de Senigallia, con las piernas separadas, las manos aferradas a los costados, el cuerpo desnudo bajo el sol abrasador, el pubis tendido hacia delante para afrentar a las bañistas. Le gusta nadar y sentir después el agua fresca que se evapora de su cráneo bajo el calor mediterráneo. Todo se desvanece en ese vapor, el bochorno es omnívoro.

La «huelguísima» se ha quedado en nada. Dos razones para su fracaso: sus dirigentes eran unos gallinas, Italia es un país pobre. El único país de toda Europa que quizá nunca haya vivido en dos mil años de historia ni una revolución ni una auténtica guerra de la religión. Un país donde nunca pasa nada y donde nunca dura nada. Y, a pesar de las proclamas desconsideradas de los dirigentes socialistas, la revolución no puede reducirse a una juerga o a una enfermedad, a un baile de San Vito o a un brote de epilepsia. Hace falta mucho más. No se puede socializar la miseria.

Y así, incluso con motivo de la tan esperada «huelguísima», la revolución se había aplazado *sine die*. Volveos a vuestras casas, compañeros, nos hemos equivocado, no era este el día del destino. Los socialistas italianos habían pospuesto de nuevo el asalto al palacio del poder. En la Rusia de 1917 se trataba de conquistar un palacio de invierno. En la residencia invernal de los zares, rodeada por cúmulos de nieve helada de un metro de altura, los bolcheviques, sin un solo momento de vacilación, habían entrado a la carrera para derribar la tiranía. Pero en Italia imperaba el verano. En estas tierras, por lo tanto, todo lo que podía ocurrir quedaba siempre engullido en un cómico aplazamiento: «La próxima vez, camaradas, la próxima vez».

Pensemos en Bombacci. Nicolino debía su fortuna a su barba al estilo de Cristo y a un par de ojos de cerámica holandesa. Nada más. Él conocía bien a ese «Cristo de los obreros», de toda la vida. Desde que, a principios de siglo, Bombacci trabajaba como maestro de escuela en Cadelbosco di Sopra, en la provincia de Reggio Emilia, y el joven Benito Mussolini en la cercana Gualtieri. La primera vez que se habían visto había sido casi veinte años antes, en un congreso para maestros en Santa Vittoria. Y desde entonces él nunca había cambiado de opinión acerca de las fantasías revolucionarias de su amigo: solo un pobre cerebro de seminarista frustrado, como el de Bombacci, podía engañarse a sí mismo sobre la posibilidad de trasplantar la revolución rusa a orillas del Mediterráneo. En lugar de predicar y preparar una «revolución italiana», adecuada a nuestro clima, aquel inepto lunático pretendía vestir a Italia con el blusón del campesino ruso. En el fondo, él sentía pena y aprecio por Nicolino Bombacci. Un hombre que nunca le haría daño a una mosca.

También la República Soviética de Hungría que Bombacci y sus compañeros tanto habían enaltecido se había derrumbado en pocos meses. En Ucrania, mientras tanto, Denikin, el jefe de los ejércitos contrarrevolucionarios, se había aliado con los alemanes contra los bolcheviques y había llegado con sus cosacos a las puertas de Kiev. El general zarista ya había abolido el decreto con el que los comunistas, solo pocos meses antes, habían distribuido la tierra entre los campesinos.

Tanto estrépito, tantas muertes por nada. Una continua, terrible trinchera. Una matanza inútil. No era otra cosa este siglo frenético.

El calor está aumentando. La gente se aleja de la rotonda marina construida sobre palafitos, orgullo de la playa de Senigallia. Dentro de poco, su esposa Rachele mandará a la pequeña Edda a llamarlo para la comida. A ella también la quería. Nació cuando cenaban a base de pan y cebollas. La llamaba la hija de la miseria.

La «huelguísima» también había supuesto un esfuerzo en balde para los Fascios. En los días de la revuelta habían salido a la calle a enfrentarse casi en solitario a las masas socialistas. Pero no dejaban de ser pocos, incluso quizá cada vez menos. En Bolonia la sección, fundada en abril por Pietro Nenni, a principios de agosto ya se había extinguido. Peleas intestinas, diatribas ideológicas, emboscadas y luego... todos a la playa. De modo que, con esos pocos contra la «huelguísima», se habían limitado a escenificar algunas pantomimas en beneficio de los tan despreciados burgueses. Aquellos cuatro patéticos fascistas solo habían conseguido hacer circular un par de tranvías y barrer algunas aceras con las escobas abandonadas por los basureros en espera de la revolución. Italia es así: es todo una comedia, siempre una comedia. Ese era su destino: el final cómico. Por tal razón no tenían destino alguno. La comedia o la tragedia. Casi siempre a la vez. La seriedad, eso nunca.

Tampoco la epopeya del vuelo conseguía desenredarse de esos opuestos. El primer raid de propaganda aviadora organizado por *Il Popolo d'Italia* el 2 de agosto para aligerar el clima de bochorno político había terminado en un desastre. En el vuelo de regreso de Venecia, el aparato pilotado por Luigi Ridolfi, un as de la guerra, se había precipitado en Verona en las cercanías de Porta Palio, a quinientos metros del aeropuerto. Diecisiete muertos.

Él se obstinó en organizar más raides para elevar la moral. El 8 de agosto y luego el 22. No desde luego grandiosas empresas como la travesía de D'Annunzio entre Roma y Tokio. Destinos cercanos, rutas regionales: Mantua, los lagos prealpinos. El director arrastró a toda la redacción a bordo. Pero las condiciones atmosféricas desfavorables, las averías, la falta de combustible los dejaron otra vez en ridículo. Durante tres días se vieron obligados a ir y venir entre Brescia y el campo de Ghedi. Hasta tuvieron que pagarles la comida a los suboficiales que los transportaban en un carro.

La tragedia, la comedia, la polémica. Esta tercera no podía faltar nunca. Acababan de ser publicados los resultados de la investigación gubernamental sobre el desastre militar de Caporetto e, incluso con la distancia de los años, incluso después de la triunfante victoria final, esos documentos sobre las responsabilidades de los altos mandos del ejército habían dado nuevas alas a los opositores a la guerra. Y así fue como volvió a empezar todo de nuevo, como si la guerra no hubiera comenzado y terminado hacía ya tiempo. Giacinto Menotti Serrati, el líder de los socialistas maximalistas que, cuando él era un joven emigrante, le había proporcionado un techo y un trabajo, volvía ahora a lanzarle la vieja acusación de haber fundado *Il Popolo d'Italia* gracias a la financiación oculta de Francia. Él, en respuesta, había exhumado la vieja insinuación de que Serrati había sido un espía. Se pasó a los insultos, se exhumaron viejos acontecimientos del pasado, se cayó en lo más bajo que se pudo. Ingenuidad, rencores, mala fe. Una vez más la trinchera. Absurda, ininterrumpida.

Ahora nota el cuerpo completamente seco y está empezando a sudar. La playa está desierta.

También había vuelto a naufragar el cartel electoral de la izquierda intervencionista para las elecciones del mes de noviembre. La razón, como siempre en esa continua trinchera, aparecía trivial y cruel: los compañeros de camino de la izquierda que habían sido favorables a la guerra aceptaban la alianza con los Fascios, pero no lo querían a él en la lista. Se habían mostrado inflexibles sobre este punto. Nada de Mussolini.

La temporada de baños se acerca a su fin en la playa de Senigallia. Entra septiembre. Sin embargo, el bochorno persiste.

Al final de este primer verano de paz, los Fascios de Combate se han reducido a una cosa ínfima. Pocos cientos de militantes, una docena de secciones, ninguna perspectiva política.

Por suerte hay demasiado sol en Italia. Demasiado sol, la revolución rusa, aquí, es imposible que estalle.

¡Volar! Cada vez más alto: en una prodigiosa tensión de nervios, de voluntad, de inteligencia, a la que solo el pequeño cuerpo mortal del hombre puede aspirar.

Volar por encima de todos los combates prácticos de esta terrible y continua trinchera que es la vida de hoy.

¡Volar! Por la belleza del vuelo, casi como el arte por el arte [...].

¡Volar! Volar porque el primer atrevimiento humano fue el de Ícaro cuando arrebató, incluso a costa de la muerte, un poco de gloria al cielo, y porque Prometeo nos enseña que el corazón del hombre puede ser más fuerte que todo destino adverso.

Benito Mussolini,
Il Popolo d'Italia, 20 de agosto de 1919

Se ha levantado febril de la cama y se ha puesto su uniforme blanco con el cuello alzado de los lanceros de Novara. Teniente coronel. Ningún civil ha subido tan alto en la jerarquía militar por méritos de guerra. Tiene cincuenta y seis años y se sostiene de pie a duras penas.

En el embarcadero de la «caseta roja», haciendo esquina con el Gran Canal, una lancha rápida cubierta lo está esperando. Es la casa en la que estuvo un largo periodo ciego después del accidente aéreo que le sacó un ojo durante la guerra. Amanece en Venecia.

Hay marea baja. Cuando salen a la laguna, se respira la putrefacción de los lodos que afloran en los bancos de arena al descubierto. El día entra por las bocas del puerto del Lido, de Portogruaro y de Malamocco. Una franja de luz lívida se extiende hacia el este bajo las nubes bajas. La humedad liberada por las aguas estancadas de los bajíos inflama la anquilosis de sus rodillas y la órbita vacía de su ojo tuerto. Todo su cuerpo es pura chatarra. Venecia, vista desde Mestre, es, en cambio, un pez. Un pez destripado y reconstruido.

Esperando a Gabriele D'Annunzio en tierra firme hay un Fiat Tipo 4. Un coche de color rojo vivo. El vehículo descubierto le reaviva la fiebre. Además del conductor, lleva a un teniente de los granaderos de Cerdeña, que han jurado en secreto arrancar Fiume a la guarnición militar internacional para devolverla a Italia incluso a costa de la sedición, y a Guido Keller, excéntrico astro emergente de la Fuerza Aérea italiana, héroe de guerra cargado de condecoraciones, as de la legendaria escuadrilla de Baracca, nudista, bisexual, vegetariano. Un hombre al que le encanta escandalizar a la burguesía de la que es hijo paseándose con un águila sobre el hombro.

El poeta y los granaderos rebeldes llegan a Ronchi, una aldea en las proximidades de la frontera, donde los esperan los conspiradores, poco después del ocaso. A medianoche, sin embargo, no han llegado todavía los camiones solicitados mediante un fonograma al parque móvil de Palmanova y prometidos por el comandante de la plaza. Han sido traicionados.

D'Annunzio, agotado, duerme en un jergón improvisado sobre unos cuantos tablones de madera claveteados. Guido Keller se aleja en la noche junto con Tommaso Beltrami, un aventurero adicto a la cocaína. Algunas horas después, como por un milagro, unos treinta camiones 15 Ter, desechos de guerra, aguardan en la explanada.

Cuando la columna se pone en marcha, por el este, más allá de la frontera, no hay todavía luz alguna. Solo la gran noche estrellada, luego el escalofrío del amanecer.

Los granaderos mantienen los fusiles ocultos y llevan las solapas de las capas levantadas para esconder los distintivos. Forman parte de los batallones alejados de Fiume a finales de agosto, después de los enfrentamientos con los soldados del contingente francés que había arrancado la bandera tricolor italiana de los vestidos de las mujeres. Su intento de volver a la ciudad por propia iniciativa supone un acto de desobediencia contra las órdenes del Alto Mando italiano, contrario a toda clase de «golpe de mano», así como a oponerse a los ejércitos del mando interaliado que controla Fiume con tropas francesas, británicas, estadounidenses y croatas, y a rebelarse contra la voluntad del presidente de los Estados Unidos, Woodrow Wilson, quien pretende asignar la ciudad a los yugoslavos, y contra la falta de voluntad de los gobernantes italianos dispuestos a secundarlo. Los granaderos cuentan a su favor con una sola legión de voluntarios de la población civil de Fiume, italiana en su mayoría, listos para la insurrección. Poco más o menos, tienen en contra a todo el mundo moderno. Son ciento ochenta y siete. Un anciano poeta mutilado los precede en un coche deportivo color rojo vivo. En esos mismos días, otro escritor, el praguense Franz Kafka, hospitalizado no lejos de allí en un sanatorio alpino, anota en su diario: «En la lucha que opone el individuo al mundo, apuesta siempre por el mundo». La apuesta de los ciento ochenta y siete granaderos rebeldes, en cambio, es por el individuo: se llama Gabriele D'Annunzio.

La columna encuentra el primer obstáculo en Castelnuovo. Cuatro carros blindados rodeados por soldados de infantería. D'Annunzio se acerca, parlamenta con los oficiales italianos. Sea lo que fuere lo que les dice el poeta para convencerlos, al cabo de dos minutos los carros blindados se suman como protección a la columna a la que debían detener. Los soldados se unen a los rebeldes entre gritos de entusiasmo.

Poco después, en el cruce de la carretera de Fiume, la primera parada. El comandante ha convocado a todos los oficiales. D'Annunzio está de pie sobre una pequeña loma.

—Oficiales de todas las armas, os estoy mirando a la cara.

El poeta les habla de juramentos sobre banderas y armas cortas, de puñales quiebraespadas que el duelista blandía a la desesperada en la mano izquierda, de mutilaciones que acrecientan la gloria, de demonios y de aspiraciones humanas, de fe y violencia, de un prado rodeado de escombros. Romperemos la barrera.

La columna se pone de nuevo en marcha. Los granaderos cantan a bordo de los camiones. A pocos kilómetros de la barrera de Cantrida se topan con las secciones de asalto. Su comandante, el teniente coronel Raffaele Repetto, ha recibido la orden de detener a D'Annunzio a toda costa directamente de su superior, el general Pittaluga, quien amenazó con fusilarlo en el acto si desobedecía. En cambio, tan pronto como Repetto ve a D'Annunzio, corre a abrazarlo. Los Osados saltan sobre los camiones. A bordo no cabe un alfiler. El número de insurgentes aumenta kilómetro tras kilómetro. Se avanza a paso de hombre para no aplastar los bujes.

En la barrera de la frontera, el general Pittaluga en persona, comandante de las fuerzas aliadas de Fiume, se enfrenta a D'Annunzio. A la vista de la insubordinación de las tropas bajo sus órdenes, recorre personalmente la columna con dos coroneles de su séquito, adentrándose entre los Osados con las bayonetas caladas en los fusiles. Ordena a D'Annunzio que vuelva sobre sus pasos. Le exhorta a anteponer la autoridad del Estado. Lo acusa de arruinar Italia. Lo tacha de creerse omnipotente.

El poeta, entonces, queda arrobado por una reminiscencia. Durante un larguísimo instante, el anciano anquilosado y tuerto vuelve, cual estudiante de secundaria, a los pupitres escolares: se abre el abrigo que cubre su cuerpo febril y repite el gesto con el que cien años antes Napoleón, tras desembarcar en Francia después de huir de la isla de Elba, en las cercanías del lago de Laffrey, ofreció el pecho al general francés, antiguo asistente suyo, enviado a detenerlo. El émulo se golpea nerviosamente el pecho en un gesto napoleónico anhelado durante toda una vida.

—¡Adelante, disparad contra estas medallas! —conmina al general que ha venido a detenerlo.

Hechizado por la cinta azul de la medalla de oro en el pecho de D'Annunzio, seducido él también por ese sentimiento aventurero de la vida y del mundo, en cuyo fuego el guerrero se transforma en una sola cosa con el insurrecto, el hombre de armas con el hombre rebelde, el general Pittaluga responde citando a su padre y abuelo, ambos garibaldinos. En ese momento, en la frontera entre dos naciones y dos épocas, en la intersección de las resonancias, la historia se reduce a una figura retórica, la metáfora remite a otra metáfora, el poder de los símbolos se transfiere a través de los siglos, todo se confunde, el carro blindado acelera, la barrera fronteriza salta hecha astillas.

Fiume, con sus barcos anclados en el puerto, reclinada sobre el trasfondo de las montañas, se le aparece a D'Annunzio como una «novia vestida de blanco». En un recodo de la carretera, un destello de deseo le humedece la pupila del único ojo que le queda: el poeta tiene ante él una ciudad que tomar. El literato conoce, por fin, la lujuria obsidional del paladín a punto de lanzar a sus tropas mercenarias al saqueo. Llegado a su edad —dirá Nitti—, para el poeta-soldado Italia no es más que una de las muchas señoras de las que ha gozado.

Las tropas de D'Annunzio entran en Fiume poco después de las once de la mañana. La población exultante los acoge con delirio. Las mujeres de Fiume, vistiendo sus ropas más hermosas, se ofrecen a los libertadores. De los tejados llueven hojas de laurel.

D'Annunzio, hospedado en el hotel Europa, se acuesta inmediatamente. Lo ha guiado hasta allí una buena estrella. Él es su propia estrella. Nunca ha tenido ninguna otra. Son las once y cuarenta y cinco de la mañana. No se ha disparado ni un solo tiro.

—¡¿Quién, yo?! ¿Gobernador?

A D'Annunzio lo despierta a última hora de la tarde el repiqueteo de las campanas que llaman a la población a reunirse en la plaza principal. Guido Keller le informa de que ha tomado por segunda vez la iniciativa mientras él dormía: ha propuesto al Concejo Municipal que ceda al poeta todos los poderes civiles y militares. Antonio Grossich, el presidente, eminencia de la medicina, creador de la tintura de yodo, pionero de la esterilización de los instrumentos quirúrgicos, galardonado con la Orden de la Corona de Italia, irredentista y patriota, sirviéndose de su ojo clínico, ha recibido a Keller con los miramientos y la precaución debidos a un loco. Pero después, sorprendentemente, los miembros del Concejo han aceptado confiar la administración de una ciudad disputada entre tres naciones, en el centro de una controversia diplomática mundial, a Gabriele D'Annunzio, un hombre notoriamente incapaz de administrar siquiera sus propias finanzas, a un célebre y resuelto derrochador, perseguido por acreedores de toda Europa por haber despilfarrado más de una fortuna, propia y ajena, en gastos imprudentes por razones fútiles, como piedras preciosas, esmaltes, lacas y suntuosos muebles para sus villas.

El poeta, sin embargo, recula ante esa ecuación incalculable. ¿Administrador él? Imposible.

Cuando D'Annunzio, escoltado por un grupo de Osados, llega al Palacio de Gobierno Municipal, según lo prometido, a las seis en punto, la plaza está atestada por una multitud alborozada. La escena que le espera es inolvidable. El automóvil del Liberador hiende con gran esfuerzo la multitud. Todos quieren abrazarlo, todos quieren besarlo. Él apenas puede sostenerse en pie. Está visiblemente exhausto, muy pálido, se tambalea. Grossich, que ya ha cumplido setenta años, se ve obligado a sujetarlo.

Al llegar a la balconada del edificio, el amor desenfrenado que asciende desde abajo le hace revivir. Las mujeres, con la aparición del gran amante, instintivamente se alisan el cabello y, arreglándose la falda, se tocan los muslos. Con un gesto imperioso, casi un arrebato de irritación, el tribuno toma la palabra:

—¡Italianos de Fiume! En este mundo loco y vil, Fiume es hoy el signo de la libertad; en este mundo loco y vil hay una sola cosa pura: Fiume; solo hay una verdad, ¡y esta es Fiume! Solo hay un amor, ¡y este es Fiume! Fiume es como un faro luminoso que resplandece en medio de un mar de abyección.

Es un despropósito gigantesco pero la multitud se enardece al oírlo.

D'Annunzio continúa recordando los momentos de ansiedad de la marcha de esa mañana y los días romanos del mayo anterior. Solo han pasado cuatro meses desde las manifestaciones nacionalistas de la primavera, y sin embargo ya se ven proyectadas en un pasado épico. El poeta viviente, haciendo fullerías con el tiempo, se celebra a sí mismo como progenitor mítico. La suya es ya gloria póstuma.

Después de sacarla de la mochila de infantería en la que la custodia, Gabriele D'Annunzio desenrolla la bandera tricolor de Giovanni Randaccio. Ya es una reliquia. El fino experto en telas preciosas quita del estandarte la banda de crespón negro con la que la había engalanado de luto.

Hasta ahora todo es teatro. Fiume, el escenario de una maravillosa aventura. El héroe, el hombre de letras y el comediante lo pisan simultáneamente. Pero entonces sucede algo inaudito. D'Annunzio, enardecido por el fragor que se eleva desde la plaza, temblando por el esfuerzo fonador para vencer el estruendo sin ningún instrumento de amplificación de la voz, con la yugular hinchada de sangre latiéndole a lo largo del cuello estirado hasta el espasmo, desde el balcón del palacio que durante siglos había servido a los emperadores húngaros para reinar sobre un pueblo mantenido a una distancia absoluta, interpela directamente a la multitud:

—¿Confirmáis, todos vosotros, frente a la bandera de Timavo, vuestro voto del treinta de octubre?

Antonio Grossich, a su lado, siente una sacudida. Ningún orador hasta ese día había interpelado nunca a su auditorio. La escena se ha transformado de repente, la cuarta pared ha caído. El público ha sido llamado al escenario, el pueblo a participar del Reino.

Los ciudadanos de Fiume prorrumpen en un grito desaforado. Gritan tres veces «¡sí!», «¡sí!», «¡sí!». Gabriele D'Annunzio proclama la anexión de Fiume a Italia. Solo ha necesitado cuatro meses para cumplir su promesa. El voto del Campidoglio se ha cumplido. Todos los miembros del Concejo Municipal se acercan para besarlo. Él no se opone.

Esa misma noche, contrariamente a toda costumbre, despierto a las cinco de la mañana, D'Annunzio le escribe al general Pittaluga: «Señor general, es necesario que yo asuma de manera inmediata el mando militar del Fiume italiano. Es una medida de orden público». Visto que desde Roma no ha llegado respuesta alguna al desafío que ha lanzado con la marcha, el poeta toma el poder. El esteta se echa a un lado. El legislador entra en escena. De aquí en adelante, continuará este. Su primera disposición será el cierre temporal de los burdeles para evitar las peleas entre los legionarios de Fiume y los soldados franceses. Para D'Annunzio, amante insaciable, supone una renuncia enorme. El comandante, sin embargo, está dispuesto incluso a dar ejemplo. Se priva a sí mismo de esos lujos que durante toda su vida ha considerado irrenunciables. Ordena empapelar su habitación con banderas en lugar de los inevitables tapices. Solo se concede un ramo de flores en un jarrón de cristal y un puñado de chocolatinas en una copa de plata maciza.

Benito Mussolini
Venecia, 20-22 de septiembre de 1919

Desde la tarde del 20 de septiembre, Mussolini pasa algunos días en Venecia. Los archivos policiales registran su presencia allí acompañado por Margherita Sarfatti. Se teme que también el director de *Il Popolo d'Italia,* al igual que miles de voluntarios de toda Italia en aquellos días, pretenda reunirse con D'Annunzio violando el frágil bloqueo que el primer ministro Nitti ha impuesto a la ciudad rebelde.

A los amantes se los sigue de cerca. Sienten en la nuca el aliento de dos agentes de paisano. En cada recodo de *calle, calletta, riva, ramo* o *salizada,* al salir de cualquier *campo, campiello* o *fondamenta,* los fugitivos los ven reaparecer a sus espaldas. Sin tregua. Margherita da la impresión, pese a todo, de divertirse con la peripecia novelesca. La persecución le parece romántica a la mujer enamorada.

Habría muchas maneras de escapar, por cielo o por mar —lanchas motoras, aeroplanos, aviones—, pero la ciudad laberíntica se cierne como una red de pesca en torno a la pareja. D'Annunzio zarpó al alba del 11 de septiembre en una lancha que atravesó a toda velocidad las aguas abiertas de la laguna. Solo diez días después, el 21 de septiembre, la Venecia de Mussolini es, en cambio, una maraña de entresijos retorcidos, una ciudad de intestinos. Sarfatti, veneciana, lo guía por las entrañas de piedra. Tras alcanzar el ponte delle Tette, donde en el pasado las putas exhibían los pechos desde las ventanas de los burdeles, los amantes doblan de repente por la minúscula calle de la Madonetta. Los sabuesos detectivescos no los pierden de vista.

Desde que el poeta se ha lanzado a su empresa, las relaciones entre Mussolini y D'Annunzio son densas, tormentosas y epistolares. La primera carta la recibió Mussolini precisamente la noche del 11 de septiembre. Había ido al teatro con Rachele, en una de esas raras ocasiones en las que le concedía a su mujer licencia de sus pesadas tareas domésticas. A la salida de la función, le entregaron un mensaje:

«Mi querido compañero, la suerte está echada. Me voy ahora mismo. Mañana por la mañana tomaré Fiume por las armas. Que el Dios de Italia nos ayude. Me levanto de la cama febril. Pero ya no es posible diferirlo. Una vez más, el espíritu domeñará la carne miserable. Resumid el artículo que publicará la *Gazzetta del Popolo,* y recoged por entero el final. Y apoyad la causa con vigor durante el conflicto. Os abrazo.» El Vate abrazaba idealmente a Benito Mussolini, lo apostrofaba cariñosamente, le ponía al corriente (si bien ya a hechos consumados) pero publicaba su proclama al mundo en otro periódico. En pocas palabras, un despacho en el que se dan instrucciones a un subalterno.

En los días que siguieron, él, como lugarteniente disciplinado, había aclamado desde las columnas de *Il Popolo d'Italia* al héroe luminoso prometiéndole obediencia, había insultado a Nitti, que en un discurso parlamentario amenazaba con reprimir a los rebeldes, había defendido la nobleza y también la racionalidad del gesto dannunziano pero no había lanzado ningún llamamiento a la insurrección general, como D'Annunzio hubiera querido, y, sobre todo, no se había movido de la retaguardia de Milán. La reunión del Comité de los Fascios del 16 de septiembre concluyó sin ningún propósito de romper el bloqueo gubernamental en torno a Fiume. Se limitaba a sugerir, para poner en dificultad a los sitiadores, que se enviara a la frontera a las mujeres y los niños.

Una semana después llegó la segunda carta del Comandante desde Fiume: «Mi estimado Mussolini, no salgo de mi asombro ante vuestra reacción y la del pueblo italiano. Lo arriesgué todo, lo obtuve todo. Soy el amo de Fiume... ¡Y vos tembláis de miedo! Dejáis que os pise el cuello, con su pie porcino, el estafador más abyecto que ha ilustrado jamás la historia de la canalla universal. Cualquier otro país —incluso Laponia— habría derrocado a ese hombre, a esos hombres. Y vos perdiéndoos en cháchoras, mientras nosotros luchamos instante tras instante... ¿Dónde están los Osados, los combatientes, los voluntarios, los futuristas? Y ni siquiera nos ayudáis con suscripciones o colectas. Tenemos que hacerlo todo por nosotros mismos, con nuestros míseros medios. Despertad de una vez. Y avergonzaos también... ¿De verdad no cabe esperar nada? ¿Y vuestras promesas? Agujereead al menos la tripa que os oprime; y desinfladla. De lo contrario iré yo mismo cuando haya consolidado aquí mi poder. Pero no os miraré a la cara».

Una auténtica paliza al criado infiel. Mussolini se había visto obligado a censurar la carta, como hizo el «polizonte» Nitti con todas las noticias procedentes de Fiume, antes de publicarla en *Il Popolo d'Italia*. Después, el fundador de los Fascios, haciendo de tripas corazón, se había lamido las heridas del orgullo herido y había obedecido. La suscripción en favor de Fiume fue lanzada el 19 de septiembre. Ni siquiera entonces, sin embargo, se presentó allí. La razón era muy sencilla: el gobierno de Nitti se había tambaleado, pero no había caído. El «cerdo», el «polizonte», el «árido y ambicioso catedrático», el «frígido lustrabotas de las plutocracias angloamericanas», el siervo de banqueros e industriales, el «comerciante de trapos» había trocado mezquindad por heroísmo pero no había caído. Él, entonces, ante el riesgo de verse aplastado por la razón de Estado por servir de subalterno a las visiones de D'Annunzio, había preferido la amante, la góndola, Venecia.

Ahora, detrás de la iglesia de San Lorenzo, en un angosto soportal, bajo una oscura capilla votiva, Sarfatti le señala una piedra de mármol rosa, lisa y reluciente. Cuatrocientos años atrás, la devoción popular identificó en ese «masegno» de piedra de Istria, típico adoquín de la ciudad, el punto donde supuestamente la misericordiosa Madre de Dios había extinguido la peste. Fue una hecatombe. Un tercio de la población exterminada. Los médicos deambulaban protegidos por monstruosas máscaras con un pico ganchudo. Las piras de cadáveres ardían frente a las iglesias barrocas.

Él, supersticioso como siempre, roza la piedra medicamentosa con la suela del zapato. El escalofrío del fin de los mundos se transmite a su cuerpo de sifilítico irradiándose a través de las pantorrillas. ¿Por qué no se marcha él también? ¿Por qué no ofrecerse por entero al Comandante? ¿Por qué no la joven generación? ¿Por qué perviven las pestilencias?

Porque el ejército no se había movido, porque Nitti no había caído; porque los plutócratas angloamericanos, los banqueros, los magnates de la siderurgia a los que Nitti lamía los pies eran indispensables; porque si enviaba a sus escasos Fascios a Fiume no habría quedado ni uno en Milán; porque aún estaba tratando afanosamente de reconciliarse con la izquierda intervencionista; porque la marina militar estaba con D'Annunzio pero el ejército estaba dividido; porque sus mandos intermedios simpatizaban sin duda alguna con los rebeldes pero los altos mandos les eran hostiles; porque todavía había cuatrocientos mil obreros metalúrgicos en huelga gritando «¡Abajo D'Annunzio!»; porque la «marcha hacia el interior» por la que D'Annunzio rabiaba probablemente habría allanado el camino a la revolución comunista y porque, incluso aunque los hubiera llevado a Roma, él, Benito Mussolini, figuraría solo en el inaceptable papel de secundario junto al glorioso Comandante. De modo que Benito Mussolini no iba a Fiume por todas estas razones, y por otras cien más, pero sobre todo porque D'Annunzio enardecía a aburridos jóvenes idealistas, hijos decadentes de una burguesía ahíta y agotada, dispuestos tal vez incluso a arriesgar sus vidas, pero no a hacerse la cama ellos solos; el Vate, con la magia de esas sugestiones suyas histéricas y fatales, los elevaba a esferas superiores e inefables, uniendo mágicamente al orador y a los oyentes en una categoría de elegidos, navegando en una suerte de primera clase de espiritualidad vacacional por encima de los fosos de combates, en los que vivían los hombres comunes, masacrándose entre sí en una venganza perenne cuyo origen ya habían olvidado, embrutecidos por el cansancio, aturdidos por la lenta digestión de comidas de mala calidad y fanáticos del vino, deseosos tan solo de saquear, aturdirse y follar. No partía hacia el tan magnificado golfo de Carnaro porque, en definitiva, D'Annunzio era un poeta y la principal desilusión que la realidad nos reserva consiste en no asemejarse jamás a un poema. A él, sin embargo, al hijo del herrero de Predappio, la realidad le gustaba. La mísera realidad, la irónica, la brutal, la irreductible. No conocía el placer fuera de ella.

En el borde extremo del laberinto, en el muelle de Celestia, Venecia se abre a la laguna interior. Sarfatti le señala los sugestivos cipreses del cementerio de San Michele. Más adelante, Murano se desvanece en la primera niebla de la temporada mientras que Burano y Torcello no son más que una idea, un rumor oído por ahí. Aún más lejos, el mar Adriático, Trieste, Fiume, Dalmacia.

Sí, sería bueno despertarse al alba, mandarlo todo al diablo, montar en un deportivo rojo y marchar sobre Roma a la cabeza de la generación joven, al mando de una columna de combatientes, de veinteañeros, de Osados. Es hermoso el delirio violento del poeta, es hermosísimo —se te vienen las lágrimas a los ojos—, pero la política no es eso. La política requiere el coraje burdo, mezquino de las peleas callejeras, no el valor airoso de las cargas de caballería. La política es el circo de los vicios, no de las virtudes. La única virtud que se requiere es la paciencia. Para llegar a Roma, habrá que actuar primero en esta parodia senil, conseguir ser escuchado por el sanedrín de los viejos, esa media docena de chochos, ingenuos y pícaros que gobiernan el mundo.

Subieron hasta una altura de cinco mil trescientos pies en un cielo caliginoso. Despegaron por sorpresa del campo de Novi Ligure a bordo de un Sva, en dirección al este. Entre la bruma, con una carga de combustible apenas suficiente, volaron ciento noventa minutos en línea recta sobre el Adriático hasta el campo de Grobnico. Un automóvil enviado por el Comandante los esperaba.

Benito Mussolini llega a Fiume el 7 de octubre de mil novecientos diecinueve, casi un mes después de la «santa marcha». La ciudad en la que aterriza ya está adornada de leyenda y envuelta en una niebla de murmuración. Se dice que D'Annunzio tiene el propósito de convertirla en una mera base para una operación más vasta de conquista dirigida a oriente, hacia Zara, Dalmacia, Spalato. También se dice, con mayor insistencia, que el Comandante está preparando, por el contrario, una «marcha hacia el interior» dirigida a occidente, hacia Pola, Trieste, Venecia y luego a Roma para suspender el Estatuto Albertino, derribar la monarquía y establecer una dictadura militar con la complicidad del duque de Aosta. Al parecer, había concebido el plan con sus colaboradores el 19 de septiembre y se lo había expuesto a finales de mes a los oficiales del primer escuadrón autoblindado, en una comida a la que había sido invitado por ellos. Edmondo Mazzucato informó de inmediato a Mussolini en Milán. Otros afirman que su único propósito era el de derribar el gobierno de su odiado Nitti y favorecer el ascenso de un nuevo ejecutivo formado por combatientes que proclamara de inmediato la anexión de Fiume a Italia.

Lo único cierto es que hasta este momento el Comandante no se ha movido. Tampoco el ejército, al margen de deserciones individuales de hombres y secciones, se ha movido. Ni tampoco Nitti, estólido y calculador, ha abandonado su puesto. En cambio, ha reaccionado al golpe de mano de D'Annunzio convocando al Consejo de la Corona, formado por políticos eminentes, expresidentes y jefes de las fuerzas armadas. La reunión de viejas ruinas optó por ganar tiempo, nadie se pronunció a favor de la anexión. Nitti, entonces, se decantó por la única posibilidad que le quedaba: disolvió el Parlamento y convocó nuevas elecciones. Su táctica es antigua: rendir al enemigo por el hambre. El embargo que rodea Fiume le permite respirar con dificultad, con una cuerda ceñida alrededor del cuello. El país, como de costumbre, está estancado, dando vueltas aburrido en torno a sí mismo, en balde. Los entusiasmos poéticos de D'Annunzio, en cambio, precisan de un movimiento continuo, de sangre caliente que circule violentamente alrededor del corazón.

En un círculo más amplio, la empresa de Fiume se ha granjeado la enemistad de Wilson, el presidente de los Estados Unidos de América, la nueva gran potencia planetaria, los únicos auténticos vencedores de la Primera Guerra Mundial. Wilson considera Fiume como el capricho de un chiquillo avejentado que amenaza con socavar la construcción de la Sociedad de las Naciones, el grandioso edificio jurídico, diplomático y humanista que, según su visión, deberá dar al mundo un siglo de justicia y de paz. Desprecia a D'Annunzio con el desdén apasionado que el hombre maduro y responsable siente hacia las veleidades infantiles que amenazan la complicada labor de toda una vida. Más aún, Wilson aborrece a D'Annunzio. Hijo de un pastor, yerno de un ministro de Dios, rector de la Universidad de Princeton, académico, puritano, rígido, austero, prisionero de un evangelismo integral, profeta de la buena nueva que triunfará sobre el mal purificando la Tierra, Wilson es esa clase de hombre que probablemente nunca ha traicionado a su mujer. A sus ojos, D'Annunzio es el pecador empedernido, el destructor de la moralidad burguesa, la siembra de la culpa es su único destino. Se dice que Wilson considera como expresión de la demencia total del pueblo italiano el entusiasmo por las invocaciones al «dios de todos» con las que D'Annunzio hace años que abre sus discursos públicos. Se dice que al presidente estadounidense le entran ataques de espanto cuando sus asesores le resumen, en una versión endulzada, los contenidos de las obras licenciosas del poeta. Se dice, incluso, que el ictus que sufrió el 2 de octubre fue fruto de la cólera hacia ese hombre que se atrevía a desafiarlo jactándose de haber fornicado con cientos de mujeres.

D'Annunzio, mientras tanto, oscila entre éxtasis sublimes y furores apocalípticos. Ha rebautizado Fiume como la «ciudad holocausta», un nombre de tragedia bíblica para un pequeño y somnoliento puerto de Europa central, célebre por sus pastelerías. El 5 de octubre detalla por escrito a Mussolini sus amenazas: «Si no se le restituyen a la ciudad las condiciones para una vida normal, en diez días tiraré de nuevo los dados. Si la ciudad mártir vuelve a ser martirizada, las represalias en venganza serán enormes».

También Mussolini titubea. A finales de septiembre, de regreso de su excursión a Venecia, parecía haber abrazado ya sin frenos el fanatismo. Escribe acerca de una «revolución en marcha» que, empezando por Fiume, podría concluir en Roma. Exhorta al Parlamento a votar por la anexión. Lo amenaza a su vez: «O la anexión en plazos brevísimos, o la guerra civil entre la Italia de los combatientes y la de los parásitos». A principios de octubre, sin embargo, envía a Michele Bianchi a Fiume para refrenar al Comandante. En esos continuos cambios de temperatura, solo hay un termómetro imposible de ignorar: desde que D'Annunzio está en Fiume, las ventas del periódico no han dejado de subir constantemente.

Wilson tiene razón: Fiume es un delirio. El coche en el que Mussolini entra por primera vez en la ciudad el 7 de octubre se mueve lentamente entre entusiastas manifestaciones populares. Es martes pero parece domingo, es otoño pero parece mediados de agosto, ya es de noche pero parece mediodía. Da la impresión de que toda la ciudad está presa del orgasmo. El clima humano es de orgía al aire libre. La libido desenfrenada del seductor la embarga. Soldados, marineros, mujeres, ciudadanos revolotean, entrelazados unos con otros, al ritmo de fanfarrias militares. En cada esquina, grupos de Osados juran conmovidos sobre dagas desenfundadas, las chicas desfilan enguirnaldadas como estatuas votivas o acicaladas a lo *garçon* con uniformes prestados, los muros están constelados de pintadas que declaran «¡Me importa un bledo!». Incluso la indumentaria marcial desaparece. Los soldados de infantería deambulan con la guerrera rota, las solapas abiertas, el cuello al descubierto. Algunos tienen el pecho circundado de alamares negros, las guerreras arabescadas con galones, pero adornan el fez con estrellas plateadas y utilizan de forma extravagante las cintas de colores de las condecoraciones al valor como esmaltes policromos en la superficie de la nada. Todo es estrafalario, inusual, excitante. Pero hay algo siniestro en esta fiesta. La juventud del siglo, después de haberse librado de la muerte a lo largo de cuatro años en las trincheras de toda Europa, en vez de regresar al ahorro, a la familia, a la religión, a los antepasados, a las virtudes, a los días, parece haberse dejado caer por Fiume, entregada a la borrachera, para acabar con esta estúpida e inútil vida.

La conversación entre Mussolini y D'Annunzio dura una hora y media. Tampoco este segundo encuentro, como ya había ocurrido en Roma el 26 de junio, cuenta con testigos. En el umbral de la sala del Estado Mayor, antes de anunciarlo, el oficial de ordenanza de D'Annunzio retiene a Mussolini con su único brazo durante unos instantes. Su nombre es Ulisse Igliori, teniente de infantería, mutilado de la Gran Guerra, prisionero durante diez meses en Mauthausen, condecorado con la medalla de oro al valor por el heroísmo demostrado el 16 de mayo de mil novecientos dieciséis en el asalto a las posiciones austriacas del monte Maronia donde los enemigos lo recogieron desmembrado pero todavía vivo sobre un montón de cadáveres sangrantes. El héroe manco, futuro fundador de la A. S. Roma, quiere conocer los pensamientos del visitante sobre la oportunidad de marchar sobre Roma. Mussolini todavía lleva el mono blanco de aviador aficionado. Desde debajo de su gorra con visera, este responde que Roma es el objetivo final, pero toda la cuestión estriba en la elección del momento:

—Los italianos no están preparados aún para semejante acontecimiento; la empresa, de resultar inmadura, podría degenerar en una inmensa tragedia. Es necesario tomar el pulso a la nación, y lo haré cuando regrese.

Es el mismo chorro de agua que Mussolini arroja al fuego del Comandante por carta el 25 de septiembre: marchar hacia Trieste, declarar caduca la monarquía, nombrar un directorio de gobierno con D'Annunzio presidente, preparar una asamblea constituyente, declarar la anexión de Fiume, enviando tropas fieles que desembarquen en Romaña para provocar un levantamiento republicano. Este es el plan que Mussolini propuso a D'Annunzio. Después, sin embargo, añadía que todo debía ser pospuesto hasta después de las elecciones del 16 de noviembre. Ese era, por lo tanto, su consejo: el aplazamiento cómico para evitar el drama.

Al caer la tarde, Fiume está completamente cubierta de flores. La «ciudad holocausta» se prepara para enterrar a sus primeros muertos. Se llaman Giovanni Zeppegno, sargento de los carabineros, y Aldo Bini, teniente observador. Han caído en un vuelo de reconocimiento, cerca de Sussak. Bini, a quien se recogió todavía vivo pero con quemaduras en casi toda la superficie del cuerpo, expiró poco después; Zeppegno, que se lanzó desde la cabina del piloto, murió al instante, ensartado en las lanzas de una verja que rodeaba una casa de campo.

Desde por la mañana, preparándose para la ceremonia, los ciudadanos de Fiume han estado buscando frenéticamente una flor. Se ha trabajado toda la noche, plegando hojas con las manos y entretejiendo coronas de laurel. Los floristas se han quedado sin mercancía antes de comer. Se han saqueado los invernaderos. Una vez que las existencias se han agotado, se ha pasado a los jardines públicos y privados. Desde que el mundo es mundo —señala un cronista local— nunca había visto Fiume tantas guirnaldas en una cámara ardiente.

El cortejo fúnebre resplandece con todos esos colores. Flores, banderas, uniformes. Es interminable. Dos pelotones de tiradores de élite abren la marcha, seguidos por los órganos de la ciudad y por una banda musical. Inmediatamente detrás de los fusiles y de la música, filas de niños. Y detrás de los niños los carros fúnebres, completamente recubiertos de coronas. A cada lado de los carros, los mutilados y los condecorados de guerra. Detrás de los fusiles, de la música, de los niños y de los mutilados, de las flores, el Comandante. Circundado por su Estado Mayor. Como cierre, otros dos grandes carros rebosantes de flores destinadas a cubrir y rodear las tumbas. Por último, todas las categorías de ciudadanos: soldados, ferroviarios, políticos, maestros, bomberos, músicos, obreros, gimnastas. Y detrás, miles de habitantes de Fiume. Toda la población de la ciudad de sangre italiana.

La procesión culmina en piazza Dante, repleta más allá de lo concebible, la escena es solemne. Mussolini asiste mezclado con la multitud. Con todos engalanados con sus mejores ropas, él lleva todavía su gracioso mono de aviador. Está claro que toda la población ha ido al teatro pero que el teatro se ha vertido en las calles. Él, espectador, observa y anota cada detalle. Cuando D'Annunzio toma la palabra, el conjunto de la ciudad de los vivos se convierte de repente en un cementerio:

—¡Gloria a la pareja alada que ofreció el primer holocausto de libertad a la ciudad holocausta!

El orador está solo en el balcón, diminuto, remoto. Pero sus palabras resuenan claras en la gran plaza, envueltas por un silencio sepulcral. D'Annunzio habla sin ningún sistema de amplificación, solo con el aire de sus pulmones, empujado por el diafragma a través de la tráquea hacia la laringe. El esfuerzo le da una resonancia metálica, casi de falsete. Sin embargo, llega a la plaza inmensa, la mantiene unida. Los miles y miles de personas que lo escuchan parece casi como si no respiraran, como si no estuvieran vivos. Los ha convertido en un pueblo de sombras. El poeta habla bajo la luna clara y llena. Alguien llora. Es un llanto profundo. Elogia la tarde por la pureza de su muerte.

—Gloria a los dos mensajeros celestes, que en la sucesión de las horas breves han enseñado a nuestro espíritu que esta que estamos viviendo es la vida eterna.

Una mentira. Colosal, descarada, pronunciada en la ceremonia solemne. ¿Así que esta, abrasada por el fuego, precipitada debido a una torpe maniobra, ensartada por error en la punta de una lanza que decora la verja de una villa, esta es la vida eterna? Un envenenador. La palabra del poeta, por vía aérea, como gas nervioso, penetra en los alvéolos pulmonares de la multitud. La gente se abandona a ella, aturdida, intoxicada por la mentira como por un veneno sistémico.

Luego el envenenador hace un quiebro y los despierta del hechizo:

—Ciudadanos de Fiume, descubríos. Soldados de Italia, presentad armas.

Y ellos lo hacen. Todos los varones se quitan los sombreros, todos los soldados empuñan el fusil.

—Pilotos míos, recubrid los dos ataúdes.

Y ellos los recubren.

—Pueblo de Fiume, ancianos del Concejo, entregamos hoy a estos primeros muertos nuestros a la tierra sagrada, a la tierra libre. Custodiadlos.

Ahora el Comandante ya no habla al auditorio sino que dialoga con la multitud. A cada una de sus palabras la plaza responde, con actos o con voces. El teatro está en las calles, toda la ciudad está en el teatro, pero ha ido a verse a sí misma.

—¿A quién la muerte? —grita el poeta.

—¡A nosotros! —le hace eco desde la plaza un grito simétrico pero inmenso.

El aviador novato toma nota.

Llevan horas esperando frente a la estación de Santa Maria Novella. Benito Mussolini, sin embargo, tampoco se ha bajado del directo de medianoche.

Pero para Amerigo Dùmini la espera nunca ha sido un problema. Espera y calla. No se le hace difícil. Se queda inmóvil dentro de su cuerpo macizo, con su figura achaparrada, sólida, levemente encorvada, el pelo grueso, negro, liso, sobre una frente baja; los ojos orgullosos, opacos, como si estuvieran concentrados en un solo pensamiento. Permanece en silencio, durante horas incluso, y, si no tiene más remedio que hablar, habla en voz baja. Fuma y bebe. Como lo hacía en las dolinas del Carso bajo el fuego de los obuses, saca el cebador, lo sostiene con la mano izquierda anquilosada, lo desenrosca con la mano buena y bebe dos sorbos de aguardiente. De esta manera, son muchos los que le reprochan que hable poco. Le dicen que la gente teme a los que son como él, capaces de entrar en un café y quedarse en silencio durante horas mirando el vacío. Estropean la fiesta.

Umberto Banchelli, apodado el «mago», compañero de borracheras y de peleas, ha estado fumando y bebiendo como él, pero mostrándose ansioso todo el rato, incapaz de guardar silencio aunque tartamudee penosamente. Mientras esperan a que Mussolini llegue en el directo de medianoche, el «mago» no ha podido evitar contar otra vez sus batallitas —a los dieciséis años se fue con los garibaldinos a luchar contra los turcos en Epiro; a los veinte años era coronel de bandas en Serbia; a los veinticinco, suboficial del ejército italiano pudriéndose de malaria en Albania— sin dejar ni por un segundo de contar sus guerras ni de blasfemar contra Dios por los retrasos en los trenes.

Él no, él calla de buena gana. Si a un hombre no le falta de beber y fumar, nunca se aburre. Puede pasarse esperando incluso la vida entera, un hombre, si no le falta de beber y fumar. La vida para Amerigo Dùmini es eso: el lapso de tiempo en el que estamos vivos. Eso es todo. Esperar y callar. Desde que terminó la guerra, tiene la impresión de no haber hecho nada más.

En Florencia no hay mucho que hacer. Entre marzo y octubre se han licenciado once quintas y no hay manera de encontrar trabajo. En los campos, las huelgas son tan violentas que los carabineros se ven obligados a intervenir. Los incidentes se multiplican frente a las fábricas cerradas por la patronal. Los niños mendigan en el parque de Cascine y en las calles de Careggi. De los compañeros que apoyaron la guerra en el catorce, solo quedan unos pocos. Esos pocos han vuelto hechos pedazos: mutilados, neurasténicos, desharrapados. Se reparten en decenas de asociaciones patrióticas. Algunos han fundado el «Fascio político futurista». Mucho ruido, algunas ideas extravagantes. Educación patriótica del proletariado, una asamblea de jóvenes menores de treinta años en lugar del Senado, gimnasia obligatoria con sanciones penales para los más flojos. Ese es su programa político. En noviembre, esos imaginativos futuristas se lanzaron contra una manifestación de miles de «rojos», luego celebraron un mitin en piazza Vittorio Emanuele. Acudieron trece.

Otros veteranos descontentos se reúnen en via Maggio 38, en la casa de un hidalgo mutilado, antiguo infante en el Carso. Se habla de una organización armada para contener a las ligas rojas. La ametralladora es su tema de discusión favorito. O bien la asociación «Italia y Víctor Manuel» de la condesa Collacchioni que se reúne en su salón junto con el conde Guicciardini, el marqués Peruzzi de' Medici y el marqués Perrone Compagni. La condesa acoge con mucha amabilidad incluso a plebeyos turbulentos en medio de todos esos caballeros gentiles, elegantes, educados. Banchelli acude de buena gana. La condesa lo llama «mi escudero dorado». El «mago» se arrastra por las salas de los palacios con sus andares de pato y, muy serio, balbucea entre profesores y marqueses sus hazañas de guerra. Pero todo es pura cháchara. De esas hay a montones.

Está la Asociación Nacional de Combatientes que quiere recuperar los puestos de trabajo ocupados durante la guerra por sus esposas («¡Fuera las mujeres! ¡Las mujeres a tejer!»); está la Asociación de los Osados, los voluntarios de la desesperación, y además la de los Mutilados e Inválidos, mezclados con charlatanes, impostores, videntes ciegos; y además está la Unión Liberal, y además la Liga Antibolchevique, y además la «Alianza de Defensa Ciudadana», financiada con dinero de los terratenientes. Allí, el abogado Francesco Giunta se las ha apañado para organizar unas bandas. Durante las revueltas por el aumento del coste de la vida de julio, estas defendieron las telas y los tarros de los comerciantes frente a los proletarios comunistas, pero también los saquearon ellos mismos con la excusa de que especulaban con los precios. El propio Giunta, enarbolando un par de zapatos que costaban nada menos que cuarenta y ocho liras, encabezó el saqueo de la fábrica de calzado Ploner. Nunca se había visto en las calles de Florencia a tanta gente armada con garrafas de vino como en aquellos días.

En Florencia, en definitiva, todos peroran, nadie calla y el sentimiento de traición crece de forma universal. Los obreros, presa de la bravuconería, cuando se encuentran con el caballero acicalado con uniforme de oficial y monóculo, que se jacta de sus batallas a la salida del Caffè Paszkowski, se convencen de que la guerra ha sido una especulación a costa del pellejo de los pobres y le escupen a la cara. En el lado opuesto, los pequeñoburgueses, que en el frente tal vez llegaran a mandar un pelotón, consiguiendo una cinta al valor o una medalla, y ahora en la vida civil, desempleados e ineptos, se ganan los gargajos de sus antiguos subordinados, se sienten aún más traicionados. En definitiva, entre burgueses y proletarios, la decepción es mutua y universal. La guerra ganada ha dejado en las conciencias de todos la bilis de la derrota.

Ahora aguardan a Mussolini, el heraldo del intervencionismo. Después de haberlo esperado inútilmente durante toda la noche en la estación de Santa Maria Novella, Dùmini, Banchelli y los demás Osados florentinos vuelven a esperarlo a la mañana siguiente en el teatro Olimpia, en via dei Cimatori, para la primera convención nacional de los Fascios de Combate.

Los Fascios de Combate en Florencia son poca cosa. Su primera reunión tuvo lugar a finales de abril en piazza Ottaviani, en la sede de la Asociación de Combatientes. De los miembros fundadores se perdió de inmediato la pista. La reconstitución del Fascio se produjo a finales de junio, de nuevo en piazza Ottaviani. Intervino un grupo de veintisiete personas. Se nombró un directorio de tres miembros, proporcional al número de participantes: un director cada nueve personas.

Hace ya media hora que ha empezado la asamblea. La sala es pequeña, engalanada con banderas tricolores, estandartes de regimientos toscanos, banderines negros, carteles que enaltecen la libertad de Fiume, las primeras filas están reservadas para los delegados de los demás partidos. Ni siquiera ellos han acudido. El público asciende a pocos centenares de personas. Ya son las diez y no hay rastro de Mussolini. Pero el Fundador no puede faltar a la cita y además él, Dùmini Amerigo, sabe esperar. Se enciende otro cigarrillo y engulle un sorbo de aguardiente.

En el escenario, Umberto Pasella, secretario general del movimiento, vestido de gris, rechoncho y prosaico —llamado a entretener al público en espera de Mussolini—, pasa de repente del tono de agente comercial a otro más conmovido. Se detiene, levanta los ojos y los brazos señalando a Carlo Delcroix, ciego y mutilado de guerra, que asiste al acto con un soldado acompañante, desde un palco del proscenio próximo al escenario. Todos se ponen de pie. El veterano, para recibir las aclamaciones del público sin perder el equilibrio, se deja levantar en vilo por su cuidador: además de la vista, en efecto, le faltan ambos antebrazos. Braceando sin brazos, Delcroix toma la palabra y jura a los hermanos fascistas que los mutilados «con sus muñones sabrán marcar la sentencia de muerte de todos los cobardes». Ovación. Vuelve a sentarse. Pasella retoma su perorata con el tono melancólico del viajante de comercio.

Luego, sin embargo, otra exclamación estalla en la sala. Pasella se calla de nuevo. Por el fondo de la platea está entrando

Benito Mussolini. Avanza a grandes pasos hacia el escenario. Lo sigue el jefe de los futuristas, Filippo Tommaso Marinetti, con un bombín en la cabeza; detrás viene Ferruccio Vecchi, de gris militar, con su camisa negra y el pecho cubierto de condecoraciones, y un joven alto y corpulento vestido de paisano.

En la sala se eleva un singular grito general de júbilo, una más de las muchas invenciones de D'Annunzio adoptadas por los fascistas: «¡Viva nuestro Duce! ¡Por Benito Mussolini *eja, eja, eja, alalà*!».

A pesar de la entusiasta acogida, al fundador de los Fascios se le ve cansado, mal afeitado, lleva un extraño mono blanco lleno de manchas de grasa y una graciosa gorra con visera de ciclista.

Pasella se hace a un lado. Mussolini sube al escenario. Sonríe benévolo, bromea con los de las primeras filas. Frunce los labios hacia delante como si quisiera enviar besos lejanos. Se mece sobre las piernas, con las manos en los costados. Se ve obligado a pedir silencio varias veces con sacudidas rápidas de la mano extendida. Después, por fin, puede hablar:

—Os pido disculpas por mi retraso. Acabo de aterrizar. ¡AYER ESTUVE EN FIUME, la ciudad del milagro y del portento!

Al oír el nombre de Fiume, la ciudad de la leyenda dannunziana, la Jerusalén prometida por el poeta guerrero a todos los patriotas y aventureros de Italia y Europa, los escasos centenares de fascistas reunidos en el teatro Olimpia se dejan llevar a un aplauso atronador. Todos aplauden. Aplaude incluso Amerigo Dùmini con golpes de la palma de la mano sana en el dorso de la anquilosada.

Cuando se aplacan los aplausos, Mussolini cuenta que ha podido eludir el bloqueo gubernamental volando a gran altura con un as de guerra, que ha estado hablando durante cuatro horas con D'Annunzio, que de regreso se ha visto obligado a realizar un aterrizaje de emergencia en los alrededores de Udine, que ha sido arrestado por los carabineros, que ha reanudado el vuelo después de una entrevista con el general Badoglio. Y aquí está ahora, recién salido de la carlinga, descendido directamente del cielo sobre el escenario de este pequeño teatro social en via dei Cimatori. El público exulta.

Ha sido una idea realmente brillante la de presentarse con el mono de aviador. Parece haber desatado el entusiasmo de los asistentes a la asamblea. Un pequeño regalo de la soledad.

El día anterior, cuando llegó con el último tren nocturno a la estación de Santa Maria Novella, ya no había nadie esperándolo. Al hallarse solo, pudo alojarse cómodamente en el hotel Baglioni y dormir a pierna suelta. A la mañana siguiente apareció Marinetti para despertarlo insistiendo en que la asamblea, que ya había empezado hacía rato, reclamaba la presencia de Mussolini a toda costa, y este, en lugar de ponerse ropa limpia, tuvo la ocurrencia de volver a ponerse el mono blanco manchado de grasa.

Su vuelo de regreso desde Fiume había terminado en el campo de Aiello, en los alrededores de Udine. Lombardi, el piloto, para evitar ser arrestado por los carabineros, había descargado al pasajero y había reanudado el vuelo sin apagar el motor siquiera. Mussolini había sido conducido ante el general Pietro Badoglio, comisario militar extraordinario para la región de Venecia Julia. Pese a haberse proclamado en público enteramente dispuesto a morir por la italianidad de Fiume, al general —que había tenido su cuota de infamia en la derrota de Caporetto y su cuota de gloria en el triunfo de Vittorio Veneto— Mussolini le dijo en privado que estaba a favor de un compromiso, dándole a entender que el propio D'Annunzio podría aceptar soluciones distintas a la de la anexión y aconsejando que se concediera una relajación de la censura y apoyo financiero a la ciudad rebelde. Después de esa breve conversación entre dos hombres de sentido común, ya tranquilizado, Badoglio dejó que se marchara sin problemas y el fundador de los Fascios pudo montar en el último tren para Florencia.

Ahora los fascistas de la sala están hipnotizados por las manchas de grasa de motor en su mono. Dado el embeleso con el que lo contemplan, se diría que pretenden vislumbrar en él la geografía de un continente inexplorado. Son pocos. Pasella declara públicamente ciento treinta y siete secciones para cuarenta mil afiliados. Es una mentira ridícula. A Mussolini le declara cincuenta y seis secciones para diecisiete mil afiliados. Pero eso también es falso. El Fundador lo sabe: secciones habrá unas cuantas docenas y los afiliados apenas son unos pocos miles. En cualquier caso, lejos de los mil Fascios que se esperaban en marzo y también de los trescientos previstos para julio. Son pocos y están rodeados de hostilidad. Los socialistas los detestan, a los republicanos les gustaría que fueran más firmes en el prejuicio antimonárquico, los monárquicos quisieran eliminarlos, la burguesía sonríe complacida ante su violencia pero blasfema entre dientes cuando leen en sus programas que quieren gravar fuertemente la riqueza, los nacionalistas aprecian su patriotismo pero desaprueban su socialismo residual, los demócratas los consideran unos extremistas. Los únicos con los que los fascistas sienten afinidad son los Osados y los voluntarios de guerra.

Los adversarios son muchos, los enemigos pocos y Benito Mussolini no tiene intención de excluir de antemano ninguna posibilidad. Ante el público del teatro Olimpia, hipnotizado por sus manchas de grasa, declara que los fascistas son «antidoctrinales, problemáticos, dinámicos». Sus consignas son las del futurismo: sintético, alegre, rápido, presentista, práctico, moderno. El aviador imaginario recién llegado de Fiume insiste en lo que los fascistas no son: no son republicanos, ni socialistas, ni demócratas, ni conservadores, ni nacionalistas. Son, por el contrario, una síntesis de todas las afirmaciones y todas las negaciones. Nosotros los fascistas, concluye, no tenemos ideas preconcebidas, nuestra única doctrina son los hechos.

Mussolini se muestra drástico en un único punto:

—No aceptamos que nos consideren una especie de guardaespaldas de una burguesía que, especialmente entre los nuevos ricos, es simplemente indigna y vil. Si esa gente no sabe defenderse por sí misma, que no espere que los defendamos nosotros.

Cesare Rossi y Michele Bianchi, a esas alturas, le aconsejan abiertamente dar un giro a la derecha, abandonar toda ambición de formar un bloque con los intervencionistas de izquierda, pero él sigue en sus trece. Debemos mantener los lazos con los viejos camaradas, responde. Por lo menos con quienes optaron por la guerra. Hay que evitar el aislamiento a toda costa. El pueblo no está perdido, solo hace falta descabalgar a los palabreros burgueses que los guían y retomar las riendas. El pueblo es mejor que sus jefes. El pueblo amaba a Benito Mussolini y volverá a hacerlo.

Marinetti habla después de él. Pide nada menos que la «desvaticanización de Italia», la sustitución del Senado por un «órgano excitador» compuesto por veinteañeros, la exaltación de los intelectuales, la entrada gratuita a las exposiciones de arte. El extravagante programa futurista entretiene al público, pero la asamblea política ya ha terminado hace un buen rato. Fuera, esperándolos, está el pueblo, ese pueblo que Mussolini se engaña pensando que no ha perdido. Y está armado con piedras.

A la hora del aperitivo Mussolini está sentado con los suyos en una mesa de la terraza del Gambrinus. Estallan altercados con los obreros que vuelven del trabajo en el tranvía número 15. Después del banquete en la Asociación de Combatientes, los fascistas se detienen a tomar una última copa en el Caffè Paszkowski. Todos los demás locales de piazza Vittorio, previendo disturbios, ya han echado los cierres metálicos. La policía, dirigida personalmente por el prefecto, patrulla las calles. Mussolini y sus hombres aún no han terminado de sentarse en las mesas de fuera cuando suenan disparos de revólver. Un grupo de obreros socialistas los cubren de silbidos. Vuelan las butaquitas de mimbre. Sillazos, porrazos, puñetazos. En la confusión, un anarquista que en el pasado fue admirador suyo logra acercarse a la mesa de Mussolini y le arroja un puñado de monedas de cobre, el precio de la traición. Tienen que escoltarlo al hotel Baglioni. El grupo de los fascistas se encamina cerrando filas con el Fundador en el medio, haciéndole de escudo. Leandro Arpinati, un joven exanarquista ferroviario de Forlì, alto y corpulento —que llegó con el Jefe esa mañana al teatro Olimpia—, le guarda las espaldas. Delante del hotel Baglioni hay nuevas persecuciones, nuevas peleas, nuevos apaleamientos. Los fascistas logran entrar por fin. Beben algo en el salón. La plaza está sembrada de piedras.

La mañana del 11 de octubre Mussolini consigue salir por fin de Florencia, expulsado de hecho por la hostilidad de «su» gente. Se marcha en automóvil, en dirección a Romaña, a la casa paterna. Al volante del vehículo va Guido Pancani, un piloto célebre por sus trucos de aviador durante la guerra. En el asiento del copiloto está Gastone Galvani, su cuñado, y en el trasero, junto con Mussolini, Leandro Arpinati, de Bolonia.

Conoce a Arpinati desde que este era un muchacho rebelde y Mussolini el jefe de los socialistas de Romaña. Sentados uno al lado del otro, rememoran los días en los que el anarquista de dieciocho años iba a desafiar al secretario de la federación de Forlì. Era mil novecientos diez y en Civitella di Romagna, el pueblo de Bombacci, se inauguraba un mercado cubierto dedicado a Andrea Costa, el patriarca del socialismo italiano a quien los anarquistas consideraban un traidor por haber sido el primero en aceptar ser elegido en el Parlamento del rey. La multitud se agolpaba bajo el palco del prestigioso orador venido de Forlì. Arpinati y sus muchachos, vestidos de negro de pies a cabeza, esperaban apoyados contra un muro, listos para desencadenar la pelea. Mussolini los miró de arriba abajo con ojos de fuego y luego celebró el mitin más breve de toda su vida. «Imitad el ejemplo de Andrea Costa —se limitó a decir—, los necróforos no cuentan». Al bajar del palco, sin embargo, él y esa banda de «sepultureros» de dieciocho años se habían convertido en amigos.

Ahora, mientras lo recuerdan, el coche avanza a toda velocidad hacia Faenza. Los obreros contestatarios de Florencia, los mismos que diez años atrás lo aclamaban cuando era el jefe de los socialistas de Romaña, les pisan los talones. Los viajeros se detienen a tomar un café, luego reanudan el viaje. El hombre al que tiran monedas de cobre se queda dormido. El piloto de guerra mete la marcha. La cadena de las traiciones se desvanece en el rugido del motor. El coche, lanzado a toda velocidad, acaba estrellándose contra las barras bajadas de un paso a nivel.

Los pasajeros son lanzados a varios metros de distancia, como juguetes. Podría terminar todo aquí, en un momento de distracción, frente a un paso a nivel ignorado. Pancani y su cuñado, que han caído en una zanja, gritan de dolor. Arpinati está magullado. Pero Mussolini sale ileso. Tras dejar ingresados a los heridos en un hospital cercano, reanuda el viaje con su viejo amigo. Se dirá a sí mismo que el odio de sus enemigos le ha servido de talismán.

En referencia a su 27644. Mussolini procedente Fiume aterrizó hoy campo Aiello fue acompañado aquí y tuvo conmigo larga conversación sobre la que prometió guardar silencio. Me dijo expresamente que si solución proyectada no encuentra oposición D'Annunzio él la apoyará vigorosamente en su periódico. En cuanto a las intenciones de D'Annunzio respecto a este proyecto Mussolini no hizo declaraciones, pero me pareció entrever que está convencido de que incluso D'Annunzio no es inamovible sobre única solución de anexión.

Telegrama del general Pietro Badoglio
al primer ministro Francesco Saverio Nitti,
Udine, 8 de octubre de 1919

No tenemos aliados. Los Fascios de Combate solo sienten afinidad con los Osados y los voluntarios de guerra.

Benito Mussolini,
Il Popolo d'Italia, 6 de octubre de 1919

Benito Mussolini
Milán, finales de octubre de 1919

Le han obligado a caer en lo patético. Frente a cientos de personas. En una asamblea pública, en las escuelas de via Rossari.

Había convencido a todos de que en las próximas elecciones no se podía votar por el bloqueo de los partidos gubernamentales, ni siquiera como maniobra antisocialista. Se había desgañitado. El fascismo, había dicho, es un movimiento progresista, dinámico, joven, vivaz, nacido para rejuvenecer la política italiana y abrirla a la participación de las masas. No se podía apoyar a liberales, demócratas, nacionalistas. Gente vetusta a la que había que «saldar en liquidación», el continente de los difuntos. El fascismo era el refugio de todos los herejes, la iglesia de todas las herejías. Los mojigatos de todas las iglesias eran dignos de desprecio, sin distinciones. El fascismo era una mentalidad especial de desasosiego, de impaciencia, de audacias, que miraba poco al pasado y se servía del presente como plataforma de impulso hacia el porvenir. Y el porvenir no hace prisioneros.

Entonces, sin embargo, Umberto Pasella se había puesto en pie y, con su habitual costumbre de darles mil vueltas a las palabras, había dejado en claro que la posibilidad para los fascistas de formar un bloque electoral con los intervencionistas de izquierdas corría serio peligro otra vez. La razón era siempre idéntica: no querían a Mussolini en la lista. Temían granjearse la ira de todos los socialistas.

El rechazado, que hasta ayer se había batido con todo su corazón por esa alianza, tuvo entonces que tratar de convencer a todos de que se había vuelto inadmisible. Benito Mussolini, con un brinco de acróbata, dio un giro de ciento ochenta grados y volvió a desgañitarse, esta vez contra la alianza. Nuevas contorsiones, espasmos, nuevos furores. Podría incluso aceptar no presentarse en una lista fascista pero no podía tolerar que se le prohibiera participar en una lista de intervencionistas porque él había sido un profeta de la intervención, había soportado los bastonazos de la policía, él se había ganado en la guerra cincuenta y seis esquirlas de mortero por todo su cuerpo. Era inaceptable. La izquierda intervencionista estaba encarnada en él, cicatrizada en su carne. Y además, a quién querían engañar: desde luego, los socialistas no conseguirían aplacarlo por más que hubieran presentado una lista de gente desconocida.

Pero esta vez no conseguía persuadirlos. El caso personal era demasiado evidente. Un sujeto, aprovechando una de sus pausas oratorias, se puso en pie y le replicó: «¿Por qué no vino a contarnos todas estas cosas en la asamblea de hace dos días?». En ese momento se había visto obligado a recurrir a lo patético.

—¡Porque tenía un hijo que se me estaba muriendo! —exclamó, apretando los puños

Todos los varones adultos presentes en la sala se pusieron entonces en pie y aplaudieron al padre transido de dolor. Más de la mitad de ellos ya no se atrevería a votar en contra de él. En esas asambleas las cosas funcionaban así: había que servirse de los sentimientos que se necesitaran allá donde hiciera falta. No dejaba de ser teatro, incluso cuando el sentimiento era sincero. De hecho, especialmente entonces.

Pues su angustia era realmente sincera. Durante dos días enteros su esposa Rachele lo había visto con el rostro desfigurado e irreconocible. No se movía de allí, anquilosado en una contracción espástica ante la cuna de su hijo Bruno; el hombre de acción, temido, admirado u odiado, completamente aniquilado por el peligro que se cernía sobre esa criatura diminuta, de apenas dieciocho meses, con la cara negra, asfíctica, casi sofocada. El niño era víctima de una forma severa de difteria, con las amígdalas enrojecidas, tumefactas, fiebre altísima, que enseguida se había complicado en una bronconeumonía, y el padre seguía allí, inmóvil, paralizado por la angustia, contemplando mentalmente los bacilos que penetraban en las primeras vías respiratorias, las falsas membranas que, hora tras hora, se depositaban una encima de la otra sobre esa minúscula laringe, provocando la asfixia de su hijo. La dificultad de respirar aumentaba hasta volverse ruidosa, estrangulándose en un silbido, y él, el fundador de los Fascios de Combate, no era capaz de hacer nada mejor que permanecer inclinado observando la pequeña boca reseca que apenas exhalaba un leve soplido.

Con las enfermedades siempre le ocurría lo mismo. Los asaltos del enemigo interior lo aterrorizaban porque no se proyectaban al aire libre en ningún escenario de guerra. Era imposible armarse de valor ante ellos porque no admitían ningún público, ninguna escena, porque no había teatro en ellos.

Fue Rachele quien marcó la diferencia. Era una mujer ignorante. Tenía veintinueve años y hacía poco que había empezado a aprender a leer y a escribir. Firmaba «bezos» en lugar de «besos» y en el envés de las cartas se empeñaba en especificar «expedida por Rachele Mussolini», resbalando en la ese sibilante del dialecto de Romaña. Él se había encaprichado de ella presa del empuje incontenible de un impulso sexual. Era la última hija de su madrastra. Joven, rubia, rotunda. Una tarde la había arrastrado ante su padre y su segunda esposa, entre las mesas de la taberna que tenían en Forlì, y había amenazado con matarla y suicidarse después si no se la daban. Se la dieron.

Rachele Guidi era una mujer ignorante, no había asistido nunca al colegio. Ni siquiera se había dado cuenta del peligro de morir que corría el pequeño Bruno. No es más que un resfriado, le había quitado importancia. Fue Sarfatti, la amante, no la esposa, quien se dio cuenta. Tan pronto como él, para justificar un retraso a una cita secreta, le describió los síntomas del niño, ella sentenció: «¡Eso es difteria! Toma un taxi y vete corriendo a llamar a un médico». El doctor Binda —viejo amigo de la familia que ya había tratado a Mussolini de sus heridas de guerra— había metido una cánula en la garganta del niño y había invitado a ambos padres a esperar que no la escupiera. En una familia de ateos profesos, de hecho, ni siquiera se podía rezar. Él, el padre angustiado, se puso entonces a esperar, girado contra la pared.

Rachele, en cambio, a pesar de toda su ignorancia, había estrechado a su hijo entre sus brazos durante veinticuatro horas, para darle aliento y aliviarlo, yendo y viniendo por el oscuro pasillo. Era buena mujer, una buena madre. Ya le había dado tres hijos. Entre sus brazos, Bruno empezó a respirar de nuevo. Solo en ese momento, como por acto de magia, recuperó el aliento él también.

Pero era una magia oscura, malvada. Un hechizo desechable, un engaño circular. Bastaba un bacilo invisible que se depositara en la mucosa faríngea y el bebé casi recién nacido moriría de inmediato. Bastaba una nimiedad para llevárselo. La gripe «española» estaba asfixiando a millones en sus cunas. Esa vida suya grácil no era más que una representación mendaz, toda ella una pantomima, al igual que esa pantomima de las elecciones, esta espera de un mesías que saliera de las urnas. Como si una montaña de papeletas marcadas con signos de lápices pudiera suplir la violencia de la historia.

Él, mintiendo a su vez, había escrito incluso a D'Annunzio, que no veía la hora de marchar sobre Roma, aconsejándole que aguardara al resultado de las elecciones. El fundador de los Fascios no dejaba de repetir al Comandante que había que esperar de forma insoslayable hasta después del 16 de noviembre, porque ese día —estaba convencido— obtendrían un gran plebiscito sobre Fiume, ese día saldría gente nueva de los mítines electorales.

Lo cierto es que solo estaba ganando tiempo. Las elecciones no eran más que una ratonera, una forma de camuflaje. De los mítines electorales no iba a salir nada —de eso estaba seguro—, las urnas quedarían vacías. Había que preparar de nuevo armas de hierro. Quienes se agrupaban en torno a esa bandera, más que para votar, tenían que prepararse para la otra victoria, la sangrienta.

Ya había tomado una decisión. Si los socialistas lo odiaban, si los compañeros de la izquierda intervencionista no lo querían en las listas, si los partidos tradicionales del gobierno eran «vejestorios» a los que había que despachar, los fascistas se presentarían solos. Respaldados por los combatientes y los Osados. Nadie más. Él encabezaría la lista.

Sarfatti se burlaría de él. «Pero cómo, si hasta ayer decías que nunca te presentarías a esa bufonada de elecciones.»

Es verdad, pero eso era ayer... Mañana será otro día.

Mi querido D'Annunzio, Pedrazzi ya os habrá dicho lo que pienso de la situación en general. Cada vez nos vamos sumergiendo más en una ciénaga de papel. Es triste pero inevitable. Las elecciones son un magnífico pretexto para la vociferante e inmunda especulación socialista. Para nosotros son una forma de recolección y de camuflaje. Por fin me las he apañado para hilvanar algo. Estamos organizando escuadrones de veinte hombres cada uno con una especie de uniforme y con armas, tanto para reivindicar nuestra libertad de palabra como para cualquier otra eventualidad, de modo que esperamos vuestras órdenes. En conjunto, la situación es difícil y carece de la coordinación y sincronía del movimiento. Nosotros, los de las grandes ciudades, nos veremos sumergidos con facilidad por la ola socialista.

Carta de Benito Mussolini a Gabriele D'Annunzio,
30 de octubre de 1919

Gabriele D'Annunzio
Fiume, 24 de octubre de 1919

Los marineros del vapor *Persia,* que había zarpado de La Spezia después de haber hecho escala en Mesina, donde embarcaron comestibles, al adentrarse en las aguas de la costa de Sicilia, en un espejo de mar recorrido por bancos de atunes y de peces espada, en lugar de dirigir la proa hacia el canal de Suez y desde allí dirigir la proa hacia el Lejano Oriente, en dirección a Vladivostok o, tal vez, a algún puerto chino, viraron de rumbo repentinamente. La preciosa carga de baterías de montaña, fusiles, municiones y víveres destinados a apoyar en Rusia a los ejércitos contrarrevolucionarios de los generales cosacos que seguían siendo leales al zar, después de remontar el Adriático acabó armando la rebelión de la ciudad libre de Fiume.

La leyenda dice que quienes desviaron el *Persia* fueron los «uscoques», los piratas de D'Annunzio que para aprovisionar la ciudad asediada por las tropas regulares del ejército italiano están reviviendo en el Adriático las gestas de las guerras corsarias, saqueando víveres, abordando embarcaciones y creando mitos. Lo cierto es que la orden de desviarse hacia Fiume se la había dado a los marineros del vapor secuestrado el capitán Giulietti, el poderoso jefe de la Federación de las Gentes del Mar, aliado de D'Annunzio en nombre de la libertad de los pueblos y de un complicado pulso con el gobierno italiano mediante el que aspiraba a obtener concesiones para los trabajadores de su sindicato. El caso es que, a partir de la tarde del 14 de octubre, con el *Persia* anclado en el puerto de Carnaro y las armas destinadas al ejército blanco en los depósitos de los legionarios de D'Annunzio, la pequeña ciudad de Fiume entró en el mapa de la lucha planetaria entre los jóvenes pueblos oprimidos y los viejos señores de la tierra que se obstinaban en querer organizar el mundo de la posguerra sin ellos.

Por otro lado, en poco más de un mes, Fiume ya se ha convertido en un mundo de mundos, el puerto franco de la rebeldía de todas las tendencias políticas, nacionalistas e internacionalistas, monárquicas y republicanas, conservadoras y sindicalistas, clericales y anarquistas, imperialistas y comunistas. Las vanguardias políticas, sociales y artísticas de toda Europa se apresuran a acudir a la feria de las maravillas: soñadores, libertarios, idealistas, revolucionarios, inconformistas, aventureros, una multitud de héroes e inadaptados, talentos inquietos y excéntricos, hombres de acción y ascetas, desesperados sin nada que perder y millonarios en busca de emociones, jóvenes violentos y escritores de moda en París, artistas vegetarianos y sacerdotes que han colgado los hábitos, amazonas con uniformes militares y militares disfrazados de bailarines, seductores en busca de conquistas femeninas y pederastas en busca de conquistas masculinas. La amalgama despierta el entusiasmo, la bacanal resulta orgiástica, la licencia normal, el desenfreno absoluto, el espectáculo continuo, la fiesta ininterrumpida. El individualismo, la piratería, la excentricidad, la transgresión, las drogas, la libertad sexual, el cosmopolitismo, el feminismo, la homosexualidad, el anarquismo sitúan a Fiume fuera del mundo y, al mismo tiempo, por encima de él. Un solo mundo ya no es suficiente. En los pasillos de los palacios romanos del poder los politicastros recurren a las intrigas habituales, traman estratagemas, intentan ganar tiempo, proponer soluciones de compromiso. Ese es el submundo. Fiume, en la visión de Gabriele D'Annunzio, es el supermundo. Por ahí no se pasa.

El gobierno de Nitti, a través de su ministro de Exteriores Tittoni, propone a los rebeldes una estratagema diplomática: la ciudad bajo control italiano, el puerto y el ferrocarril bajo el de la Sociedad de las Naciones. Es un truquillo de antes de la guerra, pero Nitti no sabe hacer nada mejor. La política de las masas resulta del todo ajena a los intereses de los hombres de poder tradicionales. Para ellos hay que mantener al pueblo a distancia, a raya, acuclillado, en un estado permanente de minoría de edad. Esas vetustas ruinas no saben qué hacer con el consenso popular, no lo entienden, no lo buscan, no lo encuentran. Para ellos, el poder es una partida de canasta jugada entre viejos conocidos en la mesa de un club exclusivo en algún lugar de las colinas.

D'Annunzio, por el contrario, está totalmente comprometido en modelar a las masas según su voluntad. Confiado en el consenso del pueblo de Fiume, para afrontar la crisis derivada del estancamiento de las negociaciones, el 16 de octubre disuelve por decreto la representación municipal de la ciudad, señalando la fecha del 26 de octubre para las elecciones del nuevo Concejo Municipal. Su plan es simple: el 30 de octubre se cumple el primer aniversario de la proclamada anexión de Fiume a Italia, promovida al final de la guerra por parte de la población italiana de la ciudad. A un año de distancia, el resultado de las elecciones debería sancionar, por presión popular, el voto solemne de los habitantes de Fiume. Las masas, si se les presta atención, si no se las ignora, están hechas así: basta guiarlas y te seguirán.

La propaganda electoral culmina con un grandioso mitin en el teatro Verdi. En la tarde del 24 de octubre, la sala ya está abarrotada dos horas antes de que comience. Cuando el Comandante aparece a las 21:00 horas tiene que esforzarse largo rato para lograr que reine el silencio. Un abrumador aplauso de afecto se prolonga insistente durante quince minutos por lo menos a pesar de sus repetidos gestos. En el momento en que el poeta consigue tomar por fin la palabra, queda claro enseguida que algo nuevo ha sucedido.

D'Annunzio comienza enalteciendo la voluntad de Fiume de ser italiana, una ciudad libre de la Italia libre. Se demora con la precisión de un cartógrafo en las fronteras que esa nación libre debería tener. Enumera minuciosamente tierras y pueblos, islas y archipiélagos, hasta el último e insignificante peñasco. Hasta ahí, no se aparta del acostumbrado, pedante, obstinado discurso nacionalista. Pero entonces, de repente, se eleva. Vira hacia un segundo despegue. La oración pasa a titularse «Italia y la vida», pero Fiume esa noche ya no es solo una ciudad italiana, Fiume se ha convertido mágicamente en el faro que arroja luz al mundo, la «chispa del nuevo fuego que iluminará Occidente». Además, Fiume ya no es la «ciudad holocausta»; igual que un sacerdote que ha redescubierto a Dios después de la crisis de fe de mediana edad, ahora D'Annunzio ha descubierto una segunda vocación, la más difícil: Fiume se ha convertido en la «ciudad de vida».

Como administrador, D'Annunzio sabe que la situación económica es cada vez peor, que el puerto está en el umbral del desastre, que los productos de primera necesidad empiezan a agotarse, que la nueva moneda acelera la inflación y, sin embargo, el jugador que hay en él sube la apuesta. El aviador tira de la palanca hacia él y proclama que la gran causa es la causa del alma, de la inmortalidad. Nos elevamos de nuevo, subimos de cota.

Todos los insurgentes de todas las estirpes se agruparán bajo nuestro signo. Y los inermes serán armados. Y la fuerza se opondrá a la fuerza. Desde el indómito Sinn Féin irlandés a la verde bandera que une en Egipto la Media Luna y la Cruz, se reavivarán ante nuestro fuego todas las insurrecciones del espíritu contra los devoradores de carne cruda. Se proclama la nueva cruzada de todos los hombres pobres y libres contra las naciones usurpadoras y acumuladoras de toda riqueza, contra las razas de presa. Por eso nuestra causa es la más grande y la más hermosa que se opone hoy a la demencia y la vileza de este mundo. Es hora de lanzarse hacia el porvenir.

Mientras D'Annunzio habla en el teatro Verdi el 24 de octubre de mil novecientos diecinueve, el tiempo queda en suspenso, dilatado hasta el hastío o precipitado en el instante. No hay táctica, no hay estrategia, no es un hombre el que habla a los habitantes de Fiume: es un acontecimiento. Sus consecuencias son incalculables. Su acción no tiene ningún propósito, se consuma en el hiato entre la empresa histórica y el capricho pueril; Fiume, la ciudad de vida, gira para siempre sobre el eje de su propia espina dorsal como un derviche.

Las elecciones suponen un plebiscito triunfal en favor del poeta y de su porvenir.

Benito Mussolini
Milán, 11 de noviembre de 1919

Se decidió que el único mitin electoral de los Fascios de Combate en Milán tuviera lugar en piazza Belgioioso, el elegante corazón de la ciudad, circundada de refinados edificios de estilo neoclásico, una especie de salón al aire libre de la aristocracia. La eligió personalmente Mussolini en una visita de inspección unos días antes: «Esta nos irá como anillo al dedo», resolvió en apenas cinco minutos. La eligió porque está abierta por un solo lado, lo que la hace apta para la defensa en caso de agresión.

La campaña electoral se está desarrollando en una atmósfera de sensación de peligro y de espera mesiánica que se ha teñido el fervor fanático de la plegaria. Los obreros socialistas atacan los mítines de cualquiera que, en mil novecientos quince, hubiera hablado a favor de la guerra. Los atacan con la pasión que los atormentados reservan para sus atormentadores. Cuando en las plazas se presentan intervencionistas de distintos colores, la multitud proletaria no ve ante ellos adversarios políticos, ve enemigos. A Bissolati, prestigioso e integérrimo líder de los socialistas moderados, se le impidió hablar en la provincia de Cremona solo porque en 1915 se pronunció a favor de la guerra y luego fue a combatir en persona, enrolándose como voluntario a sus sesenta años. El mitin del republicano Pietro Nenni en Meldola, Romaña, fue interrumpido por disparos de fusil. En Sampierdarena, el mitin del socialista intervencionista Canepa fue disuelto a porrazos por los socialistas maximalistas.

Para defenderse de las probables agresiones, Mussolini ha mandado venir desde Romaña a un grupo de viejos republicanos y anarquistas. Dice que los quiere a su lado como «guardia de honor y manípulo de la muerte». Entre ellos, Leandro Arpinati queda de nuevo encargado de guardarle las espaldas. D'Annunzio ha mandado a sesenta legionarios y ha autorizado a Mussolini a asoldar a otros retirando fondos de la suscripción en favor de Fiume. Llegan grupos de fascistas de las ciudades cercanas. Se han establecido unos gastos de reembolso de treinta liras para viaje y alojamiento. Roberto Farinacci, un ferroviario fundador del Fascio de Cremona, ha exigido para cuatro de los suyos cien liras en lugar de treinta. Sostiene que se trata de criminales dispuestos a cualquier cosa. Personal especializado. Albino Volpi y otros Osados han llenado unas mochilas con estacas y granadas. Mussolini ha dado instrucciones precisas: los miembros del bloque fascista se comprometerán a guardar el más profundo silencio para identificar a posibles saboteadores; en caso de conflicto, el público ajeno al asunto deberá ser desalojado rápidamente por via Morone; nada de mujeres ni de niños; el mitin será rápido y directo. Se celebrará incluso en caso de lluvia.

También la selección de las candidaturas se ha realizado apresuradamente. Una vez decidido que los fascistas entrarían en liza con su propia lista, no llevó más de diez minutos. Algo de chusma y algunos nombres ilustres, todos ellos combatientes. De los diecinueve candidatos, dieciocho estuvieron en el frente, incluyendo siete voluntarios, cinco medallas de plata, ocho heridos y dos mutilados. Los nombres relevantes, además del cabeza de lista, son los de Filippo Tommaso Marinetti, el anticlerical Podrecca, el sindicalista Lanzillo, el industrial De Magistris. Figura en la lista también Arturo Toscanini, celebérrimo director de orquesta y diligente miembro del Fascio milanés. El «maestro» se enteró de que era candidato durante una asamblea en el gimnasio de un colegio mientras permanecía a un lado, apoyado en unas espalderas. Marinetti lo persuadió para que aceptara. Toscanini también ha financiado la lista con treinta mil liras. El programa es el mismo que el de San Sepolcro, envuelto en el capullo socialista del que Mussolini se resiste a desprenderse: abolición del Senado, reforma tributaria, gravar fuertemente a las grandes fortunas, confiscación de bienes eclesiásticos, empleos para los mutilados, inválidos, combatientes, nación armada. El símbolo electoral es una granada de mano fabricada por una empresa francesa y suministrada a los Osados del ejército italiano. El manifiesto electoral hace propaganda del «bloque Thévenot», invitando a depositar el voto en la granada de lanzamiento.

El mitin está convocado para las nueve. A las ocho de la tarde piazza Belgioioso, ya oscura, todavía está desierta. Los burgueses que viven en los edificios del centro se han quedado en casa. Luego, poco a poco, una pequeña multitud penetra a través del cordón de Osados encargados del servicio de orden por el lado de corso Europa, el único lado abierto, y va agolpándose bajo el escenario improvisado. Se trata de un camión usado para el transporte de tropas, empapelado con banderines y colocado de través, de modo que bloquee el acceso entre via Morone y la casa en la que vivió y murió Alessandro Manzoni, la casa donde en 1848 los jóvenes insurgentes contra los ocupantes austriacos acudieron con una delegación para implorar al mayor escritor de Italia que bajara a la calle para guiarlos en las barricadas y donde el hombre, en cambio, precozmente envejecido, agotado por la neurosis en largas noches de insomnio, rechazó la proposición, renunciando al día que había estado esperando durante toda su vida. A la luz de las antorchas que iluminan la escena, frente a la casa de Manzoni, la silueta del camión fascista parece un rostro, el pico ganchudo de un pájaro enorme listo para demoler la delicada fachada de terracota rosa. A su alrededor, a cada lado, formaciones dispersas de hombres armados en filas apretadas.

La pequeña plaza ha ido llenándose poco a poco. La multitud aguarda silenciosa en la oscuridad salpicada de antorchas. La noche ya ha caído del todo, la luz es fúnebre. Además de las antorchas, solo una pobre luna oblicua. La esquina más remota, la de via Omenoni, débilmente iluminada por una lámpara de arco.

De repente, desde detrás del escenario, silba en la oscuridad un trazador luminoso, utilizado para alumbrar la «tierra de nadie» durante el conflicto mundial. Por unos instantes, antes de caer en silencio, la luz blanca de un cohete de avistamiento traza una parábola lechosa en el cielo sobre Milán, repentinamente proyectado en zona de guerra. En la línea de meta de la carrera, el cohete de avistamiento se abre en cascada, reverberado desde el techo de un edificio neoclásico. Todos en la plaza siguen su espuma iridiscente con el embeleso de la infancia, la gran conmoción de la humanidad primitiva. Es un cohete Very, la estrella fugaz de las noches en las trincheras. Es la señal de arranque.

Sube al palco Ferruccio Vecchi, el capitán de los Osados. Arenga a la multitud con su habitual vehemencia de exaltado. Desvaría hablando de asaltos, de coyunturas en las que la guerra es más sangrienta y abrasiva, de soldados que se ramifican, de infantería que ha brotado en los altos hornos cársticos, de almas rebeldes transformadas en cuchillas cortas. Los Osados, desinteresados apóstoles, son enemigos jurados de esa oscura maraña de intereses, de estafas, de parlamentarismo deshonesto, de bancos que niegan el crédito a los desposeídos, a los pequeños industriales, de la perpetua traición burguesa, de mohos. Yo no destruiría las riquezas sino a los ricos. Sube la marea, buena gente. Nosotros, los desheredados, haremos justicia. Hasta la laguna más tranquila ha crecido en el delirio. ¡A un lado, pasa el estandarte negro!

Vecchi se desgañita, multiplica las metáforas delirantes, su yugular se engrosa de sangre pero sus palabras no son nada en comparación con el cohete Very. Todos siguen buscando con la mirada en el cielo el resplandor de su silenciosa magnificencia.

Benito Mussolini sube al palco. La pequeña multitud lo aclama. El mayor Baseggio, fundador de la Compañía de la Muerte, exige silencio levantando un bastón. Se acerca una antorcha. La multitud enmudece por completo: el orador, tal vez para protegerse de la llovizna, lleva un siniestro pasamontañas.

Mussolini arranca como filósofo:

«La vida en las sociedades modernas es de una complejidad formidable.» Sus muchas necesidades improrrogables requieren competencias técnicas, hombres libres y sin prejuicios. Requieren «el colapso del pasado». Es necesario arramblar con esa burguesía inerte y parasitaria que ostenta una riqueza mal adquirida y una doble imbecilidad impotente. Él no está en contra del proletariado. Eso es una calumnia. Él ha luchado siempre por las ocho horas de los metalúrgicos. Él está contra las tiranías, incluida la proletaria. Eso es todo. Y también es falso que sean violentos. Si los atacan responden, pero los fascistas no son bebedores de sangre. Él, personalmente, está en contra de la violencia. Y ni siquiera le importa salir elegido, las medallitas no le preocupan gran cosa.

También Mussolini se desgañita, como Vecchi antes que él, pero ni siquiera él puede hacer nada contra el hechizo del cohete de avistamiento. No hay rastro de las hordas socialistas. La gente escucha en silencio, todavía embelesada por esa señal de inicio. La gente suspira. Es cierto, la vida en las sociedades modernas es de una complejidad formidable, y se funde por entero, se aplaca en el cohete Very, la cola del cometa que ha marcado el inicio y el final del mitin. Nunca, en toda la posguerra, había estado tan presente la simplificación de la guerra.

Cuando todo ha acabado, en via Manzoni, Marinetti se sube a hombros de un fascista. Contempla una multitud que marcha en columna en plena noche por las elegantes calles del centro, una multitud disciplinada, compacta, vibrante, erizada de banderas, de bastones y de antorchas.

Dadles el esplendor de la violencia a estos ciudadanos de una inescrutable metrópolis moderna, de su densa y feroz oscuridad, a estos hombres abrumados por una existencia que no entienden, dad un cohete trazador luminoso a su deseo sangriento de luz, dadles un destino y os seguirán.

Lo que está ocurriendo era de esperar. La multitud proletaria reacciona, con el ímpetu irreprimible de la pasión largamente ofendida y atormentada, ante sus ultrajadores y atormentadores. Suena muy bien decir que sería de esperar que los debates sobre los actuales problemas se desarrollen en un clima de serenidad y tolerancia, pero similares exhortaciones aterrizan en un ambiente envenenado... La multitud no ve ante ella a adversarios políticos cuando se presentan los intervencionistas de distintos colores, lo que ve son enemigos. Ve a los que han deseado, impuesto, explotado la guerra.

Avanti!, 1 de noviembre de 1919

Advertencia para el mitin de esta noche.

A la hora señalada, los Fascistas, los Osados, los Desmovilizados, los Voluntarios de Guerra, los Combatientes, los Futuristas, los estudiantes futuristas se reunirán en sus locales para dirigirse al lugar del mitin.

El acto se celebrará incluso en caso de lluvia [...].

En caso de conflictos, el público no militante deberá ser desalojado rápidamente por via Morone, hacia via Manzoni [...].

Finalizado el mitin, al grito de «*Eja, Eja, Alalà*», la masa fascista desfilará por via Morone, via Manzoni, piazza della Scala, via Silvio Pellico y se disolverá sin dar lugar a incidentes ante la Sede del Comité Electoral Fascista.

Se han tomado otras meticulosas medidas que no podemos hacer de conocimiento público, al objeto de que el Mitin Fascista tenga lugar —como ocurrirá sin duda— de forma tranquila y solemne.

Il Popolo d'Italia, 10 de noviembre de 1919

Nicola Bombacci
Bolonia, principios de noviembre de 1919

En piazza del Nettuno, reunidas alrededor de la estatua del dios del mar, habrá unas cien mil personas. Tal vez doscientas. Tal vez más aún. Todos esperan a que el «Lenin de Romaña» pronuncie la palabra. Él vacila. Lleva veinte minutos hablando, pero se contiene. La renuencia ante las cosas sagradas se encarga de contenerlo.

Detrás de la multitud, frente a Nicola Bombacci, la figura serpentiforme del gigante broncíneo se yergue majestuosa sobre el pilón de roca recubierta de mármol. El Neptuno que da su nombre a la plaza se alza sobre cuatro delfines, que simbolizan el Ganges, el Nilo, el Danubio, el río Amazonas, las cuatro partes del mundo conocido. El dios del mar, en su intenso arrebato vertical, tiende la mano derecha contra el viento, como si él también quisiera aplacar las tormentas. Pero el papa que lo mandó esculpir en el siglo XVI como símbolo de su poder ya no domina el mundo. El siglo XX tiene otro dios: la palabra «revolución» no puede esperar.

El decimosexto Congreso del Partido Socialista, celebrado en Bolonia a principios de octubre, lo ha decretado. La mayoría maximalista ha adoptado un programa inspirado en la revolución bolchevique, aclamada como «el más feliz acontecimiento en la historia del proletariado». Con vistas a la revolución, se ha reescrito incluso la carta magna del partido que se remontaba al siglo XIX, los tiempos heroicos de las primeras luchas obreras. Pero los tiempos han cambiado y ahora es el tiempo de la revolución. Para acelerar su maduración, el congreso le eligió como secretario a él precisamente, a Nicolino Bombacci, el «Cristo de los obreros», el que predica el advenimiento de la república de los sóviets también en Italia: todo el poder para el proletariado reunido en sus consejos. Quien no trabaja no come. Y ha adoptado de inmediato el símbolo de los comités proletarios rusos: un martillo cruzado con una hoz y rodeado por dos espigas de trigo. Símbolo magnífico, completamente nuevo y sin embargo eterno, un círculo perfecto, la totalidad del mundo redimido, la historia que comienza de nuevo después de haber llegado a su fin. Y sin embargo, precisamente él, delante de las multitudes de sus trabajadores y del dios del mar, duda en pronunciar esa palabra: revolución.

Con la mano izquierda Neptuno aplaca las tormentas, pero en la derecha empuña el tridente. Un arpón de tres puntas capaz de eviscerar un cetáceo de siete toneladas. La violencia, he ahí el problema. Se debatió por extenso en el congreso socialista, se sigue debatiendo todos los días, y cuanto más se debate, más se pospone. Gennari la juzga «históricamente necesaria», Lazzari los exhorta sobre la necesidad de esperar a tener la «seguridad matemática», Serrati afirma que «antes de intentar dar un paso más alto es necesario tantear al menos el terreno», Turati lo considera una locura. El viejo patriarca del socialismo humanitario dice que por ahora no se lo toman en serio, pero cuando lo hagan su llamamiento a la violencia revolucionaria obtendrá respuesta por parte de los fascistas, cien veces mejor armados que ellos. Turati tiene razón, como siempre. Ninguno de esos dirigentes socialistas ha estado en el frente. Entre ellos y los enemigos se abre insalvable el abismo de la Gran Guerra. La hoz y el martillo nunca le darán miedo al puñal.

Eso mismo cree Vladimir Degott, el representante de la Internacional Comunista en Italia, que conspiraba detrás del escenario de los trabajos del congreso para preparar la revolución. En su opinión, Serrati, el líder del partido, es un arribista, un político sentado en dos sillones y que pacta según las necesidades a veces con la izquierda, a veces con los reformistas, un menchevique de lo más común capaz de escribir cosas bonitas sobre la revolución pero que tiene miedo de hacerla; Gennari es un «marxista brillante al que le falta espíritu de iniciativa» y Gramsci «es de entre todos los camaradas el que mejor ha entendido la revolución rusa, pero no puede influir en las masas». La esperanza de Degott, y de Lenin a través de él, es Bombacci, han depositado su confianza en el «Cristo de los obreros». Están seguros de que Nicola Bombacci, cuando sea necesario, se alineará con la vanguardia del proletariado en marcha. Pero él estudió en un seminario, él se libró de la leva por razones de salud, él se sabe incapaz de hacer daño a una mosca. De modo que Bombacci aún vacila. Y a la multitud de piazza del Nettuno, que ha venido a celebrar la liturgia de la palabra, la deja con la miel en los labios.

Turati siempre tiene razón, de acuerdo, pero el futuro no conoce sus razones. El futuro existe para redimir los agravios. La violencia no debería asustarlos, ellos la conocen bien. Esposas, cárcel y, cuando eso no bastaba, plomo en el estómago. Desde siempre, ese es el único tratamiento que le reservan al pueblo los burgueses, terratenientes o industriales, sea en los tiempos de sus padres, cuando eran borbónicos, papistas, proaustriacos, sea ahora cuando se llaman liberales, democráticos y hasta republicanos. Las multitudes de esta plaza conocen la violencia mejor que nadie: ser sus víctimas las ha vuelto expertas.

Los ejemplos se cuentan por decenas. El 11 de octubre, después de los primeros seis días de huelga general en la campiña de Piacenza, en Mercore di Besenzone, los hermanos Bergamaschi defendieron con las armas en la mano su finca de una multitud de huelguistas que la habían invadido. Fuego a discreción, apuntando a altura humana. Cinco muertos. El 26 de octubre, en la piazza de Stia, en la provincia de Arezzo, el comandante local del cuartel de carabineros, sintiéndose sobrepasado por la multitud de manifestantes socialistas, ordenó disparar sin alzar la mira. Dos mujeres gravemente heridas, una de las cuales, Rosa Vagnoli, murió al día siguiente. Tenía dieciocho años. El 11 de noviembre, en Turín, el tranviario socialista Giovanni Cerea fue atacado con garrotes y vergajos de buey por dos agentes de seguridad pública solo por pegar carteles electorales de su partido. Trató de escapar, cayó, lo pisotearon. Como si se tratara de una cámara de aire perdida por una bicicleta, de una colilla, de un objeto cualquiera. Lo dejaron en un estado lamentable, cadáver antes de llegar al hospital.

Todos esos compañeros asesinados conocían la violencia muy bien. Y además, la palabra «violencia» ya estaba escrita en negro sobre blanco sobre la moción ganadora en el congreso de Bolonia que le eligió como secretario precisamente a él, a Nicola Bombacci. Y además, la guerra nunca llegó a acabar del todo, esta paz tiene todas las características de una tregua. Y además, en piazza del Nettuno hay cien mil camaradas, doscientos mil tal vez, quizá más. No puede ser todo un engaño, todo una ilusión. La certeza del carácter decisivo de los acontecimientos es indudable, la fe en el inminente triunfo del partido absoluta. Los tiempos están maduros.

Y entonces Nicola Bombacci, en nombre de las víctimas de los hermanos Bergamaschi, de la campesina de dieciocho años Rosa Vagnoli, del tranviario socialista Giovanni Cerea, del partido, de la certeza, de la fe y el futuro, se arma de valor y lo dice:

—Me juego la cabeza a que en el plazo de un mes forzaré al rey, maldita sea, a hacer las maletas. ¡Me juego la cabeza ante vosotros a que en el plazo de un mes también en Italia habrá estallado la revolución!

El Congreso está convencido de que el proletariado tendrá que recurrir al uso de la violencia para defenderse de la violencia burguesa, para la conquista de los poderes y para la consolidación de las conquistas revolucionarias [...] que la conquista violenta del poder por parte de los trabajadores deberá marcar el traspaso del poder mismo desde la clase burguesa a la proletaria, instaurándose así el régimen transitorio de la dictadura de todo el proletariado.

Del programa del Partido Socialista Italiano, congreso de Bolonia, 8 de octubre de 1919

Un cadáver en estado de putrefacción ha aparecido en las aguas de un canal milanés. Parece ser que se trata de Benito Mussolini.

Dos líneas en la crónica local. El *Avanti!,* el periódico de los socialistas del que fue director durante varios años, no concede a esta catástrofe más de dos líneas en la crónica local. Pero son dos líneas venenosas. En primera plana, bajo la cabecera, a gran tamaño, se proclama en cambio su triunfo: «¡Ha nacido la Italia de la revolución!».

Hasta el minúsculo despacho del director de *Il Popolo d'Italia* llega desde la calle el vocerío de la multitud que acude a su funeral. El cuerpo de Mussolini es llevado en procesión por las mugrientas calles del Bottonuto. Van entonando a voz en grito cantos funerarios en estridentes tonos de júbilo. Las putas, temporalmente desocupadas debido al barullo que desalienta a los clientes, se asoman desinhibidas a las puertas de los burdeles.

En su miserable cuartucho, el Mussolini viviente deambula con reflejos de animal enjaulado. Recorre la habitación a lo largo y a lo ancho pero no divisa brecha alguna en el muro de la hostilidad universal. Cada vez que alguien llama a la puerta, encoge la cabeza entre los hombros para reducir su superficie corporal y se vuelve con el brusco movimiento que el instinto dicta a la presa agredida. Después, tan pronto como se percata de que tiene público, aunque solo sea un mensajero, recupera el autocontrol y ostenta despreocupación. A todo aquel que acude a asegurarse de las condiciones de salud del muerto vivo le concede algunas bravuconadas. «Votos habremos obtenido pocos, de acuerdo, pero en compensación disparos de revólver hemos soltado bastantes.» O cosas parecidas. Hasta se carcajea cuando le cuentan el chiste que ya circula por Milán: «Con un director de orquesta como Toscanini en la lista, la solfa solo podía ser excepcional».

La verdad es que el fracaso ha resultado letal para los fascistas, la humillación personal para él, que ya se veía como «el diputado de Milán», hiriente. Las del 16 de noviembre han sido unas elecciones «rojas». A los socialistas han ido a parar 1.834.792 votos, equivalentes a 156 parlamentarios electos. Un resultado triunfal, un presagio de revolución. El descalabro de la lista fascista ha sido, en proporción inversa, absoluto: de aproximadamente 270.000 votantes en el distrito electoral de Milán, los fascistas solo han obtenido 4.657 votos. Mussolini solo consiguió 2.427 votos preferenciales. Ninguno de los candidatos fascistas salió elegido. Ninguno. Ni siquiera él. Un fracaso completo.

A los demás les miente, pero a su mujer se lo confiesa: «Una derrota absoluta. Ni siquiera hemos conseguido un escaño. En la Galería, la gente se ha lanzado contra nosotros». Se vio obligado a llamar a Rachele para tratar de tranquilizarla cuando le dijeron que la burlona procesión funeraria puesta en escena por los socialistas había pasado incluso bajo su casa en Foro Bonaparte. La gente gritaba: «Aquí está el cadáver de Mussolini», y llamaba a la puerta principal. Detrás de su cadáver, otros dos féretros vacíos más acogían de forma imaginaria los cuerpos de Marinetti y D'Annunzio. Rachele, a su vez, le confesó que se había refugiado en el desván con los niños. Parece ser que a la pequeña Edda le entró un ataque de nervios.

Los visitantes, igual que en un funeral, siguen afluyendo a la sede del periódico. Es inútil intentar mantener la puerta cerrada. Cuando están enterrando a tu sombra en la calle, la gente viene a buscarte.

Para demostrar que no le afecta, ha ordenado que le traigan un vaso de leche. Se sienta ante su mesa de trabajo en la habitación desnuda y llama a Arturo Rossato, uno de sus redactores, para que escriba con caligrafía esmerada las direcciones del cardenal Ferrari y de Caldara, el alcalde socialista de Milán, a fin de añadirlas a dos paquetes redondos, envueltos en papel de periódico. El espacio alrededor de la mesa hace pensar en una mudanza inminente. En la pared solo se exhibe un mapa de Italia con una banderita tricolor clavada en el punto correspondiente a Fiume. En el escritorio despejado destaca, en cambio, el enorme vaso de leche y una vieja y monumental pistola de furriel. Los gritos de los socialistas suben amenazadores desde la calle. Mussolini remueve la leche con lentitud estudiada, la paladea, gota a gota, vuelve a dejar el vaso y a removerlo. Las ondas de un blanco viscoso contrastan con el metal inmóvil, pardo, del arma:

—Chillan, gritan, montan un alboroto infernal, pero si suprimes sus enormes corbatas, sus banderas, lo que queda es un hatajo de idiotas. Nunca llegarán ni a oler la revolución. Si estos revolucionarios de boquilla no pagan la letra de cambio que deben, el populacho protestará y entonces ya verás la que se monta..., como se decía en las trincheras. Hay victorias que equivalen a una derrota.

Arturo Rossato, el redactor que ha venido a entregarle los sobres con las direcciones, no puede dejar de asentir a las bravuconadas del jefe con un movimiento imperceptible de la cabeza. Desde la calle, los gritos de los socialistas suben una octava más.

—Y no creas que vendrán aquí porque, ya lo sabrás, resulta que he muerto. Ahora soy un hombre sin sombra.

Benito Mussolini se interrumpe unos segundos a fin de que el redactor tenga tiempo de dejarse invadir por la consternación. Remueve la leche, luego prosigue:

—Me han dado por muerto, pero precisamente por eso saben que, si suben, con esta pistola al menos a un par los dejo secos. Y en Milán, por si no lo sabes, no hay entre los miembros del Partido Socialista ni dos, créeme, ni dos héroes que sepan enfrentarse al peligro. Un hatajo de idiotas. Son un hatajo de idiotas. Así que... me bebo la leche.

Desde la planta de administración sube Arnaldo Mussolini. En contra de sus hábitos de hombre apacible, está furioso con su hermano:

—¡De modo que te has convertido en un delincuente, en un auténtico criminal!

Arnaldo grita sin que le preocupe que le oiga la redacción entera, después se sujeta la cabeza entre las manos. Los dos envoltorios destinados al obispo y al alcalde de Milán contienen dos bombas Sipe. Benito Mussolini ha decidido enviarlos como represalia por la derrota sufrida. Las direcciones, que el editor ha escrito de su puño y letra, deberían confundir las pesquisas de los investigadores.

—Vale más una bomba que cien mítines.

Es el eslogan que el joven y exaltado agitador soltaba en las plazas incandescentes de Romaña, en los tiempos en los que predicaba la revolución socialista, su antiguo caballo de batalla. Ahora, el hombre maduro, director de un periódico de tirada nacional, mientras abajo en la calle sus antiguos compañeros escupen sobre el monigote de su cadáver, ha pronunciado el antiguo eslogan con voz neutra, sin delatar la menor emoción, para que lo oigan los de la redacción y los Osados de guardia que han presenciado el griterío de Arnaldo. Después, Benito Mussolini, el terrorista, vuelve a remover lentamente la cucharilla de aluminio en su vaso de leche. Ya no hay nada que ver. Se ha acabado el espectáculo.

Mientras la pequeña multitud retrocede por las escaleras desde el rellano, Albino Volpi lleva aparte a Arnaldo. No hay razón para preocuparse, lo tranquiliza. Una bomba Sipe enviada en un paquete postal, por sus características de cebado y detonación, no representa el menor peligro.

La Sipe es una granada de mano de fragmentación. Para detonarla, después de quitar el tapón protector es necesario frotar la cabeza contra el encendedor o bien encenderla directamente con una llama. En la guerra normalmente se usaba un cigarro. Dado que su radio de acción es superior a la distancia de lanzamiento, es un artefacto defensivo. Se suele utilizar para detener un ataque enemigo. La granada Thévenot, en cambio, es un artefacto ofensivo. Su limitado radio de acción, siempre inferior a la distancia de lanzamiento de un buen lanzador, permite destrozar al oponente permaneciendo ileso, incluso si se lanza en campo abierto. En el momento de su uso, es suficiente con sacar la chaveta. El impacto con el suelo o con el objetivo hará el resto. Además, se trata de una bomba de gran eficacia psicológica: su potente detonación aturde y aterroriza. Una vez que explota, permite al atacante acabar fácilmente con el enemigo gracias al cuchillo.

El hombre que está de pie a las siete de la tarde en el ponte delle Sirenette, en el centro de Milán, además de un cuchillo con mango de madreperla, lleva dos bombas Thévenot en el cinturón. Aunque nadie mira hacia él, hincha el pecho y levanta la barbilla como si posara para un fotógrafo. Nadie lo mira, pero él lleva media hora observando el desfile de los socialistas que, en via San Damiano, un poco más adelante y un poco más abajo, celebra la victoria electoral. En esa orilla del canal son miles los que cantan, ondean banderas, se regocijan. Hombres, mujeres, niños. Provenientes de via del Verziere, llevan varios minutos desfilando y aún no han llegado todos a la sede del *Avanti!,* donde tendrá lugar el mitin.

En el puente de arco rebajado, en cambio, el hombre está solo. Va a cara descubierta. Para llegar hasta ese punto desde el local de los Osados de via Cerva sin ser visto, simplemente ha tenido que saltar la tapia del Palacio Visconti y cruzar el jardín. Cinco minutos en total. Solo le hacen compañía cuatro estatuas, fundidas en hierro colado, colocadas en los extremos de los parapetos. Las Sirenitas sujetan un remo en las manos. Albino Volpi acaricia un cilindro de hierro con una chapa de estaño.

El hombre solitario, ignorado por el mundo, sacude levemente la cabeza. No es posible, todos son italianos y, sin embargo, esos socialistas están ensalzando a Rusia. Son muchos, muchísimos, podrían formar un ejército pero no marchan, se arrastran, se enjambran, cual animales. Sus banderas son rojas, llevan claveles escarlatas en el ojal, pero van desaliñados, descamisados, embutidos dentro de fajines confusos. Dan asco, carecen de dignidad. Son una turba, no una agrupación, una aglomeración de descarriados. Una orgía de cánticos, de vinos y de aguardientes a granel, una horda de banderas rojas ondeando en las manos de abanderados de paso inseguro. Esmirriados, inestables, pobres, diminutos y postrados físicamente, tarados mentalmente, hambrientos y famélicos, son bestias de carga. Son animales, no hombres. Un rebaño de ovejas enfurecidas.

Y ese canto además..., «¡Agrupémonos todos en la lucha final!... El género humano es la internacional»..., ese canto no tiene exuberancia alguna, es solemne pero oscuro, bajo, terroso, polvoriento, el murmullo sordo de la horda. No tiene nada de italiano, quien lo canta es un rebaño, no un pueblo. Sí, ese canto..., el canto precisamente..., eso es lo peor. Su martilleo monótono que parece evocar llanuras inmensas, desiertos, gentes extranjeras, hielos siberianos, guisos de remolachas sin sazonar, estepas de hambre infinita. ¿Es ese rebaño asiático la Historia?

No puede ser, y si lo es, su curso ha de ser desviado. Es propenso a la masacre, está expuesto a toda violencia.

Albino Volpi, con los ojos siempre fijos en la multitud, extrae el cilindro de hierro del cinturón, retira la lengüeta que bloquea el percutor y extiende ambos brazos perpendiculares al cuerpo. Permanece en esa posición unos instantes, con las alas desplegadas, inhalando el aire húmedo de la noche, como si esperara la corriente atmosférica adecuada para emprender el vuelo. A continuación, se rompe el equilibrio, el cuerpo oscila, con la mano derecha abajo, la izquierda en el cielo, el muelle se estira, se relaja, el tronco macizo se convierte en catapulta. La bomba vuela sobre la multitud ignorante, dibujando un arco perfecto. La detonación es tremenda. Ahora ya nadie canta. Chillidos, blasfemias, gritos de los heridos, invocaciones a la madre. Ahora el rebaño se ha dispersado.

El hombre en el puente regresa a su posición de observador, con los brazos relajados en los costados. Le basta con una mirada para evaluar la situación: un hombre solo ha puesto en fuga a miles. Está demasiado oscuro como para contar los caídos, pero eso no es lo que le interesa. La humanidad se le aparece dividida según su actitud ante las esquirlas metálicas. El veterano valora a los candidatos a construir la Historia según sus reacciones ante un bombardeo. Quien ha estado en el frente se acuclilla de inmediato en posición fetal, con los brazos cruzados sobre el vientre. Reduce prudentemente su tamaño al mínimo animal indispensable para proteger las partes blandas. Los demás, todos los demás, ponen pies en polvorosa, engañándose a sí mismos en la ilusión de poder salvarse gracias a su posición erecta.

Abajo en via San Damiano son muy pocos los que se acuclillan. Son casi todos obreros y los obreros no fueron a la guerra con la excusa de que servían para hacer funcionar las fábricas. Una panda de emboscados. Se merecen el terror mental.

Albino Volpi empuña un segundo cilindro de hierro y extiende de nuevo los brazos.

El gesto de un exaltado

Una manifestación socialista se había detenido en via S. Damiano, bajo las ventanas del *Avanti!*, para aclamar un discurso de Serrati alabando el socialismo. El cortejo se estaba recomponiendo para ponerse otra vez en movimiento cuando, según los primeros relatos, un desconocido, desde la altura del puente de hierro fundido, lanzó hacia la cabecera de la comitiva un objeto que, al tocar el suelo, explotó; las esquirlas, desde una distancia de veinte o treinta metros, arrollaron a los primeros manifestantes. En medio del pánico desatado se elevaron entre los caídos gritos de dolor y los compañeros de los heridos se afanaban por socorrerlos mientras alguno trataba de perseguir al desconocido, que se perdió de inmediato en la oscuridad [...]. El gesto reprobable de un exaltado, que parece haberse servido de una granada Thévenot, ha desatado, nada más correrse la voz, la indignación general.

Corriere della Sera, 18 de noviembre de 1919

Milán, 18 de noviembre de 1919

Los detienen a todos el 18 de noviembre de mil novecientos diecinueve. La línea dura del prefecto Pesce viene dictada por el primer ministro Nitti, que esa mañana ha telegrafiado a Milán: «Quién posea granadas de mano debe ser considerado a priori como un criminal».

Primero le toca a la Asociación de los Osados de via Cerva, donde son incautadas varias bombas Sipe, Thévenot, pistolas, cajas de municiones, puñales y mazas de hierro. El registro concluye con el arresto del capitán Ferruccio Vecchi, de Piero Bolzon, de Edmondo Mazzucato. Albino Volpi y otros veteranos sospechosos de contarse entre los ejecutores materiales del atentado de via San Damiano logran escapar huyendo por los tejados.

Luego, por la tarde, después de una irrupción en la sede del Fascio en via Silvio Pellico 16, y después de que una delegación de socialistas formada por Treves, Turati, Serrati y el propio alcalde Caldara acudiera a la prefectura exigiendo la expulsión de los Osados de la ciudad y la disolución de los Fascios de Combate, llega el turno de *Il Popolo d'Italia*. Los agentes de seguridad pública encuentran, escondidos en una estufa, trece revólveres nuevos de distintos calibres, cuatrocientos diecinueve cartuchos y una pistola lanzarrayos utilizada recientemente. Se procede a la detención de Umberto Pasella, Enzo Ferrari, Filippo Tommaso Marinetti. Todos son imputados con la acusación de atentado a la seguridad del Estado y pertenencia a bandas armadas. Benito Mussolini es trasladado a la cárcel de San Vittore. Ocupará la celda número 40. Apenas permanecerá en ella veinticuatro horas.

El 19 de noviembre, después de haber sido sometido a interrogatorios, será excarcelado tras una llamada telefónica de Luigi Albertini a Nitti. Albertini, senador del Reino, gran burgués, propietario y director del *Corriere della Sera,* convencido de que la suerte del fascismo ha quedado marcada por la debacle electoral, utiliza para persuadir al primer ministro de que libere a Mussolini un argumento típico del pensamiento liberal, del que es uno de los jefes de filas italianos: «Mussolini es una ruina, no hagamos de él un mártir».

Los núcleos listos para la acción estaban en la cabeza de Mussolini y poco después pasaron a ser una realidad práctica: manípulos de ciudadanos y de Osados adscritos a los Fascios, audaces e impávidos, de los que los propios Fascios debían servirse para lanzarlos, armados, contra las manifestaciones callejeras en el momento oportuno [...]. En conclusión, se constata la existencia de una organización de tipo militar, la existencia en el seno de esa organización de una auténtica jerarquía de jefes y gregarios [...] se constata que la modalidad de las reuniones, el tenor de las órdenes, los medios bélicos de señalización tienen carácter militar, que muchas de las armas en manos de esos gregarios son militares, que algunos de los oficiales y gregarios de dichos cuerpos fascistas armados han sido enviados expresamente aquí por el mando militar de Fiume. Sean cuales sean los ideales de los dirigentes y de los miembros de la organización, se trata sin duda de un cuerpo armado que se ha formado en el seno de los Fascios de Combate en Milán no solo contra las leyes del Estado, no solo con la tendencia a usurpar los poderes policiales, sino con el deliberado propósito de cometer crímenes contra las personas.

Informe del jefe de policía Giovanni Gasti
a la oficina del fiscal de Milán,
21 de noviembre de 1919

Cuando Mussolini estaba de moda, nadie se atrevía a tocarlo: hoy es arrestado porque parece menos fuerte.

149

No podemos aprobar una política similar, inspirada no por la ley sino por el oportunismo.

Corriere della Sera, 19 de noviembre de 1919

Una ráfaga se ha abatido sobre el fascismo, pero no conseguirá derribarlo.

Benito Mussolini,
Il Popolo d'Italia, 20 de noviembre de 1919

El día en que se inaugura el nuevo Parlamento del Reino de Italia todos tienen la nariz levantada.

Los diputados socialistas recién elegidos admiran el majestuoso friso pintado por Aristide Sartorio para decorar la nueva sala del Parlamento. Cincuenta lienzos, de casi cuatro metros cada uno, realizados con la innovadora técnica del encausto, que se extienden a lo largo de más de cien metros de longitud y están colocados a veinte metros de altura por encima del hemiciclo. Un segundo cielo de colores resplandecientes donde viven más de doscientas figuras, incluyendo hombres, mujeres, niños y animales, en tonalidades que oscilan entre el verde, el rosa, el naranja, el blanco, gracias a una mezcla de aceite y cera, con texturas cálidas y pastosas obtenidas apretando todo el tubo, iluminadas por la luz natural del primer cielo, el cielo de Roma, que se derrama desde el velario. Un triunfo de imágenes alegóricas que representan las virtudes de la joven Italia y los episodios más destacados de la historia de este pueblo en sus albores. Las doscientas gigantescas figuras, con predilección por desnudos viriles y por caballos al galope sobre los pedestales, relucen deslumbrantes y parecen desplazarse hacia delante.

Veinte metros más abajo, los legítimos representantes de ese pueblo glorificado recorren con la mirada la espectacular epopeya buscándose a sí mismos. Hay ciento cincuenta y seis diputados socialistas, casi todos se sientan por primera vez en el Parlamento de Italia y muchos de ellos son hijos de obreros, carreteros y peones que nunca en su vida han admirado un lienzo pintado, a no ser en los altares de una iglesia. Los hijos de esos súbditos miserables y analfabetos se encontrarán hoy por primera vez con su majestad el rey, que ha venido a inaugurar la nueva legislatura con el tradicional discurso de la Corona. A Víctor Manuel III le aguarda el trono real, instalado en lugar del asiento de la presidencia, vigilado a ambos lados por dos coraceros con la espada desenfundada. Por primera vez en su historia, el pueblo vivo está a punto de conocer a su soberano en persona, de carne y hueso, de hombre a hombre. Es el momento culminante de la epopeya, el único lienzo que aún falta del admirable friso pintado por Sartorio.

El discurso del rey está previsto para las diez y media, pero los representantes del pueblo, para evitar que el acontecimiento los coja desprevenidos, han empezado a afluir a los escaños del Parlamento desde las nueve. Los socialistas han ocupado en masa, en un aula todavía desierta, los tres primeros sectores a la izquierda. Todos llevan un clavel rojo en el ojal de la chaqueta. Los diputados reelegidos que estuvieron antes sentados en ese lado se quejan al encontrar sus escaños ocupados. No ha habido nada que hacer. Hasta Giovanni Giolitti, el veterano dominador de la vida parlamentaria de los últimos treinta años, que entró en el aula justo antes de las diez, ha tenido que resignarse a abandonar su lugar habitual en el tercer sector izquierdo. Hoy comienza una nueva historia para la izquierda y lleva un clavel rojo en su ojal. No hay lugar para Giolitti.

A las diez y cinco llega el diputado Vittorio Emanuele Orlando, el presidente de la victoria sobre los austriacos, y va a sentarse al cuarto sector tras estrecharle la mano a Giolitti. Poco después entra el diputado Bissolati con redingote. El expresidente de la cámara cruza el hemiciclo con un paso algo inseguro y se dirige al banco de las Comisiones, inmediatamente aclamado por parlamentarios más ancianos de Montecitorio. Los sectores de la izquierda ya están abarrotados, los de la derecha tardan más en llenarse, en la tribuna del cuerpo diplomático destacan la duquesa di Laurenzana, la marquesa Salvago Raggi, el ministro de Rumanía, el embajador de España, el de Polonia, el de Bélgica y muchos otros.

Cuando a las 10:28 un paje real abre la puertecita de la derecha, todos están en su sitio. En presencia del rey han concurrido unos quinientos representantes de la nación. Todos los senadores y todos los diputados se ponen de pie y aplauden, gritando al unísono: «¡Viva el rey!». Todos menos los claveles rojos en los tres sectores del hemiciclo de la izquierda, que permanecen sentados.

El espectáculo resulta chocante, pero la manifestación de afecto del Parlamento, con todo, es atronadora y la defección pasa desapercibida. Víctor Manuel III recibe el aplauso de sus señorías, se inclina varias veces, está conmovido. Después toma asiento en el trono. El primer ministro Nitti, dirigiéndose a la asamblea, ruega a los diputados y senadores que se sienten.

Entonces se levantan los claveles rojos. Se hace un gran silencio. Todos se quedan pasmados por unos momentos, los coraceros aprietan la empuñadura de los sables, pero enseguida se entiende lo que está pasando: los socialistas, simplemente, se van. El pueblo se niega a reunirse con su rey. No lo reconoce.

Nicola Bombacci, con el pelo desgreñado y la barba descuidada, marcha a la cabeza de los disidentes. Al pasar por delante del trono, mira a la cara al soberano y grita: «¡Viva la república socialista!». Su éxito personal en el distrito electoral de Bolonia ha sido enorme. Algunos periódicos lo definen como «el hombre más votado». Solo con él, sin contar a todos los demás diputados socialistas, más de cien mil italianos abandonan Montecitorio. El rey se ve obligado a pronunciar el discurso de la Corona en un salón medio vacío.

La escena es memorable, su efecto teatral muy impactante. Los diputados disidentes, tras salir a la plaza de Montecitorio, se regocijan, se congratulan y se abrazan unos a otros. Sus risas son genuinas, despreocupadas. El sueño de una vida libre y justa se va haciendo realidad. Bajo el tibio sol invernal de una plaza romana, son en este momento los representantes de un pueblo que ha vuelto a ser niño. La alegría dura unos instantes. Poco después, diputados y senadores se percatan consternados de que no tienen planes para el resto del día. Los socialistas han conquistado Italia pero no saben qué hacer con ella.

Puesto que esos hombres no saben qué hacer, son atacados. Bandas de nacionalistas empiezan a atacarlos ya esa misma tarde. Les dan caza por las calles de Roma, los agarran por los corbatines negros de republicanos y los obligan a gritar «¡Viva el rey!». Al caer la tarde las palizas continúan con el debut de los guardias reales, el nuevo cuerpo policial recién formado para el mantenimiento del orden público. Giacinto Menotti Serrati, dirigente del partido, es conducido a la fuerza a comisaría, donde recibe una lluvia de puñetazos.

Por parte socialista, como es ya costumbre, se proclama la huelga general. La primera víctima se registra al día siguiente en piazza Esedra. Se trata de Tiberio Zampa, un trabajador de la imprenta del *Avanti!*, de veintitrés años.

Las fábricas siguen paradas. Milán sigue durmiendo con las armas a los pies esperando la revolución. Se respira, escribe Claudio Treves, un aire repleto de furores agrios, un viento de terrorismo. Bombacci declara que la revolución es una necesidad histórica, que el Parlamento es una reliquia del pasado y es su deber dar los últimos golpes de piqueta. Así lo declara desde su escaño parlamentario.

Al finalizar la huelga general, se cuentan una decena de muertos, entre Turín, Milán, Adria, Módena. Vienen a sumarse a las ciento diez muertes ya provocadas a lo largo de mil novecientos diecinueve a causa de los enfrentamientos callejeros entre socialistas y fuerzas del orden. Con este balance se cierra el primer año de paz.

El Comandante está solo en la sala del Estado Mayor. Después de que, al amanecer, Lilì de Montresor, una canzonetista de moda en los cafés de la ciudad, se haya marchado por una puertecita secreta con quinientas liras en el bolso tomadas de los fondos del Estado Mayor, D'Annunzio ha ordenado que no se deje entrar a nadie hasta que lleguen noticias.

El encargado de vigilar su soledad está en el vestíbulo: es Tommaso Beltrami, miembro de la guardia personal del poeta organizada por Guido Keller tras reclutar a sus miembros de entre los «Desesperados», una compañía de voluntarios carentes de documentos que se pasan los días acampados en los astilleros para beber, cantar y zambullirse desnudos desde las proas de naves inmovilizadas por el embargo. Hay quien considera a Beltrami, ex Osado y exsindicalista, un auténtico líder irregular, pero otros solo lo ven como un putañero, un jugador encallecido y un adicto a la cocaína. Probablemente son ciertas ambas cosas.

Detrás del portal custodiado por Beltrami, D'Annunzio espera los resultados del plebiscito popular que ha convocado para decidir si se acepta el «modus vivendi», un compromiso propuesto por el gobierno Nitti. Viste su uniforme favorito, el de la «santa marcha» de la noche de Ronchi, el inmaculado uniforme blanco con los cuellos alzados de los lanceros de Novara. En el bolsillo tiene una cánula de plata.

Con el «modus vivendi» el gobierno italiano, a cambio del fin de la ocupación, se compromete a rendir armas a los legionarios de D'Annunzio y a ocupar la ciudad con tropas regulares con vistas a su anexión. Los fanáticos jóvenes de la guardia personal del Comandante lo consideran una innoble estafa; los miembros más maduros de su Estado Mayor, un honorable repliegue. También en este caso, probablemente ambas cosas sean ciertas.

El 14 de noviembre D'Annunzio abandona Fiume y pone rumbo a Zara. Su entrada en la otra ciudad que se disputan Italia y Yugoslavia resulta triunfal, la población lo acoge como a un héroe, también allí él despliega la bandera de Giovanni Randaccio a la vista de la multitud y todos se arrodillan en el barro ante ella. Dio la impresión, por un momento, de que el proyecto para llevar la antorcha de Fiume por el mundo no era el delirio de un poeta embriagado de sí mismo. La «gran Italia» de la pequeña Fiume se ha sentido de nuevo lista para desafiar a los Estados Unidos, en la sala del alto mando se ha vuelto a planear una marcha sobre Roma. «Marciare non marcire», marchar, no pudrirse, se oye gritar.

Sin embargo, dos días después llegaron de Roma los resultados de las elecciones políticas nacionales. Los socialistas habían ganado, el orgullo nacional pasaba a un segundo plano respecto al pan y a la renta, el odiado Nitti había sido confirmado como primer ministro. Italia podría vivir sin la gloria de D'Annunzio pero no sobrevivir sin el dinero norteamericano, esa era la respuesta de las urnas.

En Fiume, mientras tanto, donde de treinta mil adultos en edad de trabajar seis mil estaban desempleados, la población comenzó a acusar las consecuencias de la resaca. El Comandante, entonces, autorizó a sus lugartenientes a reabrir las negociaciones con la cloaca de Roma. Llegó la propuesta del «modus vivendi» y él remitió la decisión al Concejo Nacional de Fiume. El 15 de diciembre, después de varias reuniones, el Concejo aceptó la propuesta de Nitti con cuarenta y seis votos a favor y solo seis en contra. La epopeya de la rebelión de Fiume, por lo tanto, estaba a punto de terminar. Su espíritu iba poco a poco ofuscándose.

Sin embargo, nada más difundirse la noticia de la deliberación favorable al compromiso, una masa tumultuosa de legionarios y civiles, mujeres sobre todo, se agolpa bajo el balcón del palacio. Gritos de traición, invocaciones a la insurrección, miles de voces que llaman al Comandante a asomarse a la barandilla. De nuevo la plaza, de nuevo el clamor, el Parlamento al aire libre.

D'Annunzio se asoma, muy pálido, con algunas hojas sueltas en las manos. No declara, sino que lee, como un escolar, el texto del «modus vivendi», el compromiso propuesto por los politicastros romanos. Ante cada cláusula del acuerdo la plaza aclama con un simple «sí» o la rechaza con un «no». Al final de la lectura el espíritu se ha reavivado. El Concejo Municipal ya ha aceptado el acuerdo por amplia mayoría, pero aquí en las calles el espíritu prende, la democracia es directa. D'Annunzio apostrofa el frenesí de la multitud:

—¿Esto es lo que queréis?

La respuesta negativa es unánime. Anexión, libertad, resistencia.

—Pero la resistencia implica sufrimiento. ¿Esto es lo que queréis?

Eso es lo que quieren.

D'Annunzio convoca un referéndum para el día 18. Si el pueblo no considera que las armas y el compromiso de los legionarios son necesarios para honrar el juramento, que lo diga abiertamente. Luego despliega la bandera de Randaccio e invita a los Osados a entonar sus canciones de guerra. La plaza estalla en otra manifestación de entusiasmo que dura hasta altas horas de la noche. La decisión de aceptar el «modus vivendi» queda en manos de un referéndum popular.

Ahora, dos días después de esos entusiasmos de plaza, el Comandante aguarda en soledad a que la voz de la gente llegue hasta él. Debe esperar hasta la tarde. Detrás del portal custodiado por Beltrami se filtran desde por la mañana noticias sobre episodios de violencia. Los legionarios están obstaculizando la votación libre. En varias secciones han irrumpido en las mesas electorales, impidiendo el trabajo de los encargados del escrutinio de los votos, manipulando las papeletas. A pesar de todo, antes del atardecer, el resultado parece inequívoco: la gran mayoría de los habitantes de Fiume se declara a favor del «modus vivendi» propuesto por ese cerdo de Nitti. Una vez más, D'Annunzio pide que le dejen en soledad.

La voz de Fiume se ha vuelto áspera, ha cambiado, el Comandante ya no la reconoce. La pestilencia romana ha infectado sus aguas, la boca se ha vuelto amarga, la garganta le arde. Habitantes de Fiume, hermanos, ¿por qué estos gritos, por qué esta angustia? ¿Por qué están tristes los heroicos compañeros? Hemos ido de error en error, de violencia en violencia, de oscuridad en oscuridad. No hemos salido vivos de los mítines sin luz.

Frente al poeta-guerrero, la raya de polvo blanco destaca sobre las vetas oscuras de la mesa de madera de castaño. La cánula de plata absorbe la luz bajo la mirada seria de los retratos solemnes de los antiguos gobernadores magiares. Tras inhalar el polvillo, las fosas nasales escuecen, arden, los capilares sangran. El aumento de dopamina en las sinapsis cerebrales le devuelve el coraje del aviador en vuelo sobre Viena.

Las percepciones aumentan, la capacidad de reacción crece, el sueño, el hambre, la sed desaparecen, la euforia se eleva, la lujuria vuelve. El comandante es de nuevo infatigable.

D'Annunzio convoca a su guardia personal y ordena que el referéndum en curso sea anulado. Eso de la democracia, al fin y al cabo, no es más que un gran equívoco pequeñoburgués.

Leandro Arpinati es excarcelado la mañana del 18 de diciembre con una orden de libertad provisional. Se ha tragado treinta y seis días de encierro, en la celda número 22, compartida con Arconovaldo Bonaccorsi. Lo encerraron el 13 de noviembre, después de la desafortunada velada en el teatro Gaffurio.

En vísperas de las elecciones, un grupo de unos sesenta camaradas habían bajado desde Milán a Lodi en tres camiones militares. La pandilla de siempre: oficiales del ejército uniformados, Osados, futuristas, fascistas. Se suponía que iban a hablar Mussolini y Baseggio pero se decidió que era mejor no arriesgarse. Tres días antes, en Lodi, en ese mismo teatro, militantes socialistas habían impedido el mitin del candidato fascista.

Tan pronto como llegaron a la plaza, Arpinati y los demás fascistas de la escolta comprendieron de inmediato que esa noche también habría que ganarse luchando el derecho a hablar. El teatro Gaffurio estaba atrancado y defendido por una multitud de unos mil «rojos» decididos a impedir ese mitin también. La desproporción numérica era de alrededor de uno a diez, pero eso a los chicos de Arpinati, armados hasta los dientes, nunca les había parecido un buen argumento.

Tan pronto como Salimbeni, un fascista local, subió al escenario para presentar a los oradores, desde la galería ocupada por los socialistas empezó el tiro al blanco. Durante unos minutos arreciaron los sopapos, los lanzamientos de objetos. En definitiva, lo de siempre. A continuación, desde lo alto llovió sobre el escenario una cornisa de madera desclavada de la galería. En ese momento, los Osados sacaron los revólveres.

Ninguno de los suyos de Bolonia había disparado a dar. O eso por lo menos le pareció a Arpinati: cuando estalla el alboroto uno ya no puede estar seguro de nada. A Bonaccorsi —un cabeza loca, exsoldado de montaña, de apenas veinte años, un guerrero en la flor de sus años violentos—, por ejemplo, le había caído una sentencia de nueve meses. Bonaccorsi y Arpinati habían venido juntos desde Bolonia, pero el otro no volvería con él.

Él, por su parte, tuvo que pedir a Umberto Pasella, el secretario de los Fascios, el dinero del billete para volver a casa. En el momento de la detención llevaba en el bolsillo ciento cincuenta liras, ahora ni eso le quedaba. Mientras estaba encerrado, los Ferrocarriles le comunicaron la suspensión de empleo y sueldo hasta que resolviera sus asuntos judiciales pendientes. Se había visto también fuera de la universidad porque el plazo de matriculación para el segundo curso de ingeniería había expirado mientras él estaba en la cárcel. Las elecciones por las que se había desencadenado todo aquel alboroto habían acabado con un resultado desastroso. No le quedaba nada, en definitiva. Ni siquiera el pelo. Había tenido que cortárselo al cero para protegerse de los piojos, como cuando siendo un crío, en agosto de 1914, en los enfrentamientos callejeros a favor de los anarquistas intervencionistas, se rapaba para evitar que algún socialista le inmovilizara la cabeza mientras otro la emprendía a puñetazos contra su cara.

Ahora lo había perdido todo. Lo único que le quedaba era esa chica, Rina. La había conocido en Ars et Labor, la escuela vespertina. Trabajaba en el ayuntamiento, en la oficina de consumo, y solo podía estudiar por las noches. Sus amigos le aconsejaron que se mantuviera alejado de ella, porque parecía más fría que un día de febrero en la tierra helada de una llanura interior. Caminaba muy erguida, midiendo los pasos, casi asqueada, como si temiera resbalar en un suelo inundado por la rotura de una alcantarilla. Era escrupulosa, reflexiva, hacía preguntas constantemente a los profesores, incluso sobre los temas más triviales, como si de sus respuestas se esperara siempre el sentido de la vida. Una auténtica desesperada.

Y, sin embargo, la belleza altiva de aquella muchacha triste se le había quedado marcada a Leandro como una bofetada en la cara. Era una belleza absoluta, de esas que no se comprometen con los placeres del mundo. Acabaron ennoviados.

Fue a ella a la que telegrafió Mussolini en persona para comunicarle la noticia del arresto: «Leandro ha sido detenido hechos de Lodi. Confío próxima excarcelación. Con mis respetos. Mussolini». Fue a ella a quien se dirigió el abogado Mario Bergamo para el dinero de la defensa. Y también fue a ella a quien le escribió el otro abogado Cesare Sarfatti para informarle sobre la evolución del procedimiento.

Pero las cosas iban alargándose y Leandro estaba convencido de que ella rompería con él, y no sin razón. En cambio, Rina Guidi se había encargado de todo. Viajó a Milán a principios de diciembre, fue a ver a Mussolini a la sede del periódico, a Sarfatti en su bufete y luego se acercó hasta Lodi para visitarlo en la cárcel. En el locutorio, la niña triste no vertió una sola lágrima. Una clara vocación por la infelicidad. Leandro regresaría con ella.

No hay nadie, se han ido todos. Es un domingo por la noche, un domingo de invierno entre la niebla del valle del Po.

En la redacción solo quedan Nicola Bonservizi y Cesare Rossi y, como es obvio, él, el director, que permanece aferrado a su escritorio como a los restos de un naufragio.

El patio de acceso a la redacción de *Il Popolo d'Italia* tiene la soledad metafísica de un lugar evacuado después de un terremoto. Hasta los Osados de guardia han desaparecido, tal vez dormiten vivaqueando en el sótano, tal vez se hayan ido a visitar a su madre. De vez en cuando algún grupo de socialistas pasa todavía gritando por via Paolo da Cannobio pero los fascistas en retirada no parecen ya una amenaza ni merecedores de ser amenazados. Nadie viene ya a visitar al director, nadie le escribe, y las salitas de la redacción se dilatan en la sordidez enrarecida de un desierto africano.

Se vive día a día. Arnaldo se ha apartado con él para hablarle en privado. Las ventas se han derrumbado, las continuas artimañas financieras no dan más de sí, los acreedores los acribillan, hay que abastecerse de papel. En estas condiciones el periódico podrá seguir publicándose una veintena de días, no más. Él ha querido ostentar serenidad. «De acuerdo —le responde a su hermano—, avísame con una semana de antelación, para que repartamos las sillas entre los redactores y echemos el cierre». Los redactores..., otro aguijonazo de mortificación. El 5 de diciembre Mussolini tuvo que someterse a un interrogatorio de cinco horas imputado por constitución ilegal de banda armada. A su regreso encontró la carta de renuncia de Rossato y Capodivacca, que llevaban a su lado desde la fundación del periódico. Declaraban un «enorme cansancio» pero en realidad querían discutir la línea editorial. El director los mandó al diablo.

Después de la ruptura, los dos redactores rebeldes, por más que supieran que en las arcas de *Il Popolo d'Italia* no había una lira, presentaron un recurso ante los mediadores de la asociación de periodistas lombardos para obtener una liquidación. Ahora él tendrá que responder por eso también. Mientras tanto, los enviados de Nitti no dejan de ofrecerle exilios ventajosos y grotescos, como la idea de ir a estudiar sobre el terreno las repúblicas autónomas del sur de Rusia. Hay buenos negocios allí, le dicen, guiñándole un ojo. Hasta los empleados de correos se mofan de él. Uno de ellos se negó a emitir un mandato en su nombre, fingiendo no reconocerlo. Umberto Pasella, de forma confidencial, le ha confesado el verdadero número de los Fascios de Combate: hay treinta y siete secciones con ochocientos miembros.

—¡Traidor, cerdo, putañero!

La voz estridente de la mujer silba como un disparo de mortero antes de explotar en el patio desierto. El vacío actúa como una caja de resonancia.

Ya estamos otra vez. Es Ida Dalser de nuevo, la loca de Trento. Esta vez, sin embargo, ha arrastrado a su hijo con ella, a Benito Albino. La madre mantiene al niño pegado a su cuerpo, apretado entre las piernas, como se aconseja que hagan los padres en presencia de animales feroces, para evitar que sus hijos se muestren ante las pupilas de los depredadores como presas de pequeño tamaño. Pero en esta sabana de callejones mugrientos, la fiera parece ser ella. Dalser grita como una posesa:

—¡Explotador, cerdo, asesino!

Mientras Benito Mussolini permanece clavado en su escritorio de director, su examante, desde el patio, frente a su hijo, a sus colaboradores y a un grupo de Osados, lo tacha de mantenido, lo acusa de no haberle devuelto nunca el dinero que ella le prestó cuando era un pelagatos ambicioso, lo tacha de bígamo, lo acusa de haberse casado con ella y de abandonarla después. El patio se llena de viejas comadres, golfillos, ladronzuelos, prostitutas y proxenetas. Es domingo por la noche: los clientes de una vinatería cercana, ya borrachos, acuden presurosos en tropel. Cesare Rossi y Bonservizi bajan a aplacar a la mujer.

—¿Así que te estás escondiendo, eh? ¡Sal si te atreves! Baja a besar a tu hijo. ¡Cobarde!

Cuando resuena ese insulto, intolerable para cualquier varón adulto que quiera conservar el respeto de otros hombres, el cuerpo del niño responde a un impulso de fuga. La madre lo sujeta y vuelve a colocarlo donde estaba.

—*Boja de 'n Signur!*—vuelve a insultarlo en dialecto de Romaña.

Entonces el hijo del herrero de Dovia baja a toda prisa por la escalera de caracol maldiciendo a Dios. Grita que va a resolver el asunto de una vez por todas. La sospecha de cobardía, como siempre, lo moviliza. El numeroso público, como siempre, le da el valor necesario. El caso es que Mussolini empuña, quién sabe por qué razón, una pistolita minúscula, un arma de bolsito, una especie de revólver de juguete. Al verlo con esa cosita en la mano, lo lógico era pensar que se trataba de un regalo para su hijo bastardo.

Cesare Rossi logra bloquear al fundador de los Fascios antes de que haga una estupidez. Después lo reprende amargamente. Mussolini, arrepentido, murmura unas palabras incomprensibles y vuelve a la dirección. Dos guardias de patrulla en el Bottonuto arrastran a Dalser y al pobre Benito Albino. Ella los sigue satisfechos. El número que quería montar ha llegado a su fin.

Se actúa sobre la marcha. Siempre igual, cada dos días una escena, una huelga, un conflicto, durante meses, años, con muertos, heridos, madres enloquecidas, niños destrozados. Pero luego siempre queda un hotelito donde un hombre puede hallar consuelo, llegan ciertas tardes de sordidez que te devuelven el sentimiento aventurero de la vida. Él ha encontrado uno en piazza Fontana, en el lado derecho viniendo desde el Duomo, a tiro de piedra del periódico. Allí lleva a la chiquilla, la Ceccato, su exsecretaria, la besa en la calle, sin pudor, ella lo reprende complacida («¡Pero Benito, que aún es de día y la gente nos está mirando!»). La dueña del hotel se ha vuelto casi una amiga, una cómplice de esos clientes habituales («¿No tendría usted, señora, refugio para estos pobres peregrinos que vienen de tan lejos y están tan cansados?»).

Con esa chiquilla recupera el derrotado su exuberancia. En el crepúsculo de diciembre, se ríe como un loco, él que rara vez se ríe, y se deja llevar por la voluptuosidad del desastre («No me importa, querida: ¡solo tú podrás decirle al mundo, mañana, lo que hizo Mussolini con el cargo de diputado!»). Después de follársela con su furia habitual, se exalta en la teoría de su propia soledad, afirma que nunca había disfrutado tanto de su condición de paria, que adora esa vida maltrecha y soberbia, que ha redescubierto el sabor de la lucha. Llega incluso a compartir con ella su análisis político: el éxito de los socialistas los aplastará bajo el peso de sus propias promesas. Se han comprometido demasiado en la campaña electoral, han gritado demasiados «¡Viva Lenin!», y ahora tienen que apresurarse a hacer la revolución. En el ciclo de la metamorfosis, quien no se mueve muere y no se moverán porque no tienen la menor capacidad revolucionaria. Se han presentado en el Parlamento como los nuevos «salvajes», pero los dirige gente como Bombacci, un animal inofensivo que pertenece a la especie de esos eternos enfermos que entierran a los sanos. Con que le den un poco de tiempo, ya verán, una vez que amaine la marea socialista, ya les enseñará él lo que significa ser un verdadero salvaje. Y de todos modos, nadie puede acusarlo de no haber mirado a los ojos a la bestia triunfante del socialismo.

Luego se queda dormido a su lado en la habitacioncita de piazza Fontana. Ella está en el séptimo cielo. Quedan muy lejos los tiempos en los que la forzó a abortar de la mano de una partera en un pequeño hotel de Liguria, en una localidad costera fuera de temporada. La muchacha ahora es feliz. «Tengo a mi lado al hombre más inteligente del mundo», escribe en su diario.

Con la Sarfatti, en cambio, Mussolini se abandona a la desesperación. Frente a ese cuerpo maduro de mujer y de intelectual que lo satisface y lo desafía, el hombre sucumbe al peso de las recriminaciones, de los miedos, al espectáculo mezquino de los abandonos, de las fugas, de las inercias, de la cobardía. Si con Bianca se exalta el fanfarrón vivaz, con Margherita se confiesa el melancólico. Dice que se siente como de regreso al punto de partida, que no se había sentido tan miserable desde que, siendo emigrante, dormía bajo los puentes en Suiza, cede a las crisis de descontento. Proclama estar a punto de cambiar de oficio. Ha sido periodista durante demasiado tiempo. Podría ser un albañil —¡se le da muy bien!— o aprovechar las lecciones de piloto aviador o, tal vez, hasta viajar por el mundo con su violín, o incluso, si no tiene éxito como rapsoda errante, podría convertirse en actor y autor. Ya tiene en la cabeza un drama en tres actos, *La lámpara sin luz*. Un empresario ya le ha hecho algunas propuestas. Quince días de retiro y la escribe de un tirón. El crucero de profesiones imaginarias —quién sabe por qué— arriba siempre a la del novelista. También tiene tres títulos listos: *Vocación*, la víspera de Navidad en la celda de una joven monja; *Los portadores del fuego*, drama pasional; *La lucha de los motores*, sin atisbos de enredo amoroso. En definitiva, que alguien como él siempre encontrará algo para vivir.

Ella, oyendo al hombre por quien ha apostado al borde de la quiebra, una noche lo castiga. Es una noche en la que la señora Sarfatti da una recepción en su palacio de corso Venezia. Están todos, Marinetti, el poeta Ada Negri, Umberto Notari, Guido da Verona, artistas, poetas, pintores, escritores, periodistas y empresarios. Y, sobre todo, está Arturo Toscanini, quien ha anunciado que quiere presentar en público a un joven violinista de extraordinario talento, un chico de diecinueve años apenas, nacido en Bohemia y que ha llegado a Milán siguiendo su errabunda fortuna. Las expectativas son enormes porque el «maestro» es un perfeccionista reconocido, cruel, caprichoso, capaz de echar de la Scala de buenas a primeras a instrumentistas de renombre.

Esa noche, sin embargo, Toscanini está de excelente humor, no resentido en absoluto por la derrota electoral. Antes de ocupar la escena, se acerca incluso al sillón en el que se sienta Mussolini apartado de todos para asegurarle que pagará la contribución prometida de treinta mil liras. Después llega el turno de Vasa

Prihoda, el joven prodigio de pasado misterioso. La exhibición es brillante, el aplauso atronador, su futuro queda asegurado. Los camareros se preparan para servir los licores.

Pero la anfitriona da unos golpecitos con una cuchara de plata en un vaso de cristal. Cuando reina el silencio, Margherita Sarfatti recuerda que hay un segundo violinista en la habitación y le pide a Mussolini que los deleite. Todos conocen la relación que hay entre los dos, y que él es un pedestre diletante, y todos fingen compasión por esa broma feroz entre amantes.

Él murmura algo acerca de una indisposición. Ella insiste, de pie, mientras él permanece sentado. Con la cortesía venenosa de la anfitriona que se siente ultrajada por un paleto, vuelve a rogarle que toque algo para ella.

Al cabo de dos minutos el paleto está en la calle. Va solo. Hace frío en ese diciembre milanés. Se rumorea que al final de corso Buenos Aires, donde la ciudad se pierde, hay un burdel que ofrece putas chinas. Desde corso Venezia, si camina a buen ritmo, serán menos de veinte minutos a pie. Benito Mussolini se encamina hacia piazzale Loreto.

El esplendor de una quinta estación en el mundo.

Ayer D'Annunzio se dirigió a sus legionarios. Dice que se ha cumplido un año memorable, no el año de la paz sino el de la pasión. Dice que mil novecientos diecinueve será recordado como el año de Fiume, no como el de los tratados de Versalles, donde desde hace más de un año las potencias ganadoras de la guerra del mundo se están repartiendo lo que queda de él. Versalles significa decrepitud, enfermedad, atontamiento, mala fe, trueque, significa Europa que se tambalea, que tiene miedo, que tartamudea, los depredadores Estados Unidos de un presidente mentecato que ha sobrevivido a un derrame cerebral; Fiume significa juventud, belleza, honda novedad, luz, vida, grandes días y grandes noches, fe compacta, canciones que dictan la cadencia de nuestros pasos, significa tener tras nosotros a todos nuestros muertos y delante a los que han de nacer, la legión de los no nacidos, más numerosa que los asesinados. Por lo tanto, el poeta ha optado, contra la voluntad de los habitantes de la ciudad, por quedarse en Fiume, el lugar en la Tierra donde el alma es más libre.

Bien por D'Annunzio. Hurra. Pero la verdad es que los italianos no lo han seguido. La novedad son los «rojos». El Vate, con todas sus hermosas palabras, está acabado. Es un anciano a quien el destino ha regalado la broma de convertirse en príncipe de la juventud.

Tiene razón Keynes, ese economista del tesoro inglés, que abandonó la conferencia de paz de Versalles para denunciarla en un libro. Afirma que la paz que han impuesto estadounidenses, ingleses y franceses es una paz cartaginesa, que si los norteamericanos se obstinan en empobrecer a Alemania con sanciones y reparaciones de guerra, al cabo de dos décadas tendremos otra guerra. La venganza de los alemanes humillados será terrible, el horror hará que palidezcan las trincheras y, en todo caso, el orden social del viejo mundo está acabado. No se puede echar hacia atrás el reloj de la historia, la posguerra no puede reducirse a una cuestión de fronteras y comercio, la guerra civil no puede aplazarse. En esto, D'Annunzio y Keynes, el poeta y el tesoro, coinciden: la democracia es vulnerable, su herida es profunda, el Estado liberal puede ser abatido. Fiume lo ha demostrado.

Debemos volvernos hacia Oriente. Si el Occidente americano nos rechaza, nos aboca al hambre, nos humilla, nosotros, los pueblos mediterráneos, emprenderemos una política oriental. Impugnaremos los tratados de paz, de libre comercio, todos los tratados del capitalismo anglosajón. No se puede vivir siempre con el cuchillo en la garganta. Encontraremos en Oriente lo que nos falta en Occidente. El senador Conti, el magnate de la industria eléctrica, está organizando una misión transcaucásica. Dice que hay enormes yacimientos en Azerbaiyán, oportunidades inmensas en el mar de Azov. Ha invitado a participar también al «dinámico» director de *Il Popolo d'Italia.* Y él quiere ir. No está escrito en ninguna parte que tenga que ser periodista para siempre. Benito Mussolini cede de nuevo a la tentación de renegar de sí mismo.

O podría ir incluso más hacia Oriente. Alistarse con el Comandante gracias a su licencia de piloto para el raid Roma-Tokio. De una sola tirada, hacia el Sol Naciente... Él siempre lo ha dicho: los fascistas no creen en los programas, en los esquemas, en los santos, en los apóstoles. No creen, sobre todo, en la felicidad, en la salvación, en la tierra prometida. Debemos navegar, siempre, es necesario. No hay solución, no hay refugio, no hay atraque a sotavento encerrado en el círculo de las necesidades primordiales. Navegar, sin rumbo, hacia una mayor latitud de vida. El porvenir está en el mar. Sería absurdo no arrojarse a los cursos de agua cuando el mar nos rodea por tres partes. Cuando se está rodeado de culos, es un culo el que se jode.

Navegar, sí, siempre, pero navegar con sentido. Qué remedio queda. La gente se salta sin dudar los resúmenes de los debates parlamentarios. Pasa de inmediato a las páginas de deporte, se centra en los combates de boxeo. Mirad a Georges Carpentier, el gran boxeador francés: acaba de subir de categoría, ahora pelea en la de peso pesado y la gente lo adora, estalla de entusiasmo. Basta con uno de sus puñetazos bien equilibrados para dar a millones de franceses la misma exaltación alegre que la victoria sobre los invasores alemanes. Es así, es inútil esconderlo, esta posguerra es pura borrasca, es un mar estruendoso de remolinos: solo hay impulsos, caos, convulsiones, gobiernos muy débiles, prédicas demagógicas, aguijones que no nos dejan dormir.

No se puede hacer caso omiso a la realidad por más que sea triste: los varones adultos, de noche, en los suburbios de las ciudades, lloran en el sueño de sus camas. Necesitan consuelo, pero han de ser bendecidos con el fuego, no con el agua. ¡Basta de predicadores benignos, basta de teólogos, rojos o negros, basta de todos los cristianismos, de Jesús o Marx! Debemos estar en contra de todas las iglesias, las fes, las esperanzas de salvación, contra todos. Muchos o pocos, no importa: nosotros somos todos. Seguiremos lanzando contra las grandiosas masas obreras a nuestros profesionales de treinta liras al día. La realidad humana, fuera del individuo, no existe. La belicosidad tan solo se ha desplazado desde las trincheras a las plazas, la oscura labor solo está en compás de espera; a veces tiene paradas, pero luego reemprende su marcha, siempre de nuevo en marcha, sus reanudaciones son intensas. Y, por lo tanto, debemos volver a poner en movimiento ese ruido sordo de los talleres, debemos ayudar a la recuperación, ayudar a la industria nacional, facilitar la conversión de la marina de guerra en marina civil, conformarnos con los materiales disponibles tras el armisticio, liquidar la enorme mole de los encargos. Yo lo he escrito en mi periódico —«Italia marinera, ¡adelante!»— y ellos, los industriales genoveses, las deidades de la industria siderúrgica nacional, los dioses del hierro colado, me lo han prometido: los medios no faltarán. Tendremos una nueva sede, más espacio, rotativas más modernas.

Hay que navegar, pero navegar con sentido. Mantener siempre la mirada fija en la costa, de día y de noche, en verano y en invierno, los ojos fruncidos como dos hendiduras feroces en la bruma lenta de esta bonanza. Pequeño cabotaje, contracorriente, siguiendo una línea ininterrumpida y mezquina de minúsculos puertos, una ruta trazada a lápiz, de grandes amarguras. Navegar es necesario. El futuro está en el mar, el naufragio nos aguarda.

Mi querido Comandante, hace mucho tiempo que no os escribo, pero no debéis pensar que mi entusiasmo haya podido entibiarse. He tenido un momento de duda cuando toda Italia [...] se vio enmarañada en una red de insidias que ni siquiera perdonó a Fiume [...]. Ha sido para mí, este más reciente, un periodo de grandes amarguras: ¡dos de mis redactores me han abandonado y podría decir que traicionado! Pero deseo entreteneros con otro asunto del mayor interés para mí. Deseo ser el preferido entre los periodistas que han pedido seguiros en el raid a Tokio. Os pido el alto honor y el riesgo de seguiros hasta Tokio. He telegrafiado a la Fuerza Aérea y me han dicho que los postulantes son muchos... pero que a Vos os corresponde decidir. Yo no soy ningún recién llegado en el periodismo italiano.

Carta de Benito Mussolini a Gabriele D'Annunzio,
10 de enero de 1920

La organización de la Misión en Transcaucasia, cuya presidencia he acabado por aceptar, está ya al completo [...] Mussolini, que vino ayer para una entrevista, me ha prometido participar, lo que resultaría muy interesante para mí, al ofrecerme la oportunidad de pasar varios meses con ese hombre tan dinámico.

Del diario de Ettore Conti,
magnate de la industria eléctrica,
27 de enero de 1920

1920

Gabriele D'Annunzio
Fiume, 18 de marzo de 1920

El 18 de marzo de mil novecientos veinte Gabriele D'Annunzio recibe de Alceste De Ambris un proyecto de carta constitucional. No cabe la menor duda de que se trata de un texto revolucionario, inspirado en las más avanzadas doctrinas europeas del socialismo radical y en los más evolucionados principios libertarios. El sindicalista de la acción directa, llamado por el Comandante a principios de año para que sea su jefe de gabinete, ha concebido para Fiume una constitución futurista, una democracia basada en los derechos de los trabajadores y de las personas. De todas las personas. Mientras el poeta la hojea en privado con los dedos enguantados en seda blanca, fuera del palacio, en las colinas del Carso, los cerezos ya están en flor. Los legionarios recolectan las primeras florescencias de la nueva estación y colocan los brotes en los cañones de los fusiles y las ametralladoras.

La primavera de Fiume, en cualquier caso, es una falsa primavera. La «ciudad de vida», que está esperando desde septiembre del año anterior su anexión a Italia, ya lleva siete meses en coma. Sobrevive gracias al aparato de respiración artificial del gobierno de Roma que, dosificando los suministros de alimentos, abre y cierra el flujo de oxígeno a su antojo. En enero, para chantajear sentimentalmente la devoción italiana por la familia, los sitiados llegaron a proclamar una «cruzada de los niños»: cientos de niños pobres de Fiume, hambrientos a causa del embargo, partieron desde el puerto de Carnaro en busca de misericordiosas familias italianas. Hasta Mussolini se ofreció a acoger a uno en su casa de Milán. El Comandante, más tarde, tuvo que prohibir incluso la producción y venta de los fabulosos pastelitos que habían sido el orgullo de la ciudad desde los días del Imperio de los Habsburgo. No más emparedados con mantequilla, no más café con nata montada, nada de *Markenbazar*. Los alimentos están racionados; la ciudad, a causa de la escasez de fuel, aparece fría, oscura.

El Comandante, sin embargo, se calienta con el fuego de la democracia. La República de Carnaro, delineada por la Constitución de De Ambris, reconocerá la soberanía colectiva de todos los ciudadanos, sin distinción de sexo, de raza, de idioma, de clase o de religión. La Constitución garantizará la libertad de prensa, de expresión, de pensamiento, de culto, incluso la libertad sexual; garantizará que la vida sea digna, asegurando la instrucción básica, la educación física, el salario mínimo, la asistencia social por enfermedad, invalidez, desempleo y ancianidad; y, sobre todo, y aquí se ve el arrebato de inspiración, la Constitución garantizará que las vidas de los ciudadanos, además de dignas, sean también hermosas: «La vida es bella —escribe D'Annunzio de su puño y letra reelaborando el texto de De Ambris—, y digna de que el hombre rehecho por la libertad la viva magníficamente».

Por este motivo, cada corporación de trabajadores inventará sus insignias, sus distintivos, su música, sus cánticos, sus oraciones. El colegio de los constructores persuadirá a los trabajadores para que adornen con algún signo de arte popular hasta la más humilde de las viviendas, la música será considerada una institución social en la convicción de que «un gran pueblo no es solo el que crea un dios a su semejanza, sino el que crea también un himno a su dios»; el trabajo, por último y por encima de todo, al cabo de varios milenios, dejará de ser un esfuerzo brutal que deslome la espalda para convertirse en «esfuerzo sin esfuerzo», el trabajo, incluso el más oscuro, tenderá hacia la belleza y embellecerá el mundo.

Para garantizar todo esto, De Ambris ha pensado con razón en vincular la propiedad privada a su utilidad social: el Estado de la futura República de Carnaro no admitirá que una propiedad pueda quedar reservada para una sola persona casi como si fuera parte suya, ni que un propietario la deje inerte o disponga mal de ella excluyendo a cualquier otro. Noble propósito, no hay duda, pero con esta última cláusula —hace notar el gran economista Maffeo Pantaleoni, futuro ministro de Finanzas de D'Annunzio— la magnífica Carta de Carnaro se vuelve incompatible con toda actividad económica y comercial del capitalismo moderno. Y adiós muy buenas.

Y D'Annunzio, de hecho, se guarda la Carta de Carnaro para él. No la rechaza, sino que la custodia celosamente en secreto, reescribiéndola todos los días, sin alterar su esencia, con su lenguaje elevado y oracular. En el fondo es un poeta, para alguien como él el estilo lo es todo. Por la tarde, después del almuerzo, reescribe la Constitución de De Ambris, pero por la mañana, con las primeras luces del alba, marcha a la cabeza de las tropas en expediciones marciales por los estrechos valles que circundan la ciudad. Se reúnen en piazza Roma, frente al Palacio de Gobierno. Cada día es un regimiento diferente el que tiene el privilegio de seguir al Comandante. Él, con botas altas y espuelas, el busto embutido en la guerrera de Osado, se presenta invariablemente a la cita. Tres toques de trompeta, luego parten, se alejan cantando, hacia la playa o hacia la montaña. Todos quieren estar a su lado mientras él avanza rápido, ágil. En estos amaneceres de primavera el Comandante se muestra vivaz, de la misma edad que sus soldados, vuelve a tener veinte años como ellos. Orden, jerarquía, el paso acompasado del arranque no tarda en quedar olvidado. Antes del mediodía se les ve regresar en desorden, cubiertos de ramas, guirnaldas de flores, arbustos en flor. Más que un ejército parece un jardín silvestre en movimiento. Algunos avanzan en parejas, dándose la mano, como la legendaria legión tebana.

Por la noche se cena en el Ornitorrinco, una taberna conocida anteriormente como Ciervo Dorado y rebautizada así por el poeta después de que el excéntrico Guido Keller sustrajera un animal disecado del museo de ciencias naturales. Allí degustan un memorable *risotto* con cigalas y los chicos beben ríos de un brandi de cerezas local, melancólico, pegajoso, azucarado, este también bautizado por el *Immaginifico* con el nombre de Sangre Morlaco.

Después de la cena van a menudo al teatro. Se representa *La llama bajo el grano,* un drama apocalíptico escrito por D'Annunzio en mil novecientos cinco en el que se describe la catástrofe de una antigua familia compuesta enteramente de individuos tarados, enfermos, malditos o corruptos.

El autor de la tragedia asiste a la representación desde un pequeño palco del proscenio junto con su Estado Mayor. La tropa, en cambio, se agolpa en la galería y en el gallinero. Pero los actores recitan fatal y los muchachos de la tropa tienen ganas de divertirse. Cuando cae el telón del segundo acto, en el silencio infecto irrumpe una voz:

—¡Interrumpamos esta aburridísima tragedia y cantemos nuestras canciones!

Es D'Annunzio en persona quien protesta contra su obra, es el veinteañero de regreso de las marchas matutinas que ha entrado en conflicto con el viejo, él mismo.

Ante esta señal goliardesca del Comandante, desde el patio de butacas y la galería se eleva un coro que entona *Giovinezza,* luego el *Himno de Garibaldi,* luego el de Mameli. Ahora todo el teatro canta, la juventud, la alegría, el júbilo campean por doquier. D'Annunzio canta desde su palquito del proscenio: el poeta se alegra de estar desprendiéndose por fin de su literatura.

Entonces, sin embargo, los soldados rasos reclaman *'A tazza 'e cafè.* Una cancioncilla popular napolitana, una cancioncita de nada que brilla en los cafés de vida esplendorosa y ficticia.

Los oficiales se miran avergonzados. La tropa insiste: ¿no se había dicho que cantaran «nuestras canciones»? El coro se pone a cantar, sin acompañamiento musical, chabacano, a capela. Ligera al principio, animada, violenta después, impetuosa, la cancioncilla va subiendo de tono. Los tresillos de la tarantela, vociferados por mil barítonos borrachos de Sangre Morlaco y testosterona bombeada por corazones jóvenes hacia los miembros escondidos bajo el uniforme, resuenan en el teatro dedicado a Giuseppe Verdi como el rugido gutural de un animal enfurecido y gigantesco. La cancioncilla crece, aterradora, brutal, despiadada, y entierra en su fácil alegría la pompa de los cánticos oficiales.

Todos hacen gestos. Incluso a los oficiales ahora la situación les parece de lo más divertida. Pero D'Annunzio ya no canta. Se ha puesto pálido. El pueblo le enseña su canción. Él parece haber entendido.

Solo los productores perseverantes en la riqueza común y los creadores perseverantes en la potencia común son en la República de Carnaro ciudadanos plenos y constituyen con ella una sola sustancia operante, una sola plenitud ascendente [...] cada corporación inventa sus insignias, sus distintivos, su música, sus cánticos, sus plegarias; instituye sus ceremonias y sus ritos; concurre con toda la magnificencia que pueda al aparato de los júbilos comunes, de las fiestas de aniversario, de los juegos terrestres y marítimos; venera a sus muertos, honra a sus decanos, celebra a sus héroes [...] todo culto religioso es admitido, es respetado y puede edificar su templo; pero ningún ciudadano podrá invocar sus creencias y rituales para sustraerse al cumplimiento de los deberes prescritos por la ley viva [...] la vida es bella, y digna de que, severa y magníficamente, la viva el hombre devuelto a su plenitud por la libertad; el hombre íntegro es aquel que sabe inventar todos los días su propia virtud para poder ofrecer cada día a sus hermanos un nuevo regalo; el trabajo, incluso el más humilde, incluso el más oscuro, si se ejecuta bien, tiende a la belleza y engalana el mundo [...].

De la Constitución de Carnaro

Margherita Sarfatti
Milán, primavera de 1920

Ella es la única mujer en esa mesa de varones desaforados.

Hay veladas en las que la dama de alta sociedad se complace en celebrar tertulias en su palacio de corso Venezia, prendándose por cuarenta y ocho horas de pintores jóvenes, hermosos y delicados como ángeles caídos; luego hay veladas como esta, en las que la dama de la alta burguesía se desclasa de buena gana en la mesa de los futuristas delirantes, veteranos siniestros, periodistas de asalto, mientras la tinta de los vinos densos de Trani se derrama como un chorro hemorrágico sobre los manteles a cuadros de las tabernas populares. En estas veladas de belleza convulsa, es ella la única mujer que se sienta en esa mesa de varones desaforados.

En este momento, Filippo Tommaso Marinetti, tal como es habitual en él, como galvanizado por una corriente eléctrica continua, anima la reunión.

—¡Abajo los trajes de noche! —grita, de pie en una silla, con el mismo ardor con el que otras veces ha gritado «¡Abajo el rey!», «¡Abajo el pasado!» o «¡Matemos el claro de luna!».

Con la misma histeria estridente del salvador de una humanidad amenazada por la extinción, el fundador del futurismo arenga a una audiencia de carreteros e impresores que acaban de salir de su turno —los cuales levantan por un momento la cabeza, divertidos y estupefactos, de sus platos de sopa— acerca de los peligros que la cada vez más creciente obsesión por el lujo femenino va difundiendo en todas las capas sociales con la complicidad de la imbecilidad masculina.

—Esta morbosa obsesión —argumenta Marinetti— constriñe cada vez más a la mujer a una prostitución encubierta pero inevitable. Cambiarse de ropa tres veces al día equivale a poner el propio cuerpo en un escaparate para ofrecerse a un mercado de compradores masculinos. La oferta rebaja el valor de preciosidad y de misterio. ¡La oferta aleja al varón, que desprecia a la mujer fácil!

Los carreteros exultan sin dejar de pimplar; los veteranos de las trincheras brindan de buena gana por el desprecio hacia la mujer; Margherita Sarfatti, la única mujer en torno a esa mesa, sonríe ante la escena, benevolente, materna, mundana, bien protegida por su traje de noche de alta costura.

Su desenvoltura es absoluta. De su postura elegante no se desprenden signos de incomodidad. Por lo demás, está rodeada por «sus» artistas: Marinetti en persona la ha rebautizado como la «papisa de los futuristas». En la gran exposición nacional futurista de marzo de mil novecientos diecinueve en Milán, Margherita contribuyó con un préstamo de cuatro obras de su propiedad, una de las cuales era un retrato de la coleccionista. Los varones que se sientan y alborotan en la mesa de ese tugurio son en su mayoría artistas con los que esta mujer ha estrechado una alianza personal. Están los pintores Achille Funi y Leonardo Dudreville, el poeta Giuseppe Ungaretti, quien colabora con *Il Popolo d'Italia,* todos ellos artistas que han pasado del arte a la ebriedad de la historia, todos ellos veteranos hermanados por la indescriptible experiencia interior de los acontecimientos bélicos, todos ellos alumnos de la escuela de la verdad de los inviernos en las trincheras.

Está también Mario Sironi, que pinta paisajes urbanos inanimados en los que la naturaleza está ausente, la atmósfera aparece cargada de amenazas y el hombre es prisionero de un mundo hostil, suburbios desconocidos para los burgueses del centro de la ciudad, mundos que existen solo para aquellos condenados a vivir allí, como lo está él, el miserable artista veterano de guerra varado en esos suburbios misteriosos que ella, la señora Sarfatti, alienta y subvenciona. Y luego están los muertos. Ellos también están sentados en esa mesa. Ahí está Antonio Sant'Elia, genial, jovencísimo arquitecto, caído a la cabeza de sus soldados con el cigarrillo en la boca; ahí está Umberto Boccioni, el pintor de las visiones simultáneas, de la ciudad en ascenso, el más grande, el más prometedor de todos. Ambos alistados y caídos en el «Batallón lombardo de ciclistas y motoristas voluntarios».

Y sobre todo, sentado al lado de Margherita en esa mesa está él, su «devotísimo salvaje». Él también calla y sonríe con benevolencia ante las invectivas de Marinetti. El poeta alborota, agitando los brazos para ocupar el centro de la escena, pero el que preside cualquier mesa en la que se siente siempre es él, Benito Mussolini. Las elecciones de otoño lo han dejado mortificado, destrozado, afligido, pero es de él —Margherita está convencida de ello— de donde se desprende la fuerza que proviene de la calle; él, hijo de un herrero, encarna el «coraje que viene de abajo» anunciado por Georg Wilhelm Friedrich Hegel, el mayor filósofo alemán del siglo anterior. Él, Benito Mussolini, nadie más, con su rostro lampiño, con esos ojos suyos de loco, oscuros y profundos, con esa mirada suya desprovista de objeto, con la virilidad de ese cuerpo plebeyo y ultrajante de animal perseguido, es él quien transmite a este nuevo siglo el mensaje de que el compromiso entre los buenos modales de los ancianos líderes socialistas barrigones y el hambre rabiosa de las masas desnutridas está obsoleto, de que ahora se trata de lanzarse desde dentro hacia fuera como una granada sin explotar, de que el viejo mundo ha muerto.

Benito Mussolini por ahora está allí con las manos vacías, pero ha sido el primero en comprender que cabía explotar el rencor para la lucha política, el primero en haberse puesto a la cabeza de un ejército de insatisfechos, desclasados y fracasados que se pasan los días sacando brillo a sus puñales mientras él los pasa entre la redacción y la calle, a la espera de que algo explote. Y de que él pueda cabalgar la onda de choque o bien escribir sobre ella en el periódico.

No hay duda: la cadena paciente de los padres que generan hijos se ha quebrado con la guerra. El esquema se ha roto y solo un hombre como Mussolini podrá guiar a esa generación a la que el destino ha otorgado el derecho a hacer historia. En cualquier caso, a ella, la única mujer sentada en esa mesa, la sociedad no le ha concedido el derecho a hacer política y, por lo tanto, también a ella, como ya hiciera antes Anna Kulishova con Andrea Costa y más tarde con Filippo Turati, solo le queda apostar por un hombre.

De modo que la gran dama se pasa los días en las sucias salitas de la redacción de *Il Popolo d'Italia;* luego, después del cierre, la refinada intelectual se encierra con el rudo autodidacta en algún pequeño hotel hediondo y se deja amar. Cada vez lleva consigo un libro nuevo, le abre de par en par la mente, le entrega su cuerpo, lo educa en la lectura de los clásicos y le enseña a usar las polainas sobre los zapatos en mal estado de revolucionario desaliñado y andrajoso. Maquiavelo, la caída del Imperio romano, pañuelos blancos de bolsillo y sombrero de paja en verano. Amaestrando el uso de los subjuntivos, poniendo una flor en el ojal de trajes negros de buen corte para su hombre, ella también se prepara para hacer historia. Por persona interpuesta.

Y además él la deseó tanto y de inmediato... Desde su primer encuentro demostró que anhela en ella el prototipo de la rubia carnosa y persuasiva... Y además le dedica sus poemas de aficionado, en los que canta la belleza del mar, del viento, de su amante, le envía cartas de amor con ternura violenta.

Mi amor, mis pensamientos, mi corazón te acompañan. Hemos pasado horas deliciosas. Si puedo, iré a Tabiano. Te quiero mucho, más de lo que crees. Te abrazo con fuerza, te beso con ternura violenta. Esta noche antes de quedarte dormida piensa en tu devotísimo salvaje, que está algo cansado, algo aburrido, pero que es todo tuyo, desde la superficie hasta lo más profundo de sí mismo. Dame un poco de sangre de tus labios.

Tu Benito

Carta de Benito Mussolini a Margherita Sarfatti,
sin datar, pero entre 1919 y 1922

Benito Mussolini
Milán, primavera de 1920

En la primavera de mil novecientos veinte Angelo Tasca tiene veintiocho años y es uno de los jóvenes socialistas italianos más influyentes. Vástago de una familia de la burguesía turinesa, estudió en el exclusivo instituto de letras Vincenzo Gioberti y más tarde, tras abrazar la causa del proletariado, fue miembro de la federación socialista y a continuación se le eligió para la secretaría de la Cámara del Trabajo de su ciudad. El año anterior había fundado, junto con Antonio Gramsci, Palmiro Togliatti y Umberto Terracini, el periódico *L'Ordine Nuovo,* que no tardó en consolidarse como fábrica del pensamiento obrero y cuna del movimiento revolucionario de los consejos de fábrica. Fue el suegro de Tasca quien prestó la mitad del capital necesario para la fundación del periódico a los jóvenes comunistas que aspiraban a expropiarlo de todas sus riquezas.

Cuando Tasca se reúne con Benito Mussolini en la Galleria Vittorio Emanuele de Milán en la primavera de 1920, lo que más le sorprende es comprobar que Mussolini revienta de salud. Sobre el pavimento de mármol de la calle peatonal cubierta, rodeada de tiendas y locales elegantes que han hecho de ella uno de los primeros centros comerciales del mundo, lugar de encuentro de la burguesía de la ciudad que la bautizó de inmediato como «el salón de Milán», bajo la bóveda de estilo neorrenacentista que la convierte en uno de los ejemplos más famosos de la arquitectura de hierro europea, Tasca ve paseando con un traje negro a un hombre en la cima de su bienestar físico. De Mussolini observa Tasca el robusto cuello que se eleva sobre un tronco poderoso, la cara engreída y llena, el porte arrogante, el cigarrillo que le cuelga recién encendido, en toda su longitud, justo en el medio de los labios carnosos como un falo exhibido y descarado. En definitiva, Mussolini tiene la exuberancia silvestre del pueblerino revestido. Para alguien como Tasca, que lo había conocido en mil novecientos doce, cuando era un joven anarquista revolucionario, con su aspecto miserable, sus mejillas flácidas, la delgadez de un penitente, los ojos trastornados por la fiebre, la transformación es desconcertante. He aquí un réprobo que, una vez roto todo vínculo con el desclasado de otros tiempos, ha descubierto el bienestar, un varón que tiene amantes, un hombre que ha conocido el sabor de la vida.

Y sin embargo, en los días en los que tiene lugar ese encuentro, Benito Mussolini es un empresario a punto de declararse en quiebra, un mujeriego perseguido y, sobre todo, un político acabado. Todos los caminos que ha recorrido hasta ese momento parecen haber quedado interrumpidos, sea el que debía haberle llevado a reconquistar a las masas proletarias, sea el que debía haberlo colocado a la cabeza de las vanguardias nacionalistas. El primero está bloqueado por un muro de odio vengativo, el segundo obstaculizado por la gigantesca presencia de Gabriele D'Annunzio. El fascismo está en una vía muerta.

También Italia, en todo caso, está en una vía muerta. Mientras Mussolini pasea por la Galería, flanqueado a menudo por Ferruccio Vecchi en uniforme de capitán de los Osados, el país se ha visto sumergido en la mayor ola de huelgas que recuerda su historia. Empezaron en enero los empleados de correos y telégrafos, luego fue el turno de los ferroviarios, que no declaraban una huelga desde mil novecientos siete. El conflicto, nacido como una simple reivindicación de ajuste salarial, ha degenerado en una parálisis total del tráfico de trenes, mientras las estaciones adquirían el aspecto de campos de batalla, tomadas por tropas en zafarrancho de combate. En cadena, las pequeñas y medianas categorías de trabajadores van declarándose en huelga: porteros, cocheros, secretarios y panaderos, tranviarios, gasistas y hasta peluqueros. Milán, un día sí y un día no, parece una ciudad muerta, no circulan carruajes ni automóviles, no hay correo, la vida está suspendida. Las huelgas en la industria se cuentan por miles, los trabajadores involucrados por millones, el coste de los precios al por mayor se ha quintuplicado.

En la fábrica Fiat de Turín, a finales de marzo llegó a desencadenarse un conflicto por una cuestión de horarios. El Consejo de Ministros había prolongado la hora legal, ya adoptada en tiempo de guerra. En cambio, los trabajadores decidieron que a partir de ese momento serían ellos, y no el senador Agnelli, los dueños de su tiempo. Los industriales respondieron con el cierre patronal. El resultado fue una huelga general de diez días que solo en Turín y en su provincia involucró a ciento veinte mil trabajadores. Sesenta mil de ellos tomaron posesión de las fábricas, contrarios a que las manecillas de los relojes se desplazaran una muesca hacia delante. La cuestión, obviamente, no era de manecillas: no se trata de la hora legal sino de la hora suprema. La hora de la revolución.

Los dirigentes del partido, sin embargo, la pospusieron una vez más. Muchos de ellos habían condenado abiertamente la «huelga de las manecillas». Como pronosticó Mussolini, el triunfo electoral del socialismo abrió su crisis interna, acentuando su división en facciones: el maximalismo rechaza la participación en el poder y el reformismo no se atreve a la conquista total del poder. También el socialismo está, en definitiva, en una vía muerta.

Claudio Treves, uno de sus líderes más influyentes, lo ha reconocido en una dramática intervención en el Parlamento, inmediatamente bautizada como el «discurso de la expiación». La revolución, admitió Treves, «es una época, no un día». Tiene la apariencia de un fenómeno de la naturaleza: erosiones lentas, derrumbes rápidos. Estamos metidos en ella hasta el cuello —declaró— y aquí nos quedaremos durante bastantes años. Día a día, episodio a episodio, hora a hora. Quisiéramos acabar de una vez por todas pero no es posible. No es la muerte lo que nos asusta, es esta falta de vida lo que nos exaspera.

Mientras tanto, Mussolini pasea. A Treves lo conoce muy bien. Se batieron en duelo en mil novecientos doce, después de que el joven bárbaro, astro emergente del socialismo revolucionario, ocupara el sillón de director del *Avanti!,* en el que hasta poco tiempo antes se sentara el maduro, sofisticado y reflexivo intelectual reformista. Los padrinos declararon que no habían visto nunca un duelo tan feroz entre compañeros de partido. Los duelistas tuvieron que ser detenidos en el octavo asalto. Ambos sables, a fuerza de cintarazos, eran ya dos piezas inservibles de chatarra retorcida.

Mussolini pasea. La novedad estriba en que los industriales no combaten ya en formación abierta. En Milán, no muy lejos de la Galería de su paseo, se han reunido en una conferencia y han fundado por primera vez una asociación nacional en defensa de sus intereses. El director de *Il Popolo d'Italia,* cada vez más escorado a la derecha, siempre en busca de fondos para su periódico, ya maduro para la ruptura con su juventud descamisada de agitador revolucionario, ha celebrado el nacimiento de la Confederación Industrial. «Una ráfaga de viva modernidad», ha escrito. Mussolini también ha condenado abiertamente las huelgas: los derechos de los trabajadores deben ser defendidos, pero estos líderes socialistas no aspiran a nada. La elección entre las dos civilizaciones es simple: la burguesa lleva a sus espaldas una historia secular de progreso y logros, mientras que la historia proletaria sigue siendo solo una crónica de inexperiencias y locuras. No cabe ninguna duda: la reacción de la burguesía no tardará en llegar. Se trata únicamente de aguardar, con las armas al alcance de la mano, y, mientras tanto, aprovechar para irse de paseo por la Galería.

Salimos de Roma el 4 de febrero, al atardecer: ninguno de los afiliados faltó a la convocatoria, excepto Mussolini, retenido en Italia [...] lo he sentido; porque me había prometido conocer a este hombre tan dinámico y extraño que, a través de sus diferentes manifestaciones, no es fácil de descifrar [...]. Un periodista colega suyo, Pietro Nenni, que viaja con nosotros y dice que lo conoció bien cuando no estaban en lados diferentes de la barricada, reconoce en él una oscura fascinación de caudillo, un hombre fuerte, al que le gusta distinguirse, ser el primero, de una manera u otra; hoy contra la burguesía, mañana hecho un señor; un hombre, en definitiva, que podrá hacer las cosas muy bien o muy mal, pero del que en cualquier caso se hablará. Ha sido una pena que en el último momento me diera calabazas: me habría interesado enormemente...

Del diario de Ettore Conti,
magnate de la industria eléctrica,
febrero de 1920

Desde los Fascios de Combate se ha enviado hoy a las secciones de las principales ciudades, unas treinta en total, una circular en la que, aludiendo a los disturbios actuales, se les invita a organizarse para eventuales reacciones [...]. En caso de peligro se invita a los Fascios a poner sus fuerzas a disposición de la autoridad militar.

Llamada telefónica del jefe de gabinete
de la Presidencia del Gobierno
Enrico Flores a Francesco Saverio Nitti,
Milán, 19 de abril de 1920

190

En los últimos días, un general de la reserva ha acudido a distintas localidades de los alrededores de Monza, ofreciendo a los industriales, en nombre de los Fascios de Combate, protección mediante el empleo de escuadras de Osados en caso de desórdenes o huelgas.

Telegrama de Enrico Flores a Francesco Saverio Nitti,
Milán, 19 de abril de 1920

Intentar detener, frenar este movimiento de desintegración no es un acto reaccionario ya que apunta a salvar los valores fundamentales de la vida colectiva [...] Contra los falsos vendedores de humo, los cobardes burgueses afiliados al Partido Socialista, los imbéciles de todas clases, elevo alto y claro un fuerte grito: viva la reacción.

Benito Mussolini,
«¡Trabajadores! Cuándo os liberaréis
de vuestros mistificadores cabecillas»,
Il Popolo d'Italia, 25 de abril de 1920

En Bolonia Leandro Arpinati está solo.

Ya a principios de año solicitó ayuda a Milán, a Umberto Pasella, secretario de los Fascios: «Es extremadamente necesaria una de tus visitas. Nuestro Fascio se deshace». La previsible profecía se hizo realidad puntualmente dos meses después. Pietro Nenni y los demás republicanos que habían fundado el Fascio boloñés en abril de 1919 fueron abandonándolo en mil novecientos veinte uno tras otro. El abogado Mario Bergamo comunica personalmente al Fascio primigenio milanés el parte médico: «¿En Bolonia? Desde que nos separamos de los republicanos el Fascio está muerto».

El parte es exacto: fascistas boloñeses solo quedan seis. Ni siquiera tienen dinero para alquilar un local. Arpinati hace que le manden la correspondencia al mesón de via Marsala, donde va a comer a la hora del almuerzo. Pasella, que conoce la región de Emilia muy bien por haber sido líder sindical en Ferrara antes de la guerra, ha prometido dinero para pagar los primeros seis meses de alquiler pero aún no ha enviado una sola lira. Mussolini, sin embargo, insiste en que sea su amigo Leandro quien se haga cargo de la dirección, le ha asignado incluso la responsabilidad de toda Emilia oriental. Sugiere que se siga el ejemplo de Milán. La solución más factible es organizar milicias cívicas de defensa ciudadana contra las continuas huelgas. Arpinati pide que le envíen a un orador para la propaganda. Es un hombre de acción, el exceso de palabras le pone en una situación incómoda.

Lo cierto es que todo se está yendo al garete. Desde que Arpinati acabó de cumplir su condena por los hechos de Lodi, todo va a la deriva. Bolonia está devastada. En la ciudad hay nada menos que dos Cámaras del Trabajo que compiten entre sí en extremismo revolucionario. Incluso el alcalde socialista Zanardi, que de natural es un moderado, para no perder terreno anima a la ocupación de las villas señoriales invitando a los inquilinos a proclamarse dueños de las viviendas. El «callo en las manos» hace y deshace. Se llega a negar el pan a quienes no tienen carnet del sindicato, las clases medias están entre la espada y la pared, muchos empleadores prefieren vender sus propiedades antes de permanecer así entre la vida y la muerte. No hay dique de contención.

Y en la ciudad las cosas aún van bien. El campo está perdido. No hay un pueblo que no esté bajo la influencia del Partido Socialista. En cada municipio hay un sindicato de agricultores, una Casa del Pueblo, una cooperativa, una célula. Las ligas «rojas» son las dueñas de la situación. Consiguen imponer a los propietarios agrícolas condiciones laborales tales que los privan casi prácticamente de todo derecho de propiedad sobre sus tierras. A los terratenientes que violan las reglas impuestas por las ligas se les imponen fuertes multas que engrosan las arcas de los huelguistas. La aversión hacia los arrendatarios y los pequeños propietarios es particularmente tenaz. A estos, a quienes sienten más próximos, los jornaleros sin tierras les reservan su odio más despiadado. El valle padano, que discurre a lo largo de las dos orillas del río Po, desde su cabecera a su desembocadura, es escenario de luchas épicas por el dominio de los campos.

Estas comenzaron, como es obvio, en Ferrara, una provincia dominada por las ligas «rojas». Los campesinos foráneos desataron la revuelta el 24 de febrero por la renovación del pacto de arriendo, respaldados por los aparceros. La llamada a la huelga suspendió la siembra del cáñamo y de la remolacha azucarera de la que vive toda la provincia. Intimidaciones, incendios de heniles, animales abandonados en los establos. La lucha de los huelguistas fue tan decidida y compacta que obligó a los propietarios a admitir la derrota en todos los puntos en discusión. El 6 de marzo aceptaron los aumentos salariales, las oficinas de contratación gestionadas por los trabajadores y, sobre todo, la imposición de mano de obra que obliga a los propietarios a contratar a cinco trabajadores por cada treinta hectáreas de tierra cultivable en el periodo de noviembre a abril, es decir, en los meses en los que no hay trabajo. El 5 de marzo el ejemplo de Ferrara fue seguido también por las provincias de Novara, Pavía y en la circunscripción de Casale Monferrato. El conflicto duró cuarenta y siete días. Cuarenta y siete días y cuarenta y siete noches de estado de sitio: también allí hubo incendios, incautaciones de ganado, emboscadas, tiroteos, granjas convertidas en acampadas de combatientes, los «guardias rojos» que controlaban en Lomellina las comunicaciones por carretera y vigilaban la presencia de esquiroles. La adhesión de jornaleros y asalariados fue total, su victoria aplastante. Los propietarios se rindieron el 21 de abril.

Ahora le toca a Bolonia. La guerra por el convenio agrícola acaba de empezar y ya ha dejado en el terreno decenas de cuerpos. La masacre tuvo lugar en Decima di San Giovanni in Persiceto, un minúsculo e insignificante arrabal perdido en la campiña. Se celebraba un mitin sobre el pacto de arriendo, hablaba Sigismondo Campagnoli, enviado por la Cámara del Trabajo de Bolonia. Unas cuantas referencias a la cuestión agraria y luego las invectivas habituales contra los capitalistas, los sacerdotes, los carabineros y, acto seguido, la incitación habitual a la multitud, la habitual palabrita mágica: revolución.

En ese momento, al oír la terrible palabra, el sargento responsable del orden público se siente obligado a interrumpir al disertante. Sube al escenario otro orador, Pietro Comastri, él también de la Cámara del Trabajo de Bolonia. Comastri promete calmar los ánimos, pero al cabo de un cuarto de hora también pasa de hablar de la mano de obra imponible a la revolución. El sargento de los carabineros lo saca del palquito de madera. Una prueba de fuerza que ese idiota no está en condiciones de hacer respetar: dispone de veinte efectivos y a sus espaldas hay mil quinientos jornaleros miserables y enfurecidos.

Vuela una botella de sifón, una de esas que se usan para corregir el vino malo con un poco de agua de soda. Por un instante, la escena permanece suspendida entre la tragedia y la comedia. Todavía podría resolverse todo con una carcajada. Pero el estúpido funcionario de turno, creyendo situarlos en una posición segura, ha alineado a los carabineros contra la fachada de la granja adyacente. El sifón de soda se rompe contra la pared y las esquirlas vuelan. Algunas gotas de sangre brotan en la sien derecha del subcomisario. Es la señal del desastre. El orador es golpeado, la multitud avanza instintivamente hacia los opresores, los carabineros se ven atrapados contra el muro. Ni siquiera hace falta que se dé la orden. Las armas abren fuego por propia iniciativa. Unos cincuenta disparos, entre tiros sueltos y ráfagas. Los carabineros Raffaele Barile y Giuseppe Scimmia realizan ellos solos siete y diez disparos respectivamente sobre los campesinos desarmados. Una masacre. En el suelo quedan ocho muertos y una treintena de heridos. Se dirá que los soldados dispararon para salvar el pellejo. Pero casi todos los muertos fueron alcanzados en la espalda. Campagnoli, el primer orador, fue rematado con una bayoneta.

A partir de ese momento, sobre esos muertos, el precipicio. La Cámara del Trabajo proclama tres días de huelga general en toda la provincia. Durante setenta y dos horas se suspenden todos los servicios públicos y privados, una completa abstención del trabajo en todas las categorías. Para la burguesía, grande y pequeña, es la proverbial gota que colma el vaso. Agricultores, industriales, comerciantes, profesionales, empleados públicos, propietarios de casas deciden organizarse. El 8 de abril, en una reunión promovida por la Cámara del Comercio, se constituye la Asociación Boloñesa de Defensa Social. El 15, una delegación de la asociación presenta al primer ministro Nitti un memorial en el que se denuncia la abdicación del Estado ante la violencia de los socialistas y se declaran dispuestos a sustituirlo en legítima defensa.

Leandro Arpinati no sabe qué hacer. Es un ferroviario anarquista, de origen muy humilde, el último de seis hermanos, hijo de Sante, un miserable tabernero de Civitella di Romagna, una aldea perdida en los Apeninos, en el angosto valle del Bidente. Los terratenientes propietarios de la mitad de Emilia-Romaña,

a los que Italia les importa un bledo, le han ofrecido cien mil liras para que los defienda de esa gente humilde, de su gente. Por
otro lado, esa pobre gente suya, a fuerza de huelgas y delirios
revolucionarios, está llevando a Italia a la ruina. Arpinati escribe
a Milán:

«Es cierto que esta burguesía boloñesa —y digo boloñesa
queriendo decir apática y vil— no se ha movido hasta que no ha
visto, con la última huelga, amenazada su seguridad y su cartera;
pero ¿no debemos aceptar por eso el arma-dinero, tan necesaria
para nuestra batalla, que, aunque sea por miedo, esta burguesía
nos ofrece en este momento?».

Estamos dispuestos, y que el gobierno lo sepa, a defender por encima de todo a nuestras familias y nuestros hogares, a proteger nuestro derecho al trabajo, la nobleza de nuestro obrar cotidiano creando nosotros mismos, para poner fin con toda clase de medios a una sucesión de actos intolerables y ruinosos, los medios de defensa que hasta ahora habíamos cedido a las leyes del Estado.

Asociación Boloñesa de Defensa Social,
memorial para el primer ministro Francesco Saverio Nitti,
Bolonia, 15 de abril de 1920

Nicola Bombacci
Milán, 19 de abril de 1920

Cuando Bombacci llega a Copenhague a finales de marzo de mil novecientos veinte, la Dinamarca del príncipe Hamlet duerme aún bajo una gruesa capa de nieve boreal. Nicolino, nacido también en Civitella di Romagna, la misma aldea perdida de los Apeninos, en el angosto valle del Bidente, de la que proviene Arpinati, no conoce el mundo. Por más que sueñe con el abrazo planetario, con la hermandad revolucionaria de todos los proletarios de la Tierra, desde Distrito Federal hasta Vladivostok, a pesar de haber cumplido ya cuarenta años, el «Lenin de Romaña» nunca ha salido de los confines italianos.

En Copenhague le están esperando Maksim Litvínov, comisario soviético de Asuntos Exteriores, y Leonid Krasin, el «mercader rojo», plenipotenciario del comisariado para el comercio exterior de la Rusia revolucionaria, lugartenientes ambos del verdadero Lenin. Arribar a las orillas del estrecho de Øresund para reunirse con los emisarios del gran Lenin debe de ser para el «pequeño Lenin» de Romaña en cierto modo como volver a casa, una casa que hasta los cuarenta años no ha llegado a conocer.

El revolucionario de Romaña encabeza una extraña delegación. Oficialmente se trata de una misión organizada por la Liga Nacional de las Cooperativas «Rojas», promovida por el municipio de Milán del alcalde socialista Caldara, pero también disfruta del aval político del gobierno italiano del presidente Nitti, que los socialistas aspiran a derrocar, como proclaman diariamente. La paradoja es que Nitti se ha visto obligado a subarrendar la política exterior con Rusia a los socialistas italianos que pretenden derribarlo.

Desde diciembre de mil novecientos diecinueve, el propio Bombacci ha desplegado una gran actividad para empujar a Italia a retomar las relaciones diplomáticas con la Rusia de Lenin. A Bombacci las actividades comerciales no le interesan, las despacha como «asuntos de contabilidad», pero confía en que este pueda ser un primer paso hacia el reconocimiento diplomático de la Rusia soviética por parte de la Italia capitalista. Italia en el fondo es desde siempre la «gran proletaria», como la definió Giovanni Pascoli, una nación de gente pobre y buena que no puede dejar de reconocer la legitimidad de un Estado fundado por sus hermanos proletarios rusos. Por encima de cualquier otra cosa, en realidad lo que Bombacci persigue es poder hablar por primera vez en persona de la revolución que ha de hacerse en Italia con los hombres que ya han hecho esa revolución en Rusia.

Nicolino se ha entregado en cuerpo y alma a la idea de la revolución. En el Consejo Nacional de Florencia del Partido Socialista del 11 de enero, se batió por la implantación inmediata en todo el país del Consejo de los Sóviets siguiendo el modelo ruso. Su propuesta obtuvo cuatrocientos un votos de cuatrocientos cuarenta votantes. Un triunfo. Pero no todos los dirigentes están conformes. Hasta Palmiro Togliatti —un joven dirigente de Turín que debería estar de su lado— ha ironizado sobre este proyecto, considerándolo prematuro, incompleto, teóricamente infundado. Incluso si llegaran a constituirse los sóviets en Italia, se burlaba con sarcasmo Togliatti de él, no serían más que una imitación patética de los rusos, serían «solo la sombra de una sombra».

Pero él, el «Cristo de los obreros», él no se rinde ante los vetos de esos intelectuales comunistas que tanto se complacen con su propio aislamiento, satisfechos por estar solos contra todos y limitándose a la contemplación de su propia fuerza. La fuerza del socialismo italiano, por otra parte, es enorme: en apenas quince meses el número de militantes se ha multiplicado superando los doscientos mil. Pero es una fuerza a la que hay que hacer rugir, circular, que debe mirar a su alrededor y arrastrar a todo posible aliado, incluso a D'Annunzio. Al final, sin embargo, también en este caso los dirigentes socialistas se han desentendido de la alianza con el Vate, aduciendo reservas y distingos como ha hecho Togliatti con su proyecto de los sóviets. Nuevas ironías, nuevas teorías, nuevos sarcasmos. Por más que los comunistas italianos se enreden en sofismas, dudas, ironías, los hombres de Moscú, por el contrario, entenderán —se repite Bombacci—, los padres de la revolución, los que la han hecho de verdad, no podrán dejar de entender.

En Dinamarca, Bombacci se ve primero con Leonid Krasin, el «mercader rojo». Su numerosa delegación se reúne al completo con él el 7 de abril en los salones de una cooperativa local de obreros portuarios socialistas. En los muelles del puerto de Copenhague el hielo está derritiéndose y transformándose en un aguanieve grisácea cuando Krasin le declara abiertamente que el único mandato que tiene es el de obtener para Moscú el reconocimiento oficial del Estado italiano. Nada más. A los «mercaderes rojos» la revolución proletaria italiana, por el momento, no parece interesarles en absoluto.

Nicolino, entonces, pone todas sus esperanzas en el encuentro con Litvínov, el hombre que se sienta nada menos que a la derecha de Lenin en las reuniones del Partido soviético. El comisario del pueblo de Asuntos Exteriores es un hombretón rotundo con una carota rubicunda que parece un jamón curado. A modo de saludo, le ofrece a Bombacci un vaso de vodka helado. Son apenas las diez de la mañana y el destilado, al caer en el saco vacío del estómago de su cuerpo débil y diminuto, le provoca violentos espasmos. Tan pronto como Bombacci, luchando contra los calambres, se lanza con todo su entusiasmo a hablar de la inminente revolución italiana, Litvínov lo deja helado. En Italia, el Partido Socialista es fuerte, pero la facción revolucionaria es débil, le dice. Dicho esto, también el hombre que se sienta a la derecha de Lenin, tal como lo habría hecho Togliatti, condimenta su análisis con sarcasmos: los socialistas italianos durarían en el poder un par de meses como mucho. Y con ironía. «La revolución —añade Litvínov— ya ha triunfado, en Rusia, y ahora el único problema urgente de la Rusia revolucionaria es reanudar sus relaciones comerciales y políticas con los Estados capitalistas. Nada más».

Unos días después, nada más regresar de Dinamarca, Bombacci debe informar al Consejo Nacional Socialista, que se celebra en Milán del 18 al 22 de abril. De darle la bienvenida en Italia se han encargado una vez más el sarcasmo y la ironía. En este caso, le ha tocado a su viejo amigo Benito Mussolini mofarse de Bombacci en las columnas de *Il Popolo d'Italia* por haberse detenido en Copenhague, «en los umbrales del paraíso», sin haber sentido la curiosidad o el deber de ir un poco más allá, a Moscú.

Cuando habla ante la asamblea socialista en Milán el 20 de abril, Nicolino no puede ocultar su amargura. El mundo, intuye, lo ha decepcionado un poco. Toda la primera mitad de su intervención rezuma melancolía boreal. Más tarde, sin embargo, cuando se trata una vez más de lanzarse al ataque contra las cautelas socialdemócratas, su pasión se reaviva. Grita que el error de los moderados consiste en no haber entendido todavía que la nueva revolución debe hacerse fuera del Parlamento, sin el Parlamento, contra el Parlamento... Que, de hecho, ellos ya están fuera del Parlamento..., hacia la dictadura del proletariado..., hacia el sol del porvenir..., que pueden caminar dentro del Parlamento sin que el Parlamento les interese, al igual que los sacerdotes, que caminan en la tierra pero a lo que aspiran es a ir al paraíso.

Aunque esta vez Bombacci ha tomado el camino de regreso, el paraíso sigue siendo, en definitiva, el destino final. También los maestros del sarcasmo, sin embargo, permanecen al acecho en el camino. Cuanto más habla Nicolino de revolución, más se desvanece la revolución en la sombra de una sombra.

Marx nos ha enseñado que la revolución es un proceso de desarrollo y de transformación de las relaciones sociales, nos ha enseñado que, en contacto con la realidad de estas relaciones, es decir, de la economía, la revolución se convierte en algo real y concreto, que la voluntad humana se materializa por sí misma: Bombacci se contenta con la forma. Y la revolución [...] se convierte para él en una palabra, en una sombra: los órganos revolucionarios que aspira a crear son la sombra de una sombra.

Palmiro Togliatti, *L'Ordine Nuovo*, marzo de 1920

Es de creer que el ministro Litvínov ha desinflado realmente el entusiasmo del «ciudadano» Bombacci de manera tan irreparable como para hacerle preferir el camino de regreso a esta pútrida Italia burguesa antes de que el camino que conduce al sublime paraíso de los sóviets.

Benito Mussolini, *Il Popolo d'Italia,* abril de 1920

El giro definitivo hacia la derecha se produce alrededor de medianoche.

El congreso comenzó la mañana del 23 de mayo en el teatro Lirico con la inauguración de los nuevos banderines de los Osados y de los fascistas. Hasta el momento de su entrega, los banderines triangulares habían estado guardados bajo hojas de papel de seda en tonos pastel. Ferruccio Vecchi, al recibir el banderín de los Osados, juró que la bomba y el puñal nunca se doblegarían ante la hoz y el martillo. Mussolini, al recibir el de los Fascios, promete que el laxismo de la posguerra está a punto de acabar, que Italia volverá a honrar a los Osados y que Fiume será italiana. Se ha prestado incluso cierta atención a la escenografía: en el escenario hay un enjambre de estandartes, soldados en semicírculo, coros patrióticos de niñas bajo los estandartes. Abajo, entre el público, Filippo Tommaso Marinetti llega a considerar «bastante monas» a las madrinas que recitan «gallardamente» discursos aprendidos de memoria. Por primera vez, en una asamblea política hay mujeres hermosas.

El congreso propiamente dicho, sin embargo, comienza el 24 de mayo. Es la «habitual reunión mezquina, que transmite la escasa vitalidad del movimiento», señala Cesare Maria De Vecchi, fascista monárquico de Turín. Hace semanas que Mussolini anuncia en las columnas de *Il Popolo d'Italia* que «la hora de la revancha está cerca», Pasella difunde cifras que entusiasman pero lo cierto es que solo cuentan con seiscientos miembros en Milán, trescientos en Cremona gracias al activismo de Roberto Farinacci, trescientos nada más en la capital, un centenar en Bolonia, Parma, Pavía, Verona, cuarenta en Mantua, Oneglia y Caulonia, veinte en Piadena y Recco y así sucesivamente. En total, los fascistas afiliados y con carnet en regla son 2.375 en toda Italia. Esta es la base militante en la que se puede confiar.

Más de un año ha pasado desde la fundación, pero la audiencia que Mussolini ve ante él en el teatro Lirico es apenas un poco más numerosa que la de San Sepolcro. Algo, sin embargo, ha cambiado. Las cifras se parecen, pero las caras ya no son las mismas. La falange de aventureros, inadaptados y combatientes desmovilizados mantiene sus posiciones. El rencor de los veteranos es tenaz. Pero los sindicalistas de la izquierda intervencionista los han abandonado, los republicanos como Pietro Nenni se desconectaron en los primeros meses del año, los nacionalistas idealistas como Eno Mecheri se marcharon a Fiume en enero. En el patio de butacas no predominan ya las cabelleras pintorescas de aspirantes a poetas, dramaturgos, periodistas frustrados y desempleados. En su lugar, entre el público del teatro Lirico hay comerciantes, funcionarios estatales, cuadros de dirigentes de bajo nivel, las chaquetas dignas y lisas de la pequeña burguesía empobrecida por la inflación galopante. También Marinetti y los futuristas están descontentos. Se ha producido una transfusión de sangre.

A pesar de todo, la primera intervención matinal de Mussolini es cautelosa. Desde principios de mes no ha dejado de proferir amenazas directas contra los socialistas. El odio de esa gente hacia él —escribe— es totalmente comprensible. De hecho, mantiene la promesa que hizo la tarde de su expulsión del partido: que sería implacable. Y ahora siente que el día de su plena venganza no está lejos.

Sin embargo, en la mañana del 24 en el teatro Lirico, el vengador pronuncia un primer discurso de mediación. Afirma que no representa un punto de vista reaccionario, distingue todavía entre el proletariado y los dirigentes socialistas, reafirma que pretende acercarse al pueblo.

La tarea de cortar los puentes se la deja a Cesare Rossi. Hace meses que Rossi predica la necesidad de proclamarse brutal y resueltamente conservadores y reaccionarios. También en el congreso del Lirico se pronuncia contra los saltos al vacío, describe al proletariado como incapaz de reemplazar a la burguesía, como una plebe roja, moralmente tarada, egoísta, inculta, sin alma, sorda a los valores patrióticos, un rebaño de ilusos. Por encima de todo, Rossi considera que el proletariado es indisociable del Partido Socialista, cuya causa ha abrazado definitivamente y por lo que no merece ninguna indulgencia. Hay que volverse hacia quienes no «trabajan con los brazos». La pequeña burguesía está siendo más maltratada aún que los obreros. No es posible combatir un duelo decisivo a tres bandas. Los Fascios, por lo tanto, deben alinearse de momento con el régimen actual, por más que les repugne. No se trata de una cuestión prejudicial antimonárquica, sino de puro posibilismo. Los aliados han de elegirse según las circunstancias, al igual que el campo de batalla. Mientras los Fascios ladraban a la luna del antipartido hasta podían vivir del aire, pero ahora les hace falta una base social. Ya ajustarán cuentas con el decadente Estado liberal más tarde.

Rossi concluye su intervención temblando de rabia. El extremismo del sindicalista revolucionario que, antes de la guerra, por odio a los amos, prendía fuego a los heniles en la campiña de Parma y Piacenza no le ha abandonado. Ahora, sin embargo, ese odio ha encontrado un nuevo objetivo: se dirige contra los campesinos a los que entonces instigaba a la revuelta. Cesare Rossi regresa a su lugar en el patio de butacas entre los aplausos de buena parte del público.

Los futuristas, en cambio, se revuelven contra el giro a la derecha. Marinetti se enfurece. Grita que la monarquía es una mochila repleta de cosas viejas que hay que tirar, como de costumbre despotrica contra el Vaticano, habla de pastores y de rebaños, se atribuye el papel del perro fiel e inteligente que vigila cuando el amo está borracho. Luego concluye en clave poética: «Venimos del Carso —recuerda—, nuestro destino no es la reacción».

A la hora de cenar, Mussolini se reúne con su círculo íntimo en un mesón del Bottonuto, detrás del teatro. Comen platos grasientos, beben bastante, beben mal. Pasella echa cuentas de los carnets, vendidos por cincuenta céntimos. Se hace necesario centralizar la organización, que el Comité Central de Milán mantenga la posibilidad de relevar de sus cargos a los secretarios provinciales, es imprescindible sobre todo reservarse el poder de decidir qué federaciones financiar. Giovanni Marinelli, responsable de la administración, se enreda en una meticulosa exposición del balance de efectivo. Mussolini calla, come poco, a regañadientes, bebe menos aún. Parece estar ensañándose con un solo pensamiento. Antes de volver al teatro para la sesión nocturna, cuando Rossi recuerda la intervención de Marinetti, se deja llevar contra el pintoresco fundador del futurismo: «Pero ¡¿quién es ese extravagante bufón que quiere entrar en política y a quien nadie en Italia se toma en serio, ni siquiera yo?!».

Frente a un público diezmado y abatido por la difícil digestión de las proteínas animales, Mussolini vuelve a intervenir justo antes de medianoche. Los fascistas, tal como desean los industriales, deben apoyar una reducción liberal del Estado a las funciones de soldado, policía, juez y agente del fisco. Nada más. Por otro lado, deben fomentar la colaboración con los sectores productivos del proletariado y de la burguesía. No deben permitir que la nave burguesa se hunda. Debemos subir a bordo y tomar posesión de la sala de máquinas. Todo prejuicio institucional, por lo tanto, ha de ser abandonado. Los fascistas siempre se han inclinado por la república, pero si es necesario se conformarán con la monarquía.

Luego el Fundador se detiene unos segundos, buscando con la vista a Marinetti en la sala. No lo encuentra. Entonces los pocos que siguen despiertos oyen afirmar al blasfemador de Romaña, que ni siquiera ha bautizado a sus hijos, que el Vaticano representa a cuatrocientos millones de hombres repartidos por todo el mundo y que cualquier política inteligente debe usar esta fuerza colosal. El propio Lenin, en Rusia, ha sabido detenerse ante la autoridad del Santo Sínodo. La religión debe ser respetada.

Han pasado solamente veinte minutos y del programa de San Sepolcro ya no queda casi nada. El giro a la derecha, antes de medianoche, ha concluido.

A la mañana siguiente, los trabajos del Segundo Congreso Nacional fascista llegan a su fin. De los diecinueve miembros del primer comité solo se reelige a diez. Dos de ellos, Marinetti y Carli, renunciarán al día siguiente. Los nueve miembros nuevos proceden de provincias y son todos de derechas.

Es un hermoso día de primavera en la Italia del norte. Mussolini y Rossi se demoran en el umbral. El tránsito de la sombra a la luz es violento. La ciudad de Milán parece completamente indiferente a las furibundas discusiones que hasta pocos minutos antes han tenido lugar en el tugurio del teatro. Los empleados de las oficinas del centro, de regreso a sus escritorios después de la pausa del almuerzo, esquivan con gesto de fastidio al pequeño grupo de ociosos que se entretiene frente a la entrada del Lirico. Ahí mismo, a un lado, un verdulero está aprovisionando su tenderete. Coloca en una cesta de mimbre las ciruelas que acaba de sacar de una caja de madera llegada del campo y, después de haberlas refrescado con un pulverizador a chorro, les saca brillo una a una con un paño suave como si fueran pomos de latón.

Cesare Rossi se lo señala a Mussolini con un movimiento de cabeza. El futuro es de los tenderos. Ya está bien de extravagancias futuristas...

No debemos dejar que la nave burguesa se vaya a pique, sino entrar en ella para expulsar a los elementos parasitarios [...]. El problema es hoy de restauración. Todas las huelgas de gran ambición están destinadas al fracaso, como en Turín, en Francia y en otros lugares. Más allá de cierto límite no se puede ir. Los fascistas no deben cambiar su línea de conducta. A fin de cuentas, siempre se es reaccionario con respecto a algún otro.

Benito Mussolini, discurso en el Congreso Nacional de los Fascios de Combate, Milán, 25 de mayo de 1920

Fiume de Italia, 15 de junio de 1920

En Fiume se celebra el día de San Vito y toda la ciudad se está preparando para ir de fiesta. Pero en Fiume, en estos tiempos, siempre es el día de San Vito y la ciudad está perpetuamente de fiesta.

El 10 de junio cayó definitivamente el gobierno del odiado Francesco Saverio Nitti y en Fiume se celebró por todo lo alto. Nitti ha caído a causa del precio político del pan en un país hambriento mientras en Trieste unidades de Osados en espera de embarcarse hacia Albania para reforzar las guarniciones italianas se rebelaban contra sus oficiales y recorrían la ciudad lanzando granadas de mano. Pero en Fiume hubo celebraciones de todos modos. D'Annunzio pronunció una violenta y alegre proclama repleta de insultos contra Nitti ensalzando a la «diosa Venganza».

Sin embargo, la ininterrumpida fiesta está sumiendo a la ciudad en el caos. Todos los elementos que garantizan el orden están abandonando Fiume. En mayo se marcharon los destacamentos de carabineros. En la barrera fronteriza de Cantrida se vieron rodeados por los Osados y el resultado fue un conflicto armado fratricida. Un cabo a caballo apuntó con su mosquetón y fue alcanzado por un disparo en el costado, desplomándose en el suelo. El caballo cruzó la barrera sin jinete.

También en la ciudad estallan peleas entre las unidades, los oficiales empuñan las armas para acaparar voluntarios. Una disciplina militar de saqueadores borrachos. En el otro bando, el de la revolución, todos los intentos de alcanzar un acuerdo con los socialistas promovidos por Bombacci para la conquista en común del poder han fracasado. De esta manera, D'Annunzio acaba siendo repudiado también por ellos. Incluso el Concejo Nacional de Fiume muestra ya una franca hostilidad hacia él. El Comandante está cada vez más solo, aislado del mundo. Para recibir noticias sobre lo que sucede debe esperar a la lectura de los periódicos de la mañana. Pero la vida es una fiesta, Fiume es «la ciudad de la vida» y los poetas se preparan para redimir al mundo que los repudia.

Desde hace meses, Leone Kochnitzky —un joven poeta belga de modesto talento pero de grandes ideales— está trabajando en la Liga de Fiume, una asamblea que reúna a representantes de todos los pueblos oprimidos para oponerse a la Sociedad de las Naciones promovida por el presidente norteamericano Wilson, que D'Annunzio define como un «complot de ladrones y estafadores privilegiados». Fiume está aislada del mundo, pero no importa, porque el proyecto que Kochnitzky ha concebido para entusiasmo del Comandante se extiende «a todo el universo». Todos los oprimidos de la Tierra deberán formar parte de él, pueblos, naciones, razas. La lista que aparece en los memorandos enviados al Comandante abraza a todas las naciones (y pueblos) carentes de libertad, con Fiume a la cabeza: Dalmacia, Albania, Austria alemana, Montenegro, Croacia, alemanes irredentos, catalanes, malteses, Gibraltar, Irlanda, Flandes, y además los pueblos islámicos de Marruecos, Argelia, Túnez, Libia, Egipto, Siria, Palestina, Mesopotamia, India, Persia, Afganistán, y casi llega a las antípodas, al haber sido convocados en el Carnaro birmanos, coreanos, filipinos, panameños y cubanos. Entre las razas oprimidas enumeradas por Kochnitzky no faltan siquiera los israelitas, los negros estadounidenses ni los chinos de California. Este es el mundo para el ojo tuerto de D'Annunzio: un globo reluciente de libertad, dignidad y revuelta. El salón de baile del espíritu de fiesta. Kochnitzky está inspirado, tiene veintiocho años, él también es poeta. El Comandante, por lo tanto, lo ha nombrado ministro de Asuntos Exteriores.

Ese es el ideal. En lo concreto, sin embargo, la actividad de la Liga de Fiume se reduce a urdir pequeñas y oscuras intrigas balcánicas. Fantasmales jefes de ejércitos rebeldes croatas, montenegrinos, dálmatas y albaneses llaman a las puertas de Fiume para obtener armas y dinero contra los serbios que quieren someterlos a una gran nación yugoslava. El doctor Ivo Frank, en nombre de los separatistas croatas, promete insurrecciones para la primavera. No necesita armas, solo le hacen falta doce millones de liras. De inmediato. Con esa condición promete un éxito seguro. A Kochnitzky este tal Frank le parece una figura clave en el polvorín de los Balcanes, un líder importante. La información del contraespionaje italiano es bien diferente. En un telegrama al general Caviglia de abril, Nitti lo define como «un aventurero que probablemente juega a agente doble y sirve a la restauración de los Habsburgo». Con personajes de esa calaña firman los embajadores del Estado Mayor de Fiume sus tratados secretos para rediseñar los mapas de un mundo libre.

En vísperas del verano, Kochnitzky presenta su renuncia. En su nota al Comandante reconoce que la «Liga de Fiume se ha visto transmutada en una herramienta de uso balcánico». Ese no puede ser el globo brillante destinado a las manos de Gabriele D'Annunzio.

Antes de partir hacia las tierras bajas flamencas, el joven poeta belga participa por última vez en la fiesta. El 15 de junio se celebran los Santos Patronos de Fiume. En el habla popular se conoce simplemente como la fiesta de San Vito. Este año la ceremonia es particularmente solemne porque participa en ella el Comandante con todo su Estado Mayor y una delegación veneciana que ha traído como regalo una placa de mármol con el león alado de San Marcos. A las once, en la plaza del ayuntamiento, se descubre la placa empotrada en la fachada del consistorio. El león de San Marcos, con su garra ungulada que sostiene el libro del evangelista, despliega sus alas sobre Fiume y el mundo de ensueño de Gabriele D'Annunzio. El poeta, que siempre ha evocado idealmente la filiación de Fiume con la Serenísima República de Venecia, muestra su entusiasmo. Habla de un día glorioso, tallado en la voluntad de la Dominante. Enumera todas las ciudades de Istria y de Dalmacia, desde Muggia a Pirano, a Parenzo, desde Zara a Sebenico, a Spalato. Todos, por ahora, han cerrado el libro. Todos son leones. Es el día de su rebelión.

Por la tarde, se celebran carreras deportivas y, por la noche, bailes populares en los barrios antiguos.

Allí Kochnitzky, antes de partir para siempre, graba en su mente un recuerdo indeleble. No podrá olvidar ese ambiente de fiesta perpetua, los desfiles, las procesiones de antorchas, las fanfarrias, los cánticos, los bailes, los cohetes, los fuegos de alegría, los discursos, la elocuencia, la elocuencia, la elocuencia... En la plaza iluminada, admira las banderas, los grandes rótulos, las barcas con los elegantes farolillos, porque también al mar le corresponde su parte de fiesta, y los bailes... Bailes por todas partes: en las plazas, en las encrucijadas, en los muelles; de día, de noche, se baila siempre, se canta. Y no son blandas barcarolas, son fanfarrias marciales. La gente baila y baila a su ritmo, se arremolina en una bacanal desenfrenada de soldados, marineros, mujeres, ciudadanos. La mirada, dondequiera que se detenga, ve un baile: de faroles, de procesiones de luces, de estrellas. Hambrienta, arruinada, angustiada, Fiume, agitando una antorcha, baila frente al mar.

Mientras Fiume baila, otro joven poeta, el italiano Giovanni Comisso, pasea por la ciudad en fiesta. Va al hospital militar para visitar a un amigo. Extravía el camino y se encuentra en el servicio de enfermedades venéreas. En esa ciudad poblada por jóvenes legionarios armados, listos para abrir fuego contra el mundo, es claramente la sala más concurrida. Comisso se queda asombrado. Las curas están a cargo de una mujer, joven y enérgica, una especie de ama de casa o partera. Con la camisa arremangada en sus brazos blancos y carnosos, trata a los terribles Osados como a niños caprichosos. Ordena con severidad que se desnuden, hace que se reclinen sobre decenas de toscos tablones, sostiene sus penes flácidos como excrecencias inútiles, abre las llagas, retira copos de algodón inmundos, desinfecta, cierra, riega, masajea esos cuerpos musculosos y delgados de una delgadez perfecta, inconcebible para los pueblos que han conocido el bienestar. Ellos se dan la vuelta, dóciles, pícaros, complacientes, se abandonan de costado, tristes.

La vida es una fiesta. En las casuchas pobres de la ciudad vieja las mujeres han retirado las imágenes de los santos. Los pequeños candiles adornan de frente el retrato de Gabriele D'Annunzio. Es el baile de los enardecidos. Ante el mundo hostil y cobarde, Fiume baila frente al mar, frente a la muerte. Ni siquiera ha llegado el final: casi ha acabado todo, es la penúltima aventura. Pero no importa. El Comandante tiene su lámpara votiva encendida en el altar de Zaratustra: la grandeza de un hombre estriba en ser un puente, no un propósito. En el hombre puede amarse incluso que su condición sea la del ocaso.

El cadáver deturpado del hombre yace en piazzale Loreto. Los dueños del bar donde ha sido tan violentamente asesinado lo han arrastrado fuera, hasta la acera. El trasiego de transeúntes se detiene ante los despojos humanos con un sollozo que no es de llanto.

El hombre se llamaba Giuseppe Ugolini, era un sargento de los carabineros y viajaba en tranvía en una ciudad paralizada una vez más por la huelga de los ferroviarios, de nuevo en estado de sitio. Un grupo de huelguistas bloqueó el tranvía, ordenó a los viajeros que bajaran y obligó a Ugolini a que entregara las armas. El suboficial bajó y abrió fuego matando al instante a un obrero de diecinueve años y a un expolicía fiscal. La multitud lo persiguió, lo agredió y lo linchó allí mismo. Fue rematado a disparos de revólver, efectuados a quemarropa sobre el cuerpo ya abatido, en el bar donde se había refugiado. Los periódicos contaron que alguien le amputó los dedos para apoderarse de sus anillos y de su alianza nupcial.

«La historia italiana no conoce episodios tan atroces como el de piazzale Loreto. Ni siquiera las tribus antropófagas se ensañan así con los muertos. Hay que decir que esas turbas no representan el porvenir, sino la regresión al hombre ancestral.» En *Il Popolo d'Italia,* Mussolini comenta lo ocurrido con el tono grave pero seco de quien expresa sentimientos que experimenta de verdad... Al contrario de lo habitual, parece sinceramente impresionado. Con todo, pese a que lo niegue de manera explícita, da la impresión de que el autor del artículo vislumbrara el canibalismo en el horizonte del futuro.

El fundador de los Fascios parece asustado. Ha aceptado incluso que le sigan, a la debida distancia, dos Osados de escolta. Hace semanas que se ha reanudado la trágica zarabanda de huelgas, manifestaciones, enfrentamientos en las plazas; hace semanas que en toda Italia los carabineros disparan contra los obreros con el frenesí de los tiradores obsesivos, los muertos y los heridos vuelven a contarse por docenas, los asesinos de hoy son los asesinados de ayer, los caníbales canibalizados, y sin embargo este cadáver le parece diferente a Mussolini. Por una vez, el histrión parece acortar la distancia entre el mundo y su propio sentimiento del mundo. Parece como si el director de *Il Popolo d'Italia* estuviera comentando su propio suplicio.

En Ancona, a finales de junio, se amotinó todo un regimiento de infantería que debía embarcarse para reforzar la guarnición militar italiana de Valona, amenazada por los rebeldes albaneses. La población obrera de la ciudad se alzó en apoyo de los soldados insubordinados. Hubo que cañonear los cuarteles para sacarlos de allí. La crisis militar del ejército italiano es desalentadora. Mussolini, desconsolado, escribe a D'Annunzio lamentando la «tremenda crisis de embotamiento» que recorre toda Italia.

También hay momentos de entusiasmo. Estos también, en apariencia, sinceros. Cuando el 17 de julio los fascistas de Francesco Giunta incendian el hotel Balkan, sede de la organización nacional eslovena de Trieste, Mussolini exclama exultante: «¡Puede decirse, sin caer en la retórica, que ha llegado la hora del fascismo!».

Giunta es un abogado toscano, exintervencionista voluntario, excapitán y legionario dannunziano, que se distinguió en las revueltas contra el aumento del coste de vida de mil novecientos diecinueve en Florencia encabezando el asalto a una zapatería. Después de Fiume, Mussolini lo envió a organizar los Fascios de la región de Giulia en la frontera con Eslovenia. Giunta los organizó con disciplina militar, subdividiéndolos en escuadras asignadas a guarniciones territoriales específicas. Trieste respondió magníficamente. En las zonas fronterizas, al enemigo de clase se suma el enemigo de la patria, al bolchevique el extranjero, al socialista el eslavo: los obreros eslovenos son comunistas, además. La mezcla es explosiva y perfecta para que el fascismo eche raíces.

La chispa prendió durante una manifestación promovida en protesta por el asesinato de dos soldados italianos en Croacia. Lejos del escenario, sobre el que Giunta invocaba la ley del talión («Debemos recordar y odiar»), un chico fue apuñalado en las reyertas entre italianos y eslovenos. Su nombre es Giovanni Nini, tiene diecisiete años, es de Novara, trabaja de cocinero en el mesón Bonavia. Según algunos, simplemente pasaba por allí. Parece ser que cuando lo agredieron, antes de que la hoja le destrozara el hígado, gritó: «¡No tengo nada que ver, nada que ver!». Pero eso no importa. Un mártir es un mártir, cualesquiera que sean sus opiniones al respecto.

Después del apuñalamiento del patriota italiano, los fascistas de Giunta abandonan inmediatamente la plaza, marchando en columnas disciplinadas en las que muchos observadores reconocen un plan premeditado. Una hora más tarde, las llamas estallan en el enorme edificio del hotel Balkan, donde los representantes de los eslovenos de Trieste son sitiados y sometidos a disparos de catapultas improvisadas. Al día siguiente, la sede del Fascio triestino es invadida por una multitud que reclama el carnet de afiliado. «El Balkan —anuncia un Giunta radiante a todos los nuevos miembros— es nuestro programa electoral».

Enardecedor. No cabe duda. Ese es el camino. Organizarse militarmente. Cesare Rossi lleva meses repitiéndoselo a Mussolini. El 18 de julio, los Osados de via Cerva pronunciaron un nuevo juramento de lealtad personal al fundador de los Fascios. Pocos días después, desde Fiume, D'Annunzio lanza una proclama a los Osados. El poeta grita que los objetos afilados y explosivos nunca lo han intimidado. Sobre las alas del entusiasmo —nunca mejor dicho—, Mussolini ha reanudado incluso sus clases de vuelo. El instructor, el teniente Redaelli, lo ve venir a toda prisa, a veces incluso en bicicleta, todavía vestido de director de periódico: traje negro, sombrero rígido, polainas grises. El fundador de los Fascios se muestra tan decidido, tan presuroso, que cuando aparece se abre el vacío. Un vacío aterrador.

Más tarde, sin embargo, el país vuelve a caer en la depresión y él también. El nuevo gobierno ha decidido abandonar el protectorado de Albania, una de las pocas conquistas que le quedan a Italia de la Primera Guerra Mundial, una guerra pagada al precio de seiscientos mil muertos. Todo se derrumba. Todo es un amasijo fangoso, burguesía y proletariado, gobierno y gobernantes. En esa miserable tierra de leyes tribales, de fiebres cuartanas, de tifus y malaria, los soldados italianos han surcado carreteras, han marchado contra los guerreros serbios reducidos a fantasmas, a esqueletos errantes, alimentados con hierbas, abrevados en charcos infectados con carroña y cadáveres. Ahora el gran despliegue de embotamiento nacional nos envuelve a todos, desde los gobernantes al pueblo llano, nos empuja a abandonar incluso esa ínfima posesión en el extranjero. Fuera también de Albania, fuera de todas partes, quedémonos en los huesos, escupámonos unos a otros. Pero la paz a toda costa no nos salvará de una nueva guerra. La atraerá contra nosotros. Debemos tener el valor de prender fuego a la casa para salvarla.

Cesare Rossi jura haber visto, el 2 de agosto, llorar a Mussolini ante la noticia de la retirada de Albania. Es un verano de conmociones. De quedarse sin palabras. Es imposible mirar más allá de la montaña, más allá del mar. Siempre hay un lugar cualquiera que enloquece y se pone a jugar a la revolución y se convierte por unos días en el centro de atención nacional mientras que, más allá de las fronteras, los demás se carcajean de nosotros. Somos una nación-carnaval, un pueblo de vodevil. ¡Canta y no llores! ¡Canta «'A tazza 'e cafè»! ¡Canta «Bandiera rossa»! Todo se derrumba. Todo se va al traste.

En mil novecientos quince él contribuyó a insertar la historia de Italia en la historia del mundo, en la Guerra Mundial. La arrancó con violencia de su amodorramiento provinciano. Pero esta Italia sigue siendo la de ayer, la de siempre. Siempre lista para irse de fiesta, la temporada de los higos dulces está de nuevo a punto de madurar. Si quieres hacer política a escala mundial, debes haber demostrado que soportas una catástrofe nacional, tienes que valer para el estilo trágico. Mira a D'Annunzio en Fiume: no le dan miedo los objetos afilados. Y en cambio aquí el verano siempre llega demasiado pronto y dura todo el año.

Los peores son los ricos burgueses. Se sienten perdidos. Se informan sobre la fecha de la revolución para averiguar si es seguro volver a pasar un verano en el campo. Una vez más desertamos de la historia y nos conformamos con la noticia. Los jefes de sección ya tienen listo el artículo habitual sobre las vacaciones de agosto.

La historia italiana no conoce episodios tan atroces como el de piazzale Loreto. Ni siquiera las tribus antropófagas se ensañan así con los muertos. Hay que decir que esas turbas no representan el porvenir, sino la regresión al hombre ancestral [...]. Hoy en día la predicación socialista se centra en el odio y la violencia; excita todos los instintos más egoístas de las masas y trata de elaborar los órganos del terror rojo del mañana [...]. Seguirán señalándonos ante las multitudes como «sicarios», «vendidos», y no habrá posibilidad de tregua civil.

Benito Mussolini, «¡Cocodrilos!»,
Il Popolo d'Italia, 26 de junio de 1920

Mi querido Comandante, os escribo en tan raras ocasiones porque la lucha contra la creciente bestialidad disolvente me absorbe... Salimos de dos semanas de alzamientos caóticos y muy sangrientos. Alzamientos sin dirección y dirigentes sin propósito. Italia atraviesa una tremenda crisis de embotamiento. La palabra clave es: ¡Fuera! ¡Fuera de Valona! ¡Fuera de Trípoli! ¡Fuera de Dalmacia! Es un fenómeno de desintegración espiritual y de vileza individual.

Carta de Benito Mussolini a Gabriele D'Annunzio,
30 de junio de 1920

Leandro Arpinati
Llanura padana, verano de 1920

A lo largo del valle del Po se despliega la mayor llanura del sur de Europa, una región muy fértil, de cultivos intensivos y muy alto rendimiento. Durante siglos, en la llanura padana, campesinos laboriosos han ido arrancando la tierra a las aguas estancadas, a la podredumbre de los cañaverales, a la malaria. Una vez drenadas las aguas, emergidas las tierras fértiles, surgieron por doquier plantaciones, industrias relacionadas, caminos, casas habitadas por una población abundante. El gran río fluye benévolo y solemne.

En agosto de mil novecientos veinte los cereales se marchitan en los campos segados pero no trillados. La orografía en forma de cuenca, que favorece el estancamiento del aire cálido y húmedo, tras recibir el ciclón subtropical que sopla desde el norte de África acelera la descomposición. Se llega casi a los cuarenta grados en la llanura padana y el grano se asfixia, no separado de la paja, en el envoltorio de la espiga. Sobre el trigo que se pudre se extiende durante kilómetros, como una sirena de alarma aérea, el desgarrador bramido de las vacas sin ordeñar. El odio de los campesinos en lucha mortal con sus patronos los ha vuelto atroces. Han estimulado la producción de leche mediante masajes en las ubres, después han atrancado la puerta del establo. La leche fermenta, las bacterias proliferan, las ubres sufren mastitis. Con la boca completamente abierta, haciendo vibrar sus gruesas lenguas porosas, las vacas lanzan sobre la gran llanura llamadas desesperadas de alta frecuencia. Suplican a sus terneros para que con sus bocas voraces de leche acudan a salvarlas del dolor.

Las vacas sin ordeñar son solo un episodio de la más vasta ofensiva de las ligas campesinas contra los patronos. Las «baronías rojas», como las llama con desprecio el dirigente comunista obrero Palmiro Togliatti, han optado por la lucha a ultranza. En la región de Emilia, los socialistas controlan doscientos veintitrés municipios de doscientos ochenta. La economía rural y las actividades industriales son muy rentables, pero mientras que para los patronos se trata de una cuestión de ganancias, para los campesinos es una cuestión de vida o muerte. La población jornalera consigue emplearse un promedio de ciento veinte días al año, por lo que necesita salarios altos para no morir de hambre en los meses inactivos. En las luchas de primavera, las ligas campesinas han logrado que toda la contratación de mano de obra pase por su propia oficina de empleo. Ahora controlan por entero la vida económica de las provincias, gestionándolo todo: turnos de trabajo, funcionamiento de las trilladoras, provisiones de semillas y cultivos agrícolas. Para que funcione, el sistema debe ser totalitario; el control de la mano de obra, completo. Basta con que los arrendatarios no respeten la disciplina proletaria de los jornaleros, basta con que algún desesperado acepte un salario más bajo, basta con que se les abra una pequeña brecha a los esquiroles para que el sistema se derrumbe. Por esta razón, quien acepta compromisos a la baja, reduciendo el espacio vital de los demás, es hostigado sin piedad. El panadero le niega el pan, a su alrededor se hace el vacío, se ve obligado a emigrar. A los propietarios que violan los acuerdos sobre el monto imponible de mano de obra se les aplican tributos y multas.

Ferrara es la provincia más roja de Italia. Para subrayar su primacía, el rojo no es suficiente: la han rebautizado como «la provincia escarlata». A mediados de mayo, el Primer Congreso de las Ligas de Unidad Proletaria sumaba ochenta y un mil afiliados, entre trabajadores agrícolas, arrendatarios, aparceros y pequeños propietarios. Son más del doble que hace diez años, la expansión es continua, progresiva, impresionante. Su victoria en las luchas de primavera fue aplastante. Primero los jornaleros, luego los aparceros y los arrendatarios, todos impusieron su voluntad a los patronos. Dictan las condiciones de trabajo, los niveles salariales y hasta la elección de los cultivos. La función de los propietarios ha quedado reducida a poco más que a la aportación de capital. El odio ancestral de los amos hacia el pordiosero que aspira a un reparto diferente de las tierras se despierta.

Al otro lado de la trinchera, las expectativas de los campesinos son febriles: la revolución tan repetidamente prometida durante mil novecientos diecinueve no puede estar muy lejos. Este triunfo sobre los patronos ha de ser a la fuerza ya una fase prerrevolucionaria. No queda más remedio. Se llega, por lo tanto, a atrancar los establos de los renuentes, a prender fuego a los heniles, incluso a mutilar animales y a vejar a los hombres. En Tamara, en los alrededores de Copparo, un contable intenta alquilar sus propias tierras a veinticinco familias sin previo acuerdo con las ligas. Sus campos son incendiados, se mata a sus animales, se golpea a los hombres. Ya en agosto solo quedan cuatro familias de las veinticinco. En Berra, un tal Luigi Bonati compra un pequeño terreno con la intención de cultivarlo personalmente. La liga lo condena a un boicot de por vida, obligándolo a abandonar el pueblo. En San Bartolomeo in Bosco, un joven excombatiente trata de fundar un círculo de orientación nacionalista. El padre es boicoteado hasta que acepta expulsar de casa a su hijo. Sus cultivos se pudren en los campos. También en Copparo un arrendatario, Roncaglia, es herido de muerte por negarse a secundar la huelga abandonando a los animales que se le han confiado. *Mors tua, vita mea.* El poder, con todo, degenera, no se sacia con la muerte, se extiende cada vez más a la vida. En Cona, el jefe de la liga decide incluso en qué días de fiesta se les permite bailar a los jóvenes y establece por decreto el calendario de las funciones de marionetas.

Ahora el punto más caliente del frente se desplaza a la provincia de Bolonia. Las revueltas campesinas, iniciadas a finales de mil novecientos diecinueve por los nuevos contratos laborales, duran ya ocho meses. La lucha se torna dramática cuando los temporeros se niegan a trillar las mieses. Se reúnen en las carreteras públicas donde la policía no puede detenerlos, hacen sonar las campanas a discreción y, cuando se cuentan por miles, invaden los campos. Todos se lanzan, hombres, mujeres y niños, en masa, para destruir las trilladoras. Hasta mediados de mes no se cuenta aún ningún episodio de sangre. Pero llegará..., llegará.

El 17 de agosto, mientras todo el que puede está en la playa, en Bolonia, en pleno centro de la cuenca padana en ebullición, los propietarios de tierras se unen por primera vez en una federación nacional. Nace la Confederación General de Agricultura. El odio se acumula. Los acuerdos con prefectos y comisarios se alcanzan bajo cuerda. Comienza la ordalía.

Leandro Arpinati ha desaparecido. De él, el Comité Central de los Fascios milaneses no ha vuelto a saber nada. Algo ha debido de tragárselo, en algún lugar a lo largo del curso del gran río que da nombre a la llanura, en alguna ciénaga de desaliento, de juvenil regurgitación vital o de amor por su hermosa y gélida Rina.

La fábrica de automóviles Alfa Romeo del Portello es una modernísima planta industrial en la periferia noroeste de Milán y a la vanguardia de Europa. Sus ingenieros están preparando el lanzamiento del modelo Alfa Romeo RL, un innovador coche deportivo con motor de seis cilindros en línea, dotado de una carrocería fusiforme descapotable de dos plazas. Será el primer modelo deportivo producido después de la guerra y tiene como objetivo completar la gama, ocupando un segmento de mercado vacío hasta este momento. Ejecutivos, dirigentes y propietarios depositan grandes esperanzas en este Torpedo rojo que se producirá en serie y en múltiples versiones. Los obreros, aun así, cultivan a su vez grandes esperanzas. En la fábrica Alfa Romeo del Portello, el primero de septiembre ondean sus banderas, rojas como el Torpedo pero con la hoz y el martillo.

Todo empezó allí. Los antecedentes, siempre los mismos: una larga y áspera disputa por los aumentos salariales. Las negociaciones se interrumpieron a mediados de agosto cuando el abogado Rotigliano, jefe de la delegación patronal, en medio de la confrontación con los representantes de los trabajadores, se puso de pie y ajustándose el pantalón al parecer dijo:

—Toda discusión es inútil, los industriales están en contra de cualquier concesión. Desde que acabó la guerra no hemos hecho otra cosa más que bajarnos los pantalones. Ya está bien. Y vamos a empezar por vosotros.

Ante la ruptura, los trabajadores reaccionaron con el obstruccionismo, una forma de huelga blanca que disminuye el ritmo de la producción sin ausentarse del trabajo. El 30 de agosto, a pesar de que el prefecto de Milán le ha rogado que no lo haga, Nicola Romeo, un ingeniero napolitano que ha ganado mucho dinero con la guerra y con la ayuda del desprestigiado Banco de Descuento, proclama el cierre patronal en su fábrica. La Fiom, el sindicato metalúrgico, proclama su ocupación. En el curso de unas cuantas horas, todas las fábricas milanesas son invadidas por los trabajadores; los dirigentes, y en ocasiones los dueños, quedan secuestrados. Al día siguiente los industriales deciden el cierre a nivel nacional. La Confederación General del Trabajo devuelve el golpe: más de quinientos mil trabajadores ocupan seiscientas manufacturas en toda Italia. La operación es tan rápida y arrolladora que les toma a todos por sorpresa. Los prefectos, ajenos completamente a lo que ocurre, se enteran de la noticia por los periódicos. De Savigliano a Bagnoli, de Monfalcone a Castellammare del Golfo, de Turín a Bari, las fábricas de Italia pasan a manos de los obreros. Los patios y los cobertizos se convierten en campamentos improvisados. Sobre la Alfa Romeo ondea la bandera roja. No lejos de allí, Cesare Isotta y Vincenzo Fraschini, fundadores de la empresa homónima, permanecen secuestrados en sus despachos.

Un miedo atroz se apodera de las clases burguesas. En el valle del Po, las controversias por el convenio agrícola acaban de terminar con la victoria absoluta de los campesinos. Ahora les toca a las fábricas. Todo parece encaminarse hacia la guerra civil. Llega el socialismo, se grita en las fábricas. «Una declaración de guerra», escribe el economista liberal Luigi Einaudi en el *Corriere della Sera* a propósito de la ocupación de las fábricas. El choque psicológico anula la alegría patriótica por la emocionante victoria de Ugo Frigerio, ganador de dos medallas de oro en marcha atlética, y de Nedo Nadi, que conquista cinco medallas de oro, en sable y florete individual y por equipos, y en espada por equipos en los séptimos Juegos Olímpicos de Amberes. De repente, después de los titulares a toda plana, ya nadie se acuerda de ellos.

No faltan episodios de violencia. Los obreros improvisan comandos armados con cuerpos de guardia, garitas, centinelas, cascos, fusiles. Los «guardias rojos» posan frente al objetivo del fotógrafo, dispuestos en dos filas, de pie o agachados, como en las fotos del colegio o los equipos de fútbol. Están apuntando con sus armas. En Génova, ya el 2 de septiembre, se cuentan un hombre muerto y numerosos heridos. Pero esa no es más que la chispa inicial. En Trieste, los habitantes del popular distrito de San Giacomo, que se alzan durante el funeral de un obrero asesinado por matones contratados, hacen trizas a un guardia real. Hizo falta la intervención de la brigada Sassari para expugnar las barricadas. Pero Trieste es un caso aparte. En Turín, el industrial Francesco Debenedetti, un experto cazador, propietario de una fundición, un domingo al mediodía, desde el ático de su fundición respondió a los disparos de fusil provenientes de la fábrica de Capamianto, matando a un zapatero belga, Raffaele Vandich, y a Tommaso Gatti da Barletta. Pero todos son aún casos de exasperación individual. Se sigue esperando la revolución.

Son días de gloria obrera, días en que se eleva a la altura de su propio destino. La producción, en efecto, ha pasado a manos de los trabajadores. Carentes de financiación de los bancos, de suministro de materias primas, de asesoramiento de técnicos e ingenieros, torneros, fresadores, fogoneros o simples trabajadores hacen funcionar el proceso industrial por sí solos. Hombres robustos, simples y zafios se someten a una rigurosa autodisciplina: se prohíbe el consumo de bebidas alcohólicas durante los turnos en la fábrica, se establecen rondas de vigilancia para evitar robos, el mantenimiento de la maquinaria y los materiales se hace de forma escrupulosa. Durante treinta memorables días, la clase obrera suple el dinero, la organización, la técnica, con una profusión de energía moral, una fuga hacia delante en busca de formas superiores de actividad humana. Durante cuatro semanas los obreros dejan de ser meros brazos y espaldas rotas, dejan de ser apéndices vivientes de las máquinas. Se merecen su revolución.

Pero la revolución, una vez más, no acaba de llegar. Los dirigentes socialistas deciden, una vez más, posponerla. Los dirigentes obreros de Turín temen estrellarse al sacar por sí solos la lucha desde el interior de las fábricas hasta las calles abiertas. Sienten que la diferencia es enorme. Están armados, pero las armas en su poder apenas resistirían más de diez minutos de fuego. Los líderes de la Confederación General del Trabajo remiten la decisión a los dirigentes del Partido Socialista. Según los acuerdos, la prerrogativa les pertenece a ellos. Los dirigentes del partido no la ejercen y postergan una vez más el acontecimiento. Llega, entonces, el momento de Giovanni Giolitti.

Ochenta años, cinco veces presidente del Gobierno con suerte alterna en el curso de tres décadas, enormes bigotes de granadero, un metro ochenta y cinco por noventa kilos de peso, Giolitti es un gigante, físicamente también. Un patriarca tallado en caoba, uno de esos hombres que dan nombre no a un semestre sino a una época. Ha dominado la vida política italiana desde finales del siglo anterior ejerciendo el arte de la mediación, de lo posible, del compromiso, del señorío sobre las combinaciones parlamentarias, sobre los privilegios de casta, sobre las burocracias ministeriales. Tras su firme oposición a la entrada de Italia en la guerra en mil novecientos quince, en los días en que los nacionalistas intentaron asaltar su casa, todos lo consideraban un político acabado. Pero cuando Francesco Saverio Nitti cae definitivamente en junio, con la revolución socialista a las puertas y el país sumido en la hambruna, el rey encarga a Giovanni Giolitti formar su quinto gobierno. Al final de esta nueva y larga temporada árida, la burguesía se encomienda a él como al mago de la lluvia.

Convencido desde siempre de que lo que hay detrás de las huelgas son razones económicas y no políticas, también en esta ocasión el estadista piamontés se niega a reprimirlas con sangre, como los industriales le exigen. A Giovanni Agnelli, quien le reprochó que no usara medidas enérgicas contra los obreros, Giolitti le respondió con sarcasmo: «Muy bien, senador, precisamente tengo un batallón de artillería acuartelado en Turín. Lo desplegaré frente a las puertas de la Fiat y ordenaré que abra fuego contra su fábrica».

De esta manera Giolitti consigue llegar a un compromiso por el que Agnelli, Debenedetti y Pirelli, en el hotel Bologna de Turín, acuerdan otorgar a los trabajadores aumentos salariales, mejoras normativas e, incluso, un principio de control obrero y de participación en los beneficios. Esto último debería limitarse, según la intención de Giolitti, a mera promesa. A cambio, los proletarios se comprometen a devolver las fábricas. Para los trabajadores es una significativa victoria económica y una absoluta derrota política. La revolución a cambio de un plato de lentejas.

En todo este revuelo, Mussolini no se ha movido. Se ha agitado, ha gesticulado, ha estado aquí y allá, ha escrito a favor y en contra pero no se ha movido. Ganar tiempo: a veces no hay más remedio. Cuando todo el mundo se derrumba a tu alrededor tú quédate donde estás. Empezó a no moverse ya en junio cuando el rey encargó formar gobierno a Giolitti, su enemigo histórico en los tiempos de la guerra de Libia y más tarde del intervencionismo. Para sorpresa de todo el mundo, el director de *Il Popolo d'Italia,* en una reunión celebrada en la sede del periódico, defendió el regreso de Giolitti como el único hombre de Estado capaz de restablecer el equilibrio social y de restaurar el orden interno. A continuación, Benito Mussolini continuó sin moverse durante todo septiembre. Fue a todas partes pero no se movió. Coqueteó con todos —fascistas radicales, sindicalistas «rojos», obreros, nacionalistas de Trieste—, pero sin tomar partido por nadie.

Mussolini inauguró el mes en Cremona con Roberto Farinacci en la conferencia lombarda de los Fascios de Combate, lanzando amenazas («A quien nos ataque le dispararemos en toda la jeta»); el 16 de septiembre, en el hotel Lombardia de via Agnello en Milán, sin embargo, se reúne en secreto con Bruno Buozzi, jefe del sindicato metalúrgico, reiterando su apoyo a las luchas obreras mientras no desciendan a la liza política («Me es indiferente que las fábricas las gestionen los obreros o los industriales»). Una de cal y una de arena, como siempre. Por último, el día 19 partió hacia Trieste, donde, ante miles de personas, se burló de la locura de los bolcheviques locales: «¿De verdad creéis que el comunismo es posible en Italia, el país más individualista del mundo?». Fue magnífico. Un baño de masas de esa clase no lo vivía desde los días de los mítines socialistas.

Mientras tanto, en las fábricas sonaba la sirena de la desbandada y de la derrota. El desalojo, después de un mes entero de ocupación, se somete a referéndum entre los ocupantes. En Milán, el setenta por ciento de los trabajadores lo aprueba. En Turín se dejan arrastrar al desaliento de una violencia creciente e insensata. Secuestros de propietarios, tiroteos con las fuerzas del orden, emboscadas nocturnas. Funerales de obreros. Batallas sangrientas alrededor de los ataúdes. Después del funeral, un joven empleado de Fiat, voluntario de guerra, contrario desde el principio a la ocupación, y un guardia de prisiones de veinte años son secuestrados por los ocupantes de la planta de Bevilacqua. Sometidos a juicio por un tribunal popular improvisado, compuesto también por tres mujeres, son condenados a muerte. Se descarta la hipótesis de lanzarlos a los altos hornos, apagados por la huelga. Sus cadáveres deturpados aparecen tres días después, al amanecer del 24 de septiembre. Es la hora del precipicio y de la recriminación. Comienza la evacuación de las fábricas. La clase obrera está exhausta, cansada, decepcionada. Por una especie de simpatía cósmica con la desilusión, desde las orillas del Vístula llega la noticia de que el avance triunfal del Ejército Rojo hacia el oeste ha sido detenido por los polacos en las afueras de Varsovia. En el campo de batalla yace el cadáver de la revolución.

Mussolini no se mueve ni siquiera entonces. Clavado en su escritorio, en el editorial de esa mañana ha celebrado la supuesta victoria de los obreros que, en su calidad de productores, han conquistado el derecho a controlar toda la actividad económica. Proclama enfáticamente que al fin ha podido romperse una relación jurídica plurisecular de sumisión. También añade, sin embargo, que «cuando la pelea llegue al dilema de o Italia o Rusia, será necesario comprometer la lucha hasta el final y empujarla hacia una decisión».

Pero son solo palabras. Cuando tus enemigos se degüellan entre sí, lo único que hay que hacer es esperar. Y como los enemigos son muchos, hay que saber esperar largo tiempo. Hay que dar al hierro tiempo para que se corrompa hasta oxidarse, al metano para que queme el oxígeno, al estómago para que digiera los alimentos. Cada vez se le da mejor esperar: es revolucionario o conservador según las circunstancias. Él lo sabe, no se hace ilusiones al respecto: él es solo un reactivo. Hay que dar tiempo a las moléculas para que choquen unas con otras de forma violenta.

Cesare Maria De Vecchi, definitivamente jefe indiscutible del Fascio local, le ha hecho saber que en Turín, en corso Moncalieri, ya en el segundo día de la ocupación, para desalojar a los obreros los industriales tomaban al asalto la sede de la Asociación de Combatientes a base de billetes de mil. Se trata solo de esperar. Y de estar listos cuando llegue el momento. El senador Giovanni Agnelli, el amo de la ciudad, de regreso a la Fiat tuvo que pasar bajo un arco de banderas rojas, oír cómo sus obreros le gritaban al oído «¡Vivan los sóviets!». En su despacho, encima de su escritorio, encontró colgado el retrato de Lenin coronado con la hoz y el martillo.

Demos tiempo al tiempo. La venganza de los dominadores acabará por irrumpir. Para gente como Agnelli, por más que hayan recuperado sus puestos de mando, los despachos siguen habitados por espíritus malignos. Hace falta un gigantesco exorcismo.

No hay industrial que no se halle en un estado de excitación y de furor tal que no llegue a concebir los más enloquecidos propósitos, desde rechazar abiertamente la aceptación de los acuerdos, hasta sabotear sus resultados o derribar en el Parlamento o en las calles al odiado gobierno.

Ottavio Pastore, *Avanti!*,
edición de Turín, 22 de septiembre de 1920

¡Qué mal vamos! [...]. Esta exigencia de control, solicitado por las organizaciones obreras con el fin de llegar a administrar las empresas sin necesidad de los llamados patronos, representaría una fuerte regresión, a expensas de la producción [...]. Sin embargo, debe quedar muy claro el concepto, incluso para los parlamentarios, de que, como condición absoluta, los industriales exigirán la restauración del imperio de la legalidad dentro de las fábricas y fuera de ellas, y eso antes de iniciar cualquier clase de negociación.

Como refrendo de tales intenciones está el hecho, que me parece probado, de que en muchas fábricas se han importado miles de rifles y revólveres y bombas, toneladas de dinamita y nitroglicerina. ¡Pobre país! Cuando veo la bandera roja ondeando en los edificios me invade un profundo desaliento. ¿Qué esperan estos desgraciados? ¿No se dan cuenta de que van al encuentro de su propia perdición?

Del diario de Ettore Conti,
magnate de la industria eléctrica,
8-10 de septiembre de 1920

Todo es preferible a esta vida mísera, a esta vergonzosa agonía en la que Italia, vencedora de la Gran Guerra, tartamudea el lenguaje del miedo.

Comentario sobre la ocupación de las fábricas,
Corriere della Sera, 20 de septiembre de 1920

Amerigo Dùmini
Montespertoli, 11 de octubre de 1920

La bandera cuelga flácida en el asta del palacio municipal, justo en medio de la plaza, roja como los ladrillos de las dos torres gemelas del reloj pocas manzanas más allá. Su drapeado está fijo, como un estandarte de cemento. Es una bandera roja enorme —pesará cinco kilos— que necesitaría para ondear un viento de tramontana. Parece que la subieron hasta la primera planta del ayuntamiento una multitud de niños entusiastas el día de las elecciones al compás de una banda que entonaba el himno de los trabajadores. La victoria de los socialistas ha sido aplastante. Antes de mañana por la mañana ese trapo rojo será arriado, aunque tengan que bajarlo a mordiscos.

Por otro lado, han venido de Florencia a propósito. Abbatemaggio, que lleva allí una semana de avanzadilla para coordinar la expedición de los fascistas locales, dice que en el pueblo no hay nada más que hacer. Aparte de beber chianti.

Cuando Amerigo Dùmini llega de Florencia con Frullini y otros dos fascistas en el autocar de la empresa Sita que sale de Santa Maria Novella, el camarada napolitano ya está borracho. Gennaro Abbatemaggio es, sin duda, un pedazo de hombre, alto, bien plantado, con sus bigotazos negros, siempre dispuesto para la pelea, con la suficiente mala baba como para partir los dientes del adversario con sus propias manos, sin dejar nunca de parlotear con su voz de barítono y su acento meridional. Afortunadamente, parece que los lugareños no lo han reconocido. Son campesinos, se ocupan de trabajar la tierra y no siguen las noticias, aparte de las prédicas del *Avanti!* Sin embargo, antes de la guerra se habló mucho de este infame camorrista que había «cantado» para delatar a sus compinches.

Gennaro Abbatemaggio. En los círculos de los bajos fondos lo llamaban «'o Cucchiarello», «el Cochero», a causa de su actividad de tapadera. Delató a seis miembros de un clan por asesinato de otro camorrista, un tal Gennaro Cuocolo, y de su mujer, destripada en su habitación con dieciséis puñaladas. De por medio había también una historia acerca de un anillo arrancado a la víctima y encontrado entre la lana de un colchón. Más tarde el delator se había retractado, testificando contra otros presuntos inductores en una nueva versión de los hechos. También se había acusado a sí mismo de algunos robos. Un lío de narices. Los carabineros, falsificando las pruebas, habían llevado casi a sesenta personas ante el juez. Durante el proceso de Viterbo, a 'o Cucchiarello lo tuvieron en una jaula aparte, más pequeña, separada de la enorme jaula de las otras fieras.

Durante la guerra, sin embargo, Abbatemaggio se había redimido: luchó bien en el Grappa, y llegó a ser sargento de los Osados. Dùmini lo había conocido allí, en las trincheras. Un luchador incansable. Parece ser que a su regreso del frente tuvo un disgusto familiar. Se dice que su esposa lo había traicionado con uno de los carabineros responsables de protegerla de la venganza de los jefes de la camorra. Entonces Gennaro se marchó a Florencia para echar una mano a sus camaradas.

Por otro lado, hay que conformarse con lo que se tiene. El Fascio florentino sigue languideciendo. También aquí en Montespertoli —un pueblo a la entrada de Val di Pesa, a solo veinte kilómetros de Florencia— los fascistas son cuatro o cinco como mucho entre diez mil habitantes. Hace meses que les están pidiendo desde Milán que organicen algunas escuadras para las batallas callejeras con los socialistas y Dùmini lo ha intentado. Las ha bautizado como «La desesperada», le ha pedido a Frullini, que es pintor de brocha gorda de profesión, que le dibuje un banderín con la calavera, el puñal, las insignias y todo lo demás. Pero la sede del Fascio en via Cavour se limita a una única habitación cedida en alquiler por un sastre, con una mesa, dos sillas, un retrato de Lenin en el suelo a modo de escupidera y en lo alto un cartel, pintado también por Frullini, en el que se lee FASCIO ITALIANO DE COMBATE Y VANGUARDIA ESTUDIANTIL. Eso es todo. No se irá muy lejos por ese camino. Además, desde Milán les siguen negando el dinero para comprar pistolas. Umberto Pasella les devolvió incluso la factura de la Tipografía Valgiusti donde habían impreso los carteles. «Para no crear precedentes», escribió.

Sin embargo, trabajo no les faltaba, desde luego. El 10 de agosto en San Gervasio explotó el polvorín y causó una matanza. Dùmini preparó personalmente un manifiesto contra esos miserables socialistas que una vez más no habían perdido la oportunidad de criticar al ejército. El comisario, sin embargo, había prohibido su difusión. Lo había definido como «monstruoso». Luego se produjeron los enfrentamientos de Santa Maria Novella entre manifestantes y fuerza pública con muertes en ambos lados. Hasta en los funerales se mostró dividida la ciudad. Nadie sentía la menor piedad por las muertes de los demás. Pero ni siquiera en esas circunstancias pudieron dejarse ver los hombres de «La desesperada», mal organizados y mal armados. En septiembre, además, se produjo la ocupación de las fábricas. Los trabajadores, serios y disciplinados, las hicieron funcionar de maravilla sin los patronos. Los industriales y los terratenientes se sintieron perdidos. Entonces, por fin, apareció alguien dispuesto a pagar las pistolas.

Y aquí están ahora, en la provincia, para arriar esa bandera de cemento. Se ha decidido que se hará lo mismo con todos los municipios de las colinas florentinas en las que los socialistas levantan demasiado la cabeza. Incursiones nocturnas, como en el frente, en el monte Grappa.

Aquí en Montespertoli, sin embargo, de los militantes socialistas no hay rastro. La plaza está desierta. La bandera roja cuelga fláccida. Lino Cigheri, el fascista local, los invita a cenar a su casa. Su mujer les ha preparado la *ficattola,* una especialidad de pan frito relleno con embutidos de la zona, salchichón, lomo de cerdo, salami con semillas de hinojo.

Después de la cena, van al bar. Es el único local abierto en la plaza del pueblo, el letrero reza CAFFÈ RAZZOLINI. Animados por el vino que han bebido durante la cena, los fascistas entran en formación compacta y en lugar de dar las buenas noches gritan: «¡Viva Italia! ¡Viva el Fiume italiano!».

El local está abarrotado, habrá más de cincuenta personas. No solo nadie responde a la provocación sino que ni uno solo de los parroquianos gira la cabeza, deja de hablar o da señal alguna de haber notado su presencia. Evidentemente, los «rojos» se han puesto de acuerdo: si nadie los ve, no existen. Pero cualquier hombre, hasta el más ínfimo, existe después de haberse bebido el quinto vaso. Así que vuelven a pedir de beber.

Abbatemaggio, que ha estado también con D'Annunzio, pide Sangre Morlaco, el licor de guindas que beben los legionarios en las tabernas de Fiume. El viejo Razzolini, que lleva décadas sacando adelante esa taberna, maldiciendo amablemente al Señor responde que la única sangre que él conoce es la de Cristo. O que pueden volver el mes que viene, cuando esté listo el vino joven. Si se conforman con ese, es más bien sanguíneo.

Los fascistas recogen velas con *vinsanto* y *cantucci*.* Ocupan una mesa en un rincón y entonan canciones de los Osados. Para los lugareños, por mucho que se desgañiten, siguen sin existir. Frullini, después de la primera ronda, empieza con sus historias de guerra. Borracho, le pide también a Dùmini que ponga sobre la mesa alguna anécdota de la epopeya del Grappa. Él, como de costumbre, declina la invitación a hablar negando con la cabeza y observa el fondo del vaso. A las once, después de un par de horas de inexistencia y de canciones chabacanas, el cantinero se acerca por fin a ellos. La simple presencia de ese anciano de pie junto a la mesa es suficiente para devolverlos al mundo. Pero está allí solo para pedirles que vayan saliendo. Van a cerrar, en observancia de las disposiciones legales.

Abbatemaggio empieza a barbotar, profiriendo amenazas mientras todos los demás lugareños desfilan por la única entrada, circunspectos y disciplinados, ateniéndose siempre a la consigna de comportarse como si esa gente no hubiera llegado a montarse en el autocar Florencia-Montespertoli. Mientras el napolitano

---

* Tanto el *vinsanto,* un vino blanco de postre, como los *cantucci,* galletas a base de almendras, piñones y semillas de anís que se mojan en él, son típicos de Toscana. *(N. del T.)*

barbota en su dialecto, Cigheri y los demás fascistas locales manifiestan claros signos de incomodidad. A ellos les toca vivir allí y se avergüenzan. Dùmini ordena salir a todos.

Una vez fuera reina de nuevo el desierto. Ya no queda nadie en la plaza oscura. Todos se han esfumado como por arte de magia. Esos ocho hombres armados han vuelto a perder su única razón para existir.

Con un gesto de irritación, Frullini golpea violentamente la puerta del bar ya atrancada. Da gritos a las hijas del posadero que están recogiendo la sala en el interior, exigiéndoles que le abran y amenazando con abrir él a base de bombas. Desde el balcón de arriba, otras mujeres de la familia vociferan: «¡Socorro! ¡Socorro! Que nos matan». Pero nadie acude, como si no representaran una amenaza seria. Alguien que se ha demorado se apresura a pasar bajo los soportales. La emprenden a patadas con él: «¡A la cama, vagabundo!». Un pequeño grupo de chicos se reúne en un extremo de la plaza. Los dispersan disparando al viento. Nadie más da señales de vida. Son los dueños de la plaza. Han mandado a todo el mundo a la cama. Solo les queda acostarse ellos también. Se amontonan en los colchones tirados en el suelo por la esposa de Cigheri.

A la mañana siguiente, agobiados por los efectos de la resaca, los fascistas se levantan tarde. Los otros ya están desplegados en la plaza. Están allí esperando a que se despierten los borrachos desde antes del amanecer. Cientos de hombres, dispuestos en un semicírculo frente al edificio del ayuntamiento, preparados para defender su derecho a elegir quién ha de gobernarlos, armados con las herramientas con las que se ganan el pan: palas, hoces, azadones, horcas.

La esposa de Cigheri, preocupada por la casa y por sus hijos, llega poco después con los carabineros. El subteniente Cocchi y un pelotón de guardias escoltan a los fascistas al cuartel cercano. Mientras van pasando con la ropa arrugada, la barba sin afeitar, el aliento apestando a vino, arrastrándose junto a los muros, en el lado opuesto de la plaza todo el pueblo en armas los observa inmóviles, decidido a luchar pero sin hacer comentarios, casi como si no sintieran hacia ellos ningún rencor, ningún sentimiento incluso, como ocurre cuando los hombres son agredidos por los animales.

Dùmini y sus hombres permanecen durante horas en el cuartel. Esperan recibir refuerzos de Florencia —el rumor debe de haberse extendido—, pero no aparece nadie. Los que sí aparecen, en cambio, son el capitán Ronchi en un coche blindado con otros sesenta carabineros, un diputado socialista y el consejero provincial Dal Vit. El parlamentario socialista Pilati aplaca los ánimos, pero de quitar la bandera roja ni hablar.

Cuando vuelven a cruzar la plaza para montar en el coche blindado que los llevará de regreso a Florencia, Frullini entona el himno de los Osados. *«Sono Ardito fiero e forte / non mi trema in petto il core / sorridendo vo' alla morte / pria di andare al disonor».** Lo cantan desfilando entre dos columnas de carabineros que han venido a protegerlos de los campesinos armados con guadañas. Amerigo Dùmini se limita a murmurar los versos del estribillo: *«Giovinezza, giovinezza / primavera di bellezza / della vita e nell'ebbrezza / il tuo canto squilla e va».*** Antes de que un agente gire la llave de arranque del motor se oye claramente a un campesino que se queja al diputado Pilati: «¿Merecía la pena perder una mañana de trabajo por cuatro borrachos?».

Solo entonces habla Dùmini. Un grito furioso le sale del estómago inflamado por el alcohol. Volveremos. La promesa se pierde en el diésel del vehículo blindado.

No han recorrido ni veinte kilómetros y la payasada ya se ha vuelto épica. Cuando se hallan a la vista de los suburbios de Florencia, Frullini está magnificando el valor con el que todos han afrontado la muerte. Es cierto: esos campesinos los habrían hecho añicos de buena gana a golpes de azada y luego, con las mismas herramientas, habrían amasado sus restos con la turba de los campos. Pero el cabecilla deja de escuchar. Prefiere recluirse en el silencio sintonizándose con el rugido del motor. Han quedado como el culo por enésima vez.

---

* «Soy Osado orgulloso y fuerte / en mi pecho no tiembla el corazón / sonriendo voy a la muerte / antes de caer en el deshonor.» *(N. del T.)*

** «Juventud, juventud / primavera de belleza / de la embriaguez en la vida / tu canto resuena y va.» *(N. del T.)*

Ciudadanos, mientras todos lloran el dolor común, no pocos miserables e infames socialistas se atreven a pronunciar palabras de brutal mofa y de sangrienta ironía [...]. Ciudadanos, en espera de que la justicia haga su trabajo y castigue inexorablemente a los responsables, si es que existen, linchad sin piedad a estos delincuentes natos.

Amerigo Dùmini, manifiesto antisocialista
redactado después de la explosión
del polvorín de San Gervasio,
Florencia, 11 de agosto de 1920

Giacomo Matteotti
Fratta Polesine, 12 de octubre de 1920

La vaca ha muerto de carbunco, una enfermedad infecciosa, sus restos deben permanecer intactos. Por este motivo, el veterinario del distrito le ha practicado a lo largo de la mayor parte del cuerpo grandes incisiones en las que ha vertido petróleo, luego ha ordenado que la entierren, como se hace con los cristianos. Tres o cuatro campesinos cumplen con sus disposiciones en presencia del ujier municipal: excavan una tumba, arrojan el cadáver del animal infectado, lo cubren. Inmediatamente después, el enviado municipal da media vuelta. Se va sin mirar atrás, con el aire de quien dice: «Yo ya he cumplido con mi deber, haced vosotros ahora lo que os dé la gana».

El hombre no ha hecho más que cruzar los límites del campo cuando surgen de entre las matas treinta y tantos campesinos famélicos, armados con palas, guadañas y hachas. Avanzan en línea, a paso ligero, en filas apretadas, como una falange que carga contra el enemigo. Desentierran el animal en pocos minutos, alguno excava los últimos palmos de tierra con las manos, tumbado boca abajo al borde de la sepultura. Descuartizan la vaca en grupos, con los ojos relucientes de hambre, luchan por disputarse un hígado, media pata. Un joven decapita lo que queda del animal con un golpe de hacha. Una vieja esquelética, gritando como una posesa, se arroja sobre el cráneo de la vaca, lo agarra por los cuernos, se lo carga a hombros y se da a la fuga. Dos chicos la persiguen, la derriban y le arrancan la cabeza. La vieja, despojada de su trofeo, regresa tambaleándose, se deja caer de rodillas al borde del agujero. Tal vez rece, tal vez implore —desde esa distancia la escena carece de sonido—, tal vez esté a punto de arrojar sus propios huesos a la sepultura saqueada de los del animal.

Mientras sube al escenario donde tendrá lugar el mitin, el diputado Giacomo Matteotti evoca ese recuerdo de infancia. Por un momento vuelve a ser el niño enfermizo a quien su padre tiende los prismáticos desde el balcón de la casa señorial para que su hijo aprenda algo sobre la miseria que los ha hecho ricos. Pero esa historia de la vaca desenterrada la ha oído repetir tantas veces que ya no está seguro de que no se trate de un falso recuerdo. Ni siquiera está seguro de que la vaca hubiera muerto de carbunco. La única certeza de esa tierra anfibia, pelagrosa y palúdica que es su tierra es la miseria.

Los campesinos de la región de Polesine se cuentan entre los más desgraciados de Italia. Han vivido durante siglos una vida de animales, alelados por el aire mefítico, siempre febriles, condenados a morir jóvenes, criados en chozas abarrotadas de padres, hijos, hermanos, abuelos, hermanas, en una espeluznante convivencia de hombres, pollos, cerdos que se disputan el alimento y el oxígeno con sus dueños. Un mundo degradado, tarado, desnutrido, donde los incestos son frecuentes, los organismos siempre están debilitados, las enfermedades siempre son crónicas, donde lloran la muerte de la vaca y se resignan a la de la esposa.

A causa de ese apocalipsis cotidiano, de ese infarto social, infarto lento, el diputado Giacomo Matteotti —nieto de Matteo, un comerciante de hierro y cobre; hijo de Girolamo, gran terrateniente sospechoso de prestar dinero con usura— es un traidor a su gente. Sus enemigos lo acusan de ser el propietario que se ha pasado al bando del proletariado, el terrateniente que ha renegado de su clase, el «socialista con abrigo de pieles», el hijo del prestamista que se da aires de moralista. Su padre lo acusa de haber desertado del bando que el destino le había asignado.

Pero ¿quién es su gente? Él ya ha elegido. Su gente no es su padre ni su abuelo, son esos campesinos escuálidos, esos niños amoratados de frío, esas madres de veinte años que parecen tener cuarenta. Su Polesine no es la tierra del remordimiento sino la de la revuelta, la ciénaga surcada por quinientos cursos de agua entre ríos, canales, colectores, zanjones, en los que durante los últimos veinte años se han ejecutado miles de obras de saneamiento, se han fundado las ligas, se han curado las enfermedades, se han reafirmado los derechos de las pobres gentes, el Polesine que en las elecciones del pasado noviembre mandó a Giacomo Matteotti al Parlamento, junto con otros cinco diputados socialistas, convirtiéndose así en la provincia más roja de Italia junto con la de Ferrara, la tierra que eligió para sí mismo abdicando de la paterna. El Polesine del futuro donde ahora también están triunfando los socialistas en las elecciones locales.

Se vota desde principios de octubre en turnos electorales distribuidos a lo largo de todo el mes. Los primeros datos invitan al entusiasmo: hasta este momento, los hijos de la pelagra han ganado en los veinticinco municipios ya escrutados. Quedan treinta y ocho, incluyendo Fratta, la localidad natal de Giacomo, donde Palladio diseñó su primera villa con pronaos y frontón en la fachada, donde se encuentra la mayor necrópolis de la Edad de Bronce en Europa. Los compañeros socialistas también ganarán allí —todo lo hace esperar— y el partido obtendrá el control total de la provincia. Será el comienzo de un mundo nuevo.

Harán falta otra clase de saneamientos, eso es indudable. Pocas cosas corrompen a un pueblo tanto como la costumbre del odio. Y sus campesinos lo adoran a él en la medida en que odian a su padre y a los demás terratenientes. Hay mucha violencia que sanear: los párrocos se han visto obligados a cerrar las iglesias, la gente que va a misa sufre agresiones, escuadras de comunistas armados con palos montan guardia en los colegios electorales obligando a depositar en la urna papeletas previamente marcadas. Él mismo tuvo que socorrer al diputado Merlin, un miembro del partido católico y antiguo compañero suyo de instituto. Sus buenos campesinos lo apalearon a la salida del colegio electoral de Lendinara y de no haber sido por su intervención se habría quedado en el sitio.

Y fue precisamente Merlin, después de la enésima agresión a un pequeño propietario por parte de los campesinos, quien acusó a los dirigentes socialistas de sembrar el odio, de haber lanzado a los obreros de cabeza a la esperanza revolucionaria, de haber despertado en ellos el entusiasmo por Rusia, de haber enjaulado a las masas en una ilusión colosal, de haber instaurado un régimen de terror, de haber «transformado Polesine en una tierra de caníbales», y la agresión de Lendinara parece, por desgracia, haberle dado la razón. Merlin afirma que si treinta años atrás hacía falta valor para ser socialista en estas tierras, hoy hace falta valor para no serlo. También en eso tiene razón.

Sin embargo, esta multitud de desamparados que espera oír precisamente de Giacomo Matteotti, diputado socialista, hijo de Girolamo, comerciante, propietario agrícola y usurero, la consigna de la revuelta, esta multitud mastica el odio porque durante siglos se ha alimentado de carne infectada de animales muertos. Hay que entender a esta gente, debemos sentir pena, prepararnos para sanearla, igual que se saneó la tierra en la que ha vivido como esclava.

Matteotti no es un «maximalista» —uno que lo apuesta todo a la revolución aquí y ahora—; Matteotti, por el contrario, cree en la liberación gradual de los oprimidos a través de un trabajo lento, inmenso, de sacrificio y de esfuerzo requerido aún a la humanidad dolorida. Sabe que la revolución proletaria del mañana no será una dichosa corona de triunfo. Lo ha repetido en el congreso de la concentración del sector socialista reformista en Reggio Emilia, celebrado el día anterior. Cuando está en Roma, en el Parlamento, el diputado Matteotti se expresa siempre con moderación y con sensatez.

Pero cuando Giacomo está aquí, en Polesine, entre sus campesinos de tan mala vida, en su tierra anfibia, reaparece el niño que fue espectador del desmembramiento del animal enterrado. Su gente espera que Giacomo Matteotti, el hijo redimido del prestamista, lo diga y él lo dice:

—Compañeros, vended el trigo. Vended el trigo y compraos un revólver.

—Pero ¿cuándo se decidirá este tocapelotas a rendirse de una vez por todas?

Arturo Fasciolo, su secretario personal, acaba de decirle que Harukichi Shimoi, el «japonés de D'Annunzio», se ha vuelto a pasar por la redacción para recordarle al director su promesa de reunirse con el Comandante en Fiume. El japonés se ha presentado, como de costumbre, con una carta de D'Annunzio que, como de costumbre, arrancaba así: «Te envío, camarada ausente y frígido, a este hermano samurái...».

El samurái es un hombrecillo ridículo que va por ahí en uniforme de Osado con lo que por las imágenes parece ser una *wakizashi,* más pequeña que las catanas habituales y que lleva en el lado izquierdo del cuerpo, donde los Osados portan el puñal, y habla italiano con un marcado acento napolitano. Es un profesor de Lengua y Literatura japonesa en el Instituto Oriental de Nápoles que, al estallar la guerra, se enroló voluntario en el ejército italiano. Se jacta de haber luchado en las secciones de asalto pero Albino Volpi afirma que solo conducía ambulancias.

Shimoi, muy sorprendido de que no hubiera acudido a las citas de los días precedentes, ha dejado dicho que también esa noche Umberto Foscanelli, otro colaborador próximo a D'Annunzio, estará esperando de nuevo a Mussolini en la cabeza del nocturno de las 00.00 horas para Trieste. Son tres ya las noches consecutivas que Foscanelli lo espera en vano con los billetes del coche cama ya comprados y sigue sin resignarse. Solo quedan cuatro horas para la cita.

D'Annunzio insiste de nuevo en marchar sobre Roma. A finales de septiembre envió otro plan para la organización de un movimiento revolucionario en Italia. El plan incluía la necesidad de que se restableciese en Italia un «orden nuevo» que se alcanzara a través de la «polarización de todas las energías sanas del país». El elemento polarizador, obviamente, debía ser el propio D'Annunzio. La intervención al estilo de Fiume en Italia debía hacerse, obviamente, sobre la base de la Constitución de Fiume. Fiume —se obstinaba en creer el Comandante— salvaría a Italia.

Mussolini le había devuelto el esquema insurreccional modificándolo en los puntos donde se le concedían todos los poderes a D'Annunzio. En el nuevo esquema, revisado por el fundador del fascismo, la organización de las milicias voluntarias quedaba en manos del Comité Central de los Fascios de Combate. D'Annunzio había aceptado. Pero Mussolini —informado en secreto por Sforza, el ministro de Asuntos Exteriores— sabía que Giolitti estaba acumulando con una mano tropas en las fronteras de Fiume para una acción militar contra D'Annunzio, mientras que con la otra negociaba con Yugoslavia un acuerdo diplomático entre estados soberanos. Por ese motivo Mussolini impuso a D'Annunzio una segunda condición: el golpe de Estado, la marcha sobre Roma de fascistas y legionarios, solo podría intentarse en caso de una eventual solución injusta de la disputa adriática con Yugoslavia (es decir, solo en el caso de que la negociación secreta de Giolitti fracasara). D'Annunzio, que a diferencia de Mussolini no estaba al corriente de la negociación en curso, había aceptado esto también. A esas alturas estaba exhausto. El 5 de octubre se había dignado incluso a aceptar el carnet del Fascio.

La única condición con la que D'Annunzio no transigía era la de posponer la insurrección hasta la primavera de mil novecientos veintiuno. Quería actuar de inmediato. Su ánimo se había visto reforzado después de que Guglielmo Marconi, el brillante inventor del «telégrafo sin hilos», hubiera ido a Fiume, en nombre de Giolitti, para convencerlo de que se rindiera, y en cambio le había permitido difundir al mundo vía éter desde la estación de radio instalada en su yate *Elettra* uno de sus magníficos, incomprensibles e inútiles discursos. Luego, antes de marcharse, Marconi había aprovechado la oportunidad para pedir el divorcio de su esposa, permitido por la libertaria legislación de Fiume y prohibido por la italiana.

Para Benito Mussolini, en cambio, divorciarse de D'Annunzio iba a resultar mucho más difícil. Eran muchos los fascistas que aún contemplaban con arrobo las admirables hazañas del Comandante, de modo que él, desde las columnas de su periódico, nunca dejaba de proclamar que defendería Fiume a costa de su vida. En realidad, sin embargo, no tenía la menor intención de volver a entrar en el callejón sin salida de la derrota. El éter de D'Annunzio resultaba embriagador, sin duda, pero los cañones que Giolitti estaba colocando alrededor de Fiume ofrecían perspectivas mucho más concretas aquí en tierra. La hora de los fascistas estaba en camino: la lucha, aquí en tierra, se aproximaba por fin al momento de los cuchillos.

Hasta hacía unos meses, los fascistas eran despreciados por todos. Los tachaban de bandidos, de sicarios, de vendidos, pero muchos de los que ayer se reían de ellos están empezando a temblar ahora. Varias de esas inquietas conciencias se mostraban ahora ansiosas. En la reunión del 10 de octubre, Mussolini había logrado convencer al Consejo Nacional de los Fascios para no participar en las elecciones locales. Las papeletas no eran algo que les interesara. Todos los partidos liberales y conservadores habían acabado por coaligarse en un Bloque Nacional contra los socialistas, el conjunto de la prensa burguesa apoyaba ese Bloque sin distinción, pero los Fascios optaron por quedarse fuera de todos modos. Las circunstancias habían querido que su resurgimiento se produjera a través de disparos de revólver, de incendios, de destrucción. Que los demás, si así lo querían, envejecieran en la cabina de votación. A cada cual lo suyo. El fascismo no era un acólito de políticos sino de guerreros. Por eso, la tarde del 16 de octubre, su fundador se reunió con Lusignoli, el prefecto de Milán que rendía cuentas a Roma, y le aseguró que los Fascios se opondrían por todos los medios a la ruina de Italia pretendida por los bolcheviques. Había enfatizado «por todos los medios». Lusignoli, satisfecho, había telegrafiado a Giolitti.

La situación se había aclarado dos días antes, el 14 de octubre. Los socialistas habían organizado en toda Italia manifestaciones a favor de la Rusia soviética y los fascistas se habían movilizado definitivamente en defensa del despreciado Estado liberal contra el asalto de los «rojos». En Trieste, los Fascios habían incendiado la sede de *Il Lavoratore* sin encontrar resistencia alguna por parte del pelotón de la policía fiscal desplegado en defensa del periódico, en San Giovanni Rotondo los carabineros habían abierto fuego contra los socialistas que se enfrentaban a los fascistas delante del ayuntamiento (once muertos y cuarenta heridos), en Bolonia los anarquistas de Malatesta habían asaltado los cuarteles de los guardias reales en via Cartoleria (cinco muertos y quince heridos), en Milán los anarquistas hicieron estallar de nuevo dos bombas en el hotel Cavour. La noche siguiente, el movimiento insurreccional anarquista al completo quedó prácticamente desmantelado por una ola de arrestos. Todo esto en un lapso de veinticuatro horas. Una veintena de muertos y setenta heridos, desde Trieste hasta Apulia, desde el amanecer hasta el ocaso. Era sin duda un periodo de progreso pleno, prometedor, prodigioso.

En las horas sucesivas, a medida que los resultados de los turnos electorales decretaban el triunfo de los socialistas, desde las provincias más rojas llegaban noticias de la fundación de nuevos Fascios. De ello se encargó en Bolonia Arpinati, en Ferrara se constituyó el 10 de octubre, en Rovigo en plena campaña electoral con el apoyo de los propietarios agrícolas. Al Comité Central de Milán le llegaban de todas partes peticiones de armas o de dinero para comprarlas. Los fundadores eran gente nueva, representantes de las clases medias, por más que siguieran siendo, sin embargo, desde otro punto de vista, los mismos: rencorosos, eclécticos, asustados, antisociales. Los hijos de la guerra, descontentos de todo.

En pocas palabras, la situación es propicia por fin. Y además, en cuestión de días, la Ceccato, su amante niña, parirá un hijo suyo. Por muy bastardo que sea, no puede hacer como si nada.

Benito Mussolini no tiene tiempo para las sensiblerías de D'Annunzio. El nocturno de medianoche para Trieste saldrá también esta vez sin él.

Recibida visita de Mussolini, quien me declaró fascistas y nacionalistas firmemente decididos a oponerse por todos los medios incluso los más violentos contra intemperancia partidos extremos que llevan Italia a la ruina [...]. Se declara dispuesto con su gente a defender orden y legalidad si el gobierno retira funcionarios orden público de lo contrario no se ahorraría ningún exceso.

Telegrama del prefecto de Milán a Giovanni Giolitti,
17 de octubre de 1920

El poder, la ley, el derecho [...] será solo nuestro poder, nuestra ley, nuestro derecho contra los de quienes son parásitos desde que el hombre se constituyó en consorcio civil [...]. No queremos discutir con nuestros enemigos; queremos abatirlos.

Del programa para las elecciones administrativas
de los socialistas de Mantua

SI LA GUERRA CIVIL HA DE SER, ¡QUE ASÍ SEA!

Il Fascio, órgano de los Fascios milaneses,
titular a toda página, 16 de octubre de 1920

Ferrara, 3 de noviembre de 1920

La primera piedra del Castillo Estense de Ferrara se colocó en el año 1385, el 29 de septiembre, día de San Michele, protector de puertas y baluartes. La fortaleza fue construida por el marqués Niccolò II d'Este poco después de una violenta revuelta popular que se había desatado en el mes de mayo de ese mismo año.

En los dos siglos que siguieron, el Castillo de Ferrara se convirtió en una de las mayores obras maestras arquitectónicas, artísticas y urbanísticas del Renacimiento europeo. Sus salas albergaron una de las más espléndidas cortes renacentistas e hicieron de Ferrara, remota localidad perdida entre las marismas, una de las principales capitales del mundo. En sus fabulosos camerinos de alabastro, Alfonso I d'Este, esposo de Lucrecia Borgia, reunió una de las primeras colecciones de arte de la historia.

Cuatro siglos después, el 3 de noviembre de mil novecientos veinte, en la torre de San Paolo, construida en la esquina suroeste del Castillo Estense, en pleno centro de Ferrara, ondea la bandera roja. En el lienzo de la muralla frente a la capilla ducal y el jardín de las naranjas campea un garabato trazado apresuradamente con pintura fosforescente de color fucsia. En él se lee «Viva el socialismo».

Las elecciones locales han significado el enésimo triunfo para los socialistas. En la campiña de Ferrara el partido de los trabajadores ha obtenido por sí solo 10.185 votos contra los 2.921 de todos los demás partidos juntos. El partido de la revolución proletaria ha conquistado cincuenta y cuatro municipios de cincuenta y cuatro. Su control sobre la provincia es ahora absoluto.

Dentro de los muros del castillo, después de haber celebrado la primera reunión del Concejo en el Salón de Juegos, donde los Este recibían a los más destacados invitados bajo una bóveda bellamente decorada con escenas gimnásticas y mitológicas, los jefes de las ligas campesinas y de la Cámara del Trabajo han organizado un banquete en la sala de gobierno. Nadie oculta cierta maligna complacencia: si lo hacían los señores, nosotros también podemos hacerlo. Se come, se bebe y se canta bajo un techo de madera con lacunarios de diferentes formas. En los platos una especialidad suculenta y popular, la *salama da sugo,* un embutido que se prepara picando distintas partes del cerdo —cuello, carrillada, lengua, hígado— y condimentándolas con sal, pimienta y nuez moscada. En los vasos, vino de sobremesa, fácil de beber. Presidiendo la mesa, para darle una apariencia proletaria, han colocado al portero del castillo. Su nombre es Ghelandi y, según los informes del prefecto, es una persona violenta. Entronizado en la cabecera de la mesa, en el lugar que perteneció a un príncipe renacentista, el portero, después de varios vasos de lambrusco, incita a sus compañeros comensales:

—Haced lo que hago yo, que siempre voy encabezando las columnas de los manifestantes recurriendo incluso a la violencia ante quienes quieren impedírmelo.

Inmediatamente después de las elecciones locales, Eugenio De Carlo, prefecto de Ferrara, escribe a Roma. La situación le parece incendiaria. Cinco carabineros han recibido una paliza de muerte en Fossana, muchos votantes fueron arrastrados a los colegios con las manos en alto, los militantes proletarios se sienten inmunes, los abusos administrativos se multiplican. Los concejales socialistas llegan incluso a votar que se cubran sus gastos electorales y de propaganda con dinero público. El Partido Socialista de Ferrara se ha presentado a las elecciones basándose en el orden del día de Giuseppe Gugino, su secretario, que declara abiertamente que su participación en la contienda electoral no responde a más propósito que el de apoderarse de la maquinaria estatal para hacer la revolución. Los dirigentes de la Cámara del Trabajo no albergan la menor duda de que la revolución está en camino. El diputado Ercole Bucco, un hombrecillo minúsculo, con gafitas redondas de contable, propagandista en la zona de Ferrara y Mantua y ahora secretario de la Cámara del Trabajo de Bolonia, boicotea sistemáticamente todo acuerdo, incluso aunque sea ventajoso para los campesinos, aumentando sus exigencias para provocar su fracaso. A lo largo de la via Emilia, Bucco apuesta por el desastre para que triunfe la revolución.

Mientras tanto, en Bakú, en septiembre, el Congreso de los Pueblos de Oriente ha extendido el comunismo en Asia. Los camaradas rusos han conquistado Kazajistán, han derribado el Emirato de Bujará y marchan hacia Samarcanda. Bakú se encuentra en la orilla occidental del mar Caspio, en Azerbaiyán, Asia Central, perdido en las leyendas de Marco Polo y de su ruta de la seda, pero la ebriedad revolucionaria crece por doquier, incluso en Ferrara, a orillas del Po, en la llanura padana. La ebriedad crece, la mancha roja se propaga, no se está lejos de la sangre. Nos movemos en el filo de la navaja: «Un momento de vacilación y la provincia se perderá para muchos años, quizá para siempre», advierte el prefecto.

A esas alturas, en los informes del prefecto se desliza una nota sombría, casi de mártir que se entrega a su destino. Desde su despacho en el lado este, observa que los fosos que rodean el Castillo Estense todavía están llenos de agua. No sería la primera vez en la historia de Ferrara que se ahogan en ellos los coinquilinos no deseados.

Pero entonces, en el oeste, el Ejército Rojo es sorprendentemente derrotado a las puertas de Varsovia. Por aquellos mismos días, en los campos de los alrededores de Ferrara, una repentina tormenta de granizo reduce en un tercio la cosecha de remolacha en comparación con el año anterior. Además, después de julio, el precio del cáñamo ha caído drásticamente. A veces basta una mala cosecha...

La conferencia provincial socialista ha tomado la deliberación de que el partido debe participar en la contienda electoral para conquistar tanto los municipios como la provincia con el único propósito de apoderarse de todos los poderes, de todos los dispositivos del Estado burgués, para paralizarlos, para hacer más fiel y fácil la revolución y el establecimiento de la dictadura del proletariado.

Conferencia provincial socialista de Ferrara,
18 de septiembre de 1820,
orden del día Gugino

Hace falta un hombre en Italia que imponga con decisiva voluntad el «¡basta ya!» a esta enloquecida carrera hacia el suicidio. Un hombre que no esté lastrado por la molesta preocupación diaria de mantener el equilibrio parlamentario [...]. Un hombre que pueda mirar a la cara una realidad que no aguanta medidas a medias [...]. La gangrena no se cura con paños calientes. ¿Existe un hombre así? Si surge este hombre, tendrá a su lado el unánime consenso nacional.

Gazzetta Ferrarese (periódico conservador),
20 de octubre de 1920, nota de la redacción

Al final se lanzó de cabeza. En septiembre, tras cruzar la desolación veraniega, regresó a la ciudad y se lanzó de cabeza. No había hecho otra cosa desde que era niño: lanzarse en medio de la pelea. La pelea, una vez más, había generado todo el resto. Cuando se trataba de luchar, de la manera más simple, los hombres lo seguían igual que los lobos se ponen en fila tras el líder de la manada.

Bajo los soportales de Bolonia, al llegar septiembre, encontró gente extraña. Ya no eran los mismos que antes del verano. Oficiales desmovilizados que no encuentran trabajo, empleados estatales que a duras penas tienen para comer, enjambres de intermediarios, comerciantes, arrendatarios, contratistas que detestan las cooperativas socialistas de consumo y trabajo, la municipalización de las empresas, estudiantes y jóvenes universitarios desempleados, enfurecidos contra los politicastros seniles, exsindicalistas revolucionarios huérfanos de las masas, jóvenes de dieciocho años furiosos porque la guerra ha terminado antes de que ellos también pudieran zurrar a alguien, tropeles de adolescentes a los que nadie prestó atención, que se criaron viendo películas sensacionalistas. En pocas palabras, toda una multitud de héroes olvidados entre el comedor y la sala de estar. Parece como si hubieran estado durante meses, durante años, metidos en casa y luego, con la llegada del otoño, impulsados por el anuncio del invierno, se hubieran lanzado a las calles con un cuchillo entre los dientes, arengados por veteranos que hablan en los cafés como si estuvieran en los campos de batalla.

Arpinati a la guerra no llegó a ir, pero tan pronto como se lanzó a la riña, los otros lo siguieron. Y qué se le va a hacer si es precisamente él, anarquista ferroviario, hijo del pueblo y miembro de la clase obrera a todos los efectos, el que acaba sirviendo a los intereses de los propietarios agrícolas e industriales, personas a las que desprecia. El genio de la pelea pondrá remedio a eso también.

Hizo falta valor pero se lanzaron a la pelea. Bolonia se halla aturdida en el centro de una vasta región agrícola enteramente «roja». En octubre terminó la más larga pugna por los acuerdos agrícolas de toda la historia sindical. Diez meses de huelgas y disturbios. Una derrota desastrosa de los propietarios agrícolas y un triunfo de los campesinos. Hizo falta estómago para desafiar la ira de las masas. Hubo una primera fase de reconocimiento. Arpinati envió a sus patrullas a recorrer las calles, por lo general entregadas al movimiento obrero, con la consigna de cantar *Giovinezza*. Volvieron sin haber encontrado adversarios. Él, entonces, se convence de que los socialistas nunca harán la revolución. No obstante, justo en ese momento los propietarios agrícolas se asustaron y comprendieron que no estaban en condiciones de defenderse solos. Miraron a su alrededor en busca de una psicología de la lucha. Y fue entonces cuando lo encontraron.

Arpinati y sus hombres empezaron con la faena el 20 de septiembre frente al edificio del ayuntamiento. El bautismo de fuego lo recibieron con un tropel de socialistas que celebraban el quincuagésimo aniversario de la Unificación de Italia bajo el monumento a Garibaldi, en via Indipendenza. Hubo numerosos heridos, uno de los cuales acabó muriendo. Las adhesiones al Fascio aumentaron de repente. El 10 de octubre se volvió a fundar el Fascio en via Marsala. Él escribió a Milán pletórico de entusiasmo. Luego siguieron discusiones feroces con los que se negaban a recibir dinero de los propietarios agrícolas. Él las cortó de raíz: no es hora de debates, hay que lanzarse a la pelea. Desde Milán le dieron la razón. Mussolini, a través de Cesare Rossi, le confirió plenos poderes. Carta blanca y adelante con la lucha sin cuartel. Cuatro días después, los anarquistas de Malatesta, azuzados por Ercole Bucco, secretario de la Cámara del Trabajo, atacaron los cuarteles de via Cartoleria. Al final, además de uno de los asaltantes, yacían por tierra un sargento de los guardias reales y un subcomisario de policía. Los fascistas no podrían haber deseado nada mejor. El 16 de octubre, las escuadras fascistas abrían la procesión funeraria. Habían alcanzado el punto de ruptura.

Hasta ese momento se había hablado de forma general de defensa civil, de antibolchevismo; ahora tocaba pasar al ataque. Primero, como siempre, llegó la guerra de símbolos. Él personalmente encabezó un intento de plantar una bandera tricolor en el edificio del ayuntamiento. El asalto fue rechazado. Entonces se optó por la confrontación abierta. Abrieron fuego contra el quiosco-librería del Partido Socialista adosado al consistorio. Un agricultor que había ido a la ciudad para el mercado recibió un disparo mortal. Al cabo de una semana, el Fascio había superado los mil afiliados. Los hechos superaban todas las previsiones. Una multitud de jóvenes los sigue, la masa de los escuadristas fermenta. Todos miran a Arpinati como el portavoz de sus rencores.

Hoy es 4 de noviembre, segundo aniversario de la victoria en la Gran Guerra, y ha llegado el momento de elevar el nivel de la confrontación. El año pasado no se celebró esta gloriosa fecha porque el cobarde de Nitti, por temor a las explosiones de violencia en la ardiente atmósfera del momento, lo había prohibido. Pero ahora la guerra de símbolos ha vuelto a empezar y ha llegado el momento de que estalle la violencia. Arpinati ha penetrado en el Palacio de Accursio, sede del ayuntamiento, y ha colgado la bandera tricolor. Los funcionarios de seguridad pública, desobedeciendo las órdenes, no le han puesto impedimentos. Luego se arma de valor y, junto con un grupo de oficiales uniformados, sube a lo más alto de la torre del Palazzo del Podestà para tocar la «gran campana». También se le consiente esto. Y de este modo, concluida la conferencia en el teatro Municipal, el cortejo patriótico recorre las calles con una exhibición de banderas al viento y repique de campanas.

A lo largo del recorrido, la gente se les queda mirando aturdida, con las manos en los bolsillos, la mayoría con el sombrero en la cabeza. Hace demasiado tiempo que la patria no da espectáculo y ya no saben cómo han de comportarse. Los fascistas se encargan de enseñárselo —«quítate el sombrero, saluda a la bandera»— repartiendo bofetones a mansalva. Cuando no es suficiente, salen a relucir los bastones de boyeros que se han traído para cualquier eventualidad. Mientras tanto, en la plaza se ordena parar a los tranvías para engalanarlos con banderas. Los conductores que se oponen son golpeados, la policía se queda mirando, los tranviarios —todos socialistas— abandonan el servicio como señal de protesta. Los fascistas, dueños del campo de batalla, se lanzan entonces a corretear por la ciudad en un enloquecido carrusel de tranvías tricolores. Corren en círculos por la ciudad hasta que cae la noche. Solo se detienen cuando el prefecto manda cortar la energía eléctrica aérea.

La plaza, a esas alturas, salvo por los fascistas está desierta, pero en la ciudad no duerme nadie. Otra clase de electricidad, que no debe dispersarse, se eleva desde la tierra. Es en ese momento cuando un teniente en la reserva, veterano del Grappa, dice «vamos a por ellos» y todos los chicos de Arpinati, como un solo hombre, se dirigen hacia via Massimo D'Azeglio.

La Cámara del Trabajo es una fortaleza. No es un misterio para nadie. Toda Bolonia sabe que desde la noche anterior un centenar de «guardias rojos» procedentes de Imola, baluarte de la facción comunista, se han atrincherado allí con fusiles y pistolas, bajo el mando del diputado Francesco Quarantini. Se dice que disponen incluso de una ametralladora. La guerra de los símbolos se enciende de nuevo.

Tan pronto como llegan los fascistas, como por arte de magia, la guardia real se dispersa. Apenas tienen tiempo para apelotonarse en via D'Azeglio cuando comienzan los disparos. Hacia el edificio desde fuera y desde el edificio contra ellos. Están al descubierto, un fascista cae herido, tienen que replegarse. Se agazapan en los zaguanes de los portales. Parece que no hay manera de entrar, que no queda más remedio que regresar a casa derrotados, cuando aparece un pelotón de carabineros empuñando sus fusiles. Los recibe en el portal Ercole Bucco, el secretario de la Cámara del Trabajo, un maximalista que predica desde hace años la revolución, todo el santo día, desde que adoctrinaba a los campesinos en los campos de Cento. Bucco está aterrorizado —se percibe incluso a distancia— y recibe a los carabineros con evidente alivio, invitándolos a entrar. Ya se rumorea que ha sido él, al oír los primeros disparos de pistola, quien ha llamado a la comisaría para que la policía viniera a rescatarlos.

Al cabo de unos minutos se abre el portal de nuevo y los «guardias rojos» salen en fila, encadenados, a decenas, escoltados por los carabineros. También se llevan esposado al diputado que los ha mandado llamar, detienen asimismo a Bucco, el revolucionario que pidió protección a los guardianes de ese poder que todos los días prometía derribar. Mientras lo sacan a la calle, un capitán le acusa de poseer decenas de fusiles envueltos en una tela, kilos y kilos de explosivos requisados en cajas de fruta.

Entonces se oye a Bucco, ahora rodeado por los carabineros y los fascistas, defenderse descompuesto. Se declara inocente, jura que las armas fueron introducidas en la casa sin su conocimiento, jura que las trajeron personas desconocidas «para su señora», lloriquea, gimotea. Reitera que «su señora», al escuchar los primeros disparos, abrió la puerta del piso donde viven, al lado de la Cámara del Trabajo, a unos extraños que introdujeron las armas. Pero ellos no sabían nada, estaban a oscuras de todo eso. El agitador que hasta ayer prometía la revolución todos los días ahora miente sin pudor, acusa a sus camaradas, saca a colación a su mujer, se le oye repetir «mi señora..., mi señora». Es un hombre acabado. Con un involuntario gesto compasivo, los carabineros lo arrastran al cuartel, rescatándolo del ridículo.

El portal de la Cámara del Trabajo, indefenso, sin vigilancia, queda abierto de par en par. Como en los relatos de las viejas campesinas de las tierras bajas, si por la noche te olvidas de cerrar la puerta, entran los espíritus malditos de los muertos sin enterrar. Los fascistas, sin que nadie los moleste, invitados por la cobardía de Bucco, se entregan al saqueo. Acaba de pasar la medianoche. La campana de la torre repica por la muerte simbólica del socialismo revolucionario de Bolonia.

El 12 de noviembre se anunció por sorpresa el Tratado de Rapallo entre Italia y Yugoslavia para resolver la cuestión del Adriático. Las fronteras orientales de Italia se han trasladado hasta el monte Nevoso para poner Trieste a salvo. Sin embargo, Italia ha renunciado a Dalmacia. Solo se le ha asignado Zara, sin zona interior y sin las islas circundantes. De esta manera, Zara queda como una roca italiana en un mar croata. En el espíritu del compromiso diplomático, a Fiume se le reconoce el estatus de plena independencia, pero Sussak, el suburbio costero oriental que incluye Porto Baross, va a parar a Croacia. La «holocausta», la «ciudad de vida», no es por ahora ni italiana ni croata y por si fuera poco queda excluida del comercio marítimo con el este. La noticia cae como una bomba. Una tonelada de trilita que explota contra los sueños de D'Annunzio.

A pesar de todo, ese mismo día, desde las columnas de *Il Popolo d'Italia,* Mussolini se declara «francamente satisfecho». En cuanto a Fiume, pone algunos reparos pero afirma también que esa solución es la mejor entre las planteadas con anterioridad. Respecto a Dalmacia, se muestra insatisfecho, remitiendo al futuro la posibilidad de una revisión: los derechos de los pueblos, escribe, no prescriben. En conjunto, sin embargo, apoya abiertamente, de manera clamorosa, el compromiso alcanzado por Giolitti. El artículo es un mazazo. Dirigido directamente a la nuca de los fascistas de Fiume.

En Fiume, incluso los fascistas con carnet participan en la hoguera en la que se arrojan a las llamas en piazza Dante las pilas de ejemplares de *Il Popolo d'Italia* con el artículo incriminado. Envían un telegrama feroz al periódico. La palabra «traición» comienza a circular abiertamente. Otra vez esa palabra.

Para exorcizarla, él, Benito Mussolini, el eterno traidor, el cantor de la guerra, se ve obligado a apelar a la paz. A la paz y la grandeza. Para recobrarla —escribe al día siguiente en su periódico— hay que levantar la vista hacia el horizonte. No debemos concentrar la mirada en el Adriático, que solo es un modesto golfo de un gran mar, el Mediterráneo, en el que las posibilidades de expansión italiana están muy vivas.

Benito Mussolini se encomienda a la paz desde las columnas de su periódico pero, como siempre, prepara la guerra. La primera línea del frente pasa por la llanura padana, desde Milán hasta Cremona, hasta Bolonia, hasta Ferrara, no bajo las laderas del monte Nevoso, en la frontera entre Italia y Yugoslavia. Los socialistas, triunfantes en las urnas, comienzan a acumular derrotas en las calles, retroceden, se repliegan, es necesario perseguir a ese ejército en desbandada. Para hacerlo hay que abrirse a todas las fuerzas de la reacción, a la burguesía que creía de verdad en la fábula de la revolución. Hasta ahora ha habido que luchar en una proporción de uno a cien, pero después de la retirada el valor de todos crecerá. Que D'Annunzio se quede con esa obsesión suya por el Adriático, que se la ate al cuello y se ahorque si así lo cree oportuno. Mussolini, a través del prefecto Lusignoli, ha mandado un mensaje claro y decidido a Giolitti: si es necesario, vía libre a la represión de los legionarios de Fiume con sus alambiques de aprendices de brujo. Los fascistas de Milán no moverán un dedo.

Su viejo amigo Pietro Nenni estuvo en Fiume en septiembre con motivo de la promulgación de la Carta de Carnaro en el primer aniversario de la marcha sobre la ciudad. De vuelta a Milán, Nenni da cuenta de excesos bíblicos, de libertinaje carnavalesco. Dice que un día D'Annunzio imita las señorías medievales y al día siguiente se da aires de príncipe renacentista. La policía envía informes en los que Fiume queda definida como «el Dorado de todos los vicios», «país de Jauja». Mientras tanto, el deterioro es tal que los hospitales de distrito señalan casos de peste bubónica. Nenni hace también una imitación del Vate dialogando con la gente desde el balcón del gobierno. Bufonadas, nada más que bufonadas. Ya está bien de cheques en blanco para los poetas.

Con Giolitti se juega de verdad y para jugar de verdad se requiere eclecticismo. No podemos quedarnos hipnotizados con dos rocas del Adriático. Eso es miopía y él, desde niño, siempre ha sido hipermétrope. En él, a una mayor capacidad de visión general corresponde un grado de enfoque menor. Una potencia de visión superior que lleva consigo la condena de no ser capaz de distinguir las minucias, de tener que perder de vista los detalles insignificantes. Sin duda alguna, una grave minusvalía, en tiempos en los que lo insignificante es lo único que cuenta. Pero a Benito Mussolini no le importa. La vista se le confunde cuando se ve obligado a observar los pequeños garabatos que pueblan las regiones inferiores del universo, pero las letras impresas en caracteres mayúsculos en lo alto las ve tan claras como pocos. Es hora de jugar a lo grande.

El Comité Central de los Fascios de Combate del 15 de noviembre es, sin embargo, una reunión de miopes. Por ello la tensión es altísima. Ya en la propia disposición alrededor de la mesa, en la sede de via Monte di Pietà, se delinean los dos bandos. Cesare Rossi, Massimo Rocca y Umberto Pasella están de su lado. En el otro están Cesare De Vecchi, Piero Belli, Pietro Marsich y todos los demás partidarios impertérritos de Fiume. También asiste una delegación de dálmatas que permanecen de pie, apoyados contra la pared, como un coro trágico.

El primero en hablar es el Fundador. Reafirma las razones ya expuestas en sus artículos periodísticos. El Tratado de Rapallo es en su conjunto satisfactorio, por las nuevas fronteras de Venecia Julia y también por Fiume. No lo es, desde luego, en el caso de Dalmacia. Sin embargo, debemos aceptarlo como hecho consumado con un gesto de disciplina nacional. El país está muy cansado, los socialistas están al acecho, listos para aprovechar una crisis y levantar cabeza, la gente ni siquiera sabe exactamente dónde está Dalmacia. Propone un orden del día que refleje esas posiciones. La sedición de D'Annunzio ha sido una empresa maravillosa, pero padece gangrena y la gangrena debe amputarse.

La reacción de la oposición interna lo embiste con una fuerza inaudita. Pietro Marsich, el más ferviente dannunziano de los dirigentes fascistas, lo ataca a cara descubierta. Es el jefe de los Fascios venecianos, un abogado, un hombre de gran cultura e integridad, un idealista, un capullo. Habla como un patriota del Resurgimiento. Grita que los «turbios negociadores de Rapallo» podrán aplicar el «infame tratado» cuanto les parezca, pero no por eso la causa de Fiume habrá concluido. La «audaz revolución» que comenzó en mil novecientos quince contra «la vieja, cínica, enervada e imbele Italia, dignamente representada por Giovanni Giolitti», seguirá adelante.

No es difícil rebatir a Marsich. Basta con darle la razón. El problema comienza cuando hablan los dálmatas. Son italianos desde los tiempos del Imperio romano, y el tratado los condena al yugo croata. La conmoción se propaga en la sala y la conmoción entre varones adultos siempre es peligrosa.

Mussolini, entonces, interviene una segunda vez. Que los dálmatas digan claramente lo que pretenden. En esa sala todos son partidarios de su causa, pero es necesaria mayor claridad. ¿Qué es lo que quieren? ¿La anexión hasta Cattaro? ¿Una república ítalo-yugoslava? ¿La completa autonomía? La discusión continúa, siempre a lomos de la conmoción. Él interviene por tercera vez. Entiende que los dálmatas se sientan como simples seguidores de D'Annunzio, ¡pero no lo son, tienen la responsabilidad de la acción! Si D'Annunzio se encaprichara mañana con anexionarse toda Dalmacia, no podrían seguirlo. Que los dálmatas aclaren de una vez qué es lo que quieren. La discusión continúa por los mismos derroteros. Él interviene por cuarta vez. Tienen que entender que la cuestión no es solo sentimental: está en juego la suerte de la nación. Si se continúa así, él mantendrá su orden del día tal como está.

Dos horas después, Benito Mussolini da marcha atrás. Retira su orden del día y acepta otro fruto del acuerdo. Es un compromiso, como siempre. Aplaude las nuevas fronteras, protesta duramente por Dalmacia y reitera que Fiume debe ser italiano. La crisis dentro del fascismo queda conjurada. Ni siquiera Cesare Rossi lo entiende. Hasta Cesarino está aturdido por esa voltereta. Ha permanecido al lado de Mussolini durante toda la diatriba y ahora no puede aceptar el paso atrás. El orden del día es aprobado con su voto en contra.

Esa misma noche el fundador de los Fascios escribe a D'Annunzio: «Mi querido Comandante, el largo silencio no ha debilitado mi voz ni ha atenuado mi devoción [...]. Debemos precisar nuestros objetivos con el fin de mover, conmover y orientar la conciencia nacional. Es decir: ¿Dalmacia entera desde Zara a Cattaro? ¿O hacer converger en cambio nuestros esfuerzos para salvar al menos la del Pacto de Londres? Dadme vuestra opinión sobre este tema. Para las formas y los tiempos, tengo fe en vos». Una obra maestra de hipocresía. Después de todo, ¿es realmente tan importante ser llamado de nuevo traidor?

D'Annunzio no le responde. Ninguna carta expedida por el Comandante llegará ya a Milán. En los días siguientes son muchos los que lo abandonan, especialmente en las altas esferas del ejército: el almirante Millo, el comandante de los granaderos Carlo Reina, Luigi Rizzo, el heroico fundador del *Santo Stefano,* y el general Ceccherini, quien en las fantasías insurreccionales hubiera debido conducir la infantería ligera al asalto del Parlamento de Roma. El Comandante, abandonado a su destino, calla. Quien responda será el poeta, el 20 de noviembre, hablando en el teatro Verdi con motivo de un concierto celebrado por Toscanini en Fiume: «Aquí estamos de nuevo solos, solos contra todos, con nuestro solitario coraje», dice.

Italia necesita paz para retomar su camino, para recuperarse, para rehacerse, para encaminarse por las vías de su indefectible grandeza. Solo un loco o un criminal pueden pensar en desencadenar nuevas guerras que no nos vengan impuestas por una agresión inesperada.

Benito Mussolini,
Il Popolo d'Italia, 13 de noviembre de 1920

Leandro Arpinati
Bolonia, 23 de noviembre de 1920

«El domingo las mujeres y los niños han de quedarse en casa. Si quieren mostrarse dignos de la patria, que expongan la bandera tricolor en sus ventanas. En las calles de Bolonia, el domingo, solo deberán estar presentes fascistas y bolcheviques. Será la prueba. La gran prueba en nombre de Italia.»

Arpinati ha mandado que lo escriban de forma clara. Fue personalmente con sus chicos para pegar el ultimátum en todas las calles de la ciudad. Ha tenido que hacer los carteles en casa con un ciclostil, porque el prefecto le ha negado la licencia para imprimir.

La espera del choque es ferviente, unánime, simétrica. Llegados a estas alturas, se impone la lucha: este es el único punto en el que hay concordia entre los enemigos. El 12 de noviembre, en Cremona, los fascistas de Farinacci advirtieron a los concejales municipales socialistas: «Si mañana, tras la conquista del ayuntamiento, los socialistas quisieran conquistar las calles, que sepan que hay gente dispuesta a matar y a morir». En Módena, donde los socialistas han conquistado cincuenta y nueve de los sesenta y ocho municipios, dos días después, en una especie de réplica a distancia, el presidente del Consejo Provincial, al inaugurar la asamblea, anuncia: «No queremos discutir con nuestros enemigos; queremos abatirlos». La línea del frente discurre a esas alturas a lo largo de toda la llanura padana.

En Bolonia, la Unión Socialista se reunió la tarde del 16 de noviembre. Superando las numerosas divisiones, se tomó la decisión de hacerse con los medios para rechazar la violencia fascista mediante la violencia. La victoria de los socialistas en las elecciones ha sido clara, el mandato de los votantes es inequívoco, no es posible encomendarse a las fuerzas de seguridad pública porque el Estado es «el comité ejecutivo de la burguesía». Nos defenderemos de los fascistas por nuestra cuenta, es la decisión adoptada. A fin de enfatizar la victoria, se ha convocado una gran manifestación popular para la ceremonia de toma de posesión de la junta municipal en el Palacio de Accursio. El día escogido es el domingo 21 de noviembre, con objeto de permitir la participación de las masas obreras. Delegan la vigilancia armada a los «guardias rojos». Como réplica, el 17 por la tarde, alrededor de cuatrocientos miembros del Fascio de Bolonia se reunieron en via Marsala. También ellos decidieron mantenerse alerta y vigilantes.

A ambos lados hay exaltación, circula una tosca euforia, se suceden extrañas explosiones de vitalidad. La larga espera parece haber llegado a su fin.

El choque parece inevitable, el conflicto ha sido anunciado, premeditado, incluso negociado. El 18 de noviembre, en el Parlamento, el socialista Niccolai ha denunciado por primera vez la propagación de la violencia fascista; el *Avanti!* ha puesto de relieve la connivencia del gobierno; el *Corriere della Sera*, sin embargo, replica hablando abiertamente de la «santa reacción de la opinión pública» ante las tropelías de los socialistas. En Bolonia, prefecto y jefe de policía son plenamente conscientes de que solo hace falta una chispa para que se propague el fuego. Circulan rumores de que los socialistas están amontonando al parecer cajas de bombas en el Palacio de Accursio para las celebraciones de la toma de posesión de la junta, se envían cartas anónimas, se negocia sobre los símbolos. El jefe de policía Poli acude personalmente a la sede fascista de via Marsala para negociar las reglas de reclutamiento. Después de largos conciliábulos en ambos frentes, se ha llegado a un acuerdo digno de un protocolo imperial: los fascistas no atacarán con la condición de que la «gran campana» no repique y de que no se exponga la bandera roja excepto en el momento en el que, una vez terminada la sesión, el alcalde recién elegido se asome a la plaza para dar las gracias a sus votantes. Solo entonces se tolerará como bandera de partido. El jefe de policía, por su parte, ha solicitado al prefecto el envío de otros mil doscientos hombres de tropa y de ochocientos carabineros de refuerzo para los cuatrocientos guardias reales de que ya disponen. En la mañana del 21 de noviembre, según los informes del prefecto Visconti, por las calles del centro se cruzan novecientos hombres de infantería, doscientos a caballo, ochocientos carabineros, seiscientos guardias reales. Bolonia es una ciudad en estado de sitio.

El Palacio de Accursio siempre ha sido la sede del poder civil de Bolonia, fuera este senado o ayuntamiento. Es un palacio almenado, a un costado de la catedral de San Petronio, con vistas a piazza Maggiore. A partir de las dos empiezan a afluir los cortejos de los delegados socialistas. Suman unos dos mil, no más, en deferencia a un acuerdo alcanzado con la jefatura de la policía. La plaza queda cerrada, todos los accesos desde via Rizzoli y via Indipendenza están bloqueados. Un cordón de carabineros la cierra a cada lado.

Parece, sin embargo, que algunos fascistas han logrado entrar antes del cierre. Tal vez sean una docena, reunidos bajo los toldos del restaurante Grande Italia, en la plaza abarrotada por miles de socialistas agolpados alrededor de la fuente de Neptuno. Dentro del palacio se preparan para el comienzo de la sesión inaugural. En el patio, unos cincuenta guardias reales vigilan la entrada. A los balcones se asoman los «guardias rojos» armados con fusiles y granadas de mano. Todos están expuestos al fuego. No se oye volar una mosca.

A las 14:30, sin embargo, a pesar de las precauciones del prefecto y a despecho de los acuerdos con el jefe de policía, en la Torre degli Asinelli ondea una bandera roja.

Los fascistas, con Arpinati a la cabeza, salen en masa de su sede de via Marsala y marchan en escuadras hacia la plaza. Un manípulo consigue infiltrarse por via Ugo Bassi en un pasaje abierto para dejar entrar a la caballería. No serán más de quince. Cantan sus canciones pegados a la multitud socialista.

Dentro del palacio, a las 15:00 horas comienza la sesión del Concejo. El discurso inaugural del nuevo alcalde transcurre sin altercados. Se llama Enio Gnudi, es un trabajador ferroviario, un comunista, tributa el habitual homenaje a la revolución rusa. Media hora más tarde, mientras los manípulos fascistas aumentan su vocerío, Gnudi, electrizado, se asoma al balcón del Salón Rojo para saludar a la multitud, rodeado por las banderas rojas de las asociaciones socialistas. Para él es un día de celebración y se expone a su propia ruina. Libera de una jaula varias palomas que revolotean en bandada, por encima de socialistas y fascistas, sin distinción. Incluso los pájaros llevan banderitas rojas atadas a la cola. Desde el restaurante Grande Italia llega el estallido de un disparo de pistola.

Ante la señal del desastre, un grupo de veintiséis fascistas de Ferrara rompen el cordón de seguridad a palazos. Desde el restaurante Grande Italia se sigue disparando, desde los balcones del palacio responden a los tiros, otros disparos proceden de la fuente de Neptuno. La gente se ve atrapada en el fuego cruzado. Aterrada, se desbanda en todas direcciones. El grueso de la multitud se precipita hacia el patio del palacio. Ha dado comienzo la debacle.

Los campesinos y los obreros socialistas sudan, tiemblan, tienen miedo de morir, sensación de adormecimiento, de sofocación, de hormigueo en las extremidades, de opresión en el pecho, de desmayo, tienen miedo a enloquecer, respiran con dificultad, la taquicardia es cada vez más fuerte, la presión sanguínea aumenta y luego desciende de golpe, sofocos, escalofríos, náuseas, los hombres temen no poder recuperarse, sienten que lo peor está por venir, una sensación de irrealidad invade el mundo.

Desde los balcones, los «guardias rojos», viendo que sus compañeros buscan la salvación en el patio, creen que son fascistas que vienen a asaltarlo. Dejan caer cinco bombas. Los cadáveres de los compañeros se amontonan en el umbral.

Desde la plaza, mientras un socialista concluye su discurso, los ecos de las detonaciones se elevan hasta la sala del Concejo atestada de público, de guardias urbanos, de «guardias rojos», de empleados del fisco. A través de las ventanas se divisan los cuerpos tendidos. Los concejales socialistas, desconocedores de lo que realmente ha sucedido, se ponen de pie en los bancos de la mayoría acompañados por bomberos de servicio. «¡Asesinos! ¡Estáis matando a nuestros compañeros!», gritan los pocos concejales de la minoría. El abogado nacionalista Aldo Oviglio arroja su revólver sobre la mesa: «Yo no mato a nadie».

Ese día hay una legión de hombres armados dentro del Palacio de Accursio. Al otro lado de la sala, uno de esos hombres —un anónimo militante socialista— se levanta, apunta el revólver contra esos señores inermes que en ese momento le parecen los responsables de una masacre causada en gran parte por sus propios compañeros, y abre fuego. Nunca llegará a ser identificado por la policía ni entregado por los dirigentes del partido. El abogado Giulio Giordani, concejal de la minoría del partido nacionalista, excombatiente, medalla de plata, mutilado en una pierna, muere al instante. En vida, ni siquiera era un fascista, pero lo será una vez muerto. El abogado Biagi resbala en el suelo herido levemente. El abogado Cesare Colliva se arrastra sangrando a cuatro patas hacia la salida.

Se cuenta que se vio a Leandro Arpinati incitar a los fascistas al asalto aferrado a la estatua de Neptuno. Otros juran que lo vieron lanzarse hacia el patio del palacio empuñando una pistola. Rumores, vociferaciones, leyendas. Lo único cierto son los diez muertos y los cincuenta heridos. La credibilidad de la organización militar socialista queda por los suelos, la reputación del partido también. El Concejo Municipal elegido democráticamente, abrumado por los arrestos y por el escándalo, dimite en bloque. Bolonia se regirá por un comisario nombrado por el prefecto. Ha comenzado una nueva etapa.

¿De quién es la culpa? ¿Quién sino el Partido Socialista aspira en Italia a la guerra civil? ¿Quién sino el Partido Socialista crea y anhela este ambiente de salvaje batalla? La batalla encuentra necesariamente sus combatientes en el otro lado también [...].

Corriere della Sera, 23 de noviembre de 1920

Es hora de que todos se decidan a desarmar y a desmovilizar los ánimos, a deponer no solo las armas materiales, sino también a desarmar y desmovilizar los ánimos [...]. ¡Manos en alto, todos!

Filippo Turati, líder socialista,
discurso ante la Cámara, 24 de noviembre de 1920

Contra la siniestra cobardía de los hombres rojos anidados en el Palacio de Accursio [...] ojo por ojo, diente por diente [...]. ¡Fuera los bárbaros!

L'Avvenire d'Italia, periódico católico,
24 de noviembre de 1920

«Cuando un manípulo se ve asediado en una ciudad sin suministros, solo hay una forma de no ser aplastado: salir y afrontar la batalla en campo abierto.»

Alceste De Ambris tiende la cabeza hacia delante, acercando sus bigotes y perilla de estilo mosquetero hacia su interlocutor.

El fundador de la Unión Sindical Italiana y el de los Fascios se conocen desde hace años. Actuaron hombro con hombro en los días del intervencionismo, De Ambris participó en la redacción del primer manifiesto de los Fascios. Mussolini admira al sindicalista revolucionario desde que en mil novecientos ocho, en Parma, Alceste encabezó la primera gran huelga agrícola de la historia italiana. El rey tuvo que enviar a los lanceros de Montebello para desalojar la indomable Cámara del Trabajo de la aldea proletaria de Oltretorrente. De Ambris entró aquel día a la fuerza en el panteón del socialismo revolucionario.

Ahora, doce años después, Gabriele D'Annunzio ha enviado a Alceste De Ambris en un último intento por movilizar a los fascistas en defensa de los legionarios de Fiume. Al amanecer del primero de diciembre, en efecto, por orden de Giolitti, dos acorazados, ocho destructores y dos remolcadores se han situado frente al puerto de Fiume. El asedio ha comenzado. La ciudad está expuesta al fuego. De Ambris se inclina aún más hacia delante.

—¿Es Mussolini un amigo?

La pregunta permanece suspendida en el aire entre los dos viejos camaradas. El otro abre la cartera de cuero amarillo que lleva siempre consigo, saca un pañuelo y se suena la nariz:

—No hay manera de quitarse este resfriado de encima. Me lo llevo siempre de paseo, por eso dura más.

—¿Es Mussolini un amigo? —le apremia De Ambris.

—¡Por supuesto que soy un amigo! Ayer mismo reiteré en el periódico que seré el primero en invitar a los italianos a alzarse como un solo hombre contra el gobierno si se atreve a ordenar al ejército que abra fuego contra los legionarios.

—¿Y estás dispuesto a poner a tu gente bajo el mando de D'Annunzio?

El tercer hombre en la habitación, el joven Umberto Foscanelli, encargado de tomar notas, levanta la cabeza de los papeles en espera de la respuesta. Se ha establecido que el acta de la reunión sea enviada tanto al Comité Central de los Fascios como al Comandante D'Annunzio.

Mussolini estalla:

—Lo que tienes que hacer es convencer a D'Annunzio de que acepte el Tratado de Rapallo. Solo hay una manera de romperlo: la revolución desde dentro contra el gobierno que lo ha firmado. Pero la revolución desde dentro es impensable porque el noventa y nueve por ciento de los italianos han aceptado el hecho consumado con un profundo suspiro de alivio. Todos os están abandonando.

La lista de abandonos es larga. El economista Maffeo Pantaleoni ha escrito a D'Annunzio implorándole que desista. El almirante Millo, quien guarnecía Zara con sus tropas regulares, también ha reiterado su lealtad al rey y ha roto con D'Annunzio. El general Ceccherini y el coronel Siani se han marchado quejándose de la insoportable indisciplina de los legionarios. A su afligida carta de despedida, el Comandante respondió que no podía renunciar al poder absoluto: «Es necesario que mantenga esta prerrogativa. Es mi única alegría entre tanto hastío».

De Ambris insiste. La insurrección es posible: desde Fiume se puede marchar sobre Roma. Prodiga los detalles del plan de fuga. También esta lista es larga. En Fiume hay varias unidades navales: el crucero *Mirabello*, los cazatorpederos *Abba, Bronzetti, Nullo,* una flotilla de lanchas lanzamisiles con todo el personal. Es verdad que en alta mar vigilan el *Dante* y los otros barcos de la marina real, pero ya se han hecho viajes a Zara con algunas de estas unidades; de Zara a Ancona la distancia no es excesiva. Las tropas de Fiume podrían desembarcar en Ancona, donde el regimiento de infantería ligera ya se rebeló en julio con motivo de la expedición a Valona. Se trata de llegar a un acuerdo con los fascistas de las Marcas. Los marineros del capitán Giulietti siguen siendo amigos...

—¿Y los socialistas del norte de Italia? ¿Y la Bolonia roja? —explota Mussolini. Ha estado escuchando hasta ese momento chafándose la nariz con el pañuelo pero, de repente, ha abierto los ojos y ha girado las órbitas, como acostumbra hacer cuando pretende hechizar a alguien—. Después de la masacre del Palacio de Accursio ya hay una guerra declarada. Pero ¿es que no leéis los periódicos en Fiume?

De Ambris no parece impresionado por la interrupción. Continúa exponiendo su meticuloso plan. Los de Parma están todos con ellos, asegura. Debemos hacer saber a las masas trabajadoras que los dannunzianos traen el Estatuto de la Regencia de Carnaro, una legislación que protege especialmente el trabajo; debe quedar claro que la suya será una revolución pensada sobre todo para el pueblo; hay que poner remedio a la falta de divulgación de la Carta de Carnaro..., su espíritu innovador no ha sido suficientemente divulgado... y el *Popolo d'Italia* tampoco está libre de culpa a ese respecto...

Da la impresión de que Mussolini ya no le escucha. A esas alturas, responde con monosílabos, se muestra frío, evasivo, se suena la nariz continuamente, alude a distintas dificultades —pero solo son alusiones distraídas—, a las tropas yugoslavas que presionan a lo largo de la frontera, a la escasez de suministros, a un invierno sin carbón.

La conversación se interrumpe hablando de los rigores de la estación, de la humedad, de resfriados. A Foscanelli se le pide que se deshaga de las carpetas en las que ha anotado el acta. Es el único punto en el que Mussolini y De Ambris están de acuerdo. Los papeles desgarrados acaban en la estufa.

Italianos de Trieste, italianos de Istria entera, italianos de toda Venecia Julia, desde Timavo a Carnaro, el crimen está a punto de consumarse, la sangre está a punto de ser derramada. Los moribundos os saludan. Los moribundos saludan a la patria vecina y a la patria lejana. Dedican su sacrificio al porvenir [...]. La Ceguera de la victoria está a punto de ser derribada por la Previsión de la traición. Así fue escrito; y es maravilloso. ¡Ea, hermanos! Si me hieren en la garganta encontraré pese a todo la fuerza para escupir mi sangre y lanzar mi grito. Tapaos las orejas con un poco de barro fiscal. ¡Viva Italia!

Gabriele D'Annunzio,
proclama contra el Tratado de Rapallo,
Fiume, 28 de noviembre de 1920

Benito Mussolini
Milán, 20 de diciembre de 1920

El coche que aparca en via Lovanio es un Torpedo de la casa Bianchi tipo S3, la nueva versión del utilizado por el Estado Mayor del ejército italiano durante la Gran Guerra para observar las maniobras militares. Un coche señorial —cuatro plazas más los traspuntines—, digno de un comendador, pero con un guiño al mundo de los automóviles deportivos, como lo demuestran las ruedas con rayos tangentes.

Lo conduce él en persona. Del asiento del pasajero cabe esperar que baje una dama elegante. Margherita Sarfatti no decepciona las expectativas. Lleva una falda de punto de un género elástico y brillante a la moda de París, ancha por debajo y estrecha en la cintura, que le ciñe las caderas. Via Lovanio es una calle no menos elegante, cerca de la Academia de Brera, justo detrás de via Solferino, donde tiene su sede el gran periódico de la burguesía, el *Corriere della Sera*.

Aquí, dentro de unos días, se mudará también la redacción de *Il Popolo d'Italia*. La imprenta ya se ha trasladado, las rotativas están en marcha. Un Milán muy distinto, en comparación con los callejones con orines del Bottonuto. En el fétido cubículo de via Paolo da Cannobio ya se ha empaquetado la máquina de escribir de Mussolini junto con el escenográfico revólver y la bandera de los Osados.

Incluso el director tiene hoy un aspecto inusualmente distinguido. Traje oscuro, bombín, camisa de cuello rígido, corbata de seda, pañuelo blanco en el bolsillo. En contra de sus costumbres, ha ido a afeitarse al barbero. Su primera sesión de posado fotográfico lo requería. Nada más bajar del coche, la mujer, que primero se ha encargado de vestirlo y de traerlo después, le toma del brazo, satisfecha.

Michele Bianchi, el jefe de redacción, Manlio Morgagni, que se encarga ahora de contratar la publicidad, y su hermano Arnaldo, quien le ha sustituido en el cargo de administrador, ya están allí esperando al director. La breve inspección desemboca enseguida en la sala donde se ubicará la dirección. Es tres veces más amplia, por lo menos, que el cubículo de via Cannobio, luminosa, amueblada con un escritorio de caoba, estanterías, muebles archivadores, cuadros escogidos por Sarfatti, el crítico de arte del periódico, y con un sillón de lectura.

—¿Un sillón? ¿Qué hace un sillón en mi despacho? —maldice Mussolini, abre los ojos y clava las pupilas en ese mueble tradicional como si hubiera visto a un enemigo irreductible—. ¡¿Un sillón para mí?! Lleváoslo, de lo contrario lo tiro por la ventana. ¡El sillón y las zapatillas son la ruina del hombre!

Margherita sonríe, la decoradora no da señal alguna de sentirse afectada, la actuación en favor de la amante es bien recibida.

La visita continúa en la sala contigua, un vasto espacio aún sin terminar, completamente despejado, sin techo y sin ladrillos sobre el cemento. Será destinado a sala de armas. El director podrá recibir sus habituales lecciones de esgrima sin sustraerle demasiado tiempo al periódico. Con sus ropas de burgués, el bombín en la cabeza, en el vacío de la habitación desnuda, Benito Mussolini esboza una posición de sable, el puño en tercera, con la hoja en línea. La violencia está cada vez más al orden del día.

La escalada se desató después de la masacre de Bolonia. La progresión ha sido exponencial, la dirección clara y unívoca, como si lo que la guiara fuera un instinto de la especie. Inmediatamente después de la matanza, mientras los cuerpos de los muertos y los heridos aún se agolpaban en la plaza, los fascistas se alinearon en columnas y recorrieron las calles de la ciudad cantando sus himnos. A la mañana siguiente empezó su ascenso —miles de nuevos afiliados en pocos días— y los fascistas no tenían la menor intención de desarmarse. Arpinati lo había declarado públicamente: hasta que el periodo de violencia no cesara en los campos, hasta que los órganos estatales no volvieran a ser los dueños de la situación, el Fascio boloñés continuaría empuñando las armas.

Mussolini había enviado inmediatamente a Cesare Rossi y a Celso Morisi desde Milán para coordinar la formación de las escuadras. Las formaciones paramilitares fascistas, tanto tiempo soñadas en vano por la voluntad de poder del Fundador, brotan ahora por generación espontánea de la sangre derramada en piazza Maggiore de Bolonia. Rossi le había contado que el mismo 23 de noviembre, durante el cortejo fúnebre de Giordani, los fascistas habían desfilado en formación entre las dos hileras de la multitud portando el estandarte del municipio. Los socialistas brillaban por su ausencia. Ni siquiera se habían atrevido a proclamar la huelga general en protesta contra el ataque fascista. Una aniquilación política total. Ese día la junta municipal había renunciado a su mandato, y esa misma tarde un prefecto se había hecho cargo provisionalmente de la gestión, antes de que al día siguiente el comisionado de la prefectura asumiera el cargo. Luego se desencadenó la caza de las brujas rojas.

El 28 de noviembre Arpinati, acompañado por una escuadra de fascistas, fue a Monte Paderno para aleccionar al jefe de la liga y se trajo la bandera roja. La quemaron en via Indipendenza. El 4 de diciembre, en el teatro Municipal, los fascistas fueron aclamados en el curso de una asamblea de todas las asociaciones antibolcheviques con el grito de «¡Fuera los bárbaros!». El 7 de diciembre saquearon la Cámara del Trabajo de Castel San Pietro, el 9 se produjo un conflicto en Monzuno, el 18 atacaron y golpearon a la salida del tribunal a los diputados socialistas Bentini y Niccolai, el 19 fue el turno del diputado Misiano, el desertor. Y así se ha llegado al día de hoy, 20 de diciembre, solo cinco días antes de Navidad.

Justo esta mañana, Arpinati, elegido por aclamación popular como secretario del Fascio de Bolonia, ha anunciado con un telegrama que saldría de expedición a Ferrara para apoyar una manifestación de los fascistas locales con la que se homenajeaba al abogado Giordani un mes después de su asesinato en el Palacio de Accursio. Desde Ferrara habían solicitado nada menos que tres mil insignias, convencidos del éxito del acto. Se habían comprometido incluso a anticipar su importe.

Una ola de entusiasmo, en efecto, y un coro de consenso habían aclamado por doquier las acciones de las escuadras fascistas. Su afirmación era total, el choque había supuesto un giro completo de la situación, el hechizo rojo se había roto. Y no solo en Bolonia. La violencia triunfal se propagaba por toda la via Emilia con la velocidad de una epidemia: en la zona de Rovigotto, apoyados por los terratenientes, los Fascios se irradiaban a lo largo del eje Cavarzere-Cona-Correzzola-Bovolenta; en Adria las escuadras habían expulsado a las cooperativas de jornaleros que ocupaban la gran finca de Oca, en Módena habían atacado a los concejales municipales, en Carpi habían asaltado la Cámara del Trabajo; después, desde allí, las acciones habían penetrado por infiltración en Reggio y Mantua; en Bra, en la zona de Cuneo, liderados por De Vecchi, los fascistas persiguieron a palazos a los «guardias rojos» hasta el interior de las oficinas del edificio municipal. El efecto era el de una avalancha, de la defensa propia se pasaba a la contraofensiva, el fascismo florecía irrefrenable en cada provincia de Italia. Un aire de batalla soplaba en los campos.

Mussolini en persona lo había proclamado desde las columnas del periódico: no tardarían en ser invencibles, se acercaba su gran hora, la definitiva. ¡Arriba los corazones! Cambiemos el miedo por el odio y lancémonos contra el enemigo. ¡Hagamos un ariete de todas nuestras vidas!

Los socialistas, en cambio, pobrecillos, se limitaban a gritar «¡Arriba las manos!». Filippo Turati había elevado su barba de profeta en los escaños del Parlamento y había pronunciado un muy noble discurso. Denunció la aquiescencia de las autoridades, lloró por la masacre involuntaria de sus compañeros socialistas, defendió las instituciones y las libertades estatutarias. Turati había dejado claro que no pretendía recriminar, sino prever el mañana. Había que poner fin a los excesos de ambos lados, eliminando sus causas. Había llegado el momento, concluyó, de que todos se decidieran a desmovilizarse y desarmar los ánimos. Como conclusión, dejó caer elegantemente una culta e irónica cita literaria.

La Cámara de Diputados había escuchado en absoluto silencio, conmovida. La prensa, iluminada, había aplaudido con admiración: el viejo gurú socialista había conseguido el milagro de restituir a los diputados de su grupo la conciencia socialista y a los democráticos la conciencia liberal.

Leyendo la transcripción del discurso de Turati, Mussolini había meneado la cabeza con gesto divertido. No había nada que hacer: esa gente era incapaz de entender la brutalidad. Bonito discurso —no faltaba más—, pero el terreno de la violencia no era para los socialistas. Sí, claro, las ligas eran dueñas del campo, las Cámaras del Trabajo de las ciudades oprimían con multas, boicots, extorsiones a los enemigos de clase, los campesinos habían llegado incluso a quemar unos cuantos heniles, a mutilar algunas vacas, a dar palizas de muerte a algunos arrendatarios, a disparar en defensa propia a algún policía o propietario agrícola; se atrevieron, en casos raros, a la ferocidad de ensañarse con cadáveres o de violar a chicas que volvían de misa, y hasta habían matado a golpes a algunos fascistas, pero en el fondo no dejaban de ser estallidos de cólera ancestral, la espalda azotada que en un arrebato de desesperación se yergue y agarra el látigo, el colono que después de siglos de atropellos, en una noche de luna llena y aguardiente, degüella mientras duerme al granjero que ha violado a su hija, prende fuego al henil y luego se ahorca. La violencia socialista era una realidad indudable pero en ella todo se reducía a ese impulso. A los líderes socialistas se les llenaba la boca hablando de organizar la revolución a través de un ejército de militantes armados y en verdad carecían de organización alguna. Él conocía bien a esa gente, desde hacía décadas. En cuanto a la violencia, eran unos advenedizos y nunca dejarían de serlo.

De repente, la sala de armas vacía se abarrota. Un recadero ha llegado corriendo desde via Cannobio: en Ferrara se ha armado la de San Quintín.

Mussolini vuelve en sí de sus reflexiones en torno a la espada fantasma. Pide más detalles. El recadero se los proporciona.

Ha habido enfrentamientos violentos en los aledaños de un mitin convocado por el alcalde socialista de Ferrara. Desde una cohorte de enfermeros que se dirigía al mitin agitando la bandera roja se efectuaron disparos contra la contramanifestación dirigida por unos cincuenta fascistas de Bolonia con Arpinati a la cabeza. No está claro quién disparó primero pero parece que los bolcheviques abrieron fuego también desde las terrazas del Castillo Estense, donde la policía ha localizado bombas. En pocas palabras, la agresión de los «rojos» contra los camisas negras había sido algo preparado. Parece que se cuentan tres bajas, por lo menos, entre los fascistas.

—¿Arpinati?

—Arpinati está vivo.

Los músculos de las cervicales se contraen, los nervios se tensan, los cuerpos giran sobre los talones. La visita a la nueva sede de via Lovanio ha terminado.

Mussolini vuelve al Torpedo; a su lado, donde antes se sentaba Sarfatti, está ahora Michele Bianchi. Los espera Lusignoli, el prefecto de Milán, su enlace con el presidente del Gobierno de Roma. Pretende garantías acerca de la conducta de los fascistas respecto a D'Annunzio. Mussolini lleva tiempo prometiéndole que en Milán no moverán un dedo, pero hace días que en *Il Popolo d'Italia* aparecen por sorpresa duras críticas del director a Giolitti, que amenaza con desalojar Fiume a cañonazos. El prefecto Lusignoli quiere garantías y las obtendrá: la promesa hecha a Giolitti se mantendrá, la controversia periodística es solo una cortina de humo de cara a los fascistas leales a D'Annunzio.

Después de la etapa en la prefectura, el Torpedo S3 arranca de nuevo inmediatamente. Rápido, a toda velocidad. Hay que jugar siempre en varias mesas, pelear en varios frentes, mantenerse en perpetuo movimiento. Es hora de pronunciar un discurso en el salón del Club del Automóvil, donde se celebra el primer aniversario de la Asociación Nacional Legionaria de Fiume y Dalmacia. Estarán presentes la presidenta Elisa Rizzoli y la condesa Carla Visconti de Modrone Erba, abanderada de la causa social. Tampoco a ellos se les negará una satisfacción.

El día 20 del mes en curso se celebrará aquí en Ferrara, en un teatro, un gran mitin para conmemorar los treinta días de la muerte del abogado Giulio Giordani de Bolonia. Es nuestro propósito, en tal circunstancia, hacer pública una demostración de todas nuestras fuerzas en la ciudad y en la provincia. Necesitamos *de inmediato,* para poder distribuirlas entre todos nuestros fascistas y amigos, dos o tres mil insignias. Os haremos entrega inmediata de su importe acto seguido. Repetimos, necesitamos con la máxima diligencia el envío de estos distintivos, siéndonos indispensables para poder enseñar a todos, especialmente a nuestros adversarios, de cuáles y cuántas fuerzas dispone el Fascio ferrarés.

Carta enviada al Comité Central por el Fascio ferrarés,
8 de diciembre de 1920

Italo Balbo
Ferrara, 22 de diciembre de 1920

En las elecciones políticas de noviembre de mil novecientos diecinueve, el Partido Socialista, en la provincia de Ferrara, obtuvo cuarenta y tres mil votos: tres de cada cuatro ferrareses votaron por la revolución. En la misma línea, al año siguiente, en las elecciones locales de noviembre de mil novecientos veinte, el bloque de los partidos antirrevolucionarios obtuvo, en toda la provincia, menos de siete mil votos. Sin embargo, tan solo un mes después, el 22 de diciembre, en Ferrara, catorce mil personas participan en el funeral de los tres fascistas muertos en los enfrentamientos con los socialistas frente al Castillo Estense. La relación de fuerzas se está invirtiendo, la verificación del poder de cada cual ha de actualizarse día a día.

Pese al hecho de que el enfrentamiento se ha debido sin duda alguna a la agresión fascista de los escuadrones que venían de Bolonia siguiendo a Arpinati, las bombas encontradas en el Castillo Estense, introducidas allí por los socialistas para preparar la defensa, han consentido a los atacantes transferir sus responsabilidades. Un telegrama de alarma ha salido de Ferrara dirigido a Giolitti y firmado por todas las asociaciones burguesas de autodefensa civil: «También aquí desde las torres Castillo Estense sede administración provincial socialista a manos de quienes ostentan cargos públicos se asesina de manera premeditada y proditoria a ciudadanos. Exigimos inmediata investigación parlamentaria de Bolonia a esta provincia también. Nuestros respetos».

El gobierno de Roma ha designado como chivo expiatorio al prefecto, inmediatamente depuesto de su cargo. Se ofrece una recompensa de veinte mil liras a cualquiera que pueda dar indicaciones sobre los «nombres de los asesinos». Los responsables de lo que la prensa burguesa y fascista presenta como una «matanza fríamente planificada» son perseguidos. El alcalde socialista Temistocle Bogianckino, Zirardini y los demás dirigentes de la Cámara del Trabajo ya no pueden salir a la calle sin ser insultados y amenazados. El frente proletario retrocede: *La Scintilla,* el diario socialista local, suspende su publicación. A sus muertos nadie les presta atención. El enfermero Giovanni Mirella, un militante socialista caído en los enfrentamientos, llega a ser incluso asignado al Partido Popular.

A los fascistas caídos, en cambio, se les honra como «mártires» de la libertad. Se llaman Natalino Magnani, de diecinueve años, militante del Fascio de Bolonia, Giorgio Pagnoni, jornalero de Gaibana, y Franco Gozzi, teniente de infantería en la reserva y pionero del fascismo en la provincia. En la ceremonia fúnebre, los oradores enfatizan su valentía. Se recuerda que Gozzi, en toda la provincia de Ferrara, solo había logrado fundar cinco círculos fascistas. En esa misma provincia, durante el mismo año de mil novecientos veinte, en cambio, se contaron ciento noventa y dos incendios de heniles prendidos por los «rojos». Se exalta la audacia de los hombres que, sumando unas pocas decenas, se han enfrentado a miles de adversarios. Se suceden las loas de estos hombres oscuros que «fueron los primeros en romper el hielo de la indiferencia de los amigos y el hierro de la arrogancia de los enemigos. Pero no tejamos guirnaldas con nuestra añoranza. Los muertos marchan al lado de los vivos».

La ceremonia fúnebre se desarrolla solemne, memorable, grandiosa y, sin embargo, no sirve para enterrar a los muertos. Por el contrario, todo en ella, la homilía, el *mea culpa,* el padrenuestro, las hileras de la multitud presente, debe servir para que queden sin enterrar. Que no caiga la tierra sobre su tumba. Los muertos no se conmemoran: se vengan.

Una vez finalizado el cortejo fúnebre, los fascistas, unos mil, agrupados en escuadras y ordenados en columnas, vuelven a las calles del centro de la ciudad cantando sus himnos. Toda la burguesía, grande y pequeña, se detiene a su paso, los ensalza. Empresarios, industriales, comerciantes, tenderos, pequeños propietarios agrícolas, arrendatarios, aparceros, empleados, profesionales liberales, artesanos. El somnoliento centro ciudadano de Ferrara, del que ha desertado la clase obrera, despierta. La capital parasitaria del vasto imperio agrícola se desprende de la pereza pequeñoburguesa. Faltan dos días para Navidad, pero este año el *cappon magro** tendrá un sabor diferente.

Entre los miles de asistentes al funeral de los «mártires» fascistas hay también un anónimo capitán de las tropas de montaña. Es un joven de veinticuatro años, alto, delgado, robusto, hijo de un buen maestro de primaria de provincias. Asistió al prestigioso instituto de secundaria Ariosto de Ferrara pero fue expulsado por escaso rendimiento y mala conducta. Desde que era un crío, su pasión siempre ha sido la política. Ardiente republicano, seguidor de Mazzini y de Foscolo, ya a los dieciséis años se fugó de casa para unirse al nieto de Garibaldi, que había organizado una expedición en apoyo de la libertad del pueblo albanés. Su padre tuvo que enviar a unos amigos a buscarlo.

Más tarde, cuando el joven, hecho ya un hombre, se marchó por fin a la guerra, se batió con honor. Dirigió un batallón de asalto en la ofensiva final en el monte Grappa. Tras conquistar la trinchera enemiga, pudo salvarse fingiéndose muerto durante un día entero. Recibió dos medallas de bronce y una de plata. Después de pasar a la reserva en mayo de mil novecientos veinte, como otros oficiales de complemento, fue destinado a Pinzano al Tagliamento, una pequeña ciudad en el centro de Friuli, con el cargo de comisario de prefectura. Allí se enamoró, siendo correspondido, de Emanuela Florio, una joven de origen dálmata, hija de una de las familias más ricas de Friuli. Su padre, el conde Florio, se opone a la unión de la joven con un pobretón. Pero el valeroso capitán de las tropas de montaña no tiene la menor intención de ceder. Por el contrario, se prepara para volver con ella a las orillas del Tagliamento. El 22 de diciembre se halla en

Ferrara de paso, en el viaje de regreso a su ciudad natal coincidiendo con las fiestas de Navidad. Asiste al funeral del 22 de diciembre casi por accidente. Lleva el pelo largo, que le cae, rebelde, sobre la frente, y una gruesa perilla negra le adorna el mentón. Se llama Italo Balbo.

El luto que nos ha embestido nos fortalece los músculos y la fe. Y a nuestros Muertos no se les privará de la más justa de las venganzas. Unidos ahora y siempre, unidos en la sangre, en los dolores y en las Victorias: ¡Venceremos!

A. Del Fante, fundador del Fascio de Ferrara,
carta al Fascio de Milán, 22 de diciembre de 1921

«Todo el mundo se prepara aquí para consumar el crimen. ¿Estáis listos tú y los tuyos para invadir las prefecturas, para asaltar los cuarteles de la policía?»

El llamamiento que los sitiados han confiado a la carta que Fiume ha enviado a Milán es dramático. Milán lleva dos días envuelta en la niebla. Son los días más fríos del año. La escarcha se deposita en escamas sobre los techos de los automóviles estacionados en los lugares dispuestos para ese propósito a lo largo de las aceras. Cuando Mussolini entra en la sede del Fascio en Nochebuena, lleva la carta de D'Annunzio en el bolsillo interior de su chaqueta.

La desesperada misiva de D'Annunzio se la ha entregado personalmente el capitán Balisti esa mañana. El oficial del Estado mayor de Fiume ha viajado toda la noche. Sabiendo que en cualquier momento la ciudad quedaría aislada de toda comunicación con Italia, el Comandante envió la tarde del 23 de diciembre a algunos hombres de su confianza con el último vapor que pudo partir para que se reunieran con sus partidarios. En cualquier momento Giolitti ordenará un golpe de mano contra Fiume. Escrita por el propio D'Annunzio de su puño y letra, la desesperada carta exige que los fascistas cumplan su promesa de levantarse en el caso de un ataque «fratricida». Después de leerla en secreto, Mussolini la toma con el emisario de D'Annunzio:

—Ese poeta tuyo es un gran hombre. Pero está loco. Ya tenemos a los carceleros pisándonos los talones. Nos detendrán de un momento a otro.

La situación en Fiume está al borde del precipicio, el resultado de la reunión milanesa es incierto, las esposas y los hijos de los dirigentes fascistas los esperan en casa para la cena de Nochebuena.

En el norte del Adriático se viven días de ultimátum y prórrogas constantes. Ya a principios de diciembre, el general Caviglia, al frente del contingente enviado desde Roma para hacer cumplir el Tratado de Rapallo, ordenó a D'Annunzio que liberara las localidades de Veglia y Arbe, ocupadas a despecho del tratado. El 20 de diciembre recibió D'Annunzio un nuevo ultimátum de Caviglia. Le concedía cuarenta y ocho horas de tiempo para retirar a sus legionarios de los límites territoriales del Estado de Fiume reconocidos por el tratado. Simultáneamente, ordenaba un bloqueo efectivo por tierra y por mar del territorio de Fiume.

Ante el ultimátum, D'Annunzio respondió con proclamas. Lanzó tres en el curso de veinticuatro horas. Con la primera, el 23 de diciembre, hizo un llamamiento a los marineros de Italia que asediaban a los «heroicos hermanos» italianos de Fiume: «Hoy la patria confía en que cada uno de vosotros cumpla con su deber desobedeciendo». En el segundo, más breve, se dejaba llevar por la melancolía. Fiume ha sido vendida. Uno solo es el deber que hoy tenemos todos: resistir. Y, si es necesario, morir. En la tercera proclama, dirigida nuevamente «a los hermanos que sitian a sus hermanos», el poeta se jugó la carta desesperada de las madres. Si los soldados de Caviglia derramaban la sangre de sus compatriotas desplegados en defensa de la condición italiana de Fiume —aseguraba el tuerto vidente escudriñando la bola de cristal del chantaje sentimental—, sus madres los repudiarían. «Yo no te he parido, hijo mío.»

También Mussolini ha escrito mucho en Milán estos últimos días. En varios artículos ha invitado a Giolitti a reconocer oficialmente el gobierno de la Regencia de D'Annunzio, ha protestado con vigor contra el bloqueo impuesto a la ciudad y, sobre todo, ha arremetido contra los rumores de una inminente acción militar contra los legionarios. El director de *Il Popolo d'Italia* ha vociferado desde las columnas de su periódico que ordenar el ataque de soldados italianos contra los legionarios italianos sería un error garrafal, ha definido el bloqueo como una «coacción bárbara», ha amenazado con terribles consecuencias. Pero siempre ha declarado su confianza en que la sangre no llegue a derramarse.

Hoy Mussolini ha vuelto a reiterar esa certeza en un artículo, ya entregado a la imprenta, que aparecerá mañana, en la edición del día de Navidad. Al mismo tiempo, jugando a dos bandas, como de costumbre, el fundador de los Fascios no deja de tranquilizar constantemente a Giolitti. En las conversaciones que mantiene con el prefecto Lusignoli deja claro que no estaba de acuerdo con la errada conducta del poeta. El prefecto, a su vez, tranquiliza al jefe de Gobierno: «Táctica, lo de Mussolini es solo una táctica». Los Fascios no se moverán. El camino está despejado.

La reunión secreta del Comité Central del 24 de diciembre discurre sin tropiezos. Circulan expresiones de sentido común, se oyen repetidas fórmulas consolidadas como «sano realismo», «sentido de Estado», «más consejos templados». Dado el clima conciliador, Mussolini llega a confiar a sus colaboradores que la cuestión de Fiume es de importancia secundaria. El fascismo no debe mostrarse intransigente en política exterior. Su futuro está en otra parte. En la política interna.

Solo los fascistas de Trieste oponen cierta resistencia. Pero en Milán es la víspera de Navidad, en las calles la bruma se espesa sobre las superficies cristalinas que recubren con un manto opaco las agujas de la catedral y la mayoría de los milaneses considera a esas alturas al Comandante como un megalómano loco. El caldo de capón ya hierve en el fuego. La última y desesperada carta de D'Annunzio permanece en el bolsillo interior de la chaqueta de Mussolini.

Cuando a las 17:00 horas comienza el ataque de las tropas regulares italianas contra Fiume, la reunión secreta del Comité Central de los Fascios ya ha concluido y sus miembros se apresuran a reunirse con sus familias en la celebración de la santa Navidad de nuestro Señor Jesucristo.

He mantenido conversación con Mussolini que está totalmente en desacuerdo con D'Annunzio. A mi pregunta por qué
en su periódico apoya oportunidad reconocimiento de Regencia
Fiume, me responde que tal reconocimiento, incluso excluyendo anexión, pondría fin disputa actual. Sin embargo, no puede
apoyar tesis opuesta porque sería considerado por sus seguidores como un traidor.

Telegrama de Alfredo Lusignoli, prefecto de Milán,
a Giovanni Giolitti, 20 de diciembre de 1920

Se ordena avanzar inmediatamente en todas las líneas, arre-
metiendo contra todo aquel que trate de obstruir la obediencia
de nuestros soldados. Se ordena entrar en Fiume tan pronto
como sea posible. Lo exigen la salvación y el honor de la patria.
La acción continuará hasta la ocupación de la ciudad.

Orden del gobierno italiano al general Enrico Caviglia,
24 de diciembre de 1920

Gabriele D'Annunzio
Fiume, Navidad de 1920

El Comandante ya no es el mismo. Desde que comenzó el ataque, mantiene su mirada fija en un punto distante, como extasiado por un espejismo africano. Cuando hacia las seis de la tarde del 24 de diciembre llega a la sala del Estado Mayor la noticia de la ofensiva, el mayor Vagliasindi, inspector de los legionarios, tarda una hora en conseguir que D'Annunzio dé la orden de disparar contra los atacantes. Mientras tanto, las primeras guarniciones avanzadas de los legionarios cerca de Cantrida ya han sido rodeadas y capturadas por los soldados regulares del ejército real italiano.

Hace semanas que D'Annunzio afirma estar preparado para morir por la causa. Apenas le quedan cinco mil legionarios para defender Fiume y es la muerte, no la esperanza, lo que vislumbra como la diosa última. Ahora que, sin embargo, la muerte tan a menudo invocada llega de verdad, conducida por potentes formaciones de tropas de montaña y carabineros que atacan en diferentes sectores del frente desde Val Scurigna hasta el mar, el Comandante parece más perplejo que renuente. ¿Así que esto es el final, esa columna de hombres con esa divertida pluma negra metida en la borla roja del sombrero de fieltro?

El ataque de las tropas regulares, desencadenado a pesar de que los legionarios, a quienes se les ha ordenado que no se enzarcen en el combate, se han retirado a la última línea de resistencia alrededor de la ciudad, ha sido fulminante. Los patéticos carteles que invocaban la hermandad entre italianos —«Hermanos, si queréis evitar una gran desgracia, no sobrepaséis este límite»— han sido ignorados. Sin embargo, tras recibir por fin de D'Annunzio la orden de abrir fuego, los legionarios consiguen reforzar los puntos de ruptura en la línea defensiva e incluso contraatacar. El efecto de la acción sorpresa se neutraliza. Antes de la noche, se ha reconstituido la línea de resistencia alrededor de Fiume.

Tras saber que el ataque ha sido rechazado, el general Ferrario, comandante del Cuerpo del Ejército, ordena que en la reanudación de la ofensiva el día de Navidad se emplee de forma masiva toda la artillería. Sin embargo, confiando en el arrepentimiento de las tropas dannunzianas, el general Caviglia, al frente de las operaciones, impone una tregua al alba del día 26. En las veinticuatro horas de hiato entre vivir y morir, el poeta recobra la inspiración. Entrega a su ayudante una proclama para que sea lanzada en Trieste y Venecia: «El crimen se ha consumado. La tierra de Fiume ha quedado ensangrentada con sangre fraterna... En la noche transportamos en camillas a nuestros heridos y a nuestros muertos. Resistimos desesperadamente, uno contra diez, uno contra veinte. No pasarán si no es por encima de nuestros cadáveres... E Italia, deshonrada para siempre ante el mundo, ¿no lanzará un grito? ¿No levantará una mano?».

Pero Italia está sentada en la mesa celebrando la comida de Navidad y no eleva más gritos que los de los brindis de rigor. Solo en Trieste se producen disturbios en apoyo de Fiume. Que son inmediatamente reprimidos, entre otras cosas por la escasa participación del pueblo.

A las 6:50 del 26 de diciembre, las tropas regulares reanudan el ataque. La ofensiva, apoyada por disparos de artillería, se concentra en el sector central. Vuelve a fracasar. Los legionarios se pliegan pero mantienen la línea, luego contraatacan capturando un cañón y haciendo algunos prisioneros. A la hora del almuerzo queda claro que para entrar en la ciudad hará falta una masacre.

A mediodía, el general Caviglia ordena al almirante Simonetti, al mando del acorazado *Andrea Doria* en la ensenada del puerto de Fiume, que abra fuego contra los objetivos militares de la ciudad.

D'Annunzio, tras escribir de su puño y letra la proclama, se muestra otra vez ausente, apático, distante, descarriado por sus misteriosas vacaciones mentales. Solo en la sala del Estado Mayor, sale al balcón del que desde hace más de un año habla al mundo y se pierde en el horizonte. El cañonero del *Andrea Doria,* a solo ochocientos metros de la costa, lo distingue claramente con la mira telescópica. El poeta vuelve a entrar y cierra el ventanal del balcón. Unos momentos después, dos granadas del 152 explotan contra la fachada del edificio. Uno de los disparos alcanza el arquitrabe de la ventana del despacho. D'Annunzio se ve zarandeado en su sillón y se inclina hacia delante, el desplazamiento del aire le dobla violentamente la cabeza sobre el escritorio, unos cascotes llovidos del techo le hieren ligeramente en la nuca. Tres oficiales entran apresuradamente en el despacho y lo arrastran fuera en brazos. En el suelo del vestíbulo un artillero se retuerce con una oquedad en la espalda excavada por una esquirla de granada. Los socorredores consideran inútil perder el tiempo con el moribundo.

Los cañonazos ponen fin a toda ilusión en ambos despliegues de tropas. D'Annunzio vuelve en sí. El disparo de cañón lo catapulta desde su letargo depresivo a la rabia vengativa. Ordena que, en represalia contra la indigna Italia, se torpedee el buque de guerra *Dante Alighieri* bloqueado en el puerto de Fiume. La orden no llega a ejecutarse.

Mientras tanto, se ha difundido la noticia de que el poeta podría haber muerto. Pero él, sin embargo, está vivo y, llegado a este punto, pretende seguir estándolo. Una vez más su ira le lleva a echar mano de la pluma. Firma la segunda proclama desde que comenzó el ataque. «Oh, cobardes de Italia, sigo vivo e implacable.» El Vate arremete contra un pueblo incapaz de alzarse por la justicia ni de sentir vergüenza siquiera. Él, que ha ofrecido su vida cien veces sonriendo, ahora ya no está dispuesto a hacerlo. Declara abiertamente haber estado preparado para el sacrificio hasta el día anterior pero que ha dejado de estarlo.

Da la impresión de que, por primera y última vez en su larga, flamante existencia, a Gabriele D'Annunzio le roza el sentido del ridículo: vamos a ver, incluso con la mejor voluntad del mundo, ¡¿cómo vas a sacrificarte por un pueblo que ni siquiera cuando el gobierno mata con despiadada determinación a sus héroes es capaz de apartarse por un momento del jolgorio navideño?! Ninguna muerte heroica tiene sentido para los italianos, siempre dispuestos a sacar el cuchillo para destriparse en peleas de taberna, pero incapaces de mover un solo dedo por Italia, esa abstracción geográfica y política con la que ni siquiera puedes charlar un rato, echarte unas risas, tomarte un trago, esta palabra vacía a la que no puedes invitar a cenar.

Durante las cuarenta y ocho horas sucesivas prosiguen, si bien con menor intensidad, los bombardeos contra el centro urbano. Se cuentan un muerto y algunos heridos entre la población civil. La mañana del 28 de diciembre el general Ferrario se niega a tratar las condiciones para la rendición de los legionarios y amenaza con intensificar los bombardeos. Los representantes de la ciudadanía imploran a D'Annunzio que se rinda. El Comandante cede los poderes: «Yo sigo siendo hoy, como en la noche de Ronchi, el jefe de las legiones. No guardo conmigo más que mi coraje [...]. No puedo imponer a la ciudad heroica la ruina y la muerte total [...]. Devuelvo a manos del corregidor y del pueblo de Fiume los poderes que me fueron conferidos el 12 de septiembre». Durante toda la semana de combates el poeta-guerrero apenas ha salido de su despacho, nunca se ha reunido con sus legionarios en la línea de fuego. Una sombra en la pared.

A las 16:30 horas del 31 de diciembre, se firma en Opatija un acuerdo para la desmovilización completa de los legionarios de la ciudad. En las siguientes horas, conforme se acerca la medianoche, Gabriele D'Annunzio ve el futuro. Este año de dolor y de horror apura sus horas. Pronto empezará el nuevo año. Ya es nuestro. Nos pertenece.

Aparece la cabeza de un cadáver coronada de laurel. La calavera aprieta entre los dientes un puñal y mira fijamente desde sus cuencas profundas hacia lo desconocido.

Esta noche los muertos y los vivos tienen la misma apariencia y hacen el mismo gesto.

¿A quién pertenece lo desconocido?

¡A nosotros!

La Navidad habría que abolirla. Todos esos días de vacaciones, todas esas horas que se pasan en la mesa, toda esa comida, los niños que no dejan de lloriquear, las mujeres que no dejan de parlotear, las barrigas colgantes... Un hombre, a ese ritmo, se enerva, se amojama como el bacalao. Un hombre envejece un año por cada diez días que pasa con su familia durante las festividades navideñas. Si le tocara a él decidir, no dudaría en suprimirlas.

Para la comida de Navidad, la familia Mussolini permaneció en la mesa más de tres horas. Eran diez, y engulleron una fuente de pasta al horno que habría alimentado a un regimiento entero. Rachele, además del panetone que él había comprado en la tradicional pastelería Cova, quiso ponerse a prueba con un pastel recubierto «artísticamente» de azúcar en polvo mediante un disco de cartón recortado, como había visto en una revista de mujeres; por si fuera poco, tuvo que escuchar a la pequeña Edda recitar una cantilena navideña y la plegaria de acción de gracias a nuestro Señor Jesucristo entonada por su hermano Arnaldo.

Pero la tarde de San Silvestre del 31 de diciembre de mil novecientos veinte Benito Mussolini la pasó en paz, en casa de la Ceccato, su joven amante, próxima a la catedral. Después de que en octubre naciera el bastardo, alquiló para ella un pisito en via Pietro Verri 1, por el que ya ha anticipado seis mensualidades como fianza, lo que equivale a mil doscientas liras. La joven vive allí con su madre y con el pequeño Glauco. Lo han bautizado así, con el nombre del héroe homérico que junto con Sarpedón asalta el muro erigido por los aqueos en defensa de las naves.

Glauco tiene los ojos y el cabello oscuros de su padre, por más que lleve el «blanco» en su nombre y que su inscripción en el registro civil no contenga más datos que los de su madre: «Glauco Ceccato, de padre desconocido». En cualquier caso, Bianca emana felicidad cuando Benito va a visitarlos: le quita los zapatos, lo obliga a ponerse cómodo en un sillón, no le pide nada de nada.

Esta tarde, además, él se ha presentado con pasteles y vino espumoso para brindar por el nuevo año. Ella lo adula rogándole que toque un poco el violín para ellos. Dice que no hay nada como el violín de su padre para que el pequeño Glauco logre calmarse. Y él lo toca de buena gana. No son ya tiempos para repartirse entre la casa y el burdel, entre la mujer y las putas. El año que viene cumplirá treinta y ocho años: empieza a ser demasiado viejo para esas cosas. Por otra parte, incluso un serio padre de familia tiene el derecho —y, tal vez, incluso el deber— de no renunciar a los placeres de la vida.

Y además, se merece un poco de descanso: estos últimos días han sido muy difíciles, como siempre. El 27 de diciembre la Comisión Ejecutiva de los Fascios insistió en divulgar una declaración de violenta condena de la acción militar gubernativa contra Fiume. La moción fue aprobada por unanimidad con un solo voto en contra, el suyo. Pero al día siguiente, para los lectores de su periódico, publicó un enardecido artículo en defensa de D'Annunzio. Lo tituló «¡El crimen!», con signos de exclamación. Fiume, en cualquier caso, es agua pasada. Los italianos han preferido apartar los ojos hacia otro lado para no ver. Y D'Annunio, por su parte, no podía continuar con su recital ante un teatro vacío.

El teatro de los Fascios, en cambio, se está llenando ahora a una velocidad sorprendente. Por primera vez, Umberto Pasella no se ve obligado a mentir sobre los datos de afiliación. Después de los sangrientos hechos de Bolonia y Ferrara, de 1.065 carnets vendidos en el bimestre de octubre a noviembre saltaron a 10.860 vendidos en diciembre. En Italia hay ahora ochenta y ocho secciones para veinte mil miembros. Solo en Bolonia se han alcanzado ya los dos mil quinientos miembros, cuando a principios de noviembre no pasaban de pocas decenas. Además, categorías sindicales enteras están abandonando la Cámara del Trabajo socialista. En unas cuantas semanas, funcionarios municipales y provinciales, empleados del fisco, profesores titulares y, además, guardias urbanos, maestros, funcionarios de las Obras Pías han roto su carnet de la Confederación General del Trabajo para sumarse al bando fascista. Cada vez que una escuadra fascista quema en la calle una bandera roja, cientos de pequeñoburgueses se agolpan haciendo cola ante la sede del Fascio. El efecto es el de una avalancha, el fascismo se propaga como una epidemia. Es gente nueva, gente desconocida, gente con quien hasta hace un año nadie se hubiera tomado ni un café, una multitud de oficinistas y comerciantes que hasta antes de la guerra miraba con indiferencia la política; no son de derechas ni de izquierdas, ni siquiera de centro, ni rojos ni negros, de ese tipo de gente que se mueve siempre y para siempre en una zona gris. Pero ahora ya no se limitan a mirar. Qué va..., los espectadores cambian.

A veces, como en Ferrara, basta con una mala cosecha para desatar el pánico. ¡Qué cosa más maravillosa es el pánico, esa partera de la Historia! Cesare Rossi repite una y otra vez que en eso precisamente podría consistir su milagroso trueque: odio a cambio de miedo. Todos los nuevos fascistas son gente que hasta ayer temblaba de miedo ante la revolución socialista, gente que vivía de miedo, comía miedo, bebía miedo, se acostaba con miedo. Hombres que lloriqueaban en sueños como niños y que cuando su mujer les preguntaba: «¿Qué pasa, cariño?», respondían sorbiéndose la nariz: «Nada, no es nada, sigue durmiendo». Ahora en la bolsa de valores de los pordioseros se está intercambiando el metal pesado de la angustia por la preciada moneda del odio mortal.

Pequeñoburgueses llenos de odio: de esta gente estará formado su ejército. Capas medias desclasadas a causa de las especulaciones bélicas del gran capital, oficialillos que no se resignan a perder el mando para regresar a la mediocridad de la vida cotidiana, chupatintas que, por encima de todo, se sienten insultados por los zapatos nuevos de la hija del campesino, aparceros que compraron un pedazo de tierra después de Caporetto y que ahora están dispuestos a matar con tal de conservarlo, todas buenas personas que han entrado en pánico, que sufren de ansiedad.

Buena gente que en su fuero interno se estremece por un deseo incontrolable de sumisión a un hombre fuerte y, al mismo tiempo, de dominio sobre los indefensos. Están dispuestos a besar el zapato de cualquier nuevo patrono, siempre y cuando se les brinde también a ellos alguien a quien pisotear.

El pequeño Glauco duerme, el sonido del violín lo ha apaciguado. Via Pietro Verri está casi desierta, a excepción de un vehículo callejero que se dirige a Montenapoleone. La calma que precede a la tormenta: unas cuantas horas más y en los rellanos de las casas con barandillas se prenderá fuego a las bengalas, se desencadenará la fiesta y comenzará un nuevo y flamante año.

El Fundador mira su propio reflejo en los cristales de las viejas ventanas arqueadas y no se reconoce. La propagación del movimiento que fundó no hace ni dos años vuelve a él recubierta por la majestuosidad de un pensamiento ajeno, de una vida extranjera.

Pero ¿quién es realmente esta gente? ¿Dónde estaban escondidos hasta ayer? No es posible que haya sido él quien haya dado a luz a estas multitudes de apoltronados que de repente empuñan estacas. Ni tampoco la guerra. Para ser sinceros, ni siquiera la guerra puede ser el padre de todas las cosas. El virus que se propaga a lo largo de la via Emilia infectando a miles de empleados postales listos para quemar las Cámaras del Trabajo tiene que haber sido incubado en tiempos de paz. No puede ser de otra manera. No es que renacieran en la guerra, la guerra simplemente los devolvió a su propio ser, los hizo volverse lo que ya eran. Quizá el fascismo no sea el hospedador de este virus que se propaga sino el hospedado.

Hay que precipitar los acontecimientos. Eso es todo. Podría ocurrir que el nuevo año te llame para arbitrar la partida. A este ritmo, no serán los comunistas los que hagan la revolución, sino los propietarios de dos habitaciones y cocina de un edificio de los suburbios.

1921

Nicola Bombacci
Livorno, 16-17 de enero de 1921

Giacomo Matteotti
Ferrara, 18-22 de enero de 1921

El XVII congreso del Partido Socialista Italiano fue inaugurado en Livorno —destino turístico célebre por sus excelentes instalaciones costeras y termales— a las dos de la tarde del 5 de enero de mil novecientos veintiuno por el presidente provisional Giovanni Bacci con un conmovedor recuerdo de la insurrección espartaquista de mil novecientos diecinueve. Inmediatamente después, el secretario Francesco Frola leyó en traducción italiana el saludo a los delegados del comité ejecutivo de la Internacional Comunista: un durísimo ataque de Moscú a los camaradas reformistas y a quienes siguen empeñados en no expulsarlos del partido. En ese preciso momento, justo después del almuerzo, dio comienzo la tragedia del proletariado italiano.

Nicola Bombacci escucha esas palabras inaugurales, pero ya definitivas, desde los palcos superiores del lado izquierdo del teatro Goldoni, donde se agrupan los delegados de los cincuenta y ocho mil votantes de la fracción comunista. La colocación de los congresistas refleja plásticamente la separación entre las facciones en lucha: los comunistas en los palquillos de la izquierda, el patio de butacas ocupado por los «centristas» con la fuerza de sus cien mil votantes, en el lado derecho los reformistas que aportan quince mil votos. Los trabajos acaban de comenzar y, sin embargo, por el teatro planea la incómoda sensación de que la suerte está echada.

En el congreso anterior, celebrado en julio, la Internacional Comunista manifestó su postura, desarrollada en veintiún perentorias tesis como clavos incrustados en el ataúd de la unidad proletaria: si pretenden seguir en la Internacional, los italianos deben cambiar el nombre al partido y repudiar como contrarrevolucionarios a todos los compañeros de lucha que creen en el socialismo pero no en la revolución. El problema es que en Italia, después del fracaso de la ocupación de las fábricas, los únicos que siguen creyendo en ella a esas alturas son Bombacci y los suyos. Ni siquiera tienen ya fe los maximalistas del secretario Serrati, con su clara mayoría, pese a que aún lo prediquen de boquilla. Han dejado de creer, por más que, de puertas afuera, el socialismo italiano siga extendiéndose. En las elecciones de noviembre el partido logró un éxito rotundo, alcanzando la mayoría en 2.162 municipios, cuenta con 156 parlamentarios, doscientos dieciséis mil militantes, divididos en cuatro mil trescientas secciones, que se han triplicado en dos años, y la tirada del *Avanti!* supera los trescientos mil ejemplares diarios. De puertas afuera, el proletariado italiano aún sigue dispuesto a un esfuerzo heroico pero de puertas adentro, en el teatro Goldoni de Livorno, la discordia muerde, de puertas adentro arrecia la guerra entre bandos.

Christo Kabakčiev, delegado de la Internacional, habla en la mañana del día 16. Tras colocarse su pajarita y sus gafas redondas de miope, el comunista búlgaro deja que resuene su ultimátum: no hay tiempo que perder, vivimos una situación revolucionaria, de modo que cualquiera que la obstaculice sumándose a los tibios reformistas es un traidor. El Comintern de Moscú, por lo tanto, expulsará a quienes voten la moción unitaria de los maximalistas. Bombacci y los comunistas lo aplauden mientras todos los demás sectores del teatro estallan en gritos sarcásticos: «¡Excomunión mayor! ¡Viva el papa! ¡Viva el Papachieff! ¡No somos siervos de nadie, no queremos legados pontificios!». Un circo ecuestre, en definitiva. Con tres pistas.

Durante toda la jornada del día 17, en un clima cada vez más turbulento, prosigue la polémica entre reformistas y revolucionarios, unitarios y secesionistas, intransigentes de derechas y de izquierdas, políticos y sindicalistas; al final, ya al atardecer, toma la palabra Vincenzo Vacirca, un sindicalista siciliano que montó a los dieciséis años la Liga Campesina de Ragusa y que ya se ha librado de diversos atentados tanto en Italia como en los Estados Unidos de América. Vacirca defiende con pasión la causa de los jornaleros del sur, poniendo a todos de acuerdo, pero después, cuando la asamblea ya se está distrayendo con el espejismo de la cena, arremete, en nombre de la libertad de pensamiento y de la unidad de acción, contra las directrices de Moscú. Para el enemigo de los latifundios sicilianos, comunismo y socialismo son una sola cosa. La culpa de la reacción que está arrollando al movimiento obrero y campesino es, si acaso, de los palabreros que predican en vano la violencia convocando así la represión burguesa, la culpa es de los «revolucionarios de cortaplumas».

De este modo se insufla un soplo de realidad por sorpresa en la cárcel de las fórmulas ideológicas. De repente el teatro Goldoni se sume en el silencio. La expresión de Vacirca es vaga pero la referencia es clara, directa, la mofa es personal: en una entrevista publicada el mes de octubre anterior, Nicola Bombacci, el «Cristo de los obreros», hablando de la violencia, como el hombre apacible y sincero que es, había declarado «no saber siquiera cómo usar un cortaplumas».

Para que el escarnio de Bombacci sea más punzante, Vacirca, tras sacar una navajita del bolsillo de la chaqueta, con gesto de desafío y de burla se demora extrayendo lentamente la hoja de las cachas. Por un instante las divisiones desaparecen: todas las miradas de la sala se vuelven hacia los palquillos de la izquierda donde está sentado, detrás de sus largas barbas de color castaño, el «Lenin de Romaña».

Nicola Bombacci, como impulsado por la poderosa corriente de vergüenza que fluye por la sala, se ha puesto en pie. Tiembla de rabia pero no sabe qué hacer.

«Cógela, demuéstrale de lo que eres capaz», le susurra al oído la voz de Umberto Terracini —dirigente comunista favorable a las tesis de Moscú—, que está detrás de Bombacci. Más abajo, invisibles, unas manos le tienden una pistola.

Nicola Bombacci no ha empuñado un arma en toda su vida. La agarra, se asoma por el gallinero y apunta hacia Vacirca, paralizado en el palco de los oradores, con el brazo todavía estirado en su gesto burlesco, acusatorio.

—Esto no es un cortaplumas, ¡ahora verás!

El grito estrangulado, histérico por la ofensa, resuena en la sala. Alrededor del escenario, los delegados se esconden bajo sus asientos. La mano que sostiene el arma, regordeta, rosada, delicada, vacila sin embargo bajo el peso del enorme revólver de tambor.

Bombacci, que ha blandido hasta ahora el arma, deja caer el brazo y se derrumba en la penumbra del palquillo. La tragedia degenera en farsa.

Los odios de las facciones, la esclavitud de las fórmulas, la ceguera ideológica, el lenguaje que se ensaña en cuestiones formales, de pura lógica, la rueda eterna de las rivalidades personales, la sordera ante el estruendo del mundo, ante las promesas del alba.

Todo eso parecen estar rumiando las ruedas del tren que serpentea a lo largo de la llanura del Po, en dirección a la desembocadura, hacia el mar. La meta está cerca, el silbido del vapor la succiona junto a siglos de pensamiento, de crítica, de discusión, de sacrificio, de batalla, a las luchas milenarias de los trabajadores explotados de todas las razas, épocas, idiomas, latitudes, religiones, de todos los colores, a las esperanzas de compañeros desconocidos, de una humanidad fraterna y extranjera, a la construcción definitiva de la historia. Las manos femeninas de Nicola Bombacci que sucumben bajo el peso insoportable de un revólver con el que apunta a sus compañeros le laten en las sienes como si tuviera unos grados de fiebre.

Giacomo Matteotti ha tenido que abandonar a toda prisa el congreso, ha tenido que marcharse de Livorno cuando aún era de noche, en el tren regional a Florencia. Luego montó en el nocturno Florencia-Bolonia y más tarde en un regional para Ferrara. Hasta ha tenido que renunciar a hablar en el congreso para acudir apresuradamente a la capital de la circunscripción en la que fue elegido a fin de asumir la dirección de la Cámara del Trabajo. Su secretario, como consecuencia de los incidentes del 20 de diciembre, ha sido detenido junto con el alcalde. En Livorno, en la sobreexcitada sala del teatro Goldoni, a lo largo de dos días Matteotti ha escuchado decenas de intervenciones de hombres en lucha procedentes de toda Italia y de media Europa, que debaten durante horas la cuestión de la unidad de los socialistas, los dogmas de la ortodoxia marxista, las tesis de Moscú. Acerca de los fascistas y de lo que sus escuadras están haciendo en Emilia y en Romaña, no ha oído una sola palabra.

El tren entra en la estación a las doce en punto. Una reducida delegación de compañeros recibe al diputado Matteotti y lo conduce a corso della Giovecca, al bufete del abogado Baraldi, para una primera reunión en la que definirán la estrategia.

No ha pasado ni una hora y los primeros voceríos empiezan a oírse en la calle. Al cabo de unos minutos, cuando corre la noticia, engrosados por los estudiantes que han salido de clase, los manifestantes se cuentan ya por miles. Una multitud de porras fascistas aguarda al diputado socialista que ha llegado de Livorno.

Matteotti se niega a recurrir a un coche y se dirige a pie hacia la Cámara del Trabajo, encapsulado en una patrulla de policías que lo protegen del linchamiento de la multitud. El trayecto acaba derivando en un vía crucis de tono menor. Escupitajos, lanzamiento de hortalizas, mamporros en la nuca y en las orejas. Los carabineros que llegan de refuerzo cierran filas, rodean a la víctima, disuelven a los manifestantes, se desperdigan y recomponen la formación. Un bastonazo logra superar el cordón y alcanza a Matteotti en la sien. Él responde gritando repetidas veces a los atacantes: «¡Canallas! ¡Canallas!».

Y esto es solo el principio. Al día siguiente, el panadero socialista Ettore Borghetti es asesinado de un disparo de pistola mientras sale de una entrevista en la Cámara del Trabajo. En Ferrara, la ciudad gobernada con abrumadora mayoría por los socialistas, Giacomo Matteotti no puede poner un pie en la calle sin escolta. La mañana del 22 de enero insiste ante el prefecto Pugliese para que se le retire la vigilancia de los cuerpos de seguridad pública. Para protegerlo —afirma— bastarán sus compañeros armados con bastones. En los periódicos de la mañana acaba de leer la noticia: en Livorno los maximalistas se han negado a expulsar a los reformistas y, como consecuencia, los comunistas se han escindido de los maximalistas.

El día anterior, mientras Giacomo Matteotti sufría el acoso de los fascistas en las calles de Ferrara, en el teatro Manzoni de Livorno el líder comunista Amadeo Bordiga subió a la tribuna del congreso y con su habitual tono gélido y desdeñoso, el estilo de toda su lucha, ordenó a los delegados de la fracción comunista que abandonaran la sala.

Los comunistas, según recogía la noticia, salieron entonando *La Internacional* tras citarse en un segundo teatro, el teatro San Marco, a escasos centenares de metros de distancia, donde fundaron el Partido Comunista de Italia. Los fundadores, sobre el pavimento desnivelado del patio de butacas, frente a cortinas hechas jirones que colgaban alrededor del proscenio, bajo amplias grietas del techo empapado por las que caían chorros de lluvia fría, no encontraron sillas ni bancos para sentarse. Mientras expedían los carnets con la hoz y el martillo, permanecieron horas de pie, firmes bajo la lluvia.

Desde Ferrara, Giacomo Matteotti escribe a Velia, su mujer: «Era mi deber asumir con firmeza las tareas de defensa de Ferrara; y ello nos ha favorecido enormemente, contra toda la prepotencia». Su mujer, que está a punto de parir a su segundo hijo, recordándole sus responsabilidades de padre frente a las de héroe, le responde: «Me resulta difícil convencerme de que, a estas alturas, no se te permita ninguna bajeza, aunque ello hubiese de costarte la vida. Lo cierto es que hemos de olvidarnos de todo lo demás».

Nos sentimos herederos de las enseñanzas que provienen de hombres a cuyo lado dimos nuestros primeros pasos y que hoy ya no están con nosotros. ¡Si hemos de marcharnos, seremos nosotros los que nos llevemos el honor de vuestro pasado, oh, compañeros!

Amadeo Bordiga, líder de la fracción comunista escindida, en el XVII Congreso del Partido Socialista Italiano, Livorno, 19 de enero de 1921

Nos vimos arrollados —hay que reconocerlo— por los acontecimientos; fuimos, sin saberlo, un aspecto de la disolución general de la sociedad italiana [...] un consuelo nos quedaba, al que nos aferramos tenazmente, que nadie se salvaba, que podíamos afirmar haber previsto matemáticamente el cataclismo.

Antonio Gramsci, cofundador del Partido Comunista Italiano, a propósito de la escisión de Livorno, *L'Ordine Nuovo*, 1924

En Livorno comenzó la tragedia del proletariado italiano.

Pietro Nenni, activista del PSI, fundador del Fascio de Combate de Bolonia en 1919, *Storia di quattro anni*, 1926

El licor es viscoso, de alta graduación, de color oscuro, el color de la sangre reseca, el rojo turbio del coágulo, de la sangre sexual o de la sangre enferma, violenta, esa que debe preocuparte si te la encuentras en las heces. El sabor, sin embargo, es muy dulce. Se lo proporcionan las cerezas, los huesos y la pulpa, puestos a macerar durante meses en el aguardiente. A causa de esta alegría azucarada que posee, el licor de cerezas gusta las mujeres: es la bebida perfecta cuando las quieres de espaldas contra el suelo. Pero también les gusta a los hombres de la escuadra fascista Celibano, que le deben su nombre. Quien los bautizó así fue Arturo Breviglieri, antiguo ametrallador de las tropas de asalto, miembro del Fascio de Combate de Ferrara desde su fundación, empleado de la empresa Bignardi & Co. Parece que ese licor de cerezas nunca faltaba en los comedores de Fiume y que D'Annunzio en persona fue el que inventó, a causa de su turbio color sanguíneo, el nombre de Sangre Morlaco, evocando a los terribles guerreros nómadas de las poblaciones latinas que sobrevivieron durante siglos a las invasiones bárbaras en los valles oscuros de los Alpes Dináricos. Sea como sea, estos otros guerreros que beben licor de cerezas en el Caffè Mozzi de corso Roma en Ferrara, frente a la galería del Castillo Estense, deben su propio nombre al aguardiente que les proporciona valor para luchar. «Celibano» es, en efecto, la distorsión dialectal de «cherry brandy», su licor favorito.

La expedición de castigo que parte el 23 de enero desde Ferrara, dirigida a los suburbios rurales y a los pueblos de los alrededores, es la primera que se concibe con métodos militares. Los hombres que se han dado cita se cuentan por docenas, todos bien armados y organizados para atacar al mismo tiempo numerosos objetivos. Para acabar con las ligas campesinas de San Martino, Aguscello, Cona, Fossanova San Biagio, Denore y Fossanova San Marco confían en los efectos resolutivos de la violencia premeditada, en la táctica de la sorpresa y en los camiones puestos a disposición por la Asociación de Propietarios Agrícolas. Por esta razón han de ser muchos. Los «rojos» probablemente los estén esperando y su capacidad de anonadarlos no debe dejar margen alguno a la incertidumbre en el choque.

En la explanada de la estación de autobuses, fuera de las murallas del centro de la ciudad, se reúnen hombres a los que separan abismos: confluyen la violencia personificada del Osado, rechoncho como un toro, con su uniforme recubierto de pasadores, el profesor de latín fanático de la estética legionaria y el grácil hijo de los privilegios como ese tal Barbato Gattelli, vástago de una familia de terratenientes, veterano de la Gran Guerra que ha comenzado su actividad industrial en el sector de la automoción. Los escuadristas ferrareses dispuestos a conquistar los campos el 23 de enero de mil novecientos veintiuno son muchos. Son muchos pero no están todos.

Olao Gaggioli no está con ellos. El 17 de diciembre presentó su dimisión como secretario del Fascio local en protesta por el distanciamiento de Mussolini respecto a D'Annunzio y la injerencia de los terratenientes. Su deserción es difícil de digerir porque Gaggioli fue uno de los fundadores del Fascio de Ferrara, porque estuvo en piazza San Sepolcro el 23 de marzo de mil novecientos diecinueve, porque como teniente de los Osados fue condecorado con nada menos que cuatro medallas al valor, porque fue legionario en Fiume, porque encabezó la escuadra de Ferrara durante el asalto al Palacio de Accursio, porque se enfrentó a los socialistas incluso en la masacre del Castillo Estense y porque es un hombre de proporciones gigantescas y de inmensa fuerza. A finales de diciembre su hermano Luigi, contrario a servir a los intereses de los patronos al igual que Olao, escribió incluso una carta al Comité Central de Milán en la que denunciaba abiertamente que el Fascio de Ferrara, financiado ahora por la Asociación de Propietarios Agrícola, se estaba convirtiendo en la «guardia de la alta burguesía».

Para entender mejor lo que ocurre y para conservar el control sobre la provincia, Mussolini ha enviado a un inspector. Se llama Marinoni y no ha tenido más remedio que reconocer que las numerosas secciones nuevas que han ido surgiendo en la provincia un mes después de la masacre del Castillo Estense carecen «de todo contenido político y de ideología» y tienen como único propósito el de oponerse a los socialistas. Como es natural, los propietarios agrícolas están exultantes y les proporcionan toda clase de apoyo material. Los de mayor edad se afilian como miembros honorarios e inscriben a sus hijos como escuadristas. Después del 20 de diciembre ya han aportado veinte mil liras a las arcas de los Fascios. Todo el mundo se suma a la empresa: grandes y pequeños propietarios de tierras, aparceros, comerciantes, contratistas.

Desde Milán, Mussolini, en las columnas del periódico, para evitar que el fascismo rural dé la impresión de estar sometido a los intereses de los grandes terratenientes, ha lanzado la consigna «la tierra para los que la trabajan», con un programa para repartir las tierras no cultivadas, subdivididas en pequeñas parcelas, entre los colonos que las cultivan personalmente. Propone que las transacciones las administre una «oficina de tierras» gestionada por los fascistas. También se desmarca de los propietarios agrícolas el nuevo órgano del Fascio local, *Il Balilla,* que publica su primer número este 23 de enero, precisamente subrayando que el fascismo ferrarés nace «en las calles» y no «en los salones de los ricos». Como director, por voluntad de Milán, ha sido nombrado Italo Balbo, el joven seguidor de Mazzini, exteniente de las tropas de montaña, que se ha distinguido en las escuadras de asalto, enardecido patriota, encarnizado antibolchevique, él también héroe de guerra y él también desmovilizado en busca de un destino y un trabajo.

Acerca de este Italo Balbo, salido de la nada, ya circulan anécdotas oscuras y fascinantes. Se dice que sedujo en Trentino a la hija de un cierto conde Florio, que se licenció en Florencia en Ciencias Sociales amenazando físicamente a su profesor, que ha llegado al fascismo por casualidad y por interés. Parece que durante el funeral de los mártires del 20 de diciembre estaba jugando al póquer en la trastienda de un café y, al asomarse al umbral, viendo desfilar en formación a las escuadras, preguntó: «¿Y a esos de ahí quién les paga?». Se rumorea que cuando le ofrecieron sumarse al Fascio, su respuesta fue: «¿Se gana dinero de fascista?». Se murmura que aceptó la oferta con tres condiciones: un salario mensual de nada menos que mil quinientas liras, el nombramiento de secretario político, la garantía de un empleo como inspector de la Banca Mutua, propiedad de Vico Mantovani, presidente de la Asociación de Propietarios Agrícolas.

Pero todo esto ahora ya no importa porque las furgonetas se han puesto en marcha. Ahora la palabra pasa a las armas, el resto cuenta poco.

Balbo está sentado junto a Breviglieri y los demás de la Celibano en la caja de un antiguo vehículo militar que se dirige a Denore, un suburbio en la orilla derecha del río Volano. Ahora todos los escuadristas, sean cuales sean sus motivaciones, sus realidades, sus miserias, sean cuales sean las circunstancias de su nacimiento y el oficio con el que se ganaban la vida hasta ayer, ahora son tan solo un grupo de hombres armados acurrucados en la caja de una furgoneta donde no pueden estar ni tumbados ni sentados, bajo un cielo blanco que se cierne sobre una campiña arcaica. Delante de ellos, unos bueyes grises e idiotas aran lentamente los campos en un silencio de cristal, con sus ojos miopes y sus enormes corazones completamente ajenos a la historia de esos hombres que han venido a quebrar esa quietud. Por encima de ellos, las garzas, que nidifican no lejos de allí, entre los sauces arbustivos de las cuencas lacustres que llevan a la desembocadura, siguen en bandadas de diez el trabajo sordo de los campos. Traen un eco salado de prados húmedos y de páramos, de cordones de dunas y de arenales originados por el depósito progresivo de los sedimentos y el retroceso del mar. Aún más en lo alto, un halcón da vueltas lentamente trazando en el blanco del cielo liso sus suaves círculos.

Alguien lo interpreta como una buena señal. Empieza a girar una botella de vino espumoso. Esa masacre, ese morir, ¿para qué? El miedo tensa a ese puñado de hombres: seguramente los habrán visto salir, alguien puede haber hecho correr la voz. Todos saben que en Fossanova, tres días antes, los socialistas han disparado y herido a un hombre que salía de la rectoría donde se celebraba una asamblea política. Hoy podría tocarle a alguno de ellos, a uno de esos hermanos de armas, acuclillados sobre sus talones en esa caja como gitanos feriantes. La quietud de los campos los envuelve en la maraña de una amenaza constante. Detrás de cada seto, en cada planicie aluvial entre el terraplén y el lecho de estiaje, aguarda la emboscada. El hierro frío de la pistola, palpado en el secreto del bolsillo, reconforta.

En la intersección de Stellata los camiones se separan. Dos escuadras se dirigen hacia Cona y Fossanova, las demás hacia Aguscello y Denore. A la entrada de Aguscello un coche de los propietarios agrarios locales recibe a los fascistas, escoltándolos entre las pocas calles del pueblo. La resistencia de los socialistas es floja. Alguien dispara con una escopeta para cazar codornices. Los perdigones apenas traspasan las tupidas guerreras. Los locales de la Liga Campesina son asaltados con toda facilidad, se rompen los cristales, se sacan los muebles para destrozarlos en la plaza. Los carabineros detienen a los socialistas que se han defendido con la escopeta de perdigones.

Los asaltantes, exaltados, se suben otra vez a las furgonetas. Ahora cantan, el vino cae a chorros en los esófagos liberados. Al llegar a Denore, el terrateniente Giuseppe Gozzi los conduce a la sede de la Liga Campesina. Allí, sin embargo, los socialistas son numerosos, están atrincherados, listos para la defensa.

Italo Balbo salta de la furgoneta blandiendo una maza herrada como la utilizada por los húngaros en el monte San Michele del Carso isontino para hundir los cráneos de los enemigos heridos. Aquí, sin embargo, la violencia es impetuosa, personal, directa, inmediata, sin esas interminables esperas de los turnos en las trincheras, aquí los hombres no son aniquilados como miles de gérmenes por el apocalipsis ardiente de la artillería pesada. Aquí solo hay cuerpos dueños de sí mismos, irrigados de sangre caliente y vino fragante, que se lanzan a la refriega como a la algarabía de una fiesta. La pelea es encarnizada, los campesinos no se rinden, un fascista saca el revólver y hiere gravemente a dos. También Balbo, Breviglieri y Chiozzi se ganan heridas leves.

En el camino de regreso el puñado de hombres armados destruye también la sede de la Liga de San Biagio, que está indefensa. Ahora el odio cabalga a rienda suelta. Ahora en las cajas que dan tumbos en cada bache ya no hay Osados, profesores de latín e hijos de propietarios agrícolas, ahora la sangre derramada los ha emparentado, ya nadie está solo, no existen divisiones o facciones, la igualdad social es el regalo de la experiencia fundamental de matar juntos.

Ahora en los furgones todos se conmueven al recordar una acción ya antigua, por más que haya sido ejecutada hace solo media hora, ahora todos bromean, cantan a voz en grito: ese puñado de hombres expuestos al riesgo de una agresión letal tienen pleno derecho a expresar sus sentimientos, sus apetitos. Ahora los escuadristas de la Celibano y los de Balbo se han ganado la misma borrachera de Sangre Morlaco que los espera en el Caffè Mozzi, el mismo atracón de *salama da sugo* picante y especiada, la merecida lujuria en el burdel de Rina en el callejón Arnaldo da Gaggiano.

Pero antes los animales, en los campos que bordean la orilla derecha del Volano, inflexibles, oponen a la historia de los hombres el idiotismo de su mirada bovina, la misma con la que los habían machacado unas horas antes.

Se establece la inmediata revocación de las licencias de armas en las provincias de su competencia. Encárguese de ello usted de inmediato [...] De acuerdo con la ley del 26 de diciembre de 1920, las personas que sean sorprendidas en posesión de armas serán arrestadas y denunciadas en estado de arresto ante la autoridad judicial.

Circular del presidente del Gobierno Giovanni Giolitti
a los prefectos de las provincias de Bolonia,
Módena y Ferrara, 25 de enero de 1921

Se hace todo lo posible [...] no quiero ocultar, sin embargo, la dificultad para alcanzar mi propósito ante el resentimiento clase agraria contra orden retirada de armas que según cuanto dicen deja sin defensa a muchos de ellos que residen en el campo en las áreas bonificadas, lejos de centros habitados y de estaciones de carabineros.

Telegrama del prefecto de Ferrara Samuele Pugliese
al Ministerio del Interior, 5 de febrero de 1921

Si el Comité Central, promotor y propulsor del movimiento, residía en Milán, la verdadera cuna del fascismo fue Emilia, que había sido escenario de las luchas económicas más agrias. Bolonia, Ferrara, Módena y Reggio fueron las provincias más afectadas por los disturbios fascistas: más tarde esos disturbios se extendieron por algunas provincias limítrofes de Piamonte, Lombardía, Véneto... Son incursiones realizadas en furgones por fascistas armados con la intención de castigar (mediante invasiones, destrucción de círculos, ligas y cooperativas, con secuestros de personas, actos de intimidación y violencia, especialmente contra los dirigentes adversarios) verdaderos o presuntos actos ofensivos e injustos cometidos por sus adversarios socialistas, comunistas o populares; son la venganza de estos últimos contra los primeros: son conflictos que acaban, casi siempre, con numerosos heridos y con muertos.

Del informe del inspector general de seguridad pública
Giacomo Vigliani, junio de 1921

La sala del Instituto de Ciegos en via Vivaio está abarrotada de hombres y mujeres que han venido a homenajear a un joven. Hoy se llora y se celebra a Roberto Sarfatti, nacido en Venecia el 10 de mayo de mil novecientos y muerto en el Col d'Echele el 28 de enero de mil novecientos dieciocho, a los diecisiete años, con un abismo en la frente.

En las primeras filas, junto a la madre, el padre, la hermana del héroe, están sentados decenas de miembros del instituto. Solo los ciegos recientes —en su mayoría ciegos de guerra— buscan algún diálogo en la oscuridad meneando la cabeza al ritmo de la voz de los oradores. Los demás, aquellos que nunca han conocido la luz del mundo, permanecen quietos como si, además de ciegos, fueran sordos también a toda aflicción de los vivos por los muertos. Detrás de ellos, cientos de jóvenes militantes del Fascio de Combate de Milán, que ha organizado la conmemoración, aguardan el discurso de Benito Mussolini. También en Milán, después de los acontecimientos del Palacio de Accursio y después del inicio de las expediciones que recorren las campiñas padanas, aumentan las adhesiones con el ímpetu de una riada.

Los oradores se alternan en el escenario del salón de honor. Ya han hablado muchos —Buzzi, Panzini, Siciliani—, ha hablado la poetisa Ada Negri. Se ha leído incluso un texto de despedida lapidario y perfecto compuesto por Gabriele D'Annunzio antes de la *Navidad de sangre;* sin embargo, todos esperan a Mussolini. Él trata de sustraerse a tanta expectativa:

—Hoy no estaré a la altura del cometido que se me encomienda. Mi oratoria se ve lastrada por veinte años de batallas mezquinas. La celebración de los héroes debería estar reservada a los poetas, a los espíritus elegidos, que viven por encima de las disputas cotidianas y furibundas en las que nosotros, los llamados hombres «políticos», estamos hundidos hasta el cuello.

Después del preámbulo, Mussolini evoca al muchacho de quince años que ya en mil novecientos quince, coetáneo del siglo, ardía en deseos de combatir. Evoca al joven de dieciséis años que, bajo un nombre ficticio, permaneció un mes en un cuartel de Bolonia gracias a un documento falso que le proporcionó Filippo Corridoni. Ante el nombre de Corridoni, abanderado y mártir del intervencionismo, la multitud, puesta en pie, estalla en un largo aplauso. El orador prosigue leyendo algunos pasajes de las cartas en las que su autor, a sus diecisiete años, alistado por fin después de la derrota de Caporetto, se mostraba ansioso por marchar al frente: «Cualquiera que esté en condiciones de defender Italia debe hacerlo de inmediato y sin más esperas. Esto es más que una batalla, es una colisión entre dos razas: los bárbaros teutones y cimbrios contra los latinos. Una vez más le corresponde a Roma sostener el encontronazo y así lo hará». La multitud vuelve a aplaudir al héroe.

En la primera fila, su madre recuerda en cambio a un chico muy dulce que, a la espera de marcharse a la guerra, se retorcía nerviosamente las manos, haciendo crujir y crepitar de forma macabra todas las falanges de los dedos entrelazadas unas con otras. ¡Era una noche estrellada y ambos estaban desesperados, madre e hijo! Habían leído con los ojos llenos de lágrimas los trágicos boletines del avance enemigo, implacable, irrefrenable. Las mujeres lloraban y los interminables trenes de refugiados del Véneto pasaban. Madre e hijo sentían que las botas de esos turcos, alemanes, búlgaros que invadían su país les pisoteaban el corazón. Pero la huella de esas pisadas no era igual: «No lo hago por Italia, lo hago por mí, por mi deber, por mi conciencia», había protestado el muchacho.

Ahora también Mussolini se concede un recuerdo personal. Recuerda enero de mil novecientos dieciocho cuando aquel chico, ya ascendido a cabo por méritos de guerra, de regreso a casa con un permiso, había pasado por la redacción del periódico a visitarlo. Él quiso informarse sobre la moral de las tropas, el muchacho lo había tranquilizado: la moral era alta, muy alta. «Queremos vencer, tenemos que vencer y venceremos», le había dicho al despedirse.

El público vuelve a aplaudir, pero la madre recuerda a los dos hombres que se escrutaban como si fueran a apurar el alma de un trago, la orgullosa mentira de su hijo y la despreocupada satisfacción del otro. Recuerda a un muchacho avieso, frenético y desequilibrado, un muchacho al que ella ya no reconocía, y las palabras que ella, en vano, le había dirigido: «No es ya la hora romántica de vencer o morir: se trata de vivir; eso es lo necesario».

El lunes siguiente, a las diez de la mañana, en el altiplano de Asiago, Roberto condujo a su pelotón de soldados de montaña al asalto del Col d'Echele. Tras apoderarse de una ametralladora enemiga, como si estuviera poseído, partió al ataque del último bastión de la cumbre. Una bala le explotó en la cara.

—«Entre los primeros en llegar a la trinchera, se lanzó sobre un terraplén enemigo [...] pruebas excepcionales de audacia y sublimes virtudes militares [...]. Habiéndose lanzado nuevamente al ataque de una galería [...]» —Benito Mussolini lee la propuesta de concesión de una medalla de oro. Los ciegos de guerra estiran el cuello, en busca de luz, los ciegos de nacimiento renuncian, todos callan con conmoción silenciosa. Benito Mussolini está elevando a Roberto Sarfatti a primer mártir del fascismo.

Han pasado ya tres años. Roberto está muerto. Y duerme, solo, en un pequeño cementerio solitario y lejano. Y a su madre únicamente le queda una posibilidad para velar la tumba de su hijo: esos veteranos violentos vestidos de gris verdoso, esos hombres con camisas negras que llevan la muerte a caseríos de los campesinos, son ahora su familia. Margherita Sarfatti fue socialista, estuvo entregada a la causa de esos campesinos, durante mucho tiempo fue contraria a la intervención en la guerra, pero en el fondo la vida es siempre una cuestión personal y, si no es eso, no es nada.

Desde el día del funeral, Benito Mussolini se ha rendido a su duelo de madre y le ha rogado que le permita compartir algo de su dolor. Solo él —no Cesare, su marido, que desde aquel día se extravió en la niebla del remordimiento; no sus viejos compañeros socialistas que siguen despreciando a los combatientes— ha demostrado ser capaz de comprenderlo. Entregándose a Mussolini, ella mantiene encendida la lumbre en la tumba de Roberto. Solo el fascismo puede dar sentido a la muerte de tu hijo.

Por eso, la madre se demorará hasta bien entrada la noche en la angosta redacción de ese periódico, abandonando los salones de su palacio de corso Venezia, para permanecer el mayor tiempo posible en compañía de su hijo, y por eso la mujer se entregará desnuda, sin pudor, a la furia erótica de ese otro hombre, en las sucias habitaciones de esos hoteles tristes, para no abandonar a su Roberto. La esposa traicionará al marido —al marido y a todo lo demás— para que la madre permanezca fiel a su hijo.

Roberto querido, quiero poner por primera vez la fecha nueva del nuevo año en la carta con la que te mando la expresión de mi afecto y de mi ternura ardiente. ¡Felicidades! Pequeño y gran bendito mío, eres una parte tan grande de mi felicidad, tu bien, tu salud, tu satisfacción, todo ello son elementos integrantes esenciales, necesarios para mi bien y no puedo transmitirte nada más que la profunda plegaria de mi corazón, a todas las horas y en todo instante: ¡Dios te bendiga! Hoy he recibido tres postales tuyas y una ayer, gracias, bonito mío, por tus palabras tan queridas y por el esfuerzo que haces para darnos con asiduidad y regularidad noticias tuyas.

Carta de Margherita Sarfatti a su hijo Roberto,
1 de enero de 1918

Giacomo Matteotti
Roma, 31 de enero de 1921
Parlamento del Reino

El hemiciclo de Montecitorio está semivacío. La mayor parte de los diputados aún no ha regresado de la pausa del almuerzo. Probablemente se estén demorando en el ambigú o dormiten en algún sillón de sus despachos.

Cuando, después del informe sobre el escándalo de los depósitos de suministros en Libia, la sesión parlamentaria del 31 de enero de mil novecientos veintiuno se reanuda con las mociones de política interna, en el hemiciclo apenas están presentes setenta diputados y casi todos se sientan en los escaños de la izquierda. El primero en hablar de los cincuenta y seis apuntados es Giacomo Matteotti. Tan pronto como el presidente de la asamblea, De Nicola —un abogado napolitano del sector liberal elegido en las listas del Partido Demócrata—, le concede la palabra, el joven diputado véneto se lanza con entusiasmo al vacío. Los ancianos desplomados en el banco del gobierno resucitan inmediatamente de su colapso posprandial. Una nota inaudita resuena bajo el friso de Aristide Sartorio: la denuncia de la violencia fascista aparece abiertamente por primera vez en el orden del día del Parlamento italiano.

—Somos un partido que no aspira a una simple sucesión de ministerios, que muy al contrario pretende alcanzar una grandiosa transformación social, y que por lo tanto prevé necesariamente la violencia. Sabemos que, al perjudicar una infinidad de intereses, desencadenaremos reacciones más o menos violentas, y no nos preocupa. Por ello no nos quejamos de la violencia fascista.

Matteotti deja caer una pausa retórica cuidadosamente estudiada, deja que la palabra «violencia», asociada al fascismo, revoletee suspendida en el aire bajo la cúpula de cristal que encierra el inmenso vacío del hemiciclo de Montecitorio. Luego comprime la boca, escondiendo el labio inferior debajo del delgado labio superior y, tras recobrar el aliento, escupe su desafío directamente dirigido al banco del gobierno:

—No nos quejaremos de los crímenes ni nos entretendremos detallándolos. Nosotros no tenemos que mendigar servicio alguno al gobierno, no tenemos nada que pedir, ni al gobierno ni a nadie.

Ahora la atención de todos está fija en el delgado labio superior de ese joven hijo de terratenientes entregado a la causa de los desharrapados. Después del orgullo, el diputado de Fratta Polesine echa mano de la honestidad intelectual:

—Somos un partido de masas y no renegamos de ningún error de las masas. Al contrario, estamos dispuestos a reconocer que a veces la teorización de la violencia revolucionaria, que pretende suprimir el Estado burgués, puede haber inducido a algunos de nuestros militantes al error de episódicas acciones de violencia.

—¡Menudo descaro! —el grito del diputado D'Ayala, que proviene de los escaños de los liberales, queda sofocado de inmediato por las protestas de los socialistas.

Matteotti prosigue.

—Sin embargo, hoy existe en Italia una organización públicamente reconocida, como notorios son sus miembros, dirigentes, sedes, bandas armadas, los cuales declaran abiertamente que su propósito son actos de violencia, de represalia, amenazas, incendios, actos que ejecutan en cuanto se produce o se finge que se ha producido algún hecho cometido por los trabajadores en detrimento de los patronos o de la clase burguesa. Se trata de una perfecta organización de justicia privada. Esto es un hecho incontrovertible.

Mientras Giacomo Matteotti despliega su acta de acusación contra la burguesía agraria italiana, de la que es hijo, más que contra los fascistas, a causa de los cuales se ve obligado a ir escoltado, la sala comienza a llenarse lentamente de hombres a los que esa clamorosa invectiva ha arrancado de su lenta digestión de reptiles. Matteotti los fustiga. Señala con el dedo a esos cobardes, opulentos burgueses que financian la violencia de las escuadras, más que a la violencia misma.

—Mientras la gran mayoría de la sociedad capitalista del país persiste en la hipocresía de no apoyarlo abiertamente, nosotros reconocemos al fascismo el coraje de exponerse.

—¡Viva el Faaascioo!

El grito, muy agudo, casi estrangulado por un falsete histérico, zumba sobre el orador socialista, lanzado desde los escaños de la derecha. Quien ha gritado es Valentino Coda, veterano de guerra, elegido entre los nacionalistas monárquicos.

Matteotti lo desvía hacia el primer ministro. Grita a su vez que los propietarios agrícolas están dispuestos a dejar morir al Estado con tal de salvar su bolsillo, luego señala con un tembloroso dedo de desdén directamente a la cara del patriarca Giolitti:

—¿Quién de ustedes asume la responsabilidad del fascismo? —los socialistas aplauden, disponiéndose a festejar a su tribuno. Él, sin embargo, no ha terminado—. El gobierno presume de estar fuera y por encima de las clases, como guardián del orden público... ¡Nosotros afirmamos, en cambio, que el gobierno del diputado Giolitti es cómplice de todos esos actos de violencia!

—¡Eso no se lo cree ni siquiera usted!

Giolitti se ha puesto de pie, aún amenazador físicamente, con su metro y noventa centímetros a pesar de sus ochenta años de edad y su medio siglo de compromisos parlamentarios.

—No, honorable Giolitti, en este momento la habilidad parlamentaria es perfectamente inútil.

Matteotti prosigue sin sentirse intimidado en absoluto por el viejo dirigente, que podría ser su bisabuelo:

—Este juego de ustedes, en el que son habilísimos, ahora no vale de nada. La cuestión es mucho más sencilla. Nosotros no les pedimos nada. Para empezar, no nos fiamos de un criado como usted, que siempre será infiel. No les solicitamos nada. Esa historia sobre que hemos solicitado al diputado Giolitti su protección es una falsedad. ¡Nosotros no les mendigamos nada!

Giolitti vuelve a sentarse. Matteotti lo ha repudiado. Ha negado su papel institucional como garante de la libertad y de la ley, ha cercenado el hilo que aún podía vincular el socialismo al

Estado. Nosotros no pedimos nada, no mendigamos nada. La nada reiterada por el diputado socialista en su discurso resuena en el hemiciclo como una palabra definitiva.

La intervención del joven tribuno socialista ahonda en su análisis marxista: este es el momento —proclama Matteotti— en el que la clase burguesa, que posee la riqueza, el ejército, la judicatura, la policía, se desmarca de la legalidad y se arma contra el proletariado para preservar sus privilegios. El Estado democrático que se basa en el principio de que «la ley es igual para todos» es una burla. «Las semillas de la violencia darán sus frutos; sí, darán sus frutos... durante mucho tiempo...»

Cuando Giacomo Matteotti vuelve a sentarse, la atmósfera en el hemiciclo se ha vuelto irrespirable. La palabra «violencia», como un escape de gas, la impregna de nuevo. La puerta está cerrada.

Después de él, es el turno del diputado Sarrocchi, que presenta la moción de los liberales. Mientras tanto, el hemiciclo se ha vuelto a poblar otra vez. Al menos doscientos cincuenta diputados se sientan en sus escaños, descansados gracias a la siestecilla de sobremesa. Escuchan a Sarrocchi derramar sobre los socialistas las culpas de la violenta situación que sacude el valle del Po. El diputado liberal despliega la habitual letanía de boicots, usurpaciones, extorsiones, excesos, ocupaciones de fábricas.

—Hay alguna víctima de ese boicot —se deja llevar en un arranque de patetismo— que ya sin techo, sin posibilidad de ganarse la vida, después de haber deambulado de pueblo en pueblo, no ha tenido más remedio que emigrar.

—¡El judío errante!

Los socialistas se ríen de la mofa de Matteotti. Los demás protestan. Sarrocchi continúa.

—¿Quieren saber la cifra total de los daños causados por las ligas rojas en todos estos años? ¡Once millones!

—¡Pues no me parece mucho! —grita el diputado Belloni, un comunista.

Ruidos, protestas.

—¡Inconsciente! —grita alguien.

La sesión prosigue durante bastante rato aún, pero hace ya mucho que ha terminado.

Es posible, por lo tanto, con la conciencia serena, considerar facciosamente artificioso el discurso del diputado Matteotti. El orador socialista no nos ha presentado un cuadro sintético de la situación en Emilia; no se ha preocupado por buscar sus causas remotas y profundas [...]. Ahora el Partido Socialista y las organizaciones que dependen de este temen perder de repente, por la inesperada reacción fascista, los frutos que el trabajo tenaz de veinte años prometía abundantes en el campo político y económico. Frente a la acción de los adversarios, el socialismo se ve obligado a adoptar una actitud defensiva en el Parlamento y en el país e intenta hacer olvidar por lo tanto su violencia del pasado [...] Ahora es preciso esperar que el diputado Giolitti nos ofrezca detalladas explicaciones acerca del concepto con el que pretende inspirar su acción política, que, mientras tanto, puede beneficiarse de un elemento del que sus predecesores carecían: la reacción espontánea de la opinión pública contra el ilimitado poder de los socialistas.

Artículo de fondo no firmado,
Corriere della Sera, 1 de febrero de 1921

Benito Mussolini
Milán, finales de febrero de 1921

Violencia, siempre la violencia, solo la violencia, no hablamos de otra cosa más que de la violencia... ¡Como si hubiera algo que decir sobre la violencia! ¿No pensarán acaso reducir el fascismo, la política y el siglo a una mancha de sangre en el adoquinado?

Los acusan de llevar la violencia a la lucha política. Él lo ha dicho de forma clara y rotunda: los fascistas son violentos cada vez que es necesario. Y ya está. No hay nada más que añadir. Destrozan, destruyen, incendian cada vez que se ven forzados a hacerlo. Eso es todo. A él le parece que es una fórmula satisfactoria.

También la conclusión del debate parlamentario sobre la masacre de Bolonia parece haberle dado la razón. A pesar de la denuncia de ese tal Matteotti, que buscaba en vano en el fascismo una coartada para la incapacidad revolucionaria de los socialistas, el hemiciclo de Montecitorio confirmó su confianza en Giolitti el 3 de febrero. Lo que significa que la tesis de la violencia contrapuesta a la violencia se ha dado por buena, que los moderados consideran a los fascistas como un agente patógeno, virulento pero necesario por razones supremas de supervivencia del organismo social. Una especie de vacuna inoculada bajo la piel contra el socialismo.

¿Que el 22 de enero, en Módena, el joven fascista Mario Ruini es asesinado en una emboscada por tres anarquistas? ¿Que al día siguiente, durante su entierro, en los enfrentamientos entre camisas negras, comunistas y guardias reales mueren otros dos fascistas y Leandro Arpinati es herido en una pierna? Pues bien, esa misma tarde, como represalia, incendian la Cámara del Trabajo de via del Carmine y después, al día siguiente, el mismo Arpinati prende fuego a la Cámara del Trabajo de Bolonia, a la sede de la Unión Socialista y a la del periódico *La Squilla*. Así es como funciona la violencia, el hermano tonto de la política. Y no hace ninguna falta entretenerse en arabescos teóricos al respecto. De lo contrario, se pierde de vista el marco general, y el marco general es complejo.

Tras la escisión, la crisis socialista es irreparable. Los quince mil delegados de Livorno ya no representan a nadie, pero hay que moverse rápidamente para recoger los frutos. Tan pronto como se den cuenta, los demócratas biempensantes lanzarán un suspiro de alivio y pensarán que los fascistas ya no les hacen falta. Es muy probable que Giolitti, el viejo mago de la lluvia, aproveche la debilidad socialista para disolver el Parlamento, convocar nuevas elecciones y agrandar la grieta en el muro rojo incorporando al gobierno a Filippo Turati y a sus reformistas moderados. Es necesario moverse rápido, subir a bordo, viajar ligeros y deshacernos de todo el lastre.

La violencia ha de continuar en grado suficiente para que los viejos burgueses idiotas entiendan que no pueden prescindir de los violentos. Pero también debemos mantener a raya a esos enloquecidos salvajes que matan por diversión en las tierras bajas de la llanura padana. En eso tiene mucha razón Cesarino Rossi: hay que hacer una buena limpieza general, seleccionar de forma radical, hay demasiada gente que se ha sumado, al compás de la ola del éxito, a las filas fascistas. ¡Fuera! Sin titubeos, hay que librarse del lastre. Además, también hay que preocuparse por mantener vivos los últimos vínculos con la izquierda. Sus votos también serán útiles en las próximas elecciones. Para eso ya está listo el eslogan: «La tierra para quienes la trabajan, la tierra para quienes la hacen fructificar». Debería ser suficiente para privar a las masas rurales de su hambre secular. Y además está el Comandante. Ahora D'Annunzio se ha retirado a Cargnacco, en el lago de Garda, a una confortable villa, embalsamado en las comodidades y en el lujo, donde jura que quiere volver a dedicarse a la única ocupación que había conocido: él mismo.

Sus amigos lo describen como un hombre cansado, envejecido de repente, desilusionado, ciego, vencido; en cualquier caso, habrá que llegar a un acuerdo con él para evitar que se cruce en el camino. Habrá que favorecer sus principescos deseos de aislamiento, ayudarlo a que se convierta otra vez en el diseñador de interiores que siempre ha sido, a que se entierre vivo en su pirámide a orillas del lago junto con sus fieles, sus orfebres, sus laureles, sus cañones, sus caballos, con sus viejas y sus nuevas amiguitas, sus manías, sus queridos perros. Bastarán solo unos meses de agonía lacustre y el Comandante se convertirá en el perro de su intrascendencia.

De lo que se trata es de encontrar un lugar en el mundo para Italia, un lugar en la historia para los italianos, no un lugar en el cosmos para el ser humano. La política exterior no puede depender de los delirios de un D'Annunzio. En la concentración de Trieste del 7 de febrero, celebrada en el Politeama Rossetti, Mussolini se lo espetó con toda claridad a los que lo acusaban de haber abandonado Fiume: la violencia es corta pero el arte de la política es largo, el escenario es vasto, complicado, variado, la época incierta. Hace falta tener una vasta panorámica del horizonte de la situación mundial, nada de marchas improvisadas sobre Ronchi, nada de espontáneos brotes de violencia. La cuestión es la de siempre. Con la historia sucede lo mismo que con el teatro: hay una parte del público que refunfuña porque, habiendo pagado la entrada, reclaman a toda costa el gran final. ¡Pero la revolución no es una *boîte à surprise* que uno lleva en el bolsillo!

En el ámbito internacional la situación general es aún más compleja. A Europa le está costando recuperar su equilibrio, va dibujándose un fuerte contraste entre Estados Unidos y Japón, el eje de la civilización tiende a desplazarse desde Londres a Nueva York y del Atlántico al Pacífico. Rusia sigue siendo el gran enigma. En una Europa a la que le cuesta recuperar su equilibrio, no cabe duda de que la historia del mañana pertenecerá principalmente al mundo ruso y al germánico. El dilema que le espera a Italia es el siguiente: o compartir con Alemania o Rusia la carga de dirigir la vida del viejo continente o convertirse en un gran «burdel» internacional. Una nación de camareros y putas donde los ricos eslavos, germánicos, orientales y estadounidenses vengan de vacaciones para desfogar sus vicios.

Él, el fundador de los Fascios de Combate, trata de remontar el vuelo, pero la crónica más ramplona insiste en arrastrarlo hacia abajo: la secretaria le dice que el señor Cucciati espera en la redacción para ser recibido por el director. Menuda lata: la hija de ese pedigüeño se ha casado con un bala perdida, un tal Bruno Curti, jefecillo de las escuadras milanesas, heredero de un industrial del bronce, que en no se sabe dónde le disparó a alguien durante una pelea y ahora se pudre en la cárcel. De nuevo, en definitiva, la habitual cantinela de la violencia. Pero tampoco esta vez podrá librarse: Giacomo Cucciati es un viejo compañero de los tiempos del socialismo, uno de esos vástagos de terratenientes obsesionado con la causa de los desharrapados, al igual que Giacomo Matteotti. Ordena que se le deje pasar.

Mussolini se prepara para recibir al pedigüeño sin levantarse. Es una técnica probada para disuadir a los latosos. Él sentado, ellos de pie, la reunión acaba enseguida.

Sin embargo, sucede algo inesperado: junto con Giacomo Cucciati, en el despacho del director entra una brisa de perfume, gasa y encaje. Cucciati se ha traído consigo a su hija, la recién casada con el violento idiota. Mussolini se levanta.

Las cortesías entre viejos camaradas no duran mucho. La atención del director está evidentemente magnetizada por la joven. La muchacha tiene dos grandes ojos negros, los pómulos altos, una barbilla fuerte, una cascada de pelo negro corvino que le cae sobre los hombros, las caderas anchas, los pechos rotundos. Está hecha para excitar a los machos y el macho se excita. El Fundador se la queda mirando con los ojos desorbitados, como en las poses fotográficas con las que se entrega a la posteridad. El padre le suelta el brazo, da un paso a un lado, no interfiere.

Es el suegro quien expone el triste caso del yerno. Mussolini, con la barbilla levantada, muestra su interés.

Bruno Curti se pudre en la cárcel acusado de asesinato.

¿Dónde?

Aquí en Milán, en San Vittore.

De acuerdo.

Formaba parte de un Fascio de Combate.

Uno de los nuestros.

Su escuadra le dio una lección a un profesor, un tal Gadda. Un bolchevique.

Merecida.

Gadda murió luego a consecuencia de las heridas recibidas.

Es la guerra...

Se trataba de disparos de arma de fuego. Los investigadores son inflexibles.

Se puede intentar pero no será fácil. No nos dejan en paz con esa puñetera historia de la violencia...

A esa última observación preocupada y entre suspiros de Mussolini, Giacomo Cucciati no responde. El padre se queda en silencio y se vuelve hacia su hija. Ella inhala profundamente, baja la mirada con gesto decoroso y solo dice una cosa.

Nos casamos tan jóvenes. Solo tengo veintidós años...

Cuando Angela Cucciati Curti, sentada correctamente junto a su padre, que ha venido a defender la causa de su marido, después de haberse enjugado una lagrimita con un minúsculo recuadro de organza, levanta la vista con modestia, Benito Mussolini la mira electrizado, como si un hilo de esperma se le escurriera por la comisura de la boca.

Giacomo Cucciati es un hombre de mundo y comprende que su plan ha funcionado. De modo que se marcha con una excusa trivial.

Tan pronto como Cucciati abandona el despacho, el director de *Il Popolo d'Italia,* el fundador de los Fascios de Combate, el Duce de las escuadras de Osados, el terrible revolucionario, rompe de inmediato la barrera de la intimidad: se acerca a la muchacha, y le susurra algo al oído.

Nos acusan de llevar la violencia a la vida política. Nosotros somos violentos cada vez que es necesario serlo [...] La nuestra debe ser una violencia de masas, inspirada siempre en criterios y principios ideológicos [...]. Cuando nos topamos con esos sacerdotes y esos curas rojos, nosotros, que somos enemigos de todas las iglesias, pese a respetar las religiones profesadas con decencia, penetramos en ese vil rebaño de ovejas y arramblamos con todo.

Benito Mussolini, «A los fascistas de Lombardía», *Il Popolo d'Italia*, 22 de febrero de 1921

Las crónicas diarias abundan en episodios de violencia en la lucha que mantienen fascistas y socialistas [...]. Ahora se trata, en vista de la continuación de la lucha, de dar una «línea» al ejercicio de nuestra violencia, de manera que siga siendo típicamente fascista [...]. En primer lugar tenemos que volver a declarar que para los fascistas la violencia no es un capricho o un propósito deliberado. No es el arte por el arte. Es una necesidad quirúrgica. Una dolorosa necesidad. En segundo lugar, la violencia fascista no puede ser una violencia de «provocación» [...]. En definitiva, la violencia fascista debe ser caballeresca. Sin duda alguna [...]. No se superan impunemente ciertas fronteras. La violencia, para nosotros, es una excepción, no un método, o un sistema. La violencia, para nosotros, no tiene carácter de venganza personal, sino carácter de defensa nacional.

Benito Mussolini, «Sobre la cuestión de la violencia», *Il Popolo d'Italia*, 25 de febrero de 1921

Campiña de la zona de Polesine
Finales de febrero de 1921, noche

El caserío duerme. Duerme en el silencio y en la oscuridad de los gélidos inviernos de la llanura padana. Estamos en plena noche, la luz del día es inalcanzable, equidistante. Es la hora meridiana del olvido, la hora que no pasa, la hora del lobo. Todas las criaturas duermen, dentro y fuera de la casa, en docenas de kilómetros a la redonda. Duermen los niños y los viejos, duermen las mujeres y los hombres, los padres, las madres, los hijos; duermen los animales en el establo, los perros en sus casetas y los centenares de especies salvajes, entre mamíferos, reptiles, anfibios y peces, que invernan en los humedales del delta.

El camión ha salido de Ferrara. Los hombres que se sientan en la caja abierta —media docena— han cenado copiosamente en la taberna, se han echado unas risas, han hecho apuestas, y luego han esperado a que llegara la hora pimplando licores en el lugar de siempre. El camión, una reliquia bélica, avanza despacio con los neumáticos hinchados, perdido en los meandros brumosos entre los canales de drenaje de territorios anfibios, en depresiones hundidas con amplias zonas por debajo del nivel del mar. Sus ruedas hinchadas agravan la subsidencia, el lento hundimiento de esa franja continental, presionando sobre capas detríticas de miles de metros de espesor dentro de la corteza del terreno.

Cuando vislumbra el caserío, el camión ralentiza aún más su marcha, avanzando casi como un hombre que fuera a pie. Alguien sugiere apagar los faros pero no hay luna, el cielo está vacío y se saldrían de la carretera. Todas las criaturas ínfimas que viven arrastrándose por el suelo, atraídas por la luz de los faros,

salen de sus madrigueras. Ratones, topos, lagartijas, salaman-
quesas, lagartos, serpientes, gusanos, orugas, sapos y ciempiés se
acercan al vehículo avanzando sobre sus vientres. Entre las primeras en buscar el día artificial de los faros para ir a estrellarse
están las polillas de cualquier peso y tamaño.

El pequeño cuerpo globular de un sapo de espuelas se topa
con la rueda. Intenta inútilmente excavar el terreno con sus es-
polones. La insignificante masa elástica recibe el pedrejón en su
dorso pardo con manchas aceitunadas, la esfera de materia gela-
tinosa se extiende hasta el espasmo, luego el estallido libera un
sonido en el que se mezclan un chorro de aire y un derramamiento de agua. Al irrumpir en el patio del caserío, la rueda del
camión recupera el completo agarre sobre el terreno.

Los escuadristas rodean la casa y llaman por su nombre a
quien buscan. El nombre de su presa resuena a miles de metros
en el silencio de la campiña paralizada. Todos van armados con
mosquetes de la Gran Guerra, tanto italianos como austriacos.
Todos menos un sujeto alto, envuelto en un impermeable de
cuero negro, con la cara oculta tras un par de grandes gafas de motociclista. Sujeta un enorme mazo de madera con el cabezal reforzado de hierro. Es él quien llama en la noche.

El jefe de la liga, que ha oído llegar el camión y ha avistado
en la oscuridad la luz de los faros, huye por los campos tras salir
por una puertecita de la parte posterior. Ya está lejos, ya está seguro cuando el hombre del impermeable negro derriba la puerta principal de su casa. La destrucción es metódica, simple, no
encuentra oposición. Llevados por su fácil euforia, los destructores también disparan algunas veces contra el armario donde se
guarda el pan del día anterior. El hombre que huye, al oír en la
distancia los aterrorizados gritos de su mujer y sus hijas, vuelve
sobre sus pasos. Extiende los brazos hacia los escuadristas en el
patio:

—¿Me queréis a mí? Aquí me tenéis.

Lo colocan contra la pared. Hacen salir a los viejos, a la mujer y a los niños para que sean testigos de la ejecución del hijo,
del marido, del padre y alinean frente a él un caricaturesco pelotón de fusilamiento. Las dos niñas pequeñas —que quizá tengan

siete y nueve años— no chillan, no lloran, enmudecidas ante la inminente muerte de su padre y el apocalipsis de su mundo.

Los escuadristas apuntan con sus armas. Después de que el hombre con las gafas de motociclista dé la orden abren fuego. Pero el jefe sindical sigue de pie: todos han levantado el arma para fingir una ejecución.

En ese momento su esposa estalla en sollozos, se deshace en un irrefrenable llanto de alivio. El marido aparta la espalda del muro y da un paso cauteloso hacia ella. Solo su hija mayor se da cuenta de lo que ocurre. Tiende una pequeña mano con la palma abierta, dirigida hacia arriba y hacia afuera, y lanza un grito que perdurará toda su vida:

—¡No, papá, vete, vete!

El hombre de las gafas gira la maza herrada sobre su cabeza y asesta un golpe en la cabeza del jefe sindical. El padre derribado se arrastra por el suelo hacia sus hijas con el rostro cubierto de sangre, tartamudeando palabras inconexas, repta entre las piernas de los escuadristas que lo golpean con sus garrotes.

Parece que todo ha terminado. El jefe de los asesinos, sin embargo, hace un gesto a los suyos para detener la paliza. Luego avanza lentamente hacia el hombre en el suelo, le pasa la pierna derecha por encima, se coloca a horcajadas sobre él, y dobla las rodillas, con un gesto incongruente, en una postura desmañada e incómoda, en cuclillas sobre sus talones, casi forzado por una repentina necesidad de defecar. En cambio, extrae del bolsillo de la gabardina una pistola y dispara al hombre moribundo por la espalda. El cuerpo se estremece. Ahora sí que todo ha terminado.

En el camino de vuelta, amontonados en la caja del camión, los asesinos cantan. Su canto se pierde al este en la primera luz que se eleva sobre el mundo de la llanura aluvial del delta como en el primer día de la creación. Después de esta noche, la vida ya no será la misma en los campos de Polesine. El terror se propaga por todas partes, sutil, uniforme, en un velo de escarcha.

Me importa un bledo un día de cárcel / me importa un bledo la mala muerte / para preparar a esta gente fuerte / que no se cuida ya de morir. / El mundo sabe que la camisa negra / se enfunda para matar y morir [combatir y sufrir]...

Canto de los escuadristas de Ferrara

Amerigo Dùmini
Florencia, 27 de febrero-1 de marzo de 1921

La voz ha corrido de boca en boca, de esquina en esquina: la asamblea es a las tres en la sede de via Ottaviani. Los «rojos» han hecho estallar una bomba en la esquina del Palacio Antinori. Todos los fascistas han tomado las armas.

La detonación se ha oído en todo el centro de la ciudad, tan potente como el cañón del mediodía. Pero no era el cañón. Eran los «bolcheviques» de siempre, sin Dios, sin patria, sin familia, matones habituales que apuñalan por la espalda, torturadores de enemigos caídos, los cobardes de siempre. Hay quien dice que ha visto revolotear el pañuelo negro de los republicanos, otros hablan de claveles rojos, los de más allá dicen que han sido los anarquistas, pero qué más da en el fondo. El Partido Liberal, apoyado por nacionalistas y fascistas, estaba bautizando el banderín de un grupo estudiantil, la gente salía de las misas de San Marco y del Duomo hacia las pastelerías, la cabeza del cortejo patriótico no había hecho más que llegar a San Gaetano cuando la bomba les explotó entre las piernas. Estos son los hechos.

A quien la lanzó, al terrorista, nadie lo ha visto. Los carabineros empezaron a disparar como locos, al azar; el suelo, sembrado de cartuchos, parecía un campo de batalla. La ambulancia se llevó en una camilla a un soldado que perdía masa cerebral del cráneo y a un joven camarada hecho pedazos. Ambos murieron antes de llegar al hospital. Hay decenas de heridos, graves incluso. El número de muertos no dejará de aumentar.

La ciudad está presa de las convulsiones y del terror. A lo largo del trayecto de las ambulancias, se gritaba a la gente que se descubriera en signo de respeto hacia las víctimas. En la Logia del Bigallo, un tipo con un clavel rojo en el ojal agitó el periódico en señal de desprecio. Un carabinero que escoltaba a su colega caído, aferrándose al estribo del coche, llorando de rabia, le apuntó con el mosquete sosteniéndolo con un brazo, como si fuera una pistola, y lo mató allí mismo. Un solo disparo. La misma ambulancia cargó con su cadáver.

En la sede del Fascio en via Ottaviani habrá cien personas como mucho. Es domingo y, como es habitual en los días de fiesta, al menos cinco escuadras se han dispersado por los pueblos cercanos. Todos los fascistas que quedan en la ciudad se agolpan en el salón de reuniones. Están los habituales: Chiostri, Moroni, Manganiello, Annibale Foscari, el «condesito» veneciano, delicado y blanco como el papel, el gigantesco Capanni, despeinado como siempre. Sobre los murmullos se eleva el timbre nasal del loco de Pirro Nenciolini, calvo, ladeado, que gesticula y maldice solo como si estuviera poseído: «Maldito sea Dios, Dios inmortal, Dios maldito...». En un rincón Bruno Frullini, siniestro, carga su revólver.

Están esperando a que el marqués Dino Perrone Compagni hable. En los últimos meses en Florencia el Fascio se ha partido en dos: por un lado los que tienen acceso a los palacios de los señores, por otro gente como Dùmini, al que mantienen con dificultad sus ancianos padres, o como Umberto Banchelli, retraído por sus tics y su rencor, o como Tullio Tamburini, con un historial criminal manchado por el robo. Hombres desesperados dispuestos a todo. Pero en las palizas a palazos de Pisa, en el incendio del periódico socialista, en el guirigay del Consejo Provincial para que los «rojos» exhibieran la bandera tricolor, sin embargo, se habían mostrado unidos. El pago fue igual para todos. El odio era el mismo.

Ahora, para recoser la escisión, se han sacado de la chistera a este marqués. Tiene sus años —ha cumplido sin duda los cuarenta—, habla demasiado, vive todavía en casa de su madre. Parece ser que ella, la marquesa, tuvo en tiempos una finca en Greve pero todo se esfumó a causa de las deudas de juego. El señorito pasó la guerra emboscado en las oficinas administrativas y luego, cuando llegó la paz, fue degradado de oficial de caballería a soldado raso por deudas de juego. Dùmini y Banchelli lo llaman el «conde de Culagna»* y los auténticos aristócratas también lo desdeñan. Pero los notables florentinos no hilaron lo que se dice muy fino. Les convenía y lo desempolvaron.

Perrone Compagni se decide por fin a hablar. Recalca las sílabas como si estuviera dictando un telegrama:

—¡O-jo por o-jo, dien-te por dien-te! ¡Antes de que acabe esta noche los jefes del bolchevismo habrán pagado esta última infamia! —un rugido le responde. Perrone Compagni prosigue—: Tenemos que actuar antes de que lo hagan la policía y los carabineros. Somos nosotros los que debemos obligar a respetar el orden público y a cumplir las acciones de la justicia —mientras habla, se desabotona la chaqueta y enseña el revólver que lleva metido en el cinturón.

Se discute un rato, se proclama el plan de acción, se separan en cinco escuadras. Llegan unos políticos que les ruegan que no prendan fuego a Florencia para vengarse. Nadie les presta atención. Los fascistas se dirigen a tomar represalias.

Dùmini instala el cuartel general de su escuadra en el Caffè Gambrinus. A su lado están su inseparable Banchelli y Luigi Pontecchi, más conocido como «Gigi», que ya tiene cincuenta años, exciclista profesional, extravagante, ciego de un ojo, apaleador implacable. Durante toda la tarde, las escuadras se limitan a imponer el cierre de las tiendas por luto, a arriar las banderas a media asta, a desalojar los restaurantes con algún bofetón. De vez en cuando paran a algún transeúnte, inspeccionan sus documentos como si fueran policías. Si alguien protesta, lo sacuden. Pero las calles se van vaciando a simple vista. Los vehículos blindados recorren las avenidas, las luces fotoeléctricas del cuerpo de ingenieros se encienden en piazzale Michelangelo, las ametralladoras de la policía en posición de combate vigilan los puentes del Arno que llevan a los barrios populares, los barrios «rojos». Por todas partes flota un aire de pesadilla. No saben adónde ir a buscar venganza.

---

* Personaje del poema épico-burlesco *La secchia rapita* (1622), obra de Alessandro Tassoni, caracterizado por su cobardía y vileza. *(N. del T.)*

Entonces a alguien se le ocurre una idea. La escuadra, una treintena de hombres, marcha militarmente de tres en tres por en medio de la calle. Algunos llevan casco, otros el fez negro con la borla, muchos van con el uniforme del ejército. En via dei Ginori se cruzan con una procesión funeraria. Los hombres se apartan, el comandante ordena el saludo militar, todos giran la cabeza bruscamente. Los transeúntes, aterrorizados, notan que todos los escuadristas empuñan una pistola: la sujetan con el cañón en alto apoyado en el hombro derecho.

La escuadra prosigue por via Taddea, llega al número 2 de la calle justo antes de las seis. Es la hora del atardecer, soplan ráfagas de viento frío y seco, la puerta del sindicato ferroviario está abierta. No hay nadie de guardia. El grueso de los hombres de la escuadra se queda vigilando la calle, solo suben Italo Capanni y otros dos.

Se mueven con prudencia. También la puerta del primer piso está entornada. Nadie. Tampoco en el pasillo de acceso a las oficinas. Quizás los «rojos» se hayan refugiado en los barrios del otro lado del Arno. Silencio. Penumbra. Pero desde la puerta de un despacho se filtra un poco de luz. La empujan. El hombre que buscan está allí, sentado ante su escritorio, con el cigarrillo en la boca. Florencia se encuentra en estado de guerra y él, Spartaco Lavagnini, secretario del sindicato de trabajadores ferroviarios, director del periódico *Azione Comunista,* el hombre de quien todos los bolcheviques de Toscana esperan la revolución, sigue en su lugar de trabajo, con la cabeza inclinada sobre el papel, la pluma en la mano. Escribe, infatigable, indefenso, disciplinado en el deber, corrige pruebas, como si el destino pudiera depender de una falta de atención o de una errata tipográfica.

Cuando Spartaco Lavagnini levanta la vista de los papeles, el asesino que ha venido a matarlo está delante de él, a un metro de distancia. Le apunta con la pistola en medio de la frente. Es un tirador excelente, un viejo cazador, se reserva para él el primer disparo contra la pieza indefensa.

Y, sin embargo, el disparo no alcanza su objetivo. Lavagnini ha sido herido de refilón, por debajo de la nariz. Dobla la cabeza, se golpea contra la mesa y cae sobre el piso pero no está muerto aún. El segundo disparo lo alcanza en el suelo, desde la izquierda, a quemarropa, en pleno pabellón de la oreja. Otros disparos, dirigidos a un blanco más grande, lo acribillan detrás de la axila cuando probablemente ya es un cadáver. La víctima ahora yace inmóvil.

Al asesino le asalta entonces una suerte de diabólico cambio de idea. Casi como si quisiera restablecer un orden cósmico que su propia maldad, momentos antes, ha quebrado, agarra el cadáver martirizado de su víctima por el pelo, lo coloca de nuevo en la misma silla sobre la que lo ha sorprendido, entregado a su trabajo, se quita de la comisura de la boca el cigarrillo que durante todo el tiempo que le ha exigido su trabajo de verdugo no ha dejado de fumar y lo mete entre los dientes rotos del hombre muerto como una cuña. La saliva del asesino se mezcla con la sangre en la boca de su víctima.

Esa noche se abre una brecha en la ciudad. Cuando raya un alba de tragedia, Florencia se despierta dividida en dos a lo largo de las líneas de la grieta trazada por la bomba del Palacio Antinori y por el asesinato de Spartaco Lavagnini.

Durante las horas de tinieblas, el mismo genio artesano que la ha edificado a lo largo de los siglos, erigiendo muros en seco y levantando barricadas con las piedras del pavimento, separa la parte izquierda del Arno del resto. El vulgo, temiendo el ataque, se ha atrincherado en los barrios populares y en los suburbios, desde San Frediano a Scandicci. En el otro lado, temiendo el levantamiento del pueblo, se ha desplegado el ejército. Cuatro cañones del 65 en piazza Vittorio dominan las calles, la policía en posición de combate bloquea los puentes. La represión es inminente. Nadie, ni siquiera la policía, se aventura de noche por los suburbios. Nadie duerme, más allá del Arno. Lloran a Spartaco Lavagnini, no se hacen ilusiones y se formulan preguntas. ¿Quién ha lanzado esa bomba? ¿Quién puede estar interesado en poner en peligro cincuenta años de conquistas obreras? Alguien murmura que cuando una bomba explota en la multitud, sea quien sea el que la haya accionado, la última víctima es siempre la izquierda proletaria.

Desde la mañana, la vida se apaga en la ciudad. Los ferroviarios, en cuanto se difunde la noticia del asesinato de Lavagnini, bloquean los trenes en las estaciones de Rifredi, Campo di Marte y San Donnino. Inmediatamente después, a su lado, emprenden la lucha los conductores de tranvía, seguidos por los electricistas y luego, poco a poco, por casi todas las categorías de trabajadores proletarios. No hay agua, ni gas, ni electricidad, tampoco trenes ni tranvías, las tiendas están cerradas.

Los fascistas no se dejan ver por las calles hasta el mediodía. Pasan la noche en la sede de via Ottaviani luchando contra el sueño a fuerza de ponche de ron. Después de comer, salen en columnas para atacar San Frediano pero se ven obligados a cruzar el río por el puente más lejano, el de San Niccolò, y a encaramarse por las rampas y el viale dei Colli. Son pocos y se están aventurando en un arrabal que se defiende con la furia de quienes saben que si no ganan ahora no ganarán nunca.

En piazza Tasso, Dùmini y sus hombres se ven asediados por una lluvia de proyectiles de todas clases: tejas, ladrillos, mármoles de mesillas de noche. Les cae encima hasta un fregadero de piedra. Las mujeres del pueblo, incitando a sus hombres, gritan como desquiciadas. Hay disparos desde las ventanas. Uno de los asaltantes agoniza, tendido en el suelo. Un hilillo de sangre oscura gotea del traje gris y mancha la acera. Incluso los Osados se ven obligados a refugiarse en un portal. Los cañones del ejército se han quedado en la orilla derecha del río. Los asaltantes solo consiguen ponerse a salvo cuando un vehículo blindado de la policía viene a liberarlos.

Después de la fallida incursión, la policía pide que intervenga el ejército. Las órdenes son que algunos batallones de los regimientos 84 y 69, apoyados por la infantería ligera, entren desde Santa Trinita y Carraia en los barrios del otro lado del Arno. Se consiguen forzar las barricadas «rojas» mediante vehículos blindados, pero los lugareños no se dan por vencidos. Han de tomar casa por casa para desanidar los núcleos de resistencia uno por uno. Ahora los fascistas penetran en los arrabales siguiendo al ejército y a la policía. Se pasa de una venganza a otra, las sirenas de las ambulancias resuenan por todas partes, las voces de las atrocidades se suceden.

En el puente colgante sobre el Arno, custodiado por una multitud de aguerridos comunistas, un joven imprudente con guantes, polainas y bicicleta —todas cosas desconocidas para los obreros— que se obstinaba en querer pasar recibió una paliza y fue arrojado al Arno. Se dice que el fascista se quedó colgado del pretil del puente y que los comunistas le machacaron las manos para que cayera. Su cadáver pudo ser recuperado dragando el lecho del río con ganchos. Numerosas contusiones en la cara pero ninguna señal de heridas en las manos.

Una segunda noche de tinieblas cae sobre Florencia. En Borgo Ognissanti, a la altura del hospital Vespucci, y bajo las arquerías de Santa Maria Nuova, una multitud angustiada vela en espera de noticias sobre familiares y amigos heridos.

En la mañana del primero de marzo se reaviva la batalla. En Ponte a Ema, donde han puesto a salvo a las mujeres y los niños en las colinas, la defensa solo puede ser quebrada con cañones del 75. En Santa Croce se combate durante cinco horas. Al final, tras caer la tarde, las tropas regresan a la ciudad celebrando su triunfo. La infantería ligera, con bonetes rojos y borlas azules, canta el himno de Mameli; agitan banderas rojas arrancadas al enemigo comunista y un gran retrato de Lenin. Una vez en via Martelli, los cañones y sus cureñas son adornados con mimosas.

Por todas partes, empleando como escudo a la policía y al ejército, los fascistas han devastado las sedes de las asociaciones del enemigo. Ahora la fuerza pública ya no los amenaza con la cárcel, al contrario, el propio ejército, a bordo de un camión 15 Ter, les ha suministrado ciento veinte mosquetes y tres cajas de bombas Sipe.

Al final del día, en la sala de la Cámara del Trabajo de via Tintori, el escuadrista Pirro Nenciolini, después de haber blasfemado a Dios ininterrumpidamente en las últimas cincuenta y seis horas, enciende una hoguera con una pila de bancos, registros y banderas rojas. Mientras todos desalojan el lugar, alguien le toma el pelo.

—Cuidado, Pirro, a ver si te vas a quemar los zapatos nuevos.

—Déjame, déjame, hoy también quiero quemarlos, Dios bendito.

Pirro Nenciolini, el blasfemo compulsivo, el disco encallado en una rabia permanente, el perro hidrófobo esquivado por sus propios camaradas, se queda solo en la sala de la hoguera. Se calienta las manos con ese fuego y es feliz.

Ciudadanos, los campeones de la «Nueva Humanidad» y del «Orden Nuevo», los putrefactos cruzados de la paz a toda costa [...] han urdido y cometido otro bárbaro crimen [...] emergiendo de sus inmundas madrigueras [...] han matado a nuestros hijos y a nuestros jóvenes hermanos, culpables de ser hermosos e inocentes.

Cartel mural de los fascistas florentinos
tras el atentado del Palacio Antinori,
28 de febrero de 1921

Mientras sentimos aún todo el profundo duelo por Gino Mugnai, quien sin embargo cayó con el sol en la frente en la impetuosidad del conflicto que lo quiso como víctima inconsciente, la muerte espantosa de Spartaco Lavagnini hace añicos nuestros corazones de hermanos [...]. Murió mientras atendía serenamente sus deberes de secretario [...] víctima de sus ideas libremente profesadas [...] murió en su inocente actividad mientras, fumando un cigarrillo, se disponía a abrir a sus verdugos [...]. Quede desierta la estación, el taller, hasta que estos no yazgan para siempre en la paz eterna del sepulcro.

Cartel mural de los ferroviarios socialistas florentinos,
28 de febrero de 1921

La revuelta del proletariado florentino ha sido completa, soberbia en generosidad y en ímpetu. Quien relate su historia tendrá que contar cómo fue dueño el pueblo durante dos días de sus arrabales y de sus casas y los defendió empuñando las armas. Tendrá que exaltar la sangre fría de los obreros que se enfrentaron con armas mezquinas a las ametralladoras y el cañón. Despidamos a los jefes y a los compañeros que han caído, pero afirmemos en voz alta que estamos todos dispuestos a atacar y a caer, a morir y a matar, nosotros también. Mejor, cien veces mejor, dejar cincuenta muertos en el adoquinado de una ciudad que tolerar sin reacción la violencia y la ofensa.

Palmiro Togliatti, «El ejemplo de Florencia», *L'Ordine Nuovo*, 2 de marzo de 1921

No hemos sido capaces de lograr nada. Después de la guerra de los capitalistas, también nosotros hemos librado nuestra guerra, pero nuestra guerra es una guerra de débiles. Hoy nos encontramos con la contrarrevolución sin haber hecho la revolución.

Rinaldo Rigola, dirigente socialista reformista, desde la tribuna del Congreso de la CGdL, 1 de marzo de 1921

Nunca se ha visto el orden tan turbado en Italia como desde que los fascistas se han arrogado la tarea de restablecerlo.

Luigi Salvatorelli, «Clase y nación», *La Stampa,* 22 de febrero de 1921

«Ayer por la tarde Benito Mussolini, director de *Il Popolo d'Italia*, sufrió un accidente de avión mientras hacía prácticas de vuelo en el aeródromo de Arcore, bajo la dirección de Cesare Redaelli, con el fin de obtener la licencia de piloto. De repente, el aparato empezó a dar bandazos y cayó desde una altura de casi cuarenta metros...»

Una piña en el tubo de refrigeración del motor. A veces, basta con un accidente trivial para desviar el curso de la historia. Y todo acaba entre hojalata retorcida al borde de un campo de berzas en Arcore, un agujero en el culo del mundo.

Con la llegada de la primavera, Benito pudo retomar por fin las lecciones de vuelo. La noche del 2 de marzo, sin embargo, Rachele tuvo un mal presentimiento, como la mujer de Julio César. Pero él estaba decidido a convertirse en el primer político europeo que viajara en avión pilotando personalmente su aparato y no dejaría que lo frenaran las supersticiones de una campesina ignorante. Por lo tanto, tras dejar en casa su cazadora de cuero de piloto para tranquilizar a su esposa se fue a Arcore en bicicleta.

En el segundo despegue, después de un viraje sobre los campos, las revoluciones del motor habían empezado a disminuir. No hubo tiempo para un aterrizaje de emergencia: el aparato, ya sin impulso, cayó desde una altura de cuarenta metros. Redaelli, aparte de unos rasguños, salió ileso. Él, en cambio, sufrió un leve traumatismo craneal y una fuerte contusión en la rodilla izquierda. Lo atendieron en la clínica Porta Venezia. Cuando llegó a casa, Rachele estalló en una crisis histérica. «¡Bien merecido lo tienes!», le gritó.

Lo bueno es que ahora el *Corriere della Sera* le presta atención incluso por un trivial accidente. Le dedica el mismo espacio que hace dos años reservó a la fundación de los Fascios. Por más vueltas que se le dé, el hecho nuevo y dominante de la política italiana es el fascismo. Van directos a elecciones y esta vez ellos disputarán la partida. Mejor dicho, ellos repartirán las cartas. Él lo escribió claramente en el periódico el día anterior al accidente: el Parlamento envejece diez años cada día. Ante una nueva situación, nuevos hombres y hemiciclo nuevo.

No, no les clavarán en la cruz de la violencia. No se cansa nunca de repetirlo, como si ante todo quisiera convencerse a sí mismo: es una cruz que arrastran con espíritu de sacrificio, nada más. Desde la Toscana llegan todos los días noticias de escenas salvajes. El primero de marzo, en Empoli, el populacho bolchevique, temiendo una expedición punitiva fascista, tendió una emboscada a unos fogoneros de la marina trasladados a Florencia para conducir los trenes bloqueados por la huelga de otros ferroviarios bolcheviques. Nueve muertos y docenas de heridos. Parece que los campesinos aterrorizados hicieron trizas a esos pobres marineros como si fueran bestias salvajes.

Todo lo que sucede es triste desde un punto de vista humano pero es una necesidad histórica inevitable. Eso también lo repite continuamente en sus artículos de *Il Popolo d'Italia*. A través de esta crisis el mundo recuperará su equilibrio y los fascistas están decididos a no retroceder ni un paso: después de cada crimen socialista, aparecerá la represalia inexorable. Continúan. Sin pausa. No han sido ellos los que han empezado esta guerra civil, pero serán ellos los que la terminen. Se trata de volver la violencia cada vez más inteligente, de inventar una violencia quirúrgica.

Él lo ha escrito una y otra vez en su periódico: no es el arte por el arte. Es una dura necesidad.

¿Pero cómo puede uno escribir tumbado en la cama con la cabeza vendada y un coágulo en la articulación de la rodilla? La noche anterior le subió la fiebre a más de cuarenta, el doctor

Binda tuvo que darle cinco puntos de sutura en la cabeza y succionarle la sangre de la pierna. Son la misma pierna y la misma rodilla heridas en 1917 por la explosión de un mortero. Tampoco entonces las llagas parecían querer cicatrizarse, también entonces tuvo problemas de locomoción y de falta de sensibilidad en las extremidades. Binda dice que quizá el problema se deba a la sangre infectada. Tabes dorsal. Sífilis terciaria. Le suministra sales de oro. Su plasma no quiere permanecer asfixiada dentro de las venas.

Mientras tanto, Edda llora en la cocina porque se ha ganado un pescozón, Vittorio y Bruno se pelean por un caballo balancín. Ningún hombre puede sobrevivir a siete días seguidos en familia.

Rachele le anuncia una visita. Se la ve enojada, casi furiosa. Hace días que aparecen pelmazos de todo tipo, le traen tarjetas de felicitación, por no hablar de los militantes que se ponen a cantar *Giovinezza* bajo la ventana.

Por la puerta del dormitorio matrimonial —allí, en su casa, seguida por su esposa— aparece Margherita Sarfatti. Impecable, como siempre: elegante, correcta, le habla de usted. Ha traído regalos para los niños. Él trata de incorporarse en la cama que comparte con Rachele.

Es evidente que la mujer no ha podido resistir más. En los últimos tiempos son inseparables, en el periódico y fuera. Llevan incluso una especie de diario de a bordo a cuatro manos, en el que él ha bautizado a su amante como «Vela», al estilo de D'Annunzio.

Ahora que está allí, sin embargo, Vela tiene que esforzarse por suavizar un gesto de disgusto en las comisuras de la boca. A los señores siempre les causa el mismo efecto descubrir el prosaísmo de los matrimonios populares, las viviendas populares, las vidas populares. Pero como mujer de mundo que es sabe comportarse. Le habla de política europea. Le cuenta que se ha enterado de una opinión muy halagadora del gran Georges Sorel, el teórico del mito de la violencia. Parece ser que Sorel le ha dicho a un amigo suyo: «Mussolini es un hombre no menos extraordinario que Lenin. Ha inventado algo que no está en mis libros: la unión de lo nacional y lo social».

Él, el hombre extraordinario, reclinado en su cama matrimonial, siente que la sangre le late en la rodilla.

Cuando Sarfatti se va, Rachele explota:

—Hay que ver la cara dura que tienen algunas. Lo menos que se merecería es que la tiraran por la ventana.

Su marido la corta de inmediato. Se vuelve hacia el otro lado. Le dice a la mujer que se le han metido ideas raras en la cabeza.

Valorándolo desde un punto de vista humano, todo lo que ocurre es triste, pero inevitable. Será a través de esta crisis interna como la nación recobrará su equilibrio. Los fascistas están firmemente decididos a no retroceder un solo paso: volverán su violencia cada vez más inteligente, pero no la abandonarán hasta que en el bando enemigo no se alce, y de forma sincera, la bandera blanca de la rendición. Los fascistas cierran filas y se preparan para todos los acontecimientos [...].

Benito Mussolini,
Il Popolo d'Italia, 1 de marzo de 1921

Si los socialistas se desarman en serio, los fascistas se desarmarán a su vez. Repetimos que no sentimos inclinación por la violencia, que la violencia es para nosotros una excepción, no una regla: hemos aceptado esta especie de guerra civil como una tremenda necesidad [...].

Benito Mussolini,
Il Popolo d'Italia, 5 de marzo de 1921

Giacomo Matteotti toma la palabra en el hemiciclo del Parlamento italiano para denunciar por segunda vez la violencia fascista en la tarde del 10 de marzo del año mil novecientos veintiuno.

Antes de que pueda hablar, la Cámara, bajo la presidencia de De Nicola y a propuesta del diputado Guglielmi, expresa las unánimes condolencias por el asesinato del presidente del Gobierno español, que se produjo dos días antes a manos de revolucionarios anarquistas. Los socialistas italianos se unen a la reprobación de los atentados individuales contra la vida humana, si bien, por boca del diputado Vella, hacen que conste en acta una salvedad: el deseo de que España adopte por fin una política de libertad hacia los trabajadores. Sea lo que sea lo que Matteotti se dispone a decir, por lo tanto, caerá en el Tártaro en ebullición de la guerra civil europea, un abismo aparentemente sin fondo.

Antes de su intervención, le corresponde hablar al subsecretario de Interior Corradini. Replica a la denuncia precedente de Matteotti enmarcando los actos de violencia en el contexto de las luchas agrarias por la renovación del convenio agrícola, reconociendo que los propietarios agrícolas se han «excedido», pero asegurando que el gobierno está haciendo todo lo necesario para reprimir las expediciones fascistas. El presidente De Nicola cede entonces la palabra al diputado socialista dándole la posibilidad de declararse satisfecho.

Pero Giacomo Matteotti no se declara en absoluto satisfecho:

—En plena noche, mientras los hombres de bien están en sus casas durmiendo, los camiones de los fascistas llegan a los pequeños pueblos, a los campos, a las aldeas formadas por escasos cientos de habitantes; como es natural, van acompañados por los jefes de las Asociaciones de Propietarios Agrícolas locales, que siempre los guían, pues de lo contrario no les sería posible reconocer en plena oscuridad ni en medio de campos perdidos las casitas de los jefes de las ligas sindicales o la diminuta y miserable oficina de empleo.

»Se presentan frente a una casita y se oye la orden: rodead la casa. Son veinte, cien personas armadas con rifles y pistolas. Llaman al jefe sindical y le conminan a bajar. Si el dirigente no baja, le dicen: si no bajas, quemaremos tu casa, con tu mujer y tus hijos dentro. El jefe baja, si abre la puerta lo agarran, lo atan, se lo llevan a los camiones, lo someten a la tortura más inenarrable, fingiendo matarlo, ahogarlo, ¡al final lo abandonan en medio del campo, desnudo, atado a un árbol!

»Si el jefe sindical es un hombre con agallas y no abre la puerta y emplea las armas en su defensa, entonces consuman un asesinato inmediato en plena noche, cien contra uno. Este es el sistema que se emplea en la región de Polesine.

El hemiciclo escucha en silencio. Por una vez, nadie alborota, no resuenan protestas, aplausos, burlas. Es como si una franja de la noche de Polesine hubiera proyectado su propia oscuridad hasta la colina de Montecitorio.

Entonces Matteotti acomete su enumeración. Minucioso, preciso, redicho. Su oratoria, comparada con la denuncia anterior, ha sufrido una torsión hacia lo terreno, hacia los hechos, los detalles minuciosos de existencias absorbidas diariamente por la sombra de las cosas más cercanas. Como si a esas alturas solo los nombres de los pueblos, de las calles, de las personas fueran dignos de ser mencionados.

En Salara, un desgraciado obrero oye cómo en la noche alguien llama a su puerta. ¿Quién es?, pregunta. ¡Amigos!, le responden. Abre y a través del resquicio veinte disparos de fusil lo dejan tendido ya cadáver. En Pettorazza, el jefe sindical oye golpes en su casa de noche, siempre de noche... En Pincara, un pequeño pueblo en medio del campo, llega un camión a medianoche ante la oficina de empleo, una choza miserable, un cuartucho... En Adria van a medianoche a casa del secretario de la sección socialista, lo sacan de allí, lo atan, se lo llevan al Adige, lo sumergen, lo dejan atado a un poste telegráfico... En Loreo..., en Ariano..., en Lendinara... Y así una y otra vez; pero nadie interviene, no detienen a nadie, nadie sabe quiénes son los delincuentes. Noche tras noche, día tras día, así son los incendios y los asesinatos que se cometen. En los desgraciados campos de Polesine ahora ya saben que cuando alguien llama de noche a la puerta de una casa, y dice que es la fuerza pública, se trata de una sentencia de muerte.

A estas alturas de la denuncia de Matteotti, en el hemiciclo de Montecitorio empiezan los murmullos, los comentarios desde los escaños de la derecha. Al llegar a las responsabilidades del gobierno, el encanto del silencio unánime se ha roto. Matteotti eleva la voz:

—Estamos hablando de ataques, de una organización de bandoleros. Ya no es una lucha política; es barbarie; es la Edad Media.

El orador prosigue con su lúgubre letanía, entre las aclamaciones de la izquierda y las invectivas de la derecha. El presidente, impaciente, lo invita repetidas veces a concluir.

La respuesta no proviene de un fascista, de un extremista de derechas, de un enemigo de Matteotti, sino del diputado Umberto Merlin, miembro del partido de los católicos fundado por el padre Sturzo, el único que ha sido elegido en la circunscripción Rovigo-Ferrara. Es de la misma edad que Matteotti y fue su compañero de clase en el Instituto de Letras Celio de Rovigo. En 1919, Matteotti lo socorrió interponiendo su cuerpo cuando estaba recibiendo una paliza a manos de sus campesinos socialistas.

—Matteotti debe admitir —vocaliza Merlin— que, incluso antes de que los socialistas lloraran por sus muertos, los fascistas lloraron por los suyos.

La afirmación del diputado católico deja helados a los socialistas. Merlin cita a un joven apuñalado en Gavello y a otro acuchillado en Badia por los socialistas, a quienes atribuye el origen del desencadenamiento de la furia homicida en Polesine. Luego sigue defendiendo la causa de los católicos:

—Mientras que en mi provincia hace treinta años hacían falta grandes dosis de heroísmo para proclamarse socialista, hoy la situación se ha invertido y a los que les hace falta valor es a todos aquellos trabajadores humildes que se adhieren a nuestras organizaciones y que reafirman, en una provincia completamente roja, su fe, la fe de sus padres —por último se vuelve hacia los escaños donde se sienta su viejo amigo de colegio—: A los socialistas dirijo una palabra leal y serena: ¿queréis que cese este vergonzoso e intolerable estado de cosas, indigno de un país civilizado? Para conseguirlo, para realizar una obra de paz, no basta con condenar la violencia de los demás y en el caso de nuestra propia violencia, aun cuando la desaprobamos, encontrar siempre circunstancias atenuantes.

El hemiciclo aplaude. También la segunda denuncia de Matteotti contra la violencia fascista se ahoga en el barullo de la guerra civil europea.

Dos días después, el 12 de marzo, Giacomo Matteotti se encuentra en Castelguglielmo, en la provincia de Rovigo, para asistir a una reunión política, acompañado por el alcalde de Pincara. Cientos de fascistas que se han concentrado allí procedentes de toda la provincia lo esperan. Como siempre, muchos escuadristas vienen de la cercana Ferrara.

El diputado socialista es arrastrado hasta la sede de la Asociación de Propietarios Agrícolas. Tal vez esté desarmado, tal vez le sea incautado un revólver. En cualquier caso, los escuadristas obligan a Matteotti a firmar declaraciones de abjuración. Él se niega. Los fascistas incendian la sede de la Liga Campesina y lo suben a un camión.

Le dan una vuelta por los campos, lo someten a malos tratos, lo insultan, lo amenazan de muerte. Al final, por la noche, lo abandonan en los alrededores de Lendinara.

El secuestro ha durado varias horas. Giacomo Matteotti se ha convertido en uno de los personajes de sus relatos. Se rumorea que las torturas han llegado incluso hasta la sodomía.

Ferrara es la ciudad de Italia que cuenta con el porcentaje más alto de burdeles. Parece ser que tal primacía se debe a la presencia de nada menos que cinco cuarteles en la ciudad. Las «casas de mancebía», de acuerdo con el decreto Crispi, que promulgó el primer reglamento sobre el asunto, se subdividen en tres categorías: primera, segunda y tercera. La ley fija las tarifas, desde las diez liras para las casas de lujo hasta las cuatro liras para las más populares. Casi todas ellas se encuentran en las silenciosas via Croce Bianca, via Sacca, via Colomba y, sobre todo, via delle Volte, el eje a lo largo del cual se desarrolló la Ferrara «lineal». Los clientes de los burdeles, al recorrerla, disfrutan de la vista de edificios de los siglos XIV y XV, así como del encanto de las bóvedas que dan nombre a la calle.

Siguiendo una regla no escrita, la política permanece fuera de los burdeles. Zona franca. Y sin embargo, en todos los burdeles de Ferrara, durante días, durante semanas, no se habla de otra cosa más que de las vejaciones que ha sufrido el diputado socialista. Las ocurrencias triviales germinan en la atmósfera infectada por las bravuconadas de los escuadristas, clientes asiduos y habituales. Hasta los estudiantes sin blanca que se entretienen «mirando» en las salas inferiores sin poder permitirse subir a una habitación con alguna chica, hasta ellos han aprendido a bromear con los gariteros sobre la presunta sodomización a golpes de porra del diputado Matteotti. Los chicos, partiéndose de risa, se informan sobre qué pupilas practican «el Matteotti», sobre la legalidad del «Matteotti», sobre cuánto cuesta un «Matteotti».

Giacomo Matteotti, mientras tanto, es un proscrito en su tierra. Durante el secuestro de Castelguglielmo, los fascistas fueron claros: si quería vivir, tenía que abandonar la provincia y no volver.

Así comienza su vida de perro vagabundo. Se desplaza de incógnito; dondequiera que vaya está en peligro, es un hombre señalado, sentenciado. Nadie, ni siquiera el cartero, debe saber dónde se halla su residencia temporal. Pasa un mes en Venecia para estar más cerca de su familia, pero acaba siendo reconocido y debe huir de allí también. Escribe a su esposa Velia cartas sin remitente:

«Tendrán que pasar años para volver a empezar y, mientras tanto, retrocederemos a hace treinta años. Por mí no me importa, pues siempre puedo rehacer mi vida de cien maneras diferentes, pero sí por todo nuestro movimiento creado con tanto esfuerzo y por toda esa pobre gente, que aunque haya incurrido en excesos, había conseguido redimirse por fin de su condición de servidumbre.» Luego la tranquiliza: «Quédate tranquila mientras tanto, porque te aseguro la mayor prudencia. Ya no estamos en la situación de antes, cuando un acto de coraje podía ser útil; hoy resultaría perfectamente inútil incluso eso, y perjudicial no solo para quienes lo realizan, sino también para los demás».

Todo lo relacionado con la cárcel se basa en un equilibrio precario.

Leandro Arpinati es arrestado de nuevo el 12 de marzo, en cuanto se baja del tren procedente de Bolonia. Ha ido a Milán para reunirse con Mussolini, que lo está esperando con el fin de organizar la gran asamblea fascista prevista para principios de abril en Emilia, pero Mussolini lo esperará en vano, porque «el amigo Arpinati» ni siquiera tiene tiempo de poner un pie en la ciudad. Lo detienen al principio del andén, lo suben esposado a un tren con destino a Romaña y lo internan en la prisión judicial de via Piangipane, en Ferrara. Es la quinta vez en dieciocho meses que Leandro Arpinati acaba en la cárcel.

Había entrado por primera vez en noviembre de mil novecientos diecinueve a causa de los sangrientos acontecimientos del teatro Gaffurio di Lodi durante la primera campaña electoral fascista y permaneció encerrado cuarenta y seis días. La segunda vez lo detuvieron aproximadamente un año después, en Bolonia, en septiembre de mil novecientos veinte, después del asesinato del militante socialista Guido Tibaldi durante los enfrentamientos con las formaciones de defensa civil nacionalistas, pero lo soltaron casi de inmediato, al cabo de tres días tan solo, porque a pesar de estar presente, no había participado en el tiroteo. Volvió a ser encarcelado en Bolonia, por tercera vez, el 18 de diciembre, acusado del apaleamiento a los diputados socialistas Bentini y Niccolai, que habían sido amenazados en varias ocasiones en los días anteriores y atacados a la salida del tribunal donde se obstinaban en defender a los bolcheviques. Pero en ese momento la música era de otro tenor: ya había tenido lugar la decisiva batalla del Palacio de Accursio, el viento ya soplaba a favor de la vela negra del Fascio y él acabó en una celda porque se presentó voluntariamente en la jefatura de policía para acusarse de la expedición punitiva junto con otros tres camaradas. El comisario se vio obligado a detenerlo pero se limitó a denunciarlo por ultrajes y amenazas a miembros del Parlamento, desentendiéndose de la imputación por lesiones. Con el nuevo año llegó también la cuarta detención. Y, por último, esta quinta detención en Milán. Esta vez se le acusaba de haber proporcionado los camiones para una expedición a Pieve di Cento en el curso de la cual, «desgraciadamente», murió una obrera, si bien él no había participado en los hechos.

Así son las cosas, no puede evitarse, se trata de una auténtica guerra civil. Él lo ha escrito a las claras en *L'Assalto*. Socialistas y fascistas son acérrimos enemigos, sumidos en una lucha mortal. Un remolino de odio gira alrededor de sus cabezas como la atmósfera necesaria para su propia razón de vivir.

Ha habido muchas discusiones en el Fascio acerca de si les siguen demasiado el juego a los terratenientes, de si las escuadras se están convirtiendo en un instrumento de la reacción, pero él, cuando se trata de debatir en asambleas y de desgranar rosarios de teorías, pierde la paciencia. Durante la asamblea del 3 de enero, el ala izquierda del Fascio, respaldada por los legionarios de Fiume, arremetió contra la derecha, acusándola de haberse sometido a la «vieja Italia». Si la sangre no llegó al río fue solo debido a la mediación de Dino Grandi, quien también aceptó encargarse de la dirección de *L'Assalto*.

Arpinati, pese a ser el secretario, se desmarcó y no fue capaz de encarrilar el voto de los afiliados. Sin embargo, cuando se trata de salir a las calles, los hombres, incluido Grandi, le siguen a él. Él es el ídolo de las escuadras, a él le aclaman como su «duce», su «caudillo». Para él, el fascismo es exceso, es el desenfrenado paso de la juventud sobre las antiguas piedras de piazza Maggiore, es una organización de hombres libres y violentos que agita un país de abúlicos y de siervos. Él el campo no lo entiende pero la ciudad, Bolonia, la ciudad le pertenece.

Durante los fines de semana, Arpinati y sus chicos salen a recorrer los pueblos de la provincia. Atacan las Casas del Pueblo, las delegaciones sindicales, los ayuntamientos «rojos», acaban con los boicots, propinan palizas, destruyen, arrancan las banderas al enemigo y luego las queman en piazza Maggiore en hogueras públicas que despiertan el entusiasmo. A veces, como en Paderno, ni siquiera es necesario luchar: las amenazas son suficientes y los jefes de los sindicatos se humillan entregando sus banderas.

En otras ocasiones, la lucha se vuelve más dura. Aparte de las heridas en las peleas, ya le han disparado dos veces. La primera en Ferrara en diciembre y la segunda en Módena el 24 de enero, durante el funeral del fascista Mario Ruini, asesinado tres días antes. ¡Y pensar que fueron allí casi como si se tratara de una alegre excursión al campo, como si acudieran a una fiesta! Se trajeron incluso desde Bolonia a sus mujeres y novias. A él lo acompañaban Rina y su hermana. Murieron dos camaradas, de veintidós y de diecinueve años. Él resultó herido de un pistoletazo en un tobillo. Esa noche, como represalia, incendiaron primero la Cámara del Trabajo de Módena y luego la de Bolonia. La policía no hizo acto de presencia.

Ahora a Giolitti se le ha metido en la cabeza desarmar a los fascistas. Han enviado a Bolonia a Cesare Mori, un nuevo prefecto que ya se ha distinguido por su dura represión del bandolerismo en Sicilia y de los disturbios dannunzianos en Roma. La primera medida de Mori ha consistido en prohibir la circulación de camiones en la provincia desde el sábado por la tarde hasta el domingo por la noche, las horas en las que emprenden las expediciones. Tanto es así que para la expedición a Pieve di Cento, a causa de la cual Arpinati ha sido detenido de nuevo, tuvieron que aparcar los camiones en las granjas y recoger a los chicos en campo abierto.

No es así como Mori los detendrá. No será prohibiéndoles circular como los viejos políticos disecados, pobres de espíritu, quebrarán su celo. Claro está, a veces hay cosas que no salen bien. En Pieve, a una pobre desgraciada, una obrera —parece ser que se llamaba Angelina—, le alcanzó por error un disparo en plena cara mientras cerraba los postigos.

Pero Leandro Arpinati no estaba en Pieve di Cento y la reacción del Fascio boloñés ante la detención de su jefe ha sido impetuosa. Además, muchos partidos afines han expresado su solidaridad con Leandro Arpinati, el hombre que detuvo en Bolonia a los bolcheviques. La Confederación de Comercio e Industria amenazó incluso con el cierre de las tiendas para protestar contra su detención.

Arpinati es excarcelado por quinta vez el 17 de marzo, de noche. En *Il Resto del Carlino,* el principal periódico de la ciudad, se lee que, a su regreso a Bolonia, una «marea popular» le ha dado la bienvenida como a un héroe y lo ha conducido a piazza Nettuno. El informe del jefe de policía habla de una concentración de unas tres mil personas. Las cosas se están moviendo muy rápido en estos tiempos: hoy se entra en la cárcel y mañana se sale triunfante.

Benito Mussolini
Milán, 23-27 de marzo de 1921

Son las once de la noche, es casi la hora de irse a dormir para los buenos y laboriosos burgueses de Milán. Este año, la Semana Santa cae temprano, el domingo de finales de marzo, pero mañana es jueves, todavía se trabaja.

En su palacio en corso Venezia, después de una cena ligera, Margherita Sarfatti está tomando una infusión de hinojo silvestre, hibisco y valeriana en compañía de algunos amigos. El hinojo se recomienda para ayudar a la digestión, la valeriana al sueño, en cuanto a las propiedades beneficiosas del hibisco ya nadie las recuerda.

De repente, la taza de porcelana china tiembla en el platillo, luego la pasta vítrea de grano finísimo se agrieta. El estruendo se oye una fracción de segundo después del desplazamiento de aire: los grandes ventanales con vistas al bulevar retumban. El palacio parece a punto de separarse de sus cimientos.

Corren a las ventanas, pero fuera todo está desierto y en silencio. Dos minutos después una multitud huyendo atesta la calle. Corren desde Porta Venezia en dirección al centro.

De vez en cuando alguien se vuelve, pero sin interrumpir la carrera, y gesticula hacia atrás, en el vacío, en dirección al horror del que proviene. Pero nadie grita, no resuena ni una voz: cualquiera que sea la causa, su horror es mudo. Una turba de fantasmas áfonos y enloquecidos se dispersa en la noche de Milán.

La función del Kursaal Diana había comenzado con bastante retraso a causa del despido de un miembro de la orquesta, luego readmitido debido a las protestas de sus colegas. Se representaba, por decimoquinta y última vez, la *Mazurca azul* de Franz Lehár.

El público burgués adora la opereta, sus tramas simples e inverosímiles, su gusto por la parodia, su decoración suntuosa, la vivacidad de la música, el divertimento inmediato y, sobre todo, adora la omnipresencia casi obsesiva de las danzas, en coreografías de diez, doce, a veces de hasta dieciséis bailarines, que evocan la despreocupada alegría de historias sentimentales ambientadas en la buena sociedad de finales de siglo. «Amigo mío, vístete de fiesta, ponte guapo, ha llegado la noche caprichosa...» ¡Señoras y señores, con ustedes las dulzuras de la vida antes de la Guerra Mundial!

Pero también la gente común abarrota de buena gana la sala del círculo recreativo, lúdico y artístico del Kursaal Diana. Esta noche, además, se pone en escena una mazurca —que tanto le gusta a la gente humilde—, esa danza con vueltas al compás rítmico ternario de los campesinos polacos, tan parecida a los valses vieneses pero con un ritmo más moderado, con movimientos mucho más secos, acentuados por el golpe de tacón, esa danza desenfrenada y hermosa que se baila en parejas, dispuestas en círculo, el círculo mágico de las antiguas danzas primitivas, el símbolo de la unidad y la fuerza de las pequeñas y valientes comunidades de mujeres y hombres que en el linde del bosque oscuro bailan en un minúsculo charco de luz rodeados por las tinieblas infinitas.

Parece ser que la bomba ha explotado al final del primer acto.

Deben de haberla colocado cerca de la entrada de los artistas, en la parte que da a via Mascagni, porque en ese lugar la calle ha quedado enterrada bajo los escombros y entre los esqueletos de las vidrieras puede verse el escenario repleto de los cadáveres mutilados de los músicos de la orquesta. Las patrullas de los guardias reales están despejando el tramo que llega a la altura de via Melzo.

Delante de la entrada, medio obstruida por los cierres metálicos echados, un pequeño pelotón de infantería enviado por la policía emplaza a un piquete formando un arco. Los toques de las cornetas de los bomberos resuenan por todo el vecindario mientras un equipo de unos treinta hombres apaga las llamas con un camión surtidor. Cada vez que los camilleros salen de los escombros, la multitud, que afluye a la calle desde corso Buenos Aires, acompaña con un murmullo de pesadumbre la aparición de los cuerpos destrozados.

La cercana clínica de Porta Venezia ya está atestada de muertos o de heridos graves. Los vehículos de los bomberos trasladan a los demás a otros servicios de urgencias más alejados, muchos son atendidos en las casas que los habitantes del barrio abren a las víctimas del desastre. A la entrada de lo que queda del teatro, los familiares supervivientes aúllan de dolor como lobos en la noche de Milán, los cronistas anotan minuciosamente los destrozos de los cuerpos para los periódicos de la mañana: un poco más allá del último escalón, cerca del palco número 8, yace un trozo de bóveda craneal recubierta de largos cabellos femeninos; en el palco número 10, entre escombros, fragmentos de cristales y de huesos, un fino brazo de mujer aún cubierto por la manga de una blusa de seda; entre el palco número 13 y el proscenio, el tronco desnudo del cuerpo de una niña.

Los anarquistas. No hay duda, esto es obra suya. Errico Malatesta, su viejo jefe histórico, encarcelado en Milán, hace días que protesta con una huelga de hambre por su detención injustificada y hace días que explotan por todas partes unos artefactos de pequeño calibre. Uno de los supervivientes afirma haber visto a un anarquista lanzar la bomba contra el escenario. Seguramente es una afirmación estúpida, pero sin duda esto es obra de ellos.

Benito Mussolini conoce bien a los anarquistas. Y también conoce muy bien ese lugar: ha ido varias veces para reunirse con el jefe de policía Gasti, que vive en un piso encima del hotel Diana Majestic, adyacente al teatro. Es probable que el objetivo del atentado fuera él.

Un grupo de fascistas atraídos por la explosión localizan al jefe entre la multitud. Se agolpan a su alrededor manifestando sus inmediatos propósitos de venganza. Compiten en audacia vengativa: la sede del *Avanti!*, la sede de la Unión Sindical, la sede del *Umanità Nova*, el boletín anarquista dirigido por Malatesta. Los objetivos son siempre los mismos, el odio casi siempre carece de imaginación.

Mussolini no los desalienta, pero tampoco los incita. Que vayan si quieren a tomar represalias, él se queda contemplando la escena del desastre. Solo, anónimo, entre la multitud. Se pone el sombrero. Esta bomba-ruina lo cambia todo, marca el final de un periodo de la vida política de Italia. Esta bomba providencial marca un nuevo comienzo.

Los fascistas son jóvenes, no tienen historia —lo ha escrito en *Il Popolo d'Italia* esa misma mañana—, o tal vez tengan demasiada. Y sin embargo, hay días en que las efemérides provocan el escalofrío de las conspiraciones cósmicas. Como si un dios sanguinario e idiota eligiera con impecable ferocidad en el calendario del siglo las fechas del destino: exactamente dos años antes, ese mismo día, él había fundado los Fascios. Entonces eran muy pocos, ahora son muchos. Pero esta masacre es el pasado, a ellos les pertenecen las masacres del futuro.

El fascismo no es una iglesia, es un gimnasio, no es un partido, es un movimiento, no es un programa, es una pasión. El fascismo es la fuerza nueva. Ahora es cuestión de lanzar la mirada hacia el abismo con todas las consecuencias, de asegurar la calidad adecuada de la luz en el espectro óptico de la violencia. Una cosa debe resultar evidente para el ojo que se alinea con el visor del arma, y Benito Mussolini, el Fundador, lo dice claro en su periódico: los fascistas apalean, disparan, incendian pero no ponen bombas en los teatros. Los fascistas luchan en campo abierto contra los socialistas pero nunca le harían daño al público de la opereta, a esa gente de bien e indefensa que se concede una velada de entretenimiento con la *Mazurca azul*, los fascistas son guerreros, no terroristas. La masacre es la violencia tenebrosa de los otros, de los anarquistas, de los comunistas. La violencia fascista es luz, su longitud de onda vibra en el rango del amarillo, del naranja, del rojo, no en el punto ciego del negro, su fenómeno de guerra es la antítesis del terrorismo. Aún más: la guerra del fascismo es *la* guerra contra el terrorismo.

El artículo para el día siguiente ya está listo. Y también el de pasado mañana. A partir de mañana se presentará como candidato para gobernar la nación.

La procesión funeraria tiene lugar el lunes de Pascua. Han pasado cinco días desde la masacre —cinco días y cinco noches han permanecido los cadáveres en las celdas funerarias— porque no ha sido posible encontrar la concordia ni siquiera frente a esa muerte en masa.

La junta socialista de Milán se ofreció de inmediato para encargarse de los funerales a expensas del municipio, pero las delegaciones de muchas asociaciones ciudadanas se opusieron a la participación de los socialistas, a los que consideraban próximos a los subversivos. Los investigadores, como era de esperar, localizaron de inmediato a los responsables entre los militantes anarquistas de extrema izquierda. Además, en Turín y Milán la facción comunista no condenó con claridad la masacre. Por lo tanto, después de largas negociaciones, Roma tomó la iniciativa: a través del prefecto, el gobierno proclamó el funeral de Estado. Solo ondearía la bandera tricolor, izada a media asta. Ninguna otra bandera.

Ha habido veinte muertos y ochenta heridos, treinta por lo menos graves. En el cementerio Monumental, quince sacerdotes de la Santísima Trinidad del altar del Famedio bendicen los despojos entre los murmullos de los devotos. Luego los clérigos se acercan a los ataúdes y el cortejo fúnebre se desplaza hacia el Duomo, encabezado por un pelotón de carabineros a caballo y del tercer regimiento de caballería de Saboya, con las banderas de las lanzas al viento. El primer ataúd que sale de la cripta es el de Leontina Rossi, una niña de cinco años, cuyo pequeño féretro va adornado con cintas blancas.

Inmediatamente detrás de los ataúdes se emplaza una nutrida columna de dos mil fascistas. Portando coronas de flores, divididos en pelotones, marchan con paso cadencioso. Como prometieron, han vengado a los muertos a su manera, asaltando la sede del *Avanti!* y del periódico de los anarquistas. Es la primera vez que Milán, ciudad obrera, ciudad «roja», asiste en sus calles a un desfile de los camisas negras. Todo hace suponer que no será el último. El cortejo de los fascistas es observado con respeto. Nadie protesta.

En los días precedentes, Mussolini se empeñó en que el comandante Attilio Teruzzi, recién llegado de las campañas militares en Cirenaica, adiestrara a sus escuadristas. Practicaron en el escalón de la acera de via Monte di Pietà, frente a la sede de los Fascios. Exaltados, acostumbrados a ir en manada, no resultó fácil que bajaran ese peldaño en filas compactas. Ahora, sin embargo, mientras avanzan hacia piazza del Duomo, marchan en columna. Benito Mussolini encabeza las escuadras, con camisa negra, gesto sombrío, la cabeza alta. Nadie recuerda que diez años atrás ensalzó a los anarquistas que lanzaron bombas a los espectadores del teatro Colón de Buenos Aires.

En la explanada de la catedral, el arzobispo Ratti, alineado con los clérigos ataviados con paramentos solemnes, imparte absoluciones y bendiciones a los fallecidos. A sus espaldas, por las puertas abiertas de par en par, el templo cristiano irradia misericordia y cánticos. Frente a él, en los escalones, a la cabeza de sus escuadras, Mussolini lo encara, todo él huesos y mandíbula. Va a pie, como es lógico, pero Margherita Sarfatti, mezclada con la multitud, tiene la impresión de que el Duce del fascismo va a caballo, como una estatua ecuestre.

Uno se horroriza al pensar en los monstruos que incuba la sombra de las grandes ciudades. Nadie puede imaginarse un corazón humano que decide asesinar a otros hombres, ni siquiera culpables de tener opiniones diferentes, desconocidos, que están en un teatro para ganarse el pan y buscar un modesto descanso de su trabajo diario, y que de repente se ven arrollados por la horrenda muerte, desmembrados, destrozados [...] Las teorías y los principios que llegan a despertar en algunas almas tenebrosas ideas capaces de perversiones tales no tienen derecho de ciudadanía en ningún lugar donde la vida tenga sentido y la civilización un tenue rayo de luz.

Luigi Albertini,
Corriere della Sera, 24 de marzo de 1921

Todos los diarios se indignan hoy por los horribles episodios de la tragedia del teatro Diana. Sobre los horribles episodios de la lucha armada contra los campesinos en los campos de Bolonia, Ferrara, Polesine, Lomellina, en cambio, se guarda silencio. Italia ya no sabe qué es la justicia.

L'Ordine Nuovo,
periódico comunista fundado por Antonio Gramsci,
Turín, 24 de marzo de 1921

Celébrense, pues, los funerales de las víctimas. Nosotros nos mantendremos ajenos a unos actos a los que astutamente se da carácter antiproletario.

Manifiesto de la sección milanesa
del Partido Comunista de Italia

Es preciso alzarse de inmediato para evitar tamaña deformación de la verdad [...], esa que intenta, en otras palabras, situar el bárbaro atentado en el marco de las luchas entre fascismo y socialismo [...]. Hay que decir de inmediato que entre ambas cosas no hay relación alguna [...]. La masacre del Diana es una explosión de terrorismo.

Benito Mussolini,
Il Popolo d'Italia, 25 de marzo de 1921

«En este centelleo de colores está la vida.»

Lo tiene decidido: evocará a Goethe para describir a los lectores de *Il Popolo d'Italia* el panorama de los variopintos banderines que lo recibieron en Bolonia. Benito Mussolini no ha vivido en sus primeros treinta y siete años de vida un momento semejante, ni siquiera cuando era el ídolo de los jóvenes socialistas revolucionarios: a las puertas de la estación, esperándolo, entre un bosque de banderines y de banderas, organizados por Leandro Arpinati, había una masa de veinte mil fascistas.

Una apoteosis: los escuadristas formados y divididos en cuatro batallones, además de un batallón de ciclistas, patrullas de motociclistas, la Vanguardia Juvenil fascista, el Grupo Femenino y las bandas musicales de los Fascios. Casi todos uniformados, con camisa negra fascista o gris verdosa del ejército, tan solo Arpinati y él de paisano, él con una gabardina beis sobre un suéter de lana negro porque aún está convaleciente de su accidente aéreo, Arpinati con pantalones de franela y camisa. Parecían dos reyes destacando entre la multitud de súbditos y exhibiendo una nobleza de grandes almacenes.

Al compás de la fanfarria que entona marchas militares, el cortejo recorre toda la ciudad, luego desfila ante el Palacio de Accursio el mismo día en el que el prefecto ha anunciado la disolución de la administración socialista de la ciudad, como consecuencia de la investigación sobre la masacre del 21 de noviembre.

Luego, frente a San Petronio, las escuadras juveniles desfilan por delante del coche descapotable desde el que el Duce del fascismo les pasa revista, erguido en pie sobre el asiento del copiloto, bendiciéndolos con el saludo romano, el brazo extendido, la palma de la mano vuelta hacia el suelo, los dedos alineados, el puño abierto. Desde la torre del Podestà descienden los tañidos de las campanas. Un auténtico triunfo imperial. Apenas un año antes en Bolonia era inimaginable un derrumbe semejante del poder «rojo».

Bolonia aclama a Mussolini como un caudillo, pero la ciudad no es suya. Bolonia es de Arpinati, de Dino Grandi, de otros «jefes» a los que Mussolini ni siquiera conoce. La bienvenida triunfal que han reservado al huésped es también una exhibición de poder. El huésped no ha generado esa fuerza, solo ha venido a seducirla. Antes de mañana por la noche, tendrá que haberla engatusado, poseído, con su cuerpo grande y peludo. En Bolonia, la gran madre, la abeja reina, él no es el padre del fascismo, es solo su zángano.

En este momento Emilia-Romaña representa la fuerza preeminente del movimiento: Bolonia cuenta con 5.130 afiliados, Ferrara con siete mil, Milán solo con seis mil. Frente al zángano, erguido sobre el automóvil, desfilan los banderines de ciento diecisiete Fascios emilianos mientras que en Lombardía no llegan a los cien. Es una fuerza fuera de control: la violencia de los escuadristas en los campos no tolera frenos, los agresores solo responden a los hombres que los guían en los asaltos, los administradores de los Fascios locales se niegan a remitir al Comité Central de Milán las ingentes sumas que reciben de los propietarios agrícolas.

Además, en Bolonia está ahora un tal Dino Grandi, la estrella en ascenso, la cabeza pensante del grupo, un hombre que ha pasado, en el curso de unos cuantos meses, por los liberales, los republicanos, los fascistas, que no se hizo con el carnet hasta después de lo del Palacio de Accursio y que ha confesado a un periodista amigo que le horroriza «que le consideren un fascista y nada más». Pero es un radical de toda la vida, intervencionista, capitán de las tropas de montaña, condecorado por su valor, licenciado en Derecho antes de pasar a la reserva, que enseguida se convirtió en el director de *L'Assalto* y entró a formar parte de la directiva. Es la cabeza política del fascismo en Bolonia: profesa una mezcla de romanticismo revolucionario, de sindicalismo nacionalista y de dannunzianismo prestado. Identifica el fascismo con Fiume, predica su intención de redimir a las masas campesinas del socialismo distribuyéndoles tierras en nombre de la nación y mientras tanto acepta el dinero de los terratenientes. Una cabeza confusa pero prensil, un cerebro rastrero. Habrá que tenerlo en cuenta.

Y no será fácil, porque Mussolini ha venido a Bolonia para hacerles tragar dos cosas: la moderación de la violencia y la alianza electoral con Giolitti. Debe convencer a esos muchachos feroces que idolatran a D'Annunzio para que se alíen con el hombre que lo sometió a cañonazos, debe convencerlos de que para purgar la sífilis de un Parlamento lleno de viejos mentecatos tienen que aliarse con las rameras más resecas del prostíbulo romano y, sobre todo, debe convencerlos para que refrenen los orgasmos que les provoca su campaña de acoso y derribo a los comunistas. Debe convencer a la juventud de que para salvar la pureza hay que irse a la cama con la puta vieja.

La conferencia decisiva tiene lugar en el teatro Municipal, el mismo lugar donde no hace ni dos años los socialistas italianos, en plena exaltación, abrazaron el proyecto revolucionario bolchevique.

La mañana comienza de la mejor manera posible: la llegada del jefe desde Milán viene precedida por el anuncio de que el 5 de abril, después de meses de frialdad, se reunirá con D'Annunzio en Gardone y el dannunziano Dino Grandi lo saluda con un auténtico panegírico:

—Saludo en Benito Mussolini al primer fascista de Italia, al hombre solo, al hombre de hierro que nunca se doblega, que permaneció siempre solo entre todos, solo contra todos, entre el desprecio y la desidia y la aparente negación de la historia, para disputar, general sin ejército, la más trágica y desigual de las batallas. Vuelve hoy entre nosotros a esta vieja Bolonia purificada, de donde salió expulsado por voluntad de los socialistas, una pandilla de histriónicos sin patria. Regresa hoy como Duce, como triunfador.

Aquí hay un escenario y, cuando hay un escenario, le pertenece. Como siempre, los elementos del teatro —proscenio, telón, rejilla, público, patio de butacas— enardecen a Benito Mussolini. El elogio introductorio de Grandi le permite empezar por donde empieza todo: por él mismo. Estilo seco, nervioso, frases cortantes en periodos de una única proposición y antes de cada una de ellas el estandarte enarbolado de una reiteración del yo: cuando acabó la guerra, yo sentí que mi tarea no había terminado; cuando fuimos derrotados en las elecciones de mil novecientos diecinueve, yo, muy orgulloso de mis cuatro mil votos, dije que la batalla continuaba; yo solo a veces, yo que reclamo la paternidad de esta criatura mía tan rebosante de vida, yo que puedo sentir que el movimiento ya se ha desbordado de los modestos límites que yo le había asignado.

Luego, cuando se abordan los temas de la violencia y las elecciones, llega la parte más difícil. Aquí hay que hablar al mismo tiempo dos idiomas diferentes: «Debemos avanzar precedidos por una columna de fuego», proclama el Duce a sus guerreros. Poco después, sin embargo, habla el político: «Pero os digo de inmediato que debemos conservar una línea en la necesaria violencia del fascismo, un estilo claramente aristocrático o, si lo preferís así, claramente quirúrgico». Ahora toca abordar las elecciones. El tribuno se convierte entonces en poeta. Mussolini habla de «una Cámara vieja y, peor que vieja, enlodada y podrida»; de una «agotada semitragedia de hombres usados y abusados y, peor aún, exhaustos», habla de las elecciones que barrerán a los hombres viejos de la vieja Italia. Para conseguir que traguen con la alianza con Giolitti, el más viejo y exhausto de todos, pasa del yo al vosotros y se juega el as de D'Annunzio: «¡¿No sentís vosotros también que el timón pasa por una transición espontánea de Giovanni Giolitti, el viejo neutralista del siglo XIX, a Gabriele D'Annunzio, que es un hombre nuevo?!». Prolongados aplausos, gritos de «¡Viva D'Annunzio!». Misión cumplida: Bolonia ha sido seducida.

Al final del discurso, todos en pie, larga ovación, los fascistas desfilan de nuevo frente a su «Duce» venido de Milán. Por la noche, la manifestación prosigue a la luz de las antorchas, la luminaria y las bombillas tricolores.

Al día siguiente, en Ferrara, aunque parezca mentira, es to-davía mejor. Allí, en lugar de Arpinati, quien recibe a Mussolini es Italo Balbo, y los fascistas que lo aclaman, en lugar de diez mil, son veinte mil. Allí no hay necesidad de convencer a nadie para que acepte el compromiso electoral: entre bambalinas, los fascistas de Ferrara le piden a Mussolini el honor de que sea can-didato de su provincia junto con los grandes terratenientes. Aquel a quien todos empiezan a llamar «Duce» del fascismo llega a la estación de Ferrara acompañado nada menos que por dos hombres que, apenas diez años atrás, eran jefes de la incen-diaria Cámara del Trabajo socialista de la localidad —Umberto Pasella y Michele Bianchi—, y ahora estrechan filas con Vico Mantovani, el reaccionario líder de la Asociación de Propietarios Agrícolas contra quienes antes de la guerra azuzaban a los cam-pesinos.

Pero ahora Italo Balbo, con la violencia sistemática y la pro-mesa de redistribuir la tierra, baraja las cartas en la región. Incluso las ligas campesinas socialistas empiezan a pasarse en bloque a los sindicatos fascistas. La primera fue la de San Bartolomeo in Bosco.

Más que orgulloso de su triunfo, Balbo parece divertido. Con su pelo rizado, escandalosamente largo, que se carda con el cepillo por detrás de la nuca para que parezca aún más sedoso, empuñando el bastón que le ha hecho famoso, camina con ges-tos descoyuntados, sonriendo con sorna junto a Mussolini, cal-vo, siniestro y rígido. Sin embargo, si algún admirador torpe les obstaculiza el paso, Balbo despeja inmediatamente el camino con dos rabiosos estacazos. Luego, sin rencor, sin perder el buen humor, prosigue y no se vuelve a mirar al apaleado.

«Me importa un bledo.» Balbo parece realmente la encarna-ción del lema de D'Annunzio, ahora adoptado por los fascistas. Realmente da la impresión de que la vida de los demás no le inte-resa gran cosa, pero que tampoco la suya le preocupa demasiado.

El escenario se ha levantado en el prado de Marfisa, al lado de la residencia construida en el siglo XVI por Francesco d'Este para su hija. Detrás del escenario ondean setenta banderas socia-listas arrancadas al enemigo. Bajo el escenario, una inmensa multitud. Sobre el escenario, antes de tomar la palabra, Mussolini vive un momento de consternación:

—¿Pero toda esta gente es tuya? —le susurra a Balbo.

El apaleador de Romaña sonríe. Sí, es toda gente suya.

Por la noche, después de los banquetes, se marchan en coche junto con Dino Grandi hacia Gardone, donde los espera D'Annunzio. Balbo, como tiene por costumbre, ha bebido mucho. Su cabeza rizada se balancea a derecha e izquierda, luego acaba por posarse sobre el hombro del Duce. El Duce, paciente, lo soporta.

La asamblea de hoy en Bolonia celebra un año de batallas fascistas. Es la consagración de una victoria. Es la preparación para otras batallas y otras victorias. El fascismo se extiende por doquier porque contiene en su interior los gérmenes de la vida, no los de la disolución. Es un movimiento que no puede fracasar antes de haber tocado la meta. Y no fracasará.

«En este centelleo de colores está la vida», dice el viejo Goethe ante el admirable espectáculo de un arcoíris entre la montaña y el mar [...].

Benito Mussolini,
Il Popolo d'Italia, 3 de abril de 1921

Nos calumniaban, no quisieron entendernos y, por mucho que podamos deplorar la violencia, para hincar nuestras ideas en los cerebros refractarios, teníamos que plantarlas a fuerza de porrazos.

Del discurso de Benito Mussolini
en el teatro Municipal de Bolonia,
3 de abril de 1921

Mi querido Balbo, mi más fervoroso agradecimiento de nuevo [...]. He vivido horas de conmoción inexpresable. Guardaré un grato recuerdo toda la vida.

Carta privada de Benito Mussolini a Italo Balbo,
6 de abril de 1921

«La lista no se debate, se vota.»

Ha caído hasta el último obstáculo. Desde las columnas del *Corriere della Sera,* el senador Luigi Albertini, propietario y director del periódico de la burguesía liberal, invita a taparse la nariz ante la maloliente alianza entre liberales y fascistas. Benito Mussolini lee por fin en sus palabras el salto del fascismo desde la sangre en la hierba de las zanjas al hemiciclo parlamentario.

Hasta apenas dos días antes, el propio Albertini había puesto tenazmente el veto a la entrada de los fascistas en los «Bloques nacionales», la unión de todos los partidos tradicionales en clave antibolchevique con la que Giolitti se propone reforzar su propio poder. Ahora que Albertini también se ha rendido, solo *La Stampa* de Turín, de la que es propietario y director Frassati, otro senador liberal, sigue sosteniendo que los liberales no pueden, si no quieren suicidarse como partido, identificarse moralmente con aquellos que exaltan la violencia. Pero en este momento Frassati cuenta poco.

Lo que cuenta es que el mismo 7 de abril, el día de la disolución de las Cámaras, de regreso de las asambleas de Bolonia y Ferrara, y de la respetuosa visita a D'Annunzio, el Comité Central de los Fascios, incluido Dino Grandi, votó a favor de la adhesión a los Bloques de Giolitti y que la tarde siguiente la asamblea del Fascio milanés dio su conformidad. Lo que cuenta es el compromiso. El director de *Il Popolo d'Italia* escribió con toda claridad: la vida, para aquellos que no quieren vivirla en la consabida torre de marfil, impone determinados contactos, determinadas transiciones y, digamos la palabra terrible, determinados compromisos. En las vidas de todos los grandes hombres hay páginas de compromiso y no son páginas de vergüenza: son páginas de sabiduría. El compromiso cuenta, el resto es alegría de náufragos.

Giolitti tiene su propio plan: refrenar la ilegalidad fascista, considerada un fenómeno pasajero, atándola al arco constitucional. Mussolini tiene una estrategia alternativa: provocar el desorden para demostrar que él es el único capaz de restaurar el orden. Dar rienda suelta a los escuadristas con una mano para luego refrenarlos con la otra. Para hacer esto, sin embargo, es necesario librar dos batallas en dos frentes diferentes, en los que aliados y enemigos se intercambian los papeles. Necesita un hechizo hipnótico que permita hacer y deshacer, afirmar una idea y la contraria, convencerse conscientemente de la veracidad de algo sabiendo inconscientemente su falsedad, y, sobre todo, hay que saber olvidar y olvidar que se ha olvidado. Lo que se necesita, en definitiva, es una doble moral. De esta manera no se abandona nunca la ortodoxia.

Los escuadristas no le siguen el juego. Son violentamente antiparlamentarios. Saben que se han impuesto fuera del Parlamento y hoy por hoy les tiene sin cuidado contar con diez o cincuenta diputados fascistas. Tienen razón: todo el fascismo ha nacido como un movimiento antiparlamentario. Pero el Duce los tranquiliza: nada ha cambiado, la marcha prosigue sin pausa, con la misma meta. Solo que ahora irán al Parlamento predicando contra el Parlamento.

Los problemas, sin embargo, no acaban ahí. Hay que pensar en los legionarios de D'Annunzio, que son antigiolittianos. ¿Qué salida hay? Fácil: los fascistas se aliarán con Giolitti pero defendiendo que sus Bloques son antigiolittianos, como el mismo Mussolini ha escrito el 26 de abril. Además, el Duce declarará a pocos días de la votación que Giolitti no puede pretender gobernar eternamente porque es viejo, y además está anticuado. Doble moral, eso es lo que siempre hace falta, doble moral.

Los votantes moderados, a su vez maestros de la doble moral, con Giolitti a la cabeza, se sienten tranquilizados y horrorizados al mismo tiempo por la violencia fascista. No se les puede reprochar, a fin de cuentas: esos caníbales en camisa negra de las colinas pisanas mataron el 13 de abril a pistoletazos, en el patio de una escuela primaria, a Carlo Cammeo, activista del sindicato docente, ante la mirada de las niñas que, con delantal blanco y lazo rosa, seguían en fila a su maestro confiadas y obedientes. Unos días más tarde, en los alrededores de Arezzo, los escuadristas florentinos, en represalia por el asesinato de tres compañeros caídos durante una expedición punitiva, mataron a nueve personas indefensas tras improvisar un tribunal en la plaza del pueblo de Foiano: obligaron a los campesinos comunistas a arrodillarse, los interrogaron y luego les dispararon a la cara. Ante esta ferocidad inaudita, los partidarios biempensantes de Giolitti miran para otro lado.

Hay que hacer algo más. Mussolini lo sabe: no puede permitir que la opinión pública, consternada, asocie la violencia fascista a la de los «rojos». Por lo tanto, recurre a la táctica de las «duchas escocesas». Calentar con una mano y enfriar con la otra: mientras el Fundador de los Fascios ensalza las represalias violentas contra la barbarie socialista, el director de *Il Popolo d'Italia* se opone a la violencia. La violencia fascista, escribe el 27 de abril, es «caballeresca», el fascismo tiene «sentido del límite», poniendo en su sitio al socialismo maximalista ha devuelto a Italia «la noción de lo que es sabiduría y la noción de lo que es locura». Y que siga la doble moral.

Lo bueno de la violencia, como se ve, es esto: que es veneno y, al mismo tiempo, antídoto. En ella, el daño y el remedio son la misma sustancia administrada en dosis diferentes. Además, ¿acaso no es cierto que Pasteur nos vacunó de la rabia canina inyectando médula espinal de conejos infectados?

Durante la campaña electoral, Mussolini no aparece demasiado en público. Celebra un mitin en Milán, el 3 de mayo, solo para marcar el tiempo volviendo al lugar donde había comenzado todo. En piazza Belgioioso se da el gusto de hablar desde el balcón del palacio privado del príncipe que dos años antes ni siquiera había querido recibirlo.

Luego solo da un segundo mitin en Verona y un tercero en Mortara. Ninguno más. Va a Lomellina porque, junto a la Toscana, a la provincia de Ferrara y a la de Cremona donde Farinacci hace estragos, es la zona en la que el escuadrismo está más extendido. Su jefe es Cesare Forni, hijo de uno de los arrendatarios más ricos de la zona, disoluto adicto a la cocaína en su juventud y luego capitán de artillería con siete medallas al valor durante la guerra. Alto, fornido, rubio, con perpetuas ojeras, generoso y colérico, entre el sábado y el domingo de la segunda semana de abril, Forni dirigió personalmente la devastación de la Sociedad de Ayuda Mutua de Bigli y las sedes socialistas de Garlasco, Lomello, Tromello, San Giorgio, Valle Lomellina y Ottobiano. Todo quedó destruido en cuarenta y ocho horas.

Mussolini, sin embargo, parece más interesado en otra leyenda local de la cruzada antibolchevique: la condesa Giulia. Nacida en una familia humilde, rubia, de generosas carnes, el busto rotundo de la plebeya que rebosa salud, Giulia Mattavelli está casada con el conde Cesare Carminati Brambilla, pálido, descoyuntado, excéntrico, aquejado de un rictus permanente en una comisura de la boca, trotamundos, vago, abúlico, perverso, oficial de caballería y ahora terrateniente. Los dos, juntos, contratan a varios hombres de armas y aterrorizan a los campesinos de su feudo. En las torres de su casa solariega —en la que encuentran refugio a menudo los escuadristas milaneses buscados por la policía— han instalado potentes focos con los que barren los campos por la noche. Parece que la condesa participa en persona en las expediciones a lomos de su caballo. Parece también que Giulia, amazona guerrera y mujer de lupanar, se entrega de buena gana como recompensa a los más útiles o a los más feroces. Parece que el conde, hombre avinagrado, aburrido y astuto, lo permite, o lo utiliza para su propia carrera.

Mussolini llega a Mortara el domingo 8 de mayo, en compañía de Michele Bianchi y de Arnaldo, su hermano, exactamente una semana antes del día de las elecciones. No es la primera vez que visita esta ciudad lombarda: ya estuvo allí en la primavera de mil novecientos catorce, como director del *Avanti!*, para inaugurar la Casa del Pueblo ahora destruida por sus escuadristas.

El Duce del fascismo electriza la plaza del ayuntamiento abarrotada de camisas negras. Afirma estar conmovido por el recibimiento. Tras abandonar el escenario, expresa su intención de regresar a Milán inmediatamente después del banquete en su honor. Las celebraciones culminan con la entrega de una medalla. Quien se la entrega es la condesa Brambilla. Benito Mussolini decide entonces asistir también a la «Velada Tricolor Italianísima». Bailan. Él y ella abandonan el baile para encerrarse en el hotel Dei Tre Re, habitación número 5.

Al día siguiente corren voces en Mortara de que el personal de limpieza la había encontrado destrozada. Rastros de sexo por doquier. Parece que había incluso una mancha de sangre en alguna parte.

La lista no se debate, se vota. Aunque al repasar los nombres, el espíritu crítico, despertando simpatías y aversiones, se divide. Pero el bloque está hecho para unir [...]. La lista, tal como está, es una «posición» desde la que ha de derrotarse al común enemigo socialista.

«Los candidatos del Bloque»,
Corriere della Sera, 23 de abril de 1921

Los liberales no pueden, sin suicidarse del todo como partido, identificarse moralmente con aquellos que [como los fascistas] defienden, exaltan y practican la violencia como principio de vida y de lucha social.

«A los liberales»,
La Stampa, 29 de abril de 1921

Nosotros no pertenecemos a la turba de las vírgenes empolvadas y solteronas, temerosas siempre de perder su virginidad (su privilegio) (aunque —para sus adentros— ¡lo deseen intensamente!); los fascistas no pertenecemos a quienes temen constantemente contaminarse, empequeñecerse, empañar, aunque sea con un velo, su espléndida y onanista *isolation*.

Benito Mussolini, discurso en la asamblea del Fascio milanés
para justificar la alianza con los liberales,
8 de abril de 1921

Lo que está en juego aquí es el buen nombre de Italia y, por lo tanto, no se tolera ninguna debilidad. Lo que sucede en Bolzano es indigno de un país civilizado [...]. Hace falta una represión ejemplar. Todos los que hayan participado en tan malvada acción deben ser arrestados.

Giovanni Giolitti, aliado de los fascistas,
telegrama al comisario general de Bolzano
después de una expedición de escuadras fascistas,
27 de abril de 1921

Italo Balbo
abril-mayo de 1921

En las fotos que, en la primavera de mil novecientos veintiuno, empiezan a inmortalizar las acciones fascistas, Italo Balbo es el único que aparece riendo. Mussolini exhibe siempre su ya célebre mirada torva y magnética con los ojos desorbitados, todos los demás jefes adoptan poses marciales y serias, Italo Balbo en cambio enseña los dientes. Y no siempre es una mueca maligna. A veces, como en la imagen que retrata a los escuadristas de Ferrara posando frente a la basílica de San Marco durante una excursión a Venecia para expugnar el barrio obrero de Castello, es una sonrisa joven, apacible, con la cabeza ligeramente echada hacia atrás y los bastones casi ocultos bajo los gabanes burgueses. La atmósfera en la que gravitan estos excursionistas crueles es tempestuosa, magnética, tal vez hasta fatal pero, en el fondo, despreocupada: *Venecia, primavera de 1921 - Como si no hubiera un mañana.* Este podría ser el pie de la foto de recuerdo entre las palomas en piazza San Marco. Alguien morirá de forma violenta antes del anochecer en la calle San Francesco, pero aun así a uno casi le entran ganas de unirse a la excursión campestre.

La leyenda de Balbo no puede prescindir de esta ferocidad despreocupada. Sea espontáneo o deliberado, siempre está el gusto de Balbo por la mofa, la bravuconada de pilluelo irreductible. Cuando el prefecto Mori prohíbe el uso de bastones de paseo, los escuadristas ferrareses golpean con pejepalos cogiéndolos por la cola y se regodean esparciendo sal en las heridas. Balbo, por su parte, insiste siempre en que se den «palizas con estilo». Significa golpear a los dos lados de la boca, en ambas articulaciones mandibulares, para fracturar las quijadas. A mediados de abril, para destruir la Liga de Voltana, cerca de Rávena, los hombres de la Celibano van incluso en tren. Mientras todo arde, el maquinista los espera. Cuando el tejado se derrumba, suben a los vagones y dan la señal de arranque. El cercanías llega a Ferrara con solo media hora de retraso.

Sin embargo, se trata de una ferocidad despreocupada pero sistemática, disciplinada. Las acciones adoptan siempre una táctica militar que basa su superioridad de fuego en la posibilidad de concentración y de desplazamiento. Su planificación es científica, rigurosa, letal. El resultado del enfrentamiento no se deja al azar, a la valentía de los combatientes, al capricho de las deidades de la lucha. A partir de ahora casi nunca se corre el riesgo de la derrota. La campaña de primavera, en el plano estratégico, consiste en una guerra de movimientos. La hoja de ruta se cumple a marchas forzadas.

El mismo día 8 de abril, tan pronto como se disuelven las Cámaras, incendian la oficina de empleo de Jolanda y obligan a dimitir a la administración. Dos días después, cuando el escuadrista Arturo Breviglieri muere durante una expedición a Pontelagoscuro, sus camaradas ocupan militarmente el pueblo, incendian la Cámara del Trabajo y obligan a los socialistas a besar las manos del cadáver. El 11 de abril, los hombres de Balbo asaltan la Cámara del Trabajo de Granzette en Polesine y matan en su casa, delante de la familia, al cajero Luigi Masin. El 14, un centenar de escuadristas someten a asedio a la ciudad de Ferrara durante dos días, ensañándose con la Casa del Pueblo y el círculo de los ferroviarios. El 15, en Roncodigà, durante una asamblea de miembros de la liga que se han pasado al sindicato fascista, Umberto Donati propone regresar a la Cámara del Trabajo. Es asesinado en el acto. Y todo prosigue así, con la destrucción de las ligas de Bondeno, Gaibanella, Ostellato y muchas más. En unos pocos meses, se destruyen en Ferrara nueve Cámaras del Trabajo, una cooperativa y diecinueve ligas campesinas. La Cámara del Trabajo de Rovigo, en la que se había formado Matteotti, cuyos bienes materiales ya han sido destruidos varias veces, deja de existir para siempre. Se disuelve.

El desplome socialista es vertical. «¿Acaso creen ustedes —proclama *La Scintilla,* periódico socialista de Ferrara—, oh, señores del Fascio y de la Asociación de Propietarios Agrícolas, que las conquistas que habéis obtenido en virtud de tales métodos podrán gozar de alguna estabilidad consistente? Resulta infantilmente ingenuo creer que tan vasto edificio político pueda derrumbarse en un momento bajo los golpes de un bastón o la amenaza de una pistola». Pero eso es lo que ocurre. Los niños son infinitos.

Ahora en algunos lugares los campesinos destruyen las banderas rojas y se pasan en masa a los sindicatos fascistas; los muchos que aún resisten, presa de la desesperación, todavía disparan unos tiros con el revólver, matan a los animales y arrancan las vides. Matteotti continúa luchando y predica una sumisión evangélica: «Quedaos en casa; no respondáis a las provocaciones. Incluso el silencio, incluso la cobardía, a veces son heroicos».

Todos los demás dirigentes del movimiento campesino asisten atónitos a la rapidez y el alcance del derrumbe. Una especie de parálisis psíquica los petrifica, un grito de pánico congela los campos, las rendiciones humillantes son incontables.

Los socialistas entregan las banderas sin luchar, aceptan pisotearlas en ceremonias públicas, capitulan abiertamente. En Codrea, por ejemplo, se vota la resistencia. Pero entonces, los numerosos escuadristas presentes en la reunión proletaria propinan una paliza al secretario delante de la asamblea. Acto seguido los campesinos se unen al Fascio.

El líder comunista Angelo Tasca, que hace poco decidió junto con Gramsci y Togliatti en Livorno escindirse del Partido Socialista y que asiste personalmente a algunos de esos actos de destrucción, intenta explicar lo inexplicable. Los fascistas —escribe— son casi todos Osados o excombatientes, dirigidos por oficiales; a menudo están desplazados, como es habitual en el frente, y pueden vivir en cualquier lugar. Los trabajadores, en cambio, están atados a sus tierras, donde han obtenido, en el curso de largas luchas, conquistas admirables. Esta situación confiere al enemigo toda la superioridad: la de la ofensiva sobre la defensiva, la de la guerra de movimiento sobre la guerra de posiciones, la de la ilegalidad impune sobre la escrupulosa legalidad, la de la fácil destrucción sobre la laboriosa construcción, la de quien no tiene nada que perder sobre quien puede perderlo todo.

Las Casas del Pueblo son el fruto de los sacrificios de tres generaciones, los trabajadores las aman y, por instinto, vacilan en usarlas como si se tratara de un simple material de guerra. Cuando las devoran las llamas se les desgarra el corazón, desesperados, mientras que los asaltantes, ligeros, alegres, insolentes, se ríen. En la lucha entre el camión y la Casa del Pueblo, el primero siempre ganará. El hormiguero laborioso siempre estará a merced de la legión.

Y sin embargo, hay algo misterioso en este colapso repentino. Los sesenta y tres municipios de la provincia de Rovigo, todos en manos de los socialistas, van siendo ocupados uno tras otro sin que se les ocurra la idea de unirse para oponerse al agresor. El Partido Socialista, que tenía el control absoluto de la provincia, lo pierde en el curso de un solo invierno. Envueltos en este misterio, todos van a votar el 15 de mayo.

Balbo ríe. Entre las mofas de las que es maestro se cuenta también la del aceite de ricino. Se atrapa a un indómito socialista cualquiera, se le mete un embudo en la boca, se le obliga a beberse un litro de laxante. Después se le ata al capó del coche y se le lleva de paseo por el pueblo mientras pedorrea, suelta ventosidades, se caga encima. Un remedio de bajo coste, sin derramamiento de sangre, sin amenaza de detenciones. Imposible no reírse.

Y además este recurso tragicómico tiene otras ventajas. Impide que la víctima se convierta en un mártir porque la vergüenza ahuyenta el pesar: no puede rendirse culto a un hombre que se ha cagado encima.

El ridículo, por último, tiene un alto valor pedagógico. Y, además, dura mucho tiempo, influye en el carácter. La mierda, más que la sangre, se extiende sobre el futuro de una nación. La idea de la venganza, si está manchada de excrementos, se transmite durante décadas, de generación en generación. La afrenta del purgante, vista o sufrida, para ser borrada, requeriría nada menos que un apocalipsis.

Es indispensable que se llegue cuanto antes a la formación regular y militar de nuestras fuerzas. Por lo tanto debemos ponernos todos manos a la obra sin escatimar esfuerzos. Para el próximo mes de septiembre los regimientos fascistas ferrareses deberán estar ya magníficamente ordenados en sus filas. Solo con un ejército disciplinado alcanzaremos la victoria decisiva [...]. Las personas más indicadas para comandar las escuadras de acción son los exoficiales, especialmente los de los Osados y de infantería [...]. Es necesario que los soldados armados con ametralladoras conozcan las austriacas y las pistolas ametralladoras, y las ametralladoras Fiat, Lewis y S. Etienne [...]

Federación de los Fascios ferrareses, circular secreta n.º 508, dirigida por Italo Balbo a todos los secretarios políticos, julio de 1921

Quedaos en casa; no respondáis a las provocaciones. Incluso el silencio, incluso la cobardía, a veces son heroicos.

Llamamiento de Giacomo Matteotti a los agricultores del valle del Po, en *Critica Sociale*, n.º 7, 1921

Venus, el planeta «terrestre», el planeta gemelo, tan parecido a la Tierra en tamaño y masa, el cuerpo celeste más luminoso del cielo nocturno, aparte de la Luna, solo puede verse brillar durante escasas horas y solo después de la puesta del sol o antes del amanecer, cuando la feroz luminosidad solar que le da y, al mismo tiempo, le quita la luz, teniéndolo sujeto a la corta cadena de su órbita estrecha, se atenúa. Eso es lo que sucede normalmente. Hoy, sin embargo, el amarillo blanquecino de la estrella vespertina ha comenzado a brillar intensamente en el horizonte, hacia el oeste, al menos dos horas antes del anochecer.

La luminiscencia diurna de Venus es un fenómeno raro, casi tanto como un eclipse solar. Al director de *Il Popolo d'Italia*, notoriamente supersticioso, que lo observa desde su despacho de via Lovanio, algunos redactores le han explicado que la eclíptica en el horizonte es el factor fundamental para la visibilidad de Venus. Parece ser que en el hemisferio boreal la inclinación es máxima en el ocaso durante el equinoccio de primavera. Pero la primavera hace ya mucho tiempo que ha llegado, y él, más que en la ciencia, cree en el destino. De modo que ha permanecido, al menos una hora, asomado a la ventana de su nuevo despacho contemplando el astro que se destaca en el cielo límpido pero aún iluminado por un sol bajo. Venus, la estrella de la tarde, es conocida desde la antigüedad también como la «estrella de la mañana». Se trata de una señal de buena suerte. No cabe duda. El horóscopo de Benito Mussolini es propicio.

Los datos que llegan al Ministerio del Interior son indiscutibles. Los socialistas pierden, pero menos de lo esperado, siguen siendo el primer partido con el veinticinco por ciento de los votos y buena parte de lo que pierden lo ganan los comunistas, con un tres por ciento, o los republicanos, que suben hasta el dos por ciento. Los populares se mantienen en el veinte por ciento y los partidos del Bloque Nacional crecen, pero crecen menos de lo que Giolitti esperaba: demócratas, liberales, nacionalistas y sus aliados menores, sumando todos los votos, apenas alcanzarán el cuarenta y siete por ciento. No puede haber, por lo tanto, la menor duda. Los ganadores de estas elecciones de mayo de mil novecientos veintiuno son los fascistas.

Después de haber negociado hasta la extenuación con los emisarios de Giolitti, y de trabajar durante un mes como un negro, Cesarino Rossi había obtenido ochenta candidaturas fascistas en las listas nacionales. De estos candidatos al menos cuarenta irán al Parlamento, habiendo sido los más votados casi en todas partes. Todavía son pocos, una nimiedad en comparación con los cientos de socialistas o liberales, pero en muchos casos son muchachos de menos de treinta años, comandantes de escuadras armadas hasta los dientes, una novedad absoluta, una fuerza literalmente explosiva, el fracaso total de las viejas tretas de Giolitti.

La campaña electoral concluyó, tal como había comenzado, en la vorágine de la violencia, entre la sangre de las nuevas víctimas y el resplandor de los incendios. En el mismo día de las elecciones se produjeron enfrentamientos mortales en Biella, Novara, Vigevano, Mantua, Crema, Padua, Lecce, Foggia, Siracusa. Veintinueve muertos y ciento cuatro heridos en un solo día. Aun así, y en consecuencia de ello, los votos no han dejado de afluir, procedentes de decenas de miles de nuevos simpatizantes seducidos por esa sangre, de falanges compactas formadas por nuevos pequeños propietarios dispuestos a verterla, y las urnas la han purificado y redimido.

Giolitti, el viejo zorro, el mago de la lluvia, la vieja ramera, pretendía domesticarlos y en lugar de eso los ha legalizado; quería usarlos para precipitar la caída de los socialistas aplastados a porrazos, con el fin de fortalecer su propio gobierno, y tendrá en cambio un parlamento ingobernable, fragmentado en partidos incompatibles, en grupos desgarrados en su interior por facciones hostiles y voraces. En definitiva, la misma mierda de siempre, cada vez más densa, cada vez más mierda.

La crisis de la democracia entra ahora en su fase más aguda, la decadencia parlamentaria es irreversible, una estrella fija, baja en el horizonte del cielo del equinoccio. En su luz crepuscular, el joven, pequeño y vigoroso Partido Fascista emprenderá su vida parlamentaria con la XXVI legislatura, la última de la decadencia, preparándose para luchar por sí solo para la XXVII, que será la primera legislatura fascista.

Y además está su triunfo personal. Benito Mussolini ha sido el más votado en Milán con 197.000 votos, el más votado en Bolonia con 173.000 votos. ¡El tercero entre los diez primeros elegidos a escala nacional!

El éxito ha sido de tal calibre que, nada más recibir la noticia, en uno de sus rarísimos momentos de entusiasmo conyugal, el triunfador hasta ha abrazado a su esposa Rachele, luego la ha puesto contra la puerta de la cocina y, mirándola a los ojos, algo que no hace nunca, le ha advertido conmovido: «Rachele, recuerda que esta será una de las épocas más hermosas de nuestras vidas». La mujer, asustada por la profecía de una dicha ajena, sin saber cómo acogerla en su casa plebeya, inclina la mirada hacia el suelo de gravilla ocre y negra.

Pero ahora que se ha quedado solo, Benito Mussolini se aparta de la ventana, deja la estrella de la tarde con su ocaso y deambula por la habitación colmándola de la propia euforia. Son muchos los fantasmas que ha de ahuyentar: el monigote de su cadáver ahogado en un canal milanés por los cuatro mil miserables votos de mil novecientos diecinueve, el traidor ahuyentado como un perro rabioso por sus compañeros en mil novecientos catorce, el emigrante furioso que duerme bajo los puentes en Suiza en mil novecientos ocho, el maestrillo de escuela que recorre descalzo la milla que lo separa del pueblo, caminando con los pies desnudos por las vías del ferrocarril, con los zapatos a la espalda para no gastar las suelas; en la rarísima luminiscencia diurna de Venus reverbera incluso el espectro del niño que, hace muchos años, en los campos de la Romaña, en una clara mañana soleada, con los viñedos amarillos y las cubas listas para la vendimia, oye tañer en el aire de septiembre las campanadas a muerto por su abuela.

El «diputado» Mussolini. Su hora se acerca, la hora de todos, la hora de la venganza. Ha ganado con el dinero de los terratenientes que le hicieron pasar hambre en su infancia, bajo la égida de Giolitti, en el bando de los enemigos de su gente, de su juventud. Aun así ha ganado.

Por un momento observa su nuevo y elegante despacho con desconfianza, con rencor. Pero enseguida la voz de Margherita Sarfatti le susurra al oído: «Hay que ser hombres, la juventud siembra, la madurez recoge».

Por otra parte, se acerca a la cuarentena, está casi calvo, pronto no le quedará ya un pelo en la cabeza, la siembra tiene su tiempo, un tiempo breve. Hay que cosechar, hay que terminar, hay que ganar. Y luego volver a ganar otra vez porque el mundo no tiene piedad de los ganadores.

El diputado Mussolini se entrega ya sin reservas a su propia alegría insolente. Se ha convertido en el hombre que odiaba de niño.

Benito Mussolini
Roma, 21 de junio de 1921
Parlamento de Italia

El diputado Mussolini ha tomado asiento en el último escaño de la derecha, donde, antes que él, jamás había osado sentarse nadie. Separado de todos, allá arriba, está solo porque siempre está al acecho, y viceversa, para quienes lo miran desde abajo y desde los bancos de la izquierda da la impresión de ser un buitre agazapado en un peñasco. Hoy el pájaro necrófago, de cabeza desplumada, tendrá que pronunciar su primer discurso parlamentario.

En el peñasco que todos desdeñan él se acomoda de buena gana. Después de un momento de rabia y vergüenza, que experimenta al entrar por primera vez en el hemiciclo de Montecitorio cuando, casi con asombro infantil, se percata de que los bancos de la izquierda, hacia donde se ha dirigido instintivamente, están ocupados por el desprecio de sus antiguos amigos socialistas y los de la derecha por la arrogancia de los despreciables nuevos amigos giolittianos, se encarama con gusto a las últimas gradas.

No obstante, el Parlamento no le gusta. Ha confesado a un periodista que allí las cosas y las personas le parecen «grises». Cuando se habla, se hace lo contrario de lo que se haría normalmente: se habla de abajo hacia arriba cuando debería ser al revés. La vertical equivocada hace que todo degenere en una cháchara inútil. Y luego los pasillos..., todos esos susurros de pasos perdidos, todos esos colegas que lo tutean, tratándolo con melosa familiaridad, tocándolo incluso —palmadas en el hombro, prolongados apretones de manos—, todos esos repugnantes burgueses que por el día se apresuran anhelantes a apuntarse al fascismo y por la noche, en los salones, cuentan a las damas horrorizadas y emocionadas que han conocido a los fascistas, esos salvajes antropófagos, esos animales exóticos que Giolitti, el viejo explorador de las junglas parlamentarias, ha prometido amansar en su circo.

Pero Benito Mussolini está decidido a seguir siendo un animal desconocido. En Roma, en las primeras semanas de la legislatura, ha tenido pocos contactos personales. No ha trabado ninguna amistad. No se puede tener amigos y él no los quiere. Por eso ha nombrado secretario personal a Alessandro Chiavolini, el traidor, el único de sus redactores que en el momento más difícil, después de la desastrosa derrota electoral de mil novecientos diecinueve, cuando el director de *Il Popolo d'Italia* fue sometido al juicio de los periodistas lombardos, se negó a firmar la carta de solidaridad. No, nada de amistad, solo sumisión. El traidor de Chiavolini le ofrece más garantías que un falso amigo.

«No me importa, honorables colegas, empezar mi discurso desde esos bancos de la extrema derecha, donde, en los días en que la triunfante bestia socialista regentaba un negocio prosperísimo, nadie se atrevía a sentarse. Quiero dejar claro desde el principio que en mi intervención apoyaré tesis reaccionarias. El mío será un discurso antidemocrático y antisocialista.» Manifestaciones de aprobación por parte de la derecha. «Y, cuando digo antisocialista, quiero decir antigiolittiano.» Hilaridad general.

A los diputados no les sorprende la estocada que Mussolini propina en frío a Giolitti, su principal aliado electoral. Por lo demás, el fundador de los Fascios, el mismo día que siguió a las elecciones, en una entrevista-bomba para *Il Giornale d'Italia*, denunció la alianza con Giolitti, frustrando su esperanza de poder usarlo para sus juegos parlamentarios. Quedó claro desde el primer momento que los fascistas se disponían a trasladar de inmediato su peculiar sistema de lucha al hemiciclo de Montecitorio y que no respetarían a nadie, y mucho menos a Giolitti, cuyo plan de domesticarlos había fracasado. De ahora en adelante se jugaría con una nueva baraja. Mussolini desdeñaba lo apostado y quería quedarse con la banca. En los círculos políticos liberales e industriales, hombres influyentes y experimentados se estaban tirando de los pelos.

Mussolini dedica los primeros treinta minutos de su primera intervención parlamentaria a criticar con dureza la política exterior de Giolitti. En un *crescendo* de furor nacionalista, lo acusa de sumisión, de renunciar a la grandeza a la que Italia está destinada. Le reprocha a Giolitti no haber defendido la italianidad en las fronteras orientales, haber sacrificado la independencia de Montenegro. Nada escapa a esta mirada orbital que dirige al mundo, incluso se refiere a los problemas de la difícil convivencia entre religiones en Palestina. Giolitti ya está liquidado, su gobierno acaba de nacer y, sin embargo —ahora todos lo saben—, tiene los días contados.

Luego, el orador desciende y se sitúa en la parte baja de la sala, para que su voz se escuche mejor, y pasa a una segunda panorámica, de alcance más corto. Examina, una tras otra, todas las fuerzas parlamentarias sentadas en el hemiciclo. Primero les toca a los comunistas. El comunismo es una doctrina que surge en épocas de miseria y de desesperación, una filosofía neoespiritualista que, como las ostras, resulta tan agradable en el paladar como difícil de digerir. Mussolini se mofa de ellos, los escarnece, pero luego los acoge paternalmente con un teatral sentimiento de culpa: «Conozco a los comunistas. Los conozco porque parte de ellos son hijos míos... en un sentido espiritual, que quede claro». Hilaridad general, tanto a la derecha como a la izquierda. Cuando les toca a los socialistas, la táctica del palo y la zanahoria se acentúa. En primer lugar, Mussolini les recuerda sus responsabilidades, luego hace algunas distinciones —entre movimiento obrero y partido político, entre líderes del partido y representantes sindicales—, y al final formula promesas: «Escuchad bien lo que voy a deciros. Cuando presentéis la propuesta para la jornada laboral de ocho horas, nosotros los fascistas votaremos a favor». Por último, llega el turno de los populares, representantes de las masas católicas. También a ellos les lanza un cebo: «La tradición latina e imperial de Roma está representada hoy por el catolicismo... No se está en Roma sin una idea universal, y la única idea universal que existe hoy en Roma es la que emana del Vaticano».

En definitiva, palo y zanahoria para todos. Al final, sobre todo, y como siempre, la violencia. Incluso aquí, primero la amenaza, luego la promesa. Si los socialistas insisten en ese terreno, en ese terreno serán vencidos. Deben resignarse: el mundo va hacia la derecha, no hacia la izquierda, la historia del capitalismo no ha hecho más que empezar. Si se desarman espiritualmente, desarmarán también a los fascistas. La violencia no es un deporte. El triste capítulo de la guerra civil puede terminar. Somos humanos y nada humano nos es ajeno. He concluido.

Los aplausos desde la derecha son calurosísimos, repetidos, las felicitaciones numerosas, los comentarios prolongados.

Ahora que el Fundador de los Fascios ha llegado al Parlamento, sin embargo, debe hacer limpieza en casa. Su criatura tiene orígenes bastardos, ha nacido del crisol de la violencia, de las contracciones de una historia promiscua. La burguesía empieza a hartarse: si al principio adoptó a los fascistas como un dique contra la violencia, pronto los repudiará como una nueva forma de violencia. Hay que conseguir que el éxito electoral sea fructífero e Italia es un país donde las revoluciones nunca siguen métodos revolucionarios.

El fascismo debe observar cómo se pelean el capitalismo y el comunismo, y frotarse las manos. Hay que mantenerse ligero para permitirse toda clase de giros, combinaciones, maniobras, cabriolas, virajes. Los fascistas no son una de las dos grandes clases en lucha, son la capa intermedia, el dolor profundo de una crisis psicológica de inseguridad del pequeñoburgués enfurecido porque teme perderlo todo pese a no tener aún lo suficiente, del verdulero que se siente atrapado entre la espada del gran capital y la pared del comunismo, que ya no sabe cuál es su lugar en el mundo, que, dudando tener uno, llega incluso a dudar de su propia existencia. Hace falta un nuevo gran partido de masas del mundo intermedio, dentro de una tranquilizadora perspectiva parlamentaria. La pequeña burguesía necesita consuelo, el país necesita paz, es necesario proporcionárselos a ambos.

El trono está vacío desde hace demasiado tiempo, la violencia nunca llega sin su sombra, hay que envainar la espada. El fascismo lo dirigirán los políticos, no los guerreros, y en la cabecera de la mesa me siento yo. Ahora hay que llamar a la jauría ladradora de los perros de la guerra.

Parece que todo ocurrió así.

Era la una de la madrugada y Amerigo Dùmini estaba fumando, apoyado en una caseta cerca de la orilla, junto con Banchelli, el «mago», en la playa de Avenza, costa de Massa Carrara, en silencio. La luna, casi llena, brillaba en lo alto del cielo de poniente, se veía la torre medieval iluminada en la noche clara en la boca del arroyo y, al fondo, hacia el este, la corona de los Alpes Apuanos en el horizonte. La asamblea estaba yendo muy bien. Unos quinientos fascistas se estaban concentrando en el arenal, venidos en tren, en autobuses o en vehículos improvisados desde Pisa, Florencia, Viareggio, Prato, Pescia y otros pueblos de los alrededores. Empezaban a ser muchos pero no tantos como habían esperado. Además, al menos la mitad de los concentrados eran muchachos de dieciséis o dieciocho años, que se habían lanzado a la aventura siguiendo a los mayores, se lo tomaban todo al pie de la letra, maldecían a los comunistas en voz baja e incluso a esa hora de la noche, con el entusiasmo de los predestinados a la muerte, susurraban sus canciones a la sombra de los banderines.

Dos hombres de Renato Ricci habían venido a informarles de que, según algunos rumores, los campos de los alrededores de Sarzana estaban en alerta, entre los campesinos se habían distribuido pistolas, escopetas de caza, bombas rudimentarias preparadas por los canteros anarquistas de los Alpes Apuanos, gente dura, acostumbrada de toda la vida y desde incontables generaciones a dinamitar el mármol.

En Sarzana llevaban meses en pie de guerra y tenían el alma en vilo desde hace días. Siempre se habían llevado a matar con los fascistas. Cada vez que los campesinos divisaban una cara sospechosa, corría la voz y gente armada se echaba a las calles. Renato Ricci, el jefe fascista de la zona, un hombre que había sometido con sus correrías a casi toda la región de Carrara tocado con su fez de bandido, había dado con sus huesos en la cárcel precisamente en Sarzana, en otro intento fallido por conquistar ese bastión de los «rojos». Los carabineros lo habían detenido junto con sus escuadristas en desbandada, rodeándolos en el lecho seco del río Magra entre los sauces de las orillas. De ahí que fuera necesario ir a liberarlo. Por esa razón los escuadristas florentinos de Dùmini pernoctaban en la playa de Avenza. Ya era hora de acabar de una vez por todas con esa gente.

No tenían plan de operaciones, actuaban de manera improvisada, muchos de los escuadristas ni siquiera se conocían. Se habían puesto en marcha bordeando el mar iluminado por el plenilunio. Entumecidos, somnolientos, en fila india, distanciándose a veces diez metros como si fueran una panda de borrachos, habían abandonado la costa, se habían dejado guiar por la vía férrea, subiendo por el sendero que flanquea la pendiente y siguiendo luego los raíles. Un tren nocturno, al ver las vías atestadas, redujo la velocidad, se detuvo y luego se puso nuevamente en marcha. Un imbécil cansado, que esperaba sin duda que lo dejaran subirse, le había disparado.

Anunciados por ese estúpido disparo de fusil, los vengadores de camisa negra habían llegado a la estación de Sarzana a las 5:30, media hora después del amanecer estival. El sol ya estaba en lo alto sobre las canteras de mármol de los últimos Alpes, pero la ciudad hostil todavía estaba desierta, silenciosa, sorprendida en el sueño. Dùmini ordenó que se agruparan, luego conminó al vigilante a que abriera el portal que daba a la explanada. Frente a los fascistas que habían venido a expugnar el baluarte del enemigo se abrió una hermosa avenida de plátanos, dedicada a Garibaldi, el héroe de dos mundos.

Pero al final de la avenida había un pelotón de carabineros alineado en una sola fila. No podían ser más de quince, y las ametralladoras permanecían desguarnecidas en el interior de las furgonetas aparcadas. Quince contra quinientos. Y además los carabineros siempre habían sido amigos, cómplices de los escuadristas en sus expediciones punitivas. «¡Vivan los carabineros, viva el ejército, viva Italia!», gritaron los fascistas, como siempre.

Y en ese momento —ya eran las seis de la mañana— llegó la segunda sorpresa del día. A Dùmini, que había dado un paso adelante para parlamentar con una sonrisa de cortesía, se le habían encarado dos carabineros, uno de civil y otro uniformado. Ambos decididamente hostiles. El capitán de los militares sostenía incluso una fusta de buey en la mano derecha enguantada.

Dùmini, sin preámbulos, dictó sus condiciones para la liberación de Renato Ricci y para las represalias contra los comunistas. Fueron rechazadas por inadmisibles.

«¡A nosotros!» Los fascistas habían comenzado a avanzar, en desorden, inconscientes, convencidos de la victoria e invencibles. A los quince soldados se les ordenó la *croce a tet,* rodilla al suelo, listos para emplear la bayoneta y disparar sus armas. Entonces, como ocurre siempre cuando se empuñan los fusiles, hubo un disparo. Cayó un carabinero, el fuego de sus compañeros segó la primera línea de los fascistas agrupados. Fuego a discreción de ambos lados.

Los soldados profesionales lo saben: después de la primera ráfaga furiosa, entre dos grupos de hombres armados siempre se interpone un misterioso instante de vacilación, a veces debido a que se acaban los cargadores a la vez, a veces al horror sagrado ante la aparición de la sangre. En ese momento, los jefes fascistas y el capitán Jurgens del real cuerpo de carabineros lograron detener el fuego. Empezaron a parlamentar otra vez.

Pero los gritos de los heridos desgarraban el velo del alba, los cadáveres empapaban la piedra de la plaza con fluidos hemorrágicos y los fascistas, consternados por la inesperada resistencia, saltando sobre setos, zanjas, pequeños muros, se dieron a la fuga, dispersándose a centenares por los campos. Los desesperados gritos del capitán Jurgens los habían perseguido, casi rogándoles que regresaran.

Allí se toparon con la tercera sorpresa de aquel día de fuego: los «rojos» los esperaban agazapados entre las zarzas. Bandas de campesinos armados con horcas, hachas y cuchillos habían seguido el rastro a los dispersados de esa banda de vengadores que habían venido a prender fuego a sus casas y ahora, en cambio, huían aterrorizados. Los arrastraron detrás de una trilla, un henil o un seto y los degollaron con un punzón como se degüella a los cerdos. Algunos cuerpos quedaron expuestos al sol, otros fueron colgados de los árboles.

Al final cesaron los disparos. Las tropas de refuerzo de los guardias reales, que acudieron con el retumbar de los primeros disparos, batieron los campos en busca de los caídos. Lo que quedaba de la columna fascista se había refugiado en el edificio de la estación. Muchos de aquellos chicos lloraban apiñados debajo de los bancos, pidiendo ayuda.

Dùmini, por su parte, había conseguido la excarcelación de Ricci. Los escuadristas supervivientes, que habrían debido expugnar Sarzana, fueron escoltados a un tren especial que los llevaría de vuelta por donde habían venido. Los cadáveres de algunos compañeros se quedarían días, destrozados, sirviendo de alimento a los animales salvajes en las cuevas y en los ralos bosques de las laderas de las montañas cercanas.

—Hemos erigido nuestra suerte sobre las sepulturas. Hay que tener cuidado de que ahora esa suerte no les toque a nuestros enemigos.

El Duce del fascismo susurra estas palabras a Cesare Rossi antes de entrar en la sala donde acaba de convocar al Consejo Nacional nada más llegar a Roma la noticia de la masacre de Sarzana. Es la noche entre el 21 y el 22 de julio, una noche de bochorno. Más que aterrorizado por las muertes, Mussolini parece preocupado por lo que su superstición interpreta como el presagio siniestro de otra muerte, menos cierta pero más terrible. «El fascismo no puede morir» son sus primeras palabras antes de dirigirse a la asamblea.

Su plan para salvar al fascismo de las consecuencias letales de su propia violencia es, al mismo tiempo, simple y delirante: sellar la paz con los socialistas. El nombre del plan es «pacto de pacificación». Los escuadristas de las provincias lo han boicoteado desde principios de julio. El día 12, en Milán, el Consejo Nacional Fascista, dirigido por Farinacci y Grandi, se insubordinó a Mussolini votando en contra de cualquier hipótesis de pacificación. Mientras tanto, mil quinientos escuadristas han ocupado militarmente Treviso, incendiando las sedes de los populares católicos y de los republicanos.

Pero ahora la situación ha cambiado. Giolitti ha caído. Le ha sucedido Ivanoe Bonomi, el socialista reformista a quien el mismo Mussolini hizo expulsar del partido en mil novecientos doce, y Bonomi, a pesar de provenir del socialismo, ha logrado llevar a su gobierno a los católicos del Partido Popular. Si Bonomi consiguiera embarcar también a los demás socialistas moderados, formarían entre todos un frente común contra los fascistas y eso supondría el final para ellos. Hay que romper ese aislamiento como sea. Si no queremos suicidarnos, tenemos que volver al principio, hay que dejar de hacer «exterminismo». De lo contrario, Bonomi, liquidados los socialistas maximalistas por la violencia de los fascistas, y tras aliarse con los moderados, no tardaría en darles una patada en el culo.

Sarzana demostraba que la fuerza pública obedecía a nuevas consignas. Y también demostraba otra cosa: si quinientos hombres eran ahuyentados por quince carabineros, eso significaba que la ferocidad de las escuadras, acostumbradas a ensañarse con la complicidad de las autoridades contra enemigos inermes y desorganizados, se esfumaría ante el primer choque con un ejército adiestrado.

—En torno al fascismo se está ciñendo un círculo de odio. Hay que romperlo. Las plazas de Italia no deben convertirse en degollinas dominicales. El país necesita paz. Debemos distinguir entre nuestros jóvenes fanáticos de odio antisocialista, dado que el socialismo niega los valores sagrados de la patria, y los oficiales pagadores de varias organizaciones de terratenientes que tienen como único objetivo suprimir las ligas obreras y las conquistas sindicales. La nación vino a nosotros cuando nuestro movimiento se anunciaba como el ocaso de una tiranía; la nación nos repudiaría si asumiéramos la apariencia de una nueva tiranía.

Los miembros del Comité Central escuchan en silencio las instrucciones que les da Mussolini para emprender la apresurada marcha atrás: el cese de toda violencia individual, la prohibición de cualquier expedición punitiva, el examen de los antecedentes penales de los afiliados, la expulsión de los puestos de mando de los fascistas de última hora, una investigación sobre las responsabilidades de las acciones perjudiciales.

Ante estas propuestas, se desencadena la discusión. Dura hasta el amanecer, y es encarnizada, especialmente por parte de los jefes de las provincias —Farinacci, Tamburini, Forni, Perrone Compagni, Balbo, Grandi—, decididos a oponerse a cualquier pacificación con los «rojos».

Al finalizar la reunión, el Duce hace un aparte con Cesare Rossi y le ordena que reanude las negociaciones con los socialistas.

—No habrá cismas. Somos un ejército, no una multitud. Y en este ejército mando yo...

Hoy, después de tantas contradicciones, Mussolini amenaza con destruir el fascismo si el fascismo no se corrige.

Es una utopía. El fascismo destruirá a su caudillo y este hombre que traicionó a los socialistas, a los intervencionistas revolucionarios, a los de Fiume y a los fascistas de primera hora se lanzará con la misma desenvoltura hacia otro partido o agrupación iniciando tenazmente una nueva campaña contraria, opuesta a cuanto ha hecho hasta ahora.

¿Encontrará a otros ilusos que lo sigan, o el sentido común de los italianos acabará triunfando y gritará que ya es suficiente?

Ugo Dalbi, sindicalista revolucionario,
Sindicato Obrero, 30 de julio de 1921

Italo Balbo
Gardone, 18 de agosto de 1921

Gabriele D'Annunzio ha engordado visiblemente. A pesar de haber dedicado a la esbeltez un verdadero culto retórico, y pese a ser completamente abstemio, dieciocho meses de autoexilio en el lago de Garda han hecho que se le hinche bajo el esternón una tripita de bebedor —tensa, turgente, redonda— que ninguna guerrera es capaz de ocultar. Es difícil apartar la mirada del abdomen del Comandante, especialmente para aquellos que, como Balbo, delgadísimo, se encuentran por primera vez con él después de haberlo venerado a distancia durante años. Dino Grandi y él habían salido de Bolonia hacia Gardone la noche del 16 de agosto, inmediatamente después de la conferencia de los Fascios padanos que ha optado por la revuelta contra el «pacto de pacificación» auspiciado por Mussolini. Han venido a ofrecer al poeta guerrero la jefatura del fascismo.

El Vate, fotofóbico, los recibe la mañana del 17 en la penumbra de pesados cortinajes y luces tenues de su villa asfixiada por decenas de miles de objetos y libros colocados en un juego preciso e inescrutable de referencias simbólicas, como en un mausoleo consagrado a la memoria de una momia viviente. A esos dos exuberantes veinteañeros D'Annunzio les habla por extenso sobre la nueva y definitiva edición de *Nocturno* en la que está trabajando, su meditación poética sobre la muerte compuesta en mil novecientos dieciséis, durante los meses de ceguera temporal provocada por un dramático aterrizaje de emergencia mientras sobrevolaba Trieste. Durante la disertación se refiere a sí mismo como el «vidente ciego», luego permanece callado para escuchar la propuesta de los jóvenes en silencio y, por último, tras ofrecerles unos deliciosos bombones de avellana en una bandeja de cristal policromado, les pide una noche para reflexionar. Al despedirse, aclara que, como siempre, antes de tomar cualquier decisión, debe consultar las estrellas.

Los dos embajadores de la disidencia fascista se alojan en una somnolienta pensión junto al lago. Cada uno engaña la espera como puede. Grandi escribe cartas a los conspiradores, Balbo corteja a las criadas.

El pacto de pacificación que debía decretar el final del conflicto entre «rojos» y «negros» lo firmó la tarde del 3 de agosto en el despacho del presidente del Gobierno Enrico De Nicola una delegación de representantes de los grupos parlamentarios fascista y socialista, y Baldesi, Galli y Caporali en representación de la Confederación General del Trabajo. La primera firma de todas fue la de Benito Mussolini. Según establecía el pacto, las dos partes se comprometían a cesar de inmediato toda suerte de violencia y a perseguir a los transgresores. Parece que, después de la firma, los jefes de los socialistas se negaron a estrechar la mano del fundador de los Fascios. Tal vez no sea más que pura maledicencia, pero el rechazo de los jefes del fascismo provincial, por el contrario, es una certeza clamorosa.

Los Fascios de Toscana, del Véneto y de Emilia, reunidos en un congreso, rechazaron el pacto apenas cuarenta y ocho horas después de que se firmara. Mussolini respondió con desprecio: apodándolos «ras», el nombre de los salvajes jefes guerreros etíopes. En un artículo en *Il Popolo d'Italia* se dirigió a ellos como el padre que se ve obligado a «recurrir a la vara» para corregir a su hijo descarriado. Los menosprecia como pueblerinos ignorantes, estancados en su provincianismo, incapaces de abstraerse de su entorno, de ver e incluso de imaginar «la existencia de un más vasto y complejo y formidable mundo».

Grandi respondió al Duce el 6 de agosto, inaugurando la disidencia abierta con un artículo en el que afirmaba que el «padre» no era Mussolini sino D'Annunzio y que el verdadero fascismo, en todo caso, había nacido en Bolonia, con la masacre del Palacio de Accursio, no en Milán. Luego le tocó a él, a Balbo, atacar al Jefe sin diplomacia alguna. La lucha entre fascismo y socialismo —escribe Balbo— se resolverá solo con la aniquilación de uno de los dos. Esa es la realidad, todo lo demás son «fantasías infantiles, sentimentalismo de mujercitas».

Mussolini, respaldado por Cesare Rossi, replicó que el movimiento de Emilia, sometido a los terratenientes, ya no era fascismo. Amenazó con expulsarlos o incluso con irse él mismo.

El plan de Mussolini, como siempre, era astuto y, como siempre, era bífido. De salir triunfante, la imagen que prevalecería sería la del fascismo «respetable» y él, recibido con los brazos abiertos por los liberales, se ganaría un ministerio. Incluso si fracasaba, ganaría crédito como el único fascista razonable entre esa banda de feroces «ras» de provincias. En definitiva, Mussolini, de aquel numerito, tenía todas las de ganar.

Ellos, en cambio, se arriesgan a perderlo todo. La pacificación, para gente como Balbo y Grandi, significa un final indudable, rápido, la condena a un oscuro limbo, sin acción, sin historia por falta de luz y sin luz por falta de historia. Y están dispuestos a entregar su vida pero no a regalarla.

Así se llegó el 16 de agosto a la reunión de Bolonia: seiscientos Fascios de Emilia-Romaña expresaron su oposición al Jefe declarando que, mientras durara semejante estado de cosas, no depondrían las armas de la violencia. Luego fueron a ofrecer al Vate la jefatura del movimiento.

La respuesta de D'Annunzio, sin embargo, se hace esperar. Deja que Balbo y Grandi se pudran durante casi dos días en ese limbo lacustre de jubilados moribundos que se aferran al último aliento jugando al bridge y sometiéndose a curas termales. A última hora de la mañana del 18, respetando el descanso del poeta casi hasta el mediodía, los dos peregrinos regresan a la villa de Cargnacco. D'Annunzio no los recibe. Manda a su criado a decirles que hay que seguir esperando: ha sido una noche oscura, Diana no ha aparecido, tal vez «los astros no sean propicios».

A Balbo y Grandi, humillados, furiosos, no les queda otra que regresar por donde han venido o, tal vez, emprender camino hacia Milán. Pero mientras tanto, los vendedores callejeros de periódicos vocean la noticia del día: Mussolini ha presentado su dimisión del Comité Central del Fascio.

«La lucha ha concluido. Quien ha sido derrotado debe irse. Y yo abandono la primera línea. Sigo siendo, y espero poder serlo en el futuro, un simple militante del Fascio milanés», ha escrito hoy el Duce del fascismo en *Il Popolo d'Italia*.

Fascistas locales son decididamente contrarios a la pacificación, que consideran fatal para el desarrollo de su programa agrícola. Socialistas, en cambio, pese a acceder de buena gana a la idea de la pacificación, no tienen demasiada confianza [...]. Comunistas y anarquistas están en contra. Los populares la ven bien, pero no se manifiestan de forma concreta. Liberales y radicales callan. La prensa, por temor a los Fascios, no se atreve a pronunciarse.

Telegrama del prefecto Cesare Mori
desde Bolonia al ministerio,
12 de julio de 1921

Desacuerdo, malestar y, a veces, repugnancia ante ciertos gestos que ofenden todos nuestros sentimientos como hombres de libertad: amigos, ¿os habéis preguntado, por ejemplo, si no son sagradas esas Casas del Pueblo con toda su carga de enseres y de afectos que en algunas zonas del valle del Po nuestros militantes queman con tanta serenidad solo porque en ellas viven enemigos?

Cesare Rossi, carta de renuncia
como subsecretario de los Fascios,
21 de agosto de 1921

Si se hace necesario propinar poderosos martillazos para precipitar el derrumbe de este fascismo, yo me adaptaré a tan ingrata tarea. El fascismo ya no es liberación sino tiranía; ya no es salvaguarda de la nación sino defensa de los intereses privados de las castas más opacas, sordas, miserables que existen en Italia; el fascismo que asume esta fisionomía seguirá siendo fascismo, pero ya no es aquel por el que —siendo pocos— en los años tristes nos enfrentamos a la ira y al plomo de las masas, ya no es el fascismo tal como fue concebido por mí.

Benito Mussolini, «La cuna y el resto»,
Il Popolo d'Italia, 7 de agosto de 1921

El que ha traicionado, traicionará.

Pintada antimussoliniana en los muros de Bolonia,
agosto de 1921

El as en la manga de los ras consiste en su estrechez de miras, una ventaja inigualable cuando se trata de vivir la vida. Los antiguos rencores pueblerinos, las degollinas dominicales, el brillante para las comadres, el coche deportivo aparcado frente a la taberna. Los jefecillos de provincias sobreviven gracias a la escasez de noticias, miden las épocas con la cinta métrica del presente, de modo que toda la vida se cronifica, se reduce a una enfermedad larga e incurable. Bien lo sabe él, periodista de raza, la crónica es siempre negra o rosa: amoríos y accidentes de tráfico, asuntos de cuernos o puñaladas fortuitas. Todo se polariza en extremos, acaba con una hembra tumbada de espaldas o con una espalda rota. No hay nada más, el mundo que cuenta el cronista es siempre solo «un suelto en la crónica de sucesos».

Fíjate, por ejemplo, en el repugnante espectáculo de estos comerciantes, tenderos, terratenientes, pequeños especuladores, esa vieja burguesía incapaz que mercadearía con cualquier cosa con tal de no renunciar a sus privilegios, mira cómo se une a los fascistas, despliega las banderas y grita con voz nasal «¡Viva el rey, viva Italia!», la misma voz con la que en los días de la «semana roja» gritaba «¡Viva la República!». Mira esa masa inerte, plomiza, opaca, a esos hombres sin fe y sin ideales, dispuestos a todas las traiciones, mira cómo van imponiéndose.

Pero cuando se trata de la vida de los pueblos, el discurso cambia. Cuando Benito Mussolini, hijo del humilde herrero de Dovia, quiere vivir y contar cada día de su vida como si perteneciera ya a la Historia, entonces el panorama se expande por el mundo, el horizonte estalla y ya no puede distinguirse al bailarín del baile.

El 27 de agosto en Florencia el Consejo Nacional de los Fascios rechaza su dimisión. Los ras mantienen su postura contraria a la pacificación, pero a nadie, ni siquiera a Grandi, que se da esos aires de filósofo, se le ha pasado por la cabeza ocupar el lugar de Mussolini en el escenario nacional.

Los únicos que han pagado el pato han sido Cesarino Rossi, al que despiden del Comité Central por haberse mantenido leal a Mussolini en Milán, y Leandro Arpinati, a quien apartan de la secretaría de Bolonia por haberse mantenido fiel a él en provincias. Por el momento no puede hacerse gran cosa por ellos, pero sí puede hacerse mucho por retomar las riendas del movimiento. ¿De qué sirve un jefe si solo se manda a sí mismo?

En toda Italia han proclamado que Mussolini es insustituible y, por lo tanto, le ha llegado el momento de cobrar el pagaré de esta solidaridad forzosa de los jefecillos de provincias. Pero la retórica del regreso a los orígenes no funciona, lo que hace falta es huir hacia delante. El desprecio por los partidos políticos tradicionales ha sido la estrella polar que ha guiado el movimiento fascista desde sus orígenes, pero para gobernar el país ahora lo que hace falta es precisamente un partido. Para gobernar lo ingobernable, para someter el caos, hace falta un partido, un cuerpo político que envaine la violencia escuadrista, una doctrina ecuménica que abarque a todos los herejes de las demás doctrinas, un partido de los antipartido. El Partido Nacional Fascista. La vida o la muerte del fascismo se decidirá en ello.

La propuesta de transformar el movimiento fascista en partido fue sometida a debate el 7 de septiembre en el grupo parlamentario. Se aprobó con unos pocos votos en contra, pero ahora tendrá que pasar por el Consejo Nacional y luego hará falta celebrar un congreso. Allí es donde se la jugarán y habrá que convocarlo cuanto antes. Algunos ras, como Marsich en Venecia, ya han clamado contra la traición al espíritu originario y en Bolonia Dino Grandi y sus seguidores, haya o no partido, han decidido votar en cualquier caso contra el pacto. Con todo, no se trata más que de escaramuzas. La verdadera amenaza contra la idea del partido no proviene de nostálgicos como Marsich, sino del ejército, y no del ejército del rey de Italia con sus uniformes gris verdoso, sino del de los escuadristas con sus camisas negras.

Los ras se han empleado a fondo para mandar al traste el pacto de pacificación. Y lo han conseguido. El 12 de septiembre, en conmemoración del sexto centenario de la muerte de Dante y del segundo aniversario de la gesta de Fiume, Balbo y Grandi lograron concentrar a tres mil escuadristas y hacerlos marchar en columnas, formados militarmente, por las carreteras de Romaña hasta Rávena. Balbo ha logrado incluso imponer por primera vez a todos la camisa negra como uniforme. Algo que no se había visto nunca, una exhibición de fuerza aterradora, el nacimiento de un auténtico ejército fascista. Ahora el verdadero dilema ya no es entre movimiento o partido, el verdadero dilema es este: ¿se constituye un partido o un ejército? Como de costumbre, el nudo gordiano ha de cortarse: mejor un partido, pero que sea capaz de convertirse en un ejército, de transformar en un instante a sus miembros en soldados listos para luchar en el terreno de la violencia. Un partido transformable, un partido-milicia. Otra cosa que tampoco se ha visto hasta ahora, de acuerdo, pero los tiempos son nuevos, inciertos, el mañana es misterioso e imprevisible.

Él, el Duce, que vuelve a ser un simple militante, se prepara mientras tanto. Se prepara para dar el salto al vacío subiendo la apuesta. Ha formado una Comisión para la Transformación, ha fundado una escuela de filosofía política. Palabras mayores, no cabe duda, pero para domesticar a los asesinos de las crónicas dominicales es necesario arrastrarlos a asaltar la Historia. Y además, desde lo alto del peñasco, hay que mirar hacia la grandeza moral y política —mediterránea y mundial— de la patria. De lo que se trata ahora es de responder a algunas cuestiones filosóficas: ¿cuál es la posición del fascismo frente al Estado? ¿Frente al régimen? ¿Frente al capitalismo? ¿Frente al sindicalismo, al socialismo, al catolicismo, frente a la Iglesia y a su Dios? ¿Cuál es la posición del fascismo en el cosmos?

No os limitéis a odiar a vuestro portero, al que le habéis partido la cabeza por ser socialista, levantad la cabeza, mirad la Historia que pasa, mirad la terrible escasez que azota Rusia, millones de personas condenadas a morir de hambre; mirad las protestas promovidas por ese Gandhi contra el dominio inglés. La independencia de la India —él lo ha profetizado en uno de sus artículos— «no es ya una posibilidad, sino una cuestión de tiempo».

Después de su ruptura con los ras, Benito Mussolini reaparece ante las masas fascistas en Módena, el 28 de septiembre, con motivo del funeral de nada menos que ocho fascistas.

Lo que ha ocurrido es lo siguiente. Dos días antes, algunos escuadristas, llevados por el entusiasmo, alzaron la porra contra un capitán de la guardia real, y los hombres del capitán los segaron como trigo maduro.

Ahora en piazza Sant'Agostino, repleta de militantes, con cientos de banderines coronando los féretros, bajo un diáfano cielo de septiembre, el Duce del fascismo habla a la Historia como estadista: «Para estos jóvenes que han caído, para los otros que siguen aquí, Italia no es la burguesía o el proletariado: Italia no es tampoco la que gobierna o desgobierna la nación y casi nunca entiende su alma: Italia es una raza, una historia, un orgullo, una pasión, Italia es una grandeza del pasado».

El fascismo perderá todo su triste prestigio y toda su fuerza en cuanto deje de ser violento [...]. El fascismo se vaciará como un odre boca abajo, y volverá a ser el pequeño movimiento minoritario que era a principios de 1919, con el recuerdo añadido de la violencia, que no le abrirá las puertas del porvenir. Podré estar equivocado; pero me parece que esto está en la naturaleza de las cosas.

Luigi Fabbri, militante anarquista,
La contro-rivoluzione preventiva, Bolonia, 1921

Un drama se ha impuesto a causa de los orígenes y el desarrollo de la crisis fascista: o se constituye un partido o se forma un ejército [...]. En mi opinión, el problema ha de ser resuelto en los siguientes términos: debemos organizar un partido tan sólidamente encuadrado y disciplinado que pueda, cuando sea necesario, convertirse en un ejército capaz de actuar en el terreno de la violencia [...]. Este asunto debe ser incluido en el orden del día del congreso de Roma.

Benito Mussolini, «Hacia el futuro»,
Il Popolo d'Italia, 23 de agosto de 1921

En septiembre de 1921 realicé el primer experimento grandioso: la movilización de tres mil hombres, la marcha sobre Rávena. Por primera vez, las escuadras de las dos provincias —Ferrara y Bolonia, con una representación de Reggio Emilia— se

414

dividieron en dos columnas de mil quinientos hombres cada una, con cada columna subdividida en compañías y pelotones. Cada jefe con su graduación. En esta ocasión hizo su primera gran aparición, como uniforme militar, la camisa negra, que era la ropa ordinaria del trabajador de Romaña y que se convirtió en el uniforme del soldado de la revolución.

Italo Balbo, *Diario*, 1922

Benito Mussolini
Livorno, 27 de octubre de 1921

El espectáculo es de lo más curioso. Dos pequeños fantasmas, rodeados por la nada y a punto de volver a ella, se han encerrado en la planta baja de una casa de campo para huir de la policía, han hecho una especie de zona de esgrima con arena y resina y ahora se balancean sobre las piernas, ya no jóvenes, a diez pasos de distancia, esperando, en esa postura ridícula, arma en ristre y con el punto de equilibrio bajo, a que el árbitro exclame «¡Adelante!» para poder lanzarse uno contra el otro y volver a arrojarse a la no existencia.

Este combate que está a punto de librar con Francesco Ciccotti Scozzese es el tercer duelo de Benito Mussolini. La última vez que se batió en duelo fue en marzo de mil novecientos quince en una villa en Bicocca, cerca de Milán, contra Claudio Treves, entonces compañero en el Partido Socialista y su predecesor en la dirección del *Avanti!* Francesco Ciccotti es también diputado socialista, así como antiguo compañero suyo, pero, a diferencia de Treves, de quien siempre ha sido rival, es también un viejo amigo. En mil novecientos doce Ciccotti, tras trasladarse a Romaña para reemplazar en la dirección de *La Lotta di Classe* a Mussolini —encarcelado como consecuencia de las revueltas contra la guerra de Libia—, apoyó con vigor su ascenso a la cima del partido. Más tarde, al estallar la guerra, había permanecido neutral, pero ni siquiera entonces atacó nunca al traidor que tan descaradamente se había pasado al frente intervencionista.

Sin embargo, Mussolini ha perseguido batirse en duelo con su viejo amigo con la tenacidad del odiador profesional. A pesar de que Ciccotti ya había rehuido los desafíos de otros espadachines fascistas, después de haberle obligado a enviar a sus padrinos con un artículo repleto de feroces insultos («Franceschiello Scozzese es el ser más despreciable entre los que contaminan la vida pública italiana»), el diputado Mussolini ha llegado a presentar su primera y única interpelación parlamentaria contra la movilización de toda la policía italiana, ordenada por el gobierno de Bonomi precisamente para impedir el duelo entre los dos parlamentarios. No contento con ello, a pesar de estar siendo vigilado, en la mañana del 28 de octubre, perseguido por vehículos de la fuerza pública, el duelista afrontó una tormenta de nieve en el Abetone, enloquecidas peripecias automovilísticas y veinticuatro horas de viaje para poder arrojarse contra su viejo amigo.

Para escapar de la vigilancia, aunque presuma de ser un as del volante, Mussolini ha recurrido a un piloto demoniaco. Aldo Finzi, hijo de un rico industrial molinero de Badia Polesine, a pocos kilómetros del pueblo natal de Giacomo Matteotti, fue condecorado durante la guerra con la medalla de oro como aviador del 87.º escuadrón que sobrevoló Viena con D'Annunzio y en el anterior mes de septiembre debutó en el campeonato de motociclismo en carretera con el bólido de una recién nacida industria italiana, el «500 Normale» de la Moto Guzzi de Génova. Su amor por la velocidad solo corre parejo con su desprecio por los pordioseros que trabajan en las fincas de su padre. Parece ser que Finzi llega a la cima de sus dos grandes pasiones cuando, en una curva de la carretera, al encontrársela atestada por un rebaño de ovejas, puede pisar a fondo causando una matanza entre esos animales de los que cuelga, con un hilo muy fino, la supervivencia de los campesinos. Con Finzi al volante, la persecución de patrullas motorizadas acaba contra un carro de heno en los alrededores de Piacenza.

Pero una vez llegan a Livorno, el lugar designado para el duelo, Mussolini y Finzi reciben la noticia de que Ciccotti está siendo custodiado en el hotel Palace. Probablemente, a sabiendas de que la policía lo buscaba, Ciccotti se ha alojado en ese hotel del centro y ha dado sus datos personales con la intención de evitar el duelo una vez más. En realidad, Francesco Ciccotti Scozzese, más que un cobarde, está enfermo del corazón.

A fin de sacarlo de su madriguera, Mussolini, caso único en la historia de los duelos, envía a su chófer, Aldo Finzi, al hotel Palace para recoger al retador. Este hombre perseguido con tanto ensañamiento es culpable de haber señalado a las escuadras fascistas desde las columnas de su periódico —*Il Paese*— como una asociación criminal. Culpa compartida, por otra parte, con toda la prensa socialista en Italia. Pero ahora el socialismo italiano se ha suicidado y un insulto así no puede ser perdonado. A él —y Mussolini lo sabe—, si hubieran salido victoriosos, los socialistas no le habrían perdonado nada. Franceschiello Ciccotti, por lo tanto, no se merece el perdón. Es necesario apalear al perro que se ahoga.

El socialismo, no cabe duda, se está ahogando. Solo dos semanas antes, en efecto, los líderes socialistas, después de haber desperdiciado todas las oportunidades revolucionarias en los dos años anteriores, han rechazado de nuevo toda hipótesis de colaboración parlamentaria con el gobierno de Bonomi en clave antifascista. Su expulsión de la Internacional Comunista ya ha sido decidida en Moscú, y en Italia nada menos que cien mil militantes no han renovado su afiliación después del demencial cisma de Livorno: su aislamiento, ahora que han rechazado la responsabilidad de gobernar el país con Bonomi, su antiguo compañero, es, por ello, absoluto. Mussolini ha suspirado de alivio desde las columnas de su periódico, y se ha mostrado exultante: «Nos declaramos, por lo tanto, de manera particular, satisfechos. El fascismo tiene ahora ante sí una inmensa variedad de posibilidades».

Por el momento, en un sótano de Villa Perti, en las afueras de Livorno, en una zona de esgrima que han improvisado con arena y resina, Benito Mussolini solo tiene ante sí a Francesco Ciccotti Scozzese. Y olisquea y anhela su sangre. Al doctor Ambrogio Binda, su médico personal, que, para prevenir consecuencias letales, al tiempo que desinfecta las espadas ha escondido en el trapo empapado en alcohol con piedra pómez para desafilar las hojas, Benito Mussolini le ordena rabioso que se detenga.

Tan pronto como el árbitro da la señal de inicio, el desafiado se lanza contra su oponente. Ciccotti, que padece una enfermedad cardiaca, retrocede con dificultad, retirándose más allá del límite que tiene asignado.

El grito de alto es casi inmediato. Ya en el primer asalto, la inferioridad del diputado socialista es manifiesta. En el segundo asalto Ciccotti comienza a jadear. Su corazón no bombea la suficiente sangre y, cuando lo consigue, es solo a costa de presiones ventriculares anormales. En el cuarto y quinto asalto, la punta de la espada de Mussolini le hiere el cuerpo. Primero el codo, luego cuatro dedos por debajo de la axila. El duelo se suspende. Ciccotti sangra. Mussolini, furioso, insiste en continuar.

Los asaltos posteriores son breves, jalonados por los estertores del más débil. Ciccotti está pálido, sofocado, bañado en sudor, le fallan las fuerzas. Mussolini lo insulta, se ríe de su cardiopatía, insiste en proseguir. Noveno, décimo, undécimo asalto. Las palpitaciones aumentan. Los médicos recurren a los padrinos para detener la carnicería. Mussolini protesta, sigue atacando. Duodécimo, decimotercero, decimocuarto asalto. Ciccotti está hecho polvo, en los recovecos auriculares el riesgo trombótico se dispara, la hipertensión arterial aumenta, empieza la fibrilación. Al derrotado lo acuestan en una habitación de la villa, se le administran inyecciones de estrofantina y aceite de alcanfor.

El ganador, en el sótano, ni siquiera ahora se declara satisfecho. Clavado en una silla, roído por la impaciencia, con los brazos cruzados y la espada en alto, la mirada fija en la empuñadura, Mussolini muerde el freno, espumea de rabia, se declara asqueado por el resultado de ese duelo miserable, grita que debe reanudarse de inmediato, o esa misma noche, o un día más tarde, o, mejor aún, que se concluya con pistolas. El ganador pretende vengarse con el cadáver de un cardiópata de los millones de bocas que, desde hace años, golpeándose el pecho, le gritan «traidor».

El doctor Binda, frente a esa escena histérica, busca en la profesión médica un pretexto para aplacar la furia homicida de su paciente. De modo que toma el pulso de Mussolini.

Para su enorme sorpresa, el ritmo es regular, los valores son normales, bajos incluso, no más de sesenta pulsaciones por minuto. La frecuencia de un hombre adulto en reposo, el corazón de alguien que, después de una noche de sueño, acaba de despertarse. El doctor Binda no puede sino sonreír bajo sus bigotes a la francesa.

Roma, 7-9 de noviembre de 1921
Teatro Augusteo
Congreso Nacional de los Fascios de Combate

Es la hora de los fascistas desconocidos. El fascismo debe despersonalizarse, la responsabilidad debe recaer sobre las masas, descargarse de las espaldas de un solo hombre. Para ello, él está dispuesto a dar un paso atrás. Mussolini lo repite antes de hacer su entrada en la sala repleta del auditorio Augusteo, sus cronistas toman nota con toda fidelidad y lo recogerán en su personal órgano de propaganda: estoy dispuesto a dar un paso atrás. Eso, mañana. Hoy, sin embargo, ese teatro de Roma que se levanta en el lugar donde estuvo el mausoleo de Octavio Augusto, su primer emperador, y ha sido, a lo largo de los siglos, escenario de justas, cazas, tauromaquias, parece haber regresado a los antiguos combates.

En la sala del Augusteo, el mar negro de fascistas venidos de toda Italia con las botas claveteadas de una tropa de ocupación se ha repartido en facciones agrupándose alrededor de sus jefes. Las facciones «exterministas» del valle del Po, de la Toscana, de Umbría, del Véneto y de Apulia, que han rechazado la paz deseada por el Fundador, parecen contar con la mayoría. Entre todas destaca la «Desesperada» de Florencia, una de las escuadras más tristemente famosas, reluciente en su nuevo uniforme: un lirio rojo en el pecho, dos llamas en el cuello de la camisa y, sobre todo, una calavera blanca sobre fondo negro. Se parece a esas etiquetas de los frascos de tintura de yodo: «Precaución, no ingerir, peligro de muerte». Los hombres de Tullio Tamburini, jefe de la Desesperada, apodado «el gran apaleador», montan guardia en la entrada, revisan los carnets y cantan con gritos de desprecio a la cara a los transeúntes: «¡Me importa un bledo es nuestro lema, me importa un bledo si he de morir, me importa un bledo Giolitti, o el sol del porvenir, un estandarte negro sobre negro, que nos estrecha en torno a él, me importa un bledo el comisario, el prefecto y hasta el rey!».

Más allá del umbral reina el alboroto, se silba, se aclama, se entonan canciones de guerra. Gritos, jaleo, excitación. Las disputas son violentas, los aplausos calurosos, los silbidos ensordecedores. El ambiente es eléctrico, nervioso, rebosante de la violencia histérica de la rendición de cuentas. Han colocado las mesas de la presidencia en el lugar de la orquesta, acordonadas por los ras que se preparan para presentar batalla.

El asedio, sin embargo, no está solo en el interior. La asamblea fascista se siente asediada a su vez. Los primeros enfrentamientos en las calles ya han tenido lugar a la llegada de los trenes especiales, la acogida de los romanos ha sido hostil casi en todas partes, los escuadristas de provincias no esconden su aversión por la gran ciudad que los ha recibido de forma tan gélida. Para ellos, Roma es la repugnante capital parlamentaria de todos los vicios de la nación, el gran objetivo de la revuelta fascista, una ciudad sucia, débil, apática, indolente, que recorren a paso cadencioso olisqueando los hedores de la podredumbre, de la lentitud ministerial, de la degeneración meridional, de las corruptelas universales, observados por la eterna plebe capitolina de arriba abajo, con desprecio, en un espejo opaco y convexo, como si fueran ellos, los purificadores de esa ruina fétida, y no los romanos, la plebe salvaje que ha venido a invadir la Basílica sagrada.

En semejante atmósfera, Mussolini sube a la tribuna. A su entrada en el teatro los aplausos han sido contenidos mientras que Dino Grandi, el jefe de los rebeldes, ha recibido una ovación. Todo aquel que durante las sesiones de la mañana, desde Pasella hasta De Vecchi, ha propuesto dejar de lado el debate sobre el pacto de pacificación para apaciguar los ánimos ha sido acallado por los silbidos. La asamblea, durante horas, ha seguido dividida entre los partidarios de Mussolini y los de Grandi.

Pero entonces el ras de Bolonia toma la palabra y, en primer lugar, declara que esa pelea entre partidarios solo le inspira un profundo sentimiento de tristeza y de melancolía.

Los escuadristas que brincan, vibran, bullen no lo saben, pero el día anterior los dos contendientes mantuvieron una reunión secreta: Mussolini intercambió el pacto de pacificación por la fundación del Partido Fascista. El acuerdo con Grandi ya casi está cerrado y la paz con los socialistas enterrada. Queda por establecer cómo fundar el partido. Los escuadristas, por tanto, se desgañitan como si fueran los protagonistas, pero no son sino comparsas en una comedia ya escrita.

Después de que Grandi le haya preparado el escenario, Mussolini también es recibido con una ovación unánime. Deja que se prolongue unos segundos, con las manos en las caderas, los labios fruncidos, la barbilla levantada y hacia delante como para olfatear en el rugido de los aplausos el tiempo que se avecina. En las corrientes del teatro erigido sobre la tumba del primer emperador, el Duce del fascismo olisquea el animal moribundo y se suma al vencedor.

Cuando empieza a hablar, Benito Mussolini se muestra perfectamente dueño de sí mismo. Sonriente, jovial, se mece sobre sus piernas, asiente con la cabeza a lo que acaba de decir y gesticula poco. Solo de vez en cuando libera los dos brazos para agitarlos por encima de la cabeza, permitiendo que las palabras se desborden con el estrépito de una catarata, luego el tumulto se aplaca y el orador, sin dejar de asentir a sus palabras, vuelve a meterse las manos en los bolsillos.

La cuestión es muy simple: si el congreso no quiere votar el pacto de pacificación, él no insistirá; si no hay más remedio, él luchará con todas sus fuerzas. O se vota o no se vota pero, si se vota, habrá que contar bien. Hasta el último hombre. Como de costumbre, el orador da lo mejor de sí mismo mediante la dosificación de halagos y amenazas. Luego bromea: él es unitario, pero no un Turati. Risas, aplausos, gritos de «¡Bravo!» Es unitario mientras la unidad es posible. La decisión de votar sobre el tratado se la cede al congreso. Que decidan ellos. En su opinión, las cuestiones vitales para el fascismo son otras: el programa y la fundación del partido.

Un instante de silencio y estupefacción.

Así, con su habitual voltereta de acróbata, Mussolini da la vuelta a los pronósticos. El pacto de pacificación que dividía a los asistentes ha quedado atrás, sacrificado. Ya no hay ningún asunto digno de contienda, ha desaparecido. Basta con que los escuadristas acepten el partido y, por arte de magia, la concordia volverá a reinar entre los hermanos en armas.

Al terminar su discurso, Mussolini recibe una segunda ovación. Ha dado en el blanco.

Grandi retoma la palabra solo para reiterar que el propósito del congreso es unir a todos los fascistas en un bloque compacto, y luego el joven de Romaña baja del escenario. En ese instante la masa fascista se pone en pie, instintivamente, y lanza una ovación interminable, como si liberada del peso opresivo de las luchas intestinas sintiera ya la alegría de la violencia que se dirige hacia fuera, contra los «otros», en lugar de contra uno mismo. Igual que el océano que remonta el río, el incesante aplauso parece empujar a Dino Grandi de nuevo hacia el origen, y él se percata. Se abre paso a través de un pequeño grupo de compañeros y avanza hacia Mussolini, que ya se ha levantado de la mesa de la presidencia. Le echa los brazos al cuello.

El entusiasmo de los congresistas se refrena entonces: todos están de pie, en las galerías, en el patio de butacas, en los palcos. El beso entre los hermanos de armas es contagioso, todos hacen cola para abrazar y besar a Mussolini. Un hombre gigantesco lo alza sobre la mesa de la presidencia. Su nombre es Italo Capanni, es el hombre que en Florencia disparó en plena cara, a quemarropa y a sangre fría, a Spartaco Lavagnini y luego le metió su propio cigarrillo entre los dientes destrozados. Ha nacido el Partido Nacional Fascista.

Al día siguiente, después de la espectacular reconciliación, Mussolini vuelve a tomar la palabra. Al nuevo partido le hace falta un programa para el futuro y él se lo proporciona. Habla durante tres horas, vomitando en un discurso vivo e improvisado el nuevo *credo* fascista.

Su visión es panorámica, nada se le escapa, gracias a su voluntad pantocrática, dispuesta a remodelar el mundo. Primero ofrece un trávelin de la historia reciente, de las cuestiones habituales y de los demás partidos. El fascismo es la síntesis de todo. Absorberemos a los liberales y al liberalismo porque con el método de la violencia hemos enterrado todos los métodos anteriores. Luego, mirando hacia el futuro, introduce temas nuevos. El fascismo completará la nacionalización de los italianos. El fascismo se asegurará de que dentro de los confines nacionales ya no haya vénetos, emilianos, toscanos, sicilianos y sardos, sino italianos, solo italianos. Más allá de esos confines, sin embargo, el fascismo siente el mito del imperio. No puede haber grandeza nacional si la propia nación no se ve impulsada por una idea de imperio. La Iglesia romana, además, con su magisterio milenario y universal, encaja en la apología del imperio. Basta de anticlericalismos bobalicones. En cuanto al Estado, el problema es muy sencillo: el Estado somos nosotros. ¿Respecto a la economía? Liberalismo en el sentido más clásico del término. A continuación, una aclaración sobre la «conquista de las masas», asunto muy querido por Grandi y los sindicalistas. Se dice: hay que conquistar a las masas. Hay quienes dicen también: la historia la hacen los individuos singulares, los héroes. La verdad está en el punto medio. ¿Qué harían las masas si no tuvieran su propio intérprete? No somos antiproletarios, queremos servir a las masas, educarlas, pero cuando se equivocan, fustigarlas. Nos queda, por último, afrontar el problema de la raza. Si Italia estuviera llena de enfermos y de locos, la grandeza no sería más que una ilusión. Los fascistas, por lo tanto, han de preocuparse por la salud de la raza porque la raza es el material con el que pretendemos construir también la historia.

Tras compendiar todo el siglo en tres horas —partidos, nación, Iglesia, imperio, Estado, masas, raza—, al fundador del fascismo le queda el último punto del programa para el futuro. El último punto del programa para el futuro es él, Mussolini en persona. Admite haber cometido errores por su pésimo carácter. Pero eso no se repetirá: «En la nueva organización mi intención es desaparecer, porque debéis curaros de mi dolencia y caminar

424

por vosotros mismos. Solo así, afrontando responsabilidades y problemas, se ganan las grandes batallas».

Cuando, al caer la tarde, después de tres horas de palabras inauditas, Mussolini calla por fin, un entusiasmo enloquecido se desata en el teatro de Augusto. Gritos, cantos, vítores, aplausos sin fin. El Duce recibe besos, abrazos, flores. Se suspende la sesión, el entusiasmo se derrama por las calles, los fascistas en formación desfilan hacia el Altar de la Patria.

Cinco días antes, el 4 de noviembre, en el aniversario de la victoria sobre los austriacos, después de cruzar todo el país en un tren especial, entre dos filas vitoreantes de una multitud tan larga como la península, los restos del soldado desconocido se enterraron con la ceremonia más solemne celebrada jamás en la Italia unida. Es la primera vez que se elige al azar el cadáver de un soldado desfigurado, irreconocible, para que los represente a todos, la primera vez que se reza sobre la tumba de los seres queridos difuntos como ante el altar de un dios desconocido. Solo este ataúd de mármol para un cadáver desconocido puede ser el altar adecuado para el culto de una guerra en la que el acto de matar se ha vuelto una operación mecánica y de una muerte convertida en una experiencia colectiva, impersonal, indiferente.

Mientras los escuadristas llegados del norte, escapando del control de sus dirigentes políticos, se enzarzan en peleas en los callejones de los distritos populares de Roma, los fundadores del Partido Nacional Fascista, con Mussolini a la cabeza, reunidos en oración en el centro exacto de una ciudad eterna, extranjera y adversa, permanecen arrodillados durante más de media hora sobre el mármol de este soldado sin nombre. La política, no deben quedar dudas a este respecto, se está convirtiendo en una religión.

En mí luchan dos Mussolini, uno que no ama a las masas, el individualista, y otro absolutamente disciplinado. Es posible que haya lanzado palabras duras pero no iban dirigidas a las milicias fascistas, sino contra aquellos que pretendían someter el fascismo a intereses privados, mientras que el fascismo debe ser el guardián de la nación. Prefiero el trabajo del cirujano que hunde el cuchillo en la carne gangrenosa al método homeopático que titubea sobre lo que ha de hacerse. En la nueva organización mi intención es desaparecer, porque debéis curaros de mi dolencia y caminar por vosotros mismos.

El Imperio es la necesidad instintiva de todo individuo que intenta abrirse camino en la vida y cuando los pueblos ya no sienten este aguijonazo dejan de ser carne viva.

Benito Mussolini,
discurso en el III Congreso Nacional de los Fascios,
8 de noviembre de 1921

El fascismo ya no es un fenómeno pasajero, el fascismo durará. Cuando Giacomo Matteotti toma la palabra el 2 de diciembre para denunciar por tercera vez ante el Parlamento italiano el terror fascista en Polesine, en el hemiciclo de Montecitorio todavía resuenan las promesas que el diputado Mussolini pronunció el día anterior. Los fascistas se habían retractado del pacto de pacificación el mismo 14 de noviembre, después de que el proletariado rechazara sus asaltos en las calles de Roma, lo que sin embargo permite a Mussolini exhibir la lista de sus bajas ante los parlamentarios.

Matteotti comienza declarando que hubiera preferido renunciar a la palabra pero no puede eximirse de dar voz al grito de dolor que se eleva desde su tierra. El tono de su exordio es más moderado que en sus denuncias anteriores, una nota melancólica lo atenúa. Desde el verano su oposición al fascismo ha cambiado de rumbo, ahora la orienta una nueva estrella de intransigencia, más dúctil, menos incandescente, una estrella de redención, pero a la vez una estrella adulta y realista.

Durante los días de la firma del pacto de pacificación, Matteotti se esforzó por crear un bloque antifascista que uniera a socialistas y populares, luego abogó por una colaboración socialista con el gobierno de Bonomi en defensa de las instituciones democráticas. En el congreso de su partido del 15 de octubre les imploró a sus compañeros que abandonaran dogmas y titubeos, les rogó que se abrieran «al inmenso mundo de trabajadores que está ahí fuera y espera hechos».

Ahora, en el hemiciclo de Montecitorio, Giacomo Matteotti se encuentra por primera vez denunciando la violencia fascista en presencia de los propios fascistas, que fueron elegidos en abril gracias a Giolitti. A pesar de la nueva sensatez de sus palabras, y pese al gesto amargo de su boca mientras las pronuncia, su puntilloso rigor le obliga a ceñir las mistificaciones a los hechos. El pacto, para los escuadristas de provincias, siempre ha sido «papel mojado»; las grandes expediciones de castigo han cesado, es cierto, pero no porque respeten el pacto, sino porque se habían vuelto contra los asaltantes. Las pequeñas expediciones contra las aldeas, las casas de los campesinos, nunca han cesado, las escuadras las reivindican abiertamente en sus boletines de guerra, las bandas deambulan armadas con palos, con el uniforme de la muerte, con pistolas, mosquetes, bombas, gasolina, y quedan, como siempre, impunes. Hay muertos fascistas, es cierto, pero mueren atacando las casas. Los socialistas muertos, sin embargo, caen defendiéndolas. El poder está en manos de asociaciones terroristas, de organizaciones criminales, de asesinos profesionales.

Ante estas palabras, las interrupciones, el vocerío, los ruidos que han ido fragmentando el discurso del diputado socialista desde el principio desembocan en protesta abierta. Cesare De Vecchi salta de su escaño gritando que ya no puede soportar semejantes insultos. El presidente suspende la sesión.

Cuando al cabo de diez minutos, a las cinco de la tarde, se reanuda la sesión, Matteotti lo intenta de nuevo con mansedumbre. Pero las palabras «delincuentes», «asesinos», «criminales» todavía resuenan en su garganta, de modo que las interrupciones, los gritos, el alboroto se reanudan también. Al final, la pasión por la justicia da paso una vez más a la melancolía:

—Durante muchos meses he aconsejado a mis compañeros que aguantaran todos los actos violentos, que no reaccionaran. He llegado a hacer, debo confesarlo, apología de la cobardía, porque incluso la cobardía puede ser una forma de heroísmo. Pero después de largos meses de sacrificio, de espera, de soportar tantas cosas, lo que siento, diputado Bonomi, y colegas diputados de la Cámara, es que ya no es posible continuar así y debemos decidirnos a cambiar nuestra actitud.

La transformación que se impone a los hombres de buena voluntad debido a la violencia fascista es, según Matteotti, drástica, radical, dolorosa. Tristemente, debemos despedirnos de aquello en lo que creíamos, de aquello que fuimos y de aquello en lo que esperábamos convertirnos. Es necesario convencerse de que humanismo y revolución, civilización y redención no son compatibles. La política, estrella de la redención para generaciones de socialistas, hoy se brutaliza. O nos adaptamos o sucumbimos.

Al día siguiente, para responder a Matteotti, desde los bancos de la derecha se levanta un hombre que, con solo treinta años, es ya una leyenda. Aldo Finzi —el demoniaco piloto del coche de Mussolini en el duelo con Ciccotti— proviene de la zona de Polesine como Matteotti y, como Matteotti, es hijo de un rico terrateniente. Pero él, a diferencia del diputado socialista, no ha repudiado su casta. Pomposo, arrogante, talentoso, pionero de las carreras automovilísticas, voluntario de guerra, ha recibido varias condecoraciones al valor. Y, sobre todo, Finzi ha sobrevolado Viena con D'Annunzio. El 9 de agosto de mil novecientos dieciocho, mientras Matteotti estaba confinado en Sicilia por hacer propaganda a favor de la neutralidad, se puso a los mandos de uno de los diez monoplazas que despegaron de Padua a las seis de la mañana, llegaron a la capital austriaca e, inundándola de folletos de propaganda desde el cielo, pasaron a formar parte de la leyenda. Es decir, Matteotti y Finzi podrían ser hermanos, haber crecido en la misma casa, solo que uno ha elegido salir al mundo por la puerta de los señores, y el otro por la trasera reservada al servicio.

El asalto retórico de Finzi contra Matteotti es frontal, simétrico, especular. Lo que llevó la violencia a Polesine fue la propaganda del odio de los socialistas, el veneno de su demagógica irresponsabilidad. El argumento es bien conocido, ahora casi se da por sentado, pero, al provenir de esa voz gemela, tiene el efecto de darle completamente la vuelta al análisis, de retorcer la acusación: «No es culpa del fascismo el haber nacido en nuestros pueblos, más que en otros lugares; fuisteis precisamente vosotros, apóstoles de la fraternidad humana, los que, al instaurar un régimen de terror, forzasteis a todos los hombres honestos, incluso a los más pacíficos, a levantarse, porque en nuestra situación debíamos hacer una elección trágica: defendernos o morir».

Las crónicas parlamentarias no registran una respuesta de Matteotti a Aldo Finzi. Ese mismo día, en cambio, Giacomo le escribe a su esposa, con orgullo y un toque de coquetería, refiriéndose a sí mismo en tercera persona: «Ayer, gran batalla. Imagínate que se les había pasado por la cabeza callar a Gian, con todo lo que ya debe tragarse, para que no hablara de las pobres gentes maltratadas de Polesine. Pero tuvieron que escucharme hasta el final, implacablemente. Parecía que les hubiera mordido una víbora. Pero esa gente no tiene remordimientos ni buenos sentimientos».

Diez días después, la respuesta de Velia, obligada ahora a criar a su segundo hijo Matteo también sola, escondida, lejos de un padre perseguido, no transmite ni un ápice de la euforia adrenalínica que se trasluce en las palabras de su marido: «Cuando pienso en estos años, que son los mejores, y he pasado sin un poco de luz, no puedo por menos de pensar en lo triste que es la vida de la mujer, y cualquier deseo lejano se me desvanece como cosa vana».

Ayer el diputado Mussolini se burló de la indecisión socialista. Sí, esta es la tragedia de nuestra alma, la de tener que renegar del principio a través del cual hemos llegado al socialismo. Estamos constatando dolorosamente que ya no es posible alcanzar nuestras aspiraciones de civilización y redención del proletariado. No hay ya posibilidad de vida en ese terreno. No podemos pedir a nuestros pobres campesinos que entreguen toda su vida, gota a gota.

Giacomo Matteotti, discurso parlamentario,
2 de diciembre de 1921

Benito Mussolini
28 de diciembre de 1921

Tengo los ojos vendados. Estoy tumbado de espaldas en la cama, con el torso inmóvil, con la cabeza hacia arriba, un poco más abajo que los pies. La habitación está muda de toda luz. Escribo en la oscuridad. Trazo mis signos en la noche, que se muestra tan sólida contra uno y otro de mis muslos como una tabla claveteada. Aprendo un arte nuevo.

El mundo cultural está en pleno revuelo a causa de la publicación de *Nocturno,* el nuevo libro de Gabriele D'Annunzio. El Vate lo escribió en mil novecientos dieciséis mientras yacía inmovilizado en la cama y estaba temporalmente ciego tras un accidente aéreo ocurrido durante una de sus increíbles hazañas de guerra. Lo fue escribiendo a ciegas, palabra por palabra, en diez mil tiras de papel, cada frase en una tira. El mundo cultural se pregunta si esa prosa violentamente visionaria de un ciego transitorio, pero a su manera escueta, descarnada como un hueso, como la semilla de una nuez, como la muerte seca a la que se asoma, puede considerarse una obra maestra menor de nuestro mayor poeta, u otro accidente. Pero eso es lo bueno del mundo cultural: al igual que su Vate, sobre el que se interroga, es ciego ante el curso del mundo y es generosamente correspondido por este.

Además de la nueva edición de *Nocturno* de la editorial milanesa Treves, firmada por el poeta, en este final de año Mussolini recibe un segundo texto sobre el que reflexionar. Se trata de un proyecto para la organización militar de las escuadras fascistas, que ha redactado el general Asclepio Gandolfo por encargo de la recién nacida dirección nacional del partido. Gandolfo ha concebido el ejército de las milicias fascistas según el modelo de la legión romana, y las ha subdividido en dos grupos: Príncipes y Triarios. Las escuadras se compondrán de entre veinte y cincuenta hombres, cuatro escuadras formarán una centuria, cuatro centurias una cohorte y las cohortes, entre tres y nueve, una legión. Esta, al mando de los cónsules, tendrá como estandarte el águila romana y sus abanderados llevarán el emblema fascista rematado por la estrella de Italia. Todos vestirán el uniforme, pero cada legión, previa autorización, será libre de llevar pequeños adornos e insignias propias. Todos los oficiales serán elegidos porque en el ámbito regional las escuadras gozarán de la máxima autonomía. En efecto, el fascismo sigue siendo, por el momento, un conjunto heterogéneo de guerreros que eligen a su líder, no de soldados sometidos a órdenes. Por tanto, el jefe político y el guerrero han de coincidir en la misma persona. El general Asclepio subraya la dificultad de conciliar el carácter electivo de los oficiales con el principio jerárquico, pero la estrella polar —en eso están todos de acuerdo— es una estrella de tres puntas: militarización, disciplina, jerarquía. La política —y tampoco en esto cabe la menor duda— es una guerra civil contra los adversarios, presentados como enemigos de la nación. Así hacen todos desde el final del primer conflicto mundial, absolutamente todos, tanto fascistas como socialistas, solo que los demás se limitan a manifestaciones de protesta y a una guerra de símbolos mientras que el fascismo va más allá. Evidentemente, para los fascistas la guerra no acaba nunca.

Un soplo misterioso levanta de la deslumbrante llanura relieves de formas humanas y bestiales. Tengo ante mí una pared rígida de roca ardiente esculpida de hombres y de monstruos. La dificultad no está en el primer renglón, sino en el segundo y en los siguientes.

Incluso Bonomi, el presidente del Gobierno, se ha dado cuenta por fin de que no hay más pronóstico que ese. Pobre hombre, desde el verano se debate en las convulsiones del Estado liberal: los planes para contener a las escuadras no valen para nada, los carabineros se vuelven fascistas, el consejo disciplinario los absuelve, el poder judicial no mueve un dedo. El 15 de diciembre Bonomi volvió a intentarlo enviando una circular a las prefecturas en la que equiparaba la porra con las armas que exigen una licencia e incluía a los grupos paramilitares fascistas entre las formaciones ilegales. Su propósito se vio frustrado en apenas cuarenta y ocho horas por las medidas tomadas por Michele Bianchi con las que el recién elegido secretario general del PNF declaraba que las secciones del partido y las escuadras de combate formaban un todo inseparable. La disposición fue publicada con todo descaro en *Il Popolo d'Italia*.

Un Estado digno de ese nombre, frente al secretario de un partido con diputados en el Parlamento que afirmara haber formado una milicia armada, los habría hecho arrestar a todos. Pero ese Estado ya no existe. De hecho, Bonomi se limita a emitir el 21 de diciembre una segunda circular a los prefectos en la que expresa su queja por el hecho de que muchas de sus disposiciones sobre el tema del orden público aún no se hayan aplicado. En particular, la prohibición de que los ciudadanos comunes usen cotidianamente en sus paseos dominicales bastones puntiagudos y porras herradas.

No tengo defensa de párpados ni protección alguna. El tremendo ardor está bajo mi frente, inevitable. El amarillo se enrojece, el suelo se sacude. Todo se vuelve erizado y agudo.

Michele Bianchi es el hombre adecuado para la secretaría del Partido Fascista. Calabrés, hijo de burgueses, Bianchi ha sido primero socialista, sindicalista revolucionario, antimilitarista, anticlerical y antiimperialista; luego, igual que Mussolini, se pasó en una noche con idéntico ardor al intervencionismo, en la convicción de que la Guerra Mundial llevaría a la revolución proletaria. Cualquiera que sea la posición que haya adoptado en su vida, Michelino siempre la ha defendido con un fanatismo implacable, el mismo que emplea para fumar un cigarrillo tras otro. Físicamente insignificante, políticamente agudo, no soporta los uniformes, viste la camisa negra sobre su ropa burguesa y se sabe objeto de burlas por su aspecto funerario. Expectoraciones sanguinolentas, fiebre constante, sudores nocturnos, pérdida de peso, el diagnóstico es evidente. Tuberculoso, Michelino Bianchi lleva la muerte encima. Solo tiene treinta y dos años, pero no le queda mucho de vida. Todo el mundo lo sabe, cualquiera se da cuenta cuando lo ve, incluso el desconocido que, al fondo del pasillo, oye el final anunciado en los rabiosos ataques de su tos seca. Es ese destino de muerte clara e inminente lo que le convierte en el secretario perfecto para el Partido Nacional Fascista. Ninguna ambición personal de poder, entrega fanática a la revolución. Y esa autoridad incuestionable que solo pueden darte los jadeos de la necrosis pulmonar.

Todo está oscuro. Estoy en el fondo de un hipogeo. Estoy en mi ataúd de madera pintada, que es estrecha y se adapta a mi cuerpo como si fuera una vaina, como si efectivamente el embalsamador hubiera culminado en mí su trabajo. Mi compañero está muerto, está enterrado, está disuelto. Yo estoy vivo pero colocado exactamente en mi oscuridad como él en la suya.

En definitiva, el nuevo año comienza bajo los mejores augurios. El fundador de los Fascios lo dijo claramente al concluir su discurso parlamentario del 1 de diciembre: la dictadura es una apuesta seria, que se juega una sola vez. Y, con la misma claridad, lo escribió en su periódico: la dictadura conlleva riesgos terribles, pero no está ni mucho menos claro que vaya a venir un periodo de mayores libertades, de mayor democracia. El tiempo de las sufragistas tal vez haya acabado. Es probable que del gobierno de los muchos y de todos se vuelva al gobierno de unos pocos o de uno solo. En economía, el experimento del gobierno de los muchos o de todos ya ha fracasado. En Rusia se ha vuelto a los dictadores de fábrica. El socialismo, sin embargo, ha cometido el error de garantizar un mínimo de felicidad a los hombres: litro, pollo, mujer y cine. Pero en la vida no existe la felicidad. El fascismo no cometerá el mismo error garrafal de prometerla.

En cualquier caso, la política no puede tardar mucho en seguir a la economía. Las masas ya anhelan al dictador.

La gloria se arrodilla y besa el polvo. Salgamos. Masquemos la niebla. La ciudad está llena de fantasmas. Los hombres caminan sin hacer ruido, envueltos en niebla. Los canales humean. Alguna canción de borracho, algún vocerío, algún jaleo. He puesto la boca en la plenitud de la muerte. Mi dolor se ha saciado en el ataúd como en un pesebre. Ya no he podido probar otro alimento. Y tiemblo ante esta primera línea que voy a trazar en las tinieblas.

Te envío *Il Popolo d'Italia* con un artículo de Mussolini, quien anuncia la necesidad de una dictadura, mejor dicho, de un dictador —que en realidad es él mismo— para salvar Italia.

Carta de Anna Kulishova a Filippo Turati,
24 de noviembre de 1921

1922

Benito Mussolini, Pietro Nenni
Cannes, 8 de enero de 1922

El día muere sobre la línea del horizonte. Las sombras invaden el pinar, alcanzan las suntuosas villas de la costa, sumergen el puerto engullendo la ciudad. Los hoteles y los cinematógrafos se iluminan, la atmósfera invernal es suave y tibia. La dulce noche desciende sobre Cannes.

Ha sido Aristide Briand, el presidente del Gobierno francés, quien ha exigido que la conferencia destinada a aprobar la reconstrucción económica y diplomática de una Europa devastada por el apocalipsis bélico se celebre en la elegante y opulenta Costa Azul. Lloyd George, primer ministro inglés, vive en Villa Valletta, Briand se hospeda en el Carlton, el ejército de fotógrafos y operadores cinematográficos se ha asentado frente al círculo náutico, en la Croisette se discute de política en todos los idiomas del mundo. Por primera vez, después del final de la guerra, se espera también la asistencia de una delegación alemana. Los alemanes, los agresores, los derrotados, han pedido una moratoria de los pagos de reparación, los británicos están a favor, los franceses en contra. Briand se afana valientemente en la reconciliación entre las grandes naciones europeas pero los periodistas difunden las últimas noticias de París. Son malas noticias. De regreso a París, Briand ha perdido la confianza del parlamento. Las pistolas de los nacionalistas acechan a la sombra de las palmeras. Las palmeras son salvajes, las discusiones violentas. Solo bien entrada la noche se aplaca el revuelo.

La luna reina ahora en un cielo reluciente de estrellas. El mar refulge. Las olas rompen suavemente contra el dique del puerto. Los dos hombres que vemos paseando por la Croisette provienen del otro lado de la frontera, de Italia, un país donde no pasa semana sin que se registren hechos sangrientos. Discuten acaloradamente, pero son conciudadanos, compatriotas, viejos amigos, y les ha sido imposible esquivarse. Pietro Nenni y Benito Mussolini son ahora enemigos, pero fueron compañeros de celda en los tiempos de la lucha contra la guerra imperialista, sus mujeres se hicieron amigas en los locutorios de la prisión, Pietro sostuvo en sus brazos a la pequeña Edda, hija de su amigo, Benito lo contrató como jefe de redacción de su periódico y lo mantuvo a su lado hasta mil novecientos diecinueve. En abril de ese año, Nenni fundó el primer Fascio de Combate en Bolonia y aplaudió la devastación del *Avanti!* Dos años más tarde, sin embargo, en marzo de 1921, se sumó a la defensa de ese mismo periódico durante el segundo asalto fascista. Ese día dejó de ser republicano simpatizante del fascismo para convertirse en socialista y ahora se encuentra en Cannes como corresponsal del periódico cuya destrucción aprobó.

El movimiento fascista, mientras tanto, que había nacido como antipartido, anticlerical, socialista, revolucionario, republicano, se ha transformado en un partido conservador, monárquico, armado con su propio ejército, aliado con la clase dirigente a la que los dos viejos compañeros de lucha se opusieron juntos en su juventud.

Los noctámbulos, mientras gesticulan bajo las palmeras, se hablan cara a cara quizá por última vez y desde facciones opuestas.

Es la segunda vez que Mussolini viaja al extranjero. La vez anterior lo hizo como emigrante en busca de pan a Suiza. Esta vez hasta se ha concedido una parada en París para conmoverse con el recuerdo de sus fantasías juveniles revolucionarias y romper la rutina de la brutalidad cotidiana. Al llegar a Cannes, antes de ir a entrevistarse con Briand, ha jugado en el casino y ha perdido; luego, para enmascarar los descosidos de sus zapatos, se ha comprado un par de polainas blancas.

—La guerra civil ha sido una necesidad trágica. Asumo toda la responsabilidad. Era necesario doblegar la amenaza bolchevique, restaurar la autoridad, salvar a la nación.

La voz perentoria de Mussolini, estridente, metálica, es lo único que turba la quietud de la noche. La hora tardía implora silencio, pero Nenni lo incita a seguir:

—Las clases burguesas de las que te has convertido en instrumento llaman bolchevismo al derecho de los trabajadores a organizarse en defensa de sus conquistas.

—No ignoro nada de todo eso. No soy su instrumento. Cuando llegó el momento proclamé que era necesario escapar del círculo sangriento de la violencia.

—Ahí fue cuando te quedaste solo.

—Cuando hablé de paz, se rieron en mi propia cara; tuve que aceptar la guerra.

El fantasma del pacto de pacificación se cierne sobre la Croisette como el alma abortada de una criatura nacida muerta. Los escuadristas se opusieron a ello desde el principio, los comunistas atacaron a los socialistas por haberlo suscrito, los socialistas lo firmaron solo por necesidad táctica. Los dos viejos amigos saben que en aquellos días los escuadristas cantaban: «Golpes, golpes, golpes y nada más / si a nuestro lado no marcharás / incluso a Mussolini golpes en cantidad», saben que los muros de Bolonia estaban recubiertos de carteles que rezaban «Quien traicionó, traicionará», que el general, para conservar su silla de mando, había tenido que hacer un seguimiento de los estados de ánimo de las tropas.

Aun así, Pietro Nenni no concede tregua a su viejo compañero:

—Es ese individualismo tuyo el que te pierde. No sé qué llegarás a ser, pero estoy seguro de que todo lo que hagas estará marcado con el hierro candente de la arbitrariedad. Porque careces de sentido de la justicia.

Las olas del puerto que golpean contra el dique son ahora el único ruido que rompe el silencio de la noche. Pero Nenni no ha acabado. En el calor de la disputa entre los dos paisanos, el dialecto se mezcla con el idioma. Desde hace dos años la política se ha convertido en mera disputa. ¿Por qué? ¿Acaso tienen los fascistas un programa? ¿Obedecen a algo más elevado que no sea el brutal deseo de imponerse?

—La paz que les ofreces a mis compañeros significaría su fin. Y además olvidas demasiadas cosas. Olvidas que fuiste el jefe del Partido Socialista, olvidas que los socialistas sobre los que hoy se abalanzan los fascistas llegaron a serlo ayer respondiendo a tu llamada, olvidas a los muertos...

Ahora las voces suenan apagadas, casi dolorosas, el banco se ve asediado por el mar que se estrella contra las rocas del rompeolas. La noche insomne se convierte en una cátedra al aire libre para esbozar una meditación melancólica sobre la historia.

Mussolini calla, reflexiona. Nenni se equivoca al imputarlo todo a su cínico individualismo. El individualismo no da tregua, está por todas partes, el individualismo es la modernidad misma. No se trata en absoluto de una inclinación personal de Benito Mussolini. Desde que el individuo se ha entronizado en el centro de todo, cada uno es libre de crearse su propia ideología, de trazar el estilo de su propia existencia, de jugar con las ideas según su conveniencia. El culto romántico a los sentimientos personales, a la espontaneidad, a los latidos del corazón, a la libertad de amarse a uno mismo, ha generado todo esto. El cinismo, por lo tanto, vino de regalo con todo el paquete. Ahora incluso el bostezo del último de los cretinos levemente aburridos se siente con el derecho de engullir el mundo.

Benito Mussolini teme y desprecia a sus propios escuadristas, y es correspondido en buena parte por ellos, pero ahora el círculo de odio se está estrechando por todos lados. Tal vez, si le resultara posible, volvería sobre sus pasos. Pero es demasiado tarde. Hay que obedecer a los bajos instintos de una clase ebria de venganza. En la brisa nocturna sopla un vago presentimiento de triunfo.

—Ya sé que los muertos pesan. Lo sé mejor que nadie. A menudo pienso en el pasado como una tierra extranjera.

La voz del fascista es sombría, fúnebre. Su tono, solemne y categórico. El alba se asoma por el horizonte. La brisa se lleva consigo el eco de las últimas palabras.

—Pero en la vida no hay lugar para el sentimentalismo. Es necesario que tus amigos lo entiendan. Estoy tan dispuesto a la guerra como a la paz.

—Has perdido la oportunidad de elegir.

—En ese caso, será la guerra.

Ahora ya no queda nada por decir. ¿Qué importancia tienen, en el marco de esa inmensa tragedia, las ilusiones de dos hombrecillos en una noche en la Riviera? Toda la vida moderna es una organización de masacres necesarias. Si alguien se levantara para defender la vida sería aplastado en nombre de la misma. La civilización industrial, al igual que la guerra, se alimenta de carroña. Sangre en el campo y sangre en la calle: sangre bajo el toldo y sangre en el taller.

Y además, el cinismo está en los hechos, no en los ojos. Mira a las mujeres francesas..., todas viciosas y putas. Él las ha visto babeando en los burdeles de París. A la mujer francesa le gustan los negros. No porque tengan el rabo sólido y bien plantado, sino porque lo tienen largo, muy largo, y esto parece que las divierte más. Sí, los negros vuelven locas a las mujeres francesas. A todas.

Benito Mussolini recorre la Croisette solo, con su mandíbula fuerte incrustada en sus hombros anchos, en la postura del boxeador que se prepara para encajar el golpe, la cabeza inclinada sobre sus polainas blancas de mendigo engalanado.

Amerigo Dùmini
Prato, 17 de enero de 1922

Federico Guglielmo Florio no sabía montar a caballo, pero le gustaba deambular por las calles del centro con una fusta de equitación. En Prato todos lo recuerdan: con el cigarrillo entre los labios, el sombrero calado en la frente y, en la mano derecha, el zurriago. Disfrutaba azotando en la cara a los trabajadores de la lana. Su sangre salpicaba la caña forrada de cuero. Para reeducarlos, decía, para sofocar la arrogancia de los gremios de los trabajadores de la lana, victoriosos en las huelgas de mil novecientos diecinueve. En realidad, disfrutaba sintiéndose un esclavista que azota a sus esclavos. Y eso también lo veía todo el mundo.

Pero ahora Federico Guglielmo Florio está dentro de un ataúd de caoba, un obrero que se negó a ser azotado en la cara le disparó a quemarropa en la barriga. Ahora las campanas doblan a muerto, las fábricas están cerradas, las enseñas tricolores lucen enlutadas en los umbrales de las tiendas que han echado el cierre, se ha proclamado el duelo municipal, han incendiado la Cámara del Trabajo, herido a su secretario, invadido el ayuntamiento. Ahora Florio ha sido elevado a mártir fascista, su misión como escuadrista ha llegado a su perfecto cumplimiento.

El cortejo se ha movido. La misa la ha oficiado en la catedral monseñor Vittori en persona, obispo de Prato y Pistoya. Ha hablado de una trinidad de luz nacida de la sangre, de venas que se vacían para formar la nueva fuente bautismal, ha invocado una comunidad que vincula a los muertos con los vivos, las generaciones que han sido a las que serán, el deber áspero del ayer al aún más áspero del mañana.

Decenas de miles de personas se agolpan en las calles. El movimiento ha sido categórico, brusco como una explosión de petardo, un toque de trompeta. Legiones de fascistas se han puesto en posición de firmes. Con el segundo disparo, se despliegan los banderines al viento, los fascistas extienden el brazo como saludo y la banda entona el himno. Al tercer disparo, todos de nuevo en posición de descanso. Después, en marcha hacia el cementerio.

A lo largo del camino, la multitud, conmovida, dócil, primitiva, como arrebatada por el paso del ataúd, se arrodilla en el suelo de cieno. Todo es muy lento, la tristeza dilata el tiempo de forma desmesurada. Desfilan, una tras otra, las principales autoridades del Partido Nacional Fascista, desde el secretario Michele Bianchi hasta Dino Perrone Compagni, desde Achille Starace hasta Pietro Marsich. Mussolini ha enviado un texto de homenaje y escribirá un obituario en *Il Popolo d'Italia*. Las escuadras florentinas al completo, con la Desesperada a la cabeza, los siguen.

Después del congreso de fundación, no se ha hecho otra cosa más que discutir sobre si en la cúpula del partido deben estar los jefes de las provincias o los de la capital, los ras o los diputados, los políticos o los guerreros. La habitual cháchara inútil. Aquí los dirigentes son todos escuadristas, aquí no hay distinción alguna entre políticos y guerreros, aquí a los adversarios se les odia, a los muertos se les venga, la tolerancia solo genera desprecio, la mentalidad es integrista, la conquista del poder es su consecuencia obligada, la política es aquí milicia, la vida brutal, la muerte sagrada, aquí solo hay hombres aunados por la experiencia de la lucha. El arte de la agrupación humana tiene sus propios cánticos guturales, sus mitos: la guerra, la nación, la juventud. Durante la marcha hacia el cementerio la masa se arrodilla, el tiempo se dilata, la tristeza se sublima. Simplemente, ha llegado el momento de que el mito se prepare para convertirse en historia.

Al llegar al camposanto, las agrupaciones fascistas se colocan en un cuadrado bajo las arquerías del cementerio. Es casi de noche. Reina un profundo silencio. En el centro el catafalco, a los lados cuatro enormes candelabros. La luz funeraria de las antorchas transforma a los vivos en una legión de espectros. La brisa nocturna desciende del cielo como una señal acordada en el momento del recibimiento. Cae la noche, da comienzo la guardia. El centinela vigila la barrera. Esta noche y todas las noches que vendrán.

Michele Bianchi lee la despedida de Mussolini: «Hay nombres que tienen el valor de un símbolo. Nombres de batalla y enseñas de mancomunidad. Estos, atenazados por la muerte, prorrumpen en la inmortalidad». A continuación, Bianchi se arrodilla ante la madre del mártir. La mujer está pálida, tensa, su mirada vacía parece estar clavada en la mancha de sangre del adoquinado que una vez fue su hijo. A su alrededor, el mundo entero está saturado de símbolos, todos los muertos se levantan de sus tumbas para repoblar las casas de los vivos, todo ha acabado cuando ni siquiera ha empezado aún.

Un cántico se eleva de las escuadras. Es alegre, exuberante, casi descarado. Enaltece la juventud, denuncia el desasosiego de un mundo decadente, paralizado. Y sin embargo es un cántico duro y cargado de dolor, el sacerdote no lo entiende, la madre que ha visto morir a su hijo parece sacudir levemente la cabeza.

Al final, el himno alcanza un tono extraño, una profunda nota de cuerno que despierta a los durmientes. Luego vuelve a caer en el silencio, los rostros se desploman endurecidos, concentrados, envejecidos de repente. Los fascistas se quedan mirando el catafalco como si se dispusieran a asistir de un momento a otro a la resurrección de un Cristo armado con una fusta.

—¡¿DÓNDE ESTÁ NUESTRO CAMARADA FEDERICO GUGLIELMO FLORIO?!

La voz del jefe de escuadra ha desgarrado de repente la noche con un grito de demencia. Pide noticias del muerto, cuando todo el mundo sabe que está confinado en el ataúd. Tal vez se haya vuelto loco, tal vez haya bebido.

La madre de Florio se estremece, aterrorizada, reprime un sollozo. El enterrador blanquea los nudillos agarrando la pala como si fuera un garrote, el sacerdote se santigua tres veces.

—¡PRESENTE!

Mil voces de los soldados supervivientes saltan de los pechos al unísono.

—¡Camarada Federico Florio, presente!

El grito se apaga en la noche. Los banderines, purificados, se inclinan. El ritual ha terminado. Ha enseñado a enterrar a los muertos dejándolos insepultos.

Para Giacomo Matteotti y Velia Titta, su mujer, la distancia es como el viento. Apaga los pequeños fuegos y aviva los grandes. En el invierno de mil novecientos veintidós, sin embargo, el fuego es el de los incendios provocados por una mano dolosa en su casa ancestral, en la casa que había pertenecido a sus abuelos, en la que hubieran debido criar a sus hijos en paz, es el fuego que de repente, sacados de la cama por los escuadristas en plena noche, desnudos y temblando ante una decisión demasiado grande para cualquiera, los obliga a preguntarse: «¿Qué haremos cuando todo arda?».

Giacomo y Velia se conocieron en julio de mil novecientos doce, cuando ella tenía veintidós años y él veintisiete. Desde ese día nunca han dejado de escribirse. Una correspondencia tupida, torrencial, entretejida de cartas en su mayor parte dominadas por las pasiones tristes: introspecciones, autocompasión, languidez. La primera carta la manda Giacomo en agosto de ese año, la primera respuesta de Velia llega en septiembre. Durante todo un año se tratarán púdicamente de «usted». Un amor que se manifiesta lentamente.

Velia es la hermana menor del barítono Ruffo Titta, uno de los cantantes de ópera más famosos de la época, nacida en el seno de una familia adinerada y educada en instituciones católicas que han marcado su espíritu con una fe profunda y reflexiva, hasta el extremo de meditar el tomar los hábitos e interponer los muros de un convento entre ella y el mundo. Como alternativa al repudio definitivo, de joven, la monja frustrada escribió y publicó novelas.

Los dos jóvenes amantes epistolares se casan en Roma, en el Campidoglio, a las 16:00 horas del 8 de enero de mil novecientos dieciséis. A partir de ese momento no dejan de separarse.

Giacomo, peligroso agitador socialista, es confinado en Sicilia durante tres años, según él el periodo más sereno de su vida. Pero incluso cuando acabada la guerra regresa para formar un hogar con su esposa, el viento de la distancia vuelve a soplar de nuevo. Elegido para el Parlamento en el arrollador ascenso socialista de mil novecientos diecinueve, el diputado Matteotti se lanza en cuerpo y alma a sus cometidos parlamentarios. Luego comienzan las persecuciones, los exilios, las soledades de animales acosados. Amor intensísimo, desesperada necesidad del otro, pero, a fin de cuentas, vidas separadas, dadas en prenda a una distancia esencial. Incluso cuando podrían estar juntos, Giacomo y Velia prefieren escribirse desde la distancia, ella en Fratta Polesine, él en Roma, ella en Varazze, él en Milán. Diez años de cartas melancólicas: queridísima Velia, queridísimo Giacomo, te quiero en el sufrimiento, como se debe querer.

El 7 de enero de mil novecientos veintidós, en la víspera del aniversario de su matrimonio, el sexto, Giacomo Matteotti escribe a Velia desde Verona: «Han pasado algunos años y los hemos visto sembrados más de penas que de alegrías. Muchas veces, cuando después de un tiempo creíamos conseguir cierta tranquilidad, sufríamos con un nuevo desarreglo... Mas, a pesar de todo, la esperanza y el amor no disminuyen». Pero luego una sombra —siempre la misma, eterna sombra— se extiende sobre la leyenda de la esperanza, sobre otra eternidad, la amorosa, y Giacomo añade: «Tal vez en ti no sea así».

A la semana siguiente él está en Vicenza. Privado de la negación o de la confirmación de la que depende su vida, la suplica abiertamente: «Dime que me amas a pesar de esta vida tremenda que nunca nos permite disfrutar el uno del otro».

En las cartas posteriores, a mediados de febrero, el mundo exterior vuelve a preponderar sobre el sentimiento íntimo, el marido cede la palabra al hombre público y el luchador incansable, sustituyendo al enamorado, pone al día a Velia Titta acerca de la situación política. El gobierno de Bonomi ha caído. La esperanza sobre la que nació, el pacto de pacificación destinado a aplacar la guerra civil, hace meses que se ha desvanecido. Ya en noviembre quedó claro que sus intentos por desarmar a los fascistas acabarían fracasando, y que quien lo había mantenido artificialmente con vida hasta febrero por sus propios cálculos de conveniencia había sido Mussolini. Al final, quienes lo han hundido han sido, paradójicamente, los propios socialistas. Negándose a sumarse en una coalición de gobierno con los partidos capitalistas, prefirieron denunciar una vez más la impotencia del Estado ante los criminales en lugar de fortalecerlo al precio de un compromiso. El resultado es que ahora todos empiezan a convencerse de que el asunto no puede resolverse tratando el fascismo como un mero problema de orden público. Al contrario, habrá que integrarlos en el gobierno. Mientras tanto —informa Matteotti a su mujer— arrastramos la crisis parlamentaria más prolongada en la historia de Italia y, para colmo, dentro del Partido Socialista está a punto de consumarse la ruptura entre reformistas y maximalistas. Otra escisión.

La réplica de Velia lanza un bote salvavidas. Es la réplica de una náufraga que se aferra desesperadamente a la balsa, que no acepta la locura de aquellos que están dispuestos a ahogarse en la vida para salvarse en la historia. A ella, las disputas entre reformistas y maximalistas le traen sin cuidado: «Con ciertas personas estúpidas y presuntuosas nunca se consigue nada». La semana siguiente aumenta la dosis, desplazando el punto de enfoque del resentimiento hacia su marido: «Estoy convencida (total, entre nosotros podemos confesárnoslo) de que tú no sientes de verdad ese encarnizamiento [...]. Yo diría casi que en algunos casos te comportas como un niño [...] si pudieras, te sentarían bien algunos días de descanso». Giacomo protesta, con vehemencia, abatido, tal como lo haría un niño decepcionado: «Te apresuras a condenar. Incluso llegas a caer en el resentimiento. Nunca creí posible que cuando alguien ama pueda sentir resentimiento por lo que el otro hace [...]. Lo cierto es que estás muy lejos; y no solo cuando yo estoy lejos». De nuevo esa sombra...

La respuesta de Velia a su marido, de una dureza exasperada, se hace eco de las acusaciones de extremismo de sus enemigos: «Ni siquiera con el idealismo hay que exagerar hasta semejantes extremos [...]. Desde que te dedicas a esto, no he conocido por tu parte más que amarguras, decepciones, periodos negros [...]. Será que la luz está dentro de ti, porque fuera nunca la he visto». He aquí la sombra que se dispone a engullir el mundo.

Me imagino que todos vosotros os habréis quedado decepcionados con Bonomi [...], nunca ha pasado de ser el socialista que se conforma, la negación más absoluta del hombre de Estado. Como razonador inteligente, como individuo de vías intermedias, como hombre honrado, que dice lo que piensa, como hombre desprovisto de vanidad personal o de intereses partidarios, Bonomi es eso, y no puede pedírsele más [...], pero el caso es que se ha limitado a meros medios morales y espirituales para sanar la psicología de manicomio del fascismo y del comunismo.

Carta de Filippo Turati a Anna Kulishova,
diciembre de 1921

Un gobierno decidido a reprimir la violencia fascista hubiera debido estar dispuesto a afrontar la guerra civil, porque los fascistas son fuertes, audaces, llenos de apetitos. En líneas generales, es una situación terrible, el país se aproxima día tras día al precipicio.

Carta de Anna Kulishova a Filippo Turati,
8 de febrero de 1922

En los primeros meses del año, el diputado Mussolini se dedica más de lo acostumbrado a la vida social y mundana. Acude a menudo a la Scala y al teatro Manzoni, dándose aires de espectador *à la page* —para escándalo del público habitual, horrorizado por su esmoquin combinado con zapatos color amarillo canario—, hace de testigo en las bodas de algunos camaradas y hasta puede vérsele en el hipódromo de San Siro con los anteojos y el traje oscuro de rigor y sus inevitables polainas blancas, que desde su regreso de Francia han pasado a formar parte permanente de su guardarropa. Por otro lado, los industriales milaneses han empezado a financiarlo de nuevo, ingresándole el dinero, además, directamente en las arcas de la dirección central, a diferencia de los propietarios agrícolas que lo reparten entre los Fascios provinciales. El reaccionario Achille Ratti, arzobispo de Milán, que el año anterior bendijo los banderines fascistas en el Duomo, ha sido elevado al trono pontificio mientras Mussolini acudía al Quirinal, convocado por el rey, para ser consultado a consecuencia de la enésima crisis de gobierno. En resumen, la buena sociedad le está tendiendo una mano. ¿Por qué no aferrarla? ¿Por qué limitarse a morderla?

El 25 de febrero Mussolini acepta participar en un banquete en su honor tras la inauguración del banderín de un distrito fascista que lleva su nombre. Se deja rodear del entusiasmo de los jóvenes militantes, bebe una copa de vino de Barbera, baila unas rondas de mazurcas con una admiradora de buen ver y reparte muestras de confianza. La crisis del gobierno ha llegado a su fin y lo que le pone de tan buen humor son los bigotes de Luigi Facta, un inofensivo, gris, bobalicón abogado de provincias al que el rey ha nombrado primer ministro, un hombre honesto, recto y cándido, cuya única ambición política es no dar disgustos a su patrono Giolitti y cuyo único orgullo personal es un par de grotescos bigotazos de manillar a cuyos cuidados dedica la primera media hora de la mañana después de haberse acostado infaliblemente no más tarde de las diez de la noche.

La crisis ministerial de febrero ha resultado devastadora para el país. El rey tardó casi un mes en encontrar a alguien dispuesto a asumir la responsabilidad del gobierno. Una crisis tenebrosa, sin destellos de luz al final del túnel, una situación perennemente crepuscular. El último empujón a la crisis lo ha proporcionado la quiebra del Banco de Descuento, cuyos dueños, los hermanos Perrone, industriales enriquecidos con la especulación bélica, habían rastrillado los depósitos de los titulares de las cuentas corrientes para financiar sus propias instalaciones, mandando así a la ruina a miles de pequeños ahorradores. A partir de ese momento, se desencadenó en el Parlamento una guerra sin cuartel.

En un delirio nominalista de acciones suicidas, los dos grupos que apoyaban la mayoría liberal de Bonomi —Democracia Liberal y Democracia Social— se fusionaron en un tercero —Grupo Democrático— con el propósito de derrocar a su propio primer ministro. El único apoyo con que ahora contaba Bonomi era el de los populares del padre Sturzo, también divididos entre liguistas «blancos» de izquierdas, enemigos del fascismo, y conservadores próximos al Vaticano, que, por su parte, se oponía decididamente a Sturzo, fundador del partido de los católicos. El padre Sturzo, por su parte, cuando estalló la crisis se negó a apoyar a un nuevo gobierno de Giolitti, su histórico adversario y el único hombre capaz de domeñar al fascismo. De esta manera, mientras también los socialistas, los que más se hubieran beneficiado de una coalición antifascista, se disponían a disolverse en tres ramas, uno de sus diputados, el reformista Celli, al proponer una moción que exigía el fortalecimiento del orden público, había obtenido involuntariamente la caída de Bonomi. Mientras los vetos cruzados, las rivalidades personales, los odios entre facciones arrojaban la última palada de tierra en el ataúd de la vida parlamentaria, Mussolini, vivacísimo, con una jugada maestra, había evitado el aislamiento y la formación de un gobierno antifascista apoyando la petición del socialista Celli, propuesta en su contra. El rey y el padre Sturzo, personalmente contrario a Giolitti desde siempre, habían completado la faena, bloqueando el camino de regreso del prestigioso estadista y nombrando a Facta como su sombra.

El Estado se estaba encaminando definitivamente hacia su completo colapso, Mussolini lo ve con toda claridad. Lo lógico es suspirar de alivio, sacar a bailar a una chica guapa y soplarse un cuarto de vino de Barbera.

Los bigotazos de Facta le vienen al pelo, lo que le preocupa en cambio es la mesa de los violentos, esa de allí, en el rincón más oscuro del club recreativo, la mesa donde se bebe de las frascas. Los escuadristas sentados en esa mesa, mientras en Roma los grandes bigotes de Facta se complacen por haber logrado formar el nuevo gabinete, desconocen incluso los nombres de los ministros. Con esa gente el problema es siempre el mismo: para ellos el poder es comer, beber, follar y machacar cabezas. Armados siempre tan solo con un cuchillo, instrumento de eternas peleas, ninfómanos de la violencia, embriagados por sus impulsos, entregados a la descarga del placer inmediato, se mueven perpetuamente en la zona espástica, incapaces de vivir la espera en su interior, el esfuerzo contenido, la aflicción ascendente de la verdadera batalla. Con ellos ninguna respetabilidad, ninguna elevación es posible. Esa gente te arrastra al suelo.

En su mesa se ha sentado también Cesarino Rossi. Después de haber sido purgado por voluntad de los ras en agosto durante el conflicto en torno al pacto de pacificación, volvió a filas el 2 de febrero como secretario del Fascio milanés y se ha alineado con el bando de quienes lo depuraron. El experto dirigente político, el manipulador de congresos y de asambleas, el mediador precavido, renace como jefe de las escuadras lombardas. A Rossi le respalda ahora Amerigo Dùmini, el matón florentino refugiado en Milán que se jacta de los asesinatos cometidos y fue el artífice del desastre de Sarzana. Rossi ya no da un paso sin que le siga Dùmini. Y Dùmini, por supuesto, simpatizó de inmediato con Albino Volpi, que también está sentado a la mesa de la esquina al fondo del salón de baile.

Por otro lado, aún no puede prescindirse de gente como esa. Así, el pasado noviembre, cientos de personas oyeron en una sala del tribunal de Milán al diputado Mussolini exonerar con su falso testimonio a Albino Volpi de la acusación de haber asesinado a pistoletazos a Giuseppe Inversetti, un viejo obrero que jugaba a las cartas en el círculo socialista Spartacus del Foro Bonaparte. Y es él también, el diputado Mussolini, gracias a sus contactos en la jefatura de policía, quien le ha conseguido nada menos que dos documentos de identidad falsos a Dùmini, amparado bajo el ala de Cesare Rossi.

En definitiva, de los violentos no es fácil librarse, uno siempre está entre la espada y la pared. Hay que evitar mirar hacia la mesa del fondo de la sala, confiando en que el fondo de la sala no se acerque a ti. El centro de la pista, además, está repleto de chicas guapas. Mira hacia allí.

También la imagen de conjunto del mundo es positiva. Basta con levantar la mirada hacia el horizonte amplio y lejano. Benito Mussolini ha fundado a principios de año una revista de pensamiento político, le ha dado el nombre de *Gerarchia* y ha entregado la dirección a Sarfatti. ¡Fuera los barrios bajos, adelante con los pensamientos elevados, propios de barrios altos! La inauguró con un artículo titulado «¿Hacia dónde va el mundo?». Y la respuesta se la daba él mismo: el mundo va hacia la derecha. La resaca democrática ha terminado en hastío. Una vez acabada la fiesta, nos despertamos por la mañana con la camisa manchada de sangre, un fuerte dolor de cabeza y la cara metida en la taza del inodoro vomitando la comida. El alma está cansada, la gente añora la fuerza. A largo plazo, entre respetabilidad y aniquilación nadie verá grandes diferencias. Se trata de enrocarse, una vez más, y de aguardar lo peor.

El régimen actual se está yendo a pique. Todo lo que queda es una colección de estadistas decrépitos que transmiten su parálisis al Parlamento y a los órganos del Estado. Los prefectos carecen ya de brújula. ¡Menudo espectáculo! A los fascistas nos importa poco. Es extraordinario cómo mis escuadristas desconocen incluso los nombres de los ministros dimitidos y de los que siguen en el cargo.

Italo Balbo, *Diario*, 25 de febrero de 1922

Los pueblos se mueven ansiosos en busca de instituciones, de ideas, de hombres que representen puntos sólidos en la vida, que sean refugios seguros [...]. Los regímenes de izquierdas tal como fueron instaurados en toda Europa entre 1848 y 1900 —a fuerza de sufragio universal y de legislación social— dieron de sí lo que pudieron [...]. El siglo de la democracia muere en 1919-1920 [...]. El proceso de restauración a la derecha ya es visible en las manifestaciones concretas. La orgía de la indisciplina ha cesado, el entusiasmo por los mitos sociales y democráticos ha terminado. La vida regresa al individuo. Asistimos a una recuperación clásica.

Benito Mussolini, «¿Hacia dónde va el mundo?», *Gerarchia*, 25 de febrero de 1922

En sus tierras, Italo Balbo tiene la situación bajo control. A lo largo de mil novecientos veintiuno, arrolladas por las expediciones escuadristas, el ochenta por ciento de las administraciones socialistas y católicas del norte de Italia fueron disueltas e intervenidas por los prefectos. En muchos casos fueron los propios alcaldes socialistas, aterrorizados, los que presentaron su dimisión. En la provincia de Ferrara, además, las masas rurales se pasaron en bloque de las ligas rojas a los sindicatos fascistas. En algunos casos, los jefes de las ligas llegaron a rebajarse a la humillación de pisotear públicamente sus propias banderas. Cientos de miles de jornaleros socialistas convertidos en fascistas en el curso de un año. Un milagro eucarístico de transmutación del rojo en negro.

También el nuevo año comenzó de la mejor de las maneras. El 6 de enero, en Oneglia, Balbo se reunió en secreto con el general Gandolfo y con Perrone Compagni, el ras de Toscana, para poner en marcha la organización nacional de la milicia fascista. El 11 de abril, durante la visita a Ferrara del ministro de Agricultura, sin perder en ningún momento el gusto por la mofa, Balbo elevó la apuesta al abordar personalmente a Cesare Mori, prefecto de Bolonia, el último, odiadísimo, inflexible representante del Estado que está imponiendo el respeto por la ley. Mientras el ministro se rodeaba de banqueros, burócratas y sacristanes, con su habitual mueca burlona impresa en la cara, el ras de Ferrara se acercó a Mori y le amenazó con que, a un silbido suyo, miles de sus fascistas rodearían y secuestrarían al ministro. Mori tuvo que prometer la liberación de Gino Baroncini, uno de los jefes de los escuadristas boloñeses, detenido durante una expedición punitiva.

El 25 de abril, Balbo está en Milán con Mussolini para explicarle su proyecto. La situación es esta: para los guerreros, la primavera es la temporada de grandes asaltos, pero para los jornaleros de la zona de Ferrara es la temporada del hambre. Durante el invierno, gracias a los acuerdos que obligan a los terratenientes a contratar a seis trabajadores cada treinta hectáreas, a los jornaleros no les cuesta encontrar empleo, pero entre abril y mayo se quedan sin faena. Los números son bíblicos: cincuenta mil, setenta mil desempleados víctimas de la pelagra. En el pasado, el Estado se encargaba de poner remedio con diez, quince millones en obras públicas. Ahora que los campos están en manos de los fascistas, en cambio, el gobierno de Roma, bajo la influencia de los diputados socialistas, pretende hacer pagar a los campesinos su conversión al fascismo haciéndoles pasar hambre. La idea de Balbo es explosiva: ocupar Ferrara con una movilización de masas que obligue al gobierno a ceder y demuestre la capacidad de los fascistas para conseguir el pan a sus adeptos. Además, el plan tendría la ventaja de proporcionar trabajo a los jornaleros a expensas del Estado sin afectar a los intereses de los propietarios agrarios que financian a los Fascios. Al acabar la exposición, como siempre, Balbo sonríe maliciosamente.

Mussolini lo escucha en silencio. En la diabólica sonrisa de ese jovenzuelo alto, esmirriado pero fuerte, ve el pasado y ve el futuro. El fascismo, alumno y heredero de la lección socialista: las masas nunca más relegadas a los márgenes de la historia, sino convocadas a la palestra de la política. La actuación mezclada con la violencia, el teatro de masas, la ciudad del socialismo transformada en escenario para la representación del traspaso del poder al fascismo con los campesinos interpretándose a sí mismos. Una locura de proyecto.

El Duce lo autoriza. Los pactos, sin embargo, son claros: si se alcanza el éxito, el mérito es del fascismo; si se fracasa, el problema pertenece a Balbo.

La puesta en marcha del plan empieza justo al día siguiente. Balbo difunde una circular reservadísima entre todos los secretarios de la provincia en la que les ordena que se preparen para la movilización. Todo debe salir a la perfección, las órdenes son perentorias, detalladas, ascéticas: quedan completamente prohibidos los apaleamientos, incluso a los peores enemigos, absolutamente prohibidas las bebidas alcohólicas, incluso en cantidad limitada, y prohibidas también las visitas a las casas de tolerancia.

La movilización da comienzo a medianoche del 11 de mayo. Desde las más remotas casas de labranza de la campiña de Ferrara, organizados por los secretarios de los Fascios, a pie, en bicicleta, en carros, a bordo de barcazas arrastradas en las orillas por caballos o por hombres, por los canales del Po di Goro o de Volano, miles de desharrapados se ponen en marcha en el silencio de la noche en dirección a la ciudad.

Ferrara se despierta, a la mañana siguiente, invadida por un ejército de gente descalza: cincuenta mil jornaleros, demacrados por el hambre, endurecidos por una costra de polvo, con mantas echadas sobre los hombros, en los morrales apenas unas rebanadas de polenta y queso, con la sed apagada por camiones cisterna, controlados por piquetes fascistas, desfilan en una columna por corso della Giovecca bajo las miradas estupefactas de los burgueses.

El campo se ha derramado en la ciudad, la ciudad está invadida y paralizada. Balbo ha mandado cortar las líneas telefónicas, ha requisado los edificios escolares para el acantonamiento, ha ordenado el cierre de todos los establecimientos comerciales. La movilización, considerada imposible, ha obtenido un éxito que supera cualquier expectativa. Miles de miserables acampan en las calles tumbados en jergones de paja, el castillo se ve rodeado por el ejército del hambre, el prefecto, aterrorizado, solicita un encuentro con el caudillo del ejército invasor. Cuando Balbo se presenta en el puente levadizo, lo acompaña el grito de miles de bocas hambrientas y desdentadas.

Con su habitual chaleco blanco atravesado por una cadena de oro sobre la oronda tripita, pálido y congestionado, el prefecto Bladier recibe el ultimátum de Balbo: la policía debe volver a sus cuarteles, de garantizar el orden público se encargan los fascistas, los campesinos no se desmovilizarán hasta que el gobierno dé garantías acerca de la concesión de obras públicas.

Pasan cuarenta y ocho horas, dos días con sus dos noches de evasivas, negociaciones, mítines y vivaques, el horno municipal produce veinte mil kilos de pan. Luego, al amanecer del 14 de mayo, llega la noticia: el ministro Riccio lo ha concedido todo, el Estado ha capitulado, la victoria es aplastante. Balbo lanza la orden de desmovilización. Ferrara es ahora suya.

Desde Milán, Mussolini exulta, aunque no sin asombro, ante el repentino cambio de bandera de aquellos jornaleros hasta ayer socialistas y hoy fascistas. Siente la grandeza de la hora, por más que en su interior una fibra oculta de angustiado presentimiento tiemble frente a la rapidez del vuelco radical en la fidelidad de los pueblos. ¿Efímero o duradero? ¿Exterioridad o sustancia? ¿Una oleada que pasa o algo que permanece?

Querido amigo, habrás comprendido por el manifiesto federal a fecha de hoy cuán imprescindible se vuelve por nuestra
parte una demostración de fuerza contra el gobierno, para conseguir esas indispensables obras públicas que puedan aliviar el
desempleo en la provincia [...]. Por lo tanto, debes prepararlo
todo, para que no te pille por sorpresa una posible orden de movilización que puedo enviarte de un momento a otro [...]. En
Ferrara tendrá lugar una manifestación que ha de ser la más formidable del fascismo ferrarés y que marcará el termómetro de
nuestro poder [...]. Al recibir la orden, a la hora que se te indique,
tendrás que encontrarte en Ferrara con todos sus fascistas y con
cuantos obreros de los sindicatos puedas reunir [...]. Confiando
en tu espíritu de disciplina, en tu fe, quiero recalcarte que nunca
tuve la intención de enviar una orden más perentoria que esta.
Saludos fraternales.

Italo Balbo,
circular secreta a los Fascios de la provincia,
27 de abril de 1922

Los propietarios agrarios, que según parece resultan ser
los verdaderos financiadores por lo general de los Fascios, y
especialmente de la reciente huelga, deben ser considerados
como los creadores inconscientes del desempleo, dado ese
egoísmo suyo que los lleva a descuidar el cultivo racional de
los terrenos y, en consecuencia, un uso más amplio de la mano
de obra, y que no habiendo mantenido el compromiso de entregar la tierra a los campesinos, ahora se han asociado a los
sindicatos fascistas para presionar al gobierno y a sus repre-

sentantes y obligarlos a suplir con las finanzas públicas su dejadez.

Informe del prefecto Gennaro Bladier,
destituido después de la ocupación de Ferrara,
19 de mayo de 1922

«Esclavismo agrario.»

La acusación es infamante. Y lo que la hace insoportable es el hecho de que provenga de D'Annunzio, el Vate, el poeta, el hombre de las grandes empresas y de los grandes ideales, el guerrero de la gloria pura y desinteresada. En las últimas semanas D'Annunzio está saliendo de la discreción que ha mantenido hasta hoy, en su dorado autoexilio de Gardone, precisamente para mirar de arriba abajo con repugnancia la cloaca fascista y para tacharla con el hierro de la infamia: esclavismo agrario. Una semidivinidad airada y calculadora, siempre al acecho desde lo alto de su Olimpo, siempre dispuesta a conminar a los hombres mezquinos que abajo se las ingenian como pueden con los brazos metidos hasta los codos en la mierda y en la sangre: apartaos que ahora ya sigo yo desde aquí.

El hombre que ha puesto al parecer en boca de D'Annunzio esa fórmula maligna y brillante está ahora delante de la espada de Benito Mussolini. Su nombre es Mario Missiroli, es el príncipe del periodismo italiano, un liberal de derechas, un masón, que dirige *Il Secolo* después de haber sido director de *Il Resto del Carlino,* un periódico de Bolonia del que fue expulsado debido a la hostilidad de los escuadristas locales.

Missiroli no había empuñado una espada en toda su vida y, sin embargo, cuando Mussolini lo insultó públicamente tachándolo de «solemnísimo cobarde», mandó inmediatamente a sus padrinos y respondió con un billete de desafío en el que imponía condiciones muy duras. Después empezó a entrenarse todos los días con el famoso espadachín Giuseppe Mangiarotti y se ha presentado muy puntual en el velódromo de corso Sempione acompañado por Francesco Perrotti, un apacible redactor de su periódico. Son las 18:00 del 13 de mayo y este refinado intelectual en completo ayuno de duelos aguarda el asalto con valor, vistiendo una magnífica camisa de seda abierta en el pecho. Insoportable.

Todo el mundo sabe que Missiroli tiene razón. En los campos de Emilia, abandonados a sí mismos por la destrucción de las ligas socialistas, los campesinos se rinden ante el hambre. Los propietarios agrícolas están llevando a cabo una despiadada guerra de revancha que aniquila décadas de reformas sociales. Las corporaciones fascistas tratan directamente con los patronos, que abolen, uno tras otro, los convenios rurales o bien, cuando eso no resulta posible, suspenden el carácter colectivo de los contratos. De esta manera, cada solitario campesino queda a merced de la ferocidad vengativa del amo. En los pocos casos en que encuentran fuerzas para protestar, aparecen como enjambres de langostas, escoltados por escuadristas armados, esquiroles de otras provincias aún más desesperados, para quebrar las huelgas.

Forzado a tragar con el papel predominante del fascismo de provincias, Mussolini ha tratado de proporcionar una justificación teórica en su periódico, distinguiendo entre agrarios (grandes latifundistas conservadores) y rurales (pequeños propietarios revolucionarios). El fascismo es rural, no agrario, escribió. Pero no le ha servido de nada. Frente a él se yergue la acusación de esclavismo vistiendo una magnífica camisa de seda descaradamente abierta en el pecho.

En realidad, el Fundador hace todo lo posible para civilizar el fascismo. A principios de marzo viajó a Alemania para ensanchar sus horizontes. Vio con sus propios ojos a los alemanes luciendo la máscara de la república y el pacifismo. Por debajo de ella también Alemania está girando de nuevo hacia la derecha. Sin embargo, tuvo que regresar a Italia de inmediato a causa del motín de Pietro Marsich, el ras dannunziano de Venecia, que ha vuelto a cuestionar su liderazgo relanzando la acusación de traición parla-

465

mentaria a los ideales originarios del movimiento. A ello siguió un duelo fratricida a sable contra el mayor Baseggio, *sansepolcrista*,* creador del osadismo, fundador de las míticas y desafortunadas Compañías de la Muerte partidario de Marsich.

Más tarde, el 26 de marzo, tras su disputa con Baseggio, Mussolini logró hacer desfilar en Milán, en la capital del socialismo italiano, a veinte mil jóvenes fascistas con camisas negras en filas compactas y sin el menor incidente. Eran tan apuestos, tan viriles, formales y respetables que las señoras de piazza del Duomo los aplaudían tras retocarse el maquillaje. Inmediatamente después, sin embargo, en las provincias, los escuadristas más bárbaros se desataron de nuevo para arrastrarlo al abismo. Así están las cosas: es un hombre solitario, ni tiene ni puede permitirse tener amigos.

Mussolini habló con toda claridad ante el Consejo Nacional del 4 de abril. El aura de simpatía que rodeaba al fascismo en mil novecientos veintiuno se está desvaneciendo. La afirmación del movimiento en el campo se produce cuando la burguesía siente eclipsarse las razones de su apoyo a los escuadristas. Los socialistas ya no dan miedo. Los industriales milaneses les dan una propina de agradecimiento con una mano, mientras que con la otra se preparan para poner de patitas en la calle al sirviente disoluto. Hasta empiezan a hablar de reanudar los negocios con la Rusia soviética. Nos arriesgamos, en definitiva, a vernos rodeados. Los apaleamientos han de terminar. La violencia defensiva es sacrosanta, pero quienes van a las casas, quienes se agazapan detrás de los setos no son fascistas. La hipótesis insurreccional no debe excluirse, pero en estos momentos resulta poco realista. Es necesario integrar el fascismo en el corazón de la vida nacional, no queda otra que aceptar el decadente juego electoral. No se puede excluir la participación en el gobierno: despreciemos el Parlamento, claro que sí, pero sirvámonos de él.

---

* Participante en la reunión celebrada el 23 de marzo de 1919 en Milán, en piazza del Santo Sepolcro, de la que surgió el Fascio de Combate italiano, y relatada en el primer capítulo de este libro. *(N. del T.)*

Dino Grandi lo apoyó, todos votaron a favor de su moción, pero ni siquiera eso sirve de mucho. El Partido Fascista sigue incrementando el número de sus afiliados pero, aparte de la derecha, ninguno de los otros partidos representados en el Parlamento lo quiere en el gobierno. Los socialistas los odian, los populares los temen, los demócratas y liberales moderados los desprecian. Ha habido reuniones con Facta de tapadillo. Apenas se habló de tres subsecretarías, poco más. El habitual, miserable, plato de lentejas. Insoportable. El fascismo no tiene amigos, ni los quiere.

Cuando Mussolini se lanza sobre Missiroli, tiene el rostro térreo de ira. En el primer asalto la punta de la espada se rompe. El arma ha de ser reemplazada. Empuñando la espada de reserva, el desafiado se lanza de nuevo contra el desafiante. Missiroli mantiene la calma, para los golpes. El agresor se ensaña con rabia, descubriéndose a cada asalto, con salvajes cintarazos, como si en lugar de blandir una espada sostuviera un sable.

Perrotti, el pacífico jefe de redacción de *Il Secolo* que Missiroli se ha llevado consigo como padrino, repite obsesivamente al doctor Binda, médico del duelo: «¡Debemos interrumpirlo, acabemos con esto!».

En el tercer asalto Missiroli resulta herido. La herida se considera superficial. Los duelistas son devueltos al campo de liza. Mussolini, furioso, se lanza otra vez al ataque. Perrotti grita ahora sin tapujos: «¡Hay que acabar con esto! ¡Hay que acabar con esto! ¡Aquí alguien va a terminar muerto!». En el séptimo asalto la punta de la espada de Mussolini penetra a fondo en el haz venoso del antebrazo derecho de su oponente. Su inferioridad es manifiesta ahora. El duelo ha concluido. Ninguno de los dos duelistas se declara satisfecho.

Mientras el doctor Binda cura el brazo sangrante de Missiroli, que sigue tranquilo, su improbable padrino, sacudido por un temblor histérico, se le acerca amablemente y con susurros al oído le habla de la indescifrable enfermedad de su hija pequeña. Le implora que vaya a visitarla. La han llevado a la playa, a Salsomaggiore, con la esperanza de que el aire sano la ayude a recuperarse. Es su única hija, es una criatura encantadora, no soporta la idea de que sufra, el mundo es un lugar regulado por el mal.

Ambrogio Binda, médico personal de Mussolini, atiende su súplica y al día siguiente se marcha a Salsomaggiore. La semana siguiente, Francesco Perrotti, representante de Mario Missiroli en el duelo del velódromo de corso Sempione, decide quitarse la vida.

No puedo quejarme del progreso de los negocios en mi propia empresa ni tampoco en aquellas, en su mayoría eléctricas, en las que tengo intereses [...]. La reanudación de las relaciones económicas con la URSS permitirá extender el ámbito de acción de Italia hasta llegar al establecimiento de empresas nuestras en Rusia [...] creo que Italia ha hecho bien en tomar la iniciativa de este tratado. Para nosotros el peligro comunista está en declive. Las fuerzas organizativas de los combatientes y la afirmación del fascismo han creado un clima de resistencia a la propagación de las teorías bolcheviques.

Del diario de Ettore Conti,
magnate de la industria eléctrica,
abril-mayo de 1922

El cortejo, con todo, resultó grandioso como tal, imponente, ordenado. Participaron en él entre veinte y treinta mil personas; ¿quién podría calcular su número? Todos esos jóvenes de diecisiete a veinticinco años, vigorosos, ágiles, mozos gallardos encuadrados militarmente; de no saber a qué nefandos propósitos se orienta su acción, darían una magnífica impresión de belleza y de fuerza.

Carta de Anna Kulishova a Filippo Turati
acerca del desfile fascista el 26 de marzo de 1922 en Milán

Los señores duelistas irán equipados con guantes y zapatos de paseo. Queda prohibido el uso de pañuelos para envolver la muñeca y de correas para asegurar el arma en la muñeca. Los pantalones podrán ceñirse con cinturones de una altura máxima de cuatro centímetros. El combate tendrá lugar con el torso desnudo. Se prohíbe el uso de tirantes.

Acuerdos preliminares del duelo Missiroli-Mussolini,
13 de mayo de 1922

«Tienes que reincorporarte a tu puesto.» Así lo ha conminado personalmente Mussolini, escribiéndole desde Roma el 19 de febrero, y él ha retomado su puesto como jefe de los fascistas boloñeses. Rina, que ya es su mujer, está desesperada.

Leandro se casó con ella en una ceremonia civil el 8 de junio del año mil novecientos veintiuno, justo antes de que lo marginaran. Su naturaleza anárquica siempre le había enfrentado instintivamente al modelo ferrarés de sometimiento escuadrista de las masas rurales en los sindicatos fascistas y, por este motivo, ya el 20 de junio la asamblea eligió en su lugar a Gino Baroncini como secretario de la federación provincial.

Durante el enfrentamiento con los ras por el pacto de pacificación, Arpinati, aunque contrario a este, se mantuvo fiel a Mussolini. No asistió a la conferencia de los disidentes ni tampoco tomó parte en la marcha de Balbo sobre Rávena. En la posterior asamblea de los Fascios de Bolonia, su corriente había salido derrotada y él ni siquiera fue enviado como delegado al congreso de fundación del partido. Llegaron incluso a manchar su nombre con la acusación de uso arbitrario del patrimonio social. Fue apartado de todo.

«De una manera u otra nos las apañaremos», le prometió Leandro a su mujer y reemprendió sus estudios. Volvió a matricularse en la universidad solicitando el traslado a la Escuela Superior de Agricultura. Rina Guidi de Arpinati había podido saborear uno de sus escasos momentos de felicidad plena al vislumbrar en el horizonte ese espejismo de vida sencilla, laboriosa, pacífica.

Luego, en febrero, Benito Mussolini había reclamado a su marido en primera línea de fuego.

Ahora el enemigo ya no son los socialistas, sino el Estado y, en Bolonia, el Estado se llama Cesare Mori. Como suele ocurrir con los enemigos irreductibles, Mori, aunque sea el único prefecto italiano que está luchando con dureza contra los escuadristas, tal vez sea también el único al que los escuadristas elegirían espontáneamente como jefe. De mandíbula cuadrada como la de Mussolini, criado en el orfanato de Pavía, comisario en Trapani a principios del siglo XX, Mori luchó contra la mafia con métodos inflexibles y violentos, y sobrevivió a numerosos atentados. De vuelta a Sicilia, en mil novecientos quince, tras formar equipos especiales, con esos mismos métodos consiguió erradicar el bandolerismo, llegando a matar con sus propias manos a dos bandoleros y a detener hasta trescientos en un solo día.

Ahora, enviado por Bonomi con plenos poderes de coordinación regional del orden público, Mori sigue fiel a sí mismo en Bolonia. Con tres simples decisiones ha puesto contra las cuerdas toda la organización fascista: impidiendo la circulación de furgonetas los fines de semana ha contenido las expediciones escuadristas; imponiendo agencias gubernamentales de empleo ha quitado a los sindicatos fascistas el control de las masas rurales; prohibiendo la inmigración de mano de obra estacional ha acabado con la afluencia de jornaleros esquiroles. La feroz polémica de los fascistas contra la ineptitud del Estado impone que Cesare Mori, que encarna su eficacia, sea derribado.

El camino se lo ha señalado Balbo ocupando Ferrara. Es necesario marchar. Marchar no solo para imponer su propia voluntad al Estado, sino para contraponerse abiertamente a este. La marcha es una técnica pero también es una forma. Hay que soliviantar las calles y arrojarlas como si fueran una piedra contra las ventanas del prefecto Mori.

Leandro Arpinati se encomienda a Italo Balbo. Cuando el 28 de mayo Michele Bianchi, secretario nacional del partido, ordena la movilización de todas las escuadras de Bolonia, Balbo se prepara para caer sobre la ciudad con los suyos desde la provincia de Ferrara. A partir del 29 acuden a miles desde las zonas de

Codigoro, Portomaggiore, Copparo, y se suceden los turnos de treinta horas. Los ciudadanos de Bolonia asisten estupefactos al espectáculo de miles de hombres que permanecen cuatro noches bajo los soportales en jergones de paja.

Pero la marcha, una vez más, se combina con la violencia. Como de costumbre, en su avance los fascistas devastan sistemáticamente todas las sedes socialistas, comunistas, de las Cámaras del Trabajo y de las cooperativas agrícolas. No obstante, ahora la novedad consiste en que apalean sin distinción a diputados socialistas y a comisarios del orden público. Cuando Mori sitúa cordones de carabineros, guardias reales y agentes de paisano en torno al Palacio de Accursio, los fascistas los rompen fingiendo presionar en el centro y forzándolos con una maniobra de distracción en el lado contrario. Cuando cargan los escuadrones a caballo, los fascistas permanecen firmes agitando pañuelos blancos o haciendo estallar petardos. Los caballos se vuelven ingobernables, se encabritan y derriban a los jinetes. Arpinati, aunque debe sufrir en su propia ciudad la iniciativa de Balbo y Grandi, conduce una escuadra al asalto de la cárcel de San Giovanni in Monte para liberar a sesenta presos fascistas.

El Estado cede. El 29 de mayo, un comité ciudadano de la burguesía boloñesa envía un telegrama al Ministerio del Interior solicitando la destitución de Mori. El 30 llega desde Roma Giacomo Vigliani, director de orden público, para emprender una investigación. El senador del Reino acusa a Mori de exceso de celo. Buena parte de la prensa nacional apoya la insurrección fascista contra él. Los oficiales de caballería, a quienes se pide cargar con más fuerza, no esconden sus simpatías con los insurgentes.

Asediado durante tres días en su despacho de la prefectura, el prefecto telegrafía continuamente a Roma para recibir órdenes. Sus telegramas obtienen vagas evasivas. Desde la calle, mientras tanto, ascienden los cánticos de los acampados: «Mori, Mori, debes morir / con el puñal que hemos afilado / Mori asesinado debes morir».

Si alguien abriera fuego, se desencadenaría una masacre. Esa orden, sin embargo, no llega. El pulso, en cambio, se acaba con una burla. El método Balbo establece que la marcha debe conducirse con «juvenil alegría». De modo que Giacomo Vigliani, senador del Reino, inspector enviado por el gobierno, informa a Roma de que los escuadristas se colocan en filas, por turnos y con perfecta disciplina, durante horas, uno tras otro, se desabrochan el pantalón, se sacan la polla y orinan contra el palacio del prefecto. El cerco del ridículo se estrecha en torno al Estado italiano y Cesare Mori, en quien se encarna.

Tras cinco días de ocupación de Bolonia, en cuanto se le asegura el traslado de Mori, el 2 de junio Mussolini da la orden de desmovilización. «Este ejemplo», se lee en la conclusión, «marcará una época en la historia italiana. Adquiero el solemne compromiso, en caso de que se hiciera necesario reanudar la insurrección, de acudir a vuestro lado para encabezarla. Pero entonces tendrá una amplitud más vasta y objetivos más lejanos». Después de Ferrara, después de Bolonia, empieza a pensarse en Roma. Todo a la luz del sol, la marcha de Balbo ha creado escuela.

En esas mismas horas Arpinati, el primero de los no elegidos en mayo de mil novecientos veintiuno, se entera de que, a causa de la retirada de algunos candidatos fascistas que no cumplen el requisito de la edad mínima, irá al Parlamento.

El diputado Arpinati hace las maletas, besa a Rina y se marcha a Roma. Italo Balbo anota en su diario, en la página del 5 de junio, glosando la ocupación de Bolonia: «Prueba general de la revolución».

Aún no han entendido que los bandoleros y la mafia son dos cosas diferentes. Nosotros hemos acabado con los primeros que, sin duda, representan el aspecto más llamativo del crimen siciliano, pero no el más peligroso. No propinaremos un auténtico golpe mortal a la mafia hasta que se nos permita rastrear no solo entre las chumberas, sino en los corredores de las prefecturas, de las jefaturas de policía, de las grandes mansiones señoriales y, por qué no, de algún ministerio.

Declaración de Cesare Mori a uno de sus colaboradores
tras el titular periodístico «Golpe mortal a la mafia»,
Sicilia, 1917

Una ráfaga de reacción antifascista [...] se ha abatido sobre nuestra región. El comisario Mori, esta suerte de virrey asiático, ese asqueroso sicario de Nitti [...], continúa sus tristes fastos en la Emilia redimida con un trágico *crescendo*. Se suceden las persecuciones, los allanamientos de morada, las detenciones, se suprimen las libertades estatutarias.

Comunicado de prensa de la federación modenesa del PNF,
febrero de 1922

El señor prefecto Mori llamaba al coronel a su despacho por cualquier nimiedad, a veces incluso de noche.

Del informe de Paolo di Tarsia, inspector general
de seguridad pública, sobre la ocupación fascista de Bolonia,
15 de julio de 1922

Ese hombre que ocupó con desmañada y pedantesca arrogancia de polizonte el cargo especial de virrey padano ya no es nada.

«Ese perro de Mori»,
L'Assalto, órgano del Fascio de Bolonia,
1 de julio de 1922

«Que al diputado Miglioli y al diputado Garibotti les son retirados para siempre el agua y el fuego.»

Al final, el que derribó el gobierno de Facta fue ese sinvergüenza de Roberto Farinacci, el ras de Cremona. Un hombre capaz de proscribir de su tierra con una sola proclama tanto al diputado de los socialistas como al de los católicos equivocándose con el verbo. Y sin embargo, el empujón definitivo al presidente del Gobierno, nombrado por el rey hace tan solo cuatro meses, se lo ha dado precisamente esta máscara del folclore italiano, ese hijo de un policía de Molise que emigró a Cremona, ese ardiente intervencionista que no llegó a intervenir, ese patriótico ferroviario a quien sus adversarios apodaron «marquesina» porque, después de no haber dejado de invocarla, se pasó la guerra bajo el alero de una estación de ferrocarril de provincias, ese fundador del periódico *Cremona Nuova* que tropieza con la gramática, ese jefe de escuadras que nunca lucha en primera persona, ese mentecato fanático de la violencia exterminadora.

Al empezar el buen tiempo, en la provincia de Cremona los escuadristas de Farinacci han desatado una metódica campaña de devastación de todas las ligas campesinas y concejos municipales, tanto «rojos» como «blancos», tanto socialistas como católicos: treinta y cinco gobiernos municipales dimitieron en un plazo de dos meses por «incapacidad para afrontar una situación insostenible». El 16 de junio los camisas negras ocuparon la prefectura e incendiaron la casa del diputado católico Miglioli, que desde hacía años acaudillaba las ligas campesinas «blancas» amenazando a los propietarios agrícolas con «hacerles correr la misma suerte de Judas», colgados boca abajo «de los árboles de nuestras tierras». El 5 de julio, en un caluroso día de verano, Farinacci entró solo a hurtadillas en el edificio del ayuntamiento —el vigilante dormía a la fresca sombra del atrio— y desde el despacho privado del alcalde, en una hoja de papel con el membrete del municipio, notificó al prefecto que se había autonombrado alcalde de Cremona. Diez días después regresó con miles de escuadristas para asediar la ciudad: tres días y tres noches de devastación, asesinatos, impotencia gubernamental. Dos días más tarde el gobierno cayó.

Ahora el fascismo tiene de nuevo a todo el mundo en contra. En el curso del debate parlamentario, el diputado Treves definió abiertamente como «eunucos» a los ministros de Facta; Turati, evocando la Edad Media, echó más leña al fuego: «Nos hallamos, si no se hace nada para remediarlo, ante el colapso de una civilización», gritó con una voz consumida por una ira muy próxima a la desesperación. Y los periódicos liberales apoyaron esta vez la protesta socialista: el *Corriere della Sera* lamentó por fin el chantaje de la violencia fascista; Luigi Salvatorelli, en *La Stampa* de Turín, desveló la inercia cómplice de los ministros de derechas: o defienden el Estado o que no estén ni un minuto más en el poder.

Benito Mussolini, como siempre, acarrea su cruz empapada en la sangre de los demás. En los días de violencia, desde las columnas de *Il Popolo d'Italia* exaltaba la guerra de conquista: «Una vez más y como siempre nos llaman bandidos, canallas, bárbaros, esclavistas, bandoleros, vendidos», escribió. «Nos importa un bledo. Imprimid, señores míos, cuantas inútiles palabras insultantes queráis. Os responderemos saboteando política y sindicalmente vuestros huesos.»

Pero entre los bastidores de la propaganda fue él quien ordenó a Farinacci que desmovilizara la toma de Cremona. Cuando este se negó, tuvo que amenazarlo físicamente. El 18 de julio se esforzó asimismo por tranquilizar al Estado, a través del prefecto de Milán, apelando a su voluntad de contener a los escuadristas para llegar al gobierno por vías legales. Desde junio Mussolini ha estado llamando a todas las puertas para romper el aislamiento de los fascistas. Ha intentado adular al rey, a los viejos liberales de Nitti, e incluso ha procurado contactar con el odiado padre Sturzo y con los socialistas reformistas. Intentos fallidos todos.

De modo que el diputado Mussolini tomó la palabra en el Parlamento el 19 de julio, recuperando su tono habitual de amenaza y compartiendo abiertamente su desgarro, su dilema entre partido de gobierno o partido de insurrección.

Después, el jefe de los fascistas jugó de nuevo con su vieja táctica de pillar por sorpresa al votar contra Facta junto con católicos y socialistas en la moción de confianza, precisamente por su incapacidad para defenderlos de los ataques de sus escuadristas. Pero únicamente se trata de otro hábil paso a un lado para evitar quedar enterrados bajo los escombros de un nuevo derrumbe. Nada más.

Lo cierto es que por mucho que haya desgarro, no hay dilema alguno. A los fascistas les importa un bledo todo y todos, los fascistas se proclaman auténticos representantes de la nación sana, viril, fuerte, contra los melancólicos títeres que operan en el teatro de Montecitorio, pero la verdad es que, si el Parlamento italiano da asco —y sobre eso caben pocas dudas—, Italia no está mejor. Es inútil hacerse ilusiones, la debacle no hace distinciones, no hay excepción, ni margen, ni intersticio. La estrategia de Mussolini es siempre la misma: esperar, esperar, esperar..., porque al cadáver de tu enemigo conviene esperarlo sentado ante la puerta de casa. Pero el muerto ya está dentro, el cadáver de la democracia liberal yace entre el polvo y los ácaros del sofá desde hace tanto tiempo que ya nadie le hace caso. No, no hay dilema alguno, la violencia no da tregua. La táctica de Mussolini es siempre la misma: dosificar, diluir, dilatar, para negociar luego desde una posición de fuerza. Y por eso está condenado a escrutar siempre el horizonte desde lo alto de árboles incinerados para avistar el fuego del próximo incendio. La única diferencia real entre el Duce y sus escuadristas es que para él la violencia es una simple herramienta afilada, mientras que para los violentos es un sangriento deseo de luz, una especie de sed, de apetito; para él, la pelea es una pequeña realidad de la vida, para ellos el encontronazo entre las escuadras armadas es un mito. No hay color.

Mientras el 22 de julio en Roma Mussolini subía con sus polainas blancas las escaleras del Quirinal convocado por el rey de Italia, en Trecate, un rincón perdido en la provincia de Novara, los escuadristas de De Vecchi demolían la Cámara del Trabajo tirando de los pilares con cadenas atadas a camiones y luego haciendo estallar cargas de dinamita. Al día siguiente, en Magenta, no muy lejos, escenas salvajes.

Ahora es el 26 de julio del año mil novecientos veintidós y en su despacho de via Lovanio, en Milán, Benito Mussolini aguarda y tiembla. Filippo Turati, el viejo patriarca del socialismo italiano, ha aceptado por primera vez subir esas mismas escaleras para conferenciar con el rey. Los comunistas se han apresurado a afirmar que se ha prostituido pero los católicos parecen dispuestos por primera vez a aceptar a los socialistas en el gobierno y los socialistas a formar parte de este. He aquí la anunciada unión del marxismo y el cristianismo, las dos iglesias, las dos religiones del siglo xx. También se dice que el rey ha escrito a Giolitti, que está en Vichy tomando las aguas. En ambos casos, tanto si los socialistas entran por primera vez en el gobierno como si Giolitti es llamado a formar su sexto ejecutivo, para los fascistas sería el final.

Él, mientras tanto, como siempre, incansable, sigue intentando negociar con todos, nacionalistas, liberales, demócratas, populares, incluso con los socialistas. Al final no le queda otra que esperar caminando de un lado a otro en su despacho de via Lovanio. Debe tener mucho cuidado, sin embargo, para no pisar, en el pavimento con greca, los recuadros de gravilla negra del borde ornamental. La superstición es la única fe religiosa apta para este mundo infame, el miedo a un dios menor, desconocido, extravagante y vengativo.

El fascismo está ahora cerca de resolver su desgarro interior: si ser un partido legalista, es decir, un partido de gobierno, u optar en cambio por ser un partido insurreccional [...]. En cualquier caso, ningún gobierno se podrá sostener en Italia si tiene en su programa las ametralladoras apuntadas contra el fascismo [...]. Si de esta crisis fuera a salir por ventura un gobierno de violenta reacción antifascista [...], nosotros responderemos a la reacción con la insurrección [...], confío en que el fascismo llegue a participar en la vida del Estado a través de una preparación para su conquista legal. Pero también existe la otra eventualidad, que yo debo, por obligación de mi conciencia, plantear, para que todos ustedes, en la crisis de mañana [...], tomen en cuenta estas afirmaciones mías, que confío a su meditación y a su conciencia. He terminado.

Benito Mussolini, discurso parlamentario,
26 de julio de 1922

Mientras que en Roma Benito Mussolini negocia con todo el mundo para llevar a los fascistas al gobierno o para evitar un gobierno antifascista, en Ferrara Italo Balbo recibe una carta de Rávena: «La situación es muy grave. Han matado a Balestrazzi a mazazos. Tiroteo general. Siete muertos. La ciudad está en manos de los subversivos. Ven enseguida».

La carta se la ha mandado un veinteañero que en mil novecientos diecisiete, a los quince años, falsificó su fecha de nacimiento para enrolarse como voluntario con los Osados. Es fuerte, atlético; en los enfrentamientos con los socialistas siempre está en primera fila. En Fiume, donde correteaba con los «uscoques», el cuerpo de piratas encargado del asalto de los buques mercantes en busca de suministros para la ciudad sitiada, D'Annunzio en persona lo bautizó como «Jim de los ojos verdes». Se llama Ettore Muti.

La situación es clara, siempre la misma: durante un conflicto entre sindicatos fascistas y socialistas por el transporte del trigo trillado, un carretero fascista cayó muerto a causa de los estacazos que le hundieron el cráneo. Tras recibir la carta, Balbo transmite a todas las escuadras de Romaña la orden de que marchen sobre Rávena y otras zonas.

Balbo es así, con él todo son marchas, tiendas de campaña, cánticos, acampadas, y sonríe, sonríe siempre. Para él ir a la derecha o a la izquierda significa simplemente actuar, moverse, maniobrar, marchar, acampar. Hoy la partida se juega en Rávena, lejos del Parlamento.

Mientras que en la ciudad Balbo negocia con los jefes socialistas y republicanos de la Alianza del Trabajo, en la provincia los militantes luchan. En Cesenatico, Leandro Arpinati sufre un atentado. Mientras conducía un automóvil en dirección a Rávena le disparan en la plaza del pueblo. Él sale ileso pero su camarada Clearco Montanari, uno de los fundadores del Fascio boloñés, muere al instante. Esa misma noche atacan la Confederación Provincial de Cooperativas Socialistas para vengar a Montanari.

El antiguo edificio, bastión de las ligas rojas, queda completamente destruido. Como vómitos de sangre sobre el pañuelo de un tuberculoso, el incendio proyecta sus resplandores en la oscuridad. Rávena no tiene acueducto, las llamas del enorme material acumulado a lo largo de los años por los esfuerzos de miles de campesinos arden durante horas, sin freno. El incendio parece inextinguible. Como los hombres primitivos en sus cuevas, la gente mira el fuego hipnotizada.

Luego, con la llegada de un señor entrado en años, se abre el círculo. Desesperado, reclama la intervención de los bomberos, se retuerce las manos, se mesa los cabellos, quiere arrojarse a las llamas. Se llama Nullo Baldini, es el fundador de la cooperativa, un diputado socialista moderado; toda una existencia dedicada a los jornaleros de Romaña. Está presenciando la hoguera de los sueños y de los esfuerzos de toda una vida.

Baldini tiene sesenta años. A ojos de Ettore Muti y de los demás escuadristas veinteañeros, es un viejo. Nadie lo toca. En su diario, Balbo anota: «Debemos transmitir a nuestros adversarios la sensación de terror». En esos instantes en que ese inconsolable anciano afronta incólume la destrucción de su vida, el terror los alcanza a todos.

Luego se reanuda la marcha, con sus cánticos, sus carcajadas, sus acampadas. Desde Roma, Michele Bianchi telegrafía a Balbo en nombre del partido para detener la violencia de inmediato. Mussolini está negociando para entrar en el gobierno y ellos, con semejantes bravuconadas, lo hacen imposible. Pero en los suburbios y en los campos se cuentan nueve muertes, los hombres tiemblan de miedo, solos en la inmensa llanura. Roma queda muy lejos. Aquí han de decidir otro ángulo de ataque, aquí la sensación de terror es el sentido de la lucha.

Haciendo caso omiso de los reproches de Michele Bianchi, Balbo va a ver al jefe de policía, amenaza con quemar todas las casas de los socialistas de Rávena si antes de media hora no se le facilita una columna de camiones abastecidos de gasolina para transportar a los fascistas. La policía se los proporciona. Él monta en el coche que encabeza la columna y arranca.

La marcha comienza a las once de la mañana del 29 de julio, en el momento en que Filippo Turati, por primera vez en la historia del Partido Socialista, sube las escaleras del Quirinal para encontrarse con el rey, y termina a la misma hora del día siguiente. Veinticuatro horas de viaje continuo, durante el cual nadie descansa un momento ni se prueba la comida. Veinticuatro horas de exterminio.

Los fascistas pasan por Rímini, Santarcangelo, Savignano, Cesena, Bertinoro, por todos los centros y villas de las provincias de Forlì y de Rávena. Su paso queda marcado por una columna de fuego. Toda la llanura de Romaña, hasta las colinas, arde.

Regresan a Rávena al amanecer. Cuando la noticia llega a Roma, cesan todas las negociaciones. Incluso la tentativa de Turati se desvanece: los socialistas han proclamado nuevamente la huelga general.

Ocupo mi sitio yo mismo [...] en un automóvil que encabeza la larga columna de camiones y nos vamos. Esta marcha, que empezó ayer día 29 a las once de la mañana, ha finalizado esta mañana, día 30. Casi veinticuatro horas de viaje continuo, durante el cual nadie ha descansado ni un momento ni se ha probado la comida. Hemos pasado por Rímini, Santarcangelo, Savignano, Cesena, Bertinoro, por todos los centros y villas entre la provincia de Forlì y la provincia de Rávena, destruyendo y quemando todas las casas rojas, sedes de organizaciones socialistas y comunistas. Ha sido una noche terrible. Nuestro paso ha estado marcado por altas columnas de fuego y de humo.

Italo Balbo, *Diario*, 30 de julio de 1922

Amerigo Dùmini
Milán, 3 de agosto de 1922

Frente a la Scala, el más célebre teatro de ópera del mundo, donde en 1783 las jubilosas notas de *El barbero de Sevilla* celebraron por última vez la dulzura de la vida antes de la revolución, donde, en una tarde de 1846, durante el ensayo general de *Nabucco,* los trabajadores se emocionaron hasta las lágrimas al escuchar ese coro inaudito que evocaba la primavera de los pueblos, donde en mil novecientos siete el sufrimiento sin futuro de *Madama Butterfly* despidió para siempre el mundo del siglo romántico, un camión enloquecido se abalanza contra la multitud. En sus costados, el camión asesino lleva una inscripción trazada con pintura negra: «¡Terror!».

De pie sobre la caja, con la camisa negra arremangada para dejar al descubierto sus brazos musculosos, un hombre fuerte se agarra a los laterales para dirigir el ataque. Hijo de uno de los terratenientes más ricos de Lomellina, treinta y dos años, pelo rubio ceniza, dos marcadas bolsas oscuras bajo sus ojos febriles, Cesare Forni pasó la juventud entre cocaína, habitaciones de burdeles y salas de billar de Turín; luego, como muchos hombres de su generación, encontró en la guerra el sentido a una vida que no lo tenía. Capitán de artillería, recibió nada menos que ocho veces la condecoración al valor en el campo de batalla. De regreso a la casa de su padre, sembró el terror en sus tierras al mando de las escuadras fascistas que se dedicaron a destruir metódicamente todas las ligas campesinas del distrito y más tarde las del sur de Lombardía. Después de haber apaleado a centenares de campesinos, los alistó por la fuerza en los sindicatos fascistas predicando su total subordinación al partido. Sus hombres lo veneran. Se ha traído a setecientos de ellos a Milán desde Mortara para aplastar la huelga de los subversivos en su propio bastión. Ahora el vehículo sobre el que Cesare Forni se yergue como un exaltado se dirige a toda pastilla contra el Palacio Marino, que alberga el ayuntamiento de la ciudad que dio origen al socialismo italiano. Justo enfrente de la Scala.

Los fascistas llevan todo el día intentando tomar el Palacio Marino, pero el comandante de la división de Milán ha concentrado a cientos de guardias reales para defenderlo. Los escuadristas, parapetados bajo las arquerías del teatro, empezaron a enfrentarse con los soldados a caballo desde por la mañana. Alguno, encaramándose a las rejas de la ventana de una calle lateral, ha logrado penetrar en el edificio y hacer ondear la bandera en el balcón de la sala del Concejo, pero ha sido detenido de inmediato. Pese a todo, ahora el conductor del camión, aguijoneado por Forni, acelera frente a los cordones policiales.

Los agentes se apartan justo a tiempo, el morro del camión explota contra la barandilla de hierro forjado de florido estilo modernista. El estruendo de la chatarra se mezcla con los relinchos carnales de los caballos. Mientras el estrépito ensordece a los policías, numerosos vehículos repletos de fascistas irrumpen en la plaza impidiendo la maniobra del pelotón de guardias a caballo. Al mismo tiempo, hacen su aparición tres columnas de fascistas desde via Verdi, via Manzoni y via Santa Margherita. Al grito de «¡A nosotros!», arrollan a los militares e invaden el edificio. Por un instante todo se detiene: el mundo se cristaliza en un grito contra el sentido común, en un grito de revuelta total contra la realidad, en la irrefrenable necesidad de derrocarla.

Cesare Rossi está loco de alegría. Lleva cuarenta y ocho horas esperando este momento, desde que los trabajadores de toda Italia proclamaron la huelga general en protesta contra la «columna de fuego» de Balbo, pero se diría que ha estado esperando toda su vida. Desde el amanecer ha querido a Amerigo Dùmini a su lado y le ha ordenado que permanezca con él como una sombra para guardarle las espaldas y ha empezado a distribuir órdenes a las escuadras que llegaban de toda Lombardía. Mussolini no está, se supone que se halla en Roma pero no hay modo de encontrarlo, se rumorea que, prendado cual sátiro de una nueva conquista, se la ha llevado a una excursión romántica por Castelli. Arnaldo, su hermano, prueba cada media hora a llamar a las centralitas de todos los hoteles entre Ariccia y Frascati. El Duce se ha echado al monte.

Lo que ha ocurrido es lo siguiente: tan pronto como trascendió la noticia de la «columna de fuego» de Balbo, la Alianza del Trabajo intentó una última forma de resistencia declarando la huelga general a partir de la medianoche del 31 de julio. La llamaron «huelga legalista»: todas las organizaciones obreras y campesinas de Italia dispuestas a luchar como un solo hombre en defensa de las libertades políticas y sindicales. Una de esas batallas que no consienten revancha, con jugadores que se lo juegan todo a la última carta, dispuestos, en caso de derrota, a saltarse la tapa de los sesos.

La noticia de la huelga la anticipó por error un periódico obrero de Génova, malogrando los planes. El rey, que todavía negociaba con los socialistas su eventual apoyo a un gobierno de izquierdas, convocó a Facta y entre lágrimas le suplicó que formara un nuevo gabinete sin los socialistas. A las cinco de la tarde Facta ya había constituido un ejecutivo idéntico al precedente. A las lágrimas de un rey no se les puede decir que no.

El primero de agosto, al estallar la revuelta, no menos exaltado que Cesare Rossi por esa imperdible oportunidad que le brindaba la ceguera de los socialistas, Michele Bianchi promulgó el ultimátum de los fascistas: «Concedemos cuarenta y ocho horas de tiempo al Estado para que dé buena prueba de su autoridad en relación con todos sus empleados y con quienes atentan contra la existencia de la nación. Transcurrido este plazo, el fascismo reivindicará la plena libertad de acción y reemplazará al Estado que una vez más habrá dado pruebas de su impotencia». Mussolini, desde las columnas de su periódico, se regocija: «Solo pedimos esto: que nos dejen libre el campo para luchar, para vivir, para sufrir, para ganar; mejor dicho: para triunfar. Y triunfaremos».

Ahora, mientras deambula por las oficinas de la alcaldía de Milán, invadida por los escuadristas, Cesare Rossi, en efecto, ha triunfado. Sigue volviéndose hacia su guardaespaldas y repitiendo que los jefes socialistas, esos pobres dementes, al proclamar la enésima huelga general han resucitado al único fantasma que aún podría justificar la violencia de Balbo: el espectro de la revolución bolchevique. Un miedo irracional a cambio de una irracional esperanza. «¿Te das cuenta —sigue repitiéndole a su guardaespaldas un radiante Rossi— de que los proscritos ya no son los nuestros que han estado incendiando y matando durante meses sino ellos, que proclaman la huelga para hacer cumplir la ley?».

La acción fascista a mano armada estalla en toda Italia al expirar el ultimátum, un contraataque desenfrenado, impune, de nuevo apoyado por el miedo de los burgueses y de los liberales. En Milán, de abrir el baile se ha encargado Aldo Finzi, que a las ocho en punto de la mañana ha conducido personalmente el tranvía de la línea número 3 sacándolo de las cocheras de via Leoncavallo. Los escuadristas asomados a las ventanillas apuntaban con sus mosquetes y ametralladoras hacia la multitud de los huelguistas.

En las salas del Palacio Marino se expande el rumor entre los fascistas embriagados de que alguien ha ido a llamar a D'Annunzio. Casualmente el Vate se encuentra en el hotel Cavour, en via Manzoni, a diez minutos andando. Su presencia no tiene nada que ver con la huelga ni con su represión. D'Annunzio está en Milán para negociar uno de sus fabulosos anticipos con su editor. Pero parece que el Comandante ni siquiera ha querido recibir a los mensajeros fascistas. El abogado Colseschi, que lo acompaña, les ha rogado que no insistan en pretender involucrar su nombre en un acto violento que el poeta desaprueba con todas sus fuerzas.

Finzi y Rossi intercambian pareceres. Tras la acusación de «esclavismo agrario», Mussolini odia a D'Annunzio más que nunca. Pero Mussolini no está allí, está en Ariccia, o en Frascati, o quizá en Albano, follando y trincándose vino espumoso. Rossi ordena a sus hombres que hagan correr la voz de que Gabriele D'Annunzio está a punto de llegar al Palacio Marino y corre con Aldo Finzi al hotel Cavour.

El Comandante no puede negarse a recibir a Aldo Finzi, que había volado junto a él sobre Viena, pero se muestra reticente, molesto incluso por esa invitación que considera evidentemente ofensiva. Finzi abre de par en par las ventanas de la habitación con vistas a via Manzoni. La multitud, poseída por el anuncio de su llegada, corea el nombre del poeta como en los tiempos de Fiume.

—No somos nosotros los que os invocamos, Comandante, es el pueblo de Milán.

Gabriele D'Annunzio no es un hombre que pueda resistirse a semejante clase de lisonjas.

—Vamos.

El coche lo espera en la calle.

En piazza della Scala, en la sede del ayuntamiento, Cesare Rossi ha mandado colocar, junto a los banderines negros, la bandera de Fiume. D'Annunzio lo ve, se conmueve y se asoma al balcón. Abrumado por el entusiasmo de los demás, improvisando, por una vez el Vate no sabe qué decir:

—Ciudadanos milaneses, mejor dicho, hombres milaneses, como diría un capitán de los tiempos de hierro, es la primera vez que vuelvo a hablar desde una barandilla tras la gesta de Ronchi..., en esta barandilla que durante demasiado tiempo ha estado muda de la bandera tricolor, muda de esa divina conversación que el símbolo de Italia entabla con el cielo de Italia...

Su renombrada elocuencia se sostiene en vaguedades, se pierde en metáforas refinadas, en preciosismos literarios, el delirio colmado de adrenalina de la multitud lo inunda. Pero no importa, a esas alturas la palabra ya no cuenta. El cuerpo nervioso, diminuto y engordado del poeta asomado a la Scala se estampa en ese día como un sello en el lacre. El hombre de letras intenta proponer incluso una llamada humanista a la hermandad:

—Parece que hoy pronuncio una palabra de batalla y lo que pronuncio es una palabra de fraternidad... Nunca como hoy, mientras las heridas todavía sangran, nunca como hoy una palabra de bondad tuvo tanto poder. Yo invoco el gran incendio de la bondad, no de la bondad inerte, no de la blandura, sino de la bondad masculina, esa que planta los signos de los justos confines...

Tampoco este llamamiento surte efecto. En el mismo instante en que el Vate de Italia invoca la hermandad entre todos los trabajadores y el incendio de la bondad, unas calles más allá, en via San Damiano, los escuadristas de Forni y Farinacci se disponen a quemar por tercera vez la sede del *Avanti!* Uno de ellos caerá abatido sobre la alambrada dispuesta como defensa, un segundo será destrozado por una bomba, pero al final las llamas se elevarán de los almacenes de papel. Ahora ya no quedan más obstáculos estorbando en el camino, se prepara una represalia más vasta.

Hace dos semanas el fascismo no gozaba de especial favor entre la opinión pública. Sus expediciones y su forma de prepararlas y de llevarlas a cabo daban la impresión de ser exorbitantes frente a la disminuida obstinación y a la débil resistencia de sus adversarios [...]. Hoy en día, Italia se muestra mucho más propensa a los fascistas. Disimularlo no ayuda [...]. La huelga general ha sido el espejo en el que la nación ha visto reflejada de nuevo la cara bolchevique de los muy tristes años de después de la victoria.

«Realidad»,
Corriere della Sera, 6 de agosto de 1922

Benito Mussolini
Milán, 13 de agosto de 1922

Ha vuelto a Milán desde Roma en avión, con el aire tibio de agosto azotando su cara mal afeitada, a los mandos de un hidroavión Macchi M.18, versión veraniega con cabina abierta, de motor Isotta Fraschini Asso, ciento cincuenta caballos de fuerza, mil kilómetros de autonomía, casi doscientos de velocidad máxima. Al fin y al cabo, se lo prometió a Sarfatti y tiene la intención de mantener su promesa: será el primer jefe de Estado europeo que se desplazará en avión, pilotándolo personalmente.

Vista desde allá arriba Italia es hermosísima, el chorro de aire absorbido por el rugido del motor lo acompaña como una melodía de oboes tenues y misteriosos que se alternan con la violencia repentina de los arcos. Su mirada, borrosa por las gafas de aviador, se posa en colinas y laderas como sobre el cuerpo solemne, silencioso de un adversario abatido. Hace que te sientas vivo.

El socialismo está definitivamente por los suelos. No volverá a levantarse. El castigo infligido por las escuadras fascistas ha sido implacable, no se detuvo ni siquiera cuando la derrotada Alianza del Trabajo revocó la «huelga legalista» el 4 de agosto. Al contrario, a partir de ese momento se ensañó contra el enemigo caído durante días y días: cientos de cooperativas, círculos, Cámaras del Trabajo destruidas en todo el país, dimisiones de administraciones socialistas. Él sobrevoló Italia el 12 de agosto y en Toscana, en Emilia, en el sur de la zona padana todavía podían verse los humos de los incendios. Un auténtico tiro de gracia.

Precisamente en la mañana del 12, antes de empuñar la palanca de mando, Mussolini leyó en *La Giustizia* un artículo en el

493

que Turati en persona redactaba el boletín de la derrota: «Debemos tener el valor de confesarlo: la huelga general ha sido nuestro Caporetto. Salimos de esta prueba clamorosamente derrotados. Nos hemos jugado nuestra última carta y en el juego nos dejamos Milán y Génova, que parecían ser los puntos invulnerables de nuestra resistencia. En todos los centros principales la ráfaga fascista se abate con igual violencia destructiva. Debemos tener el valor de reconocerlo: los fascistas se han adueñado del terreno. Si quisieran, podrían seguir descargando golpes formidables».

Italia es en verdad un país maravilloso: cuarenta y ocho horas de porrazos han conseguido aquello en lo que un siglo de luchas había fracasado: el poder de los socialistas ha sido doblegado. Desciende la mirada hacia esos hombres, esos periódicos, esas organizaciones socialistas que hasta ayer se ramificaban por las llanuras, las costas, las crestas de este magnífico país. Míralos ahora…, ni un gesto, ni un grito, ni siquiera se atreven a respirar.

Turati tiene razón, una vez más, pero es demasiado pesimista. A los socialistas, ahora, ni siquiera hace falta ya atacarlos, ahora solo quedan dos fuerzas en liza: los fascistas y el Estado liberal, y será un duelo a muerte. Espera todo lo que puedas antes de asestar tu único golpe. Esta es la máxima a la que hay que atenerse. Como siempre, por lo demás.

Pero no será fácil, nunca lo es. En Milán los escuadristas están entusiasmados por el éxito arrollador de la iniciativa que tomaron en su ausencia. Cuando el Duce le echó un rapapolvo por ordenar la movilización sin su consentimiento, Michelino le reiteró su absoluta lealtad, pero se atrevió a afirmar que no lo seguiría en sus maniobras de politiqueo «para entrar en un gobiernucho», que el salto hacia la conquista del poder real estaba al alcance de la mano. Cuando lo llamó por teléfono el 5 de agosto, Cesare Rossi llegó al extremo de aconsejarle que solo volviera para el entierro de los tres fascistas caídos en el ataque al *Avanti!* Y, además, Rossi, Bianchi, Finzi y el resto, presos del entusiasmo, han empezado a desvariar juntos sobre un golpe de Estado sin pies ni cabeza, para el que reclutan a todo el mundo al tuntún. Hasta fueron en delegación a anunciarlo al *Corriere della Sera,* donde el hermano de Albertini los puso de patitas en la calle.

Entretanto en Roma, en el Parlamento, el 9 de agosto, durante la deliberación sobre el voto de confianza a Facta, mientras un diputado comunista los atacaba con dureza, Leandro Arpinati se levantó de su escaño y, sin pestañear, se dirigió con absoluta calma hacia el diputado comunista. Los empleados del Parlamento consiguieron detenerlo cuando ya había empuñado el arma.

Así no se puede seguir. Incluso Mussolini, arrastrado por los acontecimientos, reivindicó como siempre la represión escuadrista de la huelga legalista, pero no los seguirá en ese salto al vacío. La milicia fascista debe organizarse militarmente pero solo un demente puede confiar en la acción militar pura y simple. El ejército, hasta hoy, no ha llegado a abrir fuego contra los escuadristas y, cuando lo ha hecho, como en Sarzana, no ha habido color. Incluso el rebaño socialista ha sabido detener a los escuadristas cuando se ha organizado. Como sucedió en Parma, el 6 de agosto, con la defensa de los Osados del Pueblo en el suburbio obrero de Oltretorrente. Allí, con cuatro mil camisas negras, Balbo ni siquiera logró cruzar el río.

Y luego está el Sur, esa esquirla de la Edad Media enquistada en la carne de la nación, feudo aún de los antiguos notables locales como Nitti. Aparte de en Apulia y un poco en Nápoles, el fascismo aún no ha puesto un pie en el sur del país. La mayoría de los ras emilianos, toscanos y lombardos nunca han bajado al sur de Roma. Una completa incógnita.

Y además está D'Annunzio, una vez más él, siempre él. Después del discurso desde el balcón del Palacio Marino se resintió por los comunicados de prensa de Rossi que lo enrolaban a título de honor en las filas fascistas y se distanció públicamente. Pero el baño de masas también ha contribuido a envalentonarlo. La ciclotimia depresiva del cocainómano parece estar cediendo paso a nuevos destellos de excitación política.

En resumen, hay que maniobrar suavemente la palanca de mando, de lo contrario podemos caer en picado. Mediante incansables negociaciones secretas, él, pilotando con habilidad, ha logrado concertar una inconcebible reunión secreta con D'Annunzio y Nitti, los dos antiguos archienemigos, para un proyecto gubernamental a tres bandas capaz de mantenerlo todo unido, Norte y Sur, legalidad e ilegalidad, revolución y restauración de la autoridad estatal, la corte y la calle, mierda y sangre, arcanos ministeriales y misteriosos prodigios de la raza. El encuentro está programado en Toscana para el 19 de agosto, en la villa del barón Camillo Romano Avezzana, exembajador de Italia en Washington. El único problema es que, obviamente, D'Annunzio querrá mandar.

En la conferencia de los dirigentes fascistas organizada en Milán el 13 de agosto, aparte de Bianchi y Rossi, nadie sabe nada de esto. Se reúnen la dirección del partido, el Comité Central, el grupo parlamentario y la Confederación de las Corporaciones; están presentes todos los jefes del fascismo, muchos participan por primera vez en una cumbre de este tipo, han venido incluso Caradonna de Apulia y Aurelio Padovani de Nápoles, pero todos desconocen el proyecto secreto de formar gobierno con D'Annunzio y Nitti. La reunión tiene lugar en los locales del Fascio en via San Marco, a puerta cerrada, en una sala sencilla y desnuda.

El informe sobre la situación general lo presenta Bianchi, secretario del partido, y, fumando un cigarrillo tras otro, plantea el dilema: «Nos enfrentamos a enormes responsabilidades: ingentes masas de trabajadores acuden a nosotros [...]. El fascismo se impone [...] o se convertirá en la linfa con la que se alimente el Estado, o reemplazaremos al Estado». El dilema es entre la insurrección y la toma legal del poder a través de nuevas elecciones. La de la insurrección, aparte de Bianchi, Farinacci y Balbo, es una opción que nadie se toma en serio. Dino Grandi, seguido por muchos otros, se declara abiertamente contrario. Pero Bianchi tiene razón en una cosa: están en un punto crítico, en un punto de no retorno. La retórica revolucionaria sin ton ni son de los socialistas se lo ha enseñado: de aquí en adelante, o el poder o la ruina. Lo ha escrito también en un mensaje confidencial para Mussolini desde Ginebra Vilfredo Pareto, el gran estudioso: «O ahora o nunca».

Durante la pausa del almuerzo, Bianchi y Mussolini hacen un aparte con Balbo, que ha insistido en centralizar la organización de las escuadras de combate, y le confían la guía de la milicia a escala nacional. Balbo sonríe, acepta. Se decide asignarle dos generales para congraciarse con el ejército. La elección recae en De Vecchi, el ras de Turín, y en Emilio De Bono, un general retirado precozmente envejecido que desde hace años busca contactos políticos en todos los partidos del arco parlamentario.

Las conversaciones se reanudan por la tarde y en ellas solo participan los escasos miembros de la dirección del partido. El debate lo conduce personalmente Mussolini. Se votan cuatro puntos del orden del día: militarización de las escuadras bajo un mando supremo compuesto por Balbo, De Vecchi y De Bono; solicitud al Parlamento de nuevas elecciones; penetración del fascismo en las regiones aún inmunes; una confusa propuesta de intransigencia hacia posibles alianzas electorales de la cual nadie entiende nada.

Se hace de noche. Cuando la reunión está a punto de concluir, reciben una llamada telefónica: D'Annunzio está muriéndose. El Comandante se ha caído por la ventana de su villa. Sufre un grave traumatismo craneal y ha perdido mucha sangre.

La noticia genera un gran desconcierto, que aumenta cuando se conocen las causas de la caída: parece que el poeta estaba molestando a Jolanda, la hermana pequeña y menor de edad de Luisa Baccara, su amante estable, mientras que la célebre pianista entretenía a ambos sentada ante el piano. No está claro cuál de las dos lo empujó, si la amante enfurecida o la hermana menor molestada. O, tal vez, el vuelo del poeta se debiera solo a la típica incapacidad para valorar el peligro provocada por los polvillos blancos. En cualquier caso, la historia de Italia se encuentra en un punto de inflexión.

Benito Mussolini siente de nuevo el entusiasmo que solo experimenta cuando pilota su avión. Esta vez, sin embargo, se pone al volante de su coche deportivo. Se lleva consigo al joven Balbo a dar una vuelta por Milán. Pisa el acelerador con fuerza, el coche derrapa un poco en el pavimento de las calles de la ciudad y en el crepúsculo veraniego patina a veces sobre las vías del tranvía. Pero no importa. El Duce del fascismo se explaya de buena gana ante su joven amigo sobre el destino cultural de la nación. Algunos periódicos, de derechas incluso, comentando la violencia cotidiana entre «rojos» y «negros», vociferan la llegada de tiempos oscuros, de decadencia. Cenizos imbéciles. No entienden nada. Incluso la *Divina Comedia,* el mayor poema de la lengua italiana, fue el poema de nuestra eterna guerra civil. Si los güelfos y los gibelinos no hubieran estado degollándose entre ellos durante un siglo, a Dante nunca le habría entrado la inspiración para componerlo.

Balbo, viendo a su Duce por una vez de buen humor, bromea entonces sobre los poetas, sobre su inspiración, sobre sus vuelos y sus caídas desde los balcones. ¡En alto los corazones! Es una hermosa noche de verano, el coche deportivo vuela lanzado sobre los adoquines de pórfido del pavimento de Milán y la vida es maravillosa.

Antes de salir para sus correrías, el piloto, sonriendo socarrón, dicta un comunicado de prensa de la dirección del Partido Fascista. Afirma que la marcha sobre Roma es una «voz carente de todo fundamento».

Ahora, ante el dilema fascista: o elecciones o violencia, enunciado de manera tan abierta, se hace necesario, una vez más, que cualquiera que conserve unas migajas de sentido común estatal plantee la cuestión prejudicial legalista [...]. Debe considerarse inadmisible que un partido apele, para afirmar su propia fuerza, al veredicto de las urnas, de acuerdo con las formas legales de nuestro régimen constitucional, y palmariamente y al mismo tiempo amenace con la revuelta, la sedición armada, el golpe de Estado. El equívoco con el que se juega consiste en hacer creer que el fascismo se ve obligado a plantearse ese dilema entre legalidad y revolución por su propia salvación; pero eso es precisamente lo contrario de la verdad. El fascismo no se encuentra ante ninguna encrucijada necesaria, porque nadie lo amenaza y nadie le niega su lugar bajo el sol: a él le corresponde, a él solo, elegir entre el voto y la insurrección.

La Stampa,
Turín, 15 de agosto de 1922

El fascismo ha ganado, derrotando sin paliativos a sus adversarios y diseminándolos, su batalla campal [...], es la intención de las autoridades, una vez apaciguada la tempestad, proceder al secuestro de las armas. Dad, en este sentido, órdenes taxativas para que, sin demora alguna, armas y municiones sean puestas en un lugar seguro.

Michele Bianchi,
circular confidencial para destruir una vez leída
a las federaciones provinciales fascistas,
7 de agosto de 1922

Existe un plan militar del fascismo, concebido con maestría por generales y oficiales que dirigen las escuadras de acción [...]. En estos momentos hay una pausa, pero una pausa de pocos días, si no de pocas horas. El ejército fascista se prepara para el último asalto, para conquistar la capital [...]. La capital es la meta.

Avanti!,
edición de Roma, 6 de agosto de 1922

El rumor de que los fascistas apuntan a Roma con la intención de dar un golpe de Estado carece de todo fundamento.

Il Popolo d'Italia, 8 de agosto de 1922

Giacomo Matteotti
10 de octubre de 1922

«Creo que no tardaré en renunciar a mi acta de diputado porque es una tarea y un esfuerzo inútil. Tengo en contra a los otros partidos; y mi propio partido no hace nada de lo que debería hacer. Entonces, ¿para qué seguir?»

El desaliento empieza a hacer mella en Giacomo Matteotti ya en la primavera de mil novecientos veintidós. Estas líneas suyas a su mujer del 20 de mayo son buena prueba de ello. El mundo, día a día, se manifiesta una y otra vez como un edificio ruinoso, pero a estas alturas el hombre parece no tener ya nada que oponer a la ruina del mundo, ni siquiera a sí mismo. Según las cartas, ante los reproches de Velia, la protesta, la última diosa de las horas desesperadas, se desvanece. El interrogante ya no es «¿qué he de hacer?» sino «¿para qué?». El dilema de las batallas perdidas.

Dos días después, el 22 de mayo, el día de su trigésimo séptimo cumpleaños, para Giacomo parece llegada la hora de hacer balance: «Hoy son treinta y siete años; treinta y siete nada menos... Todo es igual que en otros tiempos, pero los treinta y siete son indudables, y entonces me asalta un gran temor al tiempo que pasa tan rápido; a todo lo que, sobre todo, y más bien casi exclusivamente, me aleja y me separa de ti, de tu amor, de tu persona, de tu cariño. Tengo la impresión de que tal vez sea lo único que pierdo irremediablemente».

Al comienzo del verano, mientras se desencadena la última y decisiva ofensiva fascista, en las cartas a su mujer, Matteotti retrocede hacia la conversación íntima, sus razonamientos amorosos se concentran en el amor conyugal como conspiración de dos almas dentro del mundo y contra este, su vida como hombre público, consagrada a la lucha, se privatiza: «Sí, pienso en ti. Has sido mi gran amor y el único y verdadero. Todos los días has ocupado horas enteras de mis pensamientos. Durante años enteros has ocupado todo mi corazón».

Una alusión a la situación política, una sola referencia, aflora del *de profundis* el 29 de junio: «Aquí estamos, en alta mar..., no hay nadie fuera de nuestro partido que perciba toda la tragedia de la situación actual». El aislamiento, la soledad, el desierto, el naufragio, a eso se reduce la política para los socialistas italianos en el verano de mil novecientos veintidós.

El primero de junio, a petición de la CGL, el grupo parlamentario socialista había votado la moción Zirardini, que comprometía a los diputados a buscar un acuerdo con el gobierno para la restauración de las libertades públicas y de la ley. Pero los líderes maximalistas del partido lo habían rechazado, acusando al ala reformista de connivencia con la burguesía. Mientras se debatía, entre finales de julio y principios de agosto, solo en la provincia de Novara cayeron doscientas veintiuna administraciones de izquierdas. Como había señalado Pietro Nenni, los dirigentes del proletariado ofrecieron el espectáculo de los doctores de la Iglesia que, mientras su mundo se hace pedazos, debaten sobre la letra de los textos sagrados. El proletariado, mientras tanto, quedaba abandonado a su suerte, indefenso y sin ayuda alguna.

Los polvos tóxicos de los odios de facción se habían derramado por los suelos cuando, el 29 de julio, Turati subió las escaleras del Quirinal para reunirse con el rey. Todo el socialismo radical había condenado el acontecimiento como una auténtica traición. Los comunistas se habían mofado incluso del «cadáver de Turati». Al día siguiente, la huelga general dio el golpe de gracia a lo que quedaba del movimiento socialista. Ese pueblo que no quería darse por vencido, esos ferroviarios que eran sacados de sus hogares, bajo la amenaza de las armas, para obligarlos a retomar el trabajo mientras se quemaban sus casas, esos obreros que habían ido a la huelga cien veces y que, a pesar de todo, seguían respondiendo a la llamada, ofrecían a ojos de Giacomo

Matteotti un espectáculo admirable y conmovedor, el espectáculo de un acto de fe sin futuro.

A finales de agosto, derrotado en todos los ámbitos, Matteotti se atreve a esperar un poco de paz por lo menos. Es sabido que el verano enciende esperanzas como esas. Velia y él han elegido Varazze, en la costa de poniente, por su clima excepcionalmente suave. Protegida al norte por el monte Beigua de los vientos de tramontana en las noches de invierno, en las tardes de verano la pequeña localidad costera se refresca con la vivaz brisa del mar de Liguria. Pero Giacomo Matteotti también es reconocido aquí y el 29 de agosto se ve obligado a irse, escoltado hasta la estación por agentes de policía y escuadristas del Fascio local.

El desgarro se consuma el 3 de octubre en Roma, durante los trabajos del XIX Congreso del Partido Socialista Italiano, una asamblea melancólica y desoladora más. Lo único que debe evitarse es escindirse de nuevo. Divididos, los revolucionarios no podrán alcanzar la revolución ni los reformistas la colaboración. Y, sin embargo, la escisión se produce, una escisión suicida, pero a esas alturas inevitable: en las mociones a la derecha y a la izquierda pueden leerse dos formas extremistas de la misma desesperación. La propuesta de Giacinto Menotti Serrati, secretario del partido, para expulsar a los reformistas sale adelante por un puñado de votos. Filippo Turati y Giacomo Matteotti son expulsados del Partido Socialista al que han dedicado sus vidas. Después de la mutilación, el congreso aprueba la adhesión a la Internacional Comunista y el envío de una nueva delegación a Moscú. La discusión se cierra, con fiereza, sobre quién debe formar parte de aquella.

Los expulsados —Turati, Matteotti, Claudio Treves, Giuseppe Saragat, Sandro Pertini— fundan un tercer partido de la izquierda italiana que no sabemos si por gusto de la paradoja o por sugerencia de la habitual e insuperable desesperación, bautizan como Partido Socialista Unitario. El joven, enérgico e indomable Giacomo Matteotti es elegido secretario. Ahora están libres de los delirios «maximalistas» en aras de una revolución siempre anunciada y jamás emprendida. Son libres, pero no saben qué hacer con su libertad.

Giacomo Matteotti, aparentemente persuadido por el sentido común de Velia, que hace años que le ruega que recoja velas, escribe el 10 de octubre a su esposa: «Quiero defender a los niños, a ti e incluso a mí mismo. Los sacrificios inútiles no sirven, no ayudan en nada [...]. Mientras tanto, para ahogarme por completo, he aceptado también la secretaría del partido. Pero por poco tiempo, espero».

La conversación política que habéis mantenido con el monarca, inicio de vuestra labor de colaboración con la monarquía y con la burguesía, supone el final de vuestras relaciones de partido con nosotros. No ponemos en cuestión vuestra buena fe —la cual está fuera de discusión—, afirmamos que vosotros mismos, con vuestras propias manos, habéis roto esa unidad de la que, hasta ayer mismo, pretendisteis hacernos creer que erais tenaces y decididos defensores.

Avanti!, dirigiéndose directamente
a Filippo Turati y sus seguidores,
30 de julio de 1922

Turati ha ido a ver al rey. El movimiento socialista se desmorona. Es un cadáver menos que arrastrar con nosotros hacia el porvenir.

Palmiro Togliatti,
L'Ordine Nuovo, 30 de julio de 1922

La Alianza del Trabajo, que encarna la unión del proletariado, debe vivir, debe quedar reforzada para el desarrollo posterior del movimiento de defensa proletaria. La victoria está más cerca cuanto más furiosos se muestran los esfuerzos del enemigo por ahuyentarla.

Manifiesto de la dirección del Partido Socialista,
8 de agosto de 1922

Benito Mussolini
Milán, 16 de octubre de 1922

«Con los primeros disparos todo el fascismo se derrumbará.»

Algo así parece ser que dijo el general Badoglio en una reunión romana, en presencia de banqueros, periodistas e incluso del general Diaz. La frase, pronunciada en algún salón de Roma, ciudad pestilente por antonomasia, pesa como una pistola apuntada a la sien sobre los hombres que se reúnen en secreto en Milán, en la sede del Fascio primigenio de via San Marco 16. Entre ellos hay también cuatro generales del ejército y todos saben que Badoglio tiene razón. El único que no parece saberlo es Italo Balbo. El 6 de octubre, convocado por el Duce en Milán, Balbo le asegura que la militarización de las escuadras avanza rápidamente. Los chicos de las provincias están listos para cualquier acontecimiento, asegura.

Al final de la entrevista, contrariamente a sus costumbres, Mussolini lo invita, en un gesto de camaradería, a comer en el Campari. La conversación en el café entre ambos transcurre cordial, en un ambiente relajado. Sin embargo, Mussolini no puede dejar de saber que los matones de Balbo no son soldados, que el valor que exige la pelea callejera es muy diferente al que requiere la batalla, que la agresión despiadada contra hombres poco preparados y bienes inflamables con el fin de aterrorizar a una aldea hostil es una acción espectacular pero no es la guerra. Contraponer camiones a bicicletas, la ofensiva a la estabilidad, el ataque desenfrenado de equipos motorizados a la apacible confianza democrática en las manifestaciones de masas de los socialistas es exaltante, pero no es la guerra. El nuevo reglamento de la Milicia para la Seguridad

Nacional, redactado por De Bono y De Vecchi a mediados de septiembre, ha impuesto cierta disciplina militar a los escuadristas, ha previsto una jerarquía y grados militares, ha abolido los comandantes electivos, pero la verdad, a pesar de los nombres y de los adjetivos, es que no existe una verdadera fuerza militar del fascismo. Entre todas las escuadras padanas solo tienen unos pocos miles de rifles y nadie está entrenando a los escuadristas para que los usen.

Con los primeros disparos del ejército regular, el fascismo se derrumbará. Todo el mundo lo sabe. Y sin embargo, cuatro expertos generales y cuatro veteranos con múltiples condecoraciones se reúnen una tarde de otoño en Milán para debatir la insurrección armada contra el Estado.

La reunión ha sido convocada para el 16 de octubre en el saloncito del directorio del Fascio, en via San Marco a las tres de la tarde. Mussolini ha enviado las invitaciones cuatro días antes, con la orden de no faltar. Los destinatarios, además de Michele Bianchi, quien se encuentra ya allí, son los comandantes de la milicia Balbo, De Bono, De Vecchi, Ulisse Igliori, jefe de las escuadras romanas y medalla de oro en la Gran Guerra, y dos nuevos seguidores, los generales Fara y Ceccherini, ambos con una brillante carrera a sus espaldas. Una doble formación de guardias reales fuera y de escuadristas dentro vigila el edificio.

Antes de comenzar, debe resolverse un incidente diplomático: De Bono se encoleriza por la presencia de Fara y Ceccherini sin saber que también han sido convocados. Cuando se le informa de la disputa, Mussolini se encoge de hombros: los recién llegados son soldados de renombre, Ceccherini guio la infantería ligera en la segunda batalla del Isonzo, Fara conquistó la meseta de Bainsizza y salvó el honor de Italia en Libia en Sciara Sciatt. A De Bono, fuera de los círculos militares no lo conoce nadie. Zanjado el asunto, la reunión da comienzo. Balbo, que es el más joven en cualquier circunstancia, levanta acta.

El Duce del fascismo toma la palabra y explica por qué se encuentran ahí. Se encuentran ahí porque un Estado que ya no puede defenderse no tiene derecho a existir. Si en Italia hubiera un gobierno de verdad, los guardias reales deberían entrar por esa puerta en ese preciso momento, disolver la reunión, ocupar su sede y detenerlos a todos. No es concebible que haya una organización armada con todos sus cuadros y reglamentos en un Estado que tiene su propio ejército y su policía. Lo que ocurre es que en Italia el Estado no existe. Es inútil, los fascistas deben necesariamente llegar al poder, de lo contrario la historia de Italia se convertirá en un chiste.

El silogismo es elemental: Italia es una nación, pero carece de Estado. El fascismo, por lo tanto, le dará un Estado. Mussolini, en la conferencia fascista de Udine el 20 de septiembre, lo dijo claramente: «Nuestro programa es muy simple, queremos gobernar Italia».

El presidente del Gobierno, Facta, eclipsado por sus bigotes de manillar, persiste en engañarse a sí mismo, en confiar en la participación fascista en su tercer ejecutivo, pero Facta es el hombre que el 24 de septiembre, para celebrar con sus electores su trigésimo aniversario de vida parlamentaria, participó en Pinerolo en un banquete a base de *vol-au-vent* y *vitel tonné* con tres mil doscientos comensales entre los que figuraban setenta y un senadores y ciento diecisiete diputados. Un funeral de primera clase.

Las momias ministeriales se obstinan en considerar la marcha sobre Roma como una metáfora, pero la marcha ya está en curso, en la historia, porque Roma está infectada y hay que marchar para purgar la herida, para arrebatársela de las manos a los politicastros ineptos. La milicia está lista, reformada por la violencia de un ejército en guerra, la profecía de la violencia se hace realidad, hay una violencia que libera y otra que encadena, la masa es manada, el siglo de la democracia ha terminado, el Estado liberal es una máscara, el fascismo es la Italia joven, fuerte, viril, el impacto es inevitable, el momento es propicio, la hora del ataque es esta, la profecía es ahora. Cuando suene la campana, marcharemos como un solo hombre.

Mientras escuchan la canción de guerra del Duce, los ojos de Balbo se inflaman con un instintivo deseo de acción, Bianchi consume el enésimo cigarrillo, De Vecchi, pálido, pide la palabra:

—Duce, nadie desprecia más que yo este paisucho contaminado, podrido, senil, piojoso, patria de castrados pacifistas en que se ha convertido Italia, pero estamos soslayando el punto fundamental del asunto. Sin una organización militar que sea capaz de manejar las fuerzas fascistas, el plan está condenado al fracaso.

Mussolini y Bianchi se intercambian una mirada de comprensión, después ambos, al unísono, dirigen la vista al objetor. De Vecchi prosigue:

—La milicia aún no está preparada y le hará falta tiempo para ser capaz de actuar como una fuerza orgánica.

Mussolini, exasperado, lo contradice. De Vecchi pide tiempo precisamente porque no hay tiempo, deben emprender el ataque dentro de muy pocos días.

—Es absurdo, a menos que se prefiera el desastre al éxito —replica por última vez De Vecchi, aunque luego reduce sus exigencias de aplazamiento a un solo mes y pide la opinión de los demás.

Italo Balbo admite estar preocupado:

—Las maniobras de los viejos partidos parlamentarios están estrechando su cerco. Incluso sin quererlo, el fascismo corre el riesgo de quedar prisionero de las intrigas que se dibujan en su perjuicio con la trampa de las elecciones. Si no intentamos de inmediato un golpe de Estado, en primavera será demasiado tarde: en el clima templado de Roma, liberales y socialistas se pondrán de acuerdo.

Michele Bianchi interviene para apoyar a Balbo y añadir razones de orden político para la acción inmediata. De Bono y Ceccherini, consultados por Bianchi, respaldan con cautela la tesis de De Vecchi a favor de un aplazamiento. El general Fara dice que no ve la necesidad de una acción inmediata, aún no conoce ni a los hombres ni a los comandantes. Se inclina por el aplazamiento.

Al final Mussolini retoma la palabra. Su tono se suaviza, abandona la oscuridad de la emboscada:

—El acto revolucionario de la marcha sobre Roma, o se lleva a cabo inmediatamente o no se hará. Las negociaciones que mantengo con Facta no son más que una maniobra de distracción. Los tiempos están maduros y el gobierno está podrido. El espectro de Giolitti avanza lentamente y sabéis bien que con

Giolitti en el poder es mejor pensar en otra cosa —hace una pausa, los mira a todos para sopesar el efecto de sus palabras sobre ellos, y después prosigue—: Tengo entendido que algunos colaboradores de Facta están meditando una clamorosa reconciliación entre Giolitti y D'Annunzio. Me reuní con D'Annunzio la semana pasada en Gardone y llegamos a un acuerdo. Por ahora, está con nosotros. Pero el abrazo con Giolitti planeado por Facta debería llevarse a cabo en el Altar de la Patria, en presencia de mutilados y excombatientes, el 4 de noviembre, en el aniversario de la victoria. No hace falta una mente profética para comprender que un gesto semejante, todo lo teatral que queráis pero innegablemente importante, le daría a Giolitti nuevas fuerzas. Debemos actuar antes de que esto suceda.

La decisión está tomada: acción violenta. Se pospone la designación del día concreto hasta después de la gran convención organizada en Nápoles para el 24 de octubre. Solo queda, por lo tanto, examinar las modalidades de acción. En el momento en que dé comienzo el ataque militar, todas las jerarquías políticas tendrán que desaparecer. Se establecerá un cuadrunvirato compuesto por Bianchi, Balbo, De Bono y De Vecchi. El mando militar se hará cargo de todo con plenos poderes. Las columnas se concentrarán en Monterotondo, Tívoli y Santa Marinella, a una noche de marcha de Roma. Perusa será la sede del cuadrunvirato y Foligno de la reserva.

Mussolini saca una hoja de papel de su bolsillo. En medio del desconcierto de los presentes, lee la proclama que se lanzará a los fascistas al estallar la insurrección. La tiene en el bolsillo, ya lista, desde hace días:

—«¡Fascistas! ¡Italianos! La hora de la batalla decisiva ha llegado...»

En la sede de via San Marco, entre tantas habitaciones vacías o desnudas, el despacho de Cesare Rossi es el único que exhibe un mobiliario abundante y refinado. Nada más disolverse la reunión, antes de salir con los demás, Italo Balbo se ha burlado de él por esa pretenciosa *boiserie* de alta burguesía. Ahora es Mussolini, sombrío, el que recorre la elegante sala de un lado a otro. Luego se detiene frente al escritorio de Rossi.

—Si Giolitti vuelve al poder estamos jodidos.

Pronuncia la palabra separando las sílabas —«jo-di-dos»—, con una voz cortante, que se eleva hacia notas altas por una oleada de angustia.

—Recuerda que en Fiume, en circunstancias parecidas, no dudó en cañonear contra D'Annunzio. Hay que quemar etapas. Esta gente se obstinaba en no entender... Pero yo me he puesto firme. Los preparativos deben haberse completado antes de que acabe el mes.

La voz enmudece, los pies vuelven a recorrer esos veinte metros cuadrados. Rossi sabe que Mussolini no tardará en reanudar sus razonamientos y ofrece el soporte de su propio silencio. La intimidad con su consejero sugiere al príncipe la verdadera imagen de la situación:

—El fascismo se desborda por todas partes; ahora trata de dotarse de cierta apariencia de organización militar. El antifascismo no está en condiciones ya de ofrecer una resistencia resolutiva; bastará con vigilar alguna zona aislada y a algunos individuos. Los carabineros y los guardias reales, en especial en provincias, están con nosotros, obviamente. Los cuadros del ejército nos secundarán porque sienten que somos la Italia que viene de las trincheras; o por lo menos permanecerán pasivos. El gobierno de Facta no disparará contra nosotros. Los monárquicos se tranquilizaron con mi discurso de Udine y en Nápoles seré aún más explícito. Los círculos parlamentarios, después del fracaso de todas sus maniobras, solo piensan en congraciarse con nosotros. No son más que un puñado de suicidas voluptuosos... Industriales, burgueses, terratenientes, todos piden que nos lleven al gobierno. Incluso los liberales como Albertini defienden ahora que la prioridad es esta, a cualquier coste. Hasta Luigi Einaudi en el *Corriere* nos muestra simpatía...

Mussolini se detiene de nuevo, con las manos en los bolsillos, como si los obstáculos del ascenso al poder también le impidieran pasear por el despacho de Cesare Rossi.

—Los puntos negros de la situación son: Parma, donde los comunistas mantienen a la ciudad en armas, D'Annunzio, el rey y la indisciplina de los fascistas. Sería un fastidio que en una acción decisiva se quedaran atascados en el valle del Po. D'Annunzio siempre ejerce su encanto, también en algunos de los nuestros incluso después de haberse caído desde el balcón, pero es un inepto. Ha escrito *Alcyone,* y yo desde luego nunca escribiré nada parecido, pero como político no vale nada. Es el hombre de los grandes pasos... pero luego, una vez salvada la distancia, solo queda la sombra del transeúnte... No será difícil esquivarlo, por más que esté rodeado de muchos de nuestros enemigos...

El deambular se detiene una vez más.

—No, quienes me dan más preocupaciones son los fascistas. Como material humano, para una acción a gran escala, son de pésima calidad. Feudos personales, oligarquías locales, pequeñas satrapías de barrio... Debemos domeñarlos... En cuanto al soberano, es sin duda una figura enigmática, pero hay palancas alrededor del trono que activaremos...

La alusión a la reina madre y al duque de Aosta, notorios simpatizantes de los Fascios, queda suspendida en el crepúsculo que invade la habitación. Junto a la insinuación impronunciable de la masonería. Mussolini se mete las manos en los bolsillos y vuelve a menear la cabeza.

—Nos faltan los botones de las polainas... ¿Lo entiendes, Cesare? Si pasa este momento favorable, todo habrá terminado para nosotros, ¡y De Vecchi, De Bono y estos otros generales de opereta dicen que no están listos los uniformes! Como si en vez de marchar sobre Roma fuéramos a organizar un desfile conmemorativo...

En el despacho del secretario de los Fascios milaneses ha oscurecido. Los días empiezan a acortarse. En el norte de Italia, a mediados de octubre, la noche cae temprano.

Cesare Rossi se levanta por fin de su escritorio para encender una lámpara *art déco.* A esas alturas, su obstinado silencio y su mirada penetrante dibujan el perfil de una pregunta embarazosa en la pared, arrojan sobre las proclamas marciales la sombra de un sarcasmo. La expresión «marcha sobre Roma», absorbida en ese silencio, se vacía de significado.

Benito Mussolini capta su mirada y sonríe. El acuerdo entre los dos hombres es perfecto.

La guerra es algo demasiado serio para dejarlo en manos de los generales. Es gente que carece de doblez de pensamiento, gente que no sabe pensar, que no distingue entre la guerra y la guerra psicológica, la amenaza de la violencia y la violencia. En lugar de eso, hay que hacer «como si», se trata de una filosofía del «como si»... Lanzar proclamas, movilizarse, armarse, incluso matar un poco y luego... fingir que se marcha marchando de verdad. O viceversa, elegid vosotros mismos. Se trata, en cualquier caso, de fanfarria, estrépito, himnos, de alguna mancha de sangre, se trata de una ficción que, para ser creída, requiere de un exceso de realidad. Todo gran acto, al fin y al cabo, y en la mejor de las hipótesis, no es más que un símbolo. De la peor, mejor no hablar siquiera.

«Ahora o nunca.» Se lo ha escrito en un telegrama incluso el gran Pareto de Ginebra. Luego, sin embargo, el insigne estudioso ha añadido: «Los italianos aman las grandes palabras y los hechos pequeños».

El fascismo es una revolución, de acuerdo, pero hay que evitar ponerlo todo en juego. Algún punto sólido habrá que dejar, evitando absolutamente la impresión de que todo se derrumba. De lo contrario, a las oleadas de entusiasmo del primer momento sucederán las oleadas de pánico del segundo. Una barbarie moderada. Eso es... Eso requiere la conquista del poder: una barbarie moderada.

La pugna es entre una Italia de politicastros codiciosos y una Italia sana, fuerte y vigorosa, que se prepara para barrer de una vez a toda esa gente poco preparada, a todos los chapuceros, a toda la espuma infecta de la sociedad italiana [...]. En definitiva, lo que queremos es que Italia se vuelva fascista.

Benito Mussolini,
mitin de Cremona, 24 de septiembre de 1922

A estas alturas, el Estado liberal es una máscara detrás de la cual no hay cara alguna [...]. En eso estriba la insensatez del Estado liberal, que concede la libertad a todos, incluso a aquellos que se sirven de ella para derribarlo. Nosotros no concederemos esa libertad [...]. Lo que nos separa de la democracia no son los adminículos electorales. ¿Que la gente quiere votar? ¡Pues que vote! ¡Votemos todos hasta el hastío y la imbecilidad! Nadie quiere suprimir el sufragio universal. Pero aplicaremos una política de reacción y de severidad [...]. Dividamos a los italianos en tres categorías: los italianos «indiferentes», que se quedarán en sus hogares esperando; los «simpatizantes», que podrán circular; y por último los italianos «enemigos», y estos no circularán.

Benito Mussolini,
discurso en el círculo de barrio Amatore Sciesa,
Milán, 4 de octubre de 1922

El zorro de Giolitti está preparando la derrota del fascismo. Creo que si los fascistas se dejan domesticar están acabados [...].

514

La multitud que ahora abandona a los socialistas abandonará a los fascistas porque no podrán darle la luna para que la mordisquee. Por eso es necesario hacer la revolución antes del abandono, porque de lo contrario la fiesta habrá acabado.

Carta de Maffeo Pantaleoni a Vilfredo Pareto,
17 de octubre de 1922

El momento fugaz que los socialistas no han sabido aferrar está ahora en manos del fascismo; nosotros, hombres de acción, no lo dejaremos escapar y marcharemos.

Benito Mussolini
a los hombres de las escuadras de acción Sauro y Carnaro,
Milán, primeros días de octubre de 1922

Nicola Bombacci
Moscú, octubre de 1922

La democracia tiene un estilo pésimo. De mala literatura. Cuánta razón tiene Trotski.

Lo confirman una y otra vez los periódicos liberales posicionados en contra del ataque fascista: balbucean, simpatizan, luego se retractan, con una prosa pedante, enrevesada, trémula. La prosa de la democracia que se queda atrás, desprovista de ideas, de voluntad, que mira a su alrededor asustada, acumula en sus escritos una reserva tras otra, traduciendo del inglés, un idioma que no es el suyo, que a su vez se hace eco del griego antiguo, un pasado extranjero. Italia no tiene ni idea de lo que es la democracia. Tampoco Rusia lo sabe, pero allí, por lo menos, para suplir esa ignorancia regalaron el comunismo al mundo.

Nicola Bombacci se marcha a Moscú en octubre, donde se celebra el IV Congreso de la Internacional Comunista. Parte junto a la delegación del Partido Comunista de Italia, que en enero de mil novecientos veinte se escindió en Livorno del Partido Socialista, dividido a su vez en un ala derechista, minoritaria, encabezada por Angelo Tasca, favorable a la reunificación con los socialistas después de que estos, a principios de mes, hayan expulsado a los reformistas de Turati, y un ala izquierdista, mayoritaria, encabezada por el secretario Bordiga, que se opone al «frente único». Los bolcheviques rusos presionan a favor de la fusión, de manera que pueda oponerse al fascismo una alianza compacta de todo el proletariado, pero Bordiga se resiste. Desde su punto de vista la democracia ya es fascismo, la contrarrevolución capitalista ya ha ganado, ¿qué diferencia supondría que los fascistas alcanzaran el poder? Ante Bordiga, Trotski insiste en enfatizar los rasgos peculiares del fascismo italiano, a causa de la inaudita movilización de la pequeña burguesía contra el proletariado, pero Bordiga hace oídos sordos. Para quienes piensan como él, democracia y fascismo, diga Trotski lo que diga, no dejan de ser lo mismo.

Bombacci, siempre alineado con Moscú, es favorable a la reconstitución del «frente único». En el congreso de Roma, celebrado en febrero, luchó abiertamente contra el carácter abstracto, el purismo de los partidarios de Bordiga, preocupados únicamente por evitar cualquier contaminación de los socialistas. El resultado fue su aislamiento por parte de sus propios compañeros, la soledad, la desconfianza y, en última instancia, su expulsión del Comité Central del Partido. Ha escrito una carta conmovedora a Zinóviev, quejándose de su «asesinato político».

Cuando la delegación de los comunistas italianos, derrotada por los fascistas, escindida de los socialistas y escindida a su vez en su interior, llega a Rusia a finales de octubre, en Rusia el comunismo está en la cima de su triunfo. León Trotski, aquel a quien Bordiga no presta oídos, que antes de la revolución era un hombre de letras apodado «plumilla», se levantó de su escritorio y organizó en pocos meses el Ejército Rojo, el mayor ejército popular de la historia, millones de trabajadores y campesinos alzados en armas, un nuevo concepto de la guerra de movimiento a escala planetaria, a la cabeza del cual, tras cuatro años de sangrienta guerra civil, aplastó, en dos continentes y docenas de frentes, a todos los enemigos de la revolución. Ahora los comunistas de Oriente, tras derrotar a sus enemigos internos y externos, están a punto de fundar la Unión de Repúblicas Socialistas Soviéticas y de inaugurar una nueva era en la historia del mundo. Los comunistas de Occidente, en cambio, sufriendo una derrota tras otra, se repliegan en todos los frentes. En el interior del Komintern, la internacional de todos los partidos comunistas de la Tierra, se va perfilando la hegemonía absoluta de los camaradas rusos. A los demás, Bordiga a la cabeza, esté donde esté la madriguera en que habrán de esconderse, no les queda otra que apoyar en lo posible sus conquistas desde la propia derrota.

Nicola Bombacci, bien aconsejado por la sutil vena de melancolía que recorre los iris azules de sus ojos de muñeca de porcelana, es consciente de su carácter subalterno en Moscú. Así se lo ha proclamado a sus compañeros reunidos en congreso desde los hechos de Livorno: «Seguimos adelante, detrás de la luz, por más que rebose terror, por más que rebose dolor, de la revolución rusa». Luego, en el curso del año siguiente, luchó en el Parlamento para que el Estado italiano reabriera el comercio con Rusia y reconociera su gobierno legítimo. En esta batalla se encontró flanqueado por extraños compañeros de viaje, magnates de la industria como Ettore Conti. Especulación y comunismo alineados codo con codo. Hasta frente a ironías de la historia como esta debe doblegarse el destino burlón de los derrotados.

En Moscú, las fotografías de la gloriosa revolución rusa ya han entrado por derecho propio en el archivo central del tiempo. Se exhiben con ostentación en los despachos de los dirigentes y en las salas de los congresos. *Julio de 1917: tropas leales al gobierno provisional disparan contra la multitud en via Sadovaya. Septiembre de 1917: grupos de obreros bolcheviques patrullan, empuñando sus rifles desde la caja de un carro, las calles de Petersburgo. Octubre de 1917: los marineros del crucero* Aurora *se preparan para el combate.*

La foto más hermosa, con mucho, está fechada el *25 de octubre de 1917: los guardias rojos se dirigen a paso ligero hacia la entrada del Palacio de Invierno.* La foto del asalto proletario a la residencia principal del zar de todas las Rusias y símbolo de su poder ha sido tomada desde lo alto, acaso por un fotógrafo encaramado a una farola. Representa a una multitud de hombres oscuros sobre la blanca superficie de la plaza cubierta de nieve lanzándose contra una muralla de piedra, también oscura, que bloquea el horizonte del futuro en el fondo. El baluarte enemigo se muestra como una barrera infranqueable, una negación perentoria en el hielo de un invierno sin fin, muda y sorda, y sin embargo ninguno de esos hombres diminutos lanzados al asalto tiene los dos pies en el suelo. Corren, todos corren, sin resuello, formando una pirámide casi perfecta, fiel a las leyes matemáticas de la perspectiva renacentista, como si su batalla triunfal la hubiera pintado un Masaccio o un Piero della Francesca. A Nicola Bombacci y al resto de delegados italianos, en las postrimerías de octubre de mil novecientos veintidós, la revolución comunista no puede aparecérseles todavía bajo la óptica del remordimiento de los ganadores —para eso tendrán que pasar aún bastantes años—, pero sin duda sí bajo la del arrepentimiento de los derrotados.

Antonio Gramsci, la mente más brillante del PCI, que forma parte de la delegación junto con Bombacci, está en pésimas condiciones de salud. Para poder acudir al congreso de Moscú, hace pocos días que ha vuelto del sanatorio después de seis meses de internamiento que solo le han servido para evitar el agravamiento de su enfermedad. Gramsci vive atormentado por la fatiga crónica, la amnesia, el insomnio.

Por desgracia, también Lenin, el hombre más importante del siglo, está enfermo. Cuando recibe a los compañeros italianos, ya ha sufrido un ataque de apoplejía, pero les da la bienvenida sonriendo, dirigiéndose a Bordiga y a Camilla Ravera en italiano, rememorando su juventud de exiliado en Capri. Bordiga le manifiesta la aprensión que sienten todos por su salud:

—Me encuentro bien —responde él con prontitud—, pero debo obedecer las tiránicas prescripciones de los médicos. Para no volver a enfermar... —después, dejando en suspenso su breve futuro, pide noticias sobre los acontecimientos en Italia.

Bordiga alude a la cuestión de las relaciones con el Partido Socialista, pero Lenin lo interrumpe. No tiene tiempo para estas diatribas. Lo que quiere saber es qué pasa con los fascistas en Italia.

Bordiga, obediente, expone los hechos, repite análisis y juicios ya expresados. De repente, el gran hombre lo interrumpe y le pregunta qué piensan los obreros y campesinos de esos acontecimientos. Bordiga, el jefe de los comunistas italianos, se queda embobado, como un alumno a quien pillan por sorpresa con una pregunta que no esperaba.

Mientras tanto, en Italia, en las mismas horas en que decenas de miles de camisas negras gritan «¡A Roma! ¡A Roma!», en la napolitana piazza del Plebiscito, en Milán los principales líderes del Partido Socialista, de acuerdo en que no hay que tomar en serio ese propósito y en considerar la amenaza poco realista, confortados por la absoluta certeza de que no pasa nada importante, suben al tren en dirección a Moscú.

Suponiéndole al Estado, aunque sea por razones meramente tradicionalistas, un mínimo de capacidad de resistencia en el caso de un intento de imposición violenta del fascismo, nunca hemos creído y no creemos en la marcha sobre Roma.

«Un conflicto que no tendrá lugar»,
editorial anónimo, *Avanti!,* 15-16 de octubre de 1922

En marcha
24-31 de octubre de 1922

Nápoles, 24 de octubre de 1922
Teatro San Carlo, a las 10:00 horas

La aparición de Benito Mussolini a las 10:00 horas del 24 de octubre de mil novecientos veintidós en el gigantesco escenario del teatro San Carlo de Nápoles, la reina del mar Mediterráneo, la capital mundial de los entusiasmos fáciles y de las decepciones inolvidables, desata una nueva clase de euforia. Es una emoción parecida a la que despiertan los discursos de D'Annunzio pero exenta de su veta lúgubre. Ahora el jefe carismático no exige holocaustos de la multitud alborozada, les promete orgasmos.

Estupefactos y admirados por la evidente manifestación de la principal novedad del siglo —las masas como protagonistas de la historia—, los reporteros hablan de una «manifestación mágica, casi religiosa», de un «panorama maravilloso», de la imposibilidad para el lector de «hacerse una idea exacta de la vibrante conmoción». En definitiva, hay que haber vivido el momento vibrante para entender lo que han sentido los siete mil napolitanos, hacinados durante dos horas en un teatro con poco más de mil asientos, cuando Benito Mussolini, recibido por el prefecto, el alcalde, la junta municipal al completo y un grupo de diputados del sur, rodeado por quinientos banderines, anunciado por un toque de trompeta, ha aparecido en el escenario. La fanfarria entona *Giovinezza*. Todos en pie. Se canta al unísono, a voz en grito, conmovidos.

El Duce, consciente de que los napolitanos son un pueblo alegre, bromea un poco, para abrir boca. A continuación, ofrece a la burguesía ciudadana que abarrota el teatro real un discurso franco pero medido. El fascismo, es inútil ocultarlo, es un partido armado porque es la fuerza lo que, en última instancia, lo decide todo. Por esta razón han reunido a sus legiones, poderosamente encuadradas y firmemente disciplinadas. El fascismo, hemos de decirlo con claridad, quiere convertirse en un Estado. El Parlamento es un juguete, pero el fascismo no le quitará su juguete al pueblo. Que se lo quede, que se entretenga, el objetivo es otro: nuestro mito es la nación, su grandeza.

Llegados a este punto, el orador salva el foso. El ideal republicano queda definitivamente apartado. Las reglas del juego son las siguientes: el rey no se cuestiona, a menos que decida, oponiéndose a los fascistas, cuestionarse a sí mismo. El ejército, por su parte, es incluso digno de veneración. Pero, sea con el rey y con el ejército, ha llegado el momento. Estamos en ese punto en el que o la flecha sale lanzada del arco o la cuerda demasiado tensa del arco se rompe. Nosotros los fascistas no aspiramos a acceder al poder por la puerta de servicio. No renunciaremos a nuestra formidable progenitura ideal por un miserable plato de lentejas ministeriales.

La muchedumbre de siete mil personas se exalta en un alborozo desenfrenado. Todos, sin excepción. Los liberales no entienden nada. En un palco de segunda fila, hundido en un sillón barroco tapizado en terciopelo carmesí, incluso a Benedetto Croce le arden las manos. El filósofo napolitano es probablemente la más alta autoridad intelectual de la nación, jefe de filas de ese pensamiento liberal pisoteado explícitamente por el fascismo. Tiene cincuenta y cuatro años, ha sido senador durante doce, ministro de Educación Pública en el último gobierno de Giolitti, aborrece a los socialistas cuya revolución considera la revuelta de los ignorantes contra la gente culta, desprecia en Mussolini al burdo autodidacta, al pordiosero de ideas. Y, sin embargo, don Benedetto aplaude.

Junto a Croce, Giustino Fortunato, estudioso de la Italia meridional, se estremece:

—Hay demasiada violencia en esta gente.

Croce, citando al filósofo, lo tranquiliza con una sonrisa de suficiencia:

—Pero, don Giustino, ¿acaso habéis olvidado lo que dice Marx? La violencia es la partera de la historia.

Al salir de la galería, el erudito Luigi Russo, discípulo de Croce, reúne fuerzas para superar la veneración por el maestro:

—Tendrá que explicarme, profesor, a qué vienen tantos aplausos. A mí Mussolini me ha parecido un histrión.

El gran filósofo, afable y pedante, con aire de hombre de mundo que las ha visto de todos los colores, alecciona al joven intemperante en la escuela del cinismo eterno:

—Estoy de acuerdo, Luigi. Pero sabéis tan bien como yo hasta qué punto la política es teatro. Todos son comediantes. Ese Mussolini es un buen histrión.

Por otra parte, el escenario en el que Mussolini recibe una salva interminable de aplausos todavía conserva la escenografía de *Madama Butterfly*, representada la noche anterior. Todo encaja, todo se sostiene: exotismo, chinerías, supremacía de Occidente, genial síntesis dramática.

Piazza San Ferdinando, 16:30 horas

La prueba de fuerza ha salido a la perfección. No menos de veinte mil fascistas —algunos llegan a calcular cuarenta mil— se han desplazado hasta Nápoles desde toda Italia, sin hallar oposición, viajando en trenes especiales que han puesto a su disposición los ferrocarriles de ese Estado del que declaran querer apoderarse.

Las escuadras, de acuerdo con las disposiciones difundidas en la hoja de ruta n.º 1 de la milicia, se han reunido en el campo de deportes de Arenaccia, donde han sido encuadradas. El desfile, pese al estado de alerta que ha atenazado durante días al prefecto y al gobierno, salvo por algunos pocos incidentes aislados recorre marcial pero pacíficamente las calles de la ciudad. Los hombres van armados, las armas se exhiben, hay incluso un escuadrón a caballo llegado desde Apulia. El agregado militar de la embajada británica en Italia admira el porte y el equipamiento bélico. A pesar de todo esto, en Roma, Luigi Facta lanza un suspiro de alivio. El presidente de la Cámara, el abogado liberal Enrico De Nicola, felicita incluso a Mussolini. La tan temida insurrección no se ha producido.

A las 16:30, el Duce, rodeado por el Estado Mayor del fascismo en su totalidad, después de haber engatusado a la burguesía por la mañana en el teatro San Carlo, pasa revista a las tropas desde un palco erigido en piazza San Ferdinando. La masa de los camisas negras desborda el lugar e invade la adyacente piazza del Plebiscito. Los camaradas aclaman, gritan sus «¡Viva!», Mussolini calla. Al fondo, por detrás de la joroba del globo de Santa Lucia, el mar del golfo reverbera la última luz.

Luego Italo Balbo baja del palco, busca a sus camaradas de Emilia entre la multitud e imparte órdenes. En torno al escenario, y más arriba, por la colina, insuflándose en los callejones miserables, se levanta una ola de incitación: «¡Roma! ¡Roma!».

Los escuadristas marcan el tiempo de la tarde entonando las dos sílabas sin interrupción. En ese momento Mussolini habla:

—Camisas negras de Nápoles y de toda Italia, hoy, sin lanzar un solo disparo, hemos conquistado el alma vibrante de Nápoles, el alma ardiente de todo el sur de Italia. Esta manifestación no tiene más objetivo que ella misma y no puede convertirse en una batalla, pero yo os digo, con toda la solemnidad que el momento nos impone: ¡o nos ceden el gobierno o lo obtendremos cayendo sobre Roma! Ahora ya es cuestión de días y tal vez de horas.

Mussolini termina su breve alocución pidiendo a la multitud que aclame al ejército bajo las ventanas de la delegación militar. De la plaza se elevan los gritos de «¡Viva el fascismo! ¡Viva el ejército! ¡Viva Italia! ¡Viva el rey!».

En el escenario, Cesare De Vecchi, ferviente monárquico, se acerca para decirle a Mussolini al oído:

—Grita tú también: ¡Viva el rey!

Mussolini no responde.

De Vecchi insiste:

—Grita: ¡Viva el rey!

Mussolini sigue sin hacerle caso. De Vecchi lo toma del brazo e insiste por tercera vez. El antiguo republicano que todavía se agazapa en algún recoveco de Benito Mussolini, mientras la multitud le da la espalda para dirigirse al edificio de la delegación militar, se pasa una mano por la cara comprimiendo los pómulos en su gesto habitual de cansancio y se suelta de un tirón de la mano de De Vecchi.

—Ya está bien. Con que griten ellos basta. Basta y sobra...

La caldera del Vesubio se extiende a lo largo de kilómetros de piedra pómez apagada hacia el sur y el este. Su silueta oscura y derrubiada por la lluvia torrencial domina el golfo con un tono de negro más intenso. Bajo el volcán, la ciudad de Nápoles duerme, prona, inconsciente, abandonada a la decadencia. Solloza en sueños, ajena a sí misma y a los motivos de su llanto.

—Adelante —Benito Mussolini está sentado junto a la ventana, hechizado por la tempestad que descarga sobre el mar.

—¡A nosotros!

De Vecchi, De Bono, Balbo y los vicesecretarios del partido Teruzzi, Bastianini y Starace saludan con el brazo extendido. Llevan todos camisa negra, uniforme militar y medallero en el pecho. Cesare De Vecchi esconde su prominente barriga bajo una ancha banda de seda negra, con el pantalón gris verdoso perfectamente planchado. Balbo ensucia las alfombras persas con sus botas embarradas. El único que no se excede en el saludo romano y que lleva un traje de civil fláccido y liso es Michele Bianchi. Con la enorme chaqueta negra que le cuelga sobre su delgadez enfermiza, parece un empresario de pompas fúnebres que ha venido a oficiar el funeral de los demás.

—A nosotros, a nosotros..., sentaos donde podáis. Tú, Balbo, toma nota.

—No tengo papel, Duce.

—Escribe en los formularios de telegramas, están encima de esa mesa. Esta es una reunión secreta. Dejémonos de formalidades. Démonos prisa.

Se sientan. Solo Bianchi permanece de pie, frente al sillón de Mussolini, donde pueda intercambiar miradas con él sin ser visto.

Mussolini les comunica el plan. Las jerarquías políticas del Partido Fascista harán entrega de sus poderes al cuadrunvirato en la medianoche del 26 y el 27 de octubre. A partir de ese momento, todos, incluido él, deberán obedecer las órdenes dictadas por los cuadrunviros desde su cuartel general en Perusa. El plan militar es el mismo que fue concebido en Milán el 16 de octubre y completado en la reunión secreta de Bordighera dos días después. Italia ha sido dividida en doce zonas, cada una de las cuales quedará a cargo de un inspector general. La más importante abarca Piamonte, Liguria y Lombardía, y se le ha confiado a Cesare Forni, el ras de Lomellina, quien dirigió el asalto al ayuntamiento de Milán. En el día establecido, los inspectores de cada zona darán la orden de movilización y las fuerzas fascistas ocuparán los lugares clave en las provincias. La auténtica marcha arrancará desde tres lugares de los alrededores de Roma: Santa Marinella, Mentana y Tívoli, donde los escuadristas venidos desde toda Italia se concentrarán la noche del 27 de octubre. El objetivo es la conquista del poder con un ejecutivo que tenga al menos seis fascistas ocupando las carteras más importantes.

—Camaradas, los dos extremos del dilema son los siguientes: ¿movilización inmediata o, antes de la movilización, una actuación en el ámbito local para ocupar los edificios públicos de las principales ciudades? Mi parecer es que ocupación y movilización han de ser simultáneas. ¿Alguna opinión en contra? —Mussolini emplea el tono perentorio de una orden disfrazada de pregunta ociosa.

Emilio De Bono, como si hablar le costara un inmenso esfuerzo, se declara a favor. General de carrera, corroído por la ambición de convertirse como sea en ministro de la Guerra, dos semanas antes lloraba en público en un despacho romano cuando se le obligó a decidirse entre renunciar al ejército o al Partido Fascista.

Después de él, también Bianchi se declara a favor. Tiene muy claro que en esa habitación están actuando —el Duce ya lo tiene todo decidido— y él aprueba la representación. Basta con un simple asentimiento de la cabeza, como en una pantomima dirigida a la infancia que no requiriera nada más exigente. Hasta

Balbo se muestra de acuerdo. Solo expresa su preocupación por Parma, la única ciudad que resistió el asalto de su ejército de escuadristas.

El único que pone objeciones, como siempre, es De Vecchi. Lloriquea que el plan militar no está listo, que el armamento es insuficiente. Pero luego expresa su convicción de que no habrá ningún choque con las fuerzas armadas. Solo hace falta enfrentar al soberano a una crisis parlamentaria, agrega De Vecchi, luego «él se encargará de todo lo demás».

Balbo ha dejado de escribir. Le lanza a De Vecchi una mirada de desafío. En las palabras del cuadrunviro reluctante aflora el nerviosismo del hombre al que han puesto contra la pared. La transferencia de poderes al comando militar de Perusa coincidiendo con el estallido de la insurrección —que Mussolini ha dispuesto con su astucia habitual— descargaría toda la responsabilidad sobre sus cabezas. Esto lo entienden todos. De Vecchi, sin embargo, con su expresión vaga y ambigua —«yo me encargaré de todo lo demás»—, está pidiendo en realidad autorización para llevar a cabo negociaciones separadas con los políticos romanos y la corte antes de que expire el ultimátum. Y esto también lo entiende todo el mundo.

En la mirada que se cruzan Mussolini y Bianchi naufraga la melancólica certeza de los momentos fatídicos: con un traidor, con un cobarde siempre hay que contar.

Condenando sus tramas monárquicas a la irrelevancia, Mussolini autoriza en cualquier caso a De Vecchi a tratar todo lo que quiera. Luego saca la proclama de los cuadrunviros acordada en Milán y procede a su lectura. Por último, da las buenas noches a los camaradas y se despide de Roma. Al día siguiente, mientras en Nápoles prosigue el congreso de tapadera, regresará a Milán.

Ya está todo decidido. El plan ha quedado establecido en las «cinco fases de la revolución»: 1) movilización y ocupación de edificios públicos; 2) concentración de los camisas negras en las cercanías de Roma; 3) ultimátum al gobierno de Facta para la transferencia de poderes; 4) entrada en Roma y toma de posesión de los ministerios a toda costa; 5) en caso de derrota, retirada hacia el centro de Italia, constitución de un gobierno fascista y rápida concentración de camisas negras en el valle del Po.

Es un plan infantil. Hasta un analfabeto militar se daría cuenta. Los dos últimos puntos, en particular, hasta hacen sonreír. La lluvia sigue cayendo sobre la ciudad adormecida a los pies del volcán.

Deseo hacerle llegar a usted y a todos los colegas que han intervenido en Nápoles mi saludo personal, cordial y afectuoso.

Manifestación fascista ha transcurrido en perfecto orden. Nada que señalar [...]. Luego Mussolini ha pronunciado breve discurso en el que ha dicho [...] que si no se le entrega el gobierno a los fascistas, el fascismo lo tomará por la fuerza.

Concentración fascista Nápoles se desarrolló con toda tranquilidad: dos pequeños incidentes causados por pánico sin mayor importancia [...]. Creo que proyecto de marcha sobre Roma ha pasado a mejor vida.

Queremos creer que el discurso de Nápoles es más un signo de impaciencia que de resolución.

Comediantes..., un desfile de títeres.

L'*Ordine Nuovo*, periódico comunista,
25 de octubre de 1922

Es necesario agarrar por el cuello a la miserable clase política dominante.

Benito Mussolini,
piazza San Ferdinando, Nápoles, 24 de octubre de 1922

—Estoy esperando a alguien.

Cuando, unos minutos antes, el tren directo procedente de Nápoles se ha detenido bajo la marquesina batida por la lluvia, Mussolini, abrochándose sus inevitables polainas blancas en el compartimento tapizado de terciopelo rojo, se ha limitado a pronunciar esta lacónica afirmación. Ni a Cesare Rossi ni a Alessandro Chiavolini, su secretario personal, que viajan con él, les sorprendería que el Duce aprovechara la media hora de parada antes de volver a arrancar hacia Milán para estar con una mujer. Esa necesidad animal, ya se sabe, se apodera de él incluso en los momentos más graves. Mejor dicho, especialmente en esos.

La estación se ve tranquila, la alarma lanzada por la mañana ha cesado, los trenes especiales en los que viajan los fascistas procedentes de Nápoles han sido desviados por la línea de Orte, los carabineros desocupados se agolpan frente a las ventanas del bufet. Apoyados unos contra otros en corrillos, se calientan con el aliento rancio de los estómagos vacíos, como bueyes en la noche de Belén.

No es una mujer. Un grupo de señores distinguidos, capitaneados por un sujeto con gafas y bombín, se acerca al coche. Mussolini baja. El sujeto con gafas hace un aparte con él y empieza a informarle con tono exaltado. Gesticula, se apresura, dispone de poco tiempo. Están negociando, es evidente. Se está vendiendo y comprando algo.

Se negocia, con todos, desde hace días, desde hace semanas, bajo cuerda, sin pausa. Nadie lo sabe mejor que Cesare Rossi. Se negocia con Antonio Salandra, el pretendido liberal, más reaccionario que un barón prusiano, el desdeñoso, mísero terrateniente de Apulia que todavía cuenta en almas las posesiones de sus feudos, el fascista honorario, más a la derecha que los propios fascistas, el expresidente del Gobierno que arrastró a Italia a la guerra contra la voluntad del país y carga sobre su conciencia con millones de muertos y heridos. Para adularlo, camino de Nápoles, Mussolini se detuvo en su casa romana. Le prometió una nueva presidencia a cambio de cinco carteras y no pidió nada para sí mismo. Se negocia con Nitti, el notable meridional, el gran, irreemplazable experto en asuntos financieros, el hombre más insultado de Europa, a quien Mussolini llama en privado «el cerdo» porque amnistió a los desertores de la Gran Guerra y al que D'Annunzio bautizó como «Cagón» cuando se opuso a la liberación de Fiume. Se negocia con Facta, con sus bigotes de gendarme francés, de notario de provincias, de intendente de alojamiento, son los bigotes de un hombre fuera de lugar, cansado, fiel como un perro a su amo Giolitti, tentado por las alegrías crepusculares de la jubilación y, sin embargo, atormentado por el deseo de no quedar mal ante la historia, seducido por la vanidad de una última vuelta de carrusel. Se negocia con Giolitti, sobre todo, el viejo estadista octogenario, el único con el que se negocia seriamente, el único aún capaz de restablecer la autoridad del Estado, de imponer a Mussolini un apaño ministerial. Con él negocia personalmente Rossi, por mediación de Lusignoli, prefecto de Milán. Pero Giolitti está en Cavour, en Piamonte, en sus campos, donde el farmacéutico se quita el sombrero cuando él pasa, donde sus ochenta años se celebran como es debido.

Se negocia con todos, se explotan las miopías parlamentarias, se juega al escondite, se arrojan los dados en diferentes mesas, se lanzan todas las apuestas, se confía en los vetos cruzados, se reavivan los odios de facciones —el veto de Sturzo a Giolitti, la rivalidad entre estos y Nitti—, se lisonjea la vanidad de todos ellos, y todos pican. Al fin y al cabo, a cada uno se le promete lo mismo: la presidencia de un gobierno de coalición, el apoyo de los fascistas redimidos a cambio de cuatro o cinco ministerios. Y todo es un camelo. De hecho, el objetivo principal, el «plan secreto» de Mussolini, sigue siendo el mismo: ganar tiempo, llevar la crisis política hasta un punto sin retorno, a una situación en la que no sea posible ninguna solución alternativa a un gobierno fascista, entonces, y solo entonces, forzará a Facta a renunciar amenazando con la insurrección y con la toma del poder sin disparar un solo tiro. La tercera fase de la revolución que se convierte en la primera.

Y es que, de hecho, todo es una cuestión de oportunidad: hay que conjurar el «demasiado pronto», que permitiría una vez más a otros formar un gobierno de emergencia excluyendo a los fascistas, o el «demasiado tarde», que desenmascararía su farol militar. Si Facta cae cuando los fascistas están ya a las puertas de Roma, nadie tendrá autoridad para ordenar una masacre y así el peso de las escuadras podrá ponerse en la balanza. «Solo hay una persona que puede disparar contra los fascistas, y ese soy yo.» Mussolini se lo repite a todos en sus negociaciones secretas y a todos les promete que liquidará a las escuadras un minuto después de entrar en el gobierno. Solo hay un hombre capaz de salvar al país del caos de la violencia de las escuadras. Es el mismo hombre que antes debe provocarla.

En el andén se desencadena un torbellino de abrazos y apretones de manos. Mussolini se despide arqueando el dorso de la mano extendida hacia atrás con el saludo fascista mientras el comisario de la estación lo empuja hacia su compartimento, temiendo que este incómodo viajero pueda detenerse en Roma y causar problemas. El tren parte.

—Ese era Raoul Palermi, el Gran Maestro de la francmasonería del rito escocés. Me ha asegurado que los oficiales de la guardia real, de la guarnición de Roma, y el general Cittadini, primer ayudante de campo del rey, apoyarán nuestro alzamiento. Tal vez incluso el duque del Mar, el gran almirante Thaon de Revel. Todos ellos miembros de la masonería de piazza del Gesù.

El Duce se lo comunica a Cesare Rossi casi de inmediato, cuando los arcos milenarios del acueducto romano aún están a la vista, con el tono hosco de los momentos en que no sabe contener el entusiasmo.

Ahora hay que confiar en la viscosidad de las vacaciones. Confiar en que Giolitti no espabile demasiado pronto de la modorra del otoño piamontés, que el rey no regrese demasiado pronto de sus partidas de caza en San Rossore para decretar el estado de sitio y que lo que queda de D'Annunzio no escape al letargo de sus perversiones impulsándole a intentar una última aventura. D'Annunzio..., siempre D'Annunzio..., una vez más D'Annunzio. Quién sabe si la vanidad del Vate le habrá hecho picar en los cebos que se le han lanzado...

El tren directo que sale a las 20:00 horas se dirige hacia el norte, lejos de Nápoles, lejos de Roma, lejos de Perusa, lejos de las comedias de los discursos excepcionales, de la democracia o de los guerreros. ¡Vamos, hacia Milán! Es ahí donde se jugará la partida. Negociar, engañar, amenazar. El émbolo de los pistones que transmiten el movimiento a las bielas, y estas a la rueda motriz, parece repetirlo como un abatido rosario. Negociar, engañar, amenazar. Negociar con todos, traicionarlos a todos.

Gardone, 25 de octubre de 1922
Villa de Cargnacco

Sigue lloviendo, le gotea la nariz, le duele la cabeza, tiene las vías respiratorias congestionadas por culpa de la humedad. Envejecer, engordar, cogerse un resfriado con cada cambio de estación, sentir náuseas ante los subterfugios y la cobardía de los hombres que en el pasado habías tenido el gusto de despreciar, eso es todo, en eso consiste el premio por sobrevivir.

Llevan días martirizándolo, todos quieren una libra de la carne fláccida de Gabriele D'Annunzio, cuyo prolapso ni siquiera el traje cruzado príncipe de Gales claro de alta costura es ya capaz de disimular.

El primero en insistir para entrevistarse con él, hay que reconocérselo, fue Mussolini. El Vate tuvo que responderle categóricamente que no le era posible recibirlo. Luego fue el turno de Facta. El 21 de octubre lo invitó a celebrar con gran pompa el aniversario de la victoria en Roma sobre la tumba del soldado desconocido con una carta en la que se esforzaba por imitar su estilo: «Queridísimo amigo, lo que ha de celebrarse en Roma el 4

535

de noviembre será fastuoso. Pronunciar ante Italia la palabra de paz haciéndola prorrumpir una vez más de cuantos a Italia le han dado todo, todo, todo, es la obra más insigne que puede llevarse a cabo en estos momentos... Entretanto el país bebe ávidamente el agua fresca que mana de esta invitación: nunca como en estos momentos ha estado tan sediento de paz. Confiando en verle el 4 de noviembre». Patético. Realmente patético.

En el pasado las imitaciones adulatorias de su estilo «inimitable» habían halagado a Gabriele D'Annunzio pero ahora, a medida que envejece, le llegan como una señal de malos presagios. Patético y cenizo. Facta, ese pobre desgraciado que soñaba con su Piamonte desde el fondo de la «cloaca romana», lo había apostado todo a la participación de D'Annunzio en las celebraciones del aniversario de la victoria, es decir, había fiado todo su sistema defensivo a un poeta envejecido que, rodeado de miles de mutilados y ciegos de guerra, había de salvar a Italia del desastre. El poeta, aferrándose a un escrúpulo de sobriedad, había aceptado la oferta del presidente del Gobierno con estilo telegráfico: «Gracias por tus afectuosas palabras stop. Todas mis fuerzas recuperadas stop. Nos veremos de nuevo en Roma stop. Tengo sed del agua de Trevi stop».

Pero los ofrecimientos al Vate no habían acabado. Poco después le propusieron un gobierno con Nitti y Vittorio Emanuele Orlando. Más tarde, Mussolini volvió a la carga, enviándole a Aldo Finzi, su compañero de vuelo sobre Viena. No pudo negarse a recibirlo, pero dictó condiciones férreas: ningún ataque a las organizaciones obreras, ni un céntimo de los industriales o de los terratenientes. Dos días después, el 24 de octubre, ese canalla plagiario que se hacía llamar Duce le había enviado a Tom Antongini, su secretario personal, un aspirante a poeta, un chico guapo, desgarbado y puro, para estar a su lado en «su» marcha sobre Roma. Una propuesta irónica para quien había concebido la marcha sobre Roma desde la época de Fiume. Sí, lo cierto era que le habían arrebatado todo: los himnos, los lemas, los gestos. Solo habían desdeñado las ideas y los ideales. El poeta-guerrero estaba furioso, listo para volver a la lucha, aunque solo fuera por el placer de estropearle los planes a Mussolini.

Pero entonces había comenzado a llover, la nariz había empezado a gotearle, la garganta a inflamarse. Así que el poeta mandó llamar al médico, se metió en la cama y le escribió a su amigo Aldo Rossini: «¡Todavía estoy casi afónico, como en el cielo de Trento a diecisiete grados bajo cero! Por estricta y sincera orden del médico, he de permanecer en silencio. Y siento una profunda tristeza por mí. Sabes que había planeado ir a Roma pero no puedo prometer nada. Si me curo, iré». Cuando el doctor Duse llegó a la villa al caer la noche, D'Annunzio le ordenó: «La multitud de pedigüeños me ha dejado moribundo. Prescríbeme la soledad».

El doctor Duse acató la orden, comunicando a los periódicos una prescripción médica de absoluto reposo escrita en perfecto estilo dannunziano.

No habían pasado ni veinticuatro horas, sin embargo, cuando, en la tarde del 25 de octubre, Gabriele D'Annunzio salta de la cama y pide a Duse que comunique a los periódicos que su estado de salud ha mejorado repentinamente, los mismos periódicos que, junto a la breve noticia sobre la enfermedad de D'Annunzio, esa mañana informaban a toda página acerca del triunfo de Mussolini en Nápoles.

El poeta recuperado viste ahora su traje príncipe de Gales y se sienta en el estudio atestado de objetos decorativos. Está a punto de recibir la visita de Alfredo Lusignoli, el prefecto de Milán, hombre clave en las frenéticas negociaciones de estos días. Tal vez hasta haya dejado de llover.

Alfredo Lusignoli habla de los numerosos fascistas dannunzianos a los que les gustaría verle en el gobierno de la nación, de los muchos industriales y banqueros que quisieran que Giolitti regresara al gobierno, y luego, como quien no quiere la cosa, propone a Gabriele D'Annunzio un acuerdo con Mussolini y... ¡con Giolitti!

Rígido cual estatua de mármol en su pose de dandi, D'Annunzio se queda mirando unos instantes a ese necio insolente que le está proponiendo con desenvoltura una alianza con el hombre que en Fiume la emprendió a cañonazos contra él.

Después el poeta se levanta, abre de par en par la ventana que da al jardín. Sigue lloviendo. La cierra. Se despide de Lusignoli con un blando apretón de manos y un lacónico: «Se hará todo lo posible».

Tan pronto como Lusignoli monta en su automóvil, el poeta dicta un telegrama a su hombre de confianza en Roma: «He caído más enfermo que antes. Castigado por las transgresiones. Imposible recibir a nadie. Renuncio irrevocablemente a todo. Todo intento será en vano. D'Annunzio».

Por último, Gabriele D'Annunzio escribe de su puño y letra un mensaje para colocar en la puerta del palacete y se vuelve a la cama.

Mientras tanto, se ha hecho de noche. Los alabastros, los cristales, las porcelanas variopintas relucen en la penumbra embebiendo la escasa luz de un ocaso lluvioso en el lago de Garda. Bajo esa débil luz a duras penas puede leerse el llamamiento al mundo con el que el poeta cansado espera poder detener las marchas de la historia a la entrada de su palacete:

«¿Qué tengo yo en común con el hombre del cañoneo naval que trató de acabar en Fiume con mi pensamiento invicto? Estoy triste *usque ad mortem*. De Roma solo veo las cloacas.»

Milán, Foro Bonaparte, 26 de octubre de 1922
Casa de los Mussolini, mañana

El dueño de la casa, doblado hacia delante, mantiene la cabeza inclinada sobre el cuenco, como un depredador que hunde el hocico en los intestinos de la presa. Toda su concentración parece destinada a no mancharse el cuello duro de la camisa almidonada. Su mujer, todavía en bata, observa a su marido, que acaba de llegar de Roma, sorber la sopa de leche.

Benito y Rachele no hablan. Saben por experiencia que, como siempre, entre marido y mujer no hay palabra por la que merezca la pena romper el silencio. Si él le confiara sus aspiraciones para convertirse en primer ministro, Rachele respondería con un proverbio campesino: «A quien el viejo camino por uno nuevo deja, todo mal le aqueja». Si él además le informara de que se trata de un cargo honorífico, sin un salario, ella lo insultaría: «¡Bonito trabajo es ser primer ministro! Cómo convertirse en el criado de todos los italianos pero encima ¡gratis! ¡Menudo honor!». Tanta miseria engullida junto a esa mujer aconseja a Benito Mussolini permanecer callado.

Al recibirlo a su regreso de Nápoles una hora antes, Rachele le ha informado de que se ha deshecho de las granadas de mano que tenía escondidas en la casa. Demasiado peligroso con el inminente riesgo de registros. Se las había llevado al Castello Sforzesco su hermana Pina, que padece una tuberculosis en su fase final, una a una, ocultándolas en su pecho y tirándolas al foso.

Él le preguntó entonces si aún conservaba la pistola que ella había exigido para defenderse de sus rivales amorosas. Sí, seguía escondida debajo del colchón del sofá donde duerme el pequeño Vittorio.

Suena el teléfono. Es Michele Bianchi, desde Roma. A través de una tormenta de descargas estáticas le informa de la situación. Pese a los desmentidos oficiales, por los pasillos circulan rumores de una inminente movilización. Se ha convocado un Consejo de Ministros para esa misma tarde, se dice que Facta está a punto de dimitir. Bianchi se reunió con él la noche anterior, nada más volver de Nápoles, para convencerlo de que no se precipitase y prometerle una participación fascista en un posible nuevo gobierno. Le dijo incluso que estarían dispuestos a conformarse con solo cuatro ministerios. Afortunadamente, el rey sigue de vacaciones en San Rossore. Sin embargo, tal como Bianchi por desgracia había previsto, De Vecchi ha roto prácticamente con ellos. Tal vez ni siquiera acuda a Perusa. Está negociando con la derecha monárquica para formar un gobierno con Salandra. Se dice que, a la luz de tales propósitos, el ministro Riccio, próximo a los fascistas pero hombre de Salandra, podría provocar la caída de Facta presentando su dimisión esa misma tarde. Dino Grandi está al lado de De Vecchi, quien lo ha nombrado jefe del Estado Mayor del cuadrunvirato.

Mussolini, sin embargo, no parece alarmado por esta noticia.

—Déjalo correr. No pueden hacernos daño. Limítate a vigilarlos.

—Lusignoli ha ido a Gardone.

—¿D'Annunzio ha decidido algo?

—Aún no se sabe nada.

—Tú sigue tranquilizando a Facta. Que crea que es nuestro hombre de confianza. Dale todas las largas que puedas. Pero tenlo bien en cuenta, Michelino, no hay vuelta atrás.

Después de colgar el teléfono, el marido le ordena a su mujer que no salga de casa durante las próximas cuarenta y ocho horas. Es necesario que vigile el teléfono y anote cuidadosamente todas las llamadas. Hay grandes acontecimientos a la vista. Él se encerrará en el periódico.

Benito Mussolini pasea sin prisas. El recorrido por via Lovanio es tranquilo. Via Brera, via Solferino, via Statuto son las de siempre. La gente trabaja, los artistas pululan por los alrededores de la academia, sus tristes putas, ajadas por la noche, duermen todavía su sueño matutino en via Fiori Chiari. Los clamores de Nápoles, los susurros de Roma, oídos desde Milán, suenan como el desatinado estrépito de un borracho.

Milán, via Lovanio, 26 de octubre de 1922
Sede de Il Popolo d'Italia, *tarde-noche*

El telegrama con la renuncia de D'Annunzio, obviamente, fue interceptado por la prefectura de Brescia, que ya a las 20:45 del 25 de octubre informó al Ministerio del Interior en Roma. La situación se precipita.

La salida de escena de D'Annunzio, fundamento de su estrategia defensiva, hace que Facta ya no pueda esperar. La reapertura de la Cámara, prevista para el 7 de noviembre, queda demasiado lejos. La situación se precipita y lo hace demasiado rápido. A estas alturas, es una carrera contra el tiempo. Además, desde la prefectura de Milán, Lusignoli ha informado al gobierno de que tiene la certeza de que los fascistas están preparando un golpe de Estado para la noche del 27 de octubre. Esta misma mañana, obviamente con la esperanza de que aún pueda firmarse el acuerdo Giolitti-Mussolini y, quizá, de poder entrar él también a formar parte del nuevo gobierno, el prefecto de Milán ha informado a Roma presentando tres hipótesis sobre cómo afrontar el ataque fascista: imponerse por número, derrotarlos con las armas o, incluso, permitirles actuar.

Descartando la absurda tercera hipótesis de su colega de Milán, a las 12:10, desde Roma, mediante un telegrama codificado, el ministro del Interior, Paolino Taddei, ha conminado a todos los prefectos del Reino a oponerse con las armas a cualquier posible tentativa insurreccional fascista. El propio Taddei ha ordenado la detención inmediata de los dirigentes fascistas, Mussolini a la cabeza, a la primera señal de sedición. El telegrama que pondría fin a la marcha antes de empezar se encuentra sobre el escritorio de Lusignoli.

Todo esto, en via Lovanio, Mussolini aún no puede saberlo. Como medida preventiva, sin embargo, ha ordenado levantar delante de la reja una barricada defendida por algunos militantes armados con mosquetes. La barricada se ha formado con bobinas de papel de rotativo sacadas de la imprenta del periódico, que ya están podridas a causa de la lluvia incesante. En su defensa, además, ha recurrido a los poderes apotropaicos de la lengua: la sede del periódico ha pasado a llamarse «fortín». A falta de armamento más tangible, se recurre a conjuros. La palabra taumatúrgica ha sido pronunciada, con tono apocalíptico, esta tarde durante una reunión de los redactores en la que se han doblado los turnos y han quedado listas las tiradas máximas:

—A partir de esta tarde todos debemos considerarnos movilizados —ha proclamado el director—. Tendremos que encargarnos de la defensa armada del edificio y de la maquinaria. La acción revolucionaria está a punto de empezar y todos deben permanecer en sus puestos. Este es un fortín, nuestro fortín, y debemos defenderlo a toda costa.

Entretanto, sin embargo, el Duce del fascismo emplea con el mundo exterior un tono completamente diferente, el tono conciliatorio y complaciente de quien hasta ayer mismo cortejaba al mundo y ahora es él el cortejado. De repente son los demás quienes quieren negociar con él y él no niega a nadie una mentira piadosa. Sigue asegurándole a Lusignoli que él prefiere llegar a un entendimiento con Giolitti; a Costanzo Ciano, a punto de marcharse a Roma, le comenta, tras la asignación de cinco carteras, la disponibilidad de los fascistas para establecer un acuerdo con Salandra, incluso ha recibido a los embajadores de Nitti previendo la posibilidad de un nuevo encargo, imposible a esas alturas, del ex primer ministro.

Defendido de la metralla por una barricada de papel empapado, Mussolini emplea el lenguaje de la sabiduría y de la contención. Emplea ese mismo lenguaje también con los «amos del vapor» cuando, a última hora de la tarde del 26 de octubre, tras años de diferencias y de desdén, se deciden por fin a subir las escaleras del «fortín» mal iluminado por la luz rojiza de las bombillas. En efecto, al caer la noche una delegación de los principales industriales milaneses y lombardos, con Alberto Pirelli a la cabeza, tras cruzar bajo la lluvia el estrecho corredor entre las bobinas de papel podrido, ha acudido a visitarlo y a rendirle homenaje. Han debatido sobre las principales preocupaciones del momento, acerca de la evolución del tipo de cambio y de los bonos del Estado, y sobre la deuda exterior del país. Todos se han quedado admirados de cómo el jefe de un movimiento revolucionario en curso, el salvaje pregonero de feroces amenazas, debate esas cuestiones con gran ponderación y claro sentido de su importancia. Nada más salir del «fortín», los industriales lombardos dan instrucciones a la Asociación Bancaria para que ingrese dos millones de liras en la cuenta de Giovanni Marinelli, administrador del Partido Nacional Fascista.

Poco después llega desde Roma la noticia de que Facta no ha dimitido. El Consejo de Ministros ha optado por una solución intermedia: los ministros han puesto sus carteras a disposición del presidente del Gobierno, quien quizá todavía fantasee con hacer hueco en su gobierno a los fascistas. En el fortín de via Lovanio sueltan un suspiro de alivio. La marcha por ahora está a salvo.

Fuera todavía sigue lloviendo, llueve sobre las bobinas de papel, ya convertidos en papilla. La pulpa de papel deshecha por la lluvia recuerda a los cadáveres descompuestos de los conmilitones en las trincheras de la Gran Guerra.

Pero quizá no sea necesario llegar a tanto. La solución intermedia, en el país del calor meridiano, incluso bajo una lluvia torrencial, sigue siendo la ruta principal. El telegrama del ministro Taddei con la orden de arrestar a los jefes de la insurrección fascista languidece por ahora sobre el escritorio del prefecto que aún espera convertirse en ministro. Conviene aguardar el desarrollo de los acontecimientos.

Información repentinamente recibida señala posibilidad tentativas fascistas. Gobierno reaccionará enérgicamente. Mussolini me hizo saber ayer que él estaría dispuesto a entrar en ejecutivo incluso con algunas renuncias a carteras solicitadas siempre que ese ejecutivo estuviera presidido por mí. Para no cortar el camino, respondí a su encargado que eso era algo que había que examinar juntos.

Telegrama de Luigi Facta a Víctor Manuel III,
26 de octubre de 1922, 12:00 horas

Llegan distintas noticias sobre tentativas insurreccionales al parecer preparadas por el Partido Fascista y que se implementarían de inmediato en fechas próximas con la toma de las oficinas gubernamentales en algunos centros. Si tales tentativas acaban manifestándose, una vez agotados los demás medios habrá que resistir con las armas.

Telegrama del ministro Paolino Taddei a los prefectos,
26 de octubre de 1922, 12:10 horas

Reservado personal stop — De distintas partes se señalan indicios de un inminente movimiento insurreccional orientado a apropiarse por medios violentos de los poderes del Estado stop — Tengo la certeza de que ningún elemento militar podrá unirse a este movimiento quebrando deberes esenciales juramento militar stop [...]. Permanezcan sus eminencias con las fuerzas a sus órdenes listos para asumir los poderes para mantener el orden público.

Telegrama del ministro de la Guerra
a los comandantes militares,
26 de octubre de 1922, 17:00 horas

Italia exige a sus hijos que desistan de las luchas que la destruyen: Italia exige, por su prosperidad y por su grandeza, que se trunque sin demora una exasperación que solo produce dolores y ruinas.

No es posible que semejante exhortación no sea atendida.

Acta del Consejo de Ministros,
26 de octubre de 1922, 19:30 horas

La única solución posible a la crisis consiste en confiar la sucesión del ejecutivo Facta al diputado Mussolini. El partido que ha determinado la crisis es el Partido Fascista; por lo tanto, es el jefe de ese partido el que debe ser llamado a formar el nuevo ejecutivo. Estamos ante una crisis extraparlamentaria. Ya no es la Cámara la que otorga la designación, sino el país. ¿Quién representa al país en estos momentos? Somos nosotros, los fascistas [...]. Son los demás los que se niegan a reconocer la realidad de la situación. Nosotros ya estamos en Roma.

Michele Bianchi, secretario del PNF,
declaración ante los periodistas,
Roma, alrededor de medianoche

Este espectro de las elecciones es más que suficiente para cegar los ojos de los viejos parlamentarios, que ya se han puesto todos en movimiento para invocar nuestra alianza. Con estas lisonjas haremos de ellos lo que queramos. Nacimos ayer, pero somos más inteligentes que ellos.

Italo Balbo, *Diario*, 1922

Milán, via Lovanio, 27 de octubre de 1922
Sede de Il Popolo d'Italia, *02:40 horas*

El timbre del teléfono quiebra el torbellino de las rotativas, obsesivo, y el fragor de la lluvia, implacable. La voz que responde, enojada, desde el «fortín» asediado por la depresión atlántica, impulsada por vientos del oeste que atraviesan el continente, es la de Cesare Rossi.

Milán: A ver, ¿qué pasa?

En el otro extremo de la línea, en Roma, está Michele Bianchi, quien desde el Palacio del Viminal, sede del Ministerio del Interior, ha pedido a la centralita que le ponga en comunicación con Benito Mussolini. Aunque las conversaciones telefónicas se ven constantemente perturbadas por las tormentas que se suceden sobre la península, Bianchi no puede ignorar que un empleado del Ministerio del Interior, tapando con la mano izquierda el auricular del teléfono y listo con la mano derecha para tomar notas taquigráficas, la está interceptando.

Roma: Los ministros han puesto sus carteras a disposición del presidente del Gobierno y Facta se reservó el derecho de decisión para hoy... Tú ya me entiendes...

En la pausa, en medio del fragor de la lluvia, retumba la preocupación de Michele Bianchi de que un acuerdo entre Mussolini y Giolitti en Milán pueda abortar la marcha. Bianchi, con la muerte por tuberculosis invadiéndole los pulmones, es el más ferviente partidario de la aventura a toda costa. Dos horas antes, por iniciativa propia, el cuadrunviro, para precipitar un punto muerto que lleve a la toma del poder, ha convocado una rueda de prensa en la que ha declarado que la única solución posible a la crisis es confiar el país a Benito Mussolini.

Roma: ¿Cómo ves la situación en Milán?

Milán: Excelente.

Roma: Entonces ¿seguimos de acuerdo con cuanto se dijo en Nápoles?

Milán: Sí..., pero... hay algunas novedades.

Roma: ¿Qué ocurre?

Milán: ¿Cómo quieres que te lo cuente por teléfono? Digamos que hay cierta conciliación a la vista.

Roma: ¡Ah! ¡Ah!

Milán: Pero mira..., te advierto que preveo que esa «conciliación», que por lo demás solo durará unos días, sea rechazada por ambas partes...

Roma: Pero se trata de una «conciliación» ¿de qué clase?...

Milán: Utilitaria.

Roma: Entiendo, para hacer que el agua crezca un poco más.

Milán: Sí... Quiero decir... Mira, tengo aquí a Finzi, que quiere hablar contigo.

Roma: De acuerdo, aquí estoy.

Aldo Finzi toma el relevo de Cesare Rossi. Son las dos y cuarenta y cinco. Alude a la dimisión del gabinete de Facta.

Milán: ¿Mañana es seguro el traspaso?

Roma: Yo creo que sí.

Milán: Está bien, está bien.

Roma: En cuanto a nosotros, no debemos retroceder un solo paso.

Milán: En absoluto.

Roma: Me parece que nuestro camino está trazado.

Milán: Firmemente.

Roma: Lo que me dices me reconforta mucho. Valor.

Milán: Adiós, Michelino.

En el «fortín» el teléfono vuelve a sonar. Solo han pasado quince minutos desde la última llamada. Es otra vez Michele Bianchi. Evidentemente, ante las reticencias de Cesare Rossi, las garantías de Finzi no han sido suficientes.

Una vez más es la línea de la dirección de *Il Popolo d'Italia* y una vez más la llamada telefónica, interceptada, procede del Ministerio del Interior. En esta ocasión, sin embargo, responde el director en persona.

Bianchi: Benito...

Mussolini: Dime, Michelino.

Bianchi: Mis amigos y yo queríamos saber qué órdenes nos das.

Un intervalo de silencio. Mussolini está estupefacto.

Mussolini: ¿Qué órdenes os doy?

Bianchi: Sí. ¿Qué novedades hay?

Mussolini: Las novedades son estas: que Lusignoli ha ido a Cavour a ver a Giolitti y dice que puede arrancarle cuatro carteras importantes y cuatro subsecretarías.

Bianchi: ¿Y cuáles son esas carteras?

Mussolini: Marina, Tesoro, Agricultura, Colonias. Luego está la de la Guerra, que se la darían a un amigo nuestro, y además están las cuatro subsecretarías.

Bianchi: ¿En conclusión?

Mussolini: En conclusión me telefoneó desde Cavour para decirme que regresaría esta mañana a las nueve.

Bianchi: Benito...

El apóstrofe al amigo tiene la inflexión de una súplica.

Mussolini: Dime.

Bianchi: Benito, ¿quieres escucharme? ¿Quieres escuchar mi firme e irrevocable propósito?

Mussolini: Sí... Sí...

Bianchi: Di que NO.

Silencio.

Mussolini: Por supuesto..., es natural, la máquina ahora está en marcha y nada puede detenerla.

Probablemente, el taquígrafo suda mientras transcribe la frase que se remitirá al ministro del Interior, de este a Facta y, a través del presidente del Gobierno, al rey.

Bianchi: Lo que está a punto de ocurrir es fatal como el mismo destino... A estas alturas no es cuestión de discutir de carteras.

Mussolini: Es natural...

Bianchi: Entonces estamos de acuerdo. ¿Puedo comunicar esto en tu nombre?

Mussolini: Espera un momento... Oigamos lo que dice Lusignoli..., mañana hablaremos otra vez.

Bianchi: Está bien.

Mussolini: Así, para que puedas estar al día de cada movimiento, te hablaré también del informe que me dará Lusignoli.

Bianchi: Bueno..., bueno...

Mussolini: Adiós.

Bianchi: Adiós, Benito.

Milán, via Lovanio, 27 de octubre de 1922
Sede de Il Popolo d'Italia, *tarde*

Costanzo Ciano ha llegado con el primer tren de la mañana. En via Lovanio ha encontrado a hombres a los que se les notan las escasas horas de sueño, horas que además han pasado en colchones sobre el suelo.

El héroe de Buccari, extenuado por tanto ir y venir entre Roma y Milán, da la impresión de estar más cansado que esos correctores de pruebas tirados por el suelo como tropas de asalto. El temerario incursor contra torpederos y lanchas motoras de combate, que ahora acumula riquezas como director de la compañía naviera de Giovanni Agnelli, ha dejado caer su gigantesco cuerpo en la silla que hay ante el escritorio de Mussolini y, bajo su enorme mostacho de dos dedos de grosor, empieza de inmediato a informarle sobre las maniobras romanas. Le habla de las conversaciones que ha tenido con Salandra, de su visita a Giolitti de parte de Vittorio Emanuele Orlando, de los rumores sobre la inminente crisis del gobierno y el próximo regreso a Roma del rey. Por último, Ciano le entrega una carta en la que Facta insiste al Duce en que vaya a Roma para negociar personalmente con él.

Mientras, como de costumbre, tomaba notas en hojas sueltas, márgenes de periódicos, tarjetas de telégrafo, Mussolini sabía que tenía frente a él a uno de los miembros, junto a De Vecchi y Dino Grandi, de la pequeña conspiración fascista todavía en curso para evitar a toda costa la marcha sobre Roma. Lo ha dejado hablar al igual que antes los dejó actuar. Todos sus subterfugios, todos sus susurros en los pasillos de Montecitorio acerca del «viento de locura que soplaría sobre los fascistas instigados por Michele Bianchi», del «baño de sangre» que esos locos fanáticos provocarían a las puertas de Roma si no se les detenía, juegan a favor de los fascistas porque contribuyen a evocar el espectro que se esfuerza por exorcizar. La única realidad de un exorcismo, Mussolini lo sabe, es el miedo al diablo y el miedo. El miedo, Mussolini sabe eso también, es la única arma afilada con la que cuentan. La marcha, hasta ayer un montón de arcilla sin forma, animada por los susurros de los conspiradores, es ahora un monstruo que goza de vida propia. La visión de miles de hombres negros que, surgidos de las tinieblas, marchan armados sobre la capital para conquistar el poder es una de esas antiguas profecías que basta con pronunciar para que se hagan realidad.

Poco antes de la llegada de Ciano, en un intento de ganar otras seis o doce horas más, Mussolini ha mandado a Rossi a ver a Lusignoli para anunciar su próxima visita con el fin de rematar las negociaciones con Giolitti.

La llamada de Antonio Salandra, sin embargo, llega a *Il Popolo d'Italia* a las 10:25, cuando Ciano aún está sentado frente al director. Los dos rivales en la conquista del poder se examinan, faroleando ambos, como dos jugadores de póquer.

Salandra: El gobierno ha dimitido mediante la fórmula de poner sus carteras a disposición del presidente.

Mussolini: ¿Y Facta ya ha presentado su dimisión al rey?

Salandra: La verdad es que no lo sé.

Mussolini: ¡Ah! Y... ¿existe alguna posibilidad de que el presidente resuelva la crisis?

Salandra: ¿Quién sabe?... Eso depende de los acontecimientos.

Por un momento la comedia se detiene. La mirada de Mussolini se cruza con las de Ciano y Cesare Rossi, que actúan como espectadores. La siguiente intervención requiere un tono de voz diferente.

Mussolini: Pero si..., si fuera usted el designado para formar el nuevo gobierno, ¿aceptaría el encargo?

Salandra: Bueno..., ahora no se lo puedo decir. Sería mejor que viniera usted a Roma.

Mussolini: No puedo. Me resulta imposible tanto ir y venir entre Milán y Roma.

Salandra: En este momento sería necesario que estuviera usted en Roma, porque a nadie, ni a mí ni a los demás, le es posible resolver la crisis sin usted. ¿Ha visto a Ciano?

Mussolini le guiña un ojo al hombretón sentado al otro extremo de su escritorio.

Mussolini: Sí, está aquí en mi oficina y precisamente por eso quería tener noticias de usted.

Salandra: Pues bien, Ciano puede contarle lo que se hizo ayer. Si obtengo más noticias, se las haré llegar.

La conversación termina con esta nota de impaciencia. Un asalto en el que ambos púgiles no han pasado de ponerse a prueba procurando por encima de todo no descubrirse, negando lo que sabían y alardeando de lo que no pueden saber. Pero Mussolini, a diferencia de su oponente, en los pliegues de esos intercambios comunicativos prepara el gancho que descargará en la barbilla.

Tras despedirse de Ciano con un abrazo conmovido y un vago «¡Nos vemos en el Quirinal!», Mussolini se pasa el resto del día en via Lovanio ganando tiempo. A esas alturas la «marcha» se desliza cuesta abajo. Unas horas más y, a medianoche, si nadie los detiene por la tarde, en las capitales de provincia de toda Italia los escuadristas atacarán las prefecturas. Esas pocas horas serán las últimas en las que dirá sí a todos. Sí a un ejecutivo de Salandra con la mediación de Ciano, sí a Giolitti por medio de

Lusignoli y así sucesivamente. Ahora todos le imploran a Mussolini que vaya a Roma para ofrecerle tres, cuatro, cinco carteras. Los otros candidatos al poder, habiendo acordado negociar solo con él mediante una única apuesta, han perdido la capacidad de hacer girar la rueda en su ausencia. Son viejos expresidentes al final de sus carreras que confían en un último encargo, políticos tradicionales que solo saben ofrecer un ministerio más, hombres del siglo pasado que se han sobrevivido a sí mismos.

Después de haber dicho el último «sí», Mussolini convoca en su despacho a Cesare Rossi y le lee la lista de los ministros de su gobierno. Rossi sonríe: ¡ese loco ha decidido que el primer ministro va a ser él!

Pero el loco no ha agotado sus sorpresas. Levanta el auricular y le pide a la secretaria que le reserve un palco en el Manzoni. Esta noche se representa *El cisne* de Ferenc Molnár, un drama del que se oye hablar mucho. Irá en compañía de la señora Sarfatti.

—¡Esta noche voy al teatro!

Se lo dice a todos, en voz alta, para que todos le oigan. Es hora de hacerse desear, es hora de desaparecer. Es hora de enseñar a esos viejos politicastros del siglo pasado que en la política de aniquilación inaugurada con el siglo xx ya no hay «síes», solo hay un solo, gigantesco, sangriento NO.

Solo queda por descubrir si el ejército del rey abrirá fuego contra los camisas negras. En ese caso, sin embargo, la masacre de los camaradas fascistas recaerá en los cuadrunviros empantanados en Perusa. Al sonar la medianoche, cuando caiga el telón de *El cisne* de Molnár, la patata caliente pasará a sus manos.

Perusa, 27 de octubre de 1922
Hotel Brufani, cuartel general del cuadrunvirato,
al atardecer

Michelino Bianchi y Emilio De Bono llevan horas inclinados sobre los mapas. Ambos son muy delgados, de una delgadez fantasmal, y están sudorosos y aturdidos; uno de paisano y el otro de uniforme, dan la impresión de llevar la ropa heredada de algún hermano mayor. Estudian los mapas porque el territorio que deben controlar les resulta del todo desconocido.

Como sede del comando de operaciones, la pequeña ciudad de Umbría es, en efecto, absolutamente inadecuada: aislada de las líneas ferroviarias, las carreteras son escasas, muy largas y embarradas, y las comunicaciones telefónicas y telegráficas son casi inexistentes. En Perusa ignoran lo que pasa en el resto del mundo. ¡Cuesta imaginar que pueda coordinarse una invasión desde allí! Después de horas de indolencia, alguien propuso trasladar el comando a Orte, nudo ferroviario próximo a Monterotondo, Santa Marinella y Tívoli, lugares designados para la concentración de las tropas que los cuadrunviros deben encabezar y de los que a Perusa no llega ninguna noticia. Tuvieron que desistir porque no era posible pedir permiso a Mussolini, que permanece aún en Milán. El teléfono sigue mudo. El cuartel general de la marcha sobre Roma está aislado. Los cuadrunviros están sumidos en la más completa oscuridad.

El mando fascista de Perusa dispone de algunas centurias locales y de las escuadras «Satanás», «Toti», «Fiume», «Grifo», «Desesperadísima». El nombre de esta última les parece a todos el más apropiado para la situación.

Al dar la medianoche, los escuadristas de los pueblos vecinos, que, tras haber invadido la ciudad, se encaramaban con las manos desnudas por las empinadas laderas de las colinas circundantes armados tan solo con rifles de caza, estacas, hocinos y bastos cuchillos, generalmente usados para sacrificar cerdos, se disponen a ocupar las oficinas de correos y telégrafos, los demás edificios públicos, las puertas de la ciudad y los cruces de carreteras defendidos por el ejército en posición de combate, armado con docenas de ametralladoras pesadas. En esas mismas colinas, parques de artillería al mando de oficiales expertos apuntan con sus cañones al hotel Brufani.

En la mira de los cañones que las tienen a tiro, las ventanas del hotel aparecen reforzadas con sacos de arena y tierra. Han despedido al portero y la entrada está vigilada por fascistas con bayonetas caladas. Dos ametralladoras, una a cada lado, se esfuerzan en vano por conferirle una apariencia amenazadora.

En la misma plaza, frente al Brufani, a unas decenas de metros de distancia, la prefectura que los fascistas pretender asaltar está defendida por un triple cordón de guardias reales y de carabineros desplegados bajo los soportales del edificio. En los tejados, docenas de ametralladoras. Por el momento, las tropas de la guarnición de la zona siguen acuarteladas, pero ante los primeros disparos caerán sobre ellos. No cabe duda de que, si el ejército abriera fuego, el contingente fascista sería arrollado en pocos minutos.

A las 20:00 horas llega la noticia. Parece que los escuadristas toscanos y los cremoneses de Farinacci han anticipado la acción y parece que el resultado ha sido desastroso. En Florencia los hombres del cónsul de la milicia Tullio Tamburini —cada vez más orgulloso de ser apodado «el gran apaleador»— han detenido a algunos oficiales y sitiado la prefectura donde se celebra un banquete en honor nada menos que del general Armando Diaz, el «duque de la victoria» de la Primera Guerra Mundial.

—¡Idiotas!

Es la última palabra que Bianchi y De Bono oyen pronunciar a Italo Balbo antes de subirse al coche para ir escopeteado a Florencia por las carreteras embarradas, en la oscuridad y bajo una lluvia torrencial. Un insulto fascista al general Diaz significaría tener en contra a todo el ejército. Significaría una carnicería. Sin contar que en un eventual gobierno de Mussolini el «duque de la victoria» ya tiene en el bolsillo el Ministerio de la Guerra.

Para no desmentir su reputación, aunque enfurecido y ansioso ante las noticias de Cremona y Florencia, mientras el coche ya le está esperando fuera del hotel, Balbo ordena a los escuadristas que vigilan la entrada que a intervalos regulares, cada dos horas a partir de ese momento, se rían a la cara, con la boca abierta, de los guardias reales desplegados ante el edificio de la prefectura.

Cesare Maria De Vecchi, que sigue en Roma enredado en conspiraciones para evitar la marcha, ni siquiera ha llegado aún a Perusa. Tras irse Balbo, lo que queda del cuadrunvirato, en espera de la hora X, mata el tiempo como puede. Emilio De Bono, esqueleto de general descarnado en su camisa negra almidonada, vuelve a su mapa. Michele Bianchi, sacudido por sus jadeos de tuberculoso, con el inevitable látigo abandonado entre las piernas, se deja caer en un sillón de la biblioteca.

Cremona, 27 de octubre de 1922
Palacio de la prefectura, al atardecer.

La oscuridad ha dado la señal. A las 18:00 horas, el alumbrado público, saboteado por un escuadrista, se ha apagado de repente en todas las salas de la prefectura de la pequeña ciudad lombarda y en las calles adyacentes. A esa señal, en la oscuridad, unos setenta escuadristas, bajo las órdenes de Roberto Farinacci, han penetrado en el edificio. Los carabineros y guardias reales, destinados en una provincia cedida a los fascistas desde hace años, sorprendidos y cómplices, los han dejado entrar sin oponer resistencia. Al mismo tiempo, otras escuadras han ocupado las oficinas telegráficas y telefónicas. Una acción asombrosa, fulminante pero efectuada con bastantes horas de anticipación respecto al momento establecido y sin ningún cálculo de las consecuencias. Un acto de impaciencia, de indisciplina interior, evidentemente sugerido por el deseo de destacar, una pura canallada. Típico de Farinacci.

El prefecto, después de un primer momento de desorientación, vuelve en sí, da la voz de alarma al comando de la guarnición y, en cuanto recibe refuerzos militares, detiene a los fascistas. Los cuarenta escuadristas detenidos, encerrados en una habitación, lloriqueando como niños decepcionados por las promesas fallidas de los adultos, protestan ante las autoridades del Estado, por lo general tolerantes. Para convencerlo de que los libere, los prisioneros aseguran al prefecto que en ese mismo momento la movilización que su Duce supremo ha acordado con las más altas instancias del Estado está en marcha en toda Italia. El prefecto no ha recibido ninguna noticia al respecto. Solo sabe algo de un conflicto armado desencadenado por algunos de sus camaradas en San Giovanni in Croce, un pueblecito cercano a Cremona.

Pocas horas después, un segundo contingente fascista intenta un nuevo asalto. Algunos escuadristas lanzan un coche en marcha contra los cordones de soldados que rodean la prefectura, otros intentan encaramarse a las ventanas mediante escaleras de cuerda. Resuenan dos toques de trompeta. Luego un estrépito de mosquetería. En formación cerrada, con los fusiles apuntados contra los asaltantes, los soldados del comando de la ciudad suben por corso Vittorio Emanuele.

Farinacci, incrédulo, se lanza sobre los suyos:

—¡Deteneos, no disparéis! No es más que munición de fogueo, seguro...

Roma, 27 de octubre de 1922
Hotel Londra, 22:00 horas

Milán: Los de arriba quieren que acabe. Y por las noticias que he recibido nada más llegar, me doy cuenta de que aquí también se considera apropiado terminar. Te llamo dentro de media hora.

Roma: Gracias.

El día de Luigi Facta había comenzado con una promesa. De regreso de una entrevista con Giolitti en Cavour («arriba»), esperando recibir a Mussolini («aquí»), Lusignoli le había prometido una llamada telefónica al cabo de media hora. El resto del día transcurrió, sin embargo, en una desoladora, vana espera.

No obstante, a las 20:05 llegó por fin Víctor Manuel III. Esperando al soberano en la estación, además de Facta, estaban el prefecto, el director general de seguridad pública y el jefe de policía de Roma. Tras bajar del tren, el rey le estrechó la mano al primer ministro y se encerró con él en la salita real de la estación. Víctor Manuel confesaba estar cansado, contrariado, angustiado, había amenazado con abdicar y retirarse con su mujer e hijo al campo.

Después, sin embargo, en un arranque de orgullo, el soberano había declarado que Roma debía ser defendida a toda costa.

Si los fascistas se presentaban armados a las puertas de la capital, la simple transferencia de poderes a la autoridad militar no sería suficiente. La locución «estado de sitio» había sido pronunciada entonces por primera vez. El solo hecho de proclamarlo habría bastado para sofocar la marcha.

—Mantenga el orden público.

A Facta el perentorio requerimiento le había resonado en la salita real de la estación de Términi como una despedida. El rey no había añadido nada más. Tras abandonar la estación, se había retirado a Villa Saboya.

Alrededor de las 21:00 llega por fin la tan esperada llamada telefónica de Lusignoli. Mussolini se había ido al teatro, las negociaciones habían fracasado.

De modo que Luigi Facta se vio obligado a solicitar una segunda entrevista con el soberano. El hombre había subido a Villa Saboya y había capitulado. Si el primer ministro hubiera presentado su dimisión aunque solo fuera veinticuatro horas antes, habría permitido al país contar con un gobierno capaz de confrontar la agresión fascista, de hacerlo ahora lo dejaría sin ningún gobierno para hacerle frente. Facta había dimitido justo en ese momento.

De vuelta al Palacio del Viminal, Facta había dado permiso a los funcionarios para irse a dormir. «Total, hemos dimitido —les había dicho—, estamos en crisis. Nos vemos por la mañana». El director general de seguridad pública era del mismo parecer. «Total —añadió—, en cualquier caso, los fascistas no llegarán a Roma antes de las siete de la mañana». De este modo, consolado, Facta había anunciado: «Yo también me voy a dormir».

Como acostumbra a hacer desde hace al menos treinta años, sin excepción alguna, Luigi Facta da Pinerolo se acuesta esa noche antes de las diez.

Ha sido un día duro. En su habitación solitaria en el hotel Londra, el anciano caballero ni siquiera tiene fuerzas para retirar la colcha. Recostándose sobre ella, se echa encima el abrigo que se acaba de quitar, todavía húmedo por la lluvia, y se queda dormido.

Efrem Ferraris, su joven jefe de gabinete, de regreso al Ministerio del Interior, en cambio, se dispone a velar las armas.

Observa durante horas, enmudecido, en la oscuridad de la noche, los destellos de los teléfonos que conectan las prefecturas con el ministerio. Durante horas, en el silencio de los grandes salones del Palacio del Viminal, Ferraris ve cómo van acumulándose sobre las mesas los fonogramas y los despachos urgentes, oye el repiqueteo de los teletipos y anota los nombres de las prefecturas ocupadas, de las oficinas telegráficas invadidas, de las guarniciones militares que han confraternizado con los fascistas, de los trenes requisados que se dirigen cargados de armas hacia la capital. El grandioso espectáculo de la desintegración de un Estado dura hasta el amanecer.

Milán, 27 de octubre de 1922
Palcos del teatro Manzoni, poco después de las 22:00 horas

Luigi Freddi es un chico prometedor. Escuadrista desde el principio, redactor jefe de *Il Popolo d'Italia,* demuestra un especial talento para la propaganda. Uno de sus artículos, publicado en *Il Fascio,* ha tenido cierta repercusión. En él escribía que «el puñetazo es la síntesis de la teoría».

Ahora, sin embargo, Freddi vacila. Cuando se ha asomado al palco del teatro Manzoni, indicando que traía noticias urgentes, Mussolini le ha hecho gestos de que espere. La señora Sarfatti y él están asomados a la balaustrada, con las manos entrelazadas, arrebatados por el segundo acto de *El cisne* de Ferenc Molnár.

Pero en el intermedio, tan pronto como se entera de lo que ha ocurrido en Cremona, Mussolini se apresura a volver al periódico. El mensajero es un sujeto al que llaman «Volpevecchia» («viejo zorro»). Barba hirsuta, chaquetón de cuero crudo, gafas de aviador colgando del cuello, le está esperando junto a una motocicleta negra con un faro roto con barro incrustado. Volpevecchia parece encarnar la fatalidad del destino. Lo miras con su motocicleta Guzzi, su puñal en el cinturón, la pistola metida en los pantalones y te preguntas qué otra cosa habría podido hacer un insensato como ese en la vida si no fuera montado en ese sillín sobre dos ruedas. Era de esperar que las cosas acabaran así. En Cremona tiene lugar una masacre.

Los soldados han disparado a los escuadristas de Farinacci que intentaban encaramarse con cuerdas a las ventanas de la prefectura. Volpevecchia había llegado a Cremona desde Perusa cuando los cadáveres aún estaban calientes. Nada más enterarse de que la acción había comenzado antes de lo esperado, Balbo le había enviado allí con la orden de posponerla. Farinacci, en cambio, le confió una nota, escrita de su puño y letra, para que le fuera entregada al Duce: «Aquí se muere. Nada de aplazamientos».

De regreso a su despacho, Mussolini recibe una llamada de Balbo desde Florencia. Le informa del desastre que estaban a punto de provocar esos pelagatos de Tamburini. Afortunadamente, logró detenerlos a tiempo y homenajear al general Diaz.

Después de colgar el teléfono, Mussolini pide que le traigan la proclama del cuadrunvirato escrita por él mismo la semana anterior. Pero el documento no aparece. Alessandro Chiavolini, a quien se lo habían confiado, lo ha guardado en una caja fuerte en la oficina de correos, ahora custodiada por la policía.

Tan pronto como vuelve a hacerse con el texto de la proclama, su autor, sabiendo que Facta ha dimitido, modifica algunas frases. Como si fuera un Cristo pantocrátor al que le basta con decir «luz» para que la luz se haga, el director de *Il Popolo d'Italia,* desde su oficina de via Lovanio en Milán, en nombre de cuatro desgraciados dispersos en la noche lluviosa por los cuatro extremos de Italia, escribe: «El cuadrunvirato secreto de Acción declara expirado el gobierno actual, disuelta la Cámara y suspendido el Senado. El ejército ha de permanecer acuartelado. No debe participar en la lucha». Mussolini sabe muy bien, y las noticias de Cremona lo demuestran, que si el ejército se decidiera a actuar no habría lucha alguna.

Sus últimos actos de esa noche —a la espera de descubrir si el rey de Italia, ese maldito enano que lo desprecia por sus orígenes plebeyos, proclamará el estado de sitio truncando su marcha— son dos actos de devoción a los poderes supersticiosos con los que, a veces, las deidades menores de la palabra, a despecho de los hechos, conceden a los hombres la gracia de mantener la realidad a distancia.

En primer lugar, el periodista de raza, sin aludir a la carnicería de Cremona, dicta a sus colaboradores el titular de lo que podría ser la última edición de su periódico: «La historia de Italia, en un punto de inflexión decisivo - La movilización fascista ya ha tenido lugar en Toscana - Todos los cuarteles de Siena ocupados por los fascistas - Los uniformes militares fraternizan con los camisas negras». Luego el fascista censor convoca a Cesare Rossi y le ordena que se dé una vuelta por las redacciones milanesas junto con Aldo Finzi para imponer una prensa amistosa.

—Ha llegado la hora —concluye Mussolini despidiendo a su consejero con una expresión casi resignada.

Cesare Rossi, para que la ronda de intimidación por las redacciones de los periódicos resulte creíble, se lleva consigo a ese escuadrista toscano que se complace en presentarse ante los desconocidos jactándose de sus propios crímenes.

—Encantado, Amerigo Dùmini, nueve asesinatos.

Roma, 28 de octubre de 1922
Ministerios de la Guerra y del Interior, de noche

Poco después de la una de la madrugada, en su cama en el hotel Londra, el presidente Facta yace en la misma posición que su cuerpo exhausto adoptó tres horas antes. Cuando va a despertarlo, Efrem Ferraris, su joven jefe de gabinete, tan solo ve en aquel cuerpo postrado a un anciano ovillado bajo la manta de su propio abrigo empapado. Menos de una hora después, el viejo cadavérico está en el Ministerio de la Guerra.

La reunión que se desarrolla allí a las dos de la madrugada es dramática. El ministro del Interior, Taddei, expresa al general Pugliese, comandante de la división de Roma, su dolorosa sorpresa ante el hecho de que las fuerzas armadas no hayan sabido cómo prevenir la conquista fascista de muchas prefecturas. Pugliese, indignado y furibundo, achaca la responsabilidad a la desidia de la clase política. El general hace días que tiene lista la defensa de la capital y lleva dos días pidiendo órdenes por escrito para poder llevarla a cabo. El ministro Paolino Taddei le asegura que ahora las recibirá.

Al acabar la reunión, Facta sube a ver al rey a Villa Saboya. Veinte minutos después, al finalizar la reunión, se dirige a Amedeo Paoletti, su secretario personal.

—Ordene al conductor que me lleve de vuelta al Palacio del Viminal. Tengo que preparar el estado de sitio que el rey firmará mañana por la mañana.

De regreso a la sede del Ministerio del Interior, el anciano caballero piamontés tiene un arrebato de heroísmo:

—Si los fascistas quieren venir, tendrán que sacarme de aquí a pedazos —sisea en su dialecto.

El Consejo de Ministros queda convocado para las 05:30. En el orden del día, el estado de sitio. Esta disposición jurídica de carácter excepcional que, ante una grave amenaza a la soberanía del Estado, suspende las garantías constitucionales y transmite todos los poderes a la autoridad militar, no ha sido adoptada desde 1898. Por lo tanto, se solicita que se traiga el texto de aquella proclamación. Se reproduce suavizando los tonos más violentos e inapropiados. El resultado es un comunicado grave pero moderado, firme, conciso y digno. Con él en la mano, Luigi Facta volverá a subir a las nueve de la mañana a ver a Víctor Manuel III. Bastará su firma para que la marcha de los fascistas acabe no en Roma sino en la cárcel, o en el camposanto.

Poco después de las 06:00, Facta transmite al general Pugliese las órdenes por escrito para la defensa de Roma que este lleva días esperando; al cabo de media hora, sale el telegrama dirigido a los prefectos con la orden de arresto de los responsables de la sedición; a las 07:50 se redacta el telegrama para las autoridades militares con el que se comunica la instauración del estado de sitio; a las 08:30, el comunicado cuelga en las calles de Roma.

Giovanni Amendola, ministro de las Colonias, que recibió una paliza a manos de los fascistas en Nochebuena, fundador del Partido Demócrata Italiano y del periódico liberal *Il Mon-*

do, cuya sede napolitana fue incendiada por los escuadristas el 24 de octubre, vive por fin un momento nada desdeñable de rara felicidad:

—Los fascistas no pasarán: hemos decidido ordenar el estado de sitio y mañana estos pelagatos recibirán su merecido —afirma exultante el sincero demócrata tras la deliberación del decreto.

El Consejo de Ministros acuerda por unanimidad proponer al Rey la proclamación del estado de sitio.

Del acta del Consejo de Ministros,
28 de octubre, 06:00 horas

El gobierno, por unánime decisión del Consejo de Ministros, ordena a sus señorías asegurar el mantenimiento del orden público [...] utilizando todos los medios, a cualquier coste, y con arresto inmediato, sin excepción, de jefes y promotores del movimiento insurreccional contra poderes del Estado.

Telegrama de la Presidencia del Gobierno
a los prefectos y comandantes militares del Reino,
28 de octubre de 1922, 07:10 horas

N.º 23859 - Consejo Ministros ha decidido proclamación estado de sitio en todas provincias Reino desde mediodía de hoy. Correspondiente decreto será publicado de inmediato. Mientras tanto empleen inmediatamente todos los medios excepcionales para mantenimiento orden público y seguridad bienes y personas.

Telegrama de la Presidencia del Gobierno
a los prefectos y comandantes militares del Reino,
28 de octubre de 1922, 07:50 horas

Contra Roma, madre de la civilización, nadie se ha atrevido jamás a marchar para sofocar la idea de libertad que en ella se personifica. A vosotros os corresponde defenderla hasta la última gota de sangre y ser dignos de su historia.

Orden del día del general Emanuele Pugliese
para los oficiales y soldados de la guarnición de Roma,
amanecer del 22 de octubre de 1922

Mientras que en las calles de Roma se cuelga la proclama del estado de sitio que debería sofocarla, en los campos del Lazio la insurrección ya ha fracasado.

La división para la defensa de la capital, a las órdenes del resuelto general Pugliese, asciende en su conjunto a veintiocho mil hombres, incluidos soldados, carabineros, agentes de la policía fiscal y guardias reales, que disponen de sesenta ametralladoras, veintiséis cañones, quince carros blindados.

Ante este imponente bastión defensivo, en el momento en el que debería comenzar la acción, las tres columnas fascistas que han llegado a las zonas de concentración deben de contar en total con diez mil hombres. Hombres sedientos, hambrientos, que avanzan a pie, desalentados, mal armados, empapados por la lluvia. Muchos solo llevan en el cinturón pistolas, puñales y herramientas agrícolas, algunos esgrimen en sus manos bastones cortos, estacas, látigos. La mayor parte van desarmados. Los que empuñan un fusil militar no tienen cartuchos. Los jefes de centuria ordenan a los más jóvenes que entreguen los escasos rifles a tiradores escogidos, a los veteranos de la Gran Guerra, para que se coloquen en cabeza y en los flancos de las columnas. La lluvia, torrencial, los golpea sin piedad: cae con furia y les azota la cara, penetra bajo las capas, salpica los charcos levantando agua fangosa. La interrupción de las líneas ferroviarias en Orte y en Civitavecchia, dispuesa por orden de Roma, obliga a los fascistas a proseguir a pie. Se dispersan por los campos y por los bosques. Los jóvenes revolucionarios, después de marchar desde toda Italia en plena noche para ir al asalto de la Historia, acampan como hombres primitivos en chozas, en cuevas, intentan refugiarse de la lluvia bajo los olmos. Pajares empapados o húmedos les sirven de jergones, los calcetines como esponjas son reemplazados por papel de periódico. El rancho es escaso: unas cuantas bolsas de patatas, galletas de arroz. Los miserables desamparados, al llegar a los centros habitados, se arrojan a las fuentes, pero las encuentran secas de agua potable. Doloridos, renqueantes, improvisando, avanzan como pueden. Algunos se quitan las botas de montar y, colgándoselas de los hombros, prosiguen descalzos. A su alrededor está el desierto. Si avistan una casa en construcción, los chicos de Mussolini se ilusionan. Se refugian en ella a centenares. El agua penetra a riadas. Sin embargo, muchos duermen, insensibles a todo. Otros dormitan, exhaustos. No es la guerra, sino la subsistencia de los hombres, lo que ocupa el horizonte entero de su existencia: piden pan, improvisan mataderos donde los animales son sacrificados por carniceros espontáneos. Son «pelagatos», son decenas de miles de jóvenes llegados de todo el país para hacer la revolución, pero nadie les ordena ni que se retiren ni que ataquen. Al igual que en los tres años de trincheras, están confinados en esta nueva tierra de nadie entre Orte y Tívoli y allí se quedan, olvidados, empapados, atrapados, con su maldad, con su hambre de botín, con sus ideales, pudriéndose bajo la lluvia en ese callejón sin salida de la historia.

Milán, via Lovanio, 26 de octubre de 1922
Sede de Il Popolo d'Italia, *alrededor de las 08:00 horas*

La Galería está bloqueada por los guardias reales, tres ametralladoras apuntan hacia piazza della Scala desde el edificio del Banco Comercial, han desviado los tranvías que cruzan via Manzoni. Aparentemente ajeno a los acontecimientos de ayer, esta mañana todo Milán tiene la impresión de que el estado de sitio ya es un hecho. La batalla —sobre eso no cabe duda alguna— se anuncia desigual: los escuadristas han alineado caballos de Frisia delante de la sede del Fascio de via San Marco, pero a lo largo del canal azotado por la lluvia, en las intersecciones de via Solferino, via San Marco y via Brera, los soldados del rey están colocando sobre sus caballetes ametralladoras pesadas.

Después de pasar la noche en casa, Mussolini lleva dos horas en el periódico cuando Enzo Galbiati, un antiguo albañil que acabó a cargo de las escuadras de Brianza, y que ahora está al mando de la defensa del «fortín», anuncia que desde via Moscova avanzan tres carros blindados y desde via Solferino un batallón de guardias reales para ocupar la sede del periódico. Probablemente vienen a ejecutar la orden de detención de los jefes del levantamiento.

El primero en parlamentar es Cesare Rossi. Propone un acuerdo para evitar el derramamiento de sangre. Los Osados y los fascistas, que han bajado a la calle exhibiendo mosquetes y granadas frente a lo que queda de la barricada de bobinas de papel disueltos por la lluvia, se retirarán al interior del edificio y la fuerza pública se detendrá en la esquina de via Moscova.

El mayor de la guardia real, sin embargo, no atiende a razones. Ha recibido órdenes y se dispone a ejecutarlas.

Mientras los bigotes del mayor se preparan para escribir la palabra fin sobre la marcha, Benito Mussolini se presenta en persona en la encrucijada de los acontecimientos. El mayor no se deja amansar, replica incluso al Duce con palabras de amenaza.

Mussolini, quien no ha dejado de prometer el Ministerio de Interior al prefecto Lusignoli hasta poco antes, se dirige al comisario de policía, dependiente de este, que acompaña al mayor:

—Señores, les aconsejo que reflexionen sobre el carácter de nuestro movimiento. No hay nada que ustedes no aprueben —después lanza un farol—: En cualquier caso, su obcecación resulta inútil: toda Italia, Roma incluida, ha caído en nuestras manos. Infórmense.

Las palabras —de nuevo las palabras— prevalecen sobre la realidad, manteniéndola a raya. Pequeñas causas, grandes efectos. El comisario Perna se muestra de acuerdo, el mayor vacila. El derramamiento de sangre se aplaza.

La llamada telefónica de Luigi Federzoni llega una hora más tarde, mientras Facta está despachando con el rey para la firma del decreto del estado de sitio. Federzoni —íntimo del rey, líder del movimiento nacionalista cuyas camisas azules están alineadas en defensa de Roma y, sin embargo, simpatizante de los fascistas que se preparan para atacarla— juega a dos o tres bandas. Mussolini no quiere hablar con él. Indica a Aldo Finzi que responda y a Cesare Rossi que escuche por el segundo auricular. La voz de Roma suena agobiada por la sensación de una catástrofe inminente.

Federzoni: He hablado con el general De Bono en Perusa, quien insiste en hacer todo lo posible, dado que él no puede comunicarse con Milán, para que Mussolini venga a Roma cuanto antes, la situación aquí se ve paralizada por el hecho de que el rey no puede conferenciar con ninguno de los dirigentes fascistas. De Vecchi está en Perusa, se dice, pero hace media hora aún no había llegado. Aquí no hay nadie y corremos el peligro, díselo a Mussolini de inmediato, de que la situación se agrave y el rey acabe por abandonar.

Finzi: Ahora se lo referiré a Mussolini.

Federzoni: De Bono me ha rogado que le haga saber a Mussolini su deseo como comandante general: que Mussolini venga a Roma de inmediato.

Finzi: Entiendo. Escúcheme una cosa. Sería necesario, en todo caso, que las órdenes dadas por la autoridad militar de Milán variaran un poco. Nosotros no podemos alejarnos del Fascio y que se empiece a disparar.

Ahora desde Roma llegan gritos.

Federzoni: ¡No perdamos la cabeza! Para que el rey no tome ninguna determinación que agrave la situación de manera incalculable, debe poder actuar de inmediato en condiciones de libertad visible, es decir, que no haya presiones..., ya me entienden..., externas... Por otro lado, ha declarado que no quiere ser responsable de derramamientos de sangre. En ese caso no se iría. Hay estado de sitio en toda Italia, por lo que la autoridad militar también actúa por su cuenta...

«Derramamiento de sangre»... «Estado de sitio»... Benito Mussolini entra en la cabina telefónica.

Finzi: Mussolini está aquí. Te lo paso.

Federzoni: Permíteme recalcar que he sido yo quien ha tomado la iniciativa para esta conversación. He hablado con De Bono, quien me ha hecho ver los términos de la situación: el conflicto existe; y si esta situación se prolonga, eso que te digo puede ocurrir..., el rey abandona el trono. Aquí falta de manera absoluta una persona que pueda representar al Fascio. De Vecchi no ha llegado a Perusa. De Bono me ruega que te haga saber todo esto y que vengas inmediatamente a Roma.

Mussolini: No puedo ir a Roma porque la acción en Milán está en marcha. Hay que hablar con quien tú sabes, con el mando supremo. Aceptaré todas aquellas soluciones que el mando supremo decida adoptar...

Federzoni, exasperado, exagerando el acento emiliano que lo asimila a su interlocutor, lo interrumpe.

Federzoni: Pero ¿cómo te lo va a hacer saber el mando de Perusa, si ni siquiera puede comunicarse con Milán?

Mussolini: Encárgate tú de tenerme informado, tienes que comunicarte con Perusa. Pero no olvides que el movimiento es serio en toda Italia.

Federzoni: Ahora se trata de no destruir el punto de apoyo; de lo contrario todo habrá acabado.

Mussolini: Ponte en contacto inmediatamente y di que Mussolini se somete a lo que decidan los comandantes.

Federzoni: Tú procura no moverte de *Il Popolo d'Italia.*

Mussolini: No me muevo. Pero ten mucho cuidado para que la crisis se oriente hacia la derecha, hacia la derecha, hacia la derecha...

Federzoni: ¿En qué sentido?

Mussolini: Un gobierno de fascistas.

La enormidad de la afirmación hace estallar un momento de silencio. Después el agente doble se recobra.

Federzoni: En eso estamos de acuerdo, no hay duda. Pero es preciso evitar una situación de armisticio. Para mañana por la noche me comprometo personalmente a conseguir lo que deseas.

Mussolini cuelga el auricular. Sale de la cabina. Cesare Rossi se le acerca. Benito Mussolini se ríe.

—Ya te lo decía yo. Quieren que baje a Roma. Maniobra prevista.

Sobre Milán, en estado de sitio, sigue lloviendo. Al final de via Lovanio, en la esquina con via Moscova, en el lugar donde el pelotón de guardias reales impide el acceso, el agua corre a lo largo de los cañones pardos de las ametralladoras.

Todo el peso de la incipiente carnicería ha vuelto a descargarse sobre los hombros de los cuatro figurantes que, aislados del mundo, escrutan el horizonte de los acontecimientos desde una habitación de hotel en Perusa.

Perusa, 28 de octubre de 1922
Hotel Brufani, mando supremo de la marcha sobre Roma,
misma hora (alrededor de las 08:00)

Charcos de vino y champán reflejan lo que queda del alba. El ácido del vómito se suma al hedor de la ceniza que exhalan los cientos de colillas ensartadas en las sobras del pan y del salchichón, en trozos de pastel, ahogadas en fondos de aguardiente.

Cesare Maria De Vecchi acaba de bajar de su Lancia azul junto con Dino Grandi, apretándose los riñones con las manos después de ocho horas de viaje por carreteras enlodadas, el estómago le da vueltas. Cuatro escuadristas roncan tendidos en el suelo de la sala de mando, huele a aliento pesado, a juerga nocturna. De Vecchi los despierta a patadas. Hay un conato de pelea. El mapa topográfico de las operaciones cuelga de la pared sujeto con un solo clavo. Esta es la revolución fascista.

La tez de De Bono es cadavérica, Bianchi se estremece y jadea. Ambos tienen noticias muy vagas del mundo exterior. De Vecchi les informa sobre lo que sucede en Roma, sobre lo que ha visto a lo largo de la carretera hacia Perusa: grupos de fascistas demacrados, atormentados por la lluvia y el frío, marchando tambaleantes y desarmados hacia el sur, fantasmas de una batalla que no llegará a librarse.

A la llegada de Balbo, los cuadrunviros, inmóviles como estatuas de un duelo por el Cristo muerto, se reaniman. Con el pelo enmarañado —es imposible determinar si todavía está borracho o solo exaltado—, Balbo ataca a De Vecchi con palabras de burla y desprecio. Le acusa de ser un politicastro, que se jacta de la ocupación de la prefectura de Perusa conquistada en su ausencia.

—¡Bravo, bravo! ¿Y el mando de la división? ¿Has ocupado eso también? ¿Y el mando de la brigada Alpi que apuntó contra vosotros sus cañones? Y las tropas, ¿las has desarmado? —a Cesare Maria De Vecchi le sangran las encías de la rabia que siente.

Poco después, alrededor de las 10:00, llega desde la oficina de telégrafos la noticia de que se ha proclamado el estado de sitio y de que se ha emitido la orden de arrestar a los jefes de la insurrección. Bianchi intenta desesperadamente comunicarse con Milán y luego con Roma. No lo consigue. Oscuridad total.

Un fascista en bicicleta se detiene frente al hotel Brufani. En la jefatura de policía reciben una llamada telefónica desde Roma. Quieren hablar con el cuadrunviro De Vecchi. Si no es una broma, llaman en nombre del rey.

No es una broma. Cittadini, el ayudante de campo de Víctor Manuel III, pide que De Vecchi regrese de inmediato a Roma. El soberano quiere entrevistarse con un alto representante del movimiento fascista y Mussolini no se mueve de Milán. De Vecchi se atreve a preguntar si hay novedades. Las hay.

Antes de volver a arrancar en el coche de un fanfarrón que promete llevarlo a Roma en cuatro horas —«Conduzco al estilo de Mussolini», se jacta—, De Vecchi se encuentra con un viejo colega, el general Cornaro, comandante de la brigada Alpi, de guarnición en Perusa.

Cornaro le reprocha la locura de todo el montaje, pero entre compañeros los reproches son benévolos. De Vecchi pide paciencia, indulgencia, transigencia, de soldado a soldado.

Nada de todo eso, replica Cornaro, puedo concederos ya. Desde esa noche rige el estado de sitio, las órdenes son precisas. De Vecchi, entonces, le asegura que cambiarán, le revela que el rey le ha convocado a Roma. Implora que se eviten los enfrentamientos. Cornaro le responde con gracia.

—¿Enfrentamientos? No los habrá. La ciudad está aislada, nadie vendrá en vuestra ayuda, las ametralladoras están apuntando.

Luego el general toma del brazo al fascista, señala los tejados de los edificios, las colinas que dominan la plaza y, casi en un susurro, añade:

—¿No me harás el feo de pensar que no sé apostar la artillería?

Cesare Maria De Vecchi refiere a los otros cuadrunviros su conversación con el general Cornaro. Balbo, como de costumbre, impreca, insulta, amenaza, silbando entre dientes:

—Vosotros bajaos también los pantalones..., seguid adelante con vuestra revolución por teléfono..., yo resistiré y si he de caer lo haré solo después de haber disparado el último cartucho.

Mientras De Vecchi monta en el coche al lado del chófer improvisado que «conduce al estilo de Mussolini», la voz de Balbo, enroscada en sus frecuencias histéricas, lo persigue.

—La revolución ha comenzado... A disparar..., a disparar.

Milán, via Lovanio, 28 de octubre de 1922
Sede de Il Popolo d'Italia

n.º 23871 - Se advierte que las disposiciones del telegrama de hoy n.º 23859 sobre el estado de sitio no deben ejecutarse.

El telegrama de la Presidencia del Gobierno a los ministros de Interior y de la Guerra se despacha a las 12:05. A las 12:30 el Ministerio de la Guerra comunica al mando de la división la orden de suspensión del estado de sitio. Poco después, la Agencia de Información Stefani confirma la noticia: el rey, contrariamente a todas las premisas y todos los compromisos, no ha firmado el decreto. El estado de sitio queda revocado.

Es inútil preguntarse el porqué. Las razones son muchas y ninguna. La esfinge de la historia se sienta muda, inamovible, sobre lo que ha sido, lo que será, lo que hubiera podido ser y que, por el contrario, permanecerá increado para siempre.

Benito Mussolini se entera de la noticia en su despacho de via Lovanio, mientras recibe la visita de Alfredo Rocco, líder de los nacionalistas e insigne jurista. Rocco ha venido personalmente de Roma para convencerlo de que apoye un gobierno de Salandra. Mussolini entrega a Rocco una lista de ministros. El único ejecutivo posible, el suyo. A esas alturas, dice, es tarde para cualquier solución que no pase por él.

Alfredo Rocco, impulsado por una intuición fulminante que aferra la realidad con un solo, perdonable, momento de retraso, se olvida de Salandra y se precipita hacia el Duce y lo abraza, conmovido:

—Tienes toda la razón, tú sí que traerás suerte a Italia.

El Fundador del fascismo ha ganado, Mussolini lo sabe —una vez ha pasado la amenaza del estado de sitio, solo queda la de las escuadras fascistas que se agolpan a las puertas de Roma— y dedica el resto del día a las ocupaciones habituales del vencedor.

El nuevo dueño de los destinos generales elabora listas de subsecretarios, promete ministerios, despacha por teléfono con el director del *Corriere della Sera,* prepara una edición extraordinaria de su periódico anunciando su triunfo, dice «no» con una simple oscilación del dedo índice a todas las llamadas que provienen de De Vecchi y de los otros fascistas romanos, cómplices de sus rivales. Luego rechaza incluso la invitación oficial del ayudante de campo del rey para regresar a la capital a fin de conferenciar con el monarca. Bajará inmediatamente, incluso en un avión pilotado personalmente por él, pero solo para recibir el encargo de formar su gobierno.

A las 17:00 horas, Mussolini concede una entrevista a un periodista de *L'Ambrosiano:* «Persisten en engañarse pensando que la solución puede encontrarse en Roma y no ven que es en Milán donde tienen que buscarla. A estas alturas solo hay una solución: la solución Mussolini». A las 18:00 horas, cuando por error un pelotón de guardias reales marcha de nuevo por via Lovanio, convencido de que no dispararán, el Fundador de los Fascios de Combate agarra un mosquete del armario y se lanza a la calle para confrontarlos personalmente. A las 19:00 recibe, por segunda vez en dos días, a una delegación de industriales: De Capitani D'Arzago,

Pirelli, Benni, Crespi, Ettore Conti, que a esas alturas ya conocen el camino. A las 20:00, con la corbata ajustada en el cuello rígido de la camisa buena, regresa al teatro, esta vez, sin embargo, no con Margherita Sarfatti, la amante de larga trayectoria, sino con Rachele Guidi de Mussolini, la legítima consorte. Alrededor de medianoche, acepta por fin recibir la enésima llamada de Roma desde un teléfono que ha estado sonando en vano durante horas. De Vecchi, Ciano y Grandi hacen un último intento en favor de un gobierno de Salandra. El nuevo amo no tiene dudas:

—¡No valía la pena movilizar al ejército fascista, hacer una revolución, que hubiera muertos, para asistir a la resurrección de don Antonio Salandra! No acepto.

Tanto en Roma como en Milán se oye el golpe seco del auricular al chocar con el aparato.

Perusa, 28 de octubre de 1922
Hotel Brufani

En el hotel Brufani la noticia llega justo cuando los guardias reales se disponen a ocupar otra vez el edificio de la oficina de correos: el estado de sitio ha quedado revocado. Michele Bianchi y Emilio De Bono, venciendo su recíproca repulsión física, se abrazan como amantes apasionados.

En la calle, sin embargo, todavía no lo saben. Y a pocos metros de la entrada del hotel, justo en este momento, las tropas con el general Cornaro a la cabeza desfilan por via Mazzini preparándose para atacar el edificio público defendido por los camisas negras de la «Desesperadísima» con solo dos ametralladoras. Las trompetas resuenan, se apuntan las armas, los jefes fascistas, pálidos, parlamentan entre dos fuegos.

En este momento Emilio De Bono, con los ojos llorosos de viejo prematuro, interpone su cuerpo esquelético entre las formaciones listas para abrir fuego. El estado de sitio —grita De Bono con una voz casi de falsete— ha sido revocado, el rey ha convocado a Mussolini a Roma, el encargo de gobierno es inminente. El general Cornaro desiste por segunda vez.

Unas horas más tarde, De Bono va a visitar al general Petracchi, comandante de la plaza de Perusa. Los oficiales y la tropa lo saludan militarmente, luego sonríen para sus adentros. Petracchi, que hasta pocas horas antes, desdeñoso, encolerizado, marcial, ni siquiera había querido recibir a su excolega y había amenazado con hacer hablar a los cañones, ahora, convertido inmediatamente a la causa fascista, se justifica, se disculpa, mendiga ante los nuevos dueños de la situación. Mientras De Bono, después de tranquilizarlo, se despide, el general Petracchi lanza una última petición:

—La radio, te insisto en la radio, haz que me la arreglen.

En el Brufani hay ya un constante ir y venir de gente; camaradas, curiosos, postulantes. Llegan incluso las cámaras fotográficas. Bianchi, De Bono y Balbo se dejan inmortalizar en el fatídico momento, todos un poco inclinados hacia delante. Sienten el peso de lo grotesco, cuando el drama, de repente, se convierte en una *pièce* de final feliz.

Tívoli, Monterotondo, Santa Marinella,
28 de octubre de 1922

Los improvisados campamentos están abarrotados, los recién llegados se disputan con los harapientos que ya estaban allí los huecos en torno a las hogueras reducidas a ceniza a causa de la lluvia. Tres mil hombres de la legión sienesa han llegado después de comer; quinientos desde Ancona y trescientos desde Sabina por la tarde; dos mil de la primera legión florentina, dos mil de la legión de Arezzo y de la cohorte de Valdarno y los tres mil de la segunda legión florentina llegan al anochecer.

Llegan y se dejan caer todos para macerarse en una espera convulsa. No hay agua potable, no hay víveres, no hay dinero. Y, por encima de todo, no hay órdenes. Todo lo que se sabe es que Balbo ha pasado en motocicleta con la orden de que nadie se mueva para no comprometer el juego político. Luego nada más, durante horas, durante días. Ninguna acción, ninguna comunicación, ninguna noticia, ningún orden del día, más que el que impone toda clase de prohibiciones: no alejarse por ningún motivo del propio campamento, no provocar daños, no disparar, no robar gallinas a los campesinos.

La marcha se empantana en el barro, los legionarios, olvidados bajo la lluvia, degradados a ladrones de pollos, vagan por los campamentos, agotándose en patrullas absurdas, temblando por las fiebres provocadas por los temporales y por la angustia de vivir inútilmente, privados de toda respuesta.

La columna acantonada en los alrededores de Tívoli está al mando de Giuseppe Bottai, un joven poeta frustrado, hijo de un comerciante de vinos, voluntario en la Gran Guerra como oficial de los Osados, primero futurista y luego jefe de los escuadristas romanos. Bottai ha instalado su oficina de mando en un hotelito encaramado en las rocas entre los bosques de Tívoli desde donde pueden verse las copas de los cipreses de Villa d'Este.

Bottai, junto con aquellos hombres venidos de toda Italia para marchar sobre la capital de los Césares, permanece allí durante días, esperando una señal, inmerso en el fragor hipnótico de la cascada. Roma es una vaguedad en el horizonte, una imagen en la distancia, allá abajo, hacia al este, bajo un cielo gris, resquebrajado por los relámpagos.

Si esta situación no se ataja, nos veremos abocados a problemas mayores. Mussolini está decidido a venir a Roma si le dan el encargo de gobierno [...]. Si recibe la respuesta de inmediato, iría incluso en avión; pero lo esencial es que se decidan [...]. A fin de cuentas, yo creo que, una vez que vaya a Roma para formar el ejecutivo, se podrá influir en él para que forme un gabinete mejor que el que anunció ayer por la noche.

Luigi Albertini,
director del *Corriere della Sera*,
al teléfono con el exjefe de Gobierno Salandra,
28 de octubre de 1922

La situación es esta: la mayor parte de Italia septentrional está completamente en poder de los fascistas. Toda la Italia central [...] está ocupada por los «camisas negras» [...]. La autoridad política —algo sorprendida y muy consternada— no ha sido capaz de enfrentarse al movimiento [...]. El gobierno debe ser claramente fascista [...]. Esto ha de quedar claro para todos [...]. Cualquier otra solución será rechazada [...]. La inconsciencia de ciertos políticos de Roma oscila entre lo grotesco y la fatalidad. ¡Que se decidan de una vez! El fascismo quiere poder y lo tendrá.

Editorial de Benito Mussolini,
Il Popolo d'Italia, 29 de octubre de 1922

Cada cónsul se encargará personalmente de la formación de patrullas legionarias, que deberán, bajo la responsabilidad personal de los jefes de patrulla, velar por que no se haga daño alguno a las propiedades, ni se roben gallinas.

Orden del día n.º 4 del mando fascista de Santa Marinella,
28 de octubre de 1922

Benito Mussolini
Roma, 31 de octubre de 1922
Hotel Londra, habitación del presidente del Gobierno,
por la noche

Huele a pies.

Se ha quitado las polainas, se ha desatado los zapatos, se ha aflojado el cinturón de los pantalones y, en mangas de camisa, se ha dejado caer en el sillón. Con el cigarrillo que le cuelga de los labios, a la manera francesa, estira sus piernas en el sillón de enfrente, «al estilo americano», dice.

—Hemos de reconocer que las divisiones de los demás nos han ayudado muchísimo... ¡Ah! Todos esos candidatos al gobierno: Bonomi, De Nicola, Orlando, Giolitti, De Nava, Fera, Meda, Nitti... Parecía como si pasaran desesperadamente lista a los santones moribundos del parlamentarismo. ¿Y qué decir del desgraciado de Facta, que provoca una crisis ministerial justo después de nuestra asamblea en Nápoles?

Cesare Rossi, junto con algunos otros acólitos —porque él se obstina en no querer amigos—, lo escucha recordar sosegado, franco, desmovilizado, la victoriosa campaña en beneficio de los presentes. Pero ya se sabe que él, incluso en estos momentos de triunfo, especialmente en estos momentos, habla ante todo para sí mismo.

—Y por no mencionar, además, la pasividad del antifascismo... Vale, de acuerdo, después de la huelga legalista ese barco hacía agua por todas partes... Pero, bueno, aunque no hubiera sido más que una huelguecita general cualquiera, para ponernos una zancadilla, nos habría perjudicado bastante.

Fuera del saloncito que la dirección del hotel Londra ha dispuesto para el nuevo presidente del Gobierno, no ha cesado en todo el día, y aún perdura, el revuelo de escuadristas arrogantes, aspirantes a ministros o a subsecretarios, generales en activo y en la reserva, hombres y mujeres del *demi-monde* romano, *brasseurs d'affairs,* todos en busca de un viático, una promoción, una prebenda, todos se han lanzado a via Ludovisi con el olfato de un ave rapaz. Ahora, sin embargo, el clamor quejumbroso de esas personas no llega al campamento de lujo donde el caminante, descalzo y con la ropa desabrochada, se vuelve para echar un vistazo al camino recorrido.

—Claro, si el gobierno lo hubiera encabezado Giolitti las cosas no habrían sido tan fáciles... En nuestras zonas habríamos presentado una fuerte resistencia, pero lo cierto es que no habríamos podido triunfar. Cuando un Estado quiere defenderse, siempre puede defenderse, y entonces el Estado gana. La verdad es que el Estado en Italia ya no existía...

El soliloquio en público prosigue —sosegado, amansado por la victoria, casi como una cantilena, una canción de cuna— mientras que por fin ha dejado de llover y el otoño de Roma concede a la fatiga de los hombres una noche dulce antes de que llegue el invierno. Los vencedores dan las gracias al dios del otoño y disfrutan del momento, porque saben que llegará el invierno, que ya está a las puertas.

Comienza la evocación de las últimas horas. Alguien desliza el carrito de los licores por el suelo de mármol.

Al ayudante de campo del rey, que, después de la renuncia de Salandra, el 29 de octubre, dos días antes, lo convocaba a Roma para encargarle formar gobierno, Benito Mussolini le exigió un telegrama escrito. «Si me llega el telegrama, salgo de inmediato, incluso en avión.» El telegrama no tardó en llegar pero él ni siquiera se marchó en tren. El convoy especial preparado por Lusignoli para las 15:00 horas lo estuvo esperando en vano. Antes había querido cerrar la edición especial de su periódico que anunciaba su triunfo.

Solo después de haberse concedido un breve momento de emoción con su hermano Arnaldo («¡Ay, si papá estuviera vivo!») y haber cerrado la primera página, montó en el tren directo 17, que salía de la estación central a las 20:30, y cuya llegada prevista a Roma era a las 9:30 del día siguiente. El saludo a la multitud había sido apresurado. El nuevo presidente del Gobierno había exigido que el tren partiera a la hora prevista («De ahora en adelante, todo debe funcionar a la perfección»). El canto de los fascistas milaneses —«juventud, juventud...»— se fue perdiendo en la distancia mientras los vagones de cola se deslizaban en la oscuridad.

Por desgracia el convoy había llegado a su destino con casi dos horas de retraso. Los camisas negras, plantándose en medio de las vías, lo habían detenido en Fiorenzuola, luego en Sarzana, después en Civitavecchia, y el Duce tuvo que bajar para pasar revista («La victoria es nuestra, no debemos estropearla. Italia es nuestra y la devolveremos a su antigua grandeza»).

Desde el ventanuco del coche cama, durante toda la noche y hasta el amanecer del día siguiente, Benito Mussolini había visto desfilar Italia a sus pies. Por último, a su llegada, a las 10:50, lo saludaron incluso desde los cielos de Roma seis aviones que despegaron del aeródromo de Centocelle.

A las 11:05 del 30 de octubre de mil novecientos veintidós, en el momento en el que había subido las escaleras del Quirinal para recibir del rey de Italia el encargo de gobernarla, Benito Mussolini, de origen plebeyo, gitano de la política, autodidacta del poder, con solo treinta y nueve años era el primer ministro más joven de su país, el más joven de los gobernantes de todo el mundo en el momento del ascenso, carecía de experiencia alguna de gobierno o de administración pública, había entrado en la Cámara de Diputados solo dieciséis meses antes vestido con la camisa negra, el uniforme de un partido armado sin precedentes en la historia. Con todo esto, el hijo del herrero —hijo del siglo— había subido las escaleras del poder. En ese momento, el nuevo siglo se había abierto y, al mismo tiempo, se había cerrado sobre sí mismo.

Al día siguiente no hubo otro remedio que permitir que entraran en la ciudad. No podía hacerse otra cosa. El rey en persona, ahora que Benito Mussolini había obtenido lo que quería, le pidió que los devolviera a sus casas, protegiendo la capital. Pero él había replicado que, si no les daban la satisfacción de desfilar, él no podría responder de su reacción: a esos desgraciados les habían dejado pudrirse al raso durante tres días y tres noches bajo la lluvia, por más que se hubieran reunido a las puertas de Roma antes de que él llegara en tren el 30 por la mañana. Incluso entonces, a Giuseppe Bottai, que imploraba el permiso para marchar sobre la ciudad a la cabeza de su columna de desesperados, se le replicó con una negativa. Pero el 31 de octubre, habiéndose formado el gobierno fascista, no habría sido posible mandar a los escuadristas de vuelta a casa sin otorgarles siquiera un triunfo ficticio y miserable. Algunos de ellos, en provincias, hasta se habían obstinado en morir cuando ya en Milán Mussolini había obtenido el telegrama del ayudante de campo del rey. En Bolonia, después de haber liberado a decenas de camaradas detenidos en la prisión de San Giovanni in Monte, guiados en su asalto por Leandro Arpinati, mientras Rachele ya le estaba preparando las maletas al Duce, ocho de esos locos y generosos muchachos vestidos con camisas negras se habían dejado matar asaltando cuarteles de carabineros y depósitos de municiones ya completamente inútiles. Ocho cadáveres póstumos.

Y en el fondo, un halo de heroísmo y violencia no venía mal. Era útil, en ese nuevo siglo, para consagrar el poder de su hijo predilecto. La insurrección militar había fracasado, de acuerdo, pero la comedia se había hecho realidad y la pistola tenía que permanecer en la sien.

Y así, en la mañana del 31 de octubre, mientras el gobierno juraba en el Quirinal, todos se habían reunido en Villa Borghese. El cortejo arrancó a las 13:00 en los paseos del Tíber, donde su Duce había pasado revista a decenas de miles de fascistas vestidos de cualquier manera, embarrados, hambrientos, blandiendo las porras y con los puñales colgando del cinturón. Luego, aglomerados en piazza del Popolo, tras imponérseles el máximo orden y disciplina y prohibírseles cualquiera de las acciones violentas para las que habían sido movilizados —ahora el presidente del Gobierno, garante de la legalidad, era el propio Mussolini—, los hicieron desfilar en columnas por corso Umberto hasta el Altar de la Patria y, desde allí, bajo las ventanas del Quirinal.

En el balcón, el rey, encajado entre el general Diaz y el almirante Thaon de Revel, los había saludado brevemente. El Duce apenas se había asomado durante unos minutos a la ventana de la Consulta. El desfile había durado seis horas.

Exhaustos por el cansancio que sucedió a la tensión nerviosa, alejados a patadas como perros en la iglesia, después de haber devorado unos kilómetros más por las calles de la capital, de haber sido aclamados por la cobardía romana que, una vez que el miedo había pasado, se desgañitaba a ambos lados de las calles, sin darse cuenta siquiera, los escuadristas del fascismo, los protagonistas carnales de una historia fantasma, se habían encontrado en el tren masticando los jugos gástricos de su victoria.

Algunos, desde luego, incluso allí se habían insubordinado. Después de años de palizas y expediciones punitivas semanales, ante el estallido de violencia, un grupo de fascistas rebeldes habían saqueado el palacete de Nitti, habían destrozado el despacho del diputado Bombacci, habían golpeado repetidamente en la cabeza a Argo Secondari, el jefe de los Osados del Pueblo, abandonándolo en el suelo con una incurable conmoción cerebral. Otros, más valientes, o más imprudentes, habían tratado de llevar la guerra al campo del enemigo, y armados habían penetrado en las barriadas populares de Borgo Pio, San Lorenzo, Prenestina, Nomentana, de las que habían sido expulsados el año anterior. Habían sido rechazados de nuevo esta vez.

Mussolini en persona, después de haberse enterado de los incidentes, acudió a la estación de Términi para asegurarse de que sus últimos, irreductibles escuadristas montaran a la fuerza en los trenes. Roma tenía que quedar despejada, Italia normalizada. Mañana será otro día.

Ahora, en su habitación del hotel Londra, el Duce del fascismo se despereza en el sillón, estira las piernas y, preparándose para el sueño, dejando que la voz caiga una octava, agradablemente aturdido por la nube de hedor íntimo que emana de sus pies descalzos, repite a sus pocos acólitos lo que ya le ha dicho por la tarde a un redactor del *Corriere della Sera:*

—Decidme la verdad, hemos hecho una revolución única en el mundo. ¿En qué época de la historia, en qué país ha tenido lugar una revolución como esta? Mientras los servicios funcionaban, mientras las tiendas operaban con normalidad, los empleados estaban en sus oficinas, los trabajadores en los talleres, los campesinos en los campos, mientras los trenes viajaban con regularidad. Tuvimos un total de treinta muertos, diez de ellos en Mantua, ocho en Bolonia, cuatro en Roma. Aparte de Parma, aparte de San Lorenzo, y algunos otros casos aislados, Italia se quedó mirando. ¡Es una nueva forma de revolución!

Nadie objeta, nadie responde. El arte de la docilidad imparte a los nuevos adeptos sus primeros rudimentos.

¿Qué harán mañana? Nadie puede decirlo, ni siquiera en esa habitación. Se embriagan con los hechos consumados: han llegado al poder, ahora quieren conservarlo. Suave es la noche del otoño romano.

Secundando la oscuridad con el silencio, se desliza suavemente hacia el crepúsculo de la conciencia que conduce al sueño. En el futuro habrá todo el tiempo del mundo para calcular cuánto de irreparable se ha perdido al permitir que este hombre arrepanchigado en un sillón haya tomado el poder sobre el mundo mientras viajaba en coche cama.

Aquí estamos asistiendo a una hermosa revolución juvenil. No hay peligro, es pródiga en color y entusiasmo. Nos estamos divirtiendo mucho.

Richard Washburn Child, embajador de Estados Unidos
en Roma, 31 de octubre de 1922

Reconozcamos que el desarrollo de los acontecimientos ha sido pacífico [...]. Por desgracia, sin embargo, la ausencia de tragedia, en ciertos momentos de la vida de un pueblo, puede significar escasez de seriedad moral.

La Stampa, 1 de noviembre de 1922

Se ha abierto una herida en nuestra vida nacional [...] desde hace cuatro años, los italianos se han acostumbrado a ver en la violencia el camino de los avances o la posibilidad de soluciones, y a considerar que un partido es tanto más fuerte cuanto más amenazador resulta [...], lo demuestra la indiferencia musulmana con la que el gran público ha sido testigo de la insurrección fascista y el derrumbe sin dignidad de toda autoridad estatal y la humillación de todos los poderes del Estado, sin excepción alguna.

Luigi Albertini,
Corriere della Sera, 2 de noviembre de 1922

Siento con vos todo el dolor por la forma en la que se han desarrollado estos días; siento la ofensa que se ha perpetrado y se perpetra a la libertad, que desde luego tardará en sanar. Pero me pregunto si no os sentís bastante responsable de todo esto, por no haber levantado a tiempo la voz contra la ilegalidad, los abusos, las brutalidades que se estaban cometiendo. Demasiadas veces hicisteis la apología del bastón y de los dientes afilados de los fascistas, para poder quejaros hoy de lo que no es, en definitiva, más que su conclusión lógica.

Carta de Giuseppe Prezzolini a Luigi Albertini,
3 de noviembre de 1922

Ha desaparecido por fin el sistema semisocialista bajo el cual el país tanto había sufrido en el pasado [...], es cierto, ha habido una revolución, pero una revolución típicamente italiana, un plato de espaguetis, la forma en la que se ha producido el cambio no debe crear demasiada aprensión solo porque haya sido completamente inconstitucional.

Monseñor Francesco Borgongini Duca, secretario
de la Sagrada Congregación de Asuntos Eclesiásticos
Extraordinarios, 6 de noviembre de 1922

Se ha hablado de una revolución fascista. La expresión es pomposa, sonora. Los hechos son quizá más modestos. La abdicación de los poderes estatales había llegado a tal punto que los fascistas solo tenían que alargar la mano para recoger el fruto maduro de sus obras [...]. En el fascismo no todo era un farol, pero había mucho de farol y, ante unas ametralladoras que hubieran cantado, el ardor de los camisas negras se habría atenuado en gran medida.

Pietro Nenni,
Avanti!, 14 de noviembre de 1922

Benito Mussolini
Roma, 16 de noviembre de 1922
Cámara de Diputados, 15:00 horas

El hemiciclo está a reventar. La sede del Parlamento italiano tiene un «aspecto fantástico» que ni siquiera los cronistas más antiguos —señala *L'Illustrazione Italiana*— pueden recordar treinta años de existencia. Las tribunas de los senadores, los diplomáticos, los exdiputados rebosan de elegantes caballeros y señoras con pieles, las tribunas del público están literalmente abarrotadas de espectadores, los corredores laterales bloqueados por gente común que ha acudido presurosa a saludar al nuevo gobierno. El espectáculo de la multitud es festivo, emocionante incluso, pero todas las cámaras fotográficas apuntan al banco de la presidencia.

A las tres en punto de la tarde, ni un segundo más ni uno menos, precedido por el presidente de la Cámara Enrico De Nicola, seguido por todos los ministros de su gobierno, escoltado por el general Diaz, ministro de la Guerra y «duque de la victoria» sobre los austriacos, entra su señoría Mussolini. Todos los diputados, excepto los representantes de la izquierda, se ponen de pie para aplaudirlo. A la ovación se suman las tribunas del público. Italia, se mire donde se mire, vive una luna de miel con este hombre que entra en el Parlamento con paso triunfal, tan por encima del suelo que, al caminar, da la impresión de ir a caballo.

Han pasado tan solo quince días desde la llamada «marcha sobre Roma», la prensa nacional e internacional la ha comentado ampliamente, «una hermosa y alegre revolución de jóvenes vigorosos», «una revolución incruenta», «un experimento decisivo, el amanecer de una nueva era», «algo típicamente italiano, un plato de espaguetis», una «comedia». Solo han pasado quince días, solo en Roma en esos quince días ha habido diecinueve muertos y veinte heridos graves, y, sin embargo, la marcha sobre Roma está a punto de caer en el olvido.

Nadie parece querer recordar esos días de angustia provocada por la multitud de hombres de negro que marchaban sobre el mundo, toda la atención está concentrada en este hombre que vuelve sus ojos amenazadores, ojos que incluso a sus despectivos adversarios les parecen relucientes «como faros encendidos en la noche». En torno a él se han creado enormes expectativas. Se espera que con él, animal nocturno, surgido de la oscuridad, la noche llegue a su fin.

Los primeros en atisbar en el Duce del fascismo una promesa de paz son, paradójicamente, los liberales. Benedetto Croce sigue aplaudiendo, Giolitti espera que Mussolini saque al país «del foso donde estaba destinado a pudrirse», Nitti promete que «no habrá oposición», Salvemini lo incita a eliminar a esas «viejas momias y a la chusma» de la clase política marcescente, incluso Amendola, a cuyo periódico prendieron fuego los escuadristas, espera que el Duce restaure la legalidad. En su gobierno han entrado, además de los fascistas, los populares, los nacionalistas, los demócratas, los liberales. El filósofo de fama europea Giovanni Gentile ha aceptado el Ministerio de Instrucción Pública, el general Armando Diaz y el almirante Paolo Thaon de Revel, vencedores del conflicto mundial, los de la Guerra y la Marina. Italia ya está harta de los habituales jueguecitos, de los rumores de pasillo, de los ahogados suspiros, de incruentas y poco concluyentes conspiraciones palaciegas, la gente está harta de que el Parlamento solo la represente en sus defectos. Los italianos, en definitiva, están asqueados de sí mismos. Casi todos, e incluso algunas de sus víctimas, desean una larga vida y una «salud de hierro» al hombre de la emergencia para purgar la herida infectada. A la enfermedad que debe curarse a sí misma.

Benito Mussolini no parece tener intención de decepcionarlos. Después de la larga ovación al general Diaz y al rey de Italia, se pone en pie y, en perfecto silencio, recalcando las sílabas como de costumbre, comienza con sarcasmo:

—¡Señores! Lo que voy a hacer hoy en este hemiciclo es un acto de deferencia formal hacia ustedes por el cual no les pido ninguna declaración de reconocimiento concreto.

Larga pausa para que a las momias de Montecitorio les dé tiempo a apreciar el insulto: el presidente del Gobierno acaba de declarar a los diputados de su Parlamento que si se digna saludarlos es solo por respeto a las formas. Luego, inmediatamente después, reanuda su discurso apelando al pueblo en contra de ellos.

—Lo que ha ocurrido ahora es que el pueblo italiano, la mejor parte de él, ha desbancado a un ejecutivo y se ha dado un gobierno por fuera, por encima y en contra de cualquier designación del Parlamento... Yo afirmo que la revolución tiene sus derechos. Yo estoy aquí para defender y para potenciar al máximo la revolución de los camisas negras.

Tras escuchar ese inesperado recordatorio de la «revolución» estallan aplausos estruendosos en las tribunas ocupadas por los escuadristas. Su Duce acaba de evocar la marcha sobre Roma que ya todos se disponían a olvidar. La marcha, de repente, ha invadido el Parlamento, parecen oírse las botas claveteadas resonando contra el mármol travertino de los pasillos, la marcha —«señores míos»— no caerá en el olvido. No miréis hacia atrás, mirad hacia delante. El camino acaba de empezar.

Mientras tanto, en las bancadas de los demócratas y los liberales empiezan a elevarse miradas incómodas hacia las gradas donde rugen los escuadristas. Mussolini reclama de nuevo su atención:

—He renunciado a aplastar y podía haber aplastado. Me he impuesto límites.

Una sensación de alivio se cierne sobre la sala. Muchos de los diputados que un instante antes miraban aterrorizados a los escuadristas, ahora, alentados, dan su asentimiento con gestos de la cabeza: su Jefe declara que no quiere ensañarse. Estupendo. Alivio y gratitud del ratón al que perdona el gato.

Benito Mussolini, sin embargo, saca por sorpresa el látigo de debajo del banco de los ministros:

—Con trescientos mil jóvenes totalmente armados, dispuestos a todo y casi místicamente preparados para ejecutar cualquier orden mía, podría castigar a todos los que calumniaron y trataron de enfangar el fascismo. Podría convertir este hemiciclo silencioso y gris en un vivac de manípulos.

Un latigazo en plena cara. El insulto al Parlamento resuena en el hemiciclo del propio Parlamento: ¡este hemiciclo silencioso y gris! Ahora está claro que la institución democrática sobrevive por piadosa concesión del hombre que está llamado a gobernarla, a respetarla, y es él mismo quien lo declara. La imagen del castigo —perdonado, si bien tal vez solo pospuesto— se convierte, para los diputados deshonrados, en el propio castigo. Un azote en plena cara. Casi todos, sintiendo que se lo han ganado, lo reciben sin intentar siquiera esquivarlo, sin protección y sin reaccionar.

Mientras que los escuadristas se exaltan en las tribunas, la impresión suscitada por el ultraje de Mussolini es, para todos los no fascistas, dolorosa, profunda. Y, sin embargo, solo Francesco Saverio Nitti, indignado, abandona el hemiciclo en silencio, solo Modigliani y Matteotti se ponen de pie en los bancos de los socialistas. Un solo grito —«¡Viva el Parlamento!»— se eleva en el Parlamento humillado. La parte restante, casi al completo, es como si sintiera que se merece la humillación. Su silencio es un acto de arrepentimiento servil. Cuando Mussolini vuelve a hablar, se dirige a una asamblea de culpables:

—Podría atrancar el Parlamento y formar un gobierno únicamente de fascistas. Podría, pero no he querido, al menos por el momento.

Una vez más, esa melancólica sensación de alivio, una vez más, entre los escaños, esos gestos resignados de asentimiento con la cabeza. Los representantes legales de las libertades democráticas están aceptando que les sean otorgadas desde lo alto, por pura arbitrariedad y siempre que no hagan uso alguno de ellas. Lo que queda de la institución democrática se dispone a vivir una vida a crédito. Evidentemente, ninguno, o casi ninguno, de sus representantes se siente digno de representar la libertad, con derecho a defenderla.

Después de haber subyugado a la asamblea, el presidente del Gobierno puede continuar repasando los principales temas de la política internacional —la triple alianza, las relaciones con Turquía, con Rusia, con los demás Estados—, pero para los diputados de Montecitorio, que escuchan distraídamente las pulsaciones de su muñeca para asegurarse de que siguen vivos, su discurso ya ha terminado.

Al acabar, antes de la despedida, al llegar al tema de la autoridad del Estado, un instante después de haberla pisoteado, el Jefe de los fascistas promete restaurarla y defenderla incluso contra la ilegalidad de los propios fascistas. Aplausos de todos los lados, de Facta, congratulaciones recíprocas, incluso por parte de los socialistas. Mussolini, uniendo su dedo índice y pulgar en un anillo que se lleva a la frente, ha vuelto a jugar como el gato con el ratón, pero el ratón, a esas alturas apenas sacudido por un tembleque de vida, atrapado entre las garras, alza su mirada hacia el depredador y parece incluso sonreírle, casi con una sonrisa de disculpa.

Entonces llega el último latigazo, otra vez precedido por un epíteto que reemplaza, con un cordial desprecio, el obligado «Sus Señorías», o bien el respetuoso «colegas», «conciudadanos» con el genérico «señores»:

—Señores, yo no quiero gobernar contra la Cámara..., mientras me resulte posible..., pero la Cámara debe hacerse cargo de lo particular de su posición, que hace posible la disolución tanto en dos días como en dos años.

Y, con este ultimátum, la XXVI legislatura queda enterrada. Los más inteligentes dudan de que pueda haber otra. Sobrevivirá dos días o dos años, pagando a crédito su propia muerte.

Para que no quede la menor duda sobre quién manda, Benito Mussolini también solicita a la Cámara que le delegue «plenos poderes». De nuevo nadie se rebela.

Durante la suspensión de las sesiones, un grupo de parlamentarios insta a Giovanni Giolitti a protestar en defensa de la dignidad de la Cámara. «No veo la necesidad —es la respuesta del anciano estadista—, esta Cámara tiene el gobierno que se merece».

No será desmentido. A pesar de que el Partido Fascista cuenta solo con treinta y cinco diputados, la Cámara de Diputados vota conceder plena confianza al gobierno de Mussolini que a su vez le ha retirado la suya. La concede con trescientos seis votos favorables frente a ciento dieciséis en contra y siete abstenciones. Le otorga también plenos poderes. Incluso los críticos, los indignados, como el diputado Gasparotto o el diputado Albertini, votan a favor. Una voluntad adamantina de capitulación.

Después del discurso del jefe de Gobierno, esta asamblea no tiene ya razón de existencia.

Diputado Luigi Gasparotto,
discurso en la Cámara, 16 de noviembre de 1922

Mussolini ha dado la impresión de ser el dueño de la situación y si la institución parlamentaria ha encontrado muchos defensores hoy, la Cámara actual no ha encontrado ninguno, ni siquiera en su seno.

Camille Barrère, embajador de Francia en Roma,
18 de noviembre de 1922

Los azotes del otro día en la Cámara, los insultos de De Vecchi a los populares, la veleidad de un gesto de orgullo antes de morir de algún parlamentario más destacado [...], todo se sosegó antes de la votación, y los trescientos seis que votaron a favor del gobierno quedaron todos amansados de inmediato por el tono más parlamentario del domador... de conejos... Y ahora, ¿qué pasará? [...], los diputados, como perros apaleados, volverán a sus colegios con la esperanza de que en las elecciones de primavera puedan regresar como escuadristas en los bloques nacionales.

Carta de Anna Kulishova a Filippo Turati,
18 de noviembre de 1922

Querida Emilia, acabo de terminar mi carta de hoy, pero siento la necesidad de escribirte otra para recomendarte prudencia, prudencia, prudencia. He leído el acta de la Cámara de hoy y he sentido un vuelco en el corazón. Me imagino lo que sentirás mañana. Pero el amor a la libertad no se demuestra comprometiéndose con vanas cháchara. Ahora es el momento de guardar silencio. Llegará el momento de hablar y será necesario reservarse para entonces.

Carta de Gaetano De Sanctis a su esposa,
17 de noviembre de 1922

Giacomo Matteotti
Roma, 18 de noviembre de 1922
Cámara de Diputados

Giacomo Matteotti no se queda en silencio. Hay hombres, raros, para quienes tomar la palabra y mantener sus posiciones suponen una sola cosa.

Dos días después de que la Cámara otorgue el voto de confianza al gobierno, Matteotti toma la palabra en el debate sobre la prórroga de los presupuestos provisionales del ejercicio financiero de mil novecientos veintidós-veintitrés. Tras la capitulación de los días anteriores, muchos oradores que se habían registrado para intervenir renuncian. Él no renuncia. Sigue teniendo facultad para hacerlo y habla.

El secretario del Partido Socialista Unitario declara de inmediato que su intervención, preparada con todo cuidado, meticulosa e incluso pedante, se concentrará exclusivamente en cuestiones técnicas. Y no es que carezca de lucidez, como muchos de sus colegas liberales, para comprender lo que está ocurriendo. Sus primeras palabras crucifican de inmediato, sin piedad, la distorsión del presente en la cruz de la inminente dictadura:

—Honorables colegas, por encargo de mi grupo, me dispongo a hacer pocas y breves declaraciones sobre los presupuestos provisionales presentados por el gobierno. No hay necesidad de repetir en esta sede las declaraciones políticas que se hicieron ayer. Nos limitamos a las observaciones estrictamente técnicas, como si estuviéramos en un régimen de democracia y no de dictadura.

Matteotti es plenamente consciente, más que consciente incluso, de la amenaza dictatorial: intuye que la solicitud de aprobación de los presupuestos provisionales eclipsa la amenaza de disolución de la Cámara, su «inmediato degüello», que pretende de los parlamentarios mortificados un segundo «voto de aprobación y de contrición» después del del día anterior, y sin embargo, al borde del precipicio, Matteotti se demora, punto por punto, en cuestiones de detalle, en minucias presupuestarias: perecuación tributaria, circulación de deudas fluctuantes, previsiones de tesorería para el déficit ferroviario. Con la escrupulosa precisión de un anatomopatólogo que descifra el mal mediante pequeños signos, Matteotti lee la degeneración del tejido democrático en las mínimas mistificaciones presupuestarias de los ministerios económicos de Mussolini, con el ensañamiento del enemigo irreductible delata incluso los más leves errores de cálculo, con el sofocante pesimismo que suscita odio implacable predice que, después de tantas proclamas revolucionarias, incluso los fascistas se ven reducidos, como todos los viejos gobernantes que los han precedido, a emitir las consabidas letras del tesoro.

—¡Muera el astrólogo! —es el grito anónimo que se eleva desde los bancos de la derecha contra este obstinado profeta de desgracias.

Pero no hay nada que aspire a ser recordado en este discurso de Matteotti pronunciado en caliente después del histórico de Mussolini. Casi parece como si el antifascista hubiera renunciado a la palabra memorable en beneficio de su enemigo. Para encontrar un verbo que aún muerda la carne, capaz todavía de dar un arañazo, aunque sea pequeño, a la corteza de la tierra, es necesario abandonar la oratoria pública. La vida, ya se sabe, a medida que la sombra de la dictadura se alarga en el mundo, se retira al ámbito privado.

Y, por eso, es en las cartas enviadas por el joven y combativo secretario del Partido Socialista Unitario a Filippo Turati, el antiguo patriarca, su exponente más ilustre, donde hay que buscar lo que queda de su espíritu de lucha, las cartas en las que Matteotti promete no dar un paso atrás, en las que lamenta que sus compañeros hayan cedido ante los halagos de los nuevos poderosos, en las que su feroz moralismo muerde la garganta de la decadente moralidad de un partido que define como «lupanar», en el que frente a la anómala fuerza de seducción ejercida por Benito Mussolini formula el diagnóstico exacto: «No somos ni lo bastante deshonestos, ni lo bastante ingenuos como para adherirnos a él».

Y más aún, es en las cartas de Giacomo Matteotti a su mujer donde hemos de rastrear la palabra veraz de estos días atormentados. Si damos un paso atrás, descubrimos, en efecto, que este hombre, acostumbrado desde siempre a vivir lejos de sus seres queridos, habituado desde hace mucho tiempo a llevar una vida semiclandestina, sin residencia fija, entre habitaciones de hotel y refugios improvisados, a principios de octubre, cuando sus perseguidores amenazaban con desembarcar en Roma, buscaba casa en la capital. Ante el peligro extremo, parecía no poder vivir ya lejos de su mujer y de sus hijos. Y la buscaba en Roma, como si el poeta tuviera razón al decir que donde surge el mayor peligro, surge también la salvación. Día 10 de octubre:

«Quiero defender a los niños, a ti e incluso a mí mismo. Los sacrificios extremos son inútiles, no ayudan en nada. Aunque tuviera casa aquí en Roma no le daría la dirección a nadie.»

Sin embargo, veinte días después, a final de mes, cuando los fascistas ya habían marchado sobre la capital, Matteotti, quien advertía una vez más con lucidez cómo la farsa no excluía la tragedia, sino que, por el contrario, se mezclaba con ella, justo cuando la frenética búsqueda de una casa romana parecía haber terminado, lo vemos, en sus cartas a Velia, dudar de la bondad de su propósito de construirse un refugio doméstico en el ojo del huracán, dudar de sí mismo:

«Parece que la tragedia-farsa ha terminado... Esta noche solo partirán los trenes y, si pudiera, iría a verte antes, para consultarnos después. Ante tanto alboroto, que yo había previsto hace mucho tiempo, me reafirmo en la idea de no teneros aquí, en el peligro. Había pensado incluso en llevaros al extranjero.»

La única que nunca duda es Velia. Fundándolas en el basalto de una inquebrantable melancolía —la melancolía es su roca, su única certeza— en pleno naufragio, Velia Matteotti escribe a su marido palabras de amor y belleza:

«Pobre vida la tuya también, y más que nada sin ninguna costumbre agradable, sin ninguna comodidad material, nunca. Has llegado así a la edad que tienes, y ni siquiera yo he podido darte eso hasta ahora. Pero ahora esto acabará, estaremos unidos para siempre, incluso si las cosas volvieran a ausentarte, tendremos nuestra propia cama, nuestra propia luz, un rincón de cierta calidez donde pasar juntos una hora de descanso y donde poder decir, con serenidad, ¿te acuerdas?»

Benito Mussolini
Roma, 31 de diciembre de 1922
Despacho del presidente del Gobierno

Aquí están, todos en fila, no falta nadie. Grandes economistas, grandes filósofos, los generales vencedores de la Guerra Mundial. Todos los miembros de su gobierno han venido en procesión a desear un feliz año nuevo a su primer ministro, el joven y formidable estadista al que los periódicos estadounidenses saludan como «el hombre más interesante y poderoso de Italia». Todos braman ahora por rendir pleitesía a la aventura. El golpe de Estado fascista se ha producido y el cielo no se ha desplomado.

El 24 de noviembre, el Parlamento, humillado por su discurso inaugural, otorgó a Benito Mussolini plenos poderes para la reforma de la administración pública y la reorganización de las finanzas. Pero su afirmación personal traspasa incluso las fronteras nacionales: la semana anterior, la estrella en ascenso quiso participar personalmente en la conferencia de paz de Lausana reuniéndose por primera vez en igualdad de condiciones con el presidente francés Poincaré y el ministro de Asuntos Exteriores inglés Curzon; Mussolini pretendió incluso que ellos fueran a verlo a Territet —un pueblecito a las afueras de Lausana— y les arrancó la promesa de volver a discutir las políticas coloniales en Oriente Medio. Un gran éxito, el primer paso para conseguir que Italia vuelva a ser una gran potencia. Ese es el objetivo. Ahora lo proclama a sus obsequiosos ministros que lo escuchan de pie mientras él permanece sentado, arrogante, en su escritorio:

—La tarea histórica que nos espera es esta: hacer de esta nación un Estado, es decir, una idea moral que se encarne y se exprese en un sistema de jerarquías claramente identificadas cuyos componentes, desde el mayor al menor, sientan el orgullo de cumplir con su propio deber, un Estado unitario, el único depositario de toda la historia, de todo el porvenir, de toda la fuerza de la nación italiana.

Los ministros dan su conformidad con gestos de asentimiento, los subsecretarios aplauden, la revolución fascista acaba de empezar.

Una obra inmensa aguarda el Duce del fascismo, una epopeya de refundación que requerirá años, décadas. Solo los blandos, los arquitectos de los diversos proyectos de la felicidad universal, creen en milagros, en transiciones rápidas. Pero él no está aquí de paso, ha venido para quedarse, y para gobernar. A los primeros que pondrá firmes, gracias a sus plenos poderes, será a los empleados de la administración pública romana, que no quieren renunciar a su siestecilla diaria. Defienden encarnizadamente esa hora de sueño, se aferran a ella con uñas y dientes, la reivindican como el secular derecho de un pueblo somnoliento y lánguido, al que jamás le ocurre nada irremediable. Pero ellos también le deben obediencia y le obedecerán, él los transformará en un mecanismo de relojería, él, para dar una sacudida a los italianos, está dispuesto a luchar contra enemigos, contra amigos e incluso contra sí mismo.

Por supuesto, para conseguir esto no pretende, por el momento, saltarse las leyes, la Constitución. Mussolini lo ha dicho claramente en el Parlamento: la revolución acaba de comenzar, pero no se puede poner todo patas arriba, improvisar un mundo nuevo, él no tiene la menor intención de «agotar el universo». Deben respetarse algunos puntos fijos, fundamentales en la vida de los pueblos. La siestecilla de después de comer, sin embargo, no estará entre ellos.

Hace falta tiempo, calma, deben dejarlo trabajar. Él ha arreglado todas sus cosas para poder consagrarse a Italia, ha dejado incluso a Rachele y a su familia en Milán para no tener obstáculos familiares. Después, como primer ministro, ha escrito al prefecto de Trento para que ingrese en el manicomio a esa loca de Dalser que se empeña en perseguirlo, ha colocado también en un pisito bien amueblado a Angela Curti, que vino a verlo en marzo de mil novecientos veintiuno para conseguir la liberación de su marido y que se convirtió de inmediato en su amante habitual, la dulce Angela que el 19 de octubre, unos días antes de la marcha sobre Roma, le dio otra hija ilegítima. Pero esta vez él hizo las cosas como es debido: sugirió el nombre de Elena —otro nombre homérico— para su hija e hizo que la trasladaran a Roma a una vivienda señorial en el barrio de Parioli.

Para sí mismo se contenta con poco. Vive en una habitación en el Grand Hotel, donde solo le atiende un tal Cirillo Tambara, una mezcla entre criado, chófer y guardaespaldas que le prepara también sopa con torreznos, su plato favorito. Por lo demás, vida monacal, disciplina militar. A las seis el Duce ya está de pie, a las siete ya en la calle, a las ocho ya en su despacho del Palacio Chigi, donde se cuelga del teléfono para comprobar que los cuarenta mil empleados de la burocracia romana están en sus puestos. Va a reformar la administración pública, aunque tenga que ser a cañonazos, va a despertar a ese monstruoso paquidermo, perpetuamente aturdido por una digestión lenta, adormilado en una eterna siestecilla de una tarde de bochorno, sin ocaso.

Y además tiene que enjaular a otra fiera, mucho más ágil, mucho más feroz. Después de la toma del poder, los escuadristas se volvieron locos en su afán de ajustar las últimas cuentas. En Milán, ocuparon ostentosamente los escaños durante las consultas administrativas, en Brescia llegaron incluso a golpear a sacerdotes en sus casas parroquiales, y luego está lo ocurrido en Turín... Apenas un mes después del voto de confianza a su gobierno... Turín..., una matanza. Hasta Francesco Giunta, entre sus escuadristas más violentos, a quien envió a Piamonte para una investigación, le habla de una ferocidad inaudita, de una horda de matones, de toda una ciudad a merced de pandillas de asesinos.

Así es como parecen haber ido las cosas en Turín.

En la noche del 17 al 18 de diciembre, cerca de la barrera de Niza, un conductor de tranvía comunista, durante una pelea callejera, mató a dos fascistas. Parece que en la raíz de lo sucedido había cuestiones personales, asuntos de faldas. Piero Brandimarte, el jefe de los escuadristas locales, un animal, reunió inmediatamente a tres mil camisas negras de toda la región. «Nuestros muertos no se lloran, se vengan», ese es su lema. Para mantenerse fiel a él, los escuadristas de Brandimarte, desde las 13:00 horas del 18 de diciembre hasta la tarde del 20, encadenaron dos días y dos noches de expediciones, capturas, incendios, devastaciones, asesinatos a cara descubierta, ejecuciones sumarias, dos días y dos noches de violencia inmoderada, errores garrafales, intercambios de personas, víctimas inocentes. Un tabernero arrastrado a la trastienda y al que dejan seco con dos disparos de revólver en el cráneo y el hígado desgarrado por heridas punzantes y cortantes, padres de familia liquidados mientras cenaban con sus familias, jóvenes obreros arrastrados a la calle y asesinados a golpes de maza, las calles del centro de la ciudad inundadas de sangre, cadáveres abandonados en zanjas, en hondonadas y en matorrales de las colinas, cuerpos devueltos por las inundaciones del río. Atrocidades sin nombre, salvajadas inconcebibles, angustia universal. Y para sellarlo todo, el incendio de la Cámara del Trabajo, el tercero de una serie, y los escuadristas de Brandimarte, ebrios como perros sedientos de sangre, que tocan música, cantan y bailan ante el trasfondo rojizo de las hogueras.

El Duce renegó inmediatamente de aquellos actos. El presidente del Gobierno Benito Mussolini definió la masacre como «una vergüenza para la raza humana», amenazó con castigos ejemplares. Sin embargo, el 23 de diciembre, tres días después, proclamó la amnistía general para los crímenes de sangre con trasfondo político («fin nacional»). El día 28, después de Navidad, impuso al Consejo de Ministros el primer decreto para el establecimiento de la Milicia Voluntaria para la Seguridad Nacional. Es decir, para evitar nuevos crímenes, los asesinos de Brandimarte deben convertirse en una institución del Estado, una especie de guardia nacional, la base de la nación armada. Este es el cauterio que el Duce pretende aplicar a la herida.

La paradoja no se le escapa, el despropósito menos aún. Pero hace falta realismo: cuando un grupo llega al poder tiene la obligación de fortalecerse, de defenderse de todos y, además, el país está cansado. Italia acaba de recobrar el aliento tras haber escapado al peligro por poco después de la angustiosa espera de la marcha sobre Roma. Ahora debe acabar el tiempo de los desórdenes, de las huelgas salvajes, de los cráneos que estallan a golpes de maza. A cualquier coste, incluso al coste de convertir a criminales en gendarmes. Además, no sería la primera vez. El fascismo en el poder debe aliviar a Italia del peso de su propia amenaza. Italia quiere descansar, la calma debe inundarla.

La aquiescencia se extiende, sumerge la península. Muchos periódicos ni siquiera han comentado las masacres de Turín, porque todo genera sombras, todo provoca recelos. Ahora todo ha acabado, ahora se debe poder dormir por fin, ahora se *debe* dormir, porque ahora él está ahí, el hombre nuevo, para velar. Cerrad los ojos, dormid tranquilos, entre sueños de grandeza, de potencia mediterránea, soñad incluso con el mañana, porque el mañana nos aguarda y nos estamos dirigiendo hacia él, porque el nuevo año comienza en su nombre, en nombre de Benito Mussolini, el héroe de la fatiga.

1923

Benito Mussolini
Roma, enero de 1923

Con toda probabilidad, estos meses serán los más felices de toda su vida. Él sigue repitiéndoselo a Rachele en sus llamadas telefónicas desde Roma. La llama todos los días, una vez al día, sin falta (la familia es importante, por más que esté lejos, sobre todo si está lejos): «Rachele, es la época más feliz de nuestra vida». Luego cuelga el auricular y se lanza al trabajo como una catapulta. A los funcionarios ministeriales romanos les parece un obseso, un hombre poseído por una radical euforia, estupefacto y casi incrédulo frente a la realidad de su maravilloso ascenso. A la pequeña multitud que se agolpa en el vestíbulo del Grand Hotel —al que entretanto se ha mudado— solo para verlo pasar, el Duce del fascismo se les aparece circundado ya por un halo de leyenda.

Vaya donde vaya, siempre sucede lo mismo: tan pronto como le reconocen, su cuerpo al atravesar el espacio atrae a la gente con la fuerza de un impulso sexual. Solo con que Mussolini trate de recorrer andando el tramo que separa su despacho del Grand Hotel, ya en piazza Colonna la multitud lo reconoce, lo asedia, quiere tocarlo, adoradora, exaltada, excitada por este político nuevo que viene de la calle, de la multitud, que vive del contacto directo y personal con ella, ostentoso, exiliado, obsceno, este hijo de un herrero que barrerá a los viejos politicastros ajenos a las masas, perdidos en el ocultismo de sus intrigas y maniobras palaciegas. Dondequiera que vaya, la multitud lo rodea, lo abraza, allá fuera, en las calles.

Este es el hombre. El hombre nuevo, el hombre de la juventud contra la «senectud», del renacimiento tras la decadencia, de la salud frente a la degeneración. Este es el árbitro del caos, el iniciador de una era, el obstetra de la historia, ese difícil parto. En comparación con él, los politicastros de la vieja Italia, que todavía se afanan con jueguecitos, con rancias fórmulas parlamentarias, incluso cuando exhiben algún escaso signo de vida, dan la impresión de ser larvas que salen de los cementerios de la prehistoria.

Este es el hombre fuerte, el hombre de la fuerza, la fuerza física —no hay otra—, el hombre de la violencia, que la apaciguará, el hombre de la ferocidad, que la amansará, el hombre de la lucha, que la detendrá, porque pronto no habrá ya dos frentes sino uno solo, el hombre que devolverá la seguridad a la pobre gente hasta ayer atrapada en el medio, el hombre que ha construido un desierto y lo ha llamado paz, este es el domador de leones, ese que entra en la jaula mientras el público contiene el aliento y, con un chasquido de su látigo, obliga a las fieras a abrir de par en par las mandíbulas y a cerrarlas después, a sus órdenes, a palmetazos, porque son *sus* leones.

Este es el hombre del destino, precedido por señales, profecías, episodios premonitorios, el déspota genial capaz de subyugar a las masas y restaurar el orden, el electrizante triunfador que tanto tiempo ha esperado un pueblo deprimido por los efectos de un drama inútil, interminable y soporífero, en el que todo está concatenado pero nada resulta nunca fatídico.

Él lo sabe, es imposible que no lo sepa, sus adversarios, los últimos, no dejan de repetírselo: el país está cansado, desgarrado, abatido, sueña con el descanso, sueña con un sueño sin sueños, un sueño de tranquilidad. El país está cansado y, por esta misma razón, él es infatigable. Ha trasladado sus oficinas al Palacio Chigi, sede del Ministerio del Interior, se ha instalado en la llamada Galleria Deti, en un escritorio coronado por una bóveda decorada con estucos y frescos de escenas bíblicas, decoraciones heráldicas. Llega allí indefectiblemente a las ocho de la mañana, hace que le traigan un lápiz con la punta cuadrada, una cesta de frutas y se sumerge en el trabajo, hasta por la tarde, hasta por la noche, durante diez, doce, dieciocho horas todos los días.

El hombre del destino come y bebe poco, se ha visto obligado también a reducir el consumo de café, pero vierte todos sus apetitos en un desbordante dinamismo curativo. Hay una enorme cantidad de trabajo atrasado, el barco hace agua por todos lados, la relajación de los funcionarios públicos es vergonzosa. De modo que él carga con todo sobre sus hombros, no delega —no se fía—, lee todos los periódicos, incluso los que no se lo merecen —casi todos—, hace que llueva sobre Italia una tormenta de decretos —empezando por la simplificación de la burocracia—, recibe todos los días a cientos de visitantes que lo esperan ansiosos en la antesala, ajustándose la corbata y comprobándose la punta de los zapatos como antes de una cita galante. Luego, al final del día, ordena a la perfección todos sus papeles, incluso los inútiles, los superfluos, los guarda en su maletín de cuero amarillo, que lo acompaña desde hace años, y regresa al hotel. A la mañana siguiente se despierta al amanecer, practica unos ejercicios en la plataforma de esgrima, toma clases de equitación con Camillo Ridolfi, su maestro de espada, también está aprendiendo a montar a caballo, galopando media hora entre las avenidas arboladas de Villa Borghese a lomos de un semental bayo llamado Aullido.

El único placer que el domador de leones se concede, además del poder, son las mujeres. De ellas no podría prescindir. Y además, ¿por qué renunciar? La naturaleza de los dos placeres es la misma, su exuberancia erótica es irreprimible, su extraño celibato le permite desfogarse sin freno.

Margherita Sarfatti baja de Milán al hotel Continental a tal propósito y él, escapando de la vigilancia por una puertecita secundaria que da a via Cernaia, se reúne con ella. El jefe de policía de Roma y el comisario jefe viven noches de angustia mientras los dos amantes se aman, preparan los discursos sobre el futuro de la nación juntos, redactan el artículo que el hombre nuevo le ha prometido al director de la revista *Gerarchia* sobre la «segunda época de la revolución».

Juntos, los dos amantes escriben que la primera época, con su belleza violenta y convulsa, se ha cumplido, que es irrevocable, ineluctable, que no hay vuelta atrás. Ahora se trata de normalizar, de dejarlo todo por el momento sin cambios, de armonizar lo antiguo con lo nuevo, de proseguir con un compromiso tras otro, de avanzar lenta pero inexorablemente. Que los enemigos no se engañen: el estado fascista no los tolera; los combate y los destruye. Esa es su característica principal. Y el Estado fascista no puede seguir mucho más tiempo a merced del Parlamento —un Parlamento que tendrá que ser humillado diariamente, públicamente despreciado— porque lo que representa a Italia ya es el fascismo. Quien está fuera del fascismo o es un enemigo o es hombre muerto. No pasará un día sin que se trace una línea.

Luego, al amanecer, después de haber vaticinado, amenazado y gozado, él puede concederse el último placer, el más precioso quizá, el de la soledad en la ciudad que ha conquistado.

Benito Mussolini se levanta el cuello, enciende un cigarrillo, se mete las manos en los bolsillos y solo, sin escolta, saciado, baja por la via Goito desierta.

La era de los Giolitti, de los Nitti, de los Bonomi, de los Salandra, de los Orlando y otros dioses menores del Olimpo parlamentario ha terminado. Entre octubre y noviembre, se ha producido una gigantesca liquidación: de hombres, de métodos, de doctrinas [...]. No hay duda de que la segunda época de nuestra revolución es extraordinariamente difícil y extraordinariamente importante. La segunda época decide el destino de la Revolución [...] la Revolución Fascista no derriba de una sola vez y en su conjunto esa delicada y compleja maquinaria que es la administración de un gran Estado; avanza por grados, por piezas [...].

Benito Mussolini, «Segunda época»,
Gerarchia, 31 de enero de 1923

Benito mío, amado mío.
Es la mañana del 1 de enero de 1923. Quiero escribir esta fecha por primera vez en una hoja dirigida a ti, como consagración y dedicatoria.
Benito: Amado mío.
Soy, seré, siempre, para siempre, cada vez más tuya. Tuya.

Son los días del idilio. La apoteosis de los amantes ha estallado a la conquista del mundo. Dado que, sin embargo, el dolor es elocuente pero la felicidad muda, hasta Margherita Sarfatti, la refinada *salonnière,* la cultísima dama, acaba por entregarse a los clichés sentimentales de una criadita enamorada. Adoración y repetición. Repetición y adoración. Así, y de ninguna otra manera, desafía el amor terrenal a la eternidad.

Fiel a esta línea de patético, sordo y sublime heroísmo de los enamorados, antes de que el primer día del año llegue a su ocaso, Margherita Sarfatti ha vuelto a tomar una hoja de papel con el membrete del hotel Continental y ha enviado una segunda carta al ilustre huésped del Grand Hotel de Roma.

Primeras horas de 1923.
¡Amado, amado mío!
Quiero empezar el año escribiendo tu nombre en un pedazo de papel: ¡Benito, mi amor, mi amante, mi amado! Soy, me proclamo, me ufano de ser, apasionadamente, enteramente,

devotamente, perdidamente Tuya: ahora, durante todo 1923 y, si así lo quieres, amado mío, para que me ames como yo te amo, para siempre; Tuya.

Una vez más, ese compromiso solemne, esa protesta contra el tiempo en la partida amañada que nos opone a la eternidad: «Yo te amo, para siempre, para siempre...».

Además, la mujer enamorada ha prometido a su amado vivir disimulada a la sombra de su luz, le ha implorado que le permita permanecer a su lado, silenciosa, secundaria, para poder suministrarle solo un poco de calma, algo de dulzura, la certeza de un amor infinito, para ser nada más que el puerto seguro donde el «gran barco glorioso», tras navegar todos los océanos, descanse.

Fiel a esta promesa imposible, en los primeros días del año, Margherita espera a Benito durante mucho tiempo en su habitación del hotel Continental pero, cuando se la convoca por deseo o por necesidad, tampoco se niega a subir las escaleras de servicio del Grand Hotel reservadas a la servidumbre. Por su hombre, la mujer enamorada se aviene a subir esas mezquinas escaleras.

Son los días del idilio, pero son también los días del orgullo. Ella se lo escribe a las claras, lo proclama como proclama su amor.

Yo también formo parte de tu milicia: patente y secreta. Y empeñé mi juramento contigo, volví a confirmarlo, como tu amiga, tu mujer, tu esposa; empeñé mi juramento contigo, señor y esposo, jefe y amante. Con absoluta fidelidad y devoción de seguidora, de italiana, de ciudadana, de madre y de amante [...]. Estoy orgullosa de ti, pero por lo que eres, no por lo que aparentas. Estoy orgullosa de ti hasta el fanatismo e incluso la locura, pero por tu valor intrínseco, no por el fetichismo que la multitud siente por ti.

A pesar de ser ella la única que conoce en la intimidad la verdadera cara —atormentada, enojada, a menudo insegura— de ese hombre público que en público siempre posa como un déspota granítico, la mujer enamorada, la miliciana del amor eterno, no duda en esconderse entre la multitud para admirar desde lejos la «cabeza cuadrada de antiguo romano» de su amante como una más entre mil. Hasta ese punto llega la floración exuberante, precoz y audaz de esa pasión alimentada durante mucho tiempo por una linfa secreta. Y, sin embargo, como sabe perfectamente cualquier criadita lectora de novelas románticas, toda rosa tiene su espina.

Margherita se ofrece totalmente a Benito en su plena desnudez, se postra en la actitud servil y rendida propia de la criatura que enfrenta la divinidad. Y, sin embargo, en la admiración por esa «cabeza cuadrada de antiguo romano» que se yergue dominante sobre la multitud se expresa el orgullo de la creación. Fue ella la que desbastó al palurdo, la que revistió al villano, la que instruyó al autodidacta, la que introdujo al hijo del herrero en la alta sociedad, fue ella quien alentó al indeciso a la hora de tirar los dados, la que puso a su disposición su finca de Brianza para que pudiera escapar a Suiza si la apuesta del asalto a la historia fracasaba, fue ella la que sostuvo su mano en su palco de la Scala la noche en que se jugó el todo por el todo, fue ella quien prestó al peatón su coche para ir a coger el tren que lo llevaría a Roma. E hizo todo esto por su hombre con su última juventud.

El próximo abril Margherita Sarfatti cumplirá cuarenta y tres años. Es fácil prever que pronto, durante una de las muchas, interminables esperas en su habitación del hotel Continental, al captar su propio reflejo en un espejo de tocador, verá solo el rostro marchito de una mujer que envejece.

Benito Mussolini
Roma, 12 de enero de 1923
Grand Hotel, aposentos del diputado Mussolini
Primera reunión del Gran Consejo del fascismo

La salita del segundo piso, completamente ocupada por los aposentos de su señoría, el diputado Mussolini, es un bullir de rencores.

Él ha querido hacer las cosas a lo grande en esta primera reunión de la cúpula del fascismo. La asamblea consultiva recién fundada tiene todavía cierto carácter informal, pertenece todavía a la pequeña crónica de la vida de partido, se reúne en sus aposentos privados, pero su creador ha querido darle un significado histórico con un nombre sacado de la gloria de los dogos de la «Serenísima» República de Venecia. Mussolini ha bautizado Gran Consejo del fascismo a esta pequeña conferencia nocturna, bastarda, semiclandestina, convocada a toda prisa. En el último momento ha hecho llamar incluso a un fotógrafo cuyo estudio se halla en corso Vittorio Emanuele, un antiguo socialista intervencionista, al igual que él, para inmortalizar el acontecimiento con flashes de magnesio.

Y, sin embargo, pese a todos sus esfuerzos, la pequeña sala en la que se sientan, alrededor de las patas arqueadas de las mesitas de estilo Imperio, los ras del fascismo, quienes deberían ser sus colaboradores más agradecidos y de confianza, es un bullir de rencores.

Mira qué expresión insatisfecha, decepcionada, pendenciera tienen todos. Ellos son el principal obstáculo para la velocidad mussoliniana, el lastre de la segunda época de esta revolución. Y todos ellos son fascistas. En la placa de cristal bañado en bromuro de plata se imprime la fotografía de su descontento. Una nube tóxica de ambiciones frustradas, de desilusiones revolucionarias, de personalismos irreductibles, un miasma hediondo de rivalidades familiares, clientelismos locales, venganzas tribales, disputas aldeanas, un aerosol sofocante de compadreos, disidencias, extremismos. Del Gran Consejo forman parte los secretarios, secretarios adjuntos y miembros de la dirección del partido, los ministros, los subsecretarios y las personalidades más preeminentes del fascismo, directores de seguridad pública, comisarios de los ferrocarriles, secretarios de las corporaciones sindicales, dirigentes de cooperativas, comisarios políticos. En su mayoría, son hombres mediocres, codiciosos, mezquinos, elevados a su rango por la corriente ascensional suscitada en los cielos de Italia por el ciclón Mussolini y nombrados directamente por él, el Jefe supremo, y sin embargo, en lugar de gratitud, los espejos biselados del Grand Hotel reflejan las miradas oblicuas, fruncidas, fúnebres del descontento.

Los líderes fascistas empezaron a quejarse desde el día siguiente a la marcha. Para su gobierno de coalición, Mussolini nombró solo a tres ministros fascistas, al margen de los ministerios que se reservó para él mismo. Y así, ya a las diez de la mañana del 31 de octubre, Bianchi y Marinelli, secretario político y secretario administrativo del partido triunfador, se presentaron ante el Duce en el hotel Savoia con su dimisión para protestar contra el frustrado nombramiento de De Bono como ministro de la Guerra. Ya entonces, a las veinticuatro horas de la revolución, hablaban de que esta había sido «traicionada». Para aplacarlos, tuvo que poner a De Bono a cargo de la policía. Después le tocó a Costanzo Ciano protestar por no haber sido nombrado ministro de la Marina. De modo que se convirtió en comisario de la marina mercante. Y luego Alfredo Rocco, olvidado en un primer momento y después de las consabidas protestas, fue nombrado subsecretario del Tesoro, y tuvo que digerir su subordinación al ministro De Stefani, quien había sido alumno suyo de Derecho Penal en la Universidad de Padua. Y así uno detrás de otro, en una fila infinita de resarcimientos póstumos, de rencores inagotables, de sicarios indisciplinados en fuga solitaria.

Pero incluso las pasiones tristes encuentran a sus cabecillas. Desde el día siguiente al de la marcha, Roberto Farinacci se ha convertido en el jefe del descontento fascista, tal como hasta el día anterior lo había sido del entusiasmo. Excluido de cualquier posición de primera línea, rechazó una secundaria y se enrocó en su feudo provincial de Cremona para capitanear la disidencia interna. Tras autoproclamarse guardián de la pureza original, vestal de la intransigencia, comenzó a vomitar desde su periódico local —*Cremona Nuova*— acusaciones de traición contra cualquier negociación, admoniciones para no desarmarse contra «los enemigos de ayer que son los enemigos de hoy», para no contaminar el fascismo con «contactos impuros», llamamientos a extirpar toda disidencia, tal como se haría con una plaga de parásitos.

Esta noche, en la primera reunión del Gran Consejo del fascismo, convocada en los aposentos privados del presidente del Gobierno, el provincial Farinacci está sentado una butaquita de segunda fila, acechando detrás de sus bigotes, listo para sabotear todo proyecto de estandarización, toda orden de desmovilización. Porque eso es precisamente —Farinacci lo sabe, todos lo saben en esa pequeña salita adyacente a sus aposentos privados— lo que Mussolini quiere imponer a sus jerarcas.

El proyecto que se pretende sabotear se llama Milicia Voluntaria para la Seguridad Nacional. Fue anunciado a los mandos fascistas a mediados de diciembre y aprobado por el Consejo de Ministros el día 28 del mismo mes. Ahora el decreto yace desde hace tres semanas sobre el escritorio del rey, quien todavía duda en firmarlo. Si lo hiciera, bautizaría el nacimiento de un segundo ejército paralelo, sedicioso, faccioso, a un lado del nacional. Con la Milicia, un cuerpo de voluntarios armado enmarcado en el ejército a través del reclutamiento regular pero sometido por juramento al primer ministro, Mussolini pretende normalizar la violencia fascista legalizándola, a la vez que desmoviliza las escuadras provinciales regimentándolas en su nuevo ejército personal. Con un solo movimiento se apropiaría de la violencia legítima, que en la era moderna pertenece tan solo al Estado, y pondría la correa a la de las escuadras.

Como de costumbre, su maniobra es bifronte, envolvente. A los escuadristas, después de haberlo elevado al poder, se los devuelve a sus regiones de origen, donde se niegan a desarmarse y se están convirtiendo en un problema crucial. Es imprescindible sustraerlos a los dirigentes locales, que podrían utilizarlos contra él. Por otro lado, debe seguir sirviéndose de ellos para mantener el Parlamento y la monarquía en el ojo del huracán. La velada amenaza de guerra civil sigue siendo la principal garantía de su poder.

—La revolución fascista puede durar toda una generación.

El anuncio con el que el Jefe inaugura la reunión hace dar un respingo en sus asientos a esos hombres que creían y esperaban haber resuelto victoriosamente su lucha y se estaban preparando para gozar de sus frutos. La vertiginosa hipótesis de toda una vida violenta disipa por unos instantes la nube de descontento. La palabra pasa a De Bono, que presenta el proyecto de la Milicia Voluntaria para la Seguridad Nacional

Su finalidad será la defensa de la revolución fascista y el mantenimiento del orden público. Este cometido ya no pesará sobre el ejército, y la guardia real, que lo ha desempeñado en los últimos años, será disuelta. El reclutamiento será nominalmente voluntario, pero restringido solo a los miembros de las formaciones militares fascistas. Todas las escuadras se disolverán y todos los escuadristas que quieran seguir siendo fascistas tendrán que enrolarse en la Milicia. Los altos funcionarios provendrán del ejército, junto a algunos cónsules, elevados al rango de coronel. Se prestará juramento a Italia y, sobre todo, a su presidente del Gobierno, Benito Mussolini. La disciplina deberá ser «ciega, pronta, respetuosa y absoluta».

Después de la presentación, antes de darles la palabra a los participantes para empezar el debate, Mussolini la retoma brevemente. Abre mucho los ojos, gira las pupilas y las clava en Farinacci, que se esconde de su mirada.

—Me dirijo a los señores de la segunda fila de asientos. Os lo advierto: Italia puede soportar a un Mussolini como máximo, pero no a varias docenas.

Cesare Rossi aprueba sin titubeos la estatalización de la Milicia. Todos los fascistas «moderados» la aprueban. Pese a declarar que elige el mal menor, la aprueba incluso Massimo Rocca, exanarquista, intervencionista, firma destacada de *Il Popolo d'Italia,* dirigente nacional del Partido Fascista, principal defensor de la «normalización» contra la perduración de la violencia de los escuadristas.

Pero el descontento flota de nuevo en la sala. Farinacci, interpelado personalmente, se limita por ahora a afirmar que las escuadras son mucho más eficaces que la Milicia para mantener la obediencia del país. Luego agrega, socarrón: «Y, sobre todo, en caso de peligro». Su intervención da inicio a las protestas. Attilio Teruzzi —oficial pluricondecorado, subsecretario del partido— defiende apasionadamente «la necesidad de mantener el espíritu revolucionario»; Francesco Giunta deplora la inutilidad de permanecer en el partido si este solo sirve a los amigos del Duce; Balbo, pese a haber sido señalado junto a De Bono y De Vecchi como supervisor de la Milicia, por el puro gusto polémico de replicar al Jefe exhibiendo el privilegio de tutearlo, le pregunta:

—Benito, pero la revolución ¿se hizo para ti o para todos nosotros?

Con la pregunta de Balbo se levanta la sesión. Michele Bianchi, con las palabras de rigor, la aplaza hasta el día siguiente.

Purgas e intransigencia deben ser nuestras armas para preservar el fascismo tal como lo creamos, lo defendimos, lo fortalecimos [...]. Y nos mantendremos vigilantes en la defensa de estos supremos intereses contra todos y contra todo. Antes de aprovecharse del fascismo, antes de ofender la memoria de nuestros muertos, deberán atreverse a pisotear nuestros cuerpos. Y eso no es nada fácil.

Roberto Farinacci,
«Es necesario defender y purificar»,
Cremona Nuova, 17 de febrero de 1923

Somos fascistas asaltadores / alegres y llenos de juventud / ¿para qué volvernos asesores / oh Benito, oh Patria, oh Jesús?

Il lamento dell' intransigente,
canto fascista, 1923

Desde hace bastante tiempo, y ante la crítica de amigos y adversarios, me refiero a la de que la revolución fascista ha dado a Italia un solo hombre, por más que desmesurado, y muy pocos colaboradores dignos de él; desde hace mucho tiempo yo me pregunto si el Partido Fascista representa el apoyo político necesario para Benito Mussolini, o si no vive más bien parasitariamente a sus espaldas.

Massimo Rocca,
miembro de la dirección nacional del PNF,
Critica Fascista, 1923

Excluyendo tres o cuatro nombres, no puedo sentir estima alguna hacia la nueva dirección nacional [...], débil, mentirosa y corrupta: esta opinión mía es compartida por muchos y se está difundiendo.

Giuseppe Bottai, cofundador del Fascio romano,
jefe de escuadra, jefe de columna de la marcha sobre Roma,
carta privada a Mussolini, 13 de enero de 1923

Margherita Sarfatti
Milán, 26 de marzo de 1923
Galería de arte Pesaro

«Yo me siento de la misma generación que estos artistas. Yo he tomado otro camino; pero también soy una artista que trabaja con cierta materia y persigue ciertos ideales determinados...»

Benito Mussolini viste traje gris de buen corte —nada de camisa negra— y, contrariamente a lo habitual, no improvisa al hablar, sino que lee su breve discurso de una página mecanografiada. Los que lo escuchan, dentro de las salas modernistas de la galería de Lino Pesaro, no son solo críticos, coleccionistas y artistas, sino todo el Milán que cuenta: autoridades, políticos, industriales y periodistas.

Fuera, en la rampa de lanzamiento sobre el adoquinado de via Manzoni, con el morro dirigido hacia el oeste, están los «rugientes años veinte». Una vez enterrada la guerra, el desarrollo industrial se acelera, el dinero circula, el comercio triunfa. Y además la tecnología campa por sus respetos —automóviles, radio, fonógrafos—, se inventan nuevos dioses, se viven los propios mitos en las pantallas del cine, se tiende hacia el progreso, la modernidad, y todos están invitados a participar del Reino, gracias a los gramófonos todos escuchan música, todos bailan al ritmo sincopado de la explosiva era del jazz. Explotan también las mujeres, impertinentes, descaradas, sufragistas, pizpiretas, descubren los hombros, exigen el derecho al voto. Mientras tanto, las masas, millones de personas descubren el tiempo libre, las aficiones, el despilfarro y los placeres reservados en el pasado a una docena de príncipes y marqueses; los compositores escriben rapsodias inspiradas en clangores metálicos, en el rítmico estruendo de los trenes; en el lago Míchigan se agolpan multitudes de bañistas domingueros y desde las colinas de Hollywood Rodolfo Valentino, un inmigrante italiano nacido en Castellaneta de Taranto, encarnando el personaje del jeque blanco, magnetiza al mundo con su «mirada asesina» de miope rechazado en la leva. Todo esto ocurre bajo otra mirada, la mirada frívola de dos gigantescos ojos azules que desde lo alto de un enorme cartel publicitario propician con su suprema indiferencia el despertar del mundo resucitado.

Claro está, todo eso sucede en Estados Unidos, al otro lado del océano, pero también aquí en Milán ruge el siglo. En Lombardía acaba de inaugurarse un trazado viario destinado a agilizar el tráfico automovilístico entre la capital y las zonas turísticas de los lagos de Como y Varese, y hay quienes dicen que se trata de la primera «autopista» del mundo, hay quienes dicen que se trata de la primera carretera especialmente diseñada para bólidos metálicos impulsados por infatigables motores de combustión interna, no para carros arrastrados por animales escuálidos. Hay incluso quienes dicen que no será el patriotismo el que salve a Europa: la salvarán los estadounidenses a fin de convertirla en un gran mercado de consumo masivo para los nuevos productos de sus industrias.

Todo esto sucede allá afuera y aquí dentro: en la galería de arte Lino Pesaro, la voz de Benito Mussolini celebra el nuevo siglo, el siglo italiano. «El Novecientos es una época importante porque señala la entrada de la mayoría de los italianos en la vida política. No puede construirse una gran nación con un pueblo pequeño. No se puede gobernar ignorando el arte y a los artistas; el arte es una manifestación esencial del espíritu humano. Y en un país como Italia, sería deficiente un gobierno que se desinteresara del arte y de los artistas.»

Como de costumbre, Mussolini recalca las palabras sílaba tras sílaba: «De-fi-cien-te». «Ar-tis-tas.» En la galería de Lino Pesaro la gente está desconcertada. Nunca se había oído a un jefe de Estado atribuir tanta importancia al arte, ni resultaba imaginable tampoco que Benito Mussolini —el formidable salvaje que ha subyugado Italia con una hoja de periódico y un ejército de escuadristas, el nuevo rostro sombrío del poder al que todos cortejan— pudiera acudir en persona a inaugurar una exposición de siete pintores a los que la pequeña multitud de políticos e industriales presentes apenas conoce. Y, por encima de todo, lo que parece increíble es que «el hombre fuerte» de Italia haga todo eso leyendo las palabras ajenas en una hoja escrita a máquina que le ha pasado una mujer. Lo más pasmoso sobre todo es esto: en las elegantes salas resuena la voz estentórea y metálica de él, pero la que habla es ella. Benito Mussolini es el ventrílocuo de Margherita Sarfatti.

Hoy la que triunfa es ella. La que ha reunido a siete de sus amigos artistas —Funi, Sironi, Bucci, Dudreville, Oppi, Malerba y Marussig— y la que ha decretado el nacimiento de una nueva corriente. Ni siquiera se ha logrado encontrar para esta un nombre coherente. Así pues, la exposición se titula «Siete pintores del Novecientos», simplemente. Pero ella tiene muy claro que esta inauguración ha de marcar un nuevo comienzo, un nuevo Renacimiento, el final del caos futurista, el arte de un «clasicismo moderno» en el que se reflejen la jerarquía y el orden restaurados por Benito Mussolini en el mundo. Un nuevo arte para la nueva era fascista. Por encima de todo, ella tiene bien claro que la suma sacerdotisa de este nuevo arte fascista se llamará Margherita Sarfatti. Por este motivo, una vez que termina el discurso del Duce, tras aplaudirlo brevemente, con un gesto elegante pero imperioso, es ella quien ordena a los camareros con guantes blancos que sirvan el aperitivo.

La luz refulge a través de los cristales esmerilados de las lámparas apoyadas sobre pesados pies de hierro fundido, y sin embargo sobre la galería de Lino Pesaro se extiende la sombra del poder. El 3 de noviembre, después de la marcha sobre Roma, algunos de los artistas que exponen esta noche firmaron una cálida y servil tarjeta de felicitación a Mussolini. No obstante, no todos están de acuerdo. Anselmo Bucci y Leonardo Dudreville quedaron horrorizados cuando Sarfatti anunció la participación del Duce del fascismo en la inauguración de la muestra y ahora, mientras en via Manzoni se descorcha el champán, los dos disidentes brindan teatralmente con vermut en el Caffè Cova, no muy lejos de allí.

Aun así, la sombra más venenosa es otra, la del desamor. Tres meses de Benito en Roma han bastado para que Margherita se sintiera traicionada. Las cartas de alegre adoración de principios de año no son ya más que un recuerdo. Ella le sigue escribiendo, una y otra vez, pero ahora le dirige palabras de angustia, desdén y recriminación, palabras sin respuesta, cartas a nadie. La mujer ambiciosa se queja de ingratitud, reclama cargos para ella y su marido Cesare, la mujer independiente se queja de las despóticas escenas de celos del tirano caprichoso, la mujer enamorada se consume por las vanas esperas en habitaciones desiertas:

Querido amigo, estoy física y moralmente exhausta. Bien sabes tú por qué. No puedo soportarlo más, no puedo soportarlo más, no puedo soportarlo más. ¡Adiós! Me marcho me voy, me voy de inmediato. Ah, ojalá ya me hubiera ido. Adiós. Todo ha salido mal, todo, incluso la llamada telefónica que debía ser la penúltima. Solo cuenta esta amarga feroz tristeza que llevo dentro.

Como ocurre casi siempre, también en este caso la gran historia de la pasión acaba pronto desmenuzándose en la pequeña crónica de los pobres amantes. Un goteo incesante de despedidas, escenas absurdas, innobles, indignas, arrepentimientos repentinos, arrebatos de sacrificio, lastimeros presentimientos: «Amor, eres infinitamente final. Lo he visto esta noche cuando me esforzaba por mostrarme jovial, y tú me mirabas con ojos en el fondo de tristeza y de piedad. Gracias, amor, por esa tristeza y esa piedad».

Ella fluctúa. A veces se proclama lista para su propio sacrificio, dispuesta a dejar a todo el mundo fuera «cronometrando y espiando», contentándose con poder estrechar a su amor entre sus brazos, aunque solo sea por unas horas, para poder «saciarse un poco de él», y él de ella, su «gran lobo salvaje». En otras ocasiones se enfurece y reivindica independencia, respeto, dignidad, el derecho a compartir el poder, él en la política, ella en el arte.

Y entonces vuelve a pedirle que la autorice a marcharse de viaje a Túnez con su hijo Amedeo, otra pieza de su aventura como mujer libre, como intelectual voraz, apenas oculta tras el trivial pretexto de una investigación sobre los problemas de la escuela, de los hospitales, del mercado inmobiliario en los territorios de ultramar. Él —amante posesivo, celoso, despótico— siempre le ha denegado el permiso. Pero el goteo continúa, al final todos se arrepienten, todos lloran, llora incluso él —resulta increíble—, y entonces él, al final, la deja sola en sus habitaciones desiertas para que se ocupe de la historia del arte porque lo que él tiene que hacer es mucho más importante: él tiene que lidiar con la historia del mundo.

Así, al final, cuando llega la primavera, el «gran lobo salvaje» autoriza a su amante a irse a África y Margherita se marcha.

Nuestro aplauso para el joven jefe de Gobierno [...].
El hombre que sabrá evaluar correctamente las fuerzas
de nuestro Arte dominante sobre el mundo.

Un homenaje a Benito Mussolini
de poetas, novelistas y pintores,
Il Popolo d'Italia, 3 de noviembre de 1922.
Carrà, Funi, Marinetti, Sironi (entre otros)

Dame la ternura porque es mía. Aparte de eso, lo único que
te pido es que no te preocupes de mi vida externa para disminuir-
la, restringirla, sofocarla, con una serie de prohibiciones absurdas,
de exigencias, de rencores e iras y escenas [...]. Tú tienes tu gran
destino; y tu enorme tarea [...], yo tengo mi pequeña vida y mi pequeño trabajo, modesto, pero que es sagrado y querido para mí. Te
pido que lo respetes, no me parece estar pidiendo demasiado [...].

¡Hubiera podido ser un día tan hermoso! Solos, en el rincón
del fuego, todo el amor era nuestro, y todos los amores. ¡En cambio, has querido mezclarme con todos los venenos! Violencia, injurias, insinuaciones [...]. Después te has mostrado arrepentido,
lloroso y confundido [...], tus lágrimas con las mías, has tenido esos
grandes y sublimes gestos tuyos de los que solo tú eres capaz [...].

Carta de Margherita Sarfatti a Benito Mussolini, 1923

El palacio romano del conde Santucci tiene dos entradas. Por la de via del Gesù entra un ateo, materialista y anticlerical que hace pocos años desafió públicamente a Dios concediéndole, como prueba de su existencia, dos minutos para fulminarlo; por la de piazza della Pigna entra el cardenal Gasparri, un hombre que ha servido a Dios toda su vida, traicionando todos los días a su ciudad celestial por la terrenal. Los dos entran por separado y por separado salen del Palacio Guglielmi, silenciosos, apresurados, atravesando vestíbulos y escaleras desiertas.

La conversación entre Benito Mussolini —hasta ayer un blasfemo compulsivo, comecuras y defensor del amor libre— y el secretario de Estado del Vaticano se desarrolla sin testigos. No asiste siquiera el anfitrión, el senador católico Santucci, presidente del Banco de Roma. Nadie debe saber y nadie sabrá lo que allí se dice, debe permanecer y permanecerá en secreto. Lo cierto es que la reunión dura bastante. Y que al salir a piazza della Pigna, el secretario de Estado de la Santa Sede manifiesta estar satisfecho de su conversación con el Duce del fascismo.

Las negociaciones secretas que el presidente del Gobierno ha emprendido hace meses con las altas jerarquías del Vaticano dirigidas a una reconciliación con la Iglesia son su as en la manga en el pulso que lo enfrenta al Partido Popular, el partido político de los católicos italianos. A ese nivel secreto corresponde la acción manifiesta del gobierno que está otorgando concesiones al Vaticano, una tras otra, concesiones disfrazadas de medidas técnicas: igualación de las tasas escolares, restauración del crucifijo en las aulas, enseñanza religiosa obligatoria, elección de los maestros por las autoridades eclesiásticas y, lo más importante de todo, exención del impuesto extraordinario sobre el patrimonio de los seminarios. Mussolini está dispuesto a conceder al Papa esto y más para deshacerse del padre Sturzo, el fundador del partido de los católicos, por el que siente un hastío insuperable que roza la repulsión física.

«Es hora de acabar con los sacerdotes que se dedican a la política», repite a menudo en secreto Mussolini a Cesare Rossi. Luego agrega comentarios que su colaborador más cercano, siempre a su lado —ahora en el delicado papel de jefe de la oficina de prensa de la Presidencia del Gobierno—, nunca podrá comunicar al público: «El padre Sturzo, ese cura politicastro y deforme que nunca celebra misa y va por ahí enredando en las bajezas de la política».

Mussolini odia a Sturzo hasta tal punto que, después de la marcha sobre Roma, a pesar de haber incluido a los populares en su gobierno de coalición, se negó a recibir a Sturzo, el fundador de su partido. A Rossi, que le insistía para que le concediera audiencia, en un arrebato de su juvenil anticlericalismo, le gritó: «Está absolutamente fuera de discusión el que yo reciba a ese caballero. He incluido en mi gobierno a algunos ministros que considero idóneos y cualificados, pero no tengo la menor intención de ser un títere en sus manos. En cuanto al padre Sturzo, lo considero un hombre funesto para el funcionamiento de cualquier gobierno. ¡Ya basta de esa eminencia gris! Los sacerdotes tienen que estar en la iglesia. ¡Qué es eso de que arrastren sus sotanas en las antecámaras ministeriales!».

Sin embargo, más allá de la aversión personal entre dos tipos humanos irreductibles, la discrepancia es política. La fundación por parte de Sturzo, hijo de la gran aristocracia terrateniente siciliana, de un partido de católicos el mismo año de mil novecientos diecinueve fue el hecho histórico más importante desde la unificación de Italia, junto con la fundación de los Fascios de Combate por parte de Benito Mussolini, hijo del herrero socialista de un pueblecito de Romaña. Hasta ese momento el Papa había prohibido a los católicos votar en las elecciones y participar en la vida política. A partir de ese momento, su partido, con sus ciento diez diputados, elegidos de manera uniforme en todo el país, se convirtió en el fiel de la balanza del Parlamento. Los diputados católicos son indispensables para la formación de todas las coaliciones gubernamentales, son ellos los que provocan y deciden las crisis, ellos, por voluntad del padre Sturzo, en la primavera de mil novecientos veintidós, bloquearon el camino para el regreso de Giolitti y se lo allanaron a los fascistas. Ahora, sin embargo, el sacerdote siciliano, tras favorecerlos indirectamente antes de la marcha sobre Roma, y haber apoyado abiertamente su gobierno después, sigue siendo el único verdadero adversario de los fascistas hacia la plena conquista del poder.

Pero también el partido católico está fuertemente dividido. El ala derecha, cercana a la jerarquía vaticana, está a favor de la plena cooperación con Mussolini y participa en su gobierno con ministros y subsecretarios. El ala izquierda, representante de las ligas campesinas «blancas», acosadas constantemente por los escuadristas, se opone radicalmente a él. El centro, custodiado por el padre Sturzo y por su joven secretario Alcide De Gasperi, se inclina por una colaboración condicionada a la aceptación de las razones éticas de los católicos y de su plena autonomía respecto a los fascistas.

El congreso decisivo del Partido Popular se inaugura en Turín el 12 de abril. En juego no solo está la unidad de los populares sino también la unidad de los católicos italianos. El padre Sturzo, pese a no actuar nunca a cara descubierta, se impone. La resolución votada por mayoría el 15 de abril señala una clara victoria para él: la colaboración de los populares en el gobierno de Mussolini queda condicionada al respeto de su autonomía, de la integridad del Parlamento, de las libertades constitucionales y, sobre todo, a la salvaguardia de una ley electoral de tipo proporcional.

La verdadera apuesta es esta: la reforma electoral. Mussolini puede mantener en el ojo del huracán al Parlamento con la amenaza de la violencia y su disolución, pero cuenta con solo treinta y seis diputados fascistas. Para que su poder se vuelva estable y absoluto, harían falta nuevas elecciones y una ley electoral que le garantizara una mayoría granítica, un control total sobre los aliados pendencieros y sobre los fascistas disidentes. Por eso, desde febrero, no se habla de otra cosa: la reforma electoral.

El Gran Consejo del fascismo ha confiado a una comisión interna el estudio de las distintas hipótesis. Los notables liberales del sur y los ras fascistas de las provincias aspiran a un sistema de colegio uninominal para garantizarse el voto de su clientela local. Farinacci se ha mostrado abiertamente a favor de esta solución. En cambio, Mussolini prefiere un sistema mayoritario basado en listas nacionales con premios para el partido de mayoría relativa. Giacomo Acerbo, subsecretario de la Presidencia del Gobierno, estudia una ley que otorga dos tercios de los escaños parlamentarios al partido que supere el veinticinco por ciento de los votos, probablemente el Partido Fascista. Esta ley entregaría a su jefe, Benito Mussolini, tanto el Parlamento como el país. Sus efectos morales serían explosivos, devastadores: toda oposición, externa o interna, fracasaría; toda reivindicación de autonomía por parte de los aliados sería sofocada. Cualquiera que aspirara a volver al Parlamento debería aceptar la candidatura en las listas fascistas nacionales y Mussolini, desde su habitación en la segunda planta del Grand Hotel en Roma, podría nombrar a voluntad los dos tercios con un simple trazo de pluma que estableciera la posición de los candidatos en las listas. Para el Duce, la aprobación de esta ley representaría la coronación de su éxito personal, la auténtica toma del poder; sería, en definitiva, la maravilla de las maravillas.

Por desgracia, sin embargo, está el padre Sturzo que prefiere la ley proporcional. Y, por desgracia, sus ciento diez diputados pueden imponerla. El congreso del partido católico, que se clausuró el 15 de abril en Turín, lo ha manifestado a las claras.

El 17 de abril, Mussolini convoca a Stefano Cavazzoni, el último ministro del Partido Popular tras la muerte de Tangorra, junto con los subsecretarios católicos. Son todos del ala derecha del partido, que ha salido derrotada del congreso de Turín ganado por el padre Sturzo. El presidente del Gobierno les lee una declaración en la que les agradece su colaboración «leal y voluntariosa» y les devuelve «la más completa libertad de acción y movimiento». En otras palabras, el Duce se los está quitando de encima.

Cavazzoni no tiene más remedio que poner a su disposición las carteras. Firma en blanco una carta de renuncia:

—Presidente, los elementos responsables del Partido Popular tienen plena consciencia de la gran necesidad de colaborar con el gobierno.

—Cavazzoni, no lo dudo, pero me sería precisa una aclaración más explícita de vuestra situación.

El tono de Mussolini es ahora conciliador. A cambio de volver a confirmar a los ministros y subsecretarios católicos, el Duce pide un voto a su favor del grupo parlamentario popular, convocado para el 20 de abril. Cavazzoni se lo promete.

—Bueno. Entonces, después de la votación, me reservo la toma de decisiones.

La reunión concluye.

El 20 de abril Cavazzoni cumple su promesa. *Il Popolo d'Italia* anuncia triunfante el voto del grupo parlamentario popular: «Colaboración plena y leal con el gobierno fascista».

Pero Sturzo, aunque traicionado por sus ministros, no se rinde: insiste en sus condiciones para apoyar al gobierno. Pasan tres días más y Mussolini sorprende a todos. Cesare Rossi es el primero en asombrarse cuando el Duce le pide que comunique que, a pesar de su acto de sumisión, el presidente del Gobierno ha aceptado la «renuncia» de Cavazzoni y los viceministros del Partido Popular. El Parlamento se echa a temblar de nuevo.

Ante la resistencia de Sturzo, Mussolini ha tomado una decisión: volverá al enfrentamiento, volverá a las acciones de fuerza. Lo escribe a las claras en el número de marzo de *Gerarchia*: en este nuevo siglo, del cual es hijo, fuerza y consenso son una sola cosa. La libertad es un medio, no un fin. Como tal medio ha de ser controlada. Para controlarla, hace falta la fuerza.

Benito Mussolini, por lo tanto, cambia otra vez de máscara. El conciliador moderado, que después de la marcha sobre Roma predicaba la «normalización» a sus ras reticentes, cede de nuevo paso al belicoso cabo de honor de la Milicia. Ya está bien de minuetos, ahora vuelve a escena el titán que, al cabo de un mes, en la Scala, recibido por Toscanini, es bendecido con un aplauso unánime del patio de butacas, los palcos y la galería; el vanguardista que en la galería Pesaro de Milán inaugura la exposición «Novecento», comisariada por Margherita Sarfatti para revelar el arte del nuevo siglo al mundo; el pontífice laico que con vigorosos golpes de pico comienza la construcción de la autopista de Milán a los Lagos; el patriota que se dirige a los italianos de Estados Unidos mientras firma el acuerdo para la instalación de telégrafos por cable a través del océano entre la patria y el nuevo continente.

Frente a todo esto, la libertad está decididamente sobrevalorada. Ya basta de sacerdotes en política.

La libertad es una deidad nórdica, adorada por los anglosajones [...]. El fascismo no conoce ídolos, no adora fetiches: ya ha pasado y, si es necesario, volverá a pasar de nuevo con calma sobre el cuerpo más o menos descompuesto de la Diosa Libertad [...]. La libertad ya no es, hoy en día, la virgen casta y severa por la que lucharon y murieron las generaciones de la primera mitad del siglo pasado. Para las juventudes intrépidas, inquietas y duras que se asoman al crepúsculo matutino de la nueva historia, hay otras palabras que ejercen un atractivo mucho mayor, y son: orden, jerarquía, disciplina.

Benito Mussolini, «Fuerza y consenso»,
Gerarchia, marzo de 1923

Italo Balbo, Amerigo Dùmini
Roma, 29 de mayo de 1923

Cuando, con el uniforme que se ha inventado él mismo —camisa negra, pantalón militar, chaqueta de Osado con distintivos de llamas negras, fez—, en calidad de comandante general de la Milicia Voluntaria para la Seguridad Nacional, Italo Balbo viaja sin pausa por todas las provincias de Italia, incluso las más recónditas, para alistar a los escuadristas reluctantes o descontrolados y, con odio o admiración, tanto sus enemigos como sus amigos comienzan a llamarlo «el generalísimo», él deja que lo hagan. En el fondo, los otros dos comandantes generales andan enredados en otras cosas —De Bono, absorbido por su papel de jefe de policía; De Vecchi, atado a la subsecretaría de Tesorería y Pensiones de Guerra— y él, a sus veintisiete años, recibe un salario mensual de tres mil liras, equivalente al de un general de brigada, y, sobre todo, manda sobre un ejército de ciento cincuenta mil hombres. Es más que suficiente para reavivar el frenesí después de los malos humores de febrero, por más que el nuevo papel de normalizador le granjee a Balbo la ojeriza de muchos escuadristas de los que había sido el ídolo cuando era un apaleador. El problema, en todo caso, es que esos ciento cincuenta mil no son soldados y que la Milicia no es un ejército.

Carecen de ropa, de alojamientos, de medios de transporte; carecen incluso de mosquetes y los treinta millones asignados para partidas extraordinarias se han gastado casi por entero en uniformes. Por encima de todo, les falta precisión, competencia, iniciativa, les falta disciplina. Él lo dijo con toda claridad en el teatro Lirico de Milán en abril: ya está bien de discusiones sobre el camino que se ha de seguir, los fascistas solo tienen que «caminar y actuar». Pero durante años él fue el primero en enseñar a esos hombres a responder «me importa un bledo», a enardecerse en la rebelión, les enseñó la vida como una guerra de bandas. Ahora resulta difícil llamarlos al orden cuando incluso sus jefes se muerden como en las peleas de perros.

El 25 de abril, en Roma, en un prado fuera de la Porta del Popolo, nada menos que dos figuras de gran relieve del fascismo como Francesco Giunta —ascendido ahora a secretario del Gran Consejo— y Cesare Forni, el ras de Lomellina, se batieron con sables por una historia de rivalidades personales, de mujeres, de control territorial, de ideales traicionados, todo mezclado en un batiburrillo. Después del duelo, el capitán Forni, una leyenda de los escuadristas, con la arteria labial seccionada, como protesta contra la corrupción de los fascistas romanos dimitió de su cargo de comandante de la Milicia de la primera zona, la más vasta, la más importante, la que abarcaba todo el triángulo industrial. Y así por todas partes: apetitos desenfrenados, enfrentamientos, discordias, pasiones individuales, objetivos inconfesables. Ahora que los bolcheviques han sido borrados del mapa —entre diciembre y febrero De Bono ha ordenado detener a todos los dirigentes del Partido Comunista—, Italia está dividida en feudos fascistas hostiles.

Ahora ha llegado el turno de Alfredo Misuri. Balbo lo conoce bien desde que, después de fundar el Fascio de Combate de Perusa en enero de mil novecientos veintiuno, Misuri se convirtiera en el jefe de los escuadristas en Umbría. Pero en mil novecientos veintidós, antes de la marcha, a causa de su rivalidad con Bastianini, el otro líder de las escuadras de Perusa, Misuri se pasó a los nacionalistas. Ahora, sin embargo, los nacionalistas han confluido en el PNF y Misuri ha vuelto a ser fascista a su pesar. Cuatro días después de la fusión entre fascistas y nacionalistas, la junta ejecutiva del partido lo expulsa por su anterior disidencia. Puesto que nunca ha abandonado su devoción personal a Mussolini, el hijo pródigo a su pesar le avisa de que va a pronunciar un discurso de «oposición fascista» en la Cámara. El Duce le conmina a que no lo haga, amenazando con detenerlo.

Misuri responde apelando a las libertades constitucionales: «Dile al presidente que entre él y yo está el Estatuto».

En la mañana del 29 de mayo, la Cámara se halla atestada de diputados y de público. Todos están ahí para escuchar las críticas de Alfredo Misuri. De hecho, es la primera vez que se espera un discurso de oposición pronunciado por un fascista. Entre los escaños, corre de mano en mano el número del día de *Cremona Nuova*, en el que Roberto Farinacci, con el fin de completar la revolución y domeñar todo desacuerdo, teoriza abiertamente sobre la necesidad de una nueva campaña de violencia escuadrista. Esta vez «definitiva». El artículo se titula «Segunda oleada».

Casi dando la razón al ras de Cremona, ofreciéndose como primera diana, Alfredo Misuri, que luce profundas entradas en la frente, un rostro perfectamente afeitado y la elocuencia refinada del profesor de zoología, tras asegurar su lealtad personal hacia Mussolini, se lanza de cabeza a un ataque en toda regla rompiendo el silencio absoluto: el fascismo está degenerando —vocifera Misuri—, medio millón de afiliados se han impuesto al núcleo sano, los «simoniacos» de la última hora contaminan la administración pública. El Estado debe distinguirse del partido, la Milicia ha de ser incorporada a las filas del ejército, la función democrática del Parlamento debe ser restaurada, la base del gobierno ensanchada a otros partidos nacionales.

El discurso de Misuri causa una enorme impresión. Son muchos los diputados que corren a felicitarlo. Casi como si Mussolini no estuviera sentado detrás del banco de la Presidencia del Gobierno observándolos, le congratulan incluso algunos fascistas, el subsecretario de Agricultura Corgini y otros cinco diputados.

Cesare Rossi, mientras abandona la tribuna de prensa, amenaza abiertamente al disidente:

—¡Esta noche te vas a enterar!

El Duce está furioso. En los pasillos de Montecitorio, circundado por sus más íntimos colaboradores, menea la cabeza, cruza los brazos en el pecho, luego los deja caer, apoya las manos en las caderas:

—Intolerable..., esto es intolerable. El partido no puede soportar un discurso como ese. Debe ser castigado. Inmediatamente. Inexorablemente.

—Ya me encargo yo —Balbo ha saltado hacia delante como un resorte de muelle—. Arconovaldo Bonaccorsi está en Roma. Lo pongo en marcha.

Amerigo Dùmini ocupa el asiento trasero, junto con dos escuadristas boloñeses de Bonaccorsi, en el lado de la acera. Encontraron el Lancia K en uno de los patios del Palacio del Viminal, todavía en construcción, diseñado para convertirse en la sede de la Presidencia del Gobierno. Cuando por fin el profesor Misuri abandona el Parlamento a última hora de la tarde, con el motor a muy bajas revoluciones lo siguen paso a paso por las calles que rodean Montecitorio. Luego aparcan en un cono de sombra entre las farolas de via Due Macelli.

El coche es espacioso, pero Arconovaldo Bonaccorsi, alto, inmenso, desbordante, rebosa el espacio del asiento del copiloto. Se pasa la lengua por el labio superior, desfigurado permanentemente por una herida, y escruta, al otro lado de la calle, la salida de los urinarios del callejón Sdrucciolo. Allí la primavera romana huele a orina.

Bonaccorsi se enciende un cigarrillo. Con la ventanilla bajada, fuma con la mano derecha. La izquierda empuña, abandonada entre los muslos, una porra tan gruesa como el buje de la rueda de un carro. Lo empuña con toda naturalidad: el escuadrista de Bolonia lleva haciéndolo toda la vida desde que, con veinte años, durante el «bienio rojo», sirviera en las secciones del ejército encargadas de mantener el orden público en los choques callejeros con los socialistas. Tras pasarse al lado de los alborotadores, fascista desde San Sepolcro, el apaleador profesional fue arrestado por primera vez en noviembre de mil novecientos diecinueve cuando, después de viajar a Milán para las elecciones escoltando a Arpinati, el «férreo Bonaccorsi», como le gusta denominarse a sí mismo, disparó en el teatro Gaffurio di Lodi. Diez meses de cárcel. Desde entonces no ha parado: ha sido arrestado decenas de veces por lesiones, agresiones, violencia política, ha sido puesto en libertad decenas de veces, ha sufrido decenas de heridas, hasta esa permanente en la boca que le da la apariencia de un niño aberrante, con labio leporino congénito, como si la violencia ya lo hubiera marcado en el útero materno, por una defectuosa cohesión del tejido cartilaginoso, por un signo del destino.

Una vez que Alfredo Misuri sale del urinario público, Dùmini apenas ha tenido tiempo de bajarse del coche cuando Bonaccorsi ya está en la calle. Ahora empuña la estaca con la derecha, no la oculta, no alardea, la esgrime con absoluta desenvoltura, como si fuera una mera extensión del brazo. Misuri, que todavía está afanándose con la bragueta de los pantalones, no lo ve llegar.

El estacazo en el cráneo resuena en el estrecho callejón. Uno solo; el agredido cae al suelo. Los tres escuadristas boloñeses se le echan encima. Le propinan porrazos, patadas. Misuri se cubre como puede, débilmente, con los brazos. Entonces, Bonaccorsi se inclina y, acercándole la ulceración de su falso labio leporino a un antebrazo, le arranca a mordiscos una tira de piel que todavía huele a orina.

Una patrulla de carabineros acude a la carrera. Dùmini saca un cuchillo que blande al azar. Luego, balbuceando su deseo de matar a todos los enemigos del fascismo, se refugia en un café cercano, el Caffè Cilario. Bonaccorsi no se deja intimidar: «No podéis detenerme —grita—. Soy vuestro superior, soy un *senior* de la Milicia». El diputado Misuri permanece tendido en el suelo, sobre su propia sangre.

Al día siguiente, 30 de mayo, durante la votación del presupuesto provisional, sus colegas en el Parlamento, como si nada hubiera pasado, confirman la confianza al gobierno con 238 votos a favor y 83 en contra.

El palio no es folclore exhumado para curiosos o turistas, el palio es la vida misma del pueblo sienés a lo largo del tiempo.

Desde mil seiscientos cuatenta y cuatro estos doce caballos de Maremma con sus gruesas pezuñas y su centro de gravedad bajo, bestias de trabajo, trabajo duro que soportan junto con los campesinos, acostumbrados a los despeñaderos y a la maleza, montados a pelo por un jinete ligero como una pluma, encaran el recodo de San Martino para dar tres enloquecidas vueltas a piazza del Campo en tres minutos, una vuelta por minuto. Y hace tres siglos que la ciudad de Siena, dividida en diecisiete barriadas, se inflama con estos tres minutos de carrera salvaje en una pira ardiente de pueblo que en unos momentos de regocijo redime existencias enteras de tibia sumisión, de espaldas quebradas y de generaciones sin nombre.

Algunos socialistas están en contra del palio. Es verdad, por ejemplo, que Modigliani, un valiente compañero de partido, en un mitin ante los mineros de Siena ha reprobado la brutalidad espectacular de esta furiosa carrera que a menudo revienta a los caballos, pero el caso es que Giacomo Matteotti ha llevado a su mujer, en uno de sus rarísimos momentos de distracción, a presenciar esa maravillosa manifestación de ardor popular fusionado con la furia animal. Velia, para la ocasión, ha sacado del armario uno de esos vestidos sobrios y elegantes que nunca puede ponerse al lado de su marido. Ahora puede tomarlo del brazo bajo las bóvedas de crucería de la Loggia della Mercanzia, detrás de piazza del Campo, para asistir junto a él, escondida entre la multitud, al cortejo histórico puesto en escena por las diecisiete barriadas.

No, Modigliani está equivocado. Los señores de la burguesía, los capitanes de la industria, los magnates, los terratenientes disfrutan del brutal espectáculo al resguardo de alguna sombrilla desde los palcos de honor montados alrededor de la plaza, o desde los balcones de los edificios que la rodean, pero el palio pertenece al pueblo que se agolpa en el centro de la plaza, aturdido por el sol que cae a plomo, con el ánimo alterado y hasta pendenciero, rodeado por los caballos que corren a su alrededor en salvaje zarabanda. Sí, ¡el protagonista del palio es el pueblo! No puede negarse que aquí también los señores están en lo alto y el pueblo en lo bajo, pero si se observa con atención, podemos darnos cuenta de que en el palio, así como en la historia, por mucho que puedan dominarla, decidirla, e incluso arrebatarla, los señores no pasan de ser espectadores de la vida del pueblo que sufre y espumajea sudor sobre la tierra de toba en medio del campo.

Y nunca como hoy es el pueblo el elemento de Giacomo Matteotti. La multitud anónima lo recibe, lo esconde, lo protege. El invitado de honor ante el que las autoridades de Siena se prodigan en reverencias es el filósofo Giovanni Gentile, ministro de Instrucción Pública, que acaba de obtener la aprobación de su reforma escolar, enfocada por entero en la exaltación de los estudios de humanidades, de la que se jacta Benito Mussolini como un gran logro de su gobierno y muy elogiada incluso por Benedetto Croce. Parece ser que desde Roma quieren despojarles de su universidad y la opinión del ministro —en visita oficial a la segunda ciudad toscana— será decisiva para evitar tal degradación. Toda la atención de los dirigentes fascistas está centrada, por lo tanto, en Giovanni Gentile, y Giacomo Matteotti puede sumergirse felizmente en el abismo amniótico de su pueblo.

Hace meses que su intransigencia le está envenenando incluso la vida dentro de su propio partido. Muchos, especialmente entre los hombres de los sindicatos, se inclinan por colaborar con los fascistas, en la esperanza de que el pasado socialista de Mussolini y su táctica de normalización puedan acarrear beneficios a los trabajadores. Y, además, desde hace décadas, esos socialistas «de palacio» se han acostumbrado a toda clase de compromisos parlamentarios. No comprenden que la marcha sobre Roma ha señalado el inicio de la dictadura, no el fin de los conflictos. Matteotti nunca se cansa de repetir que esos compañeros no tienen oídos para oír o no quieren ver. Siempre se comete el error de esperar que las catástrofes vengan en el futuro, hasta que una mañana nos despertamos con una sensación de ahogo que nos oprime el pecho, nos volvemos y descubrimos que el final está a nuestras espaldas, el pequeño apocalipsis ya ha tenido lugar y ni siquiera nos hemos dado cuenta. La «segunda oleada», ahora abiertamente invocada por Farinacci, ya los está sumergiendo.

Matteotti lleva meses intentando demostrarlo, con su empeño habitual, en una extenuante tarea de denuncia de toda forma de violencia fascista. Anota uno por uno todos los casos en las páginas de un libro que pretende publicar a finales de año con el título de *Un año de dominación fascista*. Hasta la fecha, ya ha registrado y documentado 42 asesinatos, 1.112 apaleamientos, palizas, lesiones, 184 edificios y viviendas destruidos, 24 incendios de periódicos. Sin embargo, con cada nueva entrada, el redactor de las denuncias está cada vez más solo. El círculo de la soledad se ciñe a su alrededor, incluso dentro del partido del que es secretario, a medida que la lista de actos de violencia se alarga. Hasta Turati le sugiere que abandone el proyecto del libro, lo acusa de «hostilidad preconcebida» hacia sus compañeros más moderados. Para conseguir que se mantenga su posición, al joven secretario aislado no le queda otra que amenazar constantemente con su dimisión. A veces da la impresión de que la única manera de convencer a los tibios de la falsedad de su ilusión es azuzar la represalia fascista contra sí mismo.

La única otra forma de salvar esta Italia cada vez más perdida es ir al extranjero. Al inicio del primer año de dominación fascista, Giacomo Matteotti ha empezado a multiplicar sus viajes fuera de las fronteras para trabar alianzas con los compañeros franceses, belgas, alemanes e ingleses. En febrero estuvo en Lille, en el congreso de los socialistas franceses, al mes siguiente en París, luego se acercó a Berlín para reunirse con los socialdemócratas alemanes. Pero también esa senda ha quedado bloqueada. Después del viaje a Alemania, Mussolini ordenó que le retiraran el pasaporte.

Ahora, bajo la Loggia della Mercanzia, Siena se está preparando para el gran acontecimiento. La procesión con los estandartes de las barriadas y los centenares de figurantes vestidos de época va disminuyendo. Pronto se tenderá la cuerda y los caballos comenzarán a entrar en la plaza preparándose para la carrera. Giacomo y Velia Matteotti, abrazados, se suman voluntariamente a la riada del pueblo en su celebración.

Alguien, sin embargo, grita su nombre. Lo grita como se grita al lobo, como se grita al ladrón. Es el nombre del enemigo.

Los hombres que lo han reconocido ni siquiera llevan una camisa negra, solo los colores chillones de una barriada. La barriada del milano, la del puercoespín, la del ganso, acaso la de la ola, la de la pantera, la de la tortuga. Se le echan encima. Velia le estrecha el brazo a su marido, lo protege con su cuerpo. La gente no presta atención, las riñas entre los habitantes de barriadas rivales son constantes.

Esta vez, sin embargo, hay una señora en la refriega, una dama distinguida. Se advierte la extrañeza de la situación, alguien se detiene. Incluso para la belicosidad facciosa de las rivalidades entre barriadas eso es una vergüenza: a las mujeres no se las toca.

Un coche de policía se abre paso entre la multitud. Ante el bochorno de todos, los policías rescatan a los dos señores distinguidos para que la carrera pueda comenzar. Mientras Giacomo y Velia Matteotti son escoltados a la estación, expulsados, proscritos de la ciudad en fiestas, el tumulto de piazza del Campo se eleva hacia las tierras arcillosas y los viñedos de las colinas de Siena que se secan y fermentan al sol de julio.

Por la noche, Giacomo Matteotti vuelve a echar mano a su libro, agregando una cuenta al rosario de la dominación fascista. Bajo la fecha del 2 de julio está escrito: «Siena: El diputado Matteotti, mientras pasea con su familia, es agredido por los fascistas y forzado a abandonar la ciudad. La policía asiste impasible».

Eso es todo, no se proporciona ningún detalle más, no se añade ningún comentario.

Nos limitamos a advertir que esta gente [los socialistas] son tan profundamente ignorantes que no entienden todavía en qué mundo viven. La verdad es que a tales seres solo se les ha dejado en circulación temporalmente, la revolución fascista tarde o temprano los atrapará y entonces a la muerte civil seguirá también la muerte física. Así sea.

Artículo sobre la expulsión
de Giacomo Matteotti del palio,
La Scure, órgano de la federación fascista de Siena,
3 de julio de 1923

Aquí se espera la «segunda oleada» fascista. La tensión de la espera es tal que la transmuta casi en una invocación, una plegaria muda dirigida al dios sordo de la historia: que venga de una vez, si es realmente necesario que venga, esta «segunda oleada», y que nos arrastre a su paso. La esperan sobre todo los salvados, los que han sobrevivido a la primera.

El hemiciclo de Montecitorio está abarrotado, tanto en los escaños como en las tribunas del público. Se discute la reforma de la ley electoral —que entregaría el Parlamento a los fascistas— y a los diputados liberales, democráticos, socialistas y populares se les pide que levanten un último dique. La comisión parlamentaria ha aprobado por sorpresa el proyecto de ley propuesto por Acerbo que prevé la asignación de dos tercios de los escaños a la lista que obtenga una mayoría relativa y, si el hemiciclo no lo rechaza ahora, las próximas elecciones podrían ser las últimas.

Fuera del hemiciclo, durante semanas, la cúpula del Partido Fascista ha estado amenazando, más o menos explícitamente, con una segunda oleada de violencia en caso de rechazo. Dentro del hemiciclo los asistentes acercan la oreja al suelo para presentir el rumor en las vibraciones sordas de la tierra, levantan la mirada hacia las tribunas donde los escuadristas con la camisa negra juguetean con sus puñales junto a señoras con ropa veraniega. La constante tensión nerviosa está llevando a la mayoría a la extenuación. Es cierto que la vida no tiene sentido sin un pequeño apocalipsis en el horizonte, pero no es menos cierto que no se puede vivir vaticinando cada día los signos del final en el primer café de la mañana.

Son los diputados del Partido Popular los llamados principalmente a servir de dique. Se sabe que los seguidores liberales de Giolitti ya han decidido aceptar el monstruoso sistema electoral propuesto por Acerbo, albergando su esperanza habitual de que sirva para domesticar el fascismo, y que incluso muchos socialistas reformistas parecen estar dispuestos a colaborar justificándose con el habitual argumento de la protección de los trabajadores. Los populares, en cambio, se encuentran en la mayor encrucijada de su historia política: el 10 de julio, el padre Luigi Sturzo, a quien en nombre de la Santa Sede monseñor Pucci ha invitado públicamente a «no crear obstáculos», se ha visto obligado a dimitir. Mussolini ha exigido la interrupción de la carrera política de Sturzo y el Vaticano, sometido a continuas amenazas de represalias contra instituciones y asociaciones católicas, incluso contra las iglesias, se la ha concedido. Proscrito el fundador, la supervivencia del partido católico está ahora en manos de sus diputados. Sin sus votos la batalla de la oposición es inútil y ahora la única batalla que se puede librar es esta: votar en contra. No hay nada más. Cada voto individual podría decidir la victoria o la derrota, en qué lugar de la costa romperá la cresta de la ola y dónde comenzará la resaca.

Cuando, después del informe de la mayoría, le toca el turno a la oposición, Filippo Turati toma personalmente la palabra para clavar a los diputados cristianos a su pequeña cruz:

—Estáis llamados hoy a firmar vuestra propia sentencia con vuestras manos. Hoy decidiréis, hoy o nunca, si seréis una fuerza nueva, o si os contentáis con seguir siendo un peón de un hábil juego, jugado en este miserable tablero parlamentario. ¿Seréis nuestros aliados en un mañana no lejano, o tendremos que recoger, sobre nuestros modestos hombros, también este legado? Este es hoy el dilema de la política italiana. ¡Meditad!

Desde los escaños centrales, los católicos escuchan el llamamiento del dirigente socialista sumidos en un silencio absoluto. La tensión es angustiosa. De romperla, desde la derecha fascista, se encarga la voz de barítono de Cesare Maria De Vecchi. Sus palabras de mofa tienen por blanco a Turati, sus ojos pequeños, tiroideos, porcinos, su frente baja, su barba de profeta:

—¡Eres demasiado feo para hacer de sirena!

Hilaridad general, alboroto a la izquierda, voces desde el centro.

Luego, por fin, llega su turno. El presidente del Gobierno, el diputado Benito Mussolini, se acerca a la tribuna de oradores acompañado por el eco de la ola. El hemiciclo de Montecitorio se transforma en la espiral cónica, anacarada, de una concha marina. Si se acerca la oreja, se oye el mar.

Mussolini, sin embargo, sonríe. Comienza con un comentario ingenioso. Anuncia que desea informar a sus señorías sobre algunas importantes cuestiones de política exterior en una sesión futura, siempre que «la Cámara no tenga hoy el capricho de morir antes de tiempo». Hilaridad, murmullos animados, comentarios prolongados. Luego su voz, generalmente aguda, metálica, se suaviza por la emoción. El Duce se declara tranquilo, mesurado, recuerda la gloriosa historia de la unidad de Italia, toca todos los hilos de la persuasión. El fascismo no está en contra de las elecciones, no está en contra del Parlamento, lo único que quiere es que las elecciones colmen la brecha entre el Parlamento y el país. El fascismo está mudando de piel («Es sorprendente cómo cambia un jefe de escuadra al convertirse en asesor o alcalde. Se da cuenta de que no se pueden tomar por asalto los presupuestos de los municipios, de que hay que estudiarlos»). Murmullos de asentimiento, aplausos del centro, silencios. El orador vuela alto, se eleva a las cumbres olímpicas de la sabiduría filosófica: «¿Existe la libertad? En el fondo, es una categoría filosófico-moral. Lo que hay son *las* libertades. La libertad nunca ha existido». Luego lanza él también su propio llamamiento conciliador a las oposiciones, al pueblo, a los socialistas («Sabéis que me alegraría de tener mañana en mi gobierno a los representantes directos de las masas obreras organizadas»). Mussolini dirige, en última instancia, la exhortación definitiva, la destinada a la responsabilidad hacia la nación que pide un gobierno estable, que pide el fin de la época de la angustia, una exhortación a las conciencias:

—Yo os digo: no dejéis que el país tenga una vez más la impresión de que el Parlamento está lejos del alma de la nación... Porque este es el momento en el que el Parlamento y el país pueden reconciliarse [...], escuchad la admonición solemne y secreta de vuestra conciencia.

Las últimas palabras de Mussolini son recibidas con un estruendoso aplauso. Se le aplaude desde la derecha, pero también desde los escaños de la izquierda. La ovación dura largo rato. El público de las tribunas se une a ella. Abajo en el hemiciclo, Giolitti se abre paso entre los diputados que se agolpan para felicitar al presidente del Gobierno y le estrecha largo rato la mano.

La segunda oleada no ha llegado. Todo lo contrario: el mar es un espejo azul, encrespado apenas por una ligera brisa, en Italia hace un día espléndido de sol veraniego: Benito Mussolini, por sorpresa, se ha puesto su máscara más conciliadora, urbana, la del estadista ecuánime. En los escaños del centro, ocupados por los diputados del Partido Popular, hay una desbandada.

A las 20:10 el presidente De Nicola retoma la sesión. El hemiciclo está abarrotado, todos los escaños se hallan ocupados, desde la extrema izquierda a la extrema derecha. El presidente advierte de que el ejecutivo ha incluido una moción de confianza en el orden del día. O se aprueban los principios de la ley de reforma electoral y se pasa a la deliberación de los artículos individuales, o habrá crisis de gobierno.

Alcide De Gasperi, secretario del Partido Popular tras la dimisión del padre Sturzo, toma la palabra. La sala se sume en el silencio, atenta:

—Señorías, solicito la división de las mociones en dos partes. Votemos por separado la primera parte, «la Cámara confirma su confianza en el gobierno», y la segunda, «se aprueban los principios de la reforma electoral».

Vocerío frenético desde los escaños fascistas, comentarios animados en todos los demás sectores. De Gasperi acaba de anunciar que los católicos presentarán batalla. Se despliegan de forma compacta en un frente de resistencia: están dispuestos a confirmar su voto de confianza a Mussolini, pero no a aprobar su ley electoral. Quieren cambiar algunos artículos. El umbral para la mayoría debe ser elevado al cuarenta por ciento.

Son las 21:00 horas. Después de seis horas de sesión, el calor de la sala es sofocante. En las tribunas todo es un crujir de abanicos y pañuelos. En los escaños, los diputados se abanican con hojas de papel.

Pero en ese momento pide hablar por los populares el diputado Cavazzoni, exministro dimisionario del gobierno de Mussolini:

—Tomo la palabra en mi nombre y en el de un grupo de amigos...

El Parlamento se ve inundado de groseras carcajadas. Ha bastado esa referencia de Cavazzoni al «grupo de amigos» para desencadenar la hilaridad general en todos los escaños. El preámbulo es suficiente para que las intenciones de Cavazzoni y sus amigos les queden claras a todos. Las carcajadas de la izquierda, graves y amargas, tienen la tristeza abaritonada del dique que se derrumba.

Cavazzoni aplaca el alboroto:

—Siempre me he mantenido obediente a la disciplina del partido, pero hay ocasiones...

Las carcajadas vuelven a acallar su voz, se mezclan con los murmullos, mientras que, desde los escaños del centro, a su alrededor, muchos compañeros de su partido protestan agitando los brazos.

—... Hay ocasiones en que no debemos traicionar los compromisos ya contraídos con este gobierno. Considero que es justo, equitativo, digno, votar la confianza al gobierno al mismo tiempo que el trámite de los artículos del proyecto de ley.

Ruidos, comentarios animados, protestas desde el centro. La unidad del Partido Popular ha quedado hecha añicos. Después de Cavazzoni, también los socialistas «colaboracionistas» toman la palabra. Anuncian su voto en contra, pero quieren aclarar que eso no implica «la oposición de las asociaciones sindicales de las que son representantes», apolíticas por naturaleza. También ellos, en definitiva, hacen distingos, apelaciones a las circunstancias, enumeran compromisos. El muro de la oposición se deshace.

La moción de confianza al gobierno obtiene 307 votos, 140 en contra y 7 abstenciones. El trámite de la discusión de los artículos de la ley Acerbo, antesala de su aprobación, recibe los votos favorables de 235 diputados, 139 contrarios y 77 abstenciones. Se aprueba con el apoyo decisivo de los católicos escindidos.

Los ojos de todos están clavados en el cráneo, ya casi completamente calvo, del ganador. Emilio Lussu, diputado de la izquierda que acaba de declarar a gritos su renuncia como gesto de protesta, lo ve salir del hemiciclo riéndose como un niño. Pero a final de mes, dentro de pocos días, Benito Mussolini cumplirá cuarenta años. Y, sin embargo, sigue siendo el presidente del Gobierno más joven de la historia del mundo.

La complicidad de Giolitti en este atentado contra la constitución democrática del país afecta directamente a su talla histórica como estadista. Su gesto es más que una debilidad culpable, una pérdida de conciencia, es un verdadero suicidio político.

Zino Zini, escritor y filósofo,
diario 1914-1926 (sobre la aprobación de la ley Acerbo),
julio de 1923

En el momento de la votación, faltaban treinta o cuarenta de los nuestros, lo cual significa que *¡hemos sido nosotros los que le hemos dado la victoria al fascismo!* [subrayado en el texto]

Carta de Filippo Turati a Anna Kulishova,
20 de julio de 1923

Una especie de Caporetto.

Comentario sobre la resistencia de los populares
en la votación de la ley Acerbo,
Civiltà Cattolica, 24 de julio de 1923

Yo no soy, señores, el déspota que está encerrado en un castillo. Camino entre el pueblo sin preocupaciones de ninguna clase, escuchándolo. Pues bien, el pueblo italiano, hasta este momento, no me pide libertad. El otro día, en Mesina, el gentío que rodeaba mi automóvil no dijo «Danos la libertad», decía «Sá-

canos de las chabolas». Al día siguiente, los municipios de Basi-
licata solicitaron agua.

Benito Mussolini,
discurso parlamentario, 15 de julio de 1923

El padre Giovanni Minzoni, originario de Rávena, era el arcipreste de Argenta. Durante la guerra, se había marchado de voluntario al frente como capellán militar. Había recibido una medalla de plata.

De regreso con sus campesinos, se había opuesto al fascismo ya desde un principio. Después de la salida de los populares del gobierno de Mussolini, los banqueros y los propietarios agrícolas católicos de la zona de Ferrara abandonaron su partido y empezaron a confluir en el Partido Fascista. En Ferrara, todos los líderes del Partido Popular habían roto sus carnets. En el sur de la provincia, el padre Minzoni fue el único que siguió educando a los jóvenes católicos lejos de la ideología fascista y organizando a los trabajadores fuera de los sindicatos fascistas. Muchos campesinos socialistas también lo siguieron. De esta manera, el párroco de Argenta había despertado la inquina tanto de las jerarquías eclesiásticas como de los sindicalistas «rojos». Él había continuado, tenazmente, por su camino. En julio, durante una asamblea de los Jóvenes Exploradores organizada en la parroquia por el sacerdote, casi había llegado a las manos con Ladislao Rocca, el dirigente del Fascio local.

El jueves 23 de agosto, el padre Giovanni Minzoni regresaba a la rectoría en compañía de uno de sus jóvenes discípulos. En el momento en que pasaron al lado del centro recreativo juvenil, en una calle estrecha y oscura, podían ser las diez de la noche, más o menos. En la salita de cine estaban poniendo la película habitual.

En la curva de la carretera, dos hombres salieron de las sombras. Un solo garrotazo, propinado con todas las fuerzas, lo golpeó en la nuca. El padre Minzoni se tambaleó unos instantes, luego se derrumbó. Con el cráneo literalmente aplastado, no dejó de luchar: se las apañó para ponerse de rodillas. Tras dar unos pasos más hacia su casa, se derrumbó de nuevo. Definitivamente. Lo transportaron en brazos y lo acostaron en la cama de su cuartucho. El médico se había declarado impotente, el teniente de los carabineros no había podido interrogarlo. El sacerdote antifascista ya no podía hablar, parecía murmurar para sí mismo incomprensibles lemas latinos. Dos monjas de la Caridad oraron y lloraron a ambos lados del moribundo. Murió poco después de medianoche.

Una sombra de sangre oscura, densa, gotea de la fosa nasal derecha de Tommaso Beltrami, mientras le refiere a Italo Balbo, que ha venido desde Roma, lo ocurrido. La hemorragia es lenta, lentísima, incierta entre el grumo y el flujo, imperceptible, hasta el punto de que Beltrami no parece percatarse de estar sangrando. El exlugarteniente de D'Annunzio en Fiume, a quien Balbo ha nombrado secretario de la federación fascista ferraresa, habla de modo frenético, convulso, presa de incomprensibles estallidos de euforia. Sometido a un interrogatorio por Balbo, Beltrami se vuelve constantemente hacia atrás para mirar a sus espaldas con la alucinada sensitividad de sus pupilas dilatadas.

Italo Balbo le hace gestos de que calle y sopesa la amenaza que este asesinato extiende sobre su feudo de Ferrara. No ha sido fácil para el «generalísimo» Balbo reafirmar su poder absoluto en los últimos meses. En las elecciones locales de diciembre, después de la marcha sobre Roma, los socialistas ni siquiera se habían presentado y los fascistas, sin oposición, habían triunfado en todos los municipios de la provincia. Había fortalecido la alianza con los terratenientes retocando los impuestos municipales en su beneficio después de haber colocado a amigos, a familiares e incluso a disidentes en puestos clave de la administración pública y del partido. Todo parecía regulado a la perfección por sutiles partituras orquestadas por su poder absoluto.

Pero entonces llegó la primavera y, con la primavera, el desempleo de los jornaleros. El hambre de los campesinos había alimentado la de los disidentes fascistas. El primero en dimitir había sido Brombin, el fundador del Fascio de la ciudad, alegando que no quería «ser esclavo de la camarilla fascista masónica». Después de él, vino la avalancha. En primer lugar había dimitido Beltrami, en protesta contra el caciquismo de los terratenientes, que extorsionaban a los campesinos; después, nada menos que su amigo Caretti había tirado la toalla para no verse «al servicio de la clase burguesa y plutocrática que se aprovecha de la sangre de cientos y cientos de nuestros hermanos». En Ferrara se extendió una auténtica expectativa mesiánica de revuelta. Después de que Misuri recibiera una paliza, en algunos muros de la ciudad había aparecido una pintada:

«Viva Misuri, M a Mussolini, M a su sicario Balbo.»

La mano del disidente no había considerado necesario completar la palabra: en aquellas zonas, para invocar la muerte del enemigo, la inicial era suficiente.

Ante la revuelta interna, Balbo había aplicado la regla que él mismo había establecido. Empeñado en impartir la disciplina de la Milicia al escuadrismo nacional, se mantuvo aparentemente a un lado. Prefirió mandar a Dino Grandi como comisario del Fascio ciudadano y ordenó a un *senior* de la Milicia de Perusa que enviara a seis hombres de confianza a Ferrara: peces pequeños, nada más, pero despiadados —romper mandíbulas—, ese había sido el encargo. Y fue cumplido. Los seis escuadristas de Perusa fueron a desanidar, uno por uno, a los disidentes fascistas de Ferrara, incluso entrando en los burdeles de via Croce Bianca, considerados por la tradición fascista como lugares de asilo inviolable. Con la absoluta complicidad de la policía, la sangre se mezcló con el esperma. Antes de que acabara junio la disidencia había quedado en nada. Los disidentes habían sido dispersados. Beltrami había sido reincorporado a su cargo.

Ahora es él quien informa a Balbo del asesinato del padre Minzoni y es a él a quien Balbo dicta para la prensa el comunicado de repulsa contra los asesinos, dos escuadristas del montón, dos perros callejeros:

—«Expresamos nuestra condena contra esos desgraciados y esperamos que sean llevados pronto ante la justicia, desgraciados que no tienen nada en común con nosotros, por más que se oculten entre nuestras filas.»

Beltrami deja de escribir, vacila. Por fin se da cuenta de que la sangre fluye de su nariz de cocainómano. Se la limpia con la manga de la chaqueta. Balbo lo invita a hablar con un gesto.

—La idea salió de Forti. Maran también está metido. Yo mismo ayudé a escapar a esos dos de la casa donde los había escondido.

Augusto Maran es el secretario del Fascio de Argenta, Raoul Forti es cónsul de la Milicia y amigo personal de Balbo. El «generalísimo» se refleja, por un instante, en las pupilas dilatadas de Beltrami. Luego menea la cabeza:

—Echemos tierra al asunto.

Levanto, un pueblecito de la costa de Liguria con vistas al mar en la desembocadura de un valle cubierto de olivos, viñas y pinos, forma parte de su léxico familiar, de los recuerdos de toda una vida juntos. Iban allí de viaje cuando aún eran pobres y Rachele afirma que Edda probablemente fue concebida en aquel lugar. Ahora la mujer ha alquilado una casa rodeada de viñedos y el marido ha logrado arrancar un fin de semana a sus compromisos como presidente del Gobierno. Por la mañana, nada más levantarse, le gusta salir de casa directamente en traje de baño, con el torso desnudo, y dirigirse decidido hacia el mar entre los turistas que le abren paso al verlo aparecer. Le gusta ofrecer su ahora famoso cuerpo a los comentarios de las alemanas, las eslavas, las húngaras. A los hombres de la escolta presidencial no les queda otra que aceptarlo: su poder dimana de la multitud y su pecho, sus muslos desnudos, sus músculos dorsales deberán permanecer siempre en la ardiente zona de contacto con la multitud.

Así lo comprendió a principios de verano viajando por Italia, ofreciendo por todas partes su cuerpo en un baño de multitudes, como ningún presidente lo había hecho nunca. En Bolonia con Arpinati, luego en Romaña al regresar a la casa paterna, luego en Mesina, ante una repentina erupción del Etna, luego en la «Florencia escuadrista» y, por último, otra vez en Roma, hablando por primera vez desde el balcón de piazza Venezia a una congregación de excombatientes. Por doquier, inmerso en su pueblo, ha probado los diálogos con la multitud robados a D'Annunzio de cuando era el amo de Fiume. «¿Debe perdurar aún la libertad de mutilar la victoria?» «¡No!» «¿Debe perdurar aún la libertad de sabotear la victoria?» «¡No!» «Decidme, camisas negras de la Toscana, si fuese necesario empezar de nuevo, ¿volveríamos a empezar?» «¡Sí!» «¿A quién Italia?» «¡A nosotros!»

Ni siquiera en Levanto —devuelto a su esposa e hijos durante cuarenta y ocho horas— está realmente con la familia. Su persona pertenece ahora más que nunca, por derecho, a la historia del siglo, no a la crónica doméstica. Solo a Edda, que a sus doce años está a punto de convertirse en mujer, dedica parte de su tiempo. Siempre ha sido su preferida y siempre que ha podido le ha tenido junto a él, desde que, siendo aún una niña, le enseñaba a tocar el violín y la llevaba a ver el amanecer en la redacción del periódico de via Paolo da Cannobio, en las miserables callejuelas de Bottonuto. Luego, tras haber cambiado el día por la noche, padre e hija se subían a una carroza en la plaza y volvían a casa para dormir hasta tarde. Edda nunca recibió una bofetada, nunca un castigo.

Ahora es ella quien toca el violín para él, pero nunca ha dejado de esperar su regreso. Cuando él llegó a Levanto en tren el 26 de agosto, la estación de ferrocarril había quedado destruida por un surrealista accidente aéreo. Un joven piloto, que había descendido demasiado con su aparato para saludar a su prometida, se había estrellado contra el edificio de la estación. Edda, que esperaba la llegada de su padre, estaba tercamente convencida de que la desgracia le había golpeado a él. Ni siquiera su aparición en carne y hueso, ileso, había logrado persuadirla del todo de que la mala suerte no le estaba reservada a ella. Ante los ojos de esa niña tenaz, evidentemente, el cuerpo del Duce no tenía la última palabra.

Su hija no es la única persona a la que no se puede convencer fácilmente. Julio ha sido un mes de triunfos: el padre Sturzo expulsado, los populares disgregados, el Parlamento sometido, la ley electoral aprobada, la prensa internacional que lo compara con Alejandro Magno, y, sin embargo, son sus propios hombres los que le ponen obstáculos constantemente. Se lo repite siempre a Sarfatti, cuando se encuentran en el hotel Continental: lo que a él le gustaría es centrarse en Europa, en la posición de Italia en Europa y en el mundo, y ellos pretenden en cambio que se apasione por los desacuerdos entre los fascistas de Tradate. Italia está embotellada en el Adriático, una palangana que apenas sirve para lavarse la cara; frente a los problemas de la política mundial, que ahora abarcan dos océanos, el Mediterráneo parece pequeño, pero Benito Mussolini no puede lidiar con ello porque en Roccacannuccia ha habido una pelea o porque han matado a un sacerdote en Argenta y en toda Italia no se habla de otra cosa.

Como conclusión de tales desahogos, Sarfatti le oye repetir la habitual cantilena: hay que deshacerse de una vez de la gente turbia, impulsiva, violenta, de aquellos que solo viven para dar bastonazos, movidos por un desasosiego orgánico, por el frenesí del tipo al que le urge vaciar los intestinos o la vejiga. El carnaval duelista ha de terminar —lo ha escrito incluso en *Il Popolo d'Italia*— pero esa gente se niega a entenderlo.

Así que, como siempre, este año ha vuelto su persecución veraniega. Desde mediados hasta finales de julio, tuvo que presidir nada menos que catorce reuniones del Gran Consejo, todas ellas dedicadas a desacuerdos dentro del partido. Tuvo que examinar uno por uno, provincia por provincia, los distintos conflictos de poder, de competencia, de rivalidades personales, en los sindicatos, en las federaciones, en las cooperativas; tuvo que vencer, por encima de todo, la resistencia de los escuadristas, capitaneados por Farinacci, a la institución de la Milicia. Ahora el ras de Cremona, en cuyos discursos y artículos abundan los chapuceros errores gramaticales, se ha rebelado contra el requisito de que los oficiales se sometan a pruebas para ser confirmados en su rango. En un violento editorial del 16 de agosto, denunció que esas veleidades culturales acabarían por «bastardear» el escuadrismo fascista apartando a sus combatientes más valerosos. El Duce lo acalla respondiendo que con mucho gusto se libraría de ese lastre, que regalaría con mucho gusto cien o doscientos mil fascistas de esa ralea a quien quisiera llevárselos.

Ni eso siquiera es suficiente. No hay nada que hacer: por muchos esfuerzos para elevarse que haga el Duce del fascismo, los fascistas tiran de él hacia abajo. Él quisiera empujar su horda hacia el futuro para revivir la tradición latina e imperial de

Roma, lanzar su mesnada de piratas para reconquistar el Mediterráneo, pero ellos, en cambio, lo anclan en el suelo. Y no son solo los alborotadores los que lo lastran, también están los astutos. Esas interminables reuniones del partido no consisten en otra cosa que un sinfín de acusaciones mutuas de especulación, y acaban en una trifulca.

Se citan nombres, se denuncian los detalles de los saqueos, pero él, entonces, deja de escucharlos: los hombres no son nada, solo cuentan las escenas de masas. No le interesan los casos individuales, le aburren. Él tiene un olfato incomparable para los estados de ánimo de los pueblos, pero a los individuos no los entiende: los ve como en el cinematógrafo. Sin embargo, la caza del botín ha comenzado y para los aprovechados todo triunfo, al igual que toda catástrofe, no es más que otra buena oportunidad. Sarfatti tiene razón: así mueren las revoluciones también, en la encrucijada entre el dinero o la sangre.

Precisamente a finales de verano, la suerte, como siempre, le echa una mano. Es el 28 de agosto y él acaba de regresar a Roma cuando llega la noticia: en una ciudad remota y miserable de algún lugar de la frontera greco-albanesa, una delegación de funcionarios italianos que cumplen una misión por cuenta de las potencias aliadas ha sido exterminada por razones desconocidas a manos de una banda de bandoleros balcánicos. La suerte quiere que Salvatore Contarini —secretario de Relaciones Exteriores, un diplomático con mucha experiencia, defensor de una política de alianzas con Gran Bretaña y las otras grandes potencias— todavía esté de vacaciones. Al fin se le presenta la oportunidad de jugar las cartas del nacionalismo italiano en el Mediterráneo oriental, de emanciparse de una vez por todas de la servidumbre británica. Benito Mussolini lleva años esperándola y no la dejará escapar.

Antes de que Contarini consiga regresar a Roma con sus consejos de cautela y moderación, Mussolini ordena telegrafiar a Atenas. Solicita del gobierno griego un desagravio desproporcionado: disculpas de la forma más amplia, solemnes funerales, honores a la bandera italiana, una investigación realizada por inspectores italianos, pena de muerte para los culpables, indemnización de cincuenta millones de liras. El gobierno griego, que se declara ajeno a lo ocurrido, como es lógico, no puede aceptarlo y se encomienda a la Sociedad de las Naciones, contando con la protección de Gran Bretaña. Benito Mussolini responde enviando una escuadra naval para ocupar la isla griega de Corfú. El 29 de agosto, cuando venza el ultimátum, en caso de no obtener reparación ordenará que dé comienzo el desembarco, y bombardeará el antiguo castillo veneciano. Lo que está haciendo resulta inaudito: un país miembro de la Sociedad de las Naciones infringe abiertamente su estatuto. Es la primera vez que ocurre algo así desde que acabó la Guerra Mundial.

El entusiasmo resurge. El fascismo puede al fin alcanzar altura gracias a la audacia de su Duce, libre del lastre de las ambiciones mezquinas de sus secuaces. Por fin sopla un viento potente, desde Italia hasta los Balcanes, Oriente Medio, el continente africano. Cuarenta naves italianas, siete mil hombres armados con municiones y equipamiento se concentran frente a las costas de Epiro. En la víspera, toda la nación, en el sueño inquieto, sudoroso, del fin del verano mediterráneo, vuelve a respirar como un solo pulmón. Benito Mussolini esa noche no duerme, permanece en vela, con el oído atento al telégrafo que le transmite, hora tras hora, los radiogramas marinos.

Los viejos partidos quedan desacreditados; el Partido Fascista está casi igualmente desacreditado; el diputado Mussolini goza de una enorme popularidad. La desaparición de Mussolini tendría en Italia las mismas consecuencias que, en el mundo griego, tuvo la desaparición de Alejandro Magno.

L'Ère Nouvelle,
París, julio de 1923

Italia quiere ser tratada por las grandes naciones del mundo como una hermana, no como una camarera.

Benito Mussolini,
declaración a la prensa, 3 de noviembre de 1922

Amerigo Dùmini
Trieste, 3 de septiembre de 1923

Desde que la infantería de marina italiana desembarcó en Corfú, no pasa un día sin que la oficina de prensa de la Presidencia del Gobierno cante la gloria azulada de este mar nuestro. En cambio, para Amerigo Dùmini el Mediterráneo, este mar cerrado, antiguo como una gangrena, es solo un cementerio de valvas incrustadas en cascos corroídos, derrelictos cubiertos de adarce, buques hundidos, expurgaciones bituminosas, una mancha aceitosa que se extiende sobre las cartas náuticas de un eterno y pequeño cabotaje a la deriva. Cuando el sol está en lo alto del horizonte, su azul ciega como una víbora. Él lo mira y lee en su superficie un registro de historia militar, nada más: conflictos, hundimientos, guerras, la suya, la del Duce, la de los legionarios tuertos agazapados en los acantilados de los Balcanes, y antes las de los mercaderes venecianos en la ruta de la pimienta, y así sucesivamente, hasta la guerra por el fuego.

El de los excedentes bélicos es un negocio colosal. Dùmini lo intuyó de inmediato. Toneladas de armas, proyectiles, material sanitario, barcos, telas, vehículos, vestuario, carburante, combustibles, malvendidos por el Estado a precios de ganga y luego revendidos por los traficantes a precios de mercado con beneficios ciclópeos. Epopeyas enteras abortadas de materiales bélicos vendidos en subastas para especulaciones homéricas.

El mecanismo del fraude es de lo más sencillo: la ley establece que en las subastas debe privilegiarse a las innumerables asociaciones de excombatientes, mutilados, inválidos de guerra, maestranzas revoltosas y desocupadas, en torno a cuya miserable condición se derrochan todos los días vibrantes llamamientos patrióticos, pero las mejores partidas —a través de testaferros o asociaciones fantasmagóricas con nombres truculentos— acaban siempre en manos de las mismas compañías de grandes especuladores. Negociantes sin escrúpulos como Filippo Filippelli, abogado calabrés, antiguo secretario personal de Arnaldo Mussolini y ahora director del diario profascista *Corriere Italiano*, o como Carlo Bazzi, chanchullero milanés, primo del cuadrunviro y jefe de policía Emilio De Bono, prosperan a la sombra de la Asociación Italiana de Tuberculosos de Trincheras. Y así, materiales declarados fuera de uso por la noche, a la mañana siguiente se consideran reparables y vuelven a invadir el mundo para equipar espectrales ejércitos.

La propia marcha sobre Roma fue financiada en buena medida por el negocio de los excedentes bélicos, pero al poco tiempo todos se lanzaron a por el pastel: desde De Bono, quien, en su condición de jefe de policía, debería haber vigilado el fraude, pasando por Aldo Finzi, que explota su papel de viceministro del Interior, hasta Cesare Rossi. Y Dùmini también se ha lanzado a ello bajo la protección de Rossi, quien, tras asumir el cargo de jefe de la oficina de prensa en el palacio de la Presidencia del Gobierno, lo quiso a su lado para despachar las «operaciones sucias», que en la jerga del nuevo poder fascista no son malversaciones en perjuicio del Estado, sino palizas a disidentes a la sombra del Estado. Amerigo no se hizo de rogar. Ya desde enero se plantó en un escritorio en el gabinete de Rossi, donde, con la misma mano que sostiene la porra, la mano buena, escribe durante todo el día cartas, entrega misivas, emite órdenes y reproches a los secretarios de Estado. Luego, a la hora del almuerzo, junto con los demás camaradas del grupo, se va con Rossi a comer *tagliata di chianina* en el restaurante Brecche.

Al principio, para las «operaciones sucias» se procedía en orden aleatorio. Cuando había que catequizar a un diputado de la oposición o a un fascista disidente —como en el caso del profesor Misuri—, Italo Balbo, Francesco Giunta, De Vecchi, Finzi, Marinelli o Rossi se lo encargaban al primer matón que tenían a mano. Con la llegada del verano, sin embargo, las cosas empezaron a cambiar. Rossi quiso centralizar los «encargos menores» y confió a Dùmini la tarea de formar una escuadra con hombres de absoluta confianza. Empezó también a asignarle un salario mensual de los fondos de Presidencia: mil quinientas liras al mes para cubrir gastos. Le proporcionó una falsa identidad y un pasaporte falso emitido por la Dirección General de Seguridad Pública: «Bianchi, Gino, hijo de Emilio y Franceschi Fanny, nacido en Florencia el tres de enero de mil ochocientos noventa y cinco, residente en Roma, de profesión publicista». Fue el propio Dùmini el que pidió vivir como periodista en su vida ficticia. Siempre le ha gustado escribir, desde que en Florencia dirigiera y redactara enteramente por su cuenta su propia hoja volante, *Sassaiola Fiorentina*.

Pero eso de los encargos «menores» es la parte fácil del trabajo. Los tejidos vivos no tienen grandes pretensiones: si los golpeas con un instrumento contundente, sufren, si los desgarras con una punta afilada, sangran. Lo difícil empieza con la materia inerte: rifles oxidados, derrelictos ferrosos, combustibles fósiles. Durante meses él ha hecho de todo para sacarles provecho. Empezó intentando recuperar naves mercantiles italianas hundidas durante la guerra frente a las costas de Libia, en Derna, Brega, Bomba y al sur de Bengasi. Para estudiar a fondo todos los aspectos del asunto, fue en persona a Cirenaica. Días y días explorando los fondos arenosos de una costa baja, uniforme, yerma, confinada entre cementerios marinos, desiertos y depresiones. Todo acabó en nada. Después, presentándose siempre como Gino Bianchi, ex Osado y mutilado, y de nuevo gracias a la cobertura de Rossi que presionaba al Ministerio de Agricultura desde el Viminal, lo intentó una vez más con una partida de aceites combustibles que yacía en el puerto fluvial de Roma. En el fondo se trataba de residuos de guerra, igual que él.

Pero en su camino se interpuso Giuriati, el ministro de las Tierras Liberadas, a quien Mussolini en persona había encargado una investigación sobre los escándalos de los excedentes bélicos. Giuriati, ferviente nacionalista, exjefe de gabinete de D'Annunzio en Fiume, integérrimo, idealista, propuso demandar a Dùmini y sus asociados ante la autoridad judicial por ese lote asignado por un cuarto del valor establecido y, de ese modo, todo se esfumó otra vez. El director del departamento de petróleos canceló la licitación.

En marzo, sin embargo, el viento giró en la dirección correcta y Dùmini obtuvo del Ministerio de la Guerra una opción, con vencimiento el 16 de junio, sobre un lote gigantesco de excedentes austrohúngaros: treinta y cinco mil rifles Mauser, seiscientos treinta mil rifles Mannlicher y veinte millones de cartuchos. Material suficiente para cargar un barco entero, material para solucionar toda una vida. Al veterano pobretón la garantía millonaria como aval se la proporcionó Alessandro Rossini, un delegado del Banco Adriático de Trieste que a menudo financia a los fascistas sus operaciones para colocar materiales en el extranjero, especialmente en los Balcanes.

Pero él, tras adjudicarse el lote, decidió obrar por su cuenta. Lo intentó primero con Grecia, pero el buque de carga fue enviado de vuelta desde el puerto del Pireo. Luego, entre primavera y verano, empezaron los viajes turísticos de Gino Bianchi a Belgrado, ciudad situada en la confluencia entre el río Sava y el Danubio y en todas las tragedias de Europa, un lugar donde la guerra es tan endémica como el hambre en ciertas regiones africanas y desde donde Dùmini nunca dejaba de mandar cariñosas postales a Cesarino Rossi en Italia. El único problema era que Yugoslavia, debido a la disputa por Fiume, todavía figuraba entre los países enemigos de Italia. Pero él, para sortear la prohibición de armar al enemigo, había usado una firma de Marsella en calidad de testaferro.

Todo bien, por lo tanto, todo arreglado. Pero entonces Giunta, el ras de los fascistas de Venecia Julia, ascendido a secretario del partido en Roma, al frente de un grupo empresarial rival, denunció desde las columnas de su periódico, *Il Popolo di Trieste*, el «tráfico de armas con un país enemigo» e informó personalmente a Mussolini del asunto. Amerigo Dùmini, alias Gino Bianchi, había sido detenido por los yugoslavos en Pola. Nada más poner pie en Trieste, por orden de De Bono, también en el consorcio de Giunta, lo habían arrestado. Gino Bianchi se había pasado las vacaciones de agosto en la cárcel del Coroneo, el centro penitenciario construido por los austriacos antes de la Guerra Mundial.

Nada, no había nada que hacer: austriacos, italianos, negros, rojos, no había diferencia alguna para los peces pequeños que boqueaban en las aguas poco profundas de ese gran mar bituminoso. No dejaba de ser una eterna guerra de bandas, nada más que la consabida infinita tarea de liquidación de excedentes bélicos de batallas anteriores.

Pero si Gino Bianchi había acabado en la cárcel, su alias, Amerigo Dùmini, no se había desanimado. Desde lo alto de la prisión, allí abajo, al fondo, más allá del canal de Portorosso, aún podía verse el mismo azul de víbora de ese mismo Mediterráneo derrelicto, y desde allí había telegrafiado a Cesare Rossi, a Michele Bianchi, a Fasciolo, secretario personal del Duce. A todos con la misma amenaza: no se dejaría crucificar por ellos, no haría de tapadera de nadie.

Lo soltaron al cabo de dos días, pidiéndole disculpas, y lo trasladaron al Grand Hotel. También desde allí se veía el mismo mar.

En los días siguientes, Arnaldo Mussolini se encargó personalmente de la defensa del «amigo Dùmini» en *Il Popolo d'Italia,* el Duce ordenó la invasión de Corfú, en la línea de flotación de los buques de guerra relució de nuevo el esplendor de la gloria, el Mediterráneo se había convertido de nuevo en otro mar, y él, pese a los días de agosto perdidos en la cárcel, se sintió predispuesto a olvidar.

Ahora, sin embargo, Francesco Giunta se ensaña en su persecución. A principios de septiembre, presentó una segunda interpelación parlamentaria sobre el tráfico de armas con países enemigos y Gino Bianchi tuvo que echar otra vez mano de la pluma. Redacta un detallado informe sobre el asunto yugoslavo presentándolo como una misión secreta con fines patrióticos y lo envía a la dirección del partido. Lo acompaña, eso sí, con una carta personal dirigida por Amerigo Dùmini a Cesare Rossi en la que se baila sin pudor alguno siguiendo el compás de la amenaza y el chantaje:

«El verme obligado a justificar mi actividad en el extranjero constituye para mí un dolor, pero estoy dispuesto a considerar lo ocurrido como un incidente. Pero si este memorial mío, que es meramente justificativo, tuviera que transformarse en defensivo, me vería en la dolorosa necesidad de revelar la participación de personajes pertenecientes al Ministerio del Interior.»

Amerigo Dùmini fue expulsado de Yugoslavia por haber hecho traducir al eslavo folletos de propaganda fascista [...]. La detención de Dùmini y las acusaciones en su contra no han sido más que fruto de un malentendido [...] Dùmini nos ha dado cumplidas explicaciones [...], documentando la falta de fundamento de los cargos, refrendada por su pronta liberación por parte de las autoridades de seguridad pública.

Comunicado de prensa de la Presidencia del Gobierno,
Roma, 19 de agosto de 1923

El amigo Dùmini es un valeroso excombatiente de antiguo y probado patriotismo, víctima de una atroz injusticia, a causa de un supuesto contrabando de armas.

Arnaldo Mussolini,
Il Popolo d'Italia, 21 de agosto de 1923

Italo Balbo
Principios de octubre de 1923

La masa es rebaño, el siglo de la democracia ha terminado, la masa carece de mañana.

Las directivas del Duce son claras. Los individuos, abandonados a sí mismos, se aglutinan en una gelatina de instintos elementales y de impulsos primordiales, un gel sanguinolento movido por un dinamismo abúlico, fragmentario, incoherente. Son simple materia, en definitiva. Por eso es necesario derribar de los altares democráticos a «su santidad la masa». La democracia tiene una concepción predominantemente política de la vida. El fascismo es algo de muy distinto cariz. Su concepción es guerrera. Las jerarquías de orden militar deben estar «férreamente establecidas». La disciplina militar incluye la disciplina política. Sus afiliados son, ante todo, soldados. El carnet equivale a la placa de identificación que se recoge en las zanjas de los cadáveres de los soldados.

Las directivas del Duce son claras e Italo Balbo, «generalísimo» de la Milicia, antes incluso de compartirlas está decidido a ponerlas en práctica. El principal obstáculo para ello, sin embargo, lo representan los individuos, esa materia que en la visión del Duce ha de ser moldeada: es de muy baja calidad. Los exámenes de ratificación para el rango de cónsul de la Milicia a los que Balbo —él precisamente, que consiguió el título de abogado amenazando con dar una paliza al director de su tesis de licenciatura— está sometiendo con su habitual ensañamiento a los jefes del escuadrismo lo están demostrando más allá de toda posible duda: el material humano es realmente de pésima calidad. Mientras se trate de cultura general la cosa no está del todo mal, pero al pasar a las disciplinas militares y profesionales, los resultados son desoladores. Balbo se lo escribe a Mussolini: «Los oficiales han demostrado poseer poca y escasa cultura en todo lo referente a las disciplinas militares. Y donde más incompetencia han demostrado ha sido al aplicar esquemas tácticos sobre el terreno». Y, sin embargo, casi todos han participado en la guerra, muchos de ellos en los destacamentos de asalto. No parecen los mismos hombres. Por otro lado, no es ninguna sorpresa, puesto que casi todos ellos están demostrando incluso su desconocimiento de los reglamentos de la propia organización que deberán dirigir. Si las cosas siguen así, el «generalísimo» se verá obligado a proponer la introducción de oficiales del ejército en los cuadros de la Milicia fascista.

Mientras el Duce intenta imponer su voluntad al mundo, este obedece al caos. Farinacci ha optado abiertamente por lo segundo. A pesar de que la sanción prevé la expulsión de filas para quienes no se sometan a los exámenes, el ras de Cremona se ha negado a hacerlos, convencido de que nadie le arrancará los grados de las charreteras. Durante el verano se atrevió incluso a echarle un pulso a Mussolini mandando telegramas relativos a la asignación de algunos puestos de mando a sus acólitos en las legiones de Tripolitania. Consiguieron que el conflicto no se filtrara a la prensa, pero Mussolini tuvo que telegrafiar en secreto al prefecto de Cremona ordenando el arresto por insubordinación del rebelde si no retiraba su dimisión. Solo entonces Farinacci telegrafió a Roma. La amenaza de dimisión fue retirada. «Con inmutable afecto y fe inquebrantable.»

A pesar de los esfuerzos de Balbo y Mussolini, la discordia se abre paso. En Roma, las escuadras de Bottai se enfrentan en las calles con las de Calza Bini, en Piacenza entre las facciones fascistas de Amidei y las de Tedeschi se ha llegado incluso al conflicto armado. A finales de septiembre, además, en la retaguardia del partido estalló la polémica «revisionista». En *Critica Fascista*, la revista fundada con Giuseppe Bottai, Massimo Rocca ha publicado un artículo explosivo a favor de la «normalización». Después de haberla violado, lo que debería hacer el fascismo —en opinión de Rocca— es «convertir Italia», los escuadristas deben acercarse a los enemigos de ayer, el Partido Fascista reconciliarse con la Italia de Mussolini. Los dirigentes del partido, con Farinacci a la cabeza, por toda respuesta expulsaron al «revisionista». Pero su victoria duró solo unas horas. Mussolini exigió la dimisión al completo de la junta ejecutiva que había ordenado la expulsión. Y la obtuvo.

Pese a todo, las directrices del Duce siguen estando claras. E Italo Balbo está decidido a ponerlas en práctica. De este modo, el «generalísimo» Balbo, con la misma meticulosa ferocidad con la que aplastaban cabezas en los campos de Romaña, sigue examinando como a escolares recalcitrantes a los hombres que las aplastaban a su lado. No hace concesión alguna: redacción sobre el reglamento de la Milicia, coloquio oral genérico, examen de táctica militar. Y sigue apuntando asimismo valoraciones despiadadas junto a la columna de las calificaciones mediocres.

En el florilegio de la futura clase dominante hay de todo. Junto a la cultura y la competencia de hombres como Rocco, Turati, Gaggioli, hallamos la brutal ignorancia de Carlo Scorza, un exteniente de los Osados y jefe de los escuadristas de Lucca: «Ha desarrollado la redacción de forma un tanto intrincada y sobre la base de algunos escasos conceptos. Ha demostrado una completa insuficiencia en los conocimientos de los problemas tácticos más básicos. El examen práctico sobre el terreno ha corroborado la valoración obtenida en el oral». Calificación 43/80. Suspendido. Hallamos asimismo la insensatez juvenil de Enzo Galbiati, también ex Osado, exlegionario de Fiume, jefe de las escuadras de Brianza: «La información enviada por el Fascio milanés es absolutamente demoledora: lo declaran insincero y de una ligereza tal como para haber vuelto insostenibles, por tozudez y falta de tacto, las relaciones entre la Milicia y la autoridad política de la zona». Calificación 47/80. Suspendido. Hallamos la neurosis violenta de Bernardo Barbiellini Amidei, conde, terrateniente, voluntario de guerra, condecorado al valor, ras de Piacenza, amigo personal de Balbo, quien, junto a su nombre, anota para Mussolini: «Es un joven honesto y no carente de ingenio: pero de temperamento neurasténico, diría casi epileptoide.

No es un individuo normal, y carece del prudente criterio necesario para manejar con sabiduría el timón de una nave».

Luego está Farinacci, el inefable, indomable, grotesco Farinacci, pero él, precisamente él, que es la quintaesencia del apaleador fascista, irreductible en la predicación de una «segunda oleada» de porras, él precisamente encuentra defensores incluso entre los últimos socialistas supervivientes —como ese chico de Turín, ese tal Gobetti—, débiles hombres de letras, enfermizos, atados a la vida por una fugaz baba de llanto, a los que esa oleada hundiría definitivamente y, ya sea por el gusto de la paradoja o por esa invencible inclinación del intelectual a ostentar siempre un distanciamiento superior respecto al sentido común, quizá por premonición de muerte, no paran de elogiar a Roberto Farinacci desde las columnas de sus revistas. Sí, luego está Farinacci, pero él es un caso especial, que se sustrae a todo juicio. Tal vez lo juzgue el futuro, pero desde luego sin competencia alguna.

En cuanto a amenaza de dimisiones colectivas, invito diputado Farinacci y camaradas a reflexionar sobre la oportunidad y
gravedad del gesto que se proponen hacer stop Dirección actual
Milicia se debe exclusivamente a mí es obra mía stop Declaro
que tiendo a liberar la Milicia no del fascismo sino del partido que
es un vasto lamentable panorama de disputas idiotas e interminables objeto de risa y cotidiano ridículo por parte de todos los
adversario stop

Benito Mussolini, telegrama al prefecto de Cremona,
17 de septiembre de 1923

Los seguidores de Farinacci defienden posiciones
personales ilegítimas, pero conquistadas mediante el
sacrificio y los músculos [...]. En esa ignorancia y en esa
barbarie hemos de respetar un sentido de dignidad y
una prueba de sacrificio [...]. Los verdaderos especuladores son aquellos que disfrutan de salarios en Roma
fabricando teorías. Los verdaderos especuladores son
los intelectuales; no estos sanos analfabetos que escriben artículos agramaticales, pero saben cómo sostener
la espada y el bastón en las manos. Si algún fascismo
puede tener para Italia cierta utilidad, ese es el fascismo
de la porra.

Piero Gobetti, «Elogio de Farinacci»,
La Rivoluzione Liberale, 9 de octubre de 1923

Benito Mussolini
Milán, 28 de octubre de 1923
Primer aniversario de la marcha sobre Roma

La aglomeración por el primer aniversario de la marcha sobre Roma ha dado comienzo a las ocho de la mañana en los paseos del parque: batallones en representación del ejército, centurias de la Milicia, asociaciones civiles y patrióticas. El Duce ha aparecido a lomos de su caballo, en uniforme de cabo de honor de la Milicia: fez, camisa negra, chaqueta de los Osados con flechas en las solapas, puñal en el cinturón. Miles de hombres con medallas de oro en el pecho le dan la bienvenida con una ovación de alborozo. Él los saluda con el brazo estirado y la mano enguantada de negro, con la palma extendida hacia fuera, mirada al frente, orientada hacia el infinito.

No hay nada realmente sobre la corteza terrestre que no pueda captarse en su forma más pura a lomos de un animal de combate. Visto desde allá arriba, Milán nunca ha sido tan hermoso. Al final de la severa perspectiva de las avenidas pueden verse incluso las cimas ya cubiertas de nieve de los Alpes. Solo ha pasado un año desde que saliera de aquí en coche cama para conquistar Roma. Ahora el programa se resume por entero en un solo verbo: perdurar, perdurar, perdurar. Solo un año... y ya se conmemora a lomos de un caballo. El tiempo es un bastardo.

Después de pasar revista a las tropas, la ceremonia conmemorativa prosigue en piazza Belgioioso. Otra grieta temporal, otra de esas citas con la propia historia a las que no se puede faltar. En efecto, en esta pequeña y elegante plaza frente a la casa de Alessandro Manzoni, hace solo cuatro años, Benito Mussolini celebró su primer mitin fascista. Entonces eran unos pocos cientos, hoy son miles. Entonces habló desde la caja de un carro, ahora desde el balcón del palacio principesco. Piazza Belgioioso. Vuelve allí tan a menudo como puede. Una especie de reloj de sol urbano, una herramienta de revelación del tiempo basado en la posición del sol. El sol es él. Precedido por tres toques de trompeta, habla:

—Gloriosos, invictos e invencibles camisas negras, he aquí que el destino me concede una vez más el hablaros en esta plaza, lugar sagrado ya para la historia del fascismo. Aquí nos reunimos siendo unos pocos cientos de leales que tuvieron el coraje de desafiar a la fiera entonces triunfante en tiempos oscuros, en tiempos bastardos, en tiempos que nunca volverán...

Arrebato de aplausos para despedir a los tiempos bastardos que nunca volverán.

Éramos un puñado, hoy somos legiones. Entonces éramos muy pocos, hoy somos multitud. Claro está, hay algo misterioso en este resurgir de nuestra pasión, algo religioso en este ejército de voluntarios que no pide nada y está dispuesto a todo. Es la primavera, la resurrección de la raza, es el pueblo que se convierte en nación, es la nación que se convierte en Estado, que busca en el mundo las líneas de su expansión.

La felicidad del orador se desborda en la plaza, la ola de sus frases inunda a los militantes, la resaca del entusiasmo es una larga ovación de aplausos. Luego se repite la ovación. Ahora quiere entablar un diálogo con ellos, dice estar seguro de que sus respuestas serán formidables y atinadas.

—Camisas negras, yo os pregunto: si mañana fueran los sacrificios mayores que los de hoy, ¿estaríais dispuestos a soportarlos?

Un «¡sí!» inmenso se lo confirma.

—Si mañana os pidiera la que podría llamarse la prueba sublime de la disciplina, ¿me daríais esta prueba?

Gritos de entusiasmo.

Si mañana os dijera que debemos reanudar la marcha y llevarla hasta el final y hacia otras direcciones, ¿marcharíais? Si mañana os diera la señal de alarma, la señal de los grandes días, aquellos en los que se decide el destino de los pueblos, ¿responderíais?

La multitud responde: el coro fascista escala los picos del diapasón más agudo. En ese momento, parece realmente como si el «tiempo bastardo» nunca más fuera a volver.

Luego el tiempo vuelve y por un momento arroja su sombra sobre el orador. Se habla de los adversarios, de esos filósofos de la historia, de esos «masturbadores melancólicos de la historia que no entienden jamás la historia».

—Decían que éramos algo efímero, que carecíamos de doctrina, que el gobierno fascista apenas duraría seis semanas. Llevamos doce meses. ¿Creéis que duraremos doce años?

La plaza estalla de nuevo en una atronadora ovación. El orador, sin embargo, se atasca por un momento, como vetándose a sí mismo. La voz se le quiebra.

Giuseppe Bottai, que está a su lado en el balcón, observa a Mussolini realizar un rápido cálculo mental. Dentro de doce años apenas tendrá cincuenta y dos. El número debe de parecerle modesto. Con la seca precipitación de sílabas casi aglutinadas en su frenesí oratorio, el Duce se corrige:

—¡Do-ce a-ños mul-ti-pli-ca-dos por cin-co!

La plaza irrumpe en aclamaciones.

Duraremos porque no hemos eliminado la voluntad de la historia, duraremos porque dispersaremos sistemáticamente a nuestros enemigos, duraremos porque queremos durar.

Después del banquete en honor a Mussolini que se celebra en el restaurante Grande Italia, el resto del día transcurre en una gira conmemorativa del pasado reciente, historia viva, heridas aún abiertas y sangrantes. Al ritmo de *Giovinezza,* el cortejo se forma en via San Marco, sede del Fascio primigenio, pasa junto a varios círculos locales fascistas, llega hasta via Paolo da Cannobio, hace una parada frente a los míseros locales que pertenecieron a *Il Popolo d'Italia.* Por todas partes cintas, guirnaldas, bandas de música, generales, concejales, madres y hermanas de mártires. El alcalde, en nombre del Concejo Municipal, anuncia que un tramo de la carretera que va de Gamboloita a Rogoredo llevará el nombre de Benito Mussolini.

El Milán fascista celebra a paso ligero el primer año de gobierno fascista, con el mismo frenesí con el que lo ha vivido su Duce, acumulando reformas sobre reformas, multiplicando los decretos a voluntad, forzando los márgenes de una sola temporada. Mussolini se jacta de los números resultado de tanto esfuerzo: en un solo año, el Consejo de Ministros se ha reunido sesenta veces para tratar 2.482 asuntos y aprobar 1.658 decretos. Todo progresa a favor de Mussolini: el proyecto de reforma de Acerbo que le entregará el Parlamento en las próximas elecciones se convertirá en ley estatal en pocos días, el peligroso conflicto internacional abierto por la ocupación de Corfú se cerró en septiembre con el prestigio redescubierto de Italia y cincuenta millones de indemnización, las relaciones con el Vaticano han vuelto a ser cordiales después de medio siglo de hostilidad.

Los distintos frentes de oposición también se han sometido. Los socialistas —salvo el obstinado Giacomo Matteotti— ya casi no se atreven a rechistar, la disidencia interna fue derrotada en el Gran Consejo del 12 de octubre con una maniobra que sacrificó a los «revisionistas» de Massimo Rocca para dejar fuera de juego a los «intransigentes» de Farinacci: ahora el nuevo reglamento prevé que el directorio sea propuesto por los secretarios federales, pero que la elección definitiva corresponda al Duce con nombramientos desde arriba. La prensa libre, por último, ha quedado amordazada durante el verano con una serie de decretos de censura que permiten a la policía irrumpir en las sedes de los periódicos como si fueran garitos clandestinos y casas de tolerancia.

A pesar de ello, incluso los filósofos liberales que deberían maldecirlo juzgan favorablemente el primer año de gobierno de Mussolini, con Benedetto Croce a la cabeza, quien, ayer mismo, en una entrevista concedida a los periódicos, reclamaba a sus seguidores el «deber de aceptar y reconocer el bien de dondequiera que surja, preparándose para el porvenir». Hasta los grandes artistas italianos celebran a Mussolini. Luigi Pirandello, el genial dramaturgo que con sus *Seis personajes en busca de autor,* muy apreciado por el Duce, ha revelado que todo hombre consiste solo en su propia máscara, antes de partir hacia América fue a rendir homenaje al Duce al Palacio Chigi. Luigi Barzini, el gran periodista, se suma a los homenajes desde Estados Unidos con un telegrama de felicitación por su «magnífico ascenso».

En las próximas horas el rey y la familia real homenajearán también públicamente a Benito Mussolini, el hijo del herrero, en una recepción en el Palacio Venezia en la que se espera que participe toda la aristocracia capitolina. Luego llegará el turno de los soberanos de España, en visita oficial a Roma acompañados por Primo de Rivera, el general que acaba de conquistar el poder mediante una conjura militar y que declara abiertamente sentirse inspirado en el ejemplo del fascismo italiano. Filósofos liberales, familias reales, generales golpistas, no falta nadie. Todos se unen de buena gana al coro de júbilo.

En este clima de entusiasmo, el 28 de octubre del año mil novecientos veintitrés, el cortejo conmemorativo de la marcha sobre Roma, recibido por un centenar de mutilados e inválidos, por madres y viudas de caídos, llega a corso Venezia 69 para inaugurar la nueva sede del Fascio de Milán.

Al final del breve discurso inaugural, se le acerca un recadero de *Il Popolo d'Italia* tras haber recibido la autorización de Cesare Rossi, quien no se despega del Duce. Le informa de que en Filettole, un municipio rural en la provincia de Pisa, en las cercanías del club Trionfo, ha sido hallado el cuerpo de un campesino socialista, un tal Pietro Pardi, con una herida en la sien. Unas horas antes, en un bar de Vecchiano, Sandro Carosi, el jefe de los escuadristas de la zona, había pretendido celebrar el aniversario de la marcha a su manera quitándoles los sombreros a algunos clientes a balazos. Igual que Guillermo Tell, había dicho. Pardi se había negado. Carosi —un psicópata detenido por distintos delitos y siempre liberado gracias a la protección de Morghen, el ras de Pisa— lo había seguido.

A Mussolini parece haberle mordido una tarántula. La noticia de aquel demencial asesinato le ha estropeado sin duda la fiesta. Furioso, el Duce comienza a moverse en todas direcciones, a dar disposiciones para las medidas policiales, para la cobertura de prensa, para las purgas en el Fascio local. Luego, encerrándose en una pequeña habitación, Benito Mussolini se desploma en una silla. Sobre la elegancia neoclásica de corso Venezia empieza a caer la tarde. En ese crepúsculo otoñal, el primer año glorioso de la historia fascista parece reducirse a una fechoría de crónica negra.

Cesare Rossi, el único autorizado para unirse a él en esos momentos de descanso, le trae dos fotografías para que estampe una dedicatoria. Son para Emma Gramatica, la gran actriz, intérprete de obras de Pirandello entre otras, y para la famosa cantante Luisa Tetrazzini, ambas admiradoras de Mussolini.

Ante su propia efigie fotográfica, el Duce se espabila. Rossi lo observa trazar con la estilográfica de punta cuadrada, la preferida de D'Annunzio, refinadas expresiones en honor de sus dos excelsas admiradoras. Luego, en la parte inferior de la firma, le ve añadir unas siglas indescifrables: «Año II-E. F.».

—¿Qué es eso que has escrito, Benito?

—Año segundo, era fascista. Debemos empezar a adentrarnos en el tiempo.

Siempre he sentido una enorme admiración por él; es más, creo ser capaz como pocos de entender la belleza de esta continua creación de realidad que lleva a cabo Mussolini: una realidad italiana y fascista que no se somete a realidades ajenas. Mussolini sabe, como pocos, que la realidad estriba únicamente en el poder del hombre para construirla, y que solo se crea con la actividad del espíritu.

Luigi Pirandello,
entrevista en *La Tribuna di Roma*,
23 de octubre de 1923

En la vida es necesario perdurar; con el paso del tiempo nos entenderemos mejor.

Benito Mussolini,
entrevista con la prensa extranjera,
1 de noviembre de 1923

Hoy el hemiciclo está inusualmente abarrotado. Cuando el diputado De Nicola abre la sesión, en los diferentes sectores se cuentan doscientos cincuenta diputados, un número inusualmente alto para un Parlamento casi siempre semidesierto. En el banco del gobierno se sientan incluso varios subsecretarios. Se discute la conversión en ley de un decreto de mil novecientos veintiuno entre el Reino de Italia y la República Federal Socialista de los Sóviets de Rusia. En una misma sala en forma de hemiciclo, con un anfiteatro de escaños en suave inclinación hacia la zona baja, coronada por el cortinaje de cristal y hierro magníficamente decorado por formas orgánicas, líneas curvas, adornos florales de estilo modernista —dulzuras de un estilo aún fresco a finales del prometedor siglo precedente y ya irremediablemente envejecido al comienzo de este—, se enfrentan el comunismo y el fascismo, los dos titanes de la época.

Tras las comunicaciones que prevé el ritual, el presidente del Gobierno y diputado Mussolini entra en la Cámara acompañado por el diputado Acerbo y toma asiento en su escaño. La sesión da comienzo.

Las primeras intervenciones son de rigor. El diputado Ayala, en nombre del Partido Popular, según lo anunciado, se declara favorable a la ratificación del decreto para favorecer el desarrollo de acuerdos comerciales entre la Italia fascista y la Rusia soviética. Costantino Lazzari, en nombre de los socialistas maximalistas, da rienda suelta a la consabida escaramuza polémica con Francesco Giunta —secretario del Partido Fascista que se jacta de llevar el estilo escuadrista al debate parlamentario— contraponiendo las razones del comunismo a las del capitalismo. La cantinela de siempre.

Pero a continuación toma la palabra Nicola Bombacci. Es el hombre de Moscú, todo el mundo lo sabe. Tradicionalmente, los dirigentes de la victoriosa revolución soviética rusa lo han favorecido entre todos los jefes de la fallida revolución soviética en Italia. Pero Nicolino Bombacci es asimismo amigo de Benito Mussolini y eso también lo saben todos. Cuando no eran más que unos mozos, ambos maestros de escuela en pueblos perdidos de Romaña, compartieron el pan de la ciencia y del hambre. Se rumorea con malignidad que Bombacci se ha salvado de la reciente ola de arrestos de dirigentes comunistas por expresa voluntad de su viejo amigo Mussolini.

El hecho indudable es que mientras las fuerzas titánicas del siglo se contraponen en una lucha mortal, si se adopta una perspectiva corta, si se encoge el encuadre hasta el primer plano de los rostros, estos revelan personas, no personajes históricos, y estas tienen una infancia, una juventud, a menudo común, pequeñas idiosincrasias, manías a veces decisivas, pequeñas vanidades —el cráneo afeitado de un condotiero, la larga barba del profeta—, pequeños signos de expresión en las comisuras de la boca, o en el ceño fruncido, y son esas minucias, esas simpatías o antipatías, esos insulsos recuerdos de francachelas en tabernas los que trazan en la vida, al igual que en la historia, la ruta de las personas. El odio implacable de la época es tan mudo como una sanguinaria deidad babilónica. Los hombres, en cambio, hablan unos con otros.

Y así, Nicola Bombacci, el fiduciario italiano de Lenin y el amigo de Benito Mussolini, toma la palabra entre las risas irónicas de la extrema derecha. Bombacci lleva años intentando conseguir la estipulación de acuerdos comerciales entre Italia y Rusia que conduzcan al reconocimiento del Estado soviético por parte del italiano.

El dirigente comunista declara de inmediato que no abordará la política de los dos Estados sino las razones económicas que tienden a unirlos.

—Los gobiernos que precedieron a este fascista no hicieron nada a este respecto...

Ya en este punto Mussolini lo interrumpe:

—¡Menos mal que lo reconoce!

Bombacci: Es la verdad.

Giunta: En tal caso, ¡viva el fascismo!

(Hilaridad; alboroto entre los comunistas.)

Bombacci reanuda su intervención instando al gobierno a negociar con Rusia en un ambiente de cordialidad. Se dirige personalmente a Mussolini, el viejo amigo que se ha convertido, por un capricho de la historia, en acérrimo enemigo, recordándole su compromiso de no anteponer prejuicios de carácter político.

Bombacci: Afirma usted que no solo quiere reconstruir Italia sino Europa también...

Mussolini: ¡Me conformo con Italia! *(Hilaridad general.)* Por otro lado, he establecido docenas de tratados comerciales.

Bombacci: Hágalo también con Rusia.

Mussolini: Hace falta la voluntad de ambas partes.

Bombacci: Confiemos en ello. Por otro lado, el tratado con Rusia ha de firmarse también para hacer frente al esfuerzo de penetración comercial llevado a cabo por los franceses y los ingleses a fin de apoderarse de los mercados rusos y dejar fuera a Italia. Yo he protestado...

(Voces irónicas a la derecha: ¡Bravo!)

Bombacci: Hasta los estadounidenses se están moviendo bajo cuerda para obtener el monopolio del petróleo. Italia, por lo tanto, debe protestar en voz alta...

Giunta: ¡Muy bien! Tenemos un carnet listo para ti.

Bombacci: Cualquier ciudadano italiano que quiera cumplir con su deber no necesita un carnet en el bolsillo. Los industriales italianos que quieran hacer negocios en Rusia serán muy bien recibidos. Rezo, por más que esta palabra no sea de uso entre nosotros los comunistas *(hilaridad),* para que el gobierno italiano a través del diputado Mussolini se esfuerce por alcanzar un tratado, entre otras cosas porque las dos revoluciones, la revolución fascista y la rusa, aún pueden terminar en una alianza entre los dos pueblos...

Aquí se atasca el discurso de Bombacci, abrumado por la gravedad de las palabras recién pronunciadas y de las que se dispone a pronunciar. El orador permanece en silencio por unos instantes y levanta la mirada hacia el cortinaje que le intimida como si hubiera presentido aletear sobre él una premonición. Luego prosigue.

Bombacci: Rusia está en una dimensión revolucionaria: si ustedes, tal como afirman, tienen una mentalidad revolucionaria, no debería haber dificultades para una alianza definitiva entre los dos países.

(Viva hilaridad a la derecha y en el centro, rumores a la izquierda.)

Los hombres hablan unos con otros, pero las ideologías no. Las deidades babilónicas no admiten las sutilezas irónicas, la generosidad apasionada. El «caso Bombacci», planteado por estas palabras del diputado comunista, estalla al día siguiente. El *Avanti!* lo estigmatiza. Para el periódico socialista, el paralelismo entre la revolución rusa y esa parodia de revolución obra del fascismo es inadmisible. El desprecio monolítico por el fascismo es una línea de dignidad y coherencia de la que no deben desviarse. Incluso Antonio Gramsci deplora públicamente la «cordialidad» de Bombacci, que parece haberse rebajado «hasta la adulación de la revolución fascista y de los delirios de grandeza de Mussolini».

El 5 de diciembre es el turno del partido. Su comité ejecutivo invita al diputado Bombacci a presentar su dimisión como diputado. Algunos miembros del grupo parlamentario lo defienden: no ven razón alguna para acusarlo de indignidad. Tampoco las bases obreras que lo veneran desde hace años entienden nada: Bombacci ha hablado en favor de Rusia, de Lenin, ¿por qué quiere expulsarlo el partido?

El «Cristo de los obreros» no dimite. Sin embargo, su resistencia, su buena fe se revelan inútiles. El Partido Comunista de Italia conmina a Nicola Bombacci, el «Lenin de Romaña», a presentar la renuncia de su cargo de diputado, justo en los mismos días en los que llega de Moscú la noticia de que Vladimir Ilich Uliánov, el verdadero Lenin, como consecuencia de un nuevo ictus, está confinado en una silla de ruedas y ha interrumpido toda comunicación con el mundo. Su parálisis corporal es ya completa. No queda más que prepararse para su muerte.

1924

Benito Mussolini
Roma, 28 de enero de 1924
Palacio Venezia, asamblea de los dirigentes fascistas

La Cámara se ha disuelto el 25 de enero. Las elecciones han sido convocadas para el 6 de abril. La inauguración de la XXVII legislatura está prevista para el 24 de mayo. Más que como un voto a favor o en contra del régimen fascista, las próximas elecciones se anuncian como un plebiscito a favor o en contra de él. Un año después de la marcha sobre Roma, el fascismo se ha debilitado, pero en cambio él, Benito Mussolini, se ha fortalecido. Su figura se ha agigantado.

El jefe de partido que, en la tarde del 28 de enero de mil novecientos veinticuatro, se presenta ante la gran asamblea de la cúpula fascista en la sala del Consistorio del Palacio Venezia, la primera de una larga serie, es el mismo estadista que, solo un día antes, en el Palacio Chigi, unas pocas calles más adelante, ha logrado firmar un acuerdo con Yugoslavia que asigna Fiume a Italia curando una herida que llevaba sangrando desde mil novecientos diecinueve. Desde Belgrado, el rey Alejandro de Yugoslavia celebraba el histórico pacto exaltando a su artífice: «Solo un hombre de la genialidad y la fuerza de Mussolini podría alcanzar el éxito en una empresa tan ardua». Y, de esta manera, la disputa que durante años había mantenido abiertas las heridas planetarias de la Primera Guerra Mundial queda cerrada, y la ha cerrado él, Benito Mussolini, con un hábil movimiento diplomático, no con aventuras y veleidades de poeta. Y con ello también ha arrojado otra palada de tierra sobre la tumba monumental que Gabriele D'Annunzio, su rival de siempre, está construyéndose, aún en vida, a orillas del lago de Garda.

En algunos aspectos, a pesar de los éxitos y los elogios hiperbólicos, este Mussolini de principios de mil novecientos veinticuatro es todavía un hombre desaliñado. Se afeita él solo, mal, un día sí y otro no; los ujieres del Palacio Chigi, al verlo a menudo con ropa desgastada, se compadecen de él como un pobre diablo al que nadie plancha los pantalones; vive en via Rasella, no en un palacio, no en una villa patricia, sino en un piso del Palacio Tittoni, propiedad del barón Fassini, quien le ofreció hospitalidad a cambio de un alquiler a la vez que mantiene el derecho a convivir con el jefe de Gobierno. Le atiende una sola criada personal, una tal Cesira Carocci, nacida en Gubbio, que también hace de cocinera para las comidas frugales que el huésped engulle en casa, a menudo solo, en pocos minutos y, según las habladurías de pasillos, le sirve asimismo de alcahueta para los desahogos sexuales que él también consuma a toda prisa, con los pantalones alrededor de los tobillos. Cesira lo sirve, pero lo trata sin excesivo respeto, al contrario, al único policía que monta guardia en el descansillo se le queja a causa de un cachorro de león que le ha regalado al Duce el dueño de un circo ecuestre y que él se empeña en mantener en una jaula en el salón.

Y, sin embargo, si se mira desde otro punto de vista, Benito Mussolini es el conquistador que si viaja a Londres en una visita de Estado, es recibido en la estación Victoria por una multitud en delirio, es el pensador a quien Giuseppe Ungaretti pide en esos días un prólogo para su obra maestra poética *El puerto sepultado,* es el jefe carismático al que industriales, políticos de larga trayectoria, obispos y militantes esperan durante horas, ansiosamente, para poder reunirse con él en la antecámara de su despacho en la Sala de las Victorias. Hasta un animal de combate como Albino Volpi, a pesar de ser un viejo conocido suyo, le tributa un temor reverencial: tras llegar a la audiencia con un par de zapatos nuevos, dándose cuenta de que las suelas crujen, y temiendo irritar al Duce, el antiguo «caimán del Piave» pide al camarero un vaso de agua y moja las suelas con un pañuelo empapado. Visto desde este punto de vista, a principios de mil novecientos veinticuatro, el rostro de Mussolini es ya el tótem que el escultor Adolfo Wildt está realizando en un colosal busto fundido en bronce y montado sobre una columna de mármol, inundado por el aura de un trágico e inquietante ídolo moderno.

Es este ídolo mal afeitado el que se presenta ante la gran asamblea del fascismo reunida en el Palacio Venezia a fin de dictar las líneas para la próxima batalla electoral. Mussolini toma la palabra después del ministro Giovanni Giuriati, quien ha hablado en nombre del gobierno, y después de Enrico Corradini, quien ha hablado en nombre del partido.

En primer lugar, anuncia que no pronunciará ningún otro discurso electoral: los considera los actos «más mortificantes de su vida». Las elecciones han de celebrarse, pero sacan a relucir lo peor de cada uno y, por lo tanto, merecen el mayor desprecio. Luego, una vez zanjado a toda prisa el fetiche democrático de la sacralidad electoral, Benito Mussolini se dedica a echar por tierra otras dos fábulas. La primera es la de la pureza original, invocada constantemente por los escuadristas «intransigentes», encabezados por Farinacci: «Hay que decir sin purismos y sin eufemismos que esa manía del purismo y del culto a los orígenes, a base de viejas guardias, del fascismo de la primera hora o de la vigesimocuarta, es sencillamente ridícula».

En la parte trasera, el ala de Farinacci murmura descontenta, pero el orador ya está desmantelando la segunda fábula, la del «buen dictador» supuestamente rodeado, eso sí, por «malos consejeros», cuya misteriosa influencia padece. Aquí el tono se vuelve burlón: «Todo esto, más allá de ser una fantasía, es una idiotez. Mis decisiones maduran, a menudo por la noche, en la soledad de mi espíritu. Esos supuestos cinco consejeros del tirano son cinco o seis personas que vienen a verme todas las mañanas para darme a conocer todo lo que ocurre en Italia y, sobre todo, para compartir conmigo el salado pan de la responsabilidad directa del gobierno fascista». El Duce les da las gracias y les reitera toda su amistad. No los nombra, pero todos saben quiénes son objeto de su íntima gratitud: Francesco Giunta, Emilio De Bono y, sobre todo, Cesare Rossi, Aldo Finzi, Giovanni Marinelli.

Disipadas las leyendas maliciosas de los oponentes internos, se pasa a la estrategia para las próximas elecciones políticas: el fascismo no entablará alianzas con ningún partido. Lo que sí acepta, en cambio, es incluir en sus propias listas a hombres de todos los partidos o incluso no afiliados a ninguno, siempre que sean útiles para la nación. La estrategia está clara: drenar los demás partidos y trasvasarlos al fascismo. Para conseguirlo, es necesario acabar de una vez por todas con la violencia aleatoria de los escuadristas salvajes, acabar con los locos, con los exaltados, con los destinados a una muerte segura. El fascismo triunfará en las elecciones recorriendo «la senda legalista». Pero hay que acabar también con las quejas de la oposición sobre las libertades aplastadas: «La revolución fascista no se ha engalanado con sacrificios de víctimas humanas; no ha creado hasta ahora tribunales especiales; no se ha oído el chasquido de los pelotones de fusilamiento; no se ha ejercido el terror; no se han promulgado leyes excepcionales».

En el tramo final, el tono se vuelve solemne, los conceptos se elevan: «El fascismo, como doctrina de la potenciación nacional, como doctrina de fuerza, de belleza, de disciplina, de sentido de la responsabilidad, es a estas alturas un faro que reluce en Roma y que es observado por todos los pueblos de la Tierra. Cuando se trata de la patria y el fascismo, estamos dispuestos a matar, estamos dispuestos a morir».

Las últimas palabras han sido pronunciadas con entusiasmo. Todos los presentes, como electrizados, se ponen de pie para aplaudir. El aplauso se renueva a oleadas, durante varios minutos.

Mientras los cortesanos se agolpan en torno al «buen tirano», con la esperanza de que los incluya en esas «listas electorales abiertas a cualquiera», Cesare Rossi se aparta junto a los otros «malos consejeros».

A pesar de las proclamas públicas acerca de la «senda legalista», el 10 de enero Giunta, Marinelli, De Bono y él se reunieron en su casa de via Rasella, gobernada por Cesira Carocci, y allí, después de juguetear un rato con el leoncito, se tomó la decisión de formar un organismo secreto directamente bajo su control para atacar a los enemigos del fascismo. El Duce lo considera indispensable: en esta fase de transición, en la que las leyes se resienten aún del espíritu liberal, no todo puede hacerse a través de medios legales. Una laguna que ha de ser colmada.

Durante la reunión Mussolini también expresó su admiración por la despiadada energía con la que Lenin, en la fase naciente del Estado comunista, no dudó en autorizar a la Checa, la policía secreta rusa, para que recurriera a métodos de terror. La adulación sugirió inmediatamente a los consejeros bautizar a la organización clandestina con el nombre de «Checa fascista». Al final de la reunión, el Duce, satisfecho, se olió las manos: «¡Huelo a león!», exclamó.

Para dirigir la Checa fascista se menciona el nombre de Amerigo Dùmini. El Duce lo acoge de buen grado. En los últimos meses, el escuadrista florentino ha llevado a cabo varias misiones secretas en Francia para eliminar a peligrosos antifascistas huidos.

Lenin ha muerto el 21 de enero y a Dùmini habrá que conseguirle un pase ferroviario.

Estimado presidente: Amerigo Dùmini, *para cumplir mis órdenes, o las de Finzi u otros*, se ve obligado muy a menudo a montar en tren. Esta necesidad aumentará de ahora en adelante, especialmente en el incipiente periodo electoral. Sería necesario que tú, aunque fuera telefónicamente, le pidieras a Torre o a Chiarini que le proporcionasen un pase ferroviario permanente a partir del 1 de febrero: todo ello por intuitivas razones de economía. Saludos, Rossi.

Carta de Cesare Rossi a Mussolini,
23 de enero de 1924 (cursivas en el original)

Cesare Rossi
Roma, febrero de 1924

Desde que está a la cabeza de la comisión encargada de confeccionar las listas electorales, Cesare Rossi no tiene un momento de tregua. Los solicitantes no le dan respiro. Ha llegado a encontrarse a uno a medianoche acurrucado en los escalones de delante de su casa en via dell'Arancio. Un exdiputado de la provincia de Catanzaro a quien la sirvienta había intentado disuadir sin éxito. «Por aquí ha de pasar el comendador», respondió, inflexible, el sediento de reelección. Otro fue a buscarlo incluso a via Frattina, a la clínica del doctor Visconti, callista ilustre, y le leyó cartas de recomendación de altos prelados y de príncipes de rancio abolengo mientras el médico le limaba la uña encarnada del dedo gordo del pie.

La comisión está formada por los habituales hombres de confianza de Mussolini: Michele Bianchi, Aldo Finzi, Francesco Giunta, Giacomo Acerbo. Los periódicos la han bautizado como «pentarquía» pero el verdadero jefe es él, Rossi. El 1 de febrero se instaló en el Palacio del Viminal, en el gran salón que está al lado del corredor central de la Presidencia del Gobierno, y desde allí, consultando a prefectos, alcaldes de capitales de provincia, sepultado por cientos de telegramas que se acumulan sobre su escritorio, perseguido por miles de autoproclamados candidatos que llaman a las puertas de todos los partidos al mismo tiempo, debe confeccionar la «gran lista» de trescientos cincuenta nombres, divididos en dieciséis distritos electorales, que, según el plan de Mussolini, debería constituir el primer Parlamento con mayoría fascista.

En público el Duce sigue alardeando de su desprecio por la carrera hacia el sillón: «Hemos entrado en el periodo de la llamada lucha electoral. Por favor, no os acaloréis demasiado por estos juegos de papel. Todo esto no es más que la antigua Italia oficial, *ancien régime*. Nada más ridículo que pensar en un Mussolini dedicado laboriosamente a rellenar listas electorales». Y en privado, el condotiero de los pueblos sigue sintiéndose molesto por la frenética carrera de los aspirantes a parlamentarios que lo distraen de los tratados con Yugoslavia y de la meditación sobre la muerte de Lenin.

Sin embargo, el maestro de tácticas le ha dado a Cesare Rossi indicaciones precisas para la elaboración de las listas. Primero: si los hombres de los viejos partidos quieren sumarse a la «gran lista» del fascismo, hay que dispersarlos. Tendrán que entrar de uno en uno, con la cabeza gacha, desarmados. Obligándolos a abjurar de su pertenencia al partido de procedencia, su reelección será equivalente a la rendición. Su escaño en Montecitorio conllevará la insignificancia política. Fin de los partidos tradicionales, despolitización de la vida parlamentaria, un único gran «partido de la nación», el fascista. Segunda indicación: cualquiera que sea el origen de los dispersados, su destino debe ser solo uno. La sumisión al Jefe, la total dependencia de su voluntad y, tal vez, de su capricho. El sistema de las designaciones debe, por lo tanto, venir de arriba. En resumen: solo figuras individuales, nada de partidos, y todos ellos nombrados por un único hombre, el único que cuenta.

Una vez recibidas las directrices, Cesare Rossi debe vérselas con la feria de muestras de los aspirantes, una algarabía infernal de al menos tres mil suplicantes que llueven sobre Roma, escoltados por imponentes séquitos de protectores y vendedores de humo y que se agolpan, sin desanimarse, en la sede del gobierno, acampando durante horas y días, obligando al comisario de servicio a disolver los corrillos de sus señorías con el viejo grito policial utilizado en las plazas para los huelguistas: «Circulen, vamos, circulen...».

La carrera por conseguir la «medalla parlamentaria» en el caso de los ras del escuadrismo, que siempre la han despreciado públicamente, no resulta menos encarnizada que la de los notables del sur, que siempre han hecho de ello una razón de vida.

La lucha intestina en el PNF se recrudece. En Turín, la izquierda fascista apoya a Gioda, Ponti y Torre, mientras que la derecha de De Vecchi se opone a ellos. El prefecto se ve obligado a sofocar las peleas a diario. En Ferrara, Olao Gaggioli, recientemente recuperado para la ortodoxia, exige a Balbo que también incluya en la lista a otros disidentes, en Piacenza se disputan la candidatura al menos tres facciones fascistas diferentes. Lombardía, en general, es un desastre, un torbellino de disidencias y expulsiones.

A escala política, sin embargo, la estrategia de Mussolini va dando sus frutos. No es solo la conquista de una mayoría lo que está en juego, sino una gigantesca operación transformadora que corrompe lo poco que queda de los ideales nacidos con la unidad de Italia: una obra de demolición moral. Este es el objetivo que Mussolini se plantea al obligar a los principales dirigentes liberales, con todos sus discursos acerca de constitucionalidad y democracia, a ingresar en la «gran lista» y a endeudarse para su reelección con los fascistas. Giolitti, tanto tiempo cortejado, pese a apoyar la «gran lista» fascista, insiste en formar su propia lista «paralela», pero casi todos los demás han aceptado su absorción. A mediados de febrero, entre los nombres más conocidos del viejo mundo político, Cesare Rossi puede contar con Salandra, el presidente de la intervención en la Primera Guerra Mundial, con Orlando, el presidente de la victoria, con De Nicola, el presidente de la Cámara, y con otro centenar de liberales, demócratas sociales, demócratas independientes de izquierda y populares disidentes, listos para renegar de los ideales proclamados a cambio de un escaño. Incluso el senador Agnelli, propietario de Fiat, regatea con Rossi para obtener la exclusión del colegio electoral de Turín de algunos sindicalistas fascistas que limitan su poder sobre los trabajadores en sus fábricas de automóviles.

En definitiva, todo parece discurrir por el camino correcto. El sector de la izquierda no suscita preocupación: el demonio del suicidio los tiene completamente poseídos, más que nunca. Indeciso entre la abstención y la participación, el movimiento socialista está dividido en tres facciones: unitaria, maximalista, comunista. Como si estas divisiones no fueran suficientes, en la víspera de la presentación de las listas se anuncia un cuarto grupo disidente: los partidarios de la Tercera Internacional. Entre ellos también se encuentra Giuseppe Di Vittorio, el sindicalista venerado por todos los campesinos y trabajadores de Apulia. Resultado: mientras que el genio político del Duce obliga a casi todos a entrar en una sola gran lista fascista, la oposición presentará veintiuna listas. Ni siquiera las formaciones más afines han sido capaces de formar un bloque entre ellas. Moraleja: muchas oposiciones, ninguna oposición.

Solo queda Matteotti, que no deja de cotorrear con sus acusaciones. Acaba de publicar su libelo, titulado *Un año de dominación fascista*. La inútil jaculatoria de siempre. Una voz en el desierto transformista.

Lo que en cambio preocupa al Duce es la disidencia fascista. En particular la de Cesare Forni, el héroe de guerra, el ras de Lomellina, el capitán que dirigió el asalto de los escuadristas al ayuntamiento de Milán, el jefe del sector Lombardía-Piamonte durante la marcha sobre Roma. Forni amenaza con presentar una lista autónoma en el colegio de Mortara, donde es tan venerado por los escuadristas lombardos como Di Vittorio por los jornaleros de Apulia. Las razones para la disidencia son siempre las mismas: acusaciones de «revolución traicionada» dirigidas contra las mercaderías de los fascistas de Roma, apelación a la pureza de los orígenes. En el caso de Forni, también se añade una enemistad personal con Francesco Giunta, con quien ha llegado a batirse en duelo, e incluso una rivalidad de cama por los favores de esa puta a la que llaman condesa Mattavelli.

Amerigo Dùmini, enviado por Rossi para inspeccionar la situación en Lombardía, mandó un informe alarmante. Rossi convocó entonces a Forni en Roma con la intención de hacerle recapacitar. A cambio de la retirada de su candidatura, le ofreció el munífico cargo de inspector de las tropas coloniales en Somalia. El capitán Forni, una mole de metro noventa y cinco de estatura y ciento diez kilos de peso, esgrimió su leyenda personal y rechazó la oferta. Para Mussolini, una auténtica espina en el corazón.

«Quien no está con nosotros está contra nosotros.»

Esto y solo esto es lo que el Duce sigue repitiéndole a Cesare Rossi en los raros momentos en que se digna lanzar una mirada despreciativa y airada al mejunje que se remueve en los bajos fondos de la cocina electoral.

La situación del fascismo milanés, y en algunas zonas de Lombardía, requiere medidas inmediatas y enérgicas... El ala Forni-Sala unida a la de Silva podría presionar —si el movimiento secesionista se extendiera— como una tenaza sobre una parte no desdeñable del fascismo provincial, y milanés y, más gravemente de un modo especial, en la fuerza del escuadrismo.

Informe de Amerigo Dùmini al Ministerio del Interior,
finales de febrero de 1924

La actitud electoral de Forni abre una brecha irreparable entre nuestro partido y él. Considero a Forni un enemigo de mi gobierno.

Benito Mussolini, telegrama a Umberto Ricci,
recién nombrado prefecto de Pavía

Adelante, presidente, perseguidme. No me doblegaré hasta que no me ordenéis quitarme la vida. Nosotros peleamos una batalla santa, no contra vos, ni contra vuestro gobierno, sino contra la degeneración del partido.

Carta abierta de Cesare Forni a Benito Mussolini,
Corriere della Sera, 2 de marzo de 1924

Se ordena considerar a los señores Cesare Forni y Raimondo Sala como los enemigos más temibles del fascismo. Como consecuencia de ello y en paralelo con las instrucciones impartidas por el jefe de Gobierno a los prefectos de las provincias, a los susodichos señores deberá hacérseles la vida imposible [...]

Circular telegráfica enviada por el Partido Nacional Fascista
a las federaciones provinciales
de Lombardía y Piamonte,
11 de marzo de 1924

Amerigo Dùmini
Milán, 12 de marzo de 1924
Estación central

—¿A qué se dedica Dùmini, a tocarse el nabo?

El vestíbulo de la estación ferroviaria de Milán está repleto de personas de diferente edad, sexo, condición, que se amontonan en los torniquetes de salida pero, sea cual sea la forma con la que se ganan la vida, avanzan todos a paso ligero y expeditivo: ninguno de ellos, a diferencia de Amerigo Dùmini, debe soportar el peso de la furiosa decepción del Duce.

—¿A qué se dedica Dùmini, a tocarse el nabo?

Agentes comerciales, hombres de negocios con chaquetas grises, soldados de permiso con uniformes gris verdoso, dos sacerdotes con hábito negro, una madre con niños, probablemente de regreso de una visita familiar. Todos parecen un poco ansiosos, pero, a fin de cuentas, contentos. Ninguna deidad furiosa los ha condenado a la leyenda de la sangre. En conjunto, mirando desde lo alto, la humanidad se muestra como una especie inútilmente angustiada y moderadamente feliz. Así se ve cuando se la mira desde lo alto de una escalinata del vestíbulo de una estación en la hora punta de un día laborable y, si te mantienes aparte, mientras buscas la cara de un solo individuo en esa riada, te preguntas: «¿Dónde estoy yo en esa corriente?».

Amerigo Dùmini se ha apostado en los márgenes de la escena. Permanece solo con su maldición: «¿A qué se dedica Dùmini, a tocarse el nabo?», y fuma, un cigarrillo tras otro. Fuma de pie, cigarrillos sin filtro de tabaco negro, junto a un quiosco de periódicos.

Las palabras de rabia de un Mussolini enfurecido por la disidencia de Forni se las ha referido por teléfono Cesare Rossi, ante quien, tras convocarlo urgentemente el 9 de marzo, el Duce se quejó de estar rodeado de gilipollas, de tener que ser siempre él quien lo haga todo solo, de estar condenado a «ser siempre el hombre clave».

Amerigo enciende su enésimo cigarrillo con las brasas de la colilla precedente. Perder la benevolencia del Duce sería una catástrofe. Después de sus misiones secretas en Francia a la caza de antifascistas, Mussolini quiso felicitarle personalmente. La secretaría del Fascio en el extranjero hizo grabar una pitillera de plata —la misma que tiene ahora en la mano— con una dedicatoria del Duce: «A Dùmini, corazón de Hierro». Más tarde, Mussolini le envió incluso una foto con su autógrafo, que él se apresuró a publicar en primera página en su periódico provincial, *Sassaiola Fiorèntina*. Como si eso no fuera suficiente, Mussolini lo recibió a principios de febrero en su propia casa, en via Rasella, para nombrarlo jefe de la «Checa fascista». Giovanni Marinelli, el tesorero del partido, presente en la reunión, propuso proporcionarle una tapadera, facilitando su contratación como inspector itinerante de ventas del *Corriere Italiano,* dirigido por Filippelli, un chanchullero al servicio de la familia Mussolini enriquecido gracias al tráfico de excedentes bélicos. Un sueldo mensual de dos mil quinientas liras. Y, además, el coche del periódico a su disposición, una habitación en el hotel Dragoni, un apartamento en via Cavour de cuatrocientas liras al mes, sobresueldos, propinas, gratificaciones para repartir a su discreción entre sus hombres de confianza, una mesa siempre a su nombre en el restaurante, en Brecche o Al Buco. Todo a expensas del partido.

Es impensable perder todo esto, imposible. Los que lo conocen desde hace años dicen de él que, en los últimos tiempos, ha cambiado incluso de carácter. Ahora «al Dùmini» se le describe como un tipo exuberante, ruidoso, jovial y despreocupado, de verbo fácil e instintivamente socarrón.

Cuando, el día anterior, Rossi lo localizó en Perusa, donde se había encerrado con una hembra, y le ordenó que corriera a Milán para coordinar la operación, él llamó a Florencia a ese loco de Pirro Nenciolini, su compañero de expediciones de castigo en los viejos tiempos, reunió a un pequeño grupo de camaradas de confianza y luego se subió al primer tren. En Milán estaba esperándolo Asvero Gravelli, a las órdenes directas de Francesco Giunta, secretario del partido. Gravelli le entregó cinco mil liras, anotadas en el libro contable de Rossi bajo el concepto «Encargo político particular». Para llevarlo a cabo, desde Roma han movilizado también a los Osados milaneses de via Cerva, los de Albino Volpi, la «escuadra de la carne cruda». De este modo la misión es más segura, pero el acoplamiento de los escuadristas florentinos era indispensable: en efecto, Rossi teme que los chicos de los Fascios lombardos, si se les deja actuar a su aire, no lleguen a realizar la tarea encomendada. Para ellos significaría envejecer treinta años en una sola tarde. Sería como apalear su propia juventud.

Los viajeros siguen agolpándose en la salida. La escalinata está congestionada. A esa hora llegan, casi simultáneamente, tres trenes diferentes. Los matones de Nenciolini y Volpi están situados al pie de la escalinata, frente a los torniquetes, desde donde se sale a la explanada coronada por la marquesina. Entre unos y otros serán más de veinte. Llevan porras y bastones herrados. El hombre al que esperan no se ve aún, pero no puede escapar. Es un hombre inconfundible.

A uno como él quisieras tenerlo siempre a tu lado, nunca frente a ti, pero él se lo ha buscado. Ha presentado a las elecciones su propia lista de disidentes: los Fascios nacionales. Mussolini lo ha intentado todo: le ha propuesto para un cargo en África, lo ha amenazado, ha ordenado a los prefectos que secuestren sus periódicos, que detengan a sus amigos, que disuelvan las secciones del partido en sus territorios, pero él nada, él no se ha doblegado. Luego cruzó la raya. En un mitin en Biella, en una plaza abarrotada por miles de personas, miles de fascistas, señaló con el dedo a los peces gordos del partido: «Conozco por su nombre y apellido a individuos de condiciones financieras muy humildes que en mil novecientos veinte y en mil novecientos veintiuno me pidieron un puñado de liras para poder comer algo. Y hoy viven en Roma en pisos principescos, pagados con el dinero de los italianos». Y los fascistas lo aplaudieron. Hasta Vittorio Sella, fundador del Fascio de la ciudad, que subió al escenario para rebatirlo, en lugar de replicar a sus palabras lo elogió.

Ahí está. Cesare Forni descuella al menos una cabeza entre los centenares de pasajeros anónimos, inconscientes y moderadamente felices. Imposible no ver sus cabellos aún rubios y sus párpados ya hinchados entre esa humanidad de simples transeúntes. Es difícil imaginar la violencia en medio de esa multitud de sacerdotes, contables y comerciantes.

¿Se enfrentarán a él a cara descubierta? ¿Volpi, Nenciolini o alguno de los otros Osados le devolverá al capitán Forni, a sus nueve medallas al valor de la Gran Guerra, el honor del ejército?

Lo atacan por la espalda, lanzándole de repente porrazos a la cabeza, los primeros le alcanzan en el cuello. Con una salvaje, indudable voluntad de matar. Una nube de moscas de la carne metamorfoseadas en larvas enterradas entre restos de comida, en cadáveres de animales muertos. Alrededor de Forni, la multitud, desterrada por la fuerza centrífuga de la violencia, se disipa.

Al quedarse solo en el círculo de los asaltantes, la víctima del asalto parece aún más inmenso. Enorme, desarmado, lucha. Con las manos desnudas, a patadas, a puñetazos. Con las manos ya fracturadas por los golpes, arranca un bastón enfundado en hierro y golpea a ciegas con él. Un tipo que estaba a su lado se le acerca. Alguno de los atacantes sangra, retrocede, el círculo se rompe. Absorbidos por ese instante de incertidumbre, algunos de los transeúntes invierten la huida y se acercan.

Luego la cizaña de golpes se reanuda, el círculo vuelve a cerrarse, decenas de bastonazos restallan contra los huesos del cráneo, rompiendo húmeros, escafoides, metacarpianos. Cesare Forni, con el rostro enmascarado de sangre, se tambalea, se apoya contra una pared, se derrumba. Continúan golpeándolo incluso cuando está en el suelo. La multitud grita «¡Basta! ¡Ya está bien!». Cuando todos lo dejan solo, de Cesare Forni solo queda un montón de trapos en el inmenso volumen vacío de un vestíbulo ferroviario, una pequeña, ciega mancha de sangre en el universo infinito.

El 15 de marzo Benito Mussolini afirma en un artículo con su firma —originalmente titulado «Quien traiciona, perece»—

el derecho del fascismo a castigar a sus propios traidores. Recurre al fácil argumento de que la violencia fascista es poca comparada con la ferocidad con la que los bolcheviques exterminan a los disidentes: en Rusia, justo el día anterior, tras la muerte de Lenin, Stalin ha atacado públicamente las tesis de Trotski, el principal arquitecto de la revolución. Y, además, Forni ni siquiera está muerto.

Así que la semana siguiente, como agradecimiento por el tratado que asigna Fiume a Italia, Víctor Manuel III concede a Benito Mussolini el collar de la Orden Suprema de la Santísima Anunciación, el más alto honor de la Casa de Saboya. Ahora el hijo del herrero de Predappio es formalmente primo del rey.

Como hermano denuncio con espíritu angustiado intento de asesinato organizado y ejecutado hoy Estación Milán y en nombre familia pido Su Excelencia quiera garantizar que autores y organizadores cobarde fechoría, fácilmente identificables, sean conducidos ante la justicia, por buen nombre fascismo e Italia.

Roberto Forni, telegrama a Benito Mussolini,
12 de marzo de 1924
(hecho público en el *Corriere della Sera*)

El bolchevismo ha suprimido físicamente a los disidentes mencheviques. No han corrido mejor suerte los disidentes revolucionarios socialistas [...]. ¿Con qué criminal cara dura osan estos inmundos reptiles de la subversión italiana elevar agudos plañidos si algún traidor al fascismo recibe un más o menos apabullante castigo? Estamos bien lejos, en todo caso, de los sistemas de Rusia.

Benito Mussolini,
Il Popolo d'Italia, 15 de marzo de 1924

O se está a favor o en contra. O fascismo o antifascismo. Quien no está con nosotros, está contra nosotros.

Benito Mussolini, discurso conmemorativo de la fundación de los Fascios de Combate, pronunciado en el teatro Costanzi, Roma, 24 de marzo de 1924

El desconsuelo los tienta con el cebo del abstencionismo. ¿Abstención o derrota? Este es el dilema de lo que queda de la oposición socialista desde que, en enero, se abrió el periodo electoral. Abstenerse en masa, este es el demonio tentador de su desierto.

Esquivar el espectáculo. No sentarse en el mostrador del fullero. Oponer un rechazo preliminar, absoluto, al juego amañado del mundo.

Al principio, incluso Giacomo Matteotti estaba a favor de esta posición. Previendo una lucha electoral dominada por la porra, le pareció que lo mejor era hacer saltar el tablero. Temiendo la derrota a causa del juego sucio de los fascistas, la virtud le sugería eludirla, esquivarla, batirse en retirada, dando por perdido el presente. En el fondo, bajo ese cielo de los violentos, donde ni siquiera da tregua el azul, incluso las elecciones no eran más que un episodio. Podía y debía mantenerse solo la posición, reforzarse para un porvenir lejano, decir «no» a los días del presente, incluso si no se vislumbraba señal alguna de un futuro distinto en el horizonte.

En los primeros meses del año, Matteotti trabajó en este proyecto. Por un momento dio la impresión de que su desesperada esperanza podía volver a ensamblar todas las fuerzas antifascistas en una abstención masiva. En febrero, el acuerdo con los demócratas de Giovanni Amendola, quien había recibido una paliza en diciembre a manos de los escuadristas, parecía próximo. En algún momento pareció posible incluso la reunión de las izquierdas en torno a la propuesta comunista del «Frente Único

Proletario». Después, sin embargo, todo volvió a precipitarse en la discrepancia. El gusto por el fratricidio, la fascinación por el desastre acabaron imponiéndose y Matteotti fue el primero en volver a caer en la controversia con los crueles hermanos del Partido Socialista Italiano. Los acusó de promover «la maniobra habitual de descargar en nosotros, los viles reformistas, la responsabilidad de haber dividido y debilitado al proletariado».

Desvanecida la esperanza del frente único, el secretario del Partido Socialista Unitario abandonó la idea de la abstención. En plena ruptura, en pleno extravío, con tantos compañeros y dirigentes desesperanzados, a un paso del compromiso, de la rendición, abstenerse acabaría significando solo una huida, un medio mezquino para esquivar la realidad. Se hacía necesario, en cambio, reanudar la lucha, en todos los frentes, no ceder un solo metro, no retroceder un solo paso, en todos los terrenos, incluso en el electoral. En la víspera de las elecciones, se lo escribió incluso a Turati, el apacible patriarca del socialismo humanitario: era necesario endurecer y exacerbar las posiciones, cavar un surco entre mayoría y oposición, entre fascistas y socialistas, entre socialistas puros y colaboradores, un surco que nadie osaría o podría cruzar.

Matteotti escribe a Turati, mientras que a Velia Giacomo lleva meses sin escribirle. La última misiva a su mujer es una postal ilustrada de Venecia, fechada el 28 de diciembre de mil novecientos veintitrés. Reproduce el vuelo de las palomas en piazza San Marco. La dedicatoria solo dice: «Recuerdos bien». Dos palabras, ni siquiera una coma. El desierto también se ha tragado la puntuación.

Por el contrario, no falta una sola coma en el libro que Giacomo Matteotti acaba de publicar: *Un año de dominación fascista*. En su meticuloso listado de los actos violentos cometidos por los hombres del régimen, abusos y crímenes perpetrados por los escuadristas en las provincias mientras Mussolini, en Roma, finge ser el padre de la patria, no falta ninguna cruz. Las palizas, los incendios, los asesinatos se enumeran uno por uno, a decenas, a centenares, a miles. Junto a cada uno, un lugar, un nombre, una fecha, como en las lápidas de las tumbas.

Pero el libro en el que Matteotti ha trabajado durante meses, consumiéndose en el vértigo de la lista, nada más publicarse ya se ha quedado anticuado. Sus minuciosas páginas acababan de salir de la imprenta cuando llegó la noticia de que había sido asesinado en Reggio Emilia el candidato socialista Antonio Piccinini, tipógrafo de profesión él también. Lo habían colgado en un gancho de carnicero.

Así funcionan las cosas: la historia de la tragedia humana es un editor voraz. Acabas de dar a la imprenta el volumen completo y ya te pide que añadas un nuevo capítulo sobre el último crimen fresco de la página de sucesos. Pero Giacomo Matteotti, como siempre, no se rinde. Si ha publicado en febrero la primera edición de su enésima denuncia, en marzo ya está trabajando en la reedición.

Y el secretario del Partido Socialista Unitario no renuncia tampoco a su escrupulosa censura de las malversaciones económicas. Está preparando un dosier en el que demuestra que la regla de oro presupuestaria presentada por el gobierno de Mussolini a Víctor Manuel III, y refrendada por este, es una falsificación. Matteotti elabora listas de malversaciones en perjuicio del Estado no menos detalladas que las elaboradas para los crímenes sangrientos. Aquí también se repite el vértigo ante los resultados de la lista: intereses privados en la colosal reconversión del aparato industrial, miles de millones perdidos a propósito por Hacienda al renunciar a tasar las ganancias extraordinarias de la guerra, privatización total de sectores públicos estratégicos como el de la telefonía, rescates bancarios fraudulentos, especulación financiera, fraude en perjuicio del erario público. Los anota todos, meticulosamente, para todos busca documentos de respaldo, como si escribir uno tras otro pudiera, en sí mismo, garantizar una compensación, como un viajante de comercio que reclama su reembolso al final de la lista.

Ahora, desde Londres, los compañeros de los *trade unions* le hacen saber que tienen revelaciones comprometedoras sobre los acuerdos secretos del gobierno italiano con Sinclair Oil, la compañía estadounidense que se está asegurando el monopolio de las prospecciones petroleras en la mayor parte del subsuelo italiano. Un lote de más de setenta y cinco mil kilómetros cuadrados, un cuarto del territorio nacional. Un soborno, se rumorea, colosal. Matteotti tiene ya previsto viajar a Londres a finales de abril. Pero primero están las elecciones. Dentro de seis días, el 6 de abril. Antes debe disputar ese otro asalto en la lucha de un hombre contra el mundo. ¿Quién ganará?

No puede decirse que el país se muestre indiferente a la pregunta. En los últimos días aumentan las tiradas de los periódicos, las secciones de los partidos están abarrotadas, las discusiones en los bares se enardecen. La pasión política se inflama y, sin embargo, desde la tarde de ayer los habitantes del barrio de Campo Marzio, donde vive Giacomo Matteotti con su familia, no hablan de otra cosa que de esa niña. Estaba jugando en los jardines de piazza Cavour, no lejos de la madre y poco distante de allí. De repente la madre se dio cuenta de que su hija había desaparecido. Dos horas después, una mujer oyó un llanto infantil agazapado detrás de un seto. Se la encontró con la falda desgarrada, con un pañuelo de colores llamativos apretado alrededor del cuello. Alguien vio a un hombre alto, distinguido, delgado, en torno a los cincuenta, arreglarse la ropa y huir. El estado de la pequeña Emma, sin embargo, no permitió a los rescatadores prestar la debida atención al fugitivo.

En primer lugar es necesario adoptar, con respecto a la Dictadura fascista, una actitud diferente a la mostrada hasta ahora; nuestra resistencia ante este régimen arbitrario debe ser más activa; no ceder en ningún punto; no abandonar ninguna posición sin las más rotundas, las más insistentes protestas. Debemos reivindicar todos los derechos ciudadanos; el propio código reconoce la legítima defensa. Nadie puede hacerse ilusiones de que el fascismo dominante deponga las armas y devuelva espontáneamente a Italia un régimen de legalidad y libertad; todo lo que obtiene lo empuja hacia nuevas arbitrariedades, hacia nuevos abusos. Es su esencia, su origen, su única fuerza; y es el propio temperamento el que lo dirige.

Carta de Giacomo Matteotti a Filippo Turati,
vigilia electoral del 6 de abril de 1924

Duerme poco, duerme mal, con sueños que lo turban: su pesadilla son las urnas vacías. A medida que se acerca el 6 de abril, su ansiedad crece. No teme que la oposición despierte, ni tampoco una sacudida de las conciencias, lo que teme es el vacío. Su espectro es la abstención masiva, la escalofriante sorpresa de un apacible domingo de abril, domingo de elecciones, domingo italiano, en el que los colegios electorales se queden desiertos. Todo el mundo desaparecido, en la playa, en la montaña, atrincherado en su sala de estar, toda una nación que, asqueada por una fuerza arrolladora contra la que no puede oponer sino su propia y violenta crisis de rechazo, en lugar de echarse a las calles, levantar barricadas, votar abiertamente en su contra, le retire en bloque el mandato. Una nación fantasma. Ese es el monstruo que lo atormenta.

No teme la lucha, el fundador de los Fascios de Combate, ni la derrota en campo abierto, el repentino descubrimiento de esa hostilidad indefensa que arma la mano del enemigo. A lo que tiene miedo es al miedo. Ese que devora el alma, que devora el corazón de todo un pueblo encerrado en casa después de las siete de la tarde.

Con ese espíritu, los días previos a las elecciones se convierten en una alerta continua. El jefe supremo del fascismo aguza el oído y queda a la escucha de las noticias de provincias. Cada vez que ecos de gritos remotos le informan de una flagrante violación de las libertades civiles en la llanura del Sarno, o de una inútil violencia fascista en el delta del Po, se enfurece, masculla improperios, y luego transmite circulares a los prefectos ordenando la más severa represión de toda ilegalidad. A pesar de ello, las ilegalidades proliferan como colonias bacterianas en una fruta podrida. En las capitales de provincia la pugna electoral se lleva a cabo con una aceptable regularidad, pero en las poblaciones más pequeñas se secuestran los periódicos, los ataques contra los candidatos de la oposición son incontables, en Novellara, en Frascati, en Venecia, en Prato y en distintos pueblos de la zona de Brianza se agrede incluso a los sacerdotes. En muchas regiones del sur y del valle del Po, los pequeños ras de provincias, refractarios a toda disciplina, proclaman abiertamente que no permitirán la candidatura de ninguna lista alternativa a la fascista, expulsan de las ciudades a los dirigentes socialistas, llegan a exigir la entrega de los certificados electorales en la sede local del Fascio.

Cuando llegan noticias como estas, el presidente del Gobierno reitera sus órdenes para la represión más severa. A mediados de abril, De Bono, en un arrebato, telegrafió al jefe de policía de Milán ordenando incluso el arresto de Albino Volpi en caso de que siguiera perturbando la vigilia electoral. Pero al final el Duce del fascismo nunca reúne valor como para imponer la ejecución de esas instrucciones. No acaba de decidirse. Quiere ser amado por un sentimiento plebiscitario, quiere el consenso del pueblo, pero no sabe renunciar al fórceps con el que siempre lo ha parido. ¿Y si el pueblo, dejado a su libre albedrío, no lo votara, y si su amor no fuera sincero?

Benito Mussolini pasa toda la semana anterior a las elecciones del 6 de abril en Milán, adonde llega al volante de un automóvil deportivo conducido por él mismo. Sus colaboradores más cercanos han de engullir a diario la pastilla tóxica de su descontento, de su nerviosismo: les toca soportar sus arrebatos contra el sistema parlamentario, su hastío hacia los dirigentes fascistas incapaces de resistirse a la «voluptuosidad de la medallita», al morbo electoral; le escuchan, consternados, derramar toda la bilis que lleva dentro en discursos públicos impertinentes en los que anhela la constitución de tribunales especiales, la prórroga de los plenos poderes, en los que prodiga un pesimismo cósmico, un desprecio universal.

La desconfianza hacia el género humano es el tema obsesivo de la «Introducción a Maquiavelo» que Mussolini escribe para la edición de abril de *Gerarchia,* la revista dirigida por Margherita Sarfatti. El Duce recuerda las páginas de *El príncipe* que escuchó en boca de su padre durante los años de su adolescencia. Se declara plenamente de acuerdo con el pesimismo antropológico de Maquiavelo. Con las espadas, no con las palabras, es como se mantienen los Estados. Los individuos tienden a evadirse continuamente, a desobedecer las leyes, a no pagar tributos, a no participar en la guerra. El poder no emana directamente de la voluntad del pueblo. Se trata de una ficción. El pueblo, por sí mismo, no está en condiciones de ejercer directamente la soberanía, solo puede limitarse a delegarla. Los regímenes exclusivamente consensuales nunca han existido y, probablemente, nunca llegarán a existir. Todos los profetas armados obtienen la victoria y los desarmados sucumben.

Los seres humanos son seres tristes, más apegados a las cosas que a su propia sangre, dispuestos siempre a cambiar de sentimientos y pasiones. Lo escribió el secretario de la República de Florencia, fundador de la ciencia política moderna, a principios del siglo XVI y Benito Mussolini, presidente del Consejo de Ministros del Reino de Italia a principios del XX, y en vísperas de las elecciones, lo confirma: «Ha pasado mucho tiempo, pero si me fuera consentido juzgar a mis contemporáneos, no podría de ninguna manera mitigar el juicio de Maquiavelo. Debería, si acaso, empeorarlo».

Para escapar de su séquito de cobardes y cortesanos, Mussolini se refugia en casa de Margherita Sarfatti, que se ha quedado viuda hace pocas semanas. A pesar de que Rachele, con toda su familia, se aloja a escasa distancia, en el nuevo piso de via Mario Pagano, él no vuelve a casa por la noche. Oficialmente, duerme en la sede de la prefectura con la excusa de dirigir la disputa electoral desde allí, pero lo cierto es que pasa las noches en el palacio de su amante en el corso Venezia. La tensión nerviosa, la repugnancia y la rabia que le despiertan sus semejantes, la melancólica visión de la miseria humana, han reavivado en el macho, como suele ocurrir, el fervor erótico. Rachele, humillada, se lleva a los tres hijos y se refugia en Forlì con su hermana Pina, madre a su vez de siete hijos, consumida por la tuberculosis.

Su marido se entera de lo ocurrido al finalizar el funeral de Nicola Bonservizi, fundador del Fascio de París, compañero de la primera hora, asesinado por un anarquista mientras estaba sentado en la mesa de un café. Su ataúd es transportado a hombros desde la estación hasta la sede de *Il Popolo d'Italia* y luego de allí al cementerio. Mussolini lo sigue a pie durante todo el camino, bajo una lluvia penetrante. Participa sombrío, angustiado, silencioso, en las grandiosas exequias por su viejo compañero de lucha.

Una vez concluida la procesión fúnebre, Cesare Rossi le informa de la fuga de Rachele. La tragedia de la historia se entremezcla con la farsa conyugal entre el polen del cementerio monumental. Pero no hay un momento de respiro: el ataúd de Nicola Bonservizi acaba de ser depositado en la fosa y ya hay cuatro delegados provinciales que le solicitan una reunión para tratar ciertos apaños electorales. Él menea la cabeza, se vuelve hacia Rossi:

—Esta es la última vez que se celebran elecciones. La próxima vez votaré yo por todos.

Ya ha comenzado recopilación y especulación sobre incidentes electorales que periódicos subversivos publican en negrita para
impresionar fuera y dentro. Es absolutamente necesario 1) tomar
todas necesarias medidas preventivas para evitar incidentes 2)
reprimirlos de la manera más rápida 3) señalarlos al Ministerio del
Interior, para poder precisar entidad carácter y frustrar eventuales
especulaciones [...]. Es absolutamente necesario prevenir acciones vandálicas contra periódicos oposición, especialmente si la
lista nacional, como se asegura, sale victoriosa de las elecciones.
Esto se transmita a Cesare Rossi y los demás.

Benito Mussolini, telegramas a todos los prefectos del
Reino y al director general de seguridad pública,
29 de febrero, 4 de abril de 1924

Se toma la decisión de no permitir absolutamente ninguna
lista de cualquier color que se contraponga a la nuestra, incluso en
minoría, y se tomarán las medidas que se consideren más oportu-
nas contra quienes hagan propaganda en favor de la abstención.

Resolución votada por los fascistas de Moggio (Udine), 1924

En tiempos de destrucción de la democracia, las elecciones
son un metro completamente erróneo para medir las relaciones
de fuerza.

Ignazio Silone, dirigente del Partido Comunista de Italia,
exiliado en Francia, 1924

La XIV Exposición Internacional de Arte de la ciudad de Venecia es la primera de la era fascista. Como siempre, las góndolas, engalanadas de fiesta, salen en procesión a la plaza acuática de la cuenca entre San Giorgio y San Marco. Como siempre, la sabiduría retorcida de los maestros del hacha de los astilleros de San Trovaso las ha tallado en la madera perfectamente torcidas con el fin de que los gondoleros puedan dominarlas remando por un solo lado. Como siempre, los artistas se citan en el Caffè Florian, las damas reciben en los salones de sus palacios en el Gran Canal y Venecia, museo de sí misma desde hace casi dos siglos, es el escenario perfecto para una exposición artística. Este año, sin embargo, quienes recibirán al rey Víctor Manuel III en el jardín del Palacio de Exposiciones bajo el León de San Marcos serán los jerarcas en camisa negra.

También para Margherita Sarfatti, en cierto sentido, es la primera Bienal de su vida. Ella, que nació en Venecia, ella que las ha visto todas, que no se ha perdido ni una, desde que su padre, el próspero comerciante judío Amedeo Grassini, tras fundar la primera compañía de *vaporetti,* tras crear un grupo financiero para la transformación del Lido en localidad turística, tras convertirse en concejal municipal, tras dejar el gueto por el Palacio Bembo, la llevaba de niña a visitarlas entre gentiles que se descubrían a su paso.

A pesar de todo esto, para Margherita esta edición supone un debut. Expone, por primera vez, en una sala reservada para ella, a sus pintores del grupo «Novecento». Deja que la fotografíen en medio del grupo, entre lienzos bien escogidos, bien colocados, cuidadosamente espaciados, tensa, con los hombros contraídos, arrebujada en la bufanda y el gorro, más pequeña de lo que es en realidad, única mujer entre seis varones, única mujer en un mundo cultural dominado por los hombres.

Margherita afronta la prueba decisiva. Su idea de una nueva objetividad artística, de un retorno al orden, de un clasicismo moderno basado en la composición geométrica, en la compactibilidad del diseño, en la armonía del color, en la maternidad pura de una joven obrera retratada como una virgen renacentista por Achille Funi, esa idea le será mostrada al mundo junto con los pabellones de Japón, Rumanía, los Estados Unidos de América, al mundo que ha llegado al embarcadero de la Riva degli Schiavoni con las delegaciones internacionales de España, Bélgica, Francia, Holanda, Hungría, Gran Bretaña, Alemania y Rusia. Pero la prueba a la que Margherita Sarfatti se somete también es decisiva para su idea de un poder artístico que trate en pie de igualdad con el poder político, que hable su mismo lenguaje, que forme con este una nueva constelación. La que debuta no es solo la crítica de arte. También hace su debut la «ninfa Egeria», la «dictadora de la cultura», la «presidenta», debuta la amante culta de Benito Mussolini. Todos apuntan sus rifles a uno u otra.

A pesar de ello, todo va como la seda. No hay duda de que las obras del grupo «Novecento» son hermosas, han sido bien escogidas, bien expuestas. Tan solo Marinetti, durante la ceremonia inaugural, en presencia del rey, aporta algo del viejo desbarajuste interrumpiendo la conferencia de Giovanni Gentile al grito de «¡Abajo la Venecia tradicionalista!». Pero, a esas alturas, el caos futurista es una parodia, Marinetti cae en su propia caricatura, todos saben que protesta porque no ha sido invitado, se rumorea que pronto se casará y formará una familia. El incidente, probablemente, resulta incluso del agrado del monarca, que lo aprovecha para abandonar antes de tiempo la sala y sacudirse el aburrimiento. En definitiva, el nuevo orden, pretendido por Margherita Sarfatti e impuesto por Benito Mussolini, triunfa. Sin embargo, para ella es una victoria con sabor a derrota.

El primer disgusto se lo provocó, ya en vísperas de la inauguración, la deserción de Ubaldo Oppi. Alto, rubio, un cuerpo esculpido en gimnasios de boxeo —tal vez el pintor más representativo del grupo—, Oppi aceptó la invitación de Ugo Ojetti, crítico de arte del *Corriere della Sera,* para exponer sus pinturas en otra sala, dedicada a él. Luego salió a relucir la crítica malévola: Giovanni Papini escribió acerca de un arte «blando e hinchado como una vejiga». Por último, a toro pasado, llegó la despedida de Anselmo Bucci, el más joven de todos, el dandi del grupo, tan hermoso como Lucifer.

Por lo demás, el año de mil novecientos veinticuatro había comenzado para Margherita bajo el signo de una mala estrella. El 18 de enero, en el tren que lo llevaba a casa desde Roma, Cesare Sarfatti se desplomó de repente. Murió cinco días más tarde. Después de que se le frustraran tantas de sus ambiciones políticas, Margherita apenas había logrado que su amante le concediera a su marido la presidencia de la Caja de Ahorros de las provincias de Lombardía, pero el pobre hombre, destrozado por una apendicitis inoperable, ni siquiera había tenido tiempo para disfrutar de su cargo. Muerto el marido, justo cuando ella por fin era libre para el amante, también este la abandonaba. Inmediatamente después de la muerte de Cesare, Mussolini le había confiado públicamente la responsabilidad legal de *Gerarchia,* convertida ahora en la revista oficial del régimen, pero la sacerdotisa del arte fascista se encontraba cada vez más a menudo esperándolo en vano en las habitaciones solitarias de sus hoteles tristes. Aquel hombre viajaba siempre por una doble vía, tanto en la política como en el amor: la calle y la corte; los escuadristas y los ministerios; la amante y la esposa. Ni la menor posibilidad de que tomara la vía única de una vida recta.

Otro fracaso, a fin de cuentas. Sí, ella había sido capaz de enseñarle a usar el cuchillo de pescado pero, al final, cuando tuvo que elegir una estatua de la Victoria para su despacho del Palacio Chigi, entre los miles de mármoles antiguos de Roma, el Duce del fascismo resolvió la difícil empresa eligiendo una falsificación.

Benito Mussolini y Margherita Sarfatti, sin embargo, todavía se tratan. En los días inmediatamente posteriores a la inauguración de la Bienal, cuando viaja a Milán, fingiendo dormir en la prefectura, ahora que Cesare descansa en la parcela judía del cementerio monumental, el presidente del Gobierno, en lugar de alojarse en su propia casa, se refugia directamente en el palacio de los Sarfatti en corso Venezia. Está rabioso, terriblemente angustiado por los resultados de las inminentes elecciones, tiene todos los músculos del cuerpo contraídos hacia la conquista del poder absoluto. Ella lo acoge, como siempre, se dedica a él, lo calma pero, evidentemente, no es capaz de ocultar su propio descontento de mujer decepcionada. Entonces vuelven a hablar de viajes, de lejanías exóticas, de desiertos africanos. El viaje de Margherita a Túnez del año anterior había resultado muy fructífero. A su regreso, después de haber sufrido tanto para obtener de Benito el permiso para marcharse, ella había escrito un libro de éxito sobre la experiencia. Ahora, en cambio, es él quien le aconseja que se vaya.

Ella se marcha de nuevo pero esta vez no va muy lejos. Nada más llegar a España, bajando las escaleras de un hotel de lujo y de una fortuna en declive, la viajera se cae y se rompe una pierna.

Qué cosas tristísimas, y cuántas, nos rodean, qué entrete-
jerse de insidias, cuánto he sufrido en este largo y terrible año de
toda clase de dolores.

Carta de Margherita Sarfatti a Benito Mussolini, 1924

Cuánto mejor y mayor asunto es el arte, incluso en sus manifestaciones más rudimentarias, que la política, incluso en sus
fases más brillantes.

Carta de Margherita Sarfatti a Arturo Martini, 1924

Roma, 24 de mayo de 1924
Parlamento del Reino, sala de Montecitorio

Cuatro millones seiscientos cincuenta mil votos. Dos italianos de cada tres han votado a favor de la lista nacional del Fascio. La ley Acerbo preveía un desmesurado premio de mayoría a la lista que superara el veinticinco por ciento. Pero no ha habido necesidad: la lista fascista ha obtenido el 64,9 por ciento de los votos. La totalidad de sus 356 candidatos, hasta el último, han obtenido escaño. A estos se añaden diecinueve elegidos de una lista nacional bis. Hasta ha aumentado la afluencia a las urnas. El gobierno de Benito Mussolini, por lo tanto, podrá contar en el Parlamento con una mayoría oceánica de 374 representantes elegidos.

No hay duda: Italia, tras ser conquistada primero por el Duce del fascismo, ahora se le ha sometido. Hasta algunos de sus enemigos más inflexibles reconocen que la victoria de Mussolini es indiscutible. En su revista, Piero Gobetti define la subordinación de la clase dominante liberal al fascismo como una «obra maestra del mussolinismo».

El triunfo. En la antigua Roma era el mayor honor que se le tributaba con una ceremonia solemne a un general vencedor. Tras la victoria electoral, a Benito Mussolini se le concede la ciudadanía honoraria de la «ciudad eterna». Al recibirla en el Capitolio, en el aniversario de su fundación, el Duce habla inspirado por el honor más alto. Desde que era niño —revela Mussolini— Roma ha sido inmensa en su espíritu, que se asomaba a la vida. Él se inclina ahora ante el secreto que ninguna crítica puede desvelar, el de una pequeña población de campesinos y pastores que fue capaz, poco a poco, de ascender a potencia imperial y transmutar a lo largo de los siglos una oscura aldea de chozas a orillas del Tíber en una ciudad gigantesca, que contaba a sus ciudadanos por millones y dominaba el mundo con sus legiones.

Al final del discurso, mientras Mussolini presencia un desfile de las organizaciones sindicales, sucede algo extraordinario: una masa a la que el entusiasmo vuelve salvaje lo arranca de toda protección policial y lo arrastra dos veces alrededor de la plaza en medio de un torbellino.

Las crónicas de los periódicos afines prolongan incluso en las semanas sucesivas la fascinación del padre de la patria conmovido por el rapto amoroso de sus hijos. Durante un viaje a Sicilia, el presidente Mussolini promete que acabará con la mafia: «Nunca más debe tolerarse que unos cuantos centenares de malhechores subviertan, empobrezcan, extorsionen a una población magnífica como la vuestra». En las colinas de Florencia, como remate de una convención de mutilados de gravedad e inválidos, el antiguo soldado de infantería se sienta a la mesa con sus conmilitones martirizados de las trincheras mientras la noche cae sobre los jardines de la villa y extiende en sus rostros la sombra de la tragedia. A quienes lo instan a volver a la ciudad para cumplir con sus compromisos de gobierno, les responde: «Me siento triste y bien, dejad que me quede con vosotros». A todos los italianos, en su primer discurso después de las elecciones, el estadista, embargado por la responsabilidad de su histórico cometido, proclama con ecuanimidad: «Queremos dar a los italianos cinco años de paz y fecundo trabajo. Todas las facciones han de perecer, incluida la facción fascista, con tal de que Italia sea siempre grande y respetada».

Pero las facciones no perecen y no toda Italia está con Mussolini. Los partidos de la oposición han quedado diezmados, no cabe la menor duda: los diputados socialistas, en comparación con la legislatura anterior, han caído de 123 a 46 escaños, los populares de 108 a 39 y los demócratas de 124 a 30. Solo los comunistas han ganado algo, pasando de 15 a 19 diputados. Entre estos, Antonio Gramsci entra en la Cámara en lugar de Nicola Bombacci, excluido de las listas. Sin embargo, el análisis de la votación, realizado en frío con los datos que afluyen del Ministerio del Interior en los días posteriores a la borrachera, revela que la gran lista fascista está en minoría en las grandes regiones industrializadas del norte y en todas sus capitales, Milán incluido: los obreros de las fábricas septentrionales han votado obstinadamente contra el fascismo. Su triunfo se debe al plebiscito del centro y, sobre todo, del sur, donde hasta la marcha sobre Roma el fascismo casi no existía. Son los fascistas de última hora los que han entregado el país a Mussolini, es la vocación por la servidumbre de los pueblos con escasa educación política, la carrera para saltar sobre el carro del vencedor. En nombre de esos obreros de las fábricas milanesas, genovesas, turinesas, Giacinto Serrati, secretario del Partido Socialista, aunque derrotado, clama venganza desde Moscú, donde se ha refugiado.

Mussolini sabe todo esto y está profundamente molesto. La idea de que siga habiendo alguien por ahí que le niegue su triunfo se le hace insoportable. Su exasperación toca el ápice cuando en los periódicos de la oposición lee que se intenta cuestionar, desde la primera sesión del nuevo Parlamento, la legitimidad de su elección. Cesare Rossi, recientemente ascendido a jefe del cuadrunvirato que rige el partido junto con Marinelli, su tesorero, como siempre, es testigo de su estado de ánimo: «Pero ¿qué es lo que quieren? ¿Todavía no están convencidos? En dos palabras, ¿qué quieren?, ¿que reventemos el sapo?», grita un furioso Mussolini. Los arrebatos invariablemente culminan en una blasfemia: «*Boja de 'n Signur!* ¡Cagüen Dios!».

También los fascistas ponen de su parte para estropearle el triunfo a Mussolini. No consigue acabar con las facciones ni siquiera dentro de su propia coalición. Massimo Rocca retoma la polémica revisionista contra Farinacci y los escuadristas de provincias no cejan en sus actos de violencia privada camuflados de motivos políticos. Durante una reunión con Ettore Conti, convocada para discutir asuntos financieros, el gran industrial reitera al presidente del Gobierno la repulsa de la ciudadanía hacia el continuo vandalismo de los camisas negras. Mussolini menea la cabeza y da un puñetazo en el respaldo del sillón.

—¿Estaría usted dispuesto, senador, a liarse a tiros por mí?

—Me ratifico en mi negativa —replica Conti—. Habiendo jurado lealtad al rey, estaría dispuesto a hacerlo solo por orden suya.

Mussolini explota:

—¡Los violentos! ¡Los violentos! Pues bien, ¡ellos también me hacen falta!

Y eso no es todo. La prensa adversaria monta una feroz campaña sobre lo que define como el «escándalo del petróleo». El 29 de abril, el gobierno firma la concesión de los derechos de explotación del subsuelo italiano en favor de Sinclair Oil, pero pocos días después el propio Mussolini se ve obligado a mentir en un comunicado de prensa en el que asegura solemnemente que no existe vínculo alguno entre la sociedad estadounidense y las multinacionales que poseen el monopolio del comercio exterior del petróleo en Italia. Una mentira obligada por los acontecimientos: se rumorea que Giacomo Matteotti, en su reciente viaje a Inglaterra, habría obtenido pruebas de la corrupción subyacente.

Sea como fuere, el 24 de mayo, en el noveno aniversario de la entrada de Italia en la Gran Guerra, se inaugura el Parlamento que han dado como resultado las elecciones «triunfales» del 6 de abril. La fecha ha sido elegida para marcar el arranque de una nueva era fascista. A la nueva era, sin embargo, le cuesta trabajo arrancar.

En señal de protesta contra las irregularidades electorales, los socialistas abandonan el hemiciclo. Sus escaños vacíos, aunque pocos, abren un abismo en el triunfo de Benito Mussolini, que aún hoy, a pesar de todo, odia tener que pasar por un hombre de derechas. Desde los bancos de la derecha precisamente, donde se sientan sus seguidores, vuelan insultos y amenazas contra los ausentes. Víctor Manuel III, rey de Italia, haciendo caso omiso del abismo, inaugura la nueva Cámara con tono triunfalista al saludar a los recién elegidos como «la generación de la Victoria». Benito Mussolini asiste impasible desde el banco del gobierno, con los brazos cruzados

La práctica de la no resistencia al mal es una enfermedad no menos grave que el politiqueo de nuestro país [...]. La tarea de la oposición es exacerbar la lucha, no cejar en la intransigencia, provocar al régimen sin concederle respiro [...]. No seremos nosotros los que neguemos al fascismo su mayoría. Nos contentamos modestamente con un futuro que tal vez no veamos.

Piero Gobetti, «Después de las elecciones»,
La Rivoluzione Liberale, 15 de abril de 1924

Roma, 30 de mayo de 1924
Montecitorio, Cámara de Diputados

—Ha pedido intervenir el diputado Matteotti. Tiene la palabra.

El alboroto comienza tan pronto como el nuevo presidente de la Cámara, el jurista Alfredo Rocco, concede la palabra a Giacomo Matteotti. Comienza con un zumbido sordo, como de resaca marina, incluso antes de que pronuncie una sola sílaba. Es un hombre solitario, casi desamparado, el que se levanta de los escaños de la izquierda anunciado por una alfombra sonora de hastío y repulsa.

En cuatro años de legislatura, Giacomo Matteotti ya ha pronunciado nada menos que ciento seis discursos, largos, meticulosos, enquistados a menudo en cuestiones financieras y presupuestarias de las cuales nadie, aparte de él y algunos otros, entiende nada. Su figura demacrada, consumida, sus raras sonrisas con esas encías que dejan al descubierto la raíz de los dientes despiertan sin duda la admiración de algunos, pero a la mayoría, incluyendo a muchos de sus compañeros de partido, Matteotti solo les provoca irritación, tormento, resentimiento.

Su primer asunto es la lista de nombres propuestos para la convalidación de la junta electoral. La primera interrupción —causada por el grito de un diputado de la derecha— cae sobre él cuando apenas ha pronunciado tres frases. Matteotti hace caso omiso:

—Ahora bien, contra su convalidación presentamos esta pura y simple objeción: que la lista de la mayoría gubernamental, la que nominalmente ha obtenido cuatro millones y pico de votos, esa lista en realidad no los ha obtenido libremente...

De inmediato los comentarios, los ruidos, las protestas lo interrumpen de nuevo. El secretario del Partido Socialista Unitario ha elegido un blanco potente: ha entrado en el hemiciclo para impugnar en el acto, desde su primera afirmación, la validez de las elecciones. Sus frases sucesivas lo repiten como en una letanía ferviente: «En nuestra opinión, el resultado no es esencialmente válido», «ningún votante italiano ha estado en condiciones de decidir por su propia voluntad», «ningún votante se ha encontrado en condiciones de decidir ante esta cuestión»...

—¡Pero si han votado ocho millones de italianos! —le grita el fascista Meraviglia.

—¡Tú no eres italiano! Vete a Rusia, renegado —le insulta Francesco Giunta, de pie sobre su escaño.

A pesar del alud de insultos, Matteotti permanece impasible. Recuerda que el gobierno, para coartar a los votantes, dispone de una milicia armada. Su indefensa letanía insiste ahora en esta tecla: «existe una milicia armada...» *(interrupciones a la derecha, alboroto prolongado),* «hay una milicia armada...» *(ruidos, protestas, vocerío),* «una milicia armada compuesta por ciudadanos de un solo partido que habría debido abstenerse y en cambio estaba en funcionamiento...». La irritación de los trescientos setenta parlamentarios fascistas, una mayoría aplastante, arrolla al orador. Los corazones martillean en los pechos, la presión dilata las arterias, el hemiciclo de Montecitorio se impregna de barruntos de sangre.

En tales circunstancias, la mayoría enmudecería, pero Giacomo Matteotti desafía la tormenta y da comienzo a la lista de las infracciones. Faltan firmas en la presentación de las listas, la violencia ha impedido algunas formalidades notariales, se han denegado mítines electorales a los opositores, ha habido mesas electorales dominadas por representantes de la lista fascista...

El alboroto estalla de nuevo. Interrupciones, ruidos, injurias. Cobarde, mentiroso, provocador. Insultos, ruidos, interrupciones. Provocador, mentiroso, cobarde. Matteotti los rechaza: él profesa la fe en los puros hechos. Se limita a enumerar los hechos:

—¿Quieren hechos concretos? Aquí los tienen: en Iglesias el diputado Corsi estaba recolectando trescientas firmas y su casa fue rodeada...

Voces de la derecha: «¡Eso no es verdad, no es verdad!».

Bastianini: «¡Eso lo dice usted!».

Carlo Meraviglia: «No es cierto. ¡Se lo está inventando en este mismo momento!».

Farinacci: «¡Vamos a acabar haciendo de verdad lo que no hemos hecho!».

Matteotti: «¡Haréis lo que hacéis siempre!».

Ni siquiera el *crescendo* de ira que culmina en las amenazas de Farinacci le desanima. El diputado socialista, al apaciguarse por un instante el alboroto, reanuda la enumeración de los abusos. Él se limita a exponer hechos, reitera, obstinado. Hechos y nada más. Los hechos o son verdaderos o son falsos, no deberían causar tanto alboroto.

El alboroto, las interrupciones, las amenazas, en cambio, se reanudan al cabo de unos momentos. Y no cesan. Las interrupciones vienen de todas partes, de Teruzzi, de Finzi, Farinacci, Greco, Presutti, Gonzales y muchos otros fascistas. Matteotti se sienta, se levanta de nuevo, protesta porque no ha terminado. Entre los frenéticos campanillazos de Rocco, los puños apretados de los fascistas que golpean en los escaños, el vocerío, el estruendo del público que se agolpa en las tribunas, el goteo continúa durante horas. Nadie sabe cuántas. Hay quienes cuentan una hora y media, otros dos, otros incluso tres. El tiempo se dilata, se enreda, da vueltas cruelmente en vano enroscándose sobre sí mismo. Alfredo Rocco, en su condición de presidente de la asamblea, conmina al orador, como si él también temiera por su vida, a evitar provocaciones, le devuelve la palabra, aunque invitándolo a usarla «con prudencia». Todos, amigos y enemigos, imploran a Matteotti que concluya. Y Matteotti concluye, pero no antes de haber llegado hasta el final:

—Vosotros que tenéis en vuestras manos el poder y la fuerza, vosotros que os jactáis de vuestro poder, deberíais ser los que, más que nadie, os esforzarais por respetar la ley [...] al conceder la libertad, puede haber errores, excesos momentáneos pero el pueblo italiano, como cualquier otro, ha demostrado saber corregirlos por sí mismo. Lo que deploramos, en cambio, es que quiera demostrarse que, en todo el mundo, solo nuestro pueblo es incapaz de regirse por sí mismo y ha de ser gobernado por la fuerza. Muchos daños han provocado las dominaciones extranjeras. Pero nuestro pueblo ya estaba levantándose y educándose. Vosotros lo hacéis retroceder otra vez.

De nuevo, el orador se ve abrumado por gritos de amenaza y de desprecio. Esta vez, sin embargo, ha terminado. Giacomo Matteotti se muestra satisfecho. Ha pronunciado su discurso de oposición doble: contra los enemigos del gobierno fascista y contra los amigos socialistas propensos a la colaboración. Ahora todos los puentes han quedado cortados.

El irreductible antifascista se sienta, sumido en el estruendo, se vuelve hacia su compañero de escaño y le dice:

—Yo he pronunciado mi discurso. Ahora a vosotros os toca prepararme la oración fúnebre.

Después de decirlo, Giacomo Matteotti sonríe, mostrando esos dientes suyos largos, protruidos, con la raíz al descubierto por la inflamación gingival. Es imposible establecer si se trata de una sonrisa irónica o de un rictus nervioso.

Durante todo el interminable centésimo séptimo discurso parlamentario del diputado Matteotti, Benito Mussolini ha permanecido en silencio, sentado en el banco de la presidencia. Ha hecho alarde de indiferencia, como si la borrascosa oleada que ha sacudido el hemiciclo que tenía delante no hubiera conseguido ni rozar su lado de barlovento. Durante casi todo el rato que ha durado la bronca, Mussolini ha seguido inmerso en la lectura de los periódicos, anotándolos a lápiz y tamborileando con la punta de grafito sobre la madera del escaño. Sin embargo, cuando pudo abandonar por fin la sala, los periodistas parlamentarios lo encontraron lívido, con el rostro tenso.

—¿A qué se dedica Dùmini, a qué se dedica esa Checa? ¡Es inadmisible que después de un discurso de esa clase, ese hombre pueda seguir paseando! *Boja de 'n Signur!* ¡Cagüen Dios!

El rapapolvo del jefe después del discurso de Matteotti ha desencadenado oleadas de pánico en su círculo más próximo.

Solo los colaboradores más cercanos de Mussolini y algunos de sus familiares —su hermano Arnaldo, Rachele, Finzi, Cesare Rossi y pocos más— están al corriente de los habituales estallidos de cólera, de los arrebatos de ira, de los instantes de feroz criminalidad a los que se deja arrastrar Benito Mussolini. La violencia, por lo demás, es el clima de toda una época, la ley de la atmósfera en la que se ha encerrado el planeta fascista.

En efecto, pocos minutos después de la intervención de Matteotti, entre los bancos de la Cámara, reprimida a duras penas por el personal de servicio, a raíz de un insulto de Francesco Giunta a la oposición, se desata una furiosa pelea a golpes entre fascistas y representantes de la oposición; además, a la salida del hemiciclo, varios periodistas son testigos de cómo un Cesare Rossi habitualmente contenido, sentado en una mesa en los pasillos de Montecitorio, sobrexcitado, prorrumpe en amenazas («Con oponentes como Matteotti solo puede dejarse la palabra a las pistolas... Si supiera lo que le pasa por la mente a Mussolini se aplacaría de inmediato... Los que lo conocen deberían saber que, de vez en cuando, siente necesidad de sangre»); por último, en los días siguientes, los periódicos fascistas imprimen, con toda claridad, retahílas de insultos triviales y amenazas abiertas contra el diputado socialista.

A pesar de todo esto, los íntimos de Mussolini saben que su enemistad es tenaz pero que su cólera es a menudo efímera: saben también que «hacer la existencia imposible» a un oponente es, en estos tiempos, un *leitmotiv,* un estribillo, una sentencia de muerte y, al mismo tiempo, una forma de hablar. Depende del intérprete escoger cuál de los dos significados —literal o metafórico— le atribuye.

Entre los íntimos de Mussolini está también, por desgracia, Giovanni Marinelli, el más despreciado entre los dirigentes fascistas. Inepto para la acción física en una ristra de violentos, prematuramente envejecido a sus cuarenta años en un coro de exaltadores de la juventud, consumido por una gastritis devastadora en un partido que hace del vigor una religión, Marinelli se aferra al enorme poder que le confiere su papel como tesorero ejerciéndolo con puntillosidad y mezquindad reivindicativas. Lo odian sobre todo los propios fascistas, en particular los escuadristas, a quienes se complace en escatimar los cuartos cuando se marchan a desatar esa violencia que él quisiera acometer pero no puede. De hecho, el tesorero del partido es todo menos apacible. El estómago regurgita acidez y espasmos, sufrimientos continuos y complejos de inferioridad cada vez que se sienta a la mesa, los humores envenenados le provocan constantes trasvases de bilis, irascibilidad, rencor. Giovanni Marinelli es, en definitiva, un ulceroso que ha hecho de la úlcera su visión del mundo. Además, según dicen todos, es un hombre obtuso, leal a su amo como un perro lazarillo.

Por todas estas razones, desde su nombramiento el pasado enero, Marinelli ha custodiado celosamente su papel de jefe de la Checa, que le ha asignado Mussolini y que comparte con Cesare Rossi. Ese inepto se ha prendado de ese puesto de mando sobre hombres de acción. Y es precisamente con este estólido, irascible, sirviente idiota con quien el amo desahoga su ira por el ultraje de Giacomo Matteotti:

—¿A qué se dedica Dùmini, a qué se dedica esa Checa? ¡Es inadmisible que después de un discurso de esa clase, ese hombre pueda seguir paseando! *Boja de 'n Signur!* ¡Cagüen Dios!

La agenda de compromisos del presidente del Gobierno recoge que, tras una urgente reunión del directorio fascista celebrada en el Palacio Wedekind, el primero de junio, pese a caer en domingo, Benito Mussolini ha convocado a Giovanni Marinelli para una reunión confidencial en su despacho. Al día siguiente, 2 de junio de mil novecientos veinticuatro, lo convoca de nuevo.

Los italianos hace mucho que están acostumbrados a ser engañados por todos aquellos en quienes habían depositado su confianza; y ahora solo están dispuestos a creer a los que derramen su sangre por ellos. Sí, para que los italianos crean, deben ver la sangre.

Giacomo Matteotti, principios de 1924

El diputado Matteotti ha pronunciado un discurso monstruosamente provocador que hubiera merecido algo más tangible que el epíteto de «gentuza» que le lanzó el diputado Giunta.

Il Popolo d'Italia, 1 de junio de 1924

Roma, 7 de junio de 1924
Montecitorio, Cámara de Diputados

«La víctima ha permanecido toda la noche, tras su nefando asesinato, bajo el cielo estrellado. El sol ha surgido y se ha encaramado en el horizonte y ese diminuto cadáver aún estaba inmóvil en su torturada desnudez. La pequeña víctima inocente yace con la cabeza inclinada hacia la izquierda, los bracitos pegados al suelo, el cuerpo desnudo, lleno de cardenales: un piececito calzado, el otro no. De su boquita entreabierta se derrama un coágulo de sangre.»

La niña había desaparecido el 4 de junio, alrededor de las diez de la noche, en via del Gonfalone. Se llamaba Bianca Carlieri. La policía la estuvo buscando inútilmente toda la noche. Su cuerpo violado fue hallado a las once de la mañana cerca de la basílica de San Pablo Extramuros.

Antes del mediodía, el terror ya se ha ramificado por la ciudad con la violencia fulminante de un calambre. A los niños se los encierra en casa, los romanos piden justicia. En piazza Vittorio, un coronel retirado mira enternecido a la hija de un vecino y se libra por los pelos de ser linchado por los transeúntes. Roma cuenta con un millón de habitantes. El 6 de junio, están todos, en cuerpo o en alma, en el funeral de la pequeña Bianca.

La noticia del crimen contra una niña romana, sin embargo, aparece esta vez en la prensa nacional. En su crónica, *Il Giornale d'Italia* emplea hasta seis veces el adjetivo «horrible». Es un crimen «horrible» el que ha cometido ese desconocido a quien se ha bautizado como «el monstruo de Roma». Su sombra va alargándose hacia el mito. También esta vez se ha entrevisto a un hombre alto, juvenil, distinguido. El *Corriere della Sera,* de Milán, bosqueja la silueta elegante de «un hombre todavía joven en apariencia, vestido de gris». El hombre del traje gris llena de terrores nuevos las noches italianas.

También en el cielo de la política gravita otra vez una vaga pestilencia sobre Roma. Las violentas consecuencias de la batalla electoral, el durísimo alegato de Matteotti han dado nueva vida al miasma del odio de la posguerra.

El 3 de junio, Roberto Farinacci, dentro del hemiciclo del Parlamento, le grita a Giovanni Amendola y a otros dirigentes de la oposición: «¡Qué gran error el no haberos fusilado!». Unas horas después, fuera del hemiciclo, la manifestación de solidaridad fascista promovida por Mussolini y organizada por Cesare Rossi culmina con una cacería al hombre. Los diputados socialistas son perseguidos por cientos de escuadristas en los callejones que rodean Montecitorio.

Sin dejarse atemorizar por todo esto, nada más regresar al hemiciclo al día siguiente, Matteotti ataca de nuevo al presidente del Gobierno reprochándole haber aprobado la amnistía para los desertores de mil novecientos diecinueve. Ante sus sutiles distingos, lo deja sin palabras con ironía: «¡No querrá usted que publiquemos la edición crítica completa de sus obras!». Pasa otro día y el 5 de junio, en la sede de la comisión de presupuestos, en la que el gobierno ha presentado unas cuentas equilibradas ante el soberano y el Parlamento, Giacomo Matteotti —ese hombre que lee los presupuestos de un Estado como otros leen una novela— desenmascara el truco contable: sus cálculos parecen demostrar un vertiginoso déficit de dos mil treinta y cuatro millones de liras. La tensión sube más cada día. El 6 de junio en la Cámara estalla el enésimo tumulto entre Mussolini y los grupos de extrema izquierda. Enfurecido, el Duce promete a los comunistas que tomará ejemplo de sus ídolos bolcheviques: «¡En Rusia tendríais ya plomo en la espalda! *(Interrupciones.)* Pero valor no nos falta y os lo demostraremos. *(Aplausos, ruidos.)* ¡Todavía estamos a tiempo!».

Mientras las bases escuadristas desahogan su rabia por las impugnaciones de la oposición a porrazos, una angustia más sutil, más venenosa, inquieta a los dirigentes del Partido Fascista. Se rumorea que, durante su viaje a Inglaterra, Matteotti ha recopilado un dosier sobre graves irregularidades en la concesión petrolera a la Sinclair Oil. El diputado socialista se prepara para denunciarlas en público durante la sesión parlamentaria del 11 de junio, dedicada a la discusión de los presupuestos provisionales. Parece estar en posesión de documentos comprometedores para el régimen y para la familia Mussolini.

El Ministerio de Economía manda un telegrama a Washington: se solicita el envío de información referente a las presuntas relaciones —negadas públicamente por el presidente del Gobierno— entre la Sinclair Oil y la Standard Oil. Se remarca que la información debe recibirse con la mayor urgencia y, en cualquier caso, antes del 10 de junio corriente.

Una nube de rencores y miedos oscurece el sol, una mezcla maloliente de derivados del petróleo, parentescos y sobornos envenena el suelo. La prensa del régimen intenta que el miasma se vuelva contra los acusadores. Matteotti es crucificado a diario. Lo suyo no pasa de ser gritos, chismes, provocaciones —escriben los periódicos fascistas—, marañas de excrementos y secreciones. En este drama de conciencias inquietas, llegados a este punto, ni siquiera importa ya que Matteotti tenga o no los documentos comprometedores. Lo que importa es que se teme que existan.

Así no se puede seguir. Hasta Turati se lo escribe a Kulishova: «Muchos de los nuestros se han cansado de estar constantemente con los puños apretados y no piden más que un poco de distensión, como los soldados de nuestra guerra, cuando mandaban botellas de vino desde nuestras trincheras a las trincheras opuestas, y viceversa». A Turati, cuando ve a sus compañeros caminando del brazo con diputados fascistas o bromeando con ministros en los escaños del gobierno, se le cae el alma a los pies. Él piensa lo mismo que Matteotti. A los socialistas solo les queda un arma: el desprecio. El irreductible desprecio. Si también les quitan esto de las manos, estarán acabados. El jefe de filas del socialismo moderado, sin embargo, ha de reconocer que esta pugna no puede durar. La intervención de Matteotti ha puesto a Mussolini contra la pared, el malentendido en el que se basa su gobierno no puede prolongarse. Ahora el jefe de Gobierno se ve obligado a elegir: o el terror que desea Farinacci o clausurar la Cámara indefinidamente hasta suprimirla del todo.

El más angustiado de todos es el propio Mussolini. En el primer año de dominio ha vivido y ha hecho vivir a sus colaboradores en un estado de alarma permanente. La solución a medias de la marcha sobre Roma, el compromiso con los viejos poderes, el gobierno de coalición, la minoría fascista en el Parlamento lo mantuvieron en una condición de equilibrio e irascibilidad constantes. Después, la abrumadora victoria política en las elecciones del 6 de abril parecía haber despejado el camino y limpiado el aire. Y, por el contrario, volvió a aparecer el miasma. Cuando el 7 de junio el jefe de Gobierno toma la palabra para responder a la oposición en el hemiciclo, todos esperan uno de los arrebatos de ira típicos de su temperamento violento.

Para su sorpresa, Benito Mussolini se pone en cambio la chaqueta llamativa del seductor y exhibe su mejor perfil. Pronuncia uno de sus discursos más brillantes, moderados, conciliadores. Nada de leyes excepcionales, nada de atropellar al Parlamento; reconocimiento del papel formativo que podría tener la oposición. El registro de sus palabras es ligero, el tono bromista, el sentimiento afable. El Duce aparece de nuevo sereno, dominador del juego, habla como si hubiera olvidado por completo el episodio de Matteotti, como si la semana de frenética orgía que acaba de transcurrir estuviera destinada a ser la última.

En el hemiciclo de Montecitorio, sin embargo, el discurso de Mussolini resuena hasta franco, realista, coherente. Se dirige directamente a los socialistas. Los invoca como interlocutores, no como enemigos. Con una mano los ata a sus responsabilidades, los invita a un examen de conciencia: «No es posible estar siempre ausentes, no es posible permanecer siempre ajenos, algo, sea bueno o malo, habrá que decir o hacer, debe existir una colaboración positiva o negativa, de lo contrario estamos condenados a un exilio perpetuo de la historia». La otra mano, sin embargo, la tiende: hace veinte meses que la oposición está encallada en una réplica de viejas polémicas estériles, protestas crepusculares, pero tal vez, queriendo ser optimistas, pueda entreverse alguna posible señal de superación de las viejas posiciones apriorísticas y negativas. Hemos de hablar de ello. Los rencores del pasado no tienen importancia.

Apenas finaliza el Duce del fascismo su conciliador discurso del 7 de junio de mil novecientos veinticuatro, se empieza a correr la voz: Mussolini quiere tener a los socialistas en su gobierno. En el fondo siempre ha querido volver a abrazar a sus viejos camaradas. Al parecer ya lo había intentado en noviembre de mil novecientos veintidós, después de la Marcha. Entonces no lo logró. Tal vez lo logre ahora, en junio de mil novecientos veinticuatro. En los pasillos de Montecitorio se vuelve a respirar.

Espero ansioso si urge mi presencia. Albino

Telegrama enviado desde Milán por Albino Volpi
a Amerigo Dùmini en Roma, 7 de junio de 1924

Te ruego partas inmediatamente stop Necesaria tu presencia para definición contrato de publicidad stop Trae contigo
Panzeri y habilísimo chófer stop. Saludos. Gino D'Ambrogio

Cablegrama enviado por Dùmini (bajo seudónimo)
a Albino Volpi, 8 de junio de 1924, 13:00 horas

Amerigo Dùmini
Roma, 10 de junio de 1924

Una hora por lo menos lleva Giuseppe Viola retorciéndose en el asiento trasero como una parturienta. Se queja de punzadas ardientes —«puñaladas» dice— en la boca del estómago e implora que lo lleven enseguida a la farmacia más cercana, en piazza del Popolo. Alrededor de las cuatro de la tarde, Viola expele, por fin, un vómito sangriento —sangre oscura— en la tapicería del coche. El bolo de comida indigesta, oscuro, granulado, se parece a los fondos de café. Nadie se atreve a leer en ellos el futuro. Visto desde aquí, el futuro parece un mal sitio.

Ahora el aire en el Lancia Lambda se ha vuelto realmente irrespirable. El modelo, de carrocería cerrada, al estilo de una limusina, seis asientos, dos exteriores y cuatro interiores, dos fijos y dos móviles, es tan amplio que un cristal corredizo separa el habitáculo donde se sienta el conductor. Y, sin embargo, cuesta respirar. Hace dos horas que cinco varones adultos, corpulentos, excitados y saciados, atiborrados de comida, ahítos de vino y testosterona, están quemando el oxígeno de esa atmósfera protegida, aspirando el aire con la boca abierta a causa de una digestión lenta y emitiendo de sus pulmones alquitranados el humo de cigarrillos. El habitáculo está cargado de eructos, flatulencias, recuerdos de guerra.

Desde el asiento del copiloto Amerigo Dùmini, el jefe de la expedición, ha prohibido cambiar el aire por el bochorno externo de ese verano precoz que cae sobre Roma y sobre el mundo. Las ventanillas están cerradas, las cortinas oscuras bajadas. Nadie debe poder verlos embutidos allí dentro, no deben dejar testimonio alguno. Por lo tanto, la influencia refrescante del río que fluye cenagoso al lado sigue siendo un espejismo. La pesada carrocería de chapa de acero, a la que el sol de primera hora de la tarde pega con fuerza, es una burbuja asfixiante estacionada en la esquina entre via Scialoja y el paseo Arnaldo da Brescia, junto al Tíber. Montan guardia ante el portal de via Giuseppe Pisanelli, número 40, donde vive la presa junto a su mujer y sus tres hijos.

Los cinco hombres enjaulados en el último modelo de la casa automovilística de Vincenzo Lancia saben esperar. Las largas esperas, antes de la batalla o de la hora de salir al patio, forman parte de su aprendizaje para la vida. Los cinco hombres que acechan en el Lancia Lambda —Amerigo Dùmini, Giuseppe Viola, Albino Volpi, Augusto Malacria, Amleto Poveromo— son todos ex Osados y tienen antecedentes por delitos comunes. Todos han estado en las trincheras y todos han pasado por la cárcel. Ahora que Viola, tras escupir su sangre ulcerosa, ha dejado de quejarse, pueden volver a regurgitar, encendiéndose el enésimo cigarrillo, aturdidos por el calor, el vino y el humo, algunos recuerdos de cuando pasaban las noches en las orillas del Piave entre los cadáveres de sus conmilitones o en los jergones piojosos del centro penitenciario de San Vittore. La espera, a estas alturas, ya no durará mucho.

Giacomo Matteotti es un hombre metódico; hace días que lo vigilan, han estudiado sus costumbres. Cuando hay sesión en la Cámara sale por la mañana a las 9:00, regresa a las 13:30, almuerza, sale otra vez alrededor de las 15:00 para no volver a casa antes de las 21:00. Ahora que el Parlamento está cerrado, después del almuerzo sale regularmente a las 16:30 para ir a trabajar a la biblioteca de la junta de los presupuestos tomando el tranvía número 15 en piazza del Popolo. Lleva siempre bajo el brazo el sobre de papel blanco, con el membrete «Cámara de Diputados», el sobre que deben quitarle.

—No volváis sin el sobre.

Giuseppe Marinelli, el tesorero del partido, ha sido tajante. Amerigo Dùmini no tiene intención de decepcionarlo. A pesar de ser un cicatero piojoso —todo el mundo lo sabe—, Marinelli lleva financiando la buena vida a toda la banda desde el 22 de mayo, cuando se reunieron en el hotel Dragoni después de registrarse con nombres falsos. Durante diez días no han hecho más que comer, beber y follar a expensas del partido. Generalmente van a almorzar o cenar al restaurante Brecche, o Al Buco, ambos de cocina toscana, botellas de Chianti a discreción. Luego trasnochan en un salón de Villa Borghese. Una noche, la policía irrumpió en la casa y pilló a Viola con un revólver. Pero Dùmini consiguió que lo soltaran de inmediato gracias al *cavalier* Laino, jefe de gabinete de la jefatura de policía. La buena vida terminó a principios de junio, cuando Marinelli convocó a Dùmini diciéndole que había llegado el momento.

Al principio se pensó en hacerlo durante un viaje al extranjero. La jefatura de policía había emitido el pasaporte a Matteotti precisamente para eso. Pero la casualidad hizo de las suyas: en el tren que debía llevar al diputado socialista a Austria también viajaría Marinelli para ir a Milán. Cuando vio a toda la banda bajo la marquesina, poco faltó para que le diera un derrame cerebral: «¡No estaréis pensando en asaltarlo ahora que estoy yo aquí!», les había gritado, lívido. En cualquier caso, Matteotti no dio señales de vida.

Entonces decidieron raptarlo cuando saliera de casa. Filippelli, el director del *Corriere Italiano,* exsecretario personal de Arnaldo Mussolini, les alquiló el Lancia Lambda de un garaje público. Alquiler sin conductor. La noche anterior lo habían aparcado en el patio del Palacio Chigi. A los carabineros de servicio Dùmini les aseguró que era necesario para una importante misión por cuenta del gobierno. Allí lo conoce todo el mundo. Saben que trabaja para la oficina de prensa de la Presidencia del Gobierno. Luego tuvo que telegrafiar a Volpi, que mientras tanto había regresado a Milán, instándole a regresar urgentemente a Roma y traerse a alguno de los suyos. Volpi se hizo de rogar. Se citaron en la Galleria Colonna para el aperitivo, luego fueron a almorzar en Al Buco, luego Viola empezó a sufrir la úlcera duodenal.

Dùmini echa una ojeada a la tapicería pringosa del vómito hemático de Viola. Tendrá que limpiarlo antes de devolvérselo a Filippelli. Ese hombre nota hasta cómo crece la hierba.

Su reloj de bolsillo marca las 16:40. Es un Roskopf de plata puntual como pocos. A Dùmini le gusta contar que lo ha heredado de un primo lejano, jefe de estación.

Se abre el pequeño portal de via Giuseppe Pisanelli 40. Instintivamente, los hombres al acecho se inclinan hacia delante, tensan los músculos, se abrochan los cinturones de los pantalones. Por un instante la sorpresa los paraliza: Matteotti no lleva sombrero. Debe de haber sucedido algo extraño: para el decoro de un hombre de bien, incluso con ese calor, resulta inconcebible salir a la calle con la cabeza descubierta. El diputado socialista lleva un traje ligero, zapatos blancos de ante y corbata a juego. Aprieta el sobre bajo el brazo. Todo según lo previsto, aparte del sombrero.

El segundo imprevisto del día los obliga de inmediato a improvisar. Contrariamente a sus costumbres, al salir de via Mancini, Matteotti cruza el paseo del Tíber y se encamina hacia el lado del río. Tal vez quiera echar un vistazo a la corriente contra la cual, en sus raros momentos de descanso, le gusta remar. Pero a ese lado de la calle hay gente: un carabinero quieto a la sombra de un plátano en el Villino Almagià, varios bañistas tumbados al sol en los grandes escalones de piedra que bajan hasta el río, un barrendero limpiando la acera, dos niños que saltan a caballito y entonan cancioncillas corriendo hacia Matteotti.

Dùmini ordena a Viola que arranque y que se quede con él en el coche. El Lancia Lambda se desliza por el paseo del Tíber, adelanta al hombre que lo recorre sin sombrero con un sobre blanco debajo del brazo, luego frena, se detiene, las puertas se abren de par en par a ambos lados.

El primero en ponerle las manos encima es Malacria, condenado por bancarrota fraudulenta, excapitán de los Osados, hijo de Nestore, un general valeroso. Albino Volpi, extrañamente remiso, se limita a señalar a su compañero al hombre que hay que capturar.

La tercera sorpresa del día es que Matteotti, al sentirte zarandeado, reacciona. Malacria tropieza, cae al suelo. Volpi entonces se lanza contra Matteotti, pero este, delgado y ágil, también lucha con él.

Amleto Poveromo, carnicero de Lecco, avanza detrás de ellos con su paso pesado. Atesta un solo golpe a Matteotti, en la sien, el golpe de maza en el cráneo con el que en otros tiempos abatía a los animales. Matteotti se derrumba.

Dùmini, mientras tanto, se une a ellos. Levantan entre los cuatro, uno por cada extremidad, el cuerpo inerte. El cuarto imprevisto del día: la resistencia de la víctima. Matteotti se reanima y reanuda la lucha. Sus captores vuelven a golpearlo mientras lo arrastran. Pero él patalea como un loco. ¿De dónde saca tantas fuerzas? Tal vez lo sostenga el recuerdo de aquel otro secuestro, cuando en Véneto, en sus campos, según se dice, le metieron una porra a la fuerza por el ano.

Por fin están en el coche, el coche arranca, derrapa, pasa por el puente Milvio, tan querido por los enamorados, se dirige a gran velocidad en dirección noreste, hacia el campo, en las afueras de la ciudad aduanera, haciendo sonar el claxon de forma chabacana para tapar los gritos del secuestrado, como la sirena de un camión de bomberos que vuela para domeñar un fuego.

Ni siquiera dentro del coche, ni siquiera bajo los golpes de tres agresores, ni siquiera entonces Giacomo Matteotti renuncia a la pelea. Resiste. A ultranza. De una patada hace añicos el cristal que separa el habitáculo del conductor. Dùmini, que se sienta delante y se vuelve de continuo, presa de la ansiedad, recibe la lluvia de esquirlas en pleno pecho. No debería estar pasando eso, no habían previsto semejante resistencia.

Matteotti, asaetado a golpes, no deja de gritar. Dùmini sigue dándose la vuelta. Se estira para silenciarlo. El conductor se ve forzado a seguir tocando el claxon. El aullido de la víctima trastorna la indolencia de la tarde del incipiente verano.

Entonces, de repente, la convulsión se atenúa. Los gritos han cesado. En su lugar un gorgoteo, un estertor estrangulado.

Dùmini se gira de nuevo.

Giacomo Matteotti está tan pálido como un trapo. También su boca, ahora, eructa un vómito sanguinolento. Albino Volpi lo presiona contra él, pasándole su brazo izquierdo sobre los hombros, como si estuviera abrazando a una novia. Su mano derecha, engullida por los pliegues de la chaqueta clara, está hincada en un costado.

Eran las cuatro y media. Estaba jugando con mis compañeros. Cerca de nosotros había un coche que se acababa de parar justo delante de via Antonio Scialoja. De él salieron cinco hombres y empezaron a pasearse arriba y abajo. De repente vi salir a Matteotti. Uno de los hombres fue a su encuentro y le lanzó violentamente un puñetazo que lo hizo caer al suelo. Matteotti pidió ayuda. Entonces llegaron los otros cuatro, y uno de ellos le dio un golpe fuerte en la cara. Luego lo agarraron por la cabeza y los pies y lo metieron dentro del coche, que pasó a nuestro lado. Así pudimos ver que Matteotti estaba luchando. Después ya no vimos nada más.

Renato Barzotti, apodado «Neroncino», diez años de edad,
testigo ocular del secuestro de Matteotti

Cien horas terribles

Roma, miércoles 11 de junio

—De acuerdo, ya me encargo yo. Tú, mientras tanto, no difundas nada.

Arturo Benedetto Fasciolo, secretario privado, mecanógrafo y taquígrafo personal de Benito Mussolini en el Palacio Chigi, está de pie frente a su escritorio. En el estante de caoba, a medio camino entre los dos hombres, uno de pie y el otro sentado, descansa un portafolio con incrustaciones de sangre coagulada. Con un gesto de su brazo, Mussolini se apodera de él. Sin levantarse, lo agarra, abre un cajón del escritorio y lo mete dentro. Ahora lo sabe todo. Son las nueve de la mañana y la suerte está echada.

Al regresar a casa la noche anterior, Fasciolo entrevió a Albino Volpi en la Galleria Vittorio, en el bar Picarozzi, lugar de reunión habitual de los noctámbulos romanos. El ex Osado se acercó a él, se lo contó todo, le entregó el portafolio.

Ahora, al salir del despacho del Duce, Fasciolo se encuentra con Cesare Rossi. El Jefe le ha conminado a mantener la reserva, pero para el taquígrafo, muy afectado, resulta imposible respetar sus instrucciones. Nada más ser informado, Rossi va a buscar a Marinelli. La conversación entre los dos es tormentosa. Marinelli, arrollado por la furia de su cómplice de facto, trata de apaciguarlo: «Cálmate. Había que hacerlo. Ahora no me alteres al Duce con tu alarmismo». Rossi corre a *Il Giornale d'Italia* e irrumpe en la oficina del director. Filippo Filippelli, ese que siempre parece ajeno a todo, que está acostumbrado a todo, ese que nota incluso crecer la hierba, hace alarde de la desenvoltura del hombre de mundo: el Lancia Lambda está bien escondido en el garaje de uno de sus jefes de redacción. Solo está un poco sucio: Matteotti debe de haber sufrido una «crisis visceral», agrega el hombre de mundo con una sonrisa. Ordenará a Dùmini que lo limpie. Poco después, cerca de la hora de comer, los miembros de la banda se reúnen en el hotel Dragoni con Marinelli. El tesorero les entrega veinte mil liras para la fuga y las instrucciones para salir de la ciudad después de haber limpiado el coche. Antes del anochecer, un oscuro hilo criminal vincula a hombres de Estado afanados en limpiar sangre y mierda.

Velia Matteotti, que se ha pasado la noche insomne esperando a su marido, ha avisado de su desaparición a sus compañeros de partido por la mañana. Un espasmo involuntario de ansiedad le contrae, por debajo de la piel, los músculos de los muslos. Por la tarde, Filippo Turati informa a Anna Kulishova. Le confiesa que siente «una pena horrible por la suerte de Matteotti» pero que aún le cuesta creer en un crimen organizado por el gobierno. Le parece inverosímil. Por este motivo, duda si ir corriendo a ver al jefe de policía. Se arriesga a arrojar sobre todos «una ola de ridículo».

Por la noche, cuando Rossi se enfrenta al presidente del Gobierno, según su testimonio, Mussolini se protege con un sarcasmo que, en una suerte de perversa identificación con la víctima, le presta pasajes de su propia autobiografía: «Los socialistas están inquietos en Montecitorio porque desde ayer no saben nada de su Matteotti. Se habrá ido de putas...».

Jueves 12 de junio

La noticia se difunde inmediatamente después del almuerzo. Rodolfo de Bernart, comisario de policía del distrito de Flaminio, ha interrogado a los dos porteros, marido y mujer, del edificio de via Stanislao Mancini 12, adyacente a la casa de Matteotti, a quienes, en la tarde del 9 de junio, en vísperas del secuestro, despertó sospechas un Lancia Lambda que patrullaba por las calles del barrio. Temiendo que fueran ladrones de pisos en plena ronda, apuntaron la matrícula.

De Bernart, ingenuamente leal a su deber, se apresura a transmitir la noticia a la jefatura de policía. La noticia pasa en un instante a De Bono y este se la transmite a Mussolini.

—¡Hasta han alquilado el coche en un garaje público! ¡Me cago en la Virgen! Por lo menos podían haber meado en la matrícula, así el polvo del camino la habría tapado.

Cesare Rossi, tras conseguir una audiencia extraordinaria con el Duce después de que los periódicos de la tarde empezaran a difundir la noticia, ve por primera vez el desconcierto desfigurarle el rostro.

Benedetto Fasciolo, quien se reúne con él poco después, tiene la misma impresión. La mañana anterior le había entregado el portafolio de Matteotti, ahora le trae como regalo su pasaporte, recibido directamente de Dùmini:

—¡¿Por qué lo has cogido?! —protesta Mussolini—. Ahora lo sabrá toda Roma.

En cualquier caso, Mussolini agarra el pasaporte igual que agarró el portafolio el día anterior y lo deja en el mismo cajón.

—De esto me encargo yo.

Antes de despedir a Fasciolo, se informa acerca del entierro. Quiere saberlo todo: lugar, dimensiones, cobertura de la fosa.

A las 19:30, el presidente del Gobierno se encara con el Parlamento. Le reciben la indignación y el terror de unos hombres ahora conscientes de que un semejante, un colega suyo, puede ser atacado y secuestrado en pleno día en el centro de la ciudad de la capital del Reino. Mussolini secunda sus sentimientos: las circunstancias del secuestro sugieren «la hipótesis de un delito», declara, un delito que no puede dejar de suscitar «la conmoción y la indignación del gobierno y del Parlamento».

Luego, frente a quinientos representantes del pueblo y ante la solemnidad de la tragedia, Benito Mussolini miente descaradamente: «La policía, en sus rápidas investigaciones, sigue ya la pista de algunos sospechosos, y no cejará hasta arrojar luz sobre lo ocurrido, arrestar a los culpables y llevarlos ante la justicia. Confío en que su señoría el diputado Matteotti pueda regresar pronto al Parlamento». En este mismo momento, el jefe de Gobierno conoce el lugar, las dimensiones y la cubierta de la fosa donde se encuentra el cadáver acuchillado del hombre al que espera volver a ver pronto. Una blasfemia contra la única deidad que no las perdona, el dios de los muertos.

La oposición, sin embargo, no se muestra satisfecha. A los socialistas les parece inconcebible que un acontecimiento de tal calibre pueda liquidarse de esa manera. El diputado Eugenio Chiesa, republicano, pide a Mussolini ulteriores aclaraciones. Sin embargo, Mussolini permanece sentado, en el banco del gobierno, inmóvil, con los brazos entrelazados a la altura del pecho.

—¡Entonces es usted cómplice!

El comentario, que se le escapa sin querer a Chiesa, pero que pronuncia en voz alta, resuena en el hemiciclo silencioso. Ahora que esa palabra ha sido pronunciada, la sospecha se eleva un grado en la escala natural.

Como queriendo arrastrarla de nuevo hacia abajo derribando a quien le ha dado voz, Giuseppe Bottai vuelca el sillón en el que está sentado y se arroja sobre Chiesa. Estalla la pelea. El presidente Rocco agita desesperado la campanilla.

Unas horas más tarde, Amerigo Dùmini es detenido en la estación de Términi mientras intentaba escapar hacia el norte. De Bono, jefe de policía, despreciando todo protocolo de arresto, lo arrastra a una conversación confidencial en la comisaría de la estación y hace que le entregue la maleta cargada con la ropa ensangrentada de la víctima:

—Tienes que negarlo todo, negarlo todo. De lo que se trata ahora es de salvar el fascismo.

Amerigo Dùmini se convierte en el preso 780/Sva (severa vigilancia y aislamiento) de la cárcel de Regina Coeli. Por ahora es el único en pagar por el crimen, pero se le promete una pronta liberación. Convencido de su impunidad, acepta. Los demás miembros de la banda siguen fugados.

Mientras tanto, en el Palacio Wedekind, se reúne el Gran Consejo del fascismo, convocado de urgencia. Una vez terminado el consejo, Rossi, Marinelli y Finzi se reúnen en secreto en el despacho de De Bono en la Dirección General de Seguridad Pública.

Rossi pasa al ataque directamente: lo que está ocurriendo es una locura, hay que abandonar el malentendido, la detención de Dùmini es una farsa muy peligrosa. Marinelli justifica su actuación de los días anteriores aludiendo a las fuertes presiones recibidas desde arriba a partir de principios de junio para liquidar a Matteotti.

Molesto por el lloriqueo, Rossi pone las cartas boca arriba:

—Arrestad a Dùmini y a todos los demás, pero que sea de fachada. Que pasen unos días entre rejas y luego soltadlos.

—¿Por qué? —le pregunta De Bono como si no supiera nada.

—Porque de lo contrario acabarán por hablar y dirán que fue él quien les metió la idea en la cabeza.

—¿A quién te refieres?

—Al presidente.

Al quedarse solo en su despacho del Ministerio del Interior, el jefe de policía, cuadrunviro de la marcha sobre Roma, antiguo general del ejército real, telefonea por una línea reservada al Duce del fascismo:

—Te están achacando la responsabilidad.

—¡Esos cobardes quieren chantajearme! —berrea Mussolini. Luego se corta la comunicación. Comienza una noche de fantasmas.

Viernes 13 de junio

Corren rumores de que Dùmini ha emasculado el cadáver de Matteotti y le ha entregado los testículos a Filippelli, quien se desmayó horrorizado. Corren rumores de que, por el contrario, se los mandó directamente a Mussolini, quien, carcajeándose, arrojó el trofeo en un cajón de su escritorio junto al pasaporte. Corren rumores de que han traído el cuerpo a Roma, escondido en un carro de heno, y lo han incinerado en un horno; corren rumores de que ha sido arrojado al Tíber, despellejado con ácidos y expuesto en un gabinete anatómico, saponificado, hundido en el lago de Vico. Corren rumores también de que los despojos del diputado socialista han acabado como pasto de los leones del zoológico de Villa Borghese.

Las especulaciones acerca de la desaparición de Matteotti se han atrincherado en el centro de la imaginación colectiva, en el lugar ocupado hasta ayer por el caso de crónica negra de la niña violada y asesinada en San Pablo Extramuros por el misterioso «hombre vestido de gris».

La noticia del secuestro de un parlamentario, en pleno día, en las calles del centro, ha quebrado violentamente la vida violenta de todos los días. La indignación es general, las voces de protesta se elevan por todas partes, incluso entre los propios fascistas, los periódicos de la oposición imprimen una edición extraordinaria tras otra, dejando aun así insatisfechos a los lectores ávidos de justicia y venganza. El probable crimen parece tan perverso y odioso como para poner en jaque a todo el sistema. La evidente corrupción, los métodos violentos de la lucha política, la corrosión de los ideales se han convertido de repente en algo intolerable para todos. Recriminaciones, repulsas, amenazas, ruido de sables, sollozos, remordimientos, un colectivo retorcerse las manos y un tirarse de los pelos general. De repente, adondequiera que uno se vuelva, no se oye ni se ve otra cosa. La idea abstracta, perdida, del Mal se condensa, como una pasta de cemento rápido, en la persona de Amerigo Dùmini y de sus cómplices, desconocidos o fugitivos.

En casa de los fascistas estalla el «sálvese quien pueda». Por la mañana se ha celebrado otra reunión del Gran Consejo: ha sido un «todos contra todos». Se preparan memoriales defensivos, Balbo se apresura a acudir al Palacio Chigi para pedir «el fusilamiento inmediato de Dùmini», empieza el ocultamiento de las pruebas, la difusión de indicios engañosos, la destrucción de las pistas, comienzan las maniobras de despiste, las falsas noticias difundidas con tino, la maquinaria de enfangar. Se da a entender que Matteotti podría haber huido al extranjero, que se ha escondido con una amante, que unos días antes llegaron a Roma dos sicarios de la extrema derecha francesa, que un grupo de escuadristas de Rovigo se halla tras la pista del diputado.

El golpe de retroceso de las noticias falsas se vuelve contra los calumniadores: Aldo Finzi, diputado fascista de Rovigo, cae en la fosa de los sospechosos.

A las 16:00 horas el presidente del Gobierno se presenta de nuevo ante el Parlamento, pero esta vez el Parlamento está vacío. En sus escaños están disciplinadamente sentados los trescientos setenta diputados fascistas, pero eso no basta para llenar el cráter dejado por la oposición, que ha decidido abandonar el hemiciclo en señal de protesta, no basta para llenar el abismo abierto por la presencia de Velia Matteotti sentada arriba, en las tribunas.

Mussolini promete castigar a los culpables, condena la abominación, afirma estar conmovido, dolorido, se declara dispuesto a hacer «justicia sumaria» solo con que se le pida, después argumenta que cometer un crimen tan absurdo, dañino, antes que contra la oposición atenta contra el tronco de la revolución fascista, que ha resultado profundamente afectado:

—Solo uno de mis enemigos —exclama con fuerza—, que durante largas noches hubiera pensado en algo diabólico, podría haber acometido el crimen que hoy nos embiste con su horror y nos arranca gritos de indignación.

Benito Mussolini pide que una sola sábana cubra a los muertos, a todos los muertos, para que los muertos duerman sin rencor. Después declara concluido con anticipación el periodo veraniego de sesiones del Parlamento, cuya reapertura se aplaza hasta una fecha aún por determinar.

La terrible jornada del 13 de junio, fiesta de San Antonio de Padua, sin embargo, aún no ha terminado: Velia Matteotti ha pedido reunirse con el presidente. Se ha presentado en la Cámara desde por la mañana para implorar que una pareja de diputados socialistas la acompañen a ver a Mussolini. Turati ha tratado de disuadirla de todas las maneras, pero ella no ha abandonado sus ruegos.

Según la versión recogida por la prensa del régimen, Benito Mussolini recibe a la «pobre señora» junto con los diputados Acerbo y Sardi de pie en el umbral de una sala del Palacio Chigi. En cuanto la señora Matteotti cruza ese umbral, él se pone en posición de firmes. Cuando ella estalla en sollozos, él, conmovido, la consuela con firmeza: «Señora, me gustaría devolverle vivo a su esposo. El gobierno cumplirá escrupulosamente con su deber. No sabemos nada concreto, pero todavía hay algo de esperanza».

El abogado Casimiro Wronowski, cuñado de Matteotti, cuenta una escena distinta. Velia, a la que ya todos se refieren como la «viuda Matteotti», acompañada por su hermana Nella, espera de pie en la antesala a que un ujier avise al jefe de Gobierno de su presencia.

Mussolini recibe a Velia Matteotti de pie también en esta segunda versión, pero respaldado, casi sostenido, por los subsecretarios Acerbo, Sardi y Finzi.

Dos mujeres y cuatro hombres se enfrentan. Mussolini tiembla, Finzi esconde el rostro con una mano. Velia pide que, en caso de estar vivo, se permita a su marido volver a casa y, en caso de estar muerto, se le devuelvan sus restos para su cristiana sepultura. Mussolini, tartamudeando como quien mendiga palabras, le responde: «No sé nada, señora; si lo supiera, vivo o muerto, le devolvería a su marido».

Sábado 14 de junio

«Quien deba ahogarse, que se ahogue hasta el fondo.»

La frase impresa en *Il Popolo d'Italia* resume las esperanzas y certezas de toda la oposición. La certeza de lo inevitable, la esperanza de la redención.

Una ola de desdén y conmoción está inundando el fascismo, una vorágine de murmullos lo succiona hacia el fondo. A medida que van aflorando detalles del crimen comprometedores para los hombres del gobierno, los periódicos rivalizan en sacar a la luz escándalos de todo tipo: los trapicheos de Aldo Finzi en terrenos edificables comprados a precios de ganga con enormes beneficios, las desvergonzadas especulaciones de Michele Bianchi respecto a la emigración clandestina y así sucesivamente. La foto de grupo de los hombres que rodean a Mussolini es la de una corte de bajo imperio.

Por otro lado, la figura de Giacomo Matteotti se eleva a la gloria del santo. Su casa en via Giuseppe Pisanelli ya se ha convertido en meta de peregrinación, en el lugar del secuestro se acumulan cientos de coronas de flores, una especie de mausoleo al aire libre. La policía interviene para dispersar la procesión de fieles en el paseo del Tíber, los carabineros a caballo barren las flores y disuelven la aglomeración.

—Por el momento no hay nada que hacer. Esos chicos han hecho demasiadas gilipolleces. Me siento impotente. De Bono no vale para nada. Se hace demasiada mala sangre.

Estas son las últimas palabras que Cesare Rossi le oye pronunciar a un pétreo Mussolini antes de la ruptura. El Duce parece consternado, aturdido por la sorpresa, paralizado por la decepción. Giovanni Marinelli acaba de confesarle que, cinco días después del secuestro, sigue teniendo en su poder los recibos firmados formalmente de los pagos efectuados a los asesinos antes y después del crimen. El tesorero del Partido Fascista se justifica con la escrupulosidad del buen administrador que archiva en perfecto orden los movimientos contables pendientes. Luego se agarra la cabeza con las manos y sale corriendo a destruirlos.

Mussolini menea la cabeza, clava una mirada vítrea en un fantasma en el horizonte: siempre había predicado y soñado con la necesidad histórica de la violencia quirúrgica, la ferocidad precisa, exacta, inexorable y se encuentra, en cambio, entre sus manos manchadas de heces y sangre, con un crimen abominable.

Si no la rompe, la cadena de responsabilidades no tardará en llegar hasta él. De modo que la rompe, sacrificando a sus colaboradores más cercanos: Benito Mussolini pide la renuncia de Aldo Finzi y Cesare Rossi.

Aldo Finzi, engatusado por una promesa —su abnegación se verá recompensada muy pronto con el Ministerio del Interior, se le dice—, acepta. Cesare Rossi, en cambio, reacciona con violencia: proclama su completa inocencia, se declara obligado a defender su propia honorabilidad, ante sus amigos tacha a Mussolini de loco. Rossi escribe una sobria carta oficial de dimisión, pero una vez hecho esto, envía otra secreta de abiertas amenazas. Tras mandar ambas cartas, se echa al monte.

Mussolini trata de recomponerse interpretando el papel de jefe del Estado. Recibe la visita del negus Haile Selassie. Pero esa actitud de estadista no sirve para nada. En *Il Becco Giallo*, revista satírica dirigida por Alberto Giannini, brillante periodista que había sido agredido a bastonazos por Dùmini y que por eso lo desafió valientemente a un duelo, se imprime una viñeta letal. El rey de Etiopía aparece encaramado como un buitre a hombros de De Bono, jefe de la policía fascista. Le susurra con aire cómplice al oído: «A mí podéis decirme la verdad: ¿a que os lo habéis comido?».

Domingo 15 de junio

Alrededor de Benito Mussolini se ha hecho de repente el vacío. La orden de movilización de la Milicia que debía defender a ultranza el régimen ha tenido muy escaso eco: en Roma solo responde el cuarenta por ciento de los milicianos, en Milán el veinte, ninguno en Turín. En Roma, en corso Umberto, bajo las ventanas del Palacio Chigi, donde el presidente del Gobierno se ha atrincherado en su despacho, los transeúntes desfilan rápidamente, asustados, con la evidente preocupación de no dirigir la mirada hacia ese balcón. En Milán, cuando le llevaron la noticia de la detención de Albino Volpi, a los amigos que aún lo mantienen escondido, Giuseppe Viola les dice que si llega a ser interrogado en un juicio exigiría hablar únicamente con Mussolini: «¡Y entonces me abalanzaré sobre él y le arrancaré un trozo de nariz!».

Nadie mejor que un criado conoce la soledad de su amo. Quinto Navarra vio a Benito Mussolini por primera vez en Cannes, en mil novecientos veinte, cuando formaba parte del séquito de Su Excelencia el marqués de la Torretta, entonces ministro de Asuntos Exteriores. En aquella ocasión se le presentó un periodista desconocido, ansioso por entrevistar al ministro, y le tendió un billete: «Benito Mussolini». Luego volvió a verlo a las 13:00 horas del 31 de octubre de mil novecientos veintidós en el Palacio della Consulta cuando se había convertido en jefe de Gobierno.

Desde ese día Quinto Navarra ha custodiado la antecámara del presidente viviendo como en una campana de cristal y desde ahí ha visto desfilar Italia a sus pies. Durante veinte meses el fiel servidor ha oído la voz de su amo tronar desde detrás de la puerta y ha visto a ministros, generales, industriales, escuadristas y marqueses salir con la cabeza gacha. Un día, un Mussolini en vena de confidencias le dijo:

—Estoy convencido de que, si me pasara el día entero durmiendo, los italianos no pedirían nada mejor. Les bastaría con saber que existo y que podría despertarme en cualquier momento. La admiración y el miedo siempre están emparentados.

Pero ahora todo ha cambiado, ahora solo queda el miedo. En las últimas cien horas en el interior del Palacio Chigi se ha respirado un aire de tumba. En las calles, los ciudadanos se quitan sus distintivos fascistas y lo mismo sucede en el ministerio. Las salas luminosas, que hasta hace unos días bullían de gente obsequiosa, se han ido vaciando. Hasta que esta mañana la antecámara ha permanecido completamente vacía. Si subiera desde la calle un vengador de Matteotti empuñando una pistola, no encontraría a nadie para detenerlo.

Para esta noche se espera el regreso del rey a la capital, el país y Mussolini están de nuevo en sus manos. El Duce espera solo, en silencio, en el Salón de las Victorias.

Quinto Navarra no sabe qué hacer. Se queda solo a su vez, sentado en su lugar en la antesala, resistiendo la tentación de huir, con el alma en vilo, imponiéndose la reserva más absoluta. Pero el presidente lleva horas sin llamarlo, sin pedirle que realice ninguno de sus cometidos habituales ni que haga pasar a las visitas. Visitas que, por otra parte, no se han presentado.

De repente, a Navarra le convoca el secretario de la presidencia con un despacho urgente para Mussolini. En estos casos, el protocolo establece que puede entrar en la habitación del jefe incluso sin haber sido llamado.

Casi conteniendo el aliento, Quinto Navarra se resuelve a abrir la puerta del Salón de las Victorias. Más allá del umbral, ve algo que nunca olvidará.

Benito Mussolini ocupa su sillón ante la mesa de trabajo, un sillón muy alto, con espaldar, apoyado a ambos lados por dos travesaños de madera dorada. En el preciso momento en que Quinto Navarra abre la puerta, Benito Mussolini, con los ojos muy abiertos, resoplando y jadeando, se golpea el cráneo calvo a derecha y a izquierda contra los travesaños dorados, como un metrónomo oxidado que marca inexorablemente el compás de su propio final.

La causa del delito no debe buscarse únicamente en razones políticas sino en la necesidad de silenciar al diputado Matteotti que estaba decidido a armar un escándalo a costa de grupos financieros y sus relaciones con ciertos políticos.

Epifanio Pennetta, jefe de la policía judicial,
durante la instrucción del juicio Matteotti, junio de 1924

En representación de la viuda y de la familia Matteotti, asistí en la Cámara de Diputados a la apertura de la caja de Matteotti, pero esta solo contenía papel con membrete de la Cámara [...]. Luego busqué también en su casa, rebusqué en los cajones uno a uno. Lo único que encontré fue un cierto número de hojitas, con grandes cifras anotadas, restas, multiplicaciones, divisiones. Estaba claro que todas eran operaciones para controlar el presupuesto estatal. No encontré nada más, por lo que la historia de los documentos comprometidos no se sostiene.

Casimiro Wronowski,
cuñado de Giacomo Matteotti

Presidente:
De un conjunto de pistas y noticias cautas he sacado la impresión de que me has elegido a mí y solo a mí como el chivo expiatorio de la desgracia que se ha abatido sobre el fascismo [...].
Pues bien, para algunas cosas tienen que ser dos los que se pongan de acuerdo. Y yo no voy a prestarme en absoluto al juego [...]. Voy al grano: si no obtengo, en los próximos días, pruebas

de la conciencia de los deberes de solidaridad no tanto respecto a mi persona, a mi pasado, no tanto respecto a mi calidad de colaborador tuyo y de ejecutor, a veces de acciones ilegales ordenadas por ti, sino sobre todo respecto a la ausencia elemental de la razón de Estado, daré curso a lo que te he declarado esta mañana y que he perfeccionado durante el día [...]

Y resulta superfluo advertirte que, si el cinismo del que has dado pruebas horrorosas hasta hoy, complicado por el extravío que te ha invadido, justo cuando tenías que dominar las situaciones creadas exclusivamente por ti, te indujera a ordenar gestos de supresión física durante mi fuga, y en la desafortunada eventualidad de mi captura, no dejarías por ello de ser un hombre acabado y contigo, lamentablemente, también el régimen, porque mi larga y detallada declaración documentada ya está, se da por supuesto, en manos de amigos de confianza y que practican realmente los deberes de la amistad.

Carta confidencial de Cesare Rossi a Benito Mussolini,
15 de junio de 1924

A cualquier coste
16-26 de junio de 1924

Un rey no es un cerdo de engorde, como sostenía Napoleón. Un monarca constitucional debe saber lo que ocurre en su país. Si un primer ministro criminal hunde ese país en la vergüenza, reprobada por la mayoría de sus súbditos, el soberano, apoyándose en la lealtad del ejército, tiene el deber de poner fin a ese régimen delictivo presionando al jefe de Gobierno para que presente su dimisión.

Ese es el significado del mensaje que Giovanni Amendola, en nombre de todos los grupos constitucionales de la oposición, ha hecho llegar a Víctor Manuel III a través del conde di Campello, su gentilhombre de corte.

Víctor Manuel III, que regresa de España, ordena al conde di Campello que agradezca a Giovanni Amendola su lealtad, y luego, el 16 de junio, se reúne con Benito Mussolini, lo exhorta a la conciliación entre las fuerzas políticas, defiende la necesidad de una reorganización del gobierno, y al final le insta a continuar en el camino de la «normalización». A despecho de la indignación general, en definitiva, el rey de Italia, ateniéndose al respeto de la Constitución desde un punto de vista estrictamente formal, confirma su confianza en el jefe de Gobierno. Benito Mussolini recobra vida. Comienza la contraofensiva.

El mismo día, Mussolini convoca al Consejo de Ministros y consigue que sus iniciativas sean aprobadas. En primer lugar, como demostración de su buena voluntad moderadora, da un paso atrás: renuncia del Ministerio del Interior a favor de Luigi Federzoni, líder nacionalista estimado por los biempensantes de derechas. Luego se deshace de Emilio De Bono, quien ha demostrado ser un inepto y estar implicado. Lo reemplaza como jefe de policía por Crispo Moncada, prefecto de Trieste. Después, antes de que termine el día, convoca a Aldo Finzi para inducirlo a un enésimo cambio de parecer.

Tras un asentimiento inicial a la solicitud de dimisión, sintiéndose engañado, Finzi se ha puesto en contacto, en efecto, con el *Corriere della Sera,* amenazando con revelaciones: el héroe del vuelo sobre Viena está dispuesto a darlo todo a la patria, pero no el honor, el instigador del crimen era uno y nada más que uno, Benito Mussolini de Predappio.

Sin embargo, cuando el exsubsecretario del interior sale, al cabo de una hora, de su reunión del 16 de junio con Benito Mussolini de Predappio, da la impresión de ser un hombre aterrorizado. Finzi aparece pálido, turbado, afirma que se arrepiente de haber dado un paso hacia la oposición. El Duce le ha prometido que tan pronto como vuelva a ser el árbitro de la situación, le devolverá su cargo. Luego lo ha despedido:

—Adiós, Aldo, estamos de acuerdo entonces —ese «estamos de acuerdo» ha sembrado el desconcierto en su mente de piloto.

En los días que siguen, Mussolini prosigue con su contraofensiva. Ordena a los prefectos de muchas capitales de provincia la organización de manifestaciones fascistas en apoyo al gobierno. Los prefectos obedecen. En la calle vuelven a blandirse las porras. Tullio Tamburini, «el gran apaleador», baja desde Florencia hasta Roma a la cabeza de la 92.ª legión de la Milicia, llamada «la Legión de Hierro», la hace desfilar por las calles del centro en posición de combate. El apoyo más caluroso, sin embargo, llega una vez más del valle del Po y de Leandro Arpinati. Pese a estar guardando cama a causa de un accidente automovilístico, el ras de Bolonia, leal como siempre, reúne ya el 19 de junio a miles de escuadristas y, tres días después, el 22 de junio, saca a las calles a cincuenta mil camisas negras de toda Emilia.

La justicia, sin embargo, sigue su curso. Después de escapar al arresto, Albino Volpi es detenido por fin en un restaurante de Bellagio, mientras almuerza antes de cruzar la frontera suiza. Filippelli, el director del *Corriere Italiano* que había alquilado el coche del crimen, después de unos días de descarada impunidad es interceptado por la guardia costera a bordo de una lancha a motor rumbo a las playas francesas. En las horas que siguen, caen en la red, uno tras otro, casi todos los acusados: Giuseppe

Viola y Amleto Poveromo son detenidos en Milán; Cesare Rossi, desesperado por poder seguir huyendo, se entrega en la jefatura de policía de Roma el 22 de junio. Por último, le llega el turno a Giovanni Marinelli, incriminado por varios testigos y una llamada telefónica del 31 de mayo al director de la prisión napolitana de Poggioreale en la que le pedía la excarcelación inmediata de uno de los hombres de la banda para una misión gubernamental. Marinelli, leal como siempre, se atrinchera detrás de un absoluto silencio. También Amerigo Dùmini, por su parte, desde la cárcel de Regina Coeli, a pesar de que se han encontrado en su maleta trozos de tapicería y de ropa ensangrentada, el arma homicida y las tarjetas de visita con el título «Oficina de prensa - Ministerio del Interior», continúa negando cualquier implicación de la cúpula fascista y toda intención homicida: según Dùmini, Giacomo Matteotti murió accidentalmente durante el altercado a causa de un vómito de sangre que afluyó en las vías respiratorias, asfixiado por su propia tuberculosis.

Respaldado por todo esto, el jefe de Gobierno se presenta el 24 de junio frente a la sala repleta donde se sientan los senadores del Reino. Pronuncia un discurso moderado, hábil, sosegado en el tono y calibrado en los registros. Mussolini se presenta una vez más como el hombre de orden decidido a sofocar toda violencia.

El 25 de junio se reúne en privado con Arturo Benedetto Fasciolo, su afable taquígrafo personal, que fue el primero en informarle del crimen, constreñido por Albino Volpi a un papel de mensajero del horror y por Dùmini al de recadero de los macabros restos de la víctima. También a Fasciolo Mussolini le pide la dimisión. También de él exige lealtad y sacrificio. También a él le promete recompensas:

—Si me salvo yo, os salvaré a todos. No te preocupes. Cuanta mayor confusión haya, mejor.

El 26 de junio, el gobierno obtiene la confianza del Senado por una amplia mayoría: doscientos veinticinco a favor, veintiuno en contra y seis abstenciones.

«Una votación muy importante —señala Mussolini en sus notas—, me atrevería a decir que decisiva. El Senado, en unas horas difíciles, en plena tormenta política y moral, se alinea de forma casi unánime con el gobierno».

Mussolini no es el único que suspira de alivio por el voto de los senadores que lo salva. Benedetto Croce, cabeza visible del pensamiento liberal, concede una entrevista en la que explica los motivos de su decisión. Anteponiendo algunas críticas, confesando un par de arrepentimientos, desahogando cierta nostalgia por los buenos tiempos pasados, el gran filósofo liberal reafirma su decisión de apoyar el fascismo. El fascismo, dice, no es un encaprichamiento o un jueguecito, el fascismo ha sido una respuesta a necesidades graves y ha hecho cosas muy buenas. No debemos permitir que se dispersen sus beneficios ni volver a la débil esterilidad que lo precedió. El fascismo ha llegado al poder con los aplausos y el consenso de la nación, ahora sus mejores exponentes tienen la posibilidad de confirmar «el factor político fuerte y saludable del que son portadores». El corazón del fascismo, proclama Croce, es el amor por la patria italiana, es el sentimiento de su salvación.

Desde el foro de Cremona, haciéndose eco de las palabras del ilustre profesor napolitano, el abogado Roberto Farinacci —quien, como es sabido, después de comprarse el diploma de bachillerato, se hizo con el título en derecho copiando de la primera a la última línea la tesis de otro candidato— acepta, a propuesta de Mussolini, entrar a formar parte del grupo defensor de Amerigo Dùmini, el verdugo de Giacomo Matteotti. Solo diez días antes, la misma propuesta se había topado con su negativa. Ahora el régimen se echa al ruedo para defender a los asesinos.

A los prefectos de: Alessandria, Mantua, Florencia, Bolonia, Piacenza, Treviso, Carrara, Perusa, Sulmona, Foggia, Catanzaro, Cagliari.

El crimen contra Matteotti, que ha sido lealmente deplorado por todo el partido, ha sido aprovechado por la oposición como el pretexto que andaba buscando para atacar al gobierno. Nos encontramos ante una especie de frente unido antifascista.

Para la noche del lunes o del martes, ordene una asamblea en una plaza ciudadana de los fascistas de la ciudad y de la provincia, para reafirmar solemnemente su confianza en el gobierno y en el fascismo. MUSSOLINI.

Benito Mussolini, telegrama a las prefecturas,
16 de junio de 1924

El objetivo general de mi política de gobierno no presenta alteraciones: alcanzar a toda costa, de conformidad con las leyes, la normalidad política y la pacificación nacional, seleccionar y depurar con incansable vigilancia diaria el partido, así como dispersar con la mayor energía los últimos residuos de una concepción ilegal inactual y fatalista [...]. ¡Que se haga la luz y la justicia! ¡Que el imperio de la ley reine siempre!

Benito Mussolini, discurso ante el Senado,
24 de junio de 1924

El país opaco
27 de junio - 22 de julio de 1924

—Nosotros no lo conmemoramos. Estamos aquí reunidos en un rito, en un rito religioso, que es el rito mismo de la patria. Nuestro hermano, a quien no hace falta nombrar, porque su nombre es evocado en este mismo momento por todos los hombres de corazón, a este lado y al otro de los Alpes y los mares, no es un hombre muerto, no es un hombre vencido, ni siquiera es un hombre asesinado. Él vive, está presente aquí y pelea. Es un acusador, es un juzgador, es un vengador. En vano le habrán cortado los miembros. En vano su rostro, dulce y severo, habrá sido desfigurado. Sus miembros se han recompuesto. El milagro de Galilea ha sido renovado. La tumba nos ha devuelto el cuerpo. El hombre muerto se levanta. Y habla. Y le juro, en nombre de todos vosotros, que su sombra no tardará en aplacarse.

Filippo Turati pronuncia estas palabras de sublimación de su amigo asesinado el 27 de junio ante la asamblea de todos los grupos de oposición reunidos. Mientras Turati habla, son muchos los que se vuelven, asustados, hacia la entrada de la Cámara de Montecitorio, esperando ver aparecer el fantasma destrozado de Giacomo Matteotti. Justo antes, en el inicio de la sesión, una torpe pifia ha inaugurado la atmósfera espiritista: el secretario, que pasaba lista de los participantes leyendo burocráticamente el listado de la Cámara, al llegar al «nombre», lo llamó sin darse cuenta: «¿Giacomo Matteotti?». Después de un momento de pesadumbre y conmoción, muchos gritaron: «¡Presente!».

Pero es toda Italia la que, en estos días, contagiada, hechizada por la muerte, lleva una existencia fantasmal. Empezando precisamente por los grupos de oposición, cuya asamblea, fecundada por las palabras de Turati, alumbra la decisión de abstenerse del trabajo de la Cámara hasta la restauración del quebrantado orden político y jurídico. La abstención a ultranza del

Parlamento queda bautizada de inmediato como «Aventino», en memoria de otros fantasmas, de otra secesión, de otra plebe romana, aquella que se retiró como señal de protesta a la homónima colina en el 494 a. C.

La nueva secesión, según las intenciones de sus dirigentes, con Giovanni Amendola a la cabeza, debería negarse a cualquier «vulgar conciliación», debería oponerse a la barbarie con intransigencia pero, de hecho, se juega todas sus cartas en la indignación universal. Toda su apuesta se basa en la cuestión moral. Como si el bloque fascista, cimentado en la deferencia hacia Mussolini y en la complicidad del poder, para ser destrozado, no tuviera que salir derrotado en una batalla a martillazos. Como si la indignación fuera suficiente para contrarrestar el porrazo. Como si la moral fuera una categoría de la política.

Así ocurre en todas partes, en cada oficina, en cada círculo, en cada bar de Italia. Las personas más variopintas, aunadas por el deseo de entrar en contacto con entidades espirituales —empezando por la de Giacomo Matteotti—, se reúnen en sesiones con médiums con el fin de hacerles preguntas específicas. Pero las preguntas se quedan sin respuestas. Los fantasmas pululan y callan.

Decenas de millones de trabajadores de todo el país, en honor a Matteotti, interrumpen el trabajo. Rememorando desastrosas huelgas generales a ultranza de años anteriores, lo hacen, sin embargo, de forma responsable, tan solo durante diez minutos. A pesar de ello, los industriales, los capitanes de la Italia económica, no se pronuncian contra el régimen, considerando preferibles la reanudación de la producción y el balance de sus presupuestos a la libertad política. Los veteranos de guerra, sin embargo, reunidos en un congreso el 7 de julio, toman distancias respecto al fascismo. Pocos días después, los mutilados e inválidos se unen a ellos en la protesta. Sin embargo, Gabriele D'Annunzio, a quien todos, excombatientes, mutilados e inválidos, miran como a su líder natural, por desgracia ya no es un hombre de aventuras, y ha decidido abandonarse por completo a la literatura: la adquisición por parte del Estado, a precio de oro, de los manuscritos del poeta, que se encuentra como siempre en una situación económica precaria, antes de recibir una larga serie de subvenciones, lo aplaca definitivamente. De esta forma la momentánea indignación antifascista de veteranos, mutilados e inválidos se queda sin guía.

Mientras tanto, el 9 de julio en Florencia, miles de fascistas armados invaden las calles. Parecen anunciar la llegada de la «segunda oleada» con la que se ha amenazado tantas veces, pero tampoco este impetuoso arrebato tiene más consecuencias que una remodelación del gobierno. Salen Gentile, Carnazza, Corbino; entran Casati, Sarrocchi, Lanza di Scalea y la eterna traba amortigua la supuesta ola.

Las bolsas se hunden de forma ruinosa después de la difusión de las noticias del secuestro, pero el rey, como «prisionero de guerra», contraviniendo su juramento sobre el Estatuto albertino, firma un decreto que permite a los prefectos secuestrar los periódicos que difundan noticias perjudiciales para la nación y, de esta manera, con la prensa amordazada, la histeria de las bolsas se aquieta. El fatalismo quietista del rey, por otro lado, proporciona un trasfondo a la existencia fantasmal que infecta a su pueblo. Ante una delegación de excombatientes que lo visita para pedirle medidas urgentes y drásticas, Víctor Manuel III, distraído, cambia de tema: «Hoy mi hija ha cazado dos codornices», responde, con mal disimulado orgullo paternal.

Sí, la mayoría de los italianos, horrorizados por el crimen, preferiría la caída del fascismo para sanear sus casas infestadas de fantasmas, pero al final, hacia la hora de la cena, las exigencias de la vida cotidiana prevalecen. La moralidad no se cuenta entre ellas. El país es opaco, su sentimiento de justicia es débil y turbio. El sentimiento de revuelta se reduce a la morbosa pasión con la que se sigue la crónica del escándalo.

Lo que proliferan, sobre todo, son las hipótesis acerca de la eliminación del cuerpo: entre mucha gente se extiende la fantasía de una hoguera en el horno crematorio de Roma mientras que otros prefieren el hielo al fuego y, en ese caso, se fantasea con una celda frigorífica en el gabinete de medicina legal del Policlínico. Otros aún insisten en el misterioso fondo marino del lago de Vico. Los buzos lo exploran palmo a palmo. Su lecho está vacío, desierto, abandonado. De ese misterio solo se consigue dragar fango, limo. Entonces se exploran con entusiasmo cuevas, catacumbas, pequeños cementerios abandonados. La agitación del país exuda pesadillas. Italia grita mientras duerme, oprimida por espectros que sofocan todo sentimiento de liberación, como en un mal sueño.

Incluso la existencia de Benito Mussolini —él, que es un todo con su cuerpo, y con el material de hierro en el cual, se dice, está forjado— se vuelve espectral durante estas semanas. «Hay dos muertos —escribe el periodista Ugo Ojetti—, Matteotti y Mussolini».

Tras el breve estallido de actividad de mediados de junio, el Duce del fascismo recae, en efecto, en la tibieza abúlica, y va tirando, intangible. De esta manera, permite que vuelva a surgir en el partido la controversia entre los revisionistas y los intransigentes. Para dar voz a estos últimos se ha sumado recientemente un joven exvoluntario de guerra toscano —se hace llamar Curzio Malaparte— que ha fundado una revista, *La Conquista dello Stato,* en la que, en nombre del alma popular, campesina, generosa y sin prejuicios del fascismo provincial, contrapuesto a la «cloaca romana», defiende a ultranza la ofensiva del escuadrismo intransigente contra los viudos de Matteotti.

Mussolini deja que parlotee, incapaz de tomar una decisión. En el Gran Consejo del fascismo del 22 de julio el Duce aún vacila: declara que la revolución exige astucia y estratagemas, pide comprensión y ayuda, luego declara estar dispuesto también a la violencia, si es necesaria. Mientras tanto, el joven abogado que ha asumido con ímpetu la defensa de Dùmini le sugiere que se oculte en las sombras como si fuera un espectro: hay demasiada gente chismorreando sobre los memoriales de los investigados, interrogatorios, pistas; es peligroso, él debe rechazar el argumento, debe hacer caso omiso al proceso.

Incluso la vida privada de Benito Mussolini fluctúa entre extremos, pasando de breves euforias a lúgubres melancolías. Bianca Ceccato, su amante «niña», ahora la madre de su hija bastarda, es invitada a Roma y pasa unos días encerrada en su apartamento de via Rasella, siempre a su disposición. Él, en la cima de su vanidad, le lee cartas y más cartas de admiradoras desconocidas y luego, de repente, estalla en arrebatos de cólera contra su esposa Rachele, de quien se dice que tiene por fin un lío, a su vez, con un tipo de Romaña. La infidelidad de la esposa, sumada a la bilis de ese cadáver arrojado a sus pies, provoca en Benito Mussolini, por primera vez en su vida, violentos ataques de úlcera. Los médicos le reducen los zumos de naranja que tanto le gustan y le prohíben el café. Quinto Navarra, su intachable criado, lo ve un día doblado en dos, retorcido de dolor en el estómago, en la alfombra del Salón de las Victorias.

Los pocos amigos que aún acuden a visitarlo describen a un Mussolini obsesionado con los fantasmas. A finales de julio, recuperado de su accidente automovilístico, Leandro Arpinati viaja a Roma junto con cuatro camaradas. Al entrar en el Palacio Chigi, desierto, tienen la impresión de que han escapado todos. Arpinati entra directamente en el despacho del Duce, sin esperar a ser anunciado. Lo encuentra demacrado, con barba de tres días, los ojos febriles.

—Mi posición es insoportable: no se puede permanecer en el gobierno con el lastre de un muerto —se queja el presidente del Gobierno.

—¿Ordenaste tú que lo mataran? —le pregunta el otro a quemarropa.

—No.

—Pues entonces, ¿qué tiene el asunto que ver contigo? Castiga a los que cometieron este necio crimen y no le des más vueltas.

Benito se desahoga con Leandro, su viejo y leal amigo: dejar de darle vueltas es imposible. Todas las noches sale a las siete y en la calle de su casa siempre se topa con una pequeña multitud que lo observa pasar muda, hostil. Es una pesadilla. La esposa de Matteotti viene casi todos los días para pedir noticias sobre su marido. Él la recibió las primeras veces, pero ahora ya no se siente con el ánimo suficiente.

No es verdad, es otra mentira, tal vez hasta una alucinación: después de ese único encuentro del 13 de junio, Velia Matteotti no ha vuelto a dar señales de vida. Y, sin embargo, mientras

Mussolini se confiesa ante Arpinati, su amigo, consternado, ve al Duce del fascismo mirando a su alrededor como si temiera verla aparecer. El ras de Bolonia, antes de regresar a Emilia, ordena esa noche a sus cuatro escuadristas que se planten entre esa multitud muda y hostil y aplaudan la aparición del Jefe en el portal. Mussolini se queda de piedra —hace semanas que nadie lo aplaude—, esboza una sonrisa.

No dura mucho tiempo. A pesar de la solemne promesa de Turati, la sombra de Matteotti no se desvanece. Su fantasma sigue deambulando, implacable, por el país. Sin embargo, el país no se levanta. Sigue siendo opaco. ¿Durará para siempre esa persecución?

En su cuaderno, Benito Mussolini anota: «El cadáver no se encuentra - La tensión aumenta - Las acusaciones de especulación se extienden».

Hay dos muertos, Matteotti y Mussolini. Italia está dividida en dos bandos, los que lloran la muerte de uno y los que lloran la muerte del otro.

Ugo Ojetti, julio de 1924

Hay demasiada gente interesada en el proceso y demasiada gente hablando de él. ¡Eso es extremadamente peligroso! [...] Y permitidme, señor presidente, daros un consejo: ante cualquiera que venga a hablaros del asunto, haced caso omiso y no toleréis conversaciones sobre ese tema con nadie [...] Se trata de una necesidad imprescindible también para la obligada tutela de nuestras responsabilidades personales. Oso daros ese consejo porque os aprecio sinceramente.

Giovanni Vaselli, defensor de Amerigo Dùmini,
carta confidencial a Benito Mussolini, julio de 1924

Cloroformo
22 de julio - 7 de agosto de 1924

—¿Qué tal estás?

—¿Cómo quieres que esté, Vela mía?

—¿Nada nuevo?

—Nada. A estas alturas, no hay acción alguna que pueda sorprenderme, ni siquiera la más absurda, la más abominable... Lo que me duele, en el fondo, es que no sé nada de lo que piensan mis amigos-enemigos. ¡Esos que me han traicionado!

—Ya verás como todo saldrá bien; pero, hazme caso, mantén la calma, no te dejes llevar por los nervios.

—¡Si no se trata de una cuestión de nervios, porque yo no odio a nadie, no guardo rencor! Por desgracia, el destino ha jugado sus cartas a favor de mis enemigos y, en caso de que pierda, como es casi seguro, la partida, ¡ni siquiera existe la posibilidad de la revancha!

—Tú siempre has demostrado ser un jugador muy hábil, de modo que sabes que muchas partidas, que parecen perdidas al principio, acaban boca arriba en la última mano.

Como testimonian las interceptaciones telefónicas de los encargados de las líneas reservadas del presidente, hacia finales de julio de mil novecientos veinticuatro, es una vez más Margherita Sarfatti quien infunde en Mussolini confianza en sí mismo, en sus dotes de jugador de azar: nunca hay que abandonar la mesa después de una mano perdedora (como una burla del destino, hablando con ella en la intimidad, su amante la llama cariñosamente «Vela», que apenas se diferencia en una sílaba del nombre de la viuda Matteotti). Mussolini recibe la misma exhortación a no dimitir de Costanzo Ciano, el héroe de las lanchas a motor torpederas, que acude a su experiencia de marinero: desde su primer embarque —le recuerda Ciano al Duce— se le enseñó a «no abandonar el barco cuando hay borrasca».

Y Benito Mussolini no lo abandona. Por lo demás, nadie le obliga a hacerlo. El rey le ha confirmado su confianza, la oposición se limita a la controversia periodística y la investigación judicial, manipulada desde las altas esferas, no le afecta personalmente.

Amerigo Dùmini, instalado en el ala VI de Regina Coeli con toda suerte de comodidades, sigue ateniéndose a la versión del apaleamiento que terminó en tragedia y niega toda responsabilidad de Mussolini. Mientras tanto, la administración del Partido Nacional Fascista liquida sin rechistar todas las notas de gastos del ilustre prisionero y de sus compadres: comida de un restaurante al aire libre, trajes de vicuña inglesa forrados en seda, pijamas adornados con pieles de astracán, papel de carta con el emblema del partido y la increíble cabecera de «Grupo Osados fascista - Destacamento de Regina Coeli - Roma, via della Lungara 29».

Dùmini tiene un solo gesto de intemperancia cuando, a finales de julio, una declaración jurada de De Bono, «esa vieja fulana», parece dar al traste con su versión del crimen preterintencional. Entonces el escuadrista toscano escribe cartas de chantaje a Finzi amenazando, si es engañado, con vender cara la piel, contra todo, contra todos y a cualquier precio; más tarde, sin embargo, Dùmini da marcha atrás, se arrepiente de su desahogo y promete volver a ser «el buen y fiel fascista de siempre». Al fin y al cabo, para Amerigo Dùmini, Regina Coeli es una «prisión sin rejas» y sigue respetando el pacto con Mussolini.

En ese momento Mussolini siente que puede superar la tormenta y retomar las riendas del partido. Los miembros del Consejo Nacional, que participan en las asambleas del 7 de agosto en la sala del Consistorio del Palacio Venezia, oyen en boca de su recuperado Duce, quien hace constar que habla como jefe del fascismo y como jefe de Gobierno, el nuevo eslogan y el nuevo rumbo:

—Un filósofo alemán dijo: «Vive peligrosamente». Me gustaría que fuera este el lema del joven y apasionado fascismo italiano: «Vivir peligrosamente».

Después, una vez lanzado el eslogan, se aclara su significado. Hay que estar dispuestos a todo, a cualquier sacrificio, a cualquier peligro, pero, entretanto, hay que saber reconocer los errores. Hemos jugueteado en exceso, con tanto título de comendador, con tanto título de caballero. En lugar de eso deberíamos haber tenido el orgullo de «llegar desnudos a la meta». Y basta ya con la violencia inútil: ya no debemos decir que estamos dispuestos a matar y morir por el fascismo sino solo que estamos dispuestos a sacrificarnos por la patria. Además, es hora también de acabar con los revisionismos. Estos revisionistas son gente a la que le gusta la retaguardia para encontrarse en la vanguardia en caso de que el frente dé un vuelco. Ahora, en cambio, la revolución iniciada en octubre de mil novecientos veintidós debe completarse con la conquista definitiva del decrépito Estado democrático y liberal. El fascismo no se deja enjuiciar, si no es por la historia.

Por encima de todo, sin embargo, una vez lanzado el eslogan, puesto que la batalla es difícil, puesto que debe evitarse la desintegración de la mayoría del gobierno —y Mussolini calcula que hay alrededor de un centenar de diputados dudosos—, hace falta una estrategia muy fina. La estrategia es esta: «Es preciso cloroformizar, permitidme el término médico, a la oposición y también al pueblo italiano».

La crueldad es necesaria, por supuesto, pero la crueldad del cirujano. Dejémonos de alarmismos, dejémonos de histerias. Se puede maltratar a un pueblo, se le puede exprimir con impuestos, se le puede imponer una dura disciplina, pero no pueden pisotearse ciertos sentimientos profundamente arraigados. No se puede vivir bajo el cielo de un apocalipsis cotidiano. El estado de ánimo del pueblo italiano —asegura el revivido Duce a los miembros del Gran Consejo— es este: no nos atosiguéis todos los días diciéndonos que queréis formar pelotones de fusilamiento. Eso nos molesta. Una mañana, cuando nos levantemos, contadnos que lo habéis hecho y nos conformaremos, pero, por el amor de Dios, nada de goteos continuos. Haced de todo pero que no nos enteremos hasta después.

Y, además, dentro de una semana es el 15 de agosto. Este año cae en viernes. La gente tendrá tres días enteros para llevar a sus hijos a la playa, para reconciliarse con los ancianos, con los muertos, alrededor de un almuerzo, delante de un plato de macarrones, con las piernas debajo de la mesa, la botella encima, tendrá tres días enteros para no volver a pensar en nada, para no darse cuenta de nada.

La verdad es que los parlamentarios no pueden hacer otra cosa que esperar pasivamente y los no parlamentarios solo pueden votar por el orden del día [...]. En el fondo, ¿a qué se dedica la oposición? ¿Promueven huelgas generales o parciales? ¿Manifestaciones en las calles? ¿O intentos de revuelta armada? Nada de eso. La oposición realiza una actividad de pura controversia periodística. No pueden hacer nada más.

Benito Mussolini,
discurso ante el Gran Consejo del fascismo,
22 de julio de 1924

Tratemos de evitar el alarmismo en las poblaciones, tratemos de presentarnos bajo nuestra apariencia guerrera, pero capaces tan solo de esa necesaria crueldad, la crueldad del cirujano. No vejemos los nervios ya alterados de la población: al fin y al cabo, el pueblo hará lo que nosotros queramos que haga. Mañana mil individuos muy determinados someten Roma, mañana, si actuáramos seriamente, con la decisión de quienes tienen los puentes quemados a sus espaldas y no les queda otra que seguir adelante, las poblaciones se retirarían porque, en el fondo, la humanidad sigue siendo la del posadero de Alessandro Manzoni, que afirma: «No me interesa, cada uno tiene sus propios asuntos».

Benito Mussolini, discurso ante el Consejo Nacional del PNF,
7 de agosto de 1924

El golpe ha sido duro, estúpido, repentino. Pero creo que superaré esta tormenta: la última de las infinitas que han instigado contra mí quienes deberían haberlas evitado.

Carta de Benito Mussolini a su hermana Edvige,
1 de agosto de 1924

El cadáver

Un túnel de desagüe, una perrita, un bosque agreste antaño refugio de bandoleros. Así despierta Italia de su atroz pesadilla.

Alceo Taccheri, peón caminero, asignado a la via Flaminia, mientras trata de purgar una cuneta, examina a cuatro patas el túnel de desagüe obstruido en el kilómetro dieciocho. Encuentra allí una chaqueta, a la que le falta una manga, con sangre incrustada en el ribete del bolsillo donde se coloca el pañuelo, en el lado del corazón. Buscando un poco más, aparece algo blanco apoyado en el suelo. Al recogerlo, descubre que se trata de la manga que faltaba, con el forro hacia afuera.

Ovidio Caratelli, sargento de los carabineros, se encuentra en Riano Flaminio de permiso en casa de la familia. Conoce como la palma de su mano el bosquecillo de Quartarella, una fronda tupida y alta, un lugar intransitable y agreste, porque de niño recorría en largas excursiones de caza todos los bosques de los alrededores. Separado de la carretera por una imponente cerca, espesada por árboles de troncos altos y arbustos espinosos, el interior del bosquecillo acaba en un profundo barranco. Pero entre el linde occidental y el barranco se abre un pequeño claro con una carbonera abandonada, invisible desde la carretera, enterrada por la espesa vegetación, circundada por zarzas y robles. Es allí donde, al caer la tarde, en la distancia de un crepúsculo veraniego, el carabinero oye ladrar a su perra. La perrita escarba en el suelo. Pero ya está oscureciendo, es mejor volver a casa.

Al día siguiente, la perrita, ávida, comienza a correr hacia la espesura en cuanto avistan Quartarella. El animalito reemprende la excavación en el mismo punto del día anterior.

El carabinero horada el terreno, recubierto de hojas y de cortezas secas de roble, el bastón se hunde en la tierra blanda, él la pisotea para comprobar si sigue hundiéndose. De la tierra, como para devolver la patada, se eleva un nauseabundo hedor a podredumbre. El terreno, casi de inmediato, devuelve a la luz también huesos humanos y trozos de carne, completamente recubiertos de gusanos pululantes. Tras retirar un poco más de mantillo, aparece la parte frontal de una calavera.

Giacomo Matteotti se encuentra ya en avanzado estado de esqueletización. Apenas le quedan unas cuantas partes blandas revestidas de piel. Aparece acurrucado y comprimido en un hoyo demasiado pequeño. Tan solo una gran lima clavada en el suelo sirve de cruz a su sepultura. La herramienta que usaron sus asesinos para excavar la tumba.

Los jueces a cargo de la instrucción anotan: bosque de Quartarella (frente al km 23 de la via Flaminia viniendo desde Roma, entre Riano y Sacrofano), en una fosa oblonga, poco profunda, de entre 0,40 y 0,75 m de ancho, al nivel del suelo, con longitud central máxima de 1,20 m y una profundidad máxima de 0,45 m (hoja 26,3, volumen per.), ubicada en una explanada antiguamente utilizada como carbonera, rodeada de zarzas.

El médico forense conjetura que el cadáver debe de haber permanecido mucho tiempo en la fosa y en ella se ha producido la disolución por proceso natural de descomposición, sin concurrencia de agentes externos, y que el cadáver, aunque completo, pese a no haber sufrido mutilaciones, ni en vida ni después de muerto, debe de haber sido comprimido a la fuerza en el túmulo superficial, demasiado pequeño, excavado a toda prisa, con medios inadecuados, presumiblemente golpeándolo con los pies, luego doblándolo por la mitad, con las piernas por debajo de la espalda, y por último cubierto por encima con un poco de mantillo de relleno. Dos dientes de oro, sobresalientes a causa de la retirada de las encías, confirman que se trata de los restos del diputado Matteotti.

Ante la carencia de órganos internos y de lesiones específicas del esqueleto, y de otra ropa a excepción de la chaqueta rasgada y los pantalones ya encontrados, es imposible determinar la causa precisa de la muerte. Sin embargo, como hipótesis, en virtud de la mancha de sangre, extendida tanto en el interior como en el exterior, localizada en la región pectoral anterior superior izquierda y en la región axilar homónima de la chaqueta incautada, resulta completamente verosímil que la muerte se haya producido como resultado de una herida con arma puntiaguda y cortante, que haya sangrado abundantemente, en la región torácico-anterolateral superior izquierda. Una sola puñalada en la zona del corazón.

A lo largo de la tarde, los carabineros criban el terreno circundante en busca de algún otro trozo de carne o algún resto de huesos. Antes del anochecer, sin embargo, el bosquecillo de los bandoleros se ve asediado por una multitud armada con antorchas que se agolpa en los confines de la espesura. Entre los primeros en llegar, los diputados del Partido Socialista Unitario. Filippo Turati se tambalea, presiona un pañuelo contra el rostro, no se sabe si para contener el llanto o para reprimir las arcadas causadas por el hedor cadavérico.

El horror invade el mundo de nuevo. Los periodistas se vuelven locos. En el estruendo de la prensa, en la detallada crónica del cuerpo desvestido, la violencia ejercida sobre el cadáver para embutirlo a la fuerza en una fosa inadecuada, excavada con una lima a toda prisa, proyecta la profanación de Riano entre las más «meditadamente atroces de la historia». También las declaraciones de Ovidio Caratelli y Domenico Pallavicini, el capitán de los carabineros que encontró la chaqueta, suscitan escepticismo: se contradicen entre sí y no falta quien sospeche un hallazgo dirigido.

Pero, a estas alturas, eso importa poco. Irradiándose en todo el país desde una pobre fosa excavada con una lima y devuelta a la luz por la agitación de una perrita, una lluvia de choques emotivos sacude a los italianos de su letargo semifestivo. Durante la noche, en las calles de la capital, los retratos de Mussolini son retocados con manchas de pintura de un rojo sangre.

La tierra, por lo tanto, ha devuelto el cadáver de Giacomo Matteotti. El cadáver, incluso con sus escasos restos de carne, aplaca al fantasma. La pesadilla ha terminado. El final ha comenzado.

Te ahorro la minuciosa descripción de los restos. Todo destruido. Ni siquiera hay ya esqueleto, sino tan solo tibias, fémures, costillas, huesos dispersos y el cráneo.

Carta de Filippo Turati a Anna Kulishova,
16 de agosto de 1924

Cuántas y qué cosas tan tristes nos rodean, qué entretejido de insidias [...]. El hallazgo de este desafortunado cadáver silenciará la jauría y a los veletas que la siguen.

Carta de Margherita Sarfatti a Benito Mussolini,
agosto de 1924

Precipicio
21 de agosto - 16 de diciembre de 1924

Lo que queda de Giacomo Matteotti es devuelto por segunda vez a la tierra el día 21 del mes de agosto. Esta vez se trata de su tierra: las exequias tienen lugar en Fratta Polesine por voluntad de Velia, su mujer, quien se ha negado a concederle a Turati una sepultura «política» en Roma en el cementerio de Verano.

En cualquier caso, una multitud de campesinos, obreros y ferroviarios arrodillados a lo largo de las traviesas han despedido con gritos el ataúd mientras partía de la estación de Monterotondo, y en Fratta lo ha recibido la misma multitud de decenas de miles de trabajadores de luto que espera venganza, justicia, revancha: «¡Venganza! ¡Viva Matteotti! ¡Viva el mártir! ¡Viva la libertad!».

En Fratta Polesine, su lugar de origen, el centro de la escena no corresponde ya a la joven esposa de Matteotti sino a su anciana madre. El batallón desplegado en la carretera provincial presenta armas, el sacerdote imparte la bendición ritual, luego, el duelo de la madre, a quien acompañan junto al ataúd, empieza con sollozos y termina con gritos desgarrados. Lucia Elisabetta Garzarolo, conocida simplemente como Isabella, entierra con Giacomo al último de sus siete hijos, después de que la tuberculosis, la vida y el fascismo le hayan despojado de todos.

A partir de este momento, todo se viene abajo, la barraca se hunde, Italia es un país que está de luto, que cierra filas en torno al dolor materno.

El fascismo, odiado otra vez por el mundo, vuelve a sumirse en el abismo de los escuadristas. En los días anteriores, ya ha habido muertos y heridos en las calles de Nápoles, pero el 31 de agosto, hablando en un mitin a los mineros del monte Amiata, el propio Mussolini evoca la violencia definitiva: el clamor de los socialistas —dice— es molesto, pero del todo impotente, el día en que pasen de las palabras a los hechos, «ese día haremos de ellos forraje para los campamentos de los camisas negras». En cuanto a los opositores retirados en el Aventino de sus conciencias, no le preocupan demasiado: «Los ausentes llevan las de perder».

La violencia evocada por el Duce se desata unos días más tarde, el 5 de septiembre, en Turín. Piero Gobetti, el joven y esbelto director de *La Rivoluzione Liberale,* es abordado en la calle por un grupo de escuadristas; le propinan una paliza de muerte, provocándole gravísimas lesiones internas; una pequeña y consternada multitud asiste con actitud prudente a la lucha de un hombre contra una docena. Pero la de Turín no es la única agresión. Se reanudan por doquier manifestaciones, saqueos, incidentes. Por ambas partes. La escalada culmina en un tranvía de Roma donde el 12 de septiembre el obrero Giovanni Corvi asesina al sindicalista fascista Armando Casalini con tres disparos de revólver, ante los ojos petrificados de su hija pequeña. Desde Cremona, Farinacci invoca la limpieza étnica de la oposición: «Si la escoba no es suficiente, emplearemos la ametralladora». El periódico fascista *L'Impero* exige el campo de concentración para los dirigentes del Aventino. Los escuadristas de provincias imploran a Mussolini: «Duce, danos carta blanca». La «segunda oleada» parece inevitable, incipiente, una necesidad histórica.

En el precipicio, en cambio, prosigue el repudio del fascismo. Los primeros en moverse son los grandes industriales que lo han apoyado. El 14 de septiembre, su habitual delegación —Olivetti, Conti, Pirelli— presenta a Mussolini un memorial que tiene valor de ultimátum. Luego actúan los liberales, reunidos en congreso, a principios de octubre. Ellos también toman distancias del régimen del que aún forman parte. Incluso el *Corriere della Sera* lo ataca abiertamente, por fin. La investigación judicial también avanza: Amerigo Dùmini, inculpado por una declaración de De Bono sobre las responsabilidades de Rossi y Marinelli, se ve obligado a cambiar su línea defensiva. El 20 de octubre admite haber estado al servicio de la «Checa fascista» y haber obedecido las órdenes de sus superiores. La orden del exjefe de policía —«negar, negar, negarlo todo siempre»— ya no tiene sentido. El 28 de octubre, las celebraciones de los milicianos por el segundo aniversario de la marcha sobre Roma se llevan a cabo en plazas desiertas. Ni siquiera participan los mutilados de la guerra. Desde Gardone vuelve a escucharse incluso a Gabriele D'Annunzio, quien define la Italia del asesinato de Matteotti como una «fétida ruina». Entre bastidores se traman conspiraciones para asesinar a Mussolini. El Partido Nacional Fascista está encerrado en sí mismo como una fortaleza asediada. Todos aguardan a que llegue desde el Aventino la orden de asalto.

En su caída, el fascismo asediado hace un último y tóxico intento para purificarse. El 22 de octubre, Emilio De Bono, destituido ya en junio como jefe de policía, es obligado a dejar el mando de la Milicia enteramente en manos de Italo Balbo. El 25 de octubre, el padre Sturzo se exilia en Londres. En París, en el juicio por el homicidio del fascista Nicola Bonservizi, asesinado por un expatriado socialista, Curzio Malaparte elabora un falso documento infame que descarga supuestamente la responsabilidad de lo sucedido en el cadáver de Giacomo Matteotti. Incluso Luigi Pirandello, el mejor dramaturgo italiano vivo, contribuye al intento de purgar el fascismo solicitando el carnet justo a finales de octubre. El 4 de noviembre, aniversario de la victoria, el régimen, en plena caída, trata de fascistizar del todo el culto a la patria. Mussolini se arrodilla ante la tumba del soldado desconocido mientras que, a sus espaldas, en piazza del Popolo, los escuadristas atacan un cortejo nacionalista encabezado por el nieto de Giuseppe Garibaldi. La tentativa fracasa. Por doquier se producen enfrentamientos entre fascistas y excombatientes. Mario Ponzio di San Sebastiano, medalla de oro al valor militar, rompe el carnet del PNF. De ese modo se suma a la gran mayoría de los italianos que sigue esperando una iniciativa política del Aventino para derrocar al régimen.

En el precipicio, mientras tanto, el 12 de noviembre, incluso el Parlamento, hasta entonces cómplice, empieza a repudiar al fascismo. La agenda del primer día de sesiones de la Cámara, reabierta después de un largo cierre, prevé la conmemoración de los diputados fallecidos en los últimos meses. El nombre de Giacomo Matteotti aparece en esa lista. El comunista Repossi, que ha bajado del Aventino, prohíbe a los fascistas unirse a las condolencias: «¡Desde que el mundo es mundo —grita Repossi delante de todos—, a los asesinos y cómplices de los asesinos nunca se les ha permitido conmemorar a sus víctimas!». El ataque es violento pero ningún fascista se atreve a silenciarlo. En los pasillos de Montecitorio hay rumores de acuerdos entre los principales dirigentes liberales para desbancar a Mussolini. Giovanni Giolitti, que en la primera sesión brilló por su ausencia, toma posiciones el 15 de noviembre, votando en contra de un proyecto de ley del gobierno. Luego se enfrenta a Mussolini en relación con las medidas que reprimen la libertad de prensa. Pocos días después se le une Vittorio Emanuele Orlando, el presidente de la victoria. Con cada nueva votación, el gobierno pierde apoyos. El 24 de noviembre, el famoso comediógrafo Sem Benelli anuncia su dimisión: «O dimite el fascismo o dimite el Estado», declara. La mayoría se desmorona, el poder de Mussolini peligra. Turati llega a escribir a Kulishova que en ese momento «la sucesión está abierta».

Italo Balbo también cae en el precipicio el 26 de noviembre. El ras de Romaña, atacado por un periódico a causa de sus responsabilidades en el asesinato del padre Minzoni, se ha querellado por difamación. Sin embargo, durante el juicio, su exlugarteniente Tommaso Beltrami exhibe una carta en la que Balbo asegura la impunidad a los violentos tras el crimen. Mussolini exige su dimisión. Cae así también el ídolo de los escuadristas. El fascismo sigue precipitándose por el barranco.

El 30 de noviembre, todas las fuerzas antifascistas se reúnen en Milán. Gran participación popular, gran conmoción. En el centro del escenario destaca un enorme retrato de Matteotti rodeado por guirnaldas de flores blancas, rojas y hojas verdes. Gritos de «¡Viva Matteotti!», gritos de «¡Abajo los asesinos!». Los jueces han completado la fase de instrucción del proceso, y aparte del encausamiento de los ejecutores materiales del delito, solicita también el de Rossi y Marinelli. El 3 de diciembre Luigi

Albertini, director del *Corriere della Sera* y senador del Reino, protesta con ardor contra el abuso del decreto ley. Pocas horas después incluso el magnate Ettore Conti toma la palabra en el Senado contra Mussolini: el fascismo ha tenido éxito en la empresa de restaurar materialmente el país, sin embargo ha fracasado en su restauración moral. Inmediatamente después de él, el general Giardino da voz al malestar de los círculos militares y monárquicos atacando a la Milicia. El 5 de diciembre la mayoría pierde otros veinte votos en el Senado. El bloque social que ha llevado a Mussolini al gobierno se desmorona en cuarenta y ocho horas. Las campanas doblan a muerto.

La rendición de cuentas parece inminente, los frentes de ataque se multiplican. El 6 de diciembre, Giuseppe Donati, director del periódico católico *Il Popolo,* presenta una detallada denuncia de la complicidad de De Bono en el crimen. De Bono, interrogado por el Gran Jurado, declara que la noche del 12 de junio, en una reunión secreta en el Ministerio del Interior, Rossi y Marinelli afirmaron que seguían órdenes de Mussolini. El 16 de diciembre se llega al extremo de que incluso un simple diputado, el liberal Giovanni Battista Boeri, no obstante haber sido elegido en la «gran lista» fascista, reúne valor para desafiar públicamente a Mussolini.

—Entregue usted su escaño —le grita furioso el Duce del fascismo—, porque ha sido elegido en la lista nacional.

—Al sumarme a la lista nacional, no creía que fuera a incurrir en corresponsabilidad penal —le replica Boeri.

En *La Stampa,* el periódico liberal y antifascista de Turín, el único que nunca ha hecho concesiones al fascismo, se lee una frase definitiva en la abierta rebelión que el hombre apacible de segunda fila libra contra el líder totémico: «El gobierno tiene una sola preocupación: no renunciar. Un solo temor: las sanciones de la justicia. Un sentimiento de incertidumbre e inquietud se extiende por todo el país sin posibilidad de que se detenga ni se remedie».

El mismo día, en otro periódico, Filippo Turati percibe en esa inquietud difusa el estado de ánimo de las «multitudes del año mil», ansiosas de que llegue del Aventino la señal «de un acto decisivo, no bien definible y, por tanto, solo terrible». Confiando en haber caído en el fondo del precipicio, aunque unas décadas antes de la llegada del segundo milenio, los italianos contienen la respiración en espera del fin del mundo.

Mostrándose de acuerdo pero con una actitud más práctica, Anna Kulishova le responde a Turati desde Milán: «Me parece que ha llegado el momento de hacer que las cosas se precipiten».

Ciénaga

Roma, 21 de diciembre de 1924

Raffaele Paolucci es una persona respetable, un ferviente patriota, un médico ilustre. Eminencia de la cirugía torácica y abdominal, ganó una medalla de oro al valor militar en la guerra hundiendo un acorazado austriaco con un solo compañero y con un solo torpedo de ocho metros construido por él mismo. En la tarde del 19 de diciembre, Raffaele Paolucci invitó a la «ciénaga» a su casa.

Cuarenta y cuatro diputados de la derecha moderada —el fascismo de los «padres de familia», los de la mayoría silenciosa, esos que están siempre en medio de los dos grupos opuestos de exaltados, esos cuya conciencia civil se horroriza ante cada nuevo acto de violencia, si bien la encrespadura apenas roza la superficie— se reúnen en un palacio romano, entre bombones y oropeles de alta burguesía, para acabar con el caos, para restaurar un clima pacífico, favorecer la conciliación, la normalidad, la Constitución. El objetivo de los diputados de la zona gris, convencionalmente llamada «ciénaga», es desbancar al gobierno actual presionando a Mussolini para que rompa con los ras y se alíe con los antiguos liberales —quizá dejando la presidencia a Vittorio Emanuele Orlando— e inducir a la oposición a volver al Parlamento. Hace días que el senador Pompeo di Campello, gentilhombre de cámara del rey, les insta a hacerlo.

Con este propósito y con este mandato de la Corona, los cuarenta y cuatro firman un orden del día de saneamiento nacional: liberarse del abrumador poder de los ras, evitar a toda costa la violencia, confiar el orden público a la policía, aplastar «segundas oleadas revolucionarias», defenestrar de todos sus cargos a los violentos, a los ladrones, a los corruptos, reformar la ley electoral introduciendo el colegio uninominal.

Puede parecer extraño que con los lobos a las puertas alguien piense en una reforma electoral, pero lo cierto es que un grupo de diputados elegidos en el Parlamento no piensa en otra cosa y, según la visión de Raffaele Paolucci, el sistema uninominal, al prever la elección de un solo diputado por circunscripción, sometiendo a cada candidato individual al escrutinio directo del cuerpo electoral, debería barrer a los intrigantes de la política, a los parásitos de las organizaciones sindicales, a los exaltados, a los violentos, los locos. Debería empujar a Mussolini a entregarse a los liberales, a los moderados, al rey, a la gente de bien.

Raffaele Paolucci, sin embargo, es un hombre de honor, no un conspirador, y, por tanto, sabiendo que hace meses que se habla de esta reforma electoral pero el Duce siempre se ha declarado en contra, después de la reunión de la «ciénaga», va a ver al Jefe para darle cuenta lealmente de los resultados, para hacerle partícipe de los deseos expresados por sus parlamentarios. Mussolini lo escucha con atención, aun así Paolucci se lleva la impresión de que no le ha parecido sincero.

Raffaele Paolucci vuelve a ver a Benito Mussolini al día siguiente, en el hemiciclo de Montecitorio. Lo ve acercarse al banco del gobierno y depositar un decreto ley para la reforma del sistema electoral en sentido mayoritario con colegios uninominales, la misma reforma que Paolucci le había propuesto el día anterior y que Mussolini había desdeñado. Nadie sabía nada de ese decreto, solo dos ministros lo han firmado por ahora, los demás lo harán en breve.

El hombre de bien no sale de su asombro: el animal político se les ha adelantado y ha lanzado a la ciénaga no una piedra, sino una bomba. El efecto del decreto ley es explosivo, el desconcierto enorme, el agua cenagosa se descompone.

Superado el aturdimiento por el magistral golpe de efecto, Paolucci lo comprende todo. Encajado en el asedio de la oposición, los moderados, los escuadristas, con ese golpe sorpresa Mussolini vuelve a ser el señor del juego: la oposición socialista, comunista y popular —que debe mucho al sistema proporcional— se verá diezmada; los antiguos notables liberales, que aún disfrutan de un gran seguimiento individual en sus feudos electorales, apreciarán el regalo; los fascistas moderados y los escuadristas exaltados, cuya base electoral real es escasa en ambos casos, elegidos gracias a la marea proporcional, quedarán ahora a merced del chantaje de Mussolini, que, encerrado en su despacho, asignándoles o negándoles una circunscripción ganadora, podrá determinar la reelección o el olvido.

Gracias a una simple reforma del sistema electoral, en definitiva, Mussolini ha vuelto a tomar las riendas. La derecha liberal, hasta ayer dispuesta a desarzonarlo, se acerca de nuevo a él atraída por la perspectiva de la reelección. Ante la amenaza de no ser reelegidos, los fascistas moderados, hasta ayer seducidos por la fronda, se apresuran a meterse en cintura. La ciénaga se ve aprisionada así en su propio cieno. Lo único que cuenta para los políticos de carrera es ser reelegidos. Aunque se hunda el mundo, no se despegarán de sus sillones por salvarle la cara a nadie.

La oposición, mientras tanto, es desanidada. Enrocada durante meses en el Aventino, mientras Italia esperaba en vano a que lanzaran el ataque final, ahora se ve obligada a intentar una salida. Su arma más poderosa, quizá ya la única a estas alturas, sigue siendo la acusación de la sangre. Ya desde principios de agosto Giovanni Amendola, jefe del Aventino, está en posesión del memorial de Cesare Rossi, redactado el 15 de junio. Lo siguió incubando tres meses más, luego, a mediados de noviembre, se lo envió a Víctor Manuel III, confiando en que fuera el soberano quien deshiciera el nudo. Durante todo el mes de diciembre, la Italia del Aventino esperó en vano. El rey, como siempre, no movió un dedo.

Amendola entonces decide publicarlo. La primera edición anticipada del memorial aparece en su periódico, *Il Mondo,* el 27 de diciembre. Se desenmascara el fascismo como absoluto y verdadero ilegalismo de Estado; se pinta al político Mussolini como una especie de delincuente, instigador directo de la violencia; y se presenta al hombre con la psicología de un cerebro criminal siempre preocupado en procurarse una coartada para el día y la hora del crimen.

Y, sin embargo, extrañamente, Mussolini no hace nada para impedir la publicación del memorial. Incluso se dice que la ha favorecido, que ha forzado los tiempos. «Nada de secuestros, máxima visibilidad», parece haber ordenado. ¿Será un cálculo diabólico, será la voluptuosidad del desastre, será que los diarios se llaman así porque duran un día?

En cualquier caso, la impresión que producen las revelaciones de Rossi es una vez más enorme. Los escuadristas dan muestras de impaciencia, los periódicos fascistas las minimizan como los chismorreos de siempre, el *Corriere della Sera* pide por primera vez abiertamente la dimisión del presidente del Gobierno. Volvemos de nuevo al enfrentamiento, de nuevo a los cuchillos.

Una vez atenuada la primera impresión de desconcierto ante la sorpresa, parece estar claro el propósito de la maniobra de Mussolini: aterrorizar a la oposición, pero, sobre todo, desarticular los núcleos de la mayoría que hacen gala de veleidades de independencia. Hay que reconocer que Mussolini logró admirablemente sus propósitos.

Declaración de Antonio Salandra,
antiguo presidente del Gobierno,
sobre el decreto ley de reforma electoral
del 20 de diciembre de 1924

Unas semanas más y al final la oposición, que tan frenéticamente se ha afanado con el muerto, que se ha beneficiado del muerto con un celo sádico y exasperado de buitreo macabro, que ha hecho pesar sobre el pecho de la nación una pesadilla de horror, quedará definitivamente arrollada por la simple lógica humana y por la realidad indestructible de los hechos.

«Vejiga, no bomba» (comentario sobre la publicación del memorial de Rossi), *Il Popolo d'Italia*, 30 de diciembre de 1924

Cuando uno se ve involucrado por ciertas imputaciones, tiene el deber de ponerse a disposición de la justicia renunciando a las prerrogativas e inmunidades que el poder concede por defecto.

En cualquier otro país constitucional de Europa, un presidente del Gobierno cuestionado de esta manera daría ese paso por propia voluntad y, si no lo hiciera, se vería obligado a renunciar a su cargo para exculparse como ciudadano de a pie.

Luigi Albertini,
Corriere della Sera, 27 y 30 de diciembre de 1924

La jauría

Roma, 31 de diciembre de 1924
Palacio Chigi

Los siete lápices rojos y azules de la marca Faber, bien afilados por ambos lados y bien alineados, dan viveza a la esquina noroccidental del escritorio. Las láminas metálicas de los plumines de punta cuadrada, cortadas en el extremo por una fina hendidura, están debidamente insertadas en los canutos de tres plumas diferentes.

Después de su habitual paseo matutino a caballo por Villa Borghese, el Duce ha encontrado el Salón de las Victorias limpio de las insoportables moscas gracias al irreprochable Quinto Navarra que, siguiendo sus instrucciones, la ha rociado abundantemente con geraniol. El inseparable maletín de piel amarilla, el mismo de siempre, está colocado sobre una mesa de café, los decretos sobre medidas policiales y de censura de prensa ya están firmados sobre el escritorio. En el despacho del presidente del Gobierno todo está en orden incluso en este último día del año; como en cualquier otro día, se ha cuidado meticulosamente hasta el más mínimo detalle. Todo salvo el mundo: que, por desgracia, se resiste, se niega a someterse.

Los periódicos de la mañana, amontonados sobre el escritorio en pilas ahusadas, insuflan en la habitación aséptica, bien ordenada, la inestabilidad delirante del mundo. Los periódicos liberales exigen la dimisión de Mussolini, los socialistas su cabeza, los fascistas del sector extremista lo amenazan abiertamente. En la primera edición del nuevo año de su *Cremona Nuova,* Farinacci declara que las porras, que han dejado temporalmente en el desván, «deben desempolvarse y colocarse al alcance de la mano». En su

La Conquista dello Stato, Curzio Malaparte, un escuadrista de segunda fila, se atreve a aleccionarlo: «Quien no está con nosotros está contra nosotros», el lema fascista por antonomasia, vale también para quien lo acuñó, para el propio Benito Mussolini, vocifera Malaparte. Los titulares son explícitos, insolentes: «¿El fascismo contra Mussolini?», «Todos deben obedecer, incluido Mussolini, a la admonición del fascismo integral». Las acusaciones de los escuadristas son precisas, sus esperanzas arrogantes. Malaparte lo ataca frontalmente, le recuerda que «el honorable Mussolini, más que recibir el encargo de la Corona, obtuvo el mandato de las provincias fascistas», y las provincias, irreducibles, no se avienen a razones: la revolución ha de continuar, contra todos los compromisos, los cobardes, las súplicas. Y los escuadristas están dispuestos a sacar adelante la revolución incluso sin él.

De repente, la puerta del Salón de las Victorias se abre de par en par sin que él, desde dentro, haya oído que llamaran. En el umbral no se asoma la cara obsequiosa, el cuerpo atildado de Quinto Navarra. Quienes irrumpen, en cambio, son docenas de hombres, ruidosos, pesados, con paso marcial, que llevan camisa negra y medallas al valor prendidas de la camisa. Alguno tiene el puñal en el cinturón. Como para asediarlo, pero dejando abierta una vía de escape, se colocan en semicírculo alrededor del escritorio del presidente del Gobierno, que permanece sentado.

Los treinta y tres cónsules de la Milicia han ido llegando por separado y de incógnito desde toda Italia, se han acantonado en el cuartel de la Milicia de la legión al mando del cónsul Mario Candelori y luego, en grupillos de tres, para no llamar la atención, se han concentrado en la Galleria Colonna, frente al Palacio Chigi. Ahora los cónsules presionan físicamente a su Duce, sorprendido y molesto. Los guían Enzo Galbiati y Aldo Tarabella.

Mussolini los conoce a ambos desde hace años. Galbiati es el jefe de los escuadristas de Monza, cónsul comandante de la 25.ª legión «Férrea» de la Milicia, el camarada a quien se le encomendó la defensa de *Il Popolo d'Italia* durante la marcha sobre Roma. Aldo Tarabella es una leyenda: capitán de los Osados en la Gran Guerra, especialista en el uso de la pistola ametralladora, una nueva arma de asalto, condecorado al valor seis veces con tres medallas de bronce y tres medallas de plata, inscrito en el Fascio primigenio de Milán desde abril del año mil novecientos diecinueve.

Tarabella es el primero en hablar. Presenta al Duce sus mejores deseos para el nuevo año, cuarto de la revolución. Mussolini, todavía firme, dice estar molesto por recibirlos de esa forma tan violenta. El héroe de guerra no tarda en descubrir sus cartas:

—Duce, estamos aquí para deciros que nos hemos cansado de marcar el paso. En este momento las cárceles están llenas de fascistas. Se está procesando al fascismo y vos no queréis asumir la responsabilidad de la revolución. Así que asumiremos nosotros mismos esta responsabilidad y hoy mismo nos presentaremos ante el juez Occhiuto, quien estará encantado de encerrarnos en Regina Coeli. O todos en la cárcel, incluyéndoos a vos, o todos fuera.

Mussolini llama al soldado al orden.

Tarabella, todavía en pie, no desiste: fue él, el Duce, quien inflamó sus corazones, quien los levantó contra la chusma socialista, ahora no puede pretender aplacarlos. Llegados a este punto, el Duce debe decidirse a liquidar la oposición para que la revolución prosiga, o todos ellos se entregarán como criminales junto con él.

Mussolini vacila. El ultimátum del soldado le ha dejado aturdido como un golpe en la sien. El hombre sentado mira a su alrededor, observa los puñales, no distingue a Tullio Tamburini, «el gran apaleador», intenta escabullirse.

—¿Por qué no veo a Tamburini entre vosotros? —pregunta Mussolini.

—Porque ya está de nuevo en marcha a la cabeza de diez mil camisas negras.

Tarabella acompaña su respuesta tendiéndole una carta autógrafa en la que Tamburini aprueba su iniciativa.

Mussolini gana tiempo, lee en diagonal las primeras líneas. Sabe por el Ministerio del Interior que en Florencia los escuadristas de las provincias toscanas incendian las sedes de los periódicos socialistas, asaltan los cuarteles para liberar a sus camaradas detenidos, siembran la violencia en las calles.

El tono perentorio del Jefe se quiebra, su voz se suaviza, intenta persuadir, pide comprensión, su mano derecha se levanta como para proteger el cuerpo.

—Han hecho el vacío a mi alrededor..., me han arrojado un cadáver entre las piernas...

—Pero, Duce, ¿os parece demasiado un cadáver a cambio de una revolución?

La réplica de Tarabella, fulminante, despiadada, ha dejado caer en la sala un torbellino de baja presión. El aire se ha vuelto eléctrico, el silencio absoluto, convulso, receloso y presagio de gritos. Una mosca que ha escapado del exterminio zumba al golpear enloquecida con las nervaduras de sus alas contra el cristal de la ventana que la aprisiona.

Mussolini se pone de pie, su voz se eleva hasta notas agudas, estridentes, vuelve a invocar la disciplina: todos esos cónsules de la Milicia, por haber abandonado sus puestos sin permiso, son susceptibles de ser sancionados. El Jefe dice estar amargado, decepcionado, por esos soldados de quienes esperaba obediencia ciega. Algunos de ellos, ante tales reproches, dan un paso atrás. Surge una disputa. Mussolini los despide.

Tarabella persiste: «Nos cuadramos, Duce —dice—, pero nos vamos dando un portazo». La protesta del héroe deja tras él a un hombre deshecho, entre la espalda y la pared.

Unas horas después, esa misma tarde, el asediado se convierte en paria. Durante la tradicional recepción en el Quirinal para celebrar el año nuevo, una fiesta solemne en la que participa, además de los miembros de la familia real, toda la Italia que cuenta, Benito Mussolini se queda aislado en un rincón del gran salón. El Duce del fascismo ha tenido que entrar con el último grupo, después de los condecorados con el Collar de la Santísima Anunciación, los senadores, los diputados —ni Giolitti ni Salandra lo saludan—, ha tenido que aferrarse a la compañía de algunos de sus ministros para no quedarse castigado.

Filippo Turati, quien asiste a la escena, lo considera desahuciado. A su compañera le escribe que ya solo queda «el problema de encontrar el camino para la retirada del Duce».

De esta manera, al Duce no le queda más opción que jugar de farol. Le pide al rey que firme un decreto en blanco para la disolución del Parlamento con el que podría someter a chantaje a los diputados. El rey se niega a estampar su firma, la subordina a la obtención de la confianza y a la promulgación de la reforma electoral. Mussolini emite entonces una declaración desesperada en la cual, marcándose un farol, anuncia que, una vez aprobada la nueva ley, será posible disolver la legislatura.

Pasa la noche anterior a la reapertura de la Cámara con la única compañía de sus siete lápices rojos y azules de la marca Faber, preparando el discurso con el que se enfrentará al tribunal del futuro. Se sienta en el mismo escritorio donde los treinta y tres cónsules de la Milicia lo han rodeado como una jauría de perros de la guerra.

Los actos violentos de Florencia, el decreto que impide la publicación de todos los periódicos el primero de enero [...] no son otra cosa más que una maniobra vinculada con el cabecilla para ostentar desenvoltura y no perder la cara ante el extremismo fascista, una forma, en definitiva, de decorar con un atavío digno una muerte ya constatada como inevitable.

Carta de Filippo Turati a Anna Kulishova,
2 de enero de 1925

La sala de Montecitorio está repleta desde el centro hasta la extrema derecha, pero esos escasos bancos obstinadamente vacíos del ala izquierda son suficientes para necrosarla como un infarto de miocardio. Sin embargo, casi todos los diputados secesionistas de la oposición están presentes, escondidos entre la multitud de las gradas.

Abajo, en el hemiciclo, Francesco Giunta bromea con Alfredo Rocco en el banco de la presidencia, el diputado Lanza di Trabia grita «¡Viva Italia!», Farinacci responde gritando «¡Viva el fascismo!», los escuadristas entonan *Giovinezza*. Hoy en el Parlamento de Italia se bromea, se grita, se canta, pero nadie habla.

Desde hace dos días el país sufre fibrilación ventricular, los rumores de dimisión del presidente se suceden, en las calles resuenan los clamores antifascistas que, tras el mentís oficial, se silencian. La escena cambia de minuto en minuto, en un altibajo de pasiones tristes, la vida se vive como en una película cinematográfica.

Se rumorea que «Él» se ha venido abajo, humillado por la ráfaga que lo ha arrollado, próximo al colapso; otros argumentan que los cónsules de la Milicia tal vez le hayan inoculado el bacilo de la resistencia. En cualquier caso, todos lo esperan, conteniendo la respiración, lo esperan como ese acontecimiento cuyas consecuencias han de extenderse sobre el resto de una existencia, quebrando el cine natural de la vida en un antes y un después.

Pocos minutos después de las 15:00 horas, el diputado Mussolini entra en la sala por la habitual puertecita de la derecha, seguido por los diputados Di Giorgio, Federzoni y Ciano. Aparece «con gesto ceñudo y cara sombría», según anota el cronista del *Corriere della Sera*.

El Duce del fascismo acalla con un movimiento de la mano derecha el aplauso ritual de sus acólitos y toma asiento en el banco de la presidencia. Cuando el diputado Rocco le cede la palabra, en el silencio más tenso, con un gesto habitual, Benito Mussolini se ajusta el nudo de la corbata. Después se lanza inmediatamente al ataque.

Una secesión de la oposición funciona si el adversario negocia, pero este hombre, colocado entre la espada y la pared, a quien todos sus enemigos creen acabado, demuestra de inmediato que no está dispuesto a llegar a acuerdo alguno. Su sillón de presidente del Gobierno sigue siendo una barricada, su invectiva se dirige abiertamente a sus enemigos.

—¡Señores! El discurso que estoy a punto de pronunciar no puede ser categorizado, en el sentido estricto de la palabra, como un discurso parlamentario. No quiero un voto político por vuestra parte, ya he recibido demasiados.

El orador ahora sostiene un libro. Es el manual de los diputados que contiene el Estatuto del Reino. La atención de todos se concentra en el volumen encuadernado como en una granada cebada.

—El artículo 47 del Estatuto reza: la Cámara de Diputados tiene derecho a acusar a los ministros del rey y conducirlos ante el Alto Tribunal de Justicia. Pregunto formalmente: en esta Cámara, o fuera de esta Cámara, ¿hay alguien que quiera servirse del artículo 47?

Es una ostentación. Benito Mussolini levanta el libro de las reglas democráticas ante la cara de los parlamentarios como un sacerdote que exhibe ante los fieles el pan transformado en el cuerpo de nuestro señor Jesucristo.

Silencio.

Uno solo.

Bastaría con que uno solo hablara y él estaría perdido.

Entre los líderes de la oposición, sentados en sus escaños o mezclados entre la multitud de las gradas, hay hombres a los que desde luego no les falta valor. Durante años, su vida cotidiana ha sido una trinchera, han soportado amenazas continuas, algunos han recibido palizas varias veces. Sería suficiente con que uno solo de ellos se levantara, con que una figura solitaria se irguiera para acusar, rompiendo la disciplina de partido, el círculo de la violencia, oponiendo fuerza moral a fuerza física, respondiendo a la llamada del futuro, dejándose ajusticiar en el presente para ser vengado por la posteridad, dejándose sumergir por la vida para salvarse en la historia. Sería suficiente con que uno solo se levantara para envenenar todo lo que a Él aún le queda por decir, y que lleva apuntado en unas escasas notas abiertas a la improvisación en una hoja suelta.

Nadie se levanta.

Tan solo los cortesanos fascistas se ponen de pie para aplaudir a su Duce.

Entonces el Duce se desborda. Si nadie en ese hemiciclo se ha atrevido a levantarse y acusar, será él, Benito Mussolini, quien exponga la acusación contra sí mismo.

Y así su voz se eleva poderosa en el hemiciclo de Montecitorio, disparando una sílaba tras otra. Se dice que él ha fundado una Checa. ¿Dónde? ¿Cuándo? ¿De qué manera? Nadie puede explicarlo. Si nadie lo inculpa, él, entonces, se disculpa: él siempre se ha declarado discípulo de esa violencia que no puede ser expulsada de la historia, pero él es valiente, inteligente, previsor, la violencia de los asesinos de Matteotti es cobarde, estúpida, ciega. Que no se cometa la injusticia de creerle tan estúpido. Él nunca se ha mostrado inferior a los acontecimientos, él nunca se habría imaginado siquiera dando la orden para ese absurdo, catastrófico asesinato de Matteotti, él no odiaba en absoluto a ese adversario inflexible, al contrario, lo estimaba, apreciaba su obstinación, su valor, tan parecido a su propio valor, que nunca le ha faltado. Y ahora va a dar buena prueba de ello.

Benito Mussolini guarda silencio durante unos segundos como si tuviera que recargar un arma. Luego se lleva las manos a las caderas, estira el cuello y recalca de nuevo las sílabas, martilleando sus frases en rápida sucesión.

Durante meses ha tenido lugar una campaña política inmunda y miserable, en la que se han difundido las mentiras más macabras y necrófilas, llegando a hacerse averiguaciones incluso bajo tierra. Él permaneció tranquilo, frenó a los violentos, trabajó por la paz. ¿Y sus enemigos cómo respondieron? Subiendo la apuesta, agravando la carga. Se planteó la cuestión moral, se dijo que el fascismo no era una magnífica pasión del pueblo italiano sino una lujuria obscena, que el fascismo no pasaba de ser una horda de bárbaros acampados en la nación, un movimiento de bandidos y saqueadores. De esta manera, reduciéndolo todo a mera delincuencia, se sugería a los italianos que no dieran nada por cierto, se inoculó la venenosa sospecha de que el cielo, la tierra, el aire, los colores, los sonidos, los olores no son más que el engaño de un demonio maligno, que el drama grandioso de la Historia —la lucha de los pueblos jóvenes contra los decadentes, el muelle mediterráneo del continente europeo lanzado contra el africano— debe ser juzgado como un trivial, inútil caso de crónica negra. En definitiva, se ha puesto en tela de juicio la creación entera, atribuyéndola a la perorata de un dios idiota que no hace más que vomitar retahílas de frases sin sentido desde el centro de un universo desconocido, se ha defendido que el mundo no es otra cosa que un perpetuo error regulado por el mal.

Pues bien, Él, ahora, con su valor habitual, va a oponerse a los calumniadores de la vida, del mundo, de la historia:

—Por lo tanto, señores, yo declaro aquí ante esta asamblea y en presencia de todo el pueblo italiano, que asumo, yo solo, la responsabilidad política, moral, histórica de todo lo que ha ocurrido. Si las frases más o menos balbucientes bastaran para ahorcar a un hombre, ¡fuera el poste y fuera la cuerda! Si el fascismo no ha sido más que el aceite de ricino y las porras, y no en cambio una magnífica pasión de la mejor juventud italiana, ¡la culpa es mía! Si el fascismo ha sido una asociación criminal, ¡soy yo el jefe de esa asociación criminal!

Y, de nuevo, nadie se levanta para detener al hijo del siglo. El hemiciclo responde con un único grito, respetuoso, devoto, entusiasta:

—¡Todos contigo! ¡Todos contigo, presidente!

Él, entonces, alza la barbilla hacia el horizonte, hincha el pecho, concluye. Cuando dos elementos luchan y son irreductibles, la solución es la fuerza. Nunca ha habido otra solución en la historia y nunca la habrá. Él, un hombre fuerte, promete que la situación se aclarará «en toda el área» en las cuarenta y ocho horas siguientes a su discurso.

Esa expresión ambigua, de burocracia policial —«en toda el área»—, cae sobre la Cámara de Diputados como una lápida. La sesión se cierra sin discusión ni voto. Se volverá a convocar la asamblea a domicilio.

En cuanto se apaga el clamor de las ovaciones fascistas, el hemiciclo va vaciándose lentamente. Benito Mussolini permanece largo rato, él solo, sentado en su escaño de presidente.

Escúchalos. «¡Viva Mussolini! ¡Viva Mussolini!»

Gritan el nombre del Jefe porque en la vida de un hombre un Jefe lo es todo. Después, antes incluso de ir a felicitar al Jefe al banco de la presidencia, vuelven a cantar *Giovinezza*. La cantan porque todavía son unos críos y los críos necesitan cantar canciones a voz en grito.

Míralos. Salandra y los otros disidentes moderados han permanecido largo rato sentados en sus escaños mientras los fascistas, de pie, prolongaban su ovación. Luego, después de que se declarara concluida la sesión, ellos también, susurrando palabras patéticas de decepción, han ido alejándose poco a poco hacia la salida. Mientras los liberales se replegaban, en las gradas todavía se podía ver a Turati, interrogado por la mirada desconcertada de los socialistas, que respondía con tranquilizadores gestos de suficiencia. Como si dijera: «No os alarméis. Es el Mussolini de siempre que intenta asustar a los pájaros».

Míralos, escúchalos, no entienden lo que está pasando. Ni unos ni otros. No entienden lo que les estoy haciendo.

Seguirán luchando, en ambos bandos, sin saber que viven ya en una casa de muertos. Los nuestros, los fascistas de camisa negra con calaveras blancas bordadas, siempre han vivido allí, los otros, educados durante siglos en el respeto a la naturaleza humana, no la conocen. Deambulan a tientas, temblorosos, en la noche de la llanura inmensa, sin poder encomendarse siquiera al instinto de la lucha. No entienden, no entienden…, gatitos ciegos confundidos en un saco.

Me he justificado ante la historia, pero debo admitirlo: la ceguera de la vida en relación consigo misma es angustiosa.

Al final volvemos al principio. Nadie quería cargar con la cruz del poder. La cojo yo.

Personajes principales

Fascistas, simpatizantes y afines

ACERBO, GIACOMO   Hijo de la burguesía de provincias, conservador, intervencionista, condecorado al valor en la guerra, emprende la carrera académica, pero luego la abandona por la política y funda el Fascio de Combate de su provincia. Diputado desde junio de 1921.

ARPINATI, LEANDRO   Joven ferroviario exanarquista, originario de Romaña, amigo personal de Mussolini. Hijo de familia pobre. Alto, corpulento, generoso, leal, líder natural de grupos de hombres armados.

BALBO, ITALO   Hijo de la pequeña burguesía urbana —sus dos progenitores eran maestros de primaria—, voluntario de guerra, teniente de las tropas de montaña y de los Osados, condecorado al valor. Después de la guerra se une a las escuadras fascistas de Ferrara financiadas por los propietarios agrícolas. Alto, delgado, fuerte, valiente, despreocupado y despiadado, pronto se convierte en su indiscutible jefe.

BANCHELLI, UMBERTO   Hijo de padre desconocido y de la plebe florentina, voluntario en la Gran Guerra, lucha en Serbia, en Argonne y en el Carso. Compañero de armas de Dùmini, es su compañero también en las batallas de la posguerra. Odia a los bolcheviques no menos de lo que odia a los vástagos de la burguesía urbana. Todos lo conocen por su apodo de «el mago».

BARBIELLINI AMIDEI, BERNARDO   Conde, terrateniente, voluntario de guerra, condecorado al valor, de temperamento neurasténico, casi epileptoide. Jefe de las escuadras de Piacenza.

BELTRAMI, TOMMASO   Aventurero, partidario del fascismo en Rávena, lugarteniente de Balbo, escuadrista y sindicalista, legionario en Fiume y miembro de la guardia personal de D'Annunzio. Ambiguo, inmoral, sin escrúpulos, adicto a la prostitución y a la cocaína.

BIANCHI, MICHELE   De orígenes calabreses, militante socialista, más tarde sindicalista revolucionario de los más radicales, intervencionista, voluntario en la guerra, redactor jefe de *Il Popolo d'Italia* y miembro fundador del fascismo. Hombre de confianza de Mussolini, inteligente, fanático, ávido fumador, pese a padecer una grave tuberculosis. Destinado a una muerte temprana.

BONACCORSI, ARCONOVALDO   Veterano de la Gran Guerra, protagonista de enfrentamientos callejeros con los socialistas, fascista de primera hora, columna del servicio de orden de *Il Popolo d'Italia*. Dotado de fuerza física extraordinaria, ultraviolento, apasionado cantor de piezas populares, encarcelado en numerosas ocasiones.

BOTTAI, GIUSEPPE   Voluntario de los Osados, herido y condecorado con la medalla de plata, futurista, poeta aficionado. Fundador del Fascio de Combate de Roma, organiza las primeras escuadras de acción locales.

D'ANNUNZIO, GABRIELE   Primer poeta y primer soldado de Italia. Ya era escritor de fama internacional, dandi, esteta exquisito, implacable seductor, cuando, exaltado por la guerra, lleva a cabo empresas legendarias durante el conflicto mundial. Un mito viviente para el movimiento de los combatientes y para la burguesía decadente. Quizá el italiano vivo más famoso del mundo.

DE BONO, EMILIO   General pluricondecorado, destinado a la reserva y tempranamente envejecido, busca apoyos políticos en todos los partidos del arco parlamentario. Los encontrará en el fascismo.

DE VECCHI, CESARE MARIA   General monárquico turinés. Teniente de artillería y capitán de los Osados durante el conflicto mundial, herido en combate, condecorado con tres medallas de plata y dos de bronce. Obtuso, patriótico, impetuoso, se adhiere al fascismo desde 1919.

DÙMINI, AMERIGO   Hijo de emigrantes, ciudadano estadounidense, renuncia a la nacionalidad americana para alistarse en el ejército real. Herido, mutilado, condecorado al valor, se inscribe en el periodo de posguerra en la Alianza de Defensa Ciudadana con funciones antibolcheviques y se cuenta entre los fundadores del Fascio de Florencia.

FARINACCI, ROBERTO   Ferroviario socialista, acérrimo intervencionista, sospechoso de haberse emboscado luego, fascista de primera hora, periodista de asalto, agramatical, tosco y canallesco como pocos, con menos escrúpulos y más determinación que nadie, camarada de Mussolini, columna vertebral de los escuadristas lombardos.

FEDERZONI, LUIGI   Boloñés, hijo de escritor, alumno de Giosuè Carducci, líder del movimiento nacionalista y simpatizante del fascismo.

FILIPPELLI, FILIPPO   Abogado calabrés, antiguo secretario personal de Arnaldo Mussolini, director del periódico profascista *Corriere Italiano*. Chanchullero, trapichero, especulador enriquecido con los excedentes bélicos.

FINZI, ALDO   Aviador, piloto, motociclista, ama la velocidad y odia a los campesinos miserables que sueñan con la revolución bolchevique. Hijo de un rico industrial de orígenes judíos de Polesine, la misma tierra de origen de Giacomo Matteotti, fue condecorado durante la guerra con la medalla de oro al valor por haber volado sobre Viena con Gabriele D'Annunzio.

FORNI, CESARE   Hijo de un rico agricultor de Lomellina, tras pasar una juventud disoluta en las salas de billar de Turín, encuentra su vocación en las trincheras de la Primera Guerra Mundial, por lo que es condecorado con una medalla de plata al valor militar y dos de bronce. Alto, corpulento, rubio, encabeza las escuadras fascistas en la destrucción de las ligas campesinas en las tierras paternas.

GALBIATI, ENZO   Huérfano de padre, estudiante de contabilidad, ex Osado y exlegionario de Fiume. Jefe de las escuadras fascistas de Brianza.

GIAMPAOLI, MARIO   Hijo del pueblo, militante socialista en su juventud, sindicalista revolucionario, en 1914 apoya la intervención de Italia en la guerra y se alista en los Osados. Funda con Mussolini los Fascios de Combate y dirige el servicio de orden. Hombre de los bajos fondos, autodidacta, jugador, vinculado a una exprostituta, condenado por asaltar y robar a una anciana.

GIUNTA, FRANCESCO   Florentino, licenciado en Derecho, voluntario en la Gran Guerra, capitán de infantería, legionario en Fiume, encabeza las revueltas contra el coste de la vida, se inscribe en el Fascio de Milán en 1920. Mussolini le confía el mando del fascismo de su Venecia Julia.

GRANDI, DINO   Intervencionista, capitán de tropas de montaña condecorado al valor, licenciado en Derecho, en el periodo de posguerra oscila entre distintas orientaciones políticas antes de inscribirse en el Fascio de Bolonia en noviembre de 1920. Inteligente, con cierta confusión ideológica pero políticamente astuto, no tarda en convertirse en líder del fascismo emiliano.

KELLER, GUIDO   Hijo de la burguesía, jefe de filas de la naciente aeronáutica italiana, héroe de guerra pluricondecorado, as de la legendaria escuadrilla de Baracca, excéntrico, nudista, bisexual, vegetariano, dannunziano.

MARINELLI, GIOVANNI   Miembro de la burguesía media convertido al socialismo, es seguidor de Mussolini desde 1914. Cicatero, mezquino, obtuso, resentido, intensamente miope y gotoso, hace gala, sin embargo, de ciega fidelidad hacia el Jefe. Mussolini lo nombra administrador de los Fascios de Combate.

MARINETTI, FILIPPO TOMMASO   Poeta, escritor, dramaturgo, fundador del futurismo, la primera vanguardia histórica del siglo XX en Italia. Nacionalista, cantor de la guerra, intervencionista, voluntario en las tropas de montaña, toma parte en el avance triunfal de Vittorio Veneto al volante de un coche blindado Ansaldo-Lancia 1Z. Participa junto con Mussolini en la asamblea fundadora de piazza San Sepolcro.

MAZZUCATO, EDMONDO   Indigente, criado en un internado, rebelde ante toda autoridad establecida, violento e intolerante, anarquista por naturaleza y convicción, compositor-tipógrafo para diversos periódicos revolucionarios, en 1917 se alista en los Osados y lucha con honor. Está con Mussolini desde 1918.

MISURI, ALFREDO   Profesor de zoología, fundador del Fascio de Perusa, jefe de los escuadristas de Umbría, se pasa a los nacionalistas por rivalidad con Giuseppe Bastianini, el otro líder de las escuadras de Perusa.

MUTI, ETTORE   Fuerte, atlético, audaz, a la edad de quince años falsifica sus documentos para enrolarse como voluntario con los Osados. En Fiume, donde se une a los «uscoques», la chusma de piratas asignados al asalto de buques mercantes, el propio D'Annunzio lo rebautiza como «Jim de los ojos verdes».

PASELLA, UMBERTO   Sindicalista revolucionario, antiguo secretario de la Cámara del Trabajo de Ferrara y Parma, sigue a Mussolini en la defensa del intervencionismo. Gris, rechoncho, prosaico, mitinero experto, desde agosto de 1919 es secretario general de los Fascios de Combate.

ROCCA, MASSIMO   Célebre firma del periodismo anarquista y revolucionario en su juventud con el seudónimo de «Libero Tancredi», conoce a Mussolini en el periódico *Avanti!* y lo sigue a *Il Popolo d'Italia*. Entre los máximos dirigentes del Partido Nacional Fascista, es partidario de una política de normalización y moderación.

ROCCO, ALFREDO   Napolitano, antidemocrático, imperialista, profesor universitario, líder del movimiento nacionalista favorable a la fusión con el fascismo. Excelente jurista.

ROSSI, CESARE   Antiguo militante socialista, antimilitarista y tipógrafo desde niño, y más tarde sindicalista revolucionario, se pasa al frente intervencionista en 1914, lucha en la guerra como soldado raso. Brillante periodista de aguda inteligencia política, es el principal asesor de Benito Mussolini.

SIRONI, MARIO   Pintor, firmante del Manifiesto Futurista, alistado al estallar la guerra en el Batallón Nacional de Ciclistas, en la posguerra en un arranque idealista se une al movimiento fascista a partir de 1919. Vive en los suburbios de Milán, pinta la ciudad en inauditos paisajes urbanos inanimados y vive siempre entre estrecheces económicas.

TAMBURINI, TULLIO   De escasa estatura, pero combativo y malvado, condenado por fraude, vive a salto de mata hasta el estallido de la Gran Guerra, durante la cual sirve como teniente. En 1920 se incorpora al Fascio de Florencia, se convierte en el líder del ala militar y funda la escuadra de acción la «Desesperada».

TARABELLA, ALDO   Capitán de los Osados en la Gran Guerra, especializado en el uso de la pistola ametralladora, seis veces condecorado al valor, inscrito en el Fascio primigenio de Milán desde abril de 1919.

TOSCANINI, ARTURO   Celebérrimo director de orquesta y socio diligente del Fascio milanés primigenio. Candidato en la lista fascista en las elecciones de octubre de 1919.

VECCHI, FERRUCCIO   Estudiante de ingeniería, futurista, intervencionista, capitán de los Osados, pluricondecorado. Fundador de la Federación Nacional de Osados de Italia, participante en la asamblea fundadora del Fascio; violento, frenético, tuberculoso, seductor despiadado y escultor aficionado.

VOLPI, ALBINO   Carpintero de treinta años de edad, con múltiples antecedentes por delitos comunes y héroe de guerra. De natural muy violento, fue uno de los «caimanes del Piave», asaltantes especializados en cruzar el río por la noche a nado para degollar a los centinelas enemigos. Líder de los Osados milaneses desmovilizados.

Socialistas y comunistas

BOMBACCI, NICOLA   Hijo de campesinos pobres, sacerdote frustrado, exento del servicio militar por razones de salud, delgado, menudo, apacible, es el dirigente más querido de la fracción revolucionaria maximalista del Partido Socialista. Los obreros y campesinos lo veneran como un santo secular pero también confían en él los dirigentes soviéticos de Moscú. Apodado el «Cristo de los obreros» y el «Lenin de Romaña», es amigo personal de Benito Mussolini desde que recorrían los campos como maestros de escuela.

BORDIGA, AMADEO   Nacido en una familia de científicos, licenciado en ingeniería, abraza el pensamiento marxista, se adhiere al movimiento comunista internacional y funda la Fracción Comunista Abstencionista dentro del Partido Socialista Italiano. Frío, desdeñoso, siempre hostil a la democracia representativa y a la pedagogía del socialismo humanitario.

BUCCO, ERCOLE   Propagandista profesional, secretario de la Cámara del Trabajo de Bolonia. Organizador frenético, exaltado en los mítines, aboga por el modelo soviético y predica diariamente la inminencia de la revolución comunista. A la hora de la verdad, no demostrará estar a la altura.

GRAMSCI, ANTONIO   Filósofo, politólogo, periodista, lingüista, crítico teatral y literario, alma de la revista *L'Ordine Nuovo,* exponente destacado de la fracción comunista del Partido Socialista y teórico del poder obrero. Enfermo del mal de Pott, sufre de abscesos, dolor artrítico, agotamiento, desviación de la columna vertebral, cardiopatías, hipertensión. Brillante pensador.

KULISHOVA, ANNA   Revolucionaria y periodista de origen ruso, se cuenta entre los fundadores del Partido Socialista Italiano. Médica, estudia el origen bacteriano de la fiebre puerperal, contribuyendo a salvar la vida de millones de mujeres, y ejerce asistencia ginecológica gratuita en los barrios populares. Compañera y consejera de Filippo Turati, después de haber sido compañera de Andrea Costa, el primer diputado socialista italiano, se ve obligada a ejercer la política a través de sus hombres porque en Italia las mujeres carecen de derechos políticos.

MATTEOTTI, GIACOMO   Hijo de un gran terrateniente sospechoso de prestar dinero a usura, abraza desde su juventud la causa de los campesinos de su región —entre los más pobres de Italia—, muertos de hambre que trabajan en las tierras de su padre. Culto, combativo, intransigente, elegido en el Parlamento en diciembre de 1919, es venerado por los campesinos de su tierra y odiado por los miembros de su clase, que lo apodaron «el socialista con pieles».

MATTEOTTI, VELIA TITTA   Joven de familia acomodada, melancólica, educada en instituciones católicas, hermana menor del famoso barítono Ruffo Titta, mujer de Giacomo Matteotti.

SERRATI, GIACINTO MENOTTI   Exdescargador de carbón, exiliado, emigrante, más tarde jefe de la fracción maximalista de los comunistas unitarios, convertida en mayoritaria dentro del partido socialista en 1919. Amigo y protector del joven Mussolini, lo reemplazará en la dirección del *Avanti!* cuando este sea expulsado del partido en 1914 y se convertirá en encarnizado adversario suyo.

TREVES, CLAUDIO   Socialista demócrata, diputado, intelectual refinado, pacifista. Líder de la fracción reformista. En 1915 desafía en duelo a Benito Mussolini, quien, tras el breve paréntesis de Bacci, lo había reemplazado en 1912 en la dirección del *Avanti!,* diario del socialismo italiano.

TURATI, FILIPPO   Abogado de formación, político y politólogo, orador exquisito, fundador del Partido Socialista Italiano, padre noble de su corriente humanitaria, moderada, defensora del gradualismo.

Liberales, demócratas, moderados y hombres de las instituciones

ALBERTINI, LUIGI   Director y accionista del *Corriere della Sera,* exponente ilustre del pensamiento liberal conservador, senador del Reino desde 1914.

BONOMI, IVANOE   Abogado, periodista, socialista demócrata y moderado, por iniciativa de Benito Mussolini es expulsado del partido en 1912 por su apoyo parcial a la guerra de Libia. Funda el Partido Reformista Socialista Italiano con el que apoya los gobiernos de Giolitti. Es presidente del Gobierno desde el 4 de julio de 1921.

CONTI, ETTORE   Ingeniero, magnate, pionero de la industria eléctrica, presidente de la asociación de grandes industriales, senador del Reino, partidario del liberalismo económico, conservador, milanés.

CROCE, BENEDETTO   Máximo filósofo italiano vivo y suprema autoridad intelectual de la nación, senador del Reino, exministro de Educación Pública. Pese a ser el líder del pensamiento liberal, observa la violencia iliberal del fascismo con una mezcla de arrogancia, miopía y condescendencia.

DE GASPERI, ALCIDE   Secretario del Partido Popular Italiano después de la renuncia obligada del padre Sturzo.

FACTA, LUIGI   Tras una juventud de estudios, entra en política como concejal del municipio de Pinerolo, su ciudad natal. Ahí es elegido diputado en 1892 y luego reelegido sistemáticamente durante los siguientes treinta años. Toda su carrera política discurre a la sombra de Giovanni Giolitti. El rey de Italia lo nombró presidente del Gobierno en febrero de 1922. Hombre apacible, nostálgico de la vida provincial, está orgulloso de sus enormes bigotes de manillar a los que consagra la primera hora de cada día. Se acuesta invariablemente a las diez de la noche a más tardar.

GASTI, GIOVANNI   Inspector general de seguridad pública, discípulo de Cesare Lombroso, pionero de la criminología científica. Jefe de policía de Milán, hombre de Giolitti.

GIOLITTI, GIOVANNI   Ochenta años, un metro ochenta y cinco por noventa kilos de peso, dos enormes bigotes de granadero, cinco veces presidente del Gobierno, maestro de las combinaciones parlamentarias y profundo conocedor de las burocracias ministeriales, ha sido el dominador de la política italiana en los últimos treinta años.

LUSIGNOLI, ALFREDO   Funcionario de carrera en la administración de Interior, prefecto de Milán, senador desde 1921. Hombre de Giolitti, negocia en su nombre con los fascistas.

MISSIROLI, MARIO   Liberal de derechas, masón, príncipe del periodismo italiano. Pluma cáustica y brillante, hombre de gran valor, contrario a los fascistas.

MORI, CESARE   De imponente constitución física, mandíbula cuadrada, criado en la inclusa de Pavía, como comisario en Sicilia luchó contra la mafia y erradicó el bandidaje con métodos inflexibles y violentos. Prefecto en Bolonia con plenos poderes desde febrero de 1921.

NITTI, FRANCESCO SAVERIO   Economista de renombre, exponente destacado del pensamiento liberal, sureño y estudioso del sur, varias veces ministro, gracias a su vasta clientela personal en su feudo electoral. Presidente del Gobierno desde junio de 1919. Odiado por los veteranos nacionalistas a causa de la amnistía a los desertores y por Gabriele D'Annunzio.

ORLANDO, VITTORIO EMANUELE   Jurista, profesor universitario, varias veces ministro, presidente del Gobierno después de Caporetto, dirige el país hasta la victoria sobre los austriacos. En 1919 encabeza la delegación italiana en la conferencia de paz de Versalles.

SALANDRA, ANTONIO   Latifundista de Apulia, distinguido jurista, reaccionario si bien miembro del Partido Liberal, ha sido diputado en doce legislaturas, a partir de 1886. Presidente del Gobierno en marzo de 1914, arrastró a Italia a la guerra en contra de la voluntad de los italianos. Lleva sobre su conciencia seiscientos mil muertos.

STURZO, LUIGI   De débil salud, vástago de una noble familia siciliana, ordenado sacerdote por el obispo de Caltagirone, funda en 1919 el Partido Popular Italiano, el primero en apelar a los católicos para que participen en la vida política de la nación.

VÍCTOR MANUEL III DE SABOYA   Introvertido, inseguro, puntilloso, frágil físicamente y de carácter débil, probablemente también a causa del raquitismo que lo aflige (alcanza solo el metro cincuenta y tres de altura). Rey de Italia desde julio de 1900.

Parientes, amigos y amantes

CECCATO, BIANCA   Huérfana de padre, pequeña, atractiva, menor de edad, secretaria en *Il Popolo d'Italia,* es seducida por Mussolini, el director, de quien se convierte en amante habitual. Él la obliga a abortar en 1918.

CURTI, ANGELA   Hija de un antiguo compañero socialista de Benito Mussolini, esposa de uno de sus escuadristas encarcelados por crímenes de sangre. Morena, de curvas marcadas y dulces ojos oscuros. Durante la detención de su marido, Benito Mussolini la seduce y se convierte en su amante habitual.

DALSER, IDA   Antigua esteticista de Trento, neurasténica, amante de preguerra y de larga trayectoria de Mussolini, le da un hijo ilegítimo y tal vez le preste dinero en sus años de necesidad. Tras ser abandonada, lo persigue acusándolo públicamente, y probablemente con razón, de distintos actos indignos.

MUSSOLINI, ARNALDO   Hermano menor de Benito. Profesor de agricultura, secretario municipal, después de la guerra se reúne con su hermano en Milán y se convierte en el director administrativo de su periódico. Hombre apacible, bonachón, devoto, buen padre de familia, unido por un gran afecto a su tormentoso hermano, que le corresponde.

MUSSOLINI, EDDA   Primogénita de Benito y de Rachele Guidi. Hija predilecta de su padre, quien la apoda cariñosamente «hija de la miseria» en memoria de los «tiempos difíciles», es una chiquilla de carácter fuerte, independiente, exigente. El padre se ve reflejado en ella.

MUSSOLINI, RACHELE GUIDI   Hija de campesinos de Romaña, criada en la miseria, semianalfabeta, compañera de Mussolini desde 1909 y madre de sus hijos. Benito y Rachele, ateos y socialistas, se declaran contrarios a la institución del matrimonio, pero acaban casándose mediante el rito civil el 16 de diciembre de 1915.

NENNI, PIETRO   Republicano, amigo personal de Mussolini con quien comparte la oposición a la guerra de Libia y la cárcel, periodista brillante, funda el Fascio de Combate de Bolonia en abril de 1919. Sin embargo, no tarda en alejarse del fascismo para convertirse en socialista.

SARFATTI, MARGHERITA GRASSINI   Rica heredera veneciana, judía convertida a la causa del socialismo, sumamente culta, coleccionista y crítica de arte, casada con el abogado Sarfatti, amante y mentora intelectual de Benito Mussolini desde 1914.

Índice